La rose de Charleston

Kathleen E. Woodiwiss

Née en Louisiane, le 3 juin 1939, elle a grandi à Alexandria dans une famille de huit enfants. Son père meurt subitement alors qu'elle n'a que douze ans. Elle épouse un officier de l'armée de l'air et, après la naissance de leur premier fils, tous trois partent au Japon où ils resteront trois ans. De retour aux États-Unis, ils s'installent dans le Kansas. C'est là qu'elle écrit *Quand l'ouragan s'apaise*. Son roman est refusé par plusieurs éditeurs avant d'être publié par Avon en 1972. C'est un énorme succès. En 1988, elle reçoit un prix décerné par l'association Romance Writers of America récompensant l'ensemble de son œuvre. Auteur de treize best-sellers, elle a vendu trente-six millions de livres. Elle est décédée en juillet 2007 à Princeton (Minnesota). Son dernier ouvrage *Auprès de toi, pour toujours* est disponible aux Éditions J'ai lu.

Kathleen E. WOODIWISS

La rose de Charleston

*Traduit de l'américain
par Sylviane Butel et Zoé Delcourt*

Titre original
THE ELUSIVE FLAME

© Kathleen E. Woodiwiss, 1998

Pour la traduction française
© Presses de la Cité, 1999

1

Les yeux embués de larmes, Cerynise Edlyn Kendall regardait par la haute fenêtre du salon qui donnait sur Berkeley Square. Au-dehors, les gens marchaient d'un bon pas, pressés de se retrouver à l'abri avant que les gros nuages noirs déversent sur eux un torrent de pluie. Les rafales de vent glacé maltraitaient indistinctement hommes, femmes, jeunes gens et vieillards, s'engouffrant sous leurs redingotes et leurs pèlerines tandis que, un bras levé au-dessus de la tête, ils s'efforçaient de retenir leur haut-de-forme, leur chapeau à brides ou leur châle. Tous avaient le nez et les joues rouges, et les moins chaudement vêtus frissonnaient. Selon qu'ils vivaient seuls ou en famille, ils s'en retournaient chez eux avec plus ou moins d'empressement, les uns acceptant leur sort avec fatalité, les autres rêvant déjà au confort douillet qui les attendait.

L'horloge de porcelaine à figurines, qui trônait sur la cheminée de marbre, sonna quatre coups. Cerynise, s'efforçant de contenir son chagrin, enfouit ses mains dans les plis de son ample jupe de taffetas noir et se mordit la lèvre. Elle ne put cependant s'empêcher de jeter un coup d'œil derrière elle, un peu dans l'espoir de voir apparaître Lydia Winthrop, afin de s'adonner au rituel du thé. Mais, hélas, sa tutrice n'était plus là pour répondre à son attente. Sa mort soudaine avait surpris tout le monde et plus particulièrement Cerynise, qui n'arrivait toujours pas à l'accepter. Bien qu'âgée de près de soixante-dix ans, Lydia était une dame vive et enjouée. Quelques heures avant de succomber, elle rayonnait encore d'esprit et d'humour face à son petit-neveu, aussi désagréable et renfrogné qu'à l'accoutumée. Et voilà que cette femme douce et attentionnée, devenue pour Cerynise une seconde mère, une confidente, sa plus chère amie, avait été brutalement enlevée à son affection.

Plus jamais elles ne partageraient ces moments délicieux en milieu d'après-midi, à papoter devant une tasse de thé et des crêpes au beurre. Plus jamais elles ne se retrouveraient assises devant un bon feu de cheminée, Cerynise lisant à voix haute pour son aînée des pages de roman ou des poèmes. Le salon ne résonnerait plus du chant mélodieux de Cerynise, accompagnée par Lydia au piano. Plus jamais les deux femmes ne confronteraient leurs idées au cours de promenades dans la campagne ou n'apprécieraient à l'unisson le silence et le calme d'une clairière. Disparue à jamais la merveilleuse tutrice qui, malgré les obstacles de la société, avait aidé une jeune fille à accomplir ses rêves, en lui permettant d'abord de se consacrer à la peinture, puis en lui offrant la possibilité d'exposer ses œuvres (signées des seules initiales C.K.) et même de les vendre à bon prix.

Au milieu du flot de souvenirs qui la submergeait, Cerynise revit la haute et mince silhouette de Lydia, vêtue de noir, légèrement à droite et en retrait du chevalet, là où elle aimait se tenir pendant que sa protégée peignait, lui rappelant de sa voix rauque ce principe qu'elle avait fait sien :

— Sois toujours en accord avec toi-même, quoi qu'il arrive.

Cerynise avait l'impression qu'elle ne pourrait jamais supporter la tristesse et le désespoir engendrés par la disparition de Lydia. Épuisée tant physiquement que moralement, il lui sembla tout à coup que ses forces l'abandonnaient. Elle agrippa la poignée de la fenêtre et posa son front contre la vitre froide en attendant que son malaise se dissipe. Sa faiblesse était en grande partie due au fait qu'elle n'avait presque rien mangé depuis le décès de Lydia – juste un peu de bouillon de légumes avec une demi-tranche de pain grillé – et pour ainsi dire pas dormi. Cependant, elle savait en son for intérieur que Lydia n'aurait pas aimé la voir si abattue. C'était cette même femme qui, autrefois, avait su trouver les mots justes pour réconforter une enfant de douze ans qui venait de perdre ses parents lors d'un ouragan. Cerynise se sentait coupable de ne pas avoir été là pour les sauver, mais Lydia, qui avait grandi dans la région et était très proche de sa grand-mère, décédée quelques années plus tard, lui avait longuement parlé et fait comprendre qu'en étant restée chez sa camarade de classe elle avait échappé à la mort. Quelles que soient les épreuves auxquelles on est confronté, avait-elle conclu, la vie doit suivre son cours. Nul doute que Lydia eût souhaité qu'elle s'en souvienne aujourd'hui.

Mais comment surmonter un tel chagrin ? se demanda Cerynise. Si seulement elle avait déjà vu ne serait-ce qu'une fois Lydia souffrante, ou s'il y avait eu la moindre alerte, tout le monde dans la maison aurait été mieux préparé au malheur ; mais pour sa part, Cerynise n'aurait jamais souhaité à sa bienfaitrice de devoir rester des années durant clouée au lit, malade.

Non, puisque la mort n'avait pu être évitée, c'était presque une bénédiction qu'elle ait emporté Lydia en coup de vent, si terrible que ce fût pour sa pupille.

La pluie qui ruisselait sur le carreau ramena Cerynise à la réalité du moment. Avec le mauvais temps, la rue s'était presque vidée. Seuls quelques attelages s'y aventuraient encore, mais les cochers, le visage fouetté par le vent, se recroquevillaient de plus en plus sous leur livrée.

Un bruit de pas attira l'attention de Cerynise. Elle se retourna et croisa le regard triste de la jeune servante, qui, comme tout le personnel de la maison, déplorait la disparition de sa maîtresse.

— Excusez-moi, mademoiselle, murmura-t-elle. Je voulais juste savoir si vous désireriez prendre le thé, à présent que vous êtes rentrée.

Cerynise n'avait envie de rien en particulier, mais elle se dit qu'après sa visite au cimetière, où elle avait eu si froid, une boisson chaude lui ferait sans doute le plus grand bien.

— Volontiers, Bridget. Merci.

Sa voix sonnait plus douce, du fait de son léger accent de la Caroline. Parmi tous les enseignements qu'on avait cherché à lui dispenser, depuis son arrivée en Angleterre, figurait en bonne place l'apprentissage d'une diction parfaite, si chère aux Anglais. Mais considérant que personne n'était en mesure de rivaliser avec ses parents en matière d'éducation, Cerynise avait pris un malin plaisir à déjouer leurs efforts en la matière. Bien qu'elle sût, quand elle le voulait, très bien s'exprimer, avec des intonations précieuses capables de tromper l'oreille la plus fine, elle s'était toujours refusée à trahir ses origines.

La domestique s'inclina dans une révérence, puis s'éclipsa, soulagée d'avoir trouvé l'occasion de se rendre utile car l'atmosphère dans la maison devenait de plus en plus pesante. De temps à autre, il arrivait encore à Bridget d'imaginer qu'elle entendait la voix grave de Lydia, qui, pendant des années, avait agrémenté sa vie d'une touche de gaieté.

Elle revint bientôt, poussant devant elle une desserte sur laquelle était dressé un service à thé en argent. Pour tenter d'allécher Cerynise, Bridget avait pris soin d'apporter quelques scones et une coupe de fraises.

Lorsqu'elle se fut retirée, Cerynise quitta la fenêtre et alla prendre place sur le canapé. D'une main tremblante, elle remplit une tasse, puis ajouta un nuage de lait et un sucre, sacrifiant ainsi à une coutume anglaise qui n'était pas pour lui déplaire. Elle prit un scone, avec l'intention de le manger, mais quand elle l'eut déposé dans son assiette, l'envie avait disparu, et elle se contenta de le regarder, tétanisée à l'idée de passer à l'acte.

« Je le mangerai plus tard », se promit-elle avec une moue de dégoût. Elle porta alors la tasse à ses lèvres, espérant que le breuvage l'aiderait à se détendre, mais l'instant d'après elle était de nouveau à la fenêtre, songeuse. Comment apprivoiser ce monde si vaste, si effrayant, maintenant qu'elle était seule et tout juste âgée de dix-sept ans ?

Cerynise ferma les yeux. Depuis son retour à la maison, elle souffrait d'un terrible mal de tête, probablement lié à ses angoisses et à son manque de sommeil. Néanmoins, comme il lui parut tout à coup évident que les épingles qui retenaient sa coiffure ne faisaient qu'aggraver son malaise, elle entreprit de les ôter une à une. Puis elle passa les mains dans ses cheveux, jusqu'à ce qu'ils retombent, libres et soyeux, dans son dos. La douleur persistant malgré tout,

Cerynise commença à se masser les tempes, puis le cuir chevelu, sans se soucier d'ébouriffer ses mèches fauves ou de manquer aux règles de la bienséance. Mais il n'y avait que les domestiques pour risquer de la surprendre. Quant au petit-neveu de Lydia, la seule personne susceptible de passer à l'improviste, il n'avait même pas jugé bon de venir à l'enterrement. En fait, la dernière fois qu'il avait rendu visite à sa grand-tante, il était reparti si fâché qu'il avait juré qu'il ne remettrait plus les pieds dans la maison avant au moins deux semaines. Et c'était cinq jours plus tôt exactement.

Tandis que son chagrin s'estompait doucement, Cerynise commença à envisager avec un peu plus de clairvoyance les problèmes auxquels elle allait être confrontée et les décisions qu'il lui faudrait prendre. Seule dans le petit salon, elle réfléchissait à son avenir en faisant les cent pas, et c'est tout naturellement qu'elle en vint à penser à son oncle qui vivait à Charleston. Ce célibataire endurci, qui avait toujours préféré se consacrer à la lecture et aux études plutôt que de fonder une famille, l'accueillerait à coup sûr à bras ouverts. Ne lui avait-il pas assuré avant son départ qu'il l'aurait volontiers gardée avec lui s'il s'était senti capable de lui apprendre tout ce qu'une femme devait savoir ? Il ne voulait que son bonheur et, considérant les avantages qu'elle pourrait tirer d'une existence au côté d'une femme plus âgée, il lui avait vivement conseillé d'aller en Angleterre, d'y étudier les arts et les langues étrangères, et de revenir plus tard, dotée d'un solide bagage intellectuel et familiarisée avec les bonnes manières des gens du monde. Si loin qu'il fût, Sterling Kendall demeurait son seul point d'attache sérieux.

Puis elle songea, non sans un certain soulagement, qu'au moins pendant un certain temps elle n'aurait pas à se soucier de problèmes d'argent. Ses tableaux lui avaient rapporté suffisamment pour la mettre à l'abri du besoin et lui permettre de continuer à peindre. La ville de Charleston comptait nombre de riches planteurs et de marchands, grands collectionneurs d'art. Le seul ennui, c'est qu'ils risquaient de ne pas apprécier son travail à sa juste valeur s'ils venaient à découvrir que l'artiste en question était presque inconnue et, de surcroît, une jeune fille. Par conséquent, si elle voulait réussir, elle aurait tout intérêt à s'adjoindre les services d'un représentant qui accepterait de vendre ses tableaux sans révéler son identité. Mais, vu ce qu'elle avait gagné jusqu'à présent, trouver la personne appropriée ne lui paraissait pas une tâche insurmontable.

Cerynise se retourna et aperçut soudain le reflet de son image dans le grand miroir doré du hall, derrière elle, et s'y arrêta un instant. Avec ses longs cheveux diaprés retombant en boucles sur ses épaules, elle faisait étrangement penser à une gitane ; une gitane élégamment vêtue, toutefois, et au teint clair.

Tout en continuant d'examiner d'un œil critique son image, elle pencha la tête de côté, étirant son long cou. Son oncle allait-il la trouver changée ? Lorsqu'il l'avait vue pour la dernière fois, sur le quai d'embarquement, Cerynise n'était encore qu'une adolescente efflanquée, terriblement complexée par sa taille. À présent, c'était une belle jeune femme, certes toujours un peu plus grande et mince que la moyenne, qui s'était déjà attiré les faveurs de bien des galants – et ce au grand dam de Lydia, qui n'aimait pas la voir sortir. Du fait de son manque d'appétit ces derniers jours, ses yeux noisette frangés de longs cils paraissaient immenses sous ses sourcils bruns. Elle avait les pommettes hautes, les joues peut-être un peu plus creusées qu'à l'accoutumée. Son nez droit et fin ne lui déplaisait pas, mais ses lèvres, qui se refusaient à dessiner un sourire, étaient encore trop pâles à son goût.

Excepté une touche de blanc autour du cou et des poignets, elle était entièrement vêtue de noir. Sa veste de velours, coupée à la taille, était ornée comme un uniforme d'apparat d'un galon noir sur la poitrine. Une haute collerette plissée, dans laquelle on avait glissé un fin ruban de dentelle blanche, effleurait la ligne pure bien qu'un peu osseuse de sa mâchoire. Les manches, bouffantes aux épaules et très ajustées sur les bras, se terminaient par des poignets mousquetaires noirs, bordés de la même luxueuse dentelle. Sa jupe froncée, embellie d'une ganse au niveau de l'ourlet, était assez courte pour laisser paraître ses chevilles gainées de bas et ses mules. Elle avait ôté sa grande cape de velours noir et son chapeau paré de plumes en revenant du cimetière.

Cerynise délaissa son image avec une petite moue désabusée. En son for intérieur, elle était persuadée que Lydia ne l'aurait pas désapprouvée de s'être départie de sa réserve et d'avoir donné un peu de liberté à ses cheveux. Bien que sa tutrice fût une grande dame, elle avait assez de bon sens pour savoir qu'en certaines occasions on est en droit d'ignorer les convenances au profit d'une plus grande sincérité. De tous les conseils qu'elle avait pu lui donner, celui-ci était sans doute le plus sage.

Le bruit d'un attelage s'arrêtant devant la demeure des Winthrop fut aussitôt suivi du claquement sourd du heurtoir de la porte d'entrée. Les coups répétés semblèrent se répercuter dans toute la maison tandis que le maître d'hôtel traversait le hall de son habituel pas traînant. Cerynise s'empressa de rassembler ses cheveux en un semblant de coiffure, les maintenant attachés sur sa nuque à l'aide de quelques épingles, car il n'eût pas été convenable de la part d'une dame d'apparaître négligée devant ses hôtes.

Une clameur sonore, entrecoupée d'un rire de femme, s'éleva dans le hall, et avant même que Cerynise ait pu venir aux nouvelles, deux hommes franchissaient la porte du petit salon, suivis du majordome, visiblement troublé.

— Je suis désolé, mademoiselle, s'excusa Jasper, son visage vieillissant marqué par l'inquiétude. J'aurais voulu annoncer M. Winthrop et M. Rudd, mais ils ne m'en ont pas laissé le temps.

— Inutile de vous alarmer, Jasper, tout va bien, assura Cerynise.

Elle s'avança avec sérénité, prenant soin de cacher ses mains tremblantes dans les replis de sa jupe. Alistair Winthrop, l'unique parent de Lydia, ne lui était pas totalement étranger, même si, chaque fois qu'il avait rendu visite à sa tutrice, il avait toujours demandé à être reçu en privé. C'était un grand échalas, les cheveux lissés en arrière, les traits durs accentués par une fine moustache. Vu de profil, son nez fin donnait l'impression de glisser vers le bas tandis que son large menton jaillissait en avant. Ce n'était en aucune façon un bel homme, mais il avait manifestement dépensé une jolie somme d'argent pour redorer son image, comme en témoignait sa tenue vestimentaire dont toute modération était bannie.

Si son compagnon, Howard Rudd, l'égalait en taille, il le dépassait largement en poids avec sa grosse bedaine qui semblait lui ouvrir la voie. Son nez en forme de bulbe était assombri par des vaisseaux sanguins, et une petite tache de naissance violacée venait enlaidir sa joue gauche. Bien que Cerynise ne l'eût pas revu depuis des années, elle se souvenait très bien d'avoir surpris l'homme de loi en train d'inventorier discrètement chaque pièce de valeur à portée de main, en attendant d'être admis dans les appartements de Lydia. La lueur qui brillait alors dans ses yeux trahissait une telle convoitise qu'elle s'était demandé s'il n'allait pas dérober quelque objet précieux avant de quitter la maison. Cerynise comprenait difficilement que Lydia ait pu continuer à s'en remettre à cet homme, même après une si longue absence, tant il était évident que les vapeurs qui enveloppaient Howard Rudd témoignaient de son penchant pour les libations copieuses.

— M. Winthrop a toujours été le bienvenu ici, Jasper, dit-elle d'une voix calme, reportant son attention sur le majordome. (Personnellement, elle n'avait jamais fait grand cas d'Alistair, mais Lydia considérait de son devoir de l'accueillir avec déférence, même lorsqu'il se présentait chez elle à l'improviste, et sans doute aurait-elle aimé la voir suivre son exemple.) Et, bien sûr, M. Rudd égale…

Interrompue par un rire grinçant, elle fit volte-face. Alistair se dirigeait vers elle d'un air fanfaron, en la foudroyant du regard. Quelque chose dans sa démarche lui laissa penser qu'il souffrait peut-être d'une certaine raideur du bassin.

— Quelle prévenance, mademoiselle Kendall ! s'exclama-t-il, sarcastique. Vous êtes vraiment très aimable.

Sentant le vent tourner à l'orage, Cerynise rassembla toute son énergie pour faire front. Elle avait plutôt mauvaise opinion d'Alistair Winthrop : à en juger par son comportement au cours de leurs précédentes rencontres, ce n'était qu'un vantard, un flambeur incapable de la moindre considération pour sa tante. Bien que Lydia eût toujours tenu secrètes les raisons de ses visites, Alistair repartait la plupart du temps de fort mauvaise humeur, en comptant ses nouveaux avoirs et en fustigeant la pingrerie de sa tante – comme il l'avait encore fait quelques jours plus tôt.

Planté devant elle, Alistair pointa un doigt en direction du notaire.

— Dites-le-lui ! ordonna-t-il.

Howard Rudd s'essuya les lèvres du revers de la main et avança de quelques pas, prêt à se conformer aux instructions d'Alistair. Mais, avant même qu'il ait eu le temps de prononcer le moindre mot, une jeune femme vêtue de façon vulgaire fit irruption dans le salon, manifestant son indignation en fouettant l'air de son boa aux couleurs chatoyantes. Sa poitrine et ses hanches étaient comprimées dans une robe moulante au décolleté plongeant qui les mettait en valeur exagérément. Ses cheveux relevés formaient une houppe d'anglaises d'un blond étincelant qu'il eût été difficile de retrouver dans la nature. Un trait de khôl soulignait son regard tandis qu'une mouche collée sur une bonne couche de rouge ornait sa joue droite. Cerynise identifia ce rouge comme étant de la même teinte que celui qui entachait la blancheur immaculée du faux col d'Alistair.

La nouvelle venue traversa la pièce en tortillant des hanches pour aller rejoindre son cavalier.

— Oh, Al, sois pas rosse, supplia-t-elle. Ne m'laisse pas attendre dans le couloir. (Elle eut une moue affectée et, tout en papillotant des yeux, lui glissa une main câline sur le gilet.) J'ai jamais été dans une maison aussi chouette mais, tu peux m'croire, j'sais faire la différence entre les bonnes et les mauvaises manières. Tu sais quoi ? Les domestiques m'ont même pas proposé une chaise ou une goutte de thé depuis qu'on est arrivés. Dis, Al, est-ce que je peux rester là avec toi ? J'supporte pas d'être toute seule dans c'grand couloir. Ça m'fiche la chair de poule quand j'pense que ta pauv'vieille tante est p't'être tombée raide morte là-dedans.

Exaspéré, Alistair retira sans ménagement la main de son gilet et lui répondit d'un ton hargneux :

— D'accord, Sybil ! Mais attention, tu as intérêt à te tenir tranquille. Je ne veux plus entendre tes braillements, compris ?

— Oui, Al, promit-elle en étouffant un rire.

Détournant son attention de l'impudente créature, Jasper releva le menton avec toute la dignité liée à sa fonction... et croisa le regard courroucé d'Alistair. Sans baisser les yeux, il s'adressa à la protégée de l'ancienne maîtresse des lieux.

— Excusez-moi, mademoiselle, mais dois-je rester ?

— Dehors ! hurla Alistair. Cette histoire ne vous regarde pas !

Jasper demeura immobile jusqu'à ce que Cerynise eût hoché la tête en signe d'assentiment, l'autorisant par là même à se retirer.

Alistair suivit des yeux le domestique, puis reporta son attention sur le conseiller juridique.

— Allez-y, monsieur Rudd.

L'homme se redressa de toute sa hauteur et adopta une attitude grave.

— Mademoiselle Kendall, vous devez savoir que j'ai eu l'honneur d'occuper la fonction de notaire au service de Mme Winthrop pendant plusieurs années. C'est moi qui ai rédigé ses dernières volontés, son testament si vous préférez. Je l'ai ici avec moi.

Cerynise lui portait la même attention qu'à un serpent sur le point d'attaquer. Il sortit une liasse de parchemins de la poche intérieure de son habit et, avec morgue, en brisa le sceau. Quand bien même Cerynise ne pouvait comprendre ce qui avait pu pousser Lydia à se montrer fidèle envers lui, elle devait se rendre à l'évidence : Howard Rudd était bel et bien là, et apparemment en possession de documents authentiques. Elle se laissa choir sur la chaise la plus proche, dissimulant le trouble de ses pensées.

— Vous avez l'intention de nous donner lecture du testament de Mme Winthrop tout de suite ?

— Il le faut, répondit Howard. C'est dans l'ordre des choses.

Il se tourna toutefois vers Alistair pour en avoir confirmation.

— Poursuivez ! lança Alistair, écartant délicatement les pans de son habit avant de s'installer dans un large fauteuil, à l'autre bout de la table le séparant de Cerynise.

Il gratifia la jeune femme d'un sourire béat et se mit à jouer avec l'une des figurines de Meissen posées là.

Sans se préoccuper du petit jeu de son amant, Sybil posa promptement ses fesses sur le bras du fauteuil et, le regard pétillant, enserra jalousement les maigres épaules d'Alistair. Elle était vexée qu'il ait oublié de lui dire que la protégée de sa tante était aussi charmante. Elle se rappelait même très bien de quelle manière il s'était opposé à ce qu'elle l'accompagne, comme s'il avait eu l'intention de faire avec cette fille des choses qu'il ne faisait normalement qu'avec elle, dans l'intimité de son appartement.

Howard Rudd toussota, ressentant le besoin urgent d'un breuvage pour se lubrifier les papilles, mais il ne savait que trop bien que Winthrop ne tolérerait pas qu'il boive une seule gorgée avant qu'ils en aient terminé avec cette affaire. Il déroula les parchemins et les parcourut des yeux.

— C'est un peu long, je le crains... De petites sommes distribuées ici et là, principalement à des domestiques, un vague parent, rien de très important... Ce qui compte, c'est que Mme Winthrop a légué l'essentiel de ses biens, y compris cette maison et ce qu'elle contient, ainsi que toute sa fortune, à son neveu ici présent, M. Alistair Wakefield Winthrop, qui doit en prendre possession immédiatement.

— Immédiatement ? répéta Cerynise, abasourdie.

Elle n'avait jamais eu l'occasion ni d'ailleurs de raison particulière de discuter de tout cela avec sa tutrice, mais elle avait l'intime conviction que Lydia tenait beaucoup à elle et qu'elle ne l'aurait pas jetée dehors comme une malpropre sans lui laisser le temps de prendre ses dispositions. En tant que protégée, et non parente, Cerynise n'attendait pas davantage que cette simple marque d'attention.

— Cela ne vous ennuie pas que je jette un coup d'œil au testament ? demanda-t-elle d'une voix troublée.

Tout en se reprochant de ne pas savoir se dominer, elle se leva et tendit la main. Rudd, hésitant sur la conduite à suivre, interrogea du regard Alistair avant de transmettre le document à Cerynise. Bien qu'elle ne fût pas experte en la matière, la jeune femme examina les pages noircies d'une écriture serrée. A priori, tout semblait conforme au dire du notaire et paraphé de la main de Lydia. Au moment même où Rudd, quelque peu agacé, s'apprêtait à lui reprendre le document, elle remarqua la date inscrite au-dessus de la signature de Lydia. Elle eut un sursaut de surprise et releva la tête.

— Mais... ce testament a été établi il y a six ans, s'étonna-t-elle auprès de l'homme de loi.

— C'est exact, répondit-il en le lui arrachant des mains. Il n'y a là rien d'exceptionnel. Beaucoup de gens s'occupent de ce genre de chose bien avant qu'il soit nécessaire. Ce qui, de leur part, est très judicieux.

— Permettez-moi néanmoins de préciser un point : à l'époque, je n'avais pas encore perdu mes parents et Lydia n'était donc pas ma tutrice. Ne pensez-vous pas qu'elle aurait dû récrire son testament en tenant compte de ces nouveaux événements ?

— Pour vous y inclure ? intervint Alistair d'un ton caustique. (Il se releva brusquement, manquant du même coup faire tomber Sybil. Puis il se mit à rôder dans la pièce tel un prédateur, caressant de la main chaque meuble, chaque bibelot de valeur, et jusqu'aux lourdes tentures damassées, comme pour marquer son territoire.) C'est cela que vous voulez dire, n'est-ce pas, mademoiselle Kendall ? Vous pensez que ma tante aurait dû vous léguer quelque chose ?

Bien qu'elle éprouvât de plus en plus d'antipathie pour cet homme, Cerynise s'efforça de parler avec calme.

— Je crois savoir que votre tante était quelqu'un de très méthodique, notamment pour ce qui avait trait aux affaires. En toute logique, elle aurait dû prendre soin de réviser son testament en fonction des changements de situation. Et nul doute alors qu'elle aurait pensé à m'accorder un peu de temps pour que je puisse organiser mon départ avant que vous ne preniez possession de la maison.

— Eh bien, ce n'est pas le cas ! déclara Alistair, le menton fièrement pointé en avant. Elle en a assez fait pour vous de son vivant et, croyez-moi, ça lui pesait ! N'oubliez pas qu'elle a eu la bonté de vous héberger pendant toutes ces années, de satisfaire tous vos caprices, de vous habiller comme une princesse, et qu'elle a dépensé une belle somme pour parrainer vos absurdes expositions de peinture. Vous devriez vous mettre à genoux et remercier le ciel d'avoir eu la chance d'être recueillie par ma tante, plutôt que de vous lamenter parce qu'on ne vous laisse pas le temps de grappiller un peu plus de mon héritage !

Cerynise encaissa bravement le coup. Mais, blessée dans son amour-propre par les accusations infamantes d'Alistair, elle décida de réagir.

— Je ne m'attendais nullement à hériter de la moindre part de sa fortune, monsieur Winthrop, dit-elle avec un calme froid. Je voulais simplement attirer votre attention sur le fait qu'il me paraît étrange qu'elle n'ait fait aucune allusion à moi dans son testament, alors que je suis encore mineure. Lydia était ma tutrice légale, dois-je vous le rappeler ?

Alistair lui opposa un sourire narquois.

— Ma chère tante pensait peut-être ne plus vous avoir à sa charge au moment où la mort viendrait la surprendre. Elle avait certainement dans l'idée de vous faire épouser un riche gentilhomme qui, de ce fait, vous aurait prise sous sa responsabilité. Avec toute la vigueur qui la caractérisait, elle ne devait pas s'attendre à nous quitter si tôt.

Derrière les longs cils soyeux, les yeux noisette de Cerynise lançaient des éclairs.

— Si vous connaissiez un tant soit peu votre tante, monsieur Winthrop, vous sauriez qu'elle se souciait des autres et n'était pas du genre à les balayer de sa vie.

— Peu importe ce que vous pensez ! lança Alistair. (Il replia ses doigts sur une délicate bergère de porcelaine avec une telle rage que Cerynise crut que la figurine allait se briser dans le creux de sa main.) La seule chose qui compte, c'est le testament ! Vous avez entendu ce qu'a dit M. Rudd. Dorénavant, je suis le maître des lieux, et ma parole entre ces murs a force de loi !

Sybil ponctua cette déclaration d'un petit rire sot, accompagné d'un joyeux claquement de mains, comme une petite fille à la fin d'un spectacle de marionnettes.

— Bien parlé, Al ! Non, mais, pour qui elle s'prend, cette gamine ?

— Apparemment, Mlle Kendall s'imagine être une dame d'importance, se moqua Alistair, reposant la bergère avant d'avancer vers Cerynise d'un air mauvais.

Instinctivement, Cerynise recula. Elle ne connaissait pas assez l'homme pour préjuger de son comportement, mais, comme il n'avait rien d'un gentleman, elle craignait qu'il ne devienne violent sous l'effet de la colère. Par malchance, le canapé faisant obstacle à sa retraite, elle fut obligée de s'immobiliser.

Alistair s'arrêta à moins d'un mètre d'elle, un petit sourire satisfait au coin des lèvres.

— Mais Mlle Kendall se trompe, ajouta-t-il d'un ton faussement calme. Elle n'est rien. Tout juste une pauvresse qui s'est fait dorloter par ma vieille tante pendant des années et qui lui a soutiré tout ce qu'elle pouvait… comme cette robe qu'elle porte, par exemple.

Sans crier gare, il tira d'un geste brusque sur le ruban blanc qui retenait la collerette de Cerynise.

— Ne me touchez pas ! s'exclama-t-elle, blême de rage, en repoussant violemment son bras. Vous possédez peut-être cette maison, mais en aucun cas vous ne me possédez !

Savourant son effet, Alistair promena un regard concupiscent sur la poitrine de Cerynise.

— Pas encore, mon joli cœur, dit-il, mais il se pourrait que…

— Al ? l'interrompit Sybil, soucieuse de refréner son imagination.

Elle voyait d'un très mauvais œil l'idée de partager son amant avec une jeune fille auprès de qui elle ressemblait à une petite boulotte. Ce n'était pas qu'elle tînt particulièrement à Alistair, mais elle ne perdait pas de vue qu'il allait bientôt se retrouver très riche. Elle traversa la pièce en se pavanant et vint se glisser entre les deux protagonistes, qui se défiaient du regard.

— T'embête donc pas avec cette grande gigue, mon amour, susurra-t-elle en se frottant amoureusement contre Alistair. Ta Sybil est là, qui ne demande qu'à t'rendre heureux.

Alistair jubila : il venait de trouver le moyen non seulement de remettre Cerynise à sa place, mais encore de lui prouver qu'il avait tout pouvoir sur elle. Il passa ses bras autour de la taille de sa maîtresse et lui demanda :

— Est-ce que de nouveaux habits te feraient plaisir, Sybil ?

Elle poussa un cri aigu, à la mesure de sa joie.

— Tu veux dire que tu vas m'en acheter, Al ?

Il secoua la tête d'un air désabusé.

— Pourquoi voudrais-tu que je t'achète des habits, alors qu'il y a une garde-robe bien garnie qui t'attend là-haut, dans les appartements de dame Cerynise ?

— Mais, Al, voyons, nous ne faisons pas la même taille ! (La déception se lisait sur son visage.) Elle est bien plus grande que moi.

— Va quand même voir dans sa chambre. Avec tout ce que ma tante a dépensé pour cette jeune fille, tu devrais pouvoir trouver quelque chose qui te plaise. Allez, file !

Ne trouvant rien à redire à cela, Sybil s'éclipsa, de nouveau gaie comme un pinson. On entendit peu après le claquement de ses chaussures à talons hauts sur les marches de l'escalier, puis le grincement d'une porte aussitôt suivi d'une exclamation.

— J'ai l'impression que Sybil a trouvé la malle aux trésors, annonça Alistair, se félicitant encore d'avoir eu une aussi bonne idée.

En réponse, Cerynise lui adressa un sourire dédaigneux. Le genre de sourire glacial destiné à étouffer sa suffisance.

— Lorsque Sybil en aura terminé, pourrai-je aller faire mes bagages ? Je trouverai sans problème une chambre dans une auberge, en attendant d'avoir un billet d'embarquement pour la Caroline.

— Vous n'avez aucune affaire à emporter. Tout ce qui est dans cette maison m'appartient ! déclara Alistair d'une voix cinglante.

— Permettez-moi de ne pas être d'accord, répliqua Cerynise, relevant fièrement le menton.

Bien qu'elle eût vécu ces dernières années avec Lydia dans un environnement protégé, elle avait déjà eu affaire à des tyrans. Lorsqu'elle fréquentait l'école dans laquelle son défunt père était instituteur, plus d'une fois elle avait vu de jeunes garçons martyriser des plus petits ou des plus faibles qu'eux. C'étaient souvent des enfants gâtés qui avaient coutume de jouer de sales tours aux autres. Alistair Winthrop était manifestement des leurs et, à ce titre, méritait d'être remis à sa place.

— Mes tableaux sont mon entière propriété, de même que l'argent issu de la vente de certains d'entre eux.

Rudd intervint avec l'assurance d'un avocat ayant préparé longuement à l'avance sa plaidoirie.

— Lorsque vous peigniez, jeune demoiselle, vous utilisiez bien les pinceaux, toiles et couleurs achetés par Mme Winthrop ? Et n'avait-elle pas engagé un professeur de dessin pour vous enseigner toutes les subtilités de cet art ? Nous pouvons donc résumer ainsi la situation : vous viviez sous son toit, à sa charge, et vous étiez mineure. En toute logique, c'est donc elle qui s'arrangeait pour vous organiser des expositions, fixait le prix de vos tableaux, et encaissait les fonds récoltés. De plus, les tableaux ne sont pas signés de votre nom, mais des simples initiales « C.K. ». Et lorsque j'ai essayé de me renseigner sur l'identité de l'artiste en question auprès des exposants, je me suis heurté à un mur de silence. La seule chose qu'ils ont accepté de me dire, c'est que Mme Winthrop était leur seule interlocutrice, que c'est elle qui avait pris soin de tout arranger. (Il fit une brève pause pour essuyer la sueur qui perlait sur son front, puis conclut :) En conséquence, le véritable propriétaire des tableaux, ainsi que des revenus y afférents, n'était autre que Mme Winthrop.

La colère s'empara de Cerynise et lui fit monter le rouge aux joues. Car si le notaire avait raison sur la plupart des points, il n'en restait pas moins vrai que c'était son talent à elle qui transparaissait dans ses peintures – pour la plupart des scènes réalistes, sur fond de paysages ou d'intérieurs. Et si Lydia avait insisté pour que le nom de Cerynise reste secret, c'était pour son bien, parce qu'elle savait que les éventuels acheteurs n'auraient pas pris le risque de miser sur une artiste si jeune.

— Lydia gardait naturellement cet argent pour moi, nous n'avions pas de comptes séparés, déclarat-elle tout en réalisant la faiblesse de sa défense. Et si je dois retourner à Charleston, je vais avoir besoin d'argent pour acheter mon billet.

— Que vous ayez eu ou non un compte à part n'aurait rien changé, répliqua Alistair. Ma tante était votre tutrice, point. Tout ce que vous avez lui appartenait... et désormais, donc, m'appartient.

Sybil réapparut soudain au salon, enveloppée d'une grande cape de soie moirée rouge, richement brodée de boutons de rose autour du capuchon et sur le devant.

— Oh, regarde ça, Al ! s'exclama-t-elle, tout excitée. C'est-y pas une merveille ?

Bien qu'elle risquât de trébucher sur l'ourlet, elle ne put résister au plaisir de tournoyer pour séduire l'assistance. En son for intérieur, elle regrettait toutefois de ne pas avoir réussi à passer la robe assortie à la cape, à cause de ses formes généreuses.

— Il y a une grande armoire remplie de jolies choses, reprit-elle. J'en ai jamais vu de pareilles de toute ma vie : des chapeaux, des pantoufles et des robes à gogo ! Sans parler de tous ces magnifiques dessous en dentelle. (Elle émit une sorte de gazouillis en venant parader devant Cerynise.) Eh bien, comment me trouvez-vous ?

Le visage impassible, Cerynise affûta sa réponse.

— Serez-vous seulement capable de refaire les coutures de la robe lorsque vous l'aurez élargie à votre taille ?

— Al ! Tu entends comment elle ose me parler ? s'écria-t-elle, outrée, en tapant du pied.

Mais, après avoir vu cette catin grassouillette se ridiculiser en public, Alistair se repentait déjà de son erreur. S'il avait souhaité infliger une leçon à Cerynise pour s'être montrée si arrogante vis-à-vis de lui, il lui fallait maintenant reconnaître qu'à moins d'importantes retouches, seuls ses manteaux et autres vêtements d'extérieur pourraient convenir à Sybil.

Il reporta son attention sur Cerynise et caressa du regard les courbes gracieuses de son buste. Elle se tenait bien droite, ostensiblement fière, telle une déesse de l'Antiquité, et à côté d'elle Sybil faisait pâle figure.

Lorsque les yeux de Cerynise se posèrent sur le visage d'Alistair et qu'elle vit son sourire salace, elle eut toutes les peines du monde à se contenir. Avant même qu'il s'approchât, de sa démarche un peu gauche, elle comprit ses intentions.

— Pourquoi vous inquiéter plus que de raison, Cerynise ? dit-il d'une voix enjôleuse. (Il glissa une main derrière elle et lui libéra les cheveux.) Je suis prêt à vous laisser vivre ici, à condition que nous puissions trouver un terrain d'entente. Peut-être même deviendrons-nous amis intimes d'ici peu.

Ignorant son regard haineux, il ramena les longs cheveux soyeux sur sa poitrine et, sans le moindre scrupule, les lissa du bout des doigts.

— Espèce d'odieux personnage ! fulmina Cerynise en le repoussant. Pensez-vous vraiment que je pourrais envisager d'avoir des rapports intimes avec vous, après vous avoir vu régner en seigneur et maître dans cette maison, comme un châtelain sur ses terres ? Eh bien, détrompez-vous, monsieur. En vérité, je préférerais mourir plutôt que rester sous votre coupe !

Cette fois, c'en était trop pour Alistair. Son visage prit une teinte rouge marbré, ses yeux s'enflammèrent, son bras se leva.... mais Howard intervint à temps pour l'empêcher de frapper.

— Si vous lui infligez une correction, elle pourra aller se plaindre aux autorités et montrer les marques laissées sur sa peau, remarqua-t-il avec bon sens. Mieux vaudrait la renvoyer sans faire d'éclats, ne croyez-vous pas ?

Il fallut quelques secondes à Alistair pour retrouver un semblant de calme.

— Sortez, petite peste ! lança-t-il à l'adresse de Cerynise. Vous ne méritez même pas que l'on vous apprenne les bonnes manières !

— Vous n'aurez pas besoin de me retenir, répondit-elle dans un souffle. Le temps de rassembler quelques affaires, et je quitterai…

— Pas question ! Je vous ordonne de partir sur-le-champ !

Et comme pour mieux marquer sa détermination, il la saisit par le bras et la tira sans ménagement jusque dans le hall où Jasper, interloqué, tenta de s'interposer :

— Monsieur, permettez-moi de…

— C'est moi le maître des lieux, à présent ! Que celui qui n'est pas d'accord fasse ses bagages et s'en aille, lui rétorqua Alistair. (Il ouvrit grande la porte et poussa Cerynise dehors avec une telle rage qu'elle dévala les marches de granit.) Mais réfléchissez bien avant de prendre votre décision. Ne perdez pas de vue qu'il vous sera d'autant plus difficile de retrouver une place que je ne délivrerai à aucun d'entre vous un certificat de bons et loyaux services ! (Il se tourna vers Cerynise, exposée à la pluie battante, et ajouta :) Disparaissez de ma vue, ou je vous fais arrêter ! Mieux encore, je vous expédie dans un asile de fous !

— Ne croyez surtout pas que ce sont des paroles en l'air, renchérit Rudd, qui se tenait en retrait. M. Alistair Winthrop en a le pouvoir. C'est un homme respectable et respecté, et vous n'êtes rien.

Alistair referma la lourde porte, abandonnant Cerynise à son sort. Les bras croisés sur sa poitrine, elle se recroquevilla sur elle-même pour se protéger du froid et de la pluie, regrettant de ne pas avoir d'amies de son âge chez qui se réfugier. Mais, durant ces cinq dernières années, elle s'était entièrement consacrée à la peinture, négligeant de cultiver des relations durables avec d'autres jeunes filles. Quant aux proches de Lydia, elle n'oserait jamais les importuner avec ses problèmes : d'une part, elles risquaient de ne pas mesurer toute la gravité de la situation, du fait de leur grand âge ; d'autre part, Cerynise ne voulait pas risquer de les exposer à la rancune d'Alistair, au cas où elles viendraient à l'aider.

En vertu du testament de Lydia, il était en droit de disposer de la propriété Winthrop selon son bon vouloir, y compris en dressant la liste de ceux qui pourraient ou non résider sous son toit.

En proie à une infinie tristesse, Cerynise leva une dernière fois les yeux sur la grande demeure. La mort de Lydia, le manque de sommeil et d'alimentation, sa confrontation avec Alistair l'avaient mise dans un état de faiblesse tel que la longue marche qui l'attendait lui paraissait au-dessus de ses forces.

Elle s'arma de courage et, ayant finalement décidé de l'endroit où elle devait se rendre, commença à descendre la rue. Compte tenu du temps épouvantable, il n'allait pas être facile d'arriver à destination, mais hélas, elle n'avait pas le choix.

Elle n'avait parcouru que quelques mètres lorsqu'elle entendit des pas précipités derrière elle et se retourna. Lorsque la jeune domestique Bridget, enveloppée dans un gros châle, la rattrapa, elle était à bout de souffle. Les larmes sur son visage se mêlaient aux gouttes de pluie. La servante s'empressa de glisser sur les épaules de Cerynise sa propre cape en laine, qu'elle avait emportée exprès.

— Oh, mademoiselle, comme c'est terrible ! gémit-elle en reniflant et en essuyant ses joues du plat de la main. Comment M. Alistair a-t-il pu vous jeter dehors, alors que vous n'avez nulle part où aller ? Je ne peux pas le croire, ce n'est pas vraiment possible, dites ?

— J'ai bien peur que si, Bridget. Le testament de Mme Winthrop lui en donne le droit. Allons, rentrez vite, sinon vous risquez de vous faire licencier, et ce serait un grand malheur. Tenez... reprenez votre cape et partez.

Mais Bridget l'empêcha de se dévêtir.

— Non, gardez-la, mademoiselle, elle est à vous à présent. Mme Winthrop m'en avait donné une pour que je la porte à la Saint-Michel. Celle-ci ne me fera donc pas défaut.

— Vous êtes sûre ?

— Sûre et certaine, mademoiselle. Je resterai malgré tout au service de M. Winthrop, mais au moins je vous verrai partir en sachant que j'ai fait tout ce que je pouvais pour vous.

— Merci infiniment, Bridget. Vous êtes une amie pour moi, murmura Cerynise, les larmes aux yeux. Je ne vous oublierai jamais.

— Il faut encore que je vous dise une chose, mademoiselle. Quand M. Jasper a compris ce que M. Winthrop avait l'intention de faire, il nous a demandé de déménager vos tableaux dans la petite réserve sous l'escalier. Il a dit qu'il prendrait sur lui de raconter un mensonge à M. Winthrop, en prétendant qu'ils avaient été envoyés à une galerie, mais qu'on ignorait laquelle. Il ne vous reste plus qu'à trouver un moyen de les récupérer. Il le faut, mademoiselle.

— Je ne voudrais surtout pas que vous risquiez des ennuis ou votre place en tentant de sauver mes tableaux, répondit Cerynise, touchée de la loyauté du personnel. Ils n'ont pas si grande valeur que cela, je vous assure. Et si, comme je le souhaite, j'arrive à embarquer pour Charleston, il se pourrait que je ne revienne jamais les reprendre.

— Qu'importe ce que vous ferez, mademoiselle. De toute façon, nous les garderons cachés. Ce sera notre revanche à nous, pour tout ce que M. Winthrop vous aura fait subir.

— Je vous en prie, Bridget, retournez vite là-bas avant qu'il ne vous voie en train de me parler, la supplia Cerynise en la poussant vers la maison.

La jeune domestique ne put retenir un sanglot lorsqu'elle passa les bras autour de Cerynise.

— Au revoir et bonne chance, mademoiselle, dit-elle en la serrant contre son cœur. Vous vous êtes toujours montrée très gentille avec nous, et vous allez beaucoup nous manquer. Nous attendrons tous avec impatience le jour où ce monstre sera puni comme il le mérite.

Après un dernier regard pour son ancienne maîtresse, elle s'éloigna rapidement, ses pas dans les flaques d'eau éclaboussant le bas de sa jupe longue qui lui battait les jambes.

Cerynise se recouvrit la tête du capuchon de laine et arrondit le dos sous la cape pour se protéger le mieux possible de la pluie. Bien qu'elle eût encore les cheveux mouillés et les mains gelées, elle était infiniment reconnaissante à Bridget de lui avoir apporté ce vêtement chaud.

Elle cheminait depuis un petit moment déjà lorsqu'elle se rendit compte que l'état de torpeur dans lequel l'avait laissée son altercation avec Alistair, plutôt que de l'anéantir, l'aidait à se concentrer sur son objectif. Au lieu de s'inquiéter de savoir comment elle allait se débrouiller pour se nourrir et se vêtir, elle se répéta jusqu'à s'en convaincre qu'elle était capable de marcher aussi longtemps qu'il le faudrait. Tout ce qu'elle avait à faire, c'était de mettre un pied devant l'autre. Et ce fut comme cela qu'elle arriva jusqu'à Southwark Bridge.

Le ciel était chargé de nuages, la ville plongée dans l'obscurité. Au cœur de cette menace impalpable, Cerynise se guida à la lueur des quelques bateaux remontant le fleuve pour venir s'amarrer aux quais. Son regard se porta vers les berges, où elle tenta de localiser les navires long-courriers, reconnaissables à leurs grands mâts. Lorsqu'elle était enfant et que ses parents allaient voir son oncle près du front de mer, à Charleston, elle avait pu contempler tout à loisir les nombreux vaisseaux qui entraient dans ce port du Sud. Tandis que son oncle péchait et lui parlait des grands voiliers, qu'il lui apprenait par la même occasion à les distinguer les uns des autres, elle s'installait près de lui avec son carnet à croquis et s'appliquait à reproduire ce qu'elle voyait.

Les souvenirs de cette ville lointaine remontèrent le cours de sa mémoire et jaillirent comme un torrent dans son esprit. Elle se rappela avec émotion le gazouillis des oiseaux dans les chênes centenaires qui bordaient la maison familiale, le bourdonnement des insectes dans l'air étouffant de l'été, la caresse des fougères sur ses bras nus quand elle courait à travers bois avec la joyeuse exubérance d'une enfant. Elle pouvait presque sentir encore l'odeur du chèvrefeuille et le goût des pralines dans sa bouche.

Et soudain une grande tristesse l'envahit. Elle se vit seule dans la nuit, transie de froid, épuisée, démoralisée, les doigts gourds, sans savoir comment s'y prendre pour gagner son billet de retour au pays. S'il la voyait telle qu'elle était à cet instant précis, aucun capitaine ne la laisserait monter à bord. Bien que cela

lui parût une idée étrange, elle savait, en son for intérieur, que d'une façon ou d'une autre elle devait revenir chez elle, rentrer au bercail.

Obéissant à un désir irrépressible, Cerynise s'engagea sur le pont. La pluie avait rempli les interstices
entre les pavés, mais à présent que ses pantoufles
étaient mouillées, cela n'avait plus grande importance. « Tout ce que tu as à faire, se répéta-t-elle pour
la énième fois, c'est mettre un pied devant l'autre
jusqu'à ce que tu arrives à destination. »

L'odeur fétide du fleuve s'accentua quand elle eut
passé le pont et quand elle arriva dans le quartier de
Southwark. Elle continua d'avancer en longeant les
quais, jusqu'à ce qu'elle discerne au loin les hauts
mâts des grands navires. Encouragée par leur vue,
elle hâta le pas. Elle avait conscience qu'il était dangereux de s'aventurer seule dans cet endroit – elle risquait de se faire accoster par des inconnus, voire
d'être prise pour une femme de petite vertu –, mais,
compte tenu de sa situation, elle ne pouvait pas se
permettre d'être timorée.

Les entrepôts et les immeubles aux volets clos
qu'elle dépassa étaient plongés dans une semi-obscu-
rité. Ici, chaque bougie, chaque once d'huile était
considérée comme un bien précieux, qu'on utilisait
avec parcimonie. Sans doute les pauvres compren-
draient et partageraient la peine de Cerynise, mais
ils ne pourraient lui venir en aide. Il ne tenait qu'à elle
de trouver un moyen d'embarquer sur un bateau. Et
elle était bien déterminée à y parvenir.

Ses jambes ne la portaient plus que difficilement
depuis qu'elle avait commencé à suivre le chemin qui
longeait la berge. Soudain, son pied heurta quelque
chose qui lui parut être un corps et elle se pencha
pour scruter l'obscurité.

— Qu'est-ce que c'est que ce bordel ? gronda une voix hargneuse, de dessous le canot pneumatique renversé, suspendu entre deux planches de bois. Vous ne pouvez pas regarder où vous mettez les pieds ?

Effrayée, Cerynise recula prestement, tout en gardant les yeux fixés sur la silhouette qui émergeait de l'embarcation.

— Ex...cusez-moi, monsieur, je ne... vous avais... pas vu, bredouilla-t-elle, sans savoir si c'était le froid ou la peur qui gênait son élocution.

— Et pourtant, j'étais bel et bien là ! dit-il, toujours d'aussi fâcheuse humeur.

L'homme qui se tenait à présent debout devant Cerynise était plus petit qu'elle, complètement chauve et à moitié édenté. Bien qu'il parût trop vieux pour travailler sur un bateau, il était affublé d'un costume de marin.

— Qu'est-ce que... vous faisiez... là-dessous ? s'enquit Cerynise.

Le mathurin la regarda d'un air exaspéré tout en se blottissant dans son ciré.

— Si vous voulez vraiment le savoir, fillette, j'piquais un p'tit roupillon en attendant le retour de mon capitaine.

— Je suis affreu...sement dé...solée de vous avoir... dérangé, monsieur. (Elle s'efforça d'être aussi douce et gentille que possible, espérant qu'il accepterait, malgré tout, de lui venir en aide. Grâce à lui, elle pourrait peut-être obtenir les renseignements dont elle avait besoin.) Je ne vous ai... pas fait mal... au moins ?

— Me faire mal ? À moi, le vieux Moon ? répéta-t-il, incrédule. (Il bomba son maigre torse et passa les pouces sous ses bretelles, comme s'il s'apprêtait à se pavaner devant elle.) Faudrait au moins une baleine pour égratigner le vieux Moon.

— Voilà… qui… me soulage.

Ayant perdu un peu de sa colère, Moon s'intéressa de plus près à la jeune fille. En dépit de son léger bégaiement, elle s'exprimait comme ces dames de la haute qui venaient s'informer de la qualité du logement à bord du navire sur lequel il était assigné. En général, après avoir visité les cabines, elles faisaient demi-tour. Cependant, il aurait fallu être aveugle pour ne pas voir que cette fille n'était pas du genre à traîner sur les quais à la recherche d'un client.

— Qu'est-ce qui vous amène donc par là, à une heure pareille, et seule ? C'est pas un lieu convenable pour une gentille fille comme vous.

— Il faut abso…lument que je re…tourne chez moi, et je cherche… un bateau qui… parte bientôt pour l'Amé…rique. Est-ce que… vous en connaî…triez un, par hasard ?

— *Le Mirage*, pour sûr ! répondit le vieil homme sans la moindre hésitation. Il parcourt les mers sous le commandement du cap'taine Sullivan. Et j'suis son mousse.

— Savez-vous… où je pourrais… trouver ce capitaine Sul…livan ?

Moon pivota d'un quart de tour et pointa un doigt en direction d'une lanterne qui scintillait dans l'obscurité.

— Le cap'taine est en train de r'prendre des forces, dans la taverne là-bas.

Cerynise était maintenant partagée entre le soulagement et la crainte. Certes, elle se réjouissait d'avoir là l'occasion d'écourter ses recherches, mais elle n'était pas naïve au point de ne pas savoir que les marins qui rentraient au port se précipitaient dans les tavernes pour boire plus que de raison et s'offrir le genre de divertissement qu'une femme comme Sybil aurait su leur apporter.

— Je suppose que cela vous... ennuierait de m'accompagner ?

Moon considéra d'un œil perplexe son allure négligée. En principe, il ne se serait pas donné la peine de se déranger pour un étranger, mais il avait le sentiment que cette jeune fille traversait des moments difficiles et grelottait de froid. De plus, il émanait d'elle une grande douceur, qui avait fini par réveiller son esprit chevaleresque.

— Vous allez vous transformer en statue de glace, si vous restez dehors. Alors, j'vais vous y emmener, ma p'tite demoiselle.

— Et vous... vous n'avez pas froid ?

Moon frotta son index sous son nez, puis s'ébroua.

— Impossible, avec une bonne dose de rhum dans les entrailles ! Ça vous réchauffe son homme, croyez-moi ! Par ici, jeune fille, ajouta-t-il en l'invitant à le suivre.

Ils ne mirent que quelques minutes à rejoindre la taverne. Cerynise resta prudemment près de la porte tandis que Moon se frayait un chemin vers le fond de la salle. L'établissement était plein à craquer. Certains marins poussaient la voix pour se faire entendre des serveuses, d'autres s'efforçaient d'attirer leur attention en tapant le cul de leurs chopes contre les lourdes tables de bois. Quelques-uns s'amusaient à pincer ou à donner une petite tape sur les fesses de toutes les filles de salle qui passaient près d'eux, accompagnant toujours leurs exploits de grands éclats de rire. Et au milieu de tout ce tapage, une poignée de matelots étaient occupés à bécoter les belles de nuit venues se nicher près d'eux. Détournant pudiquement le regard, Cerynise chercha à repérer Moon.

Elle l'aperçut à l'autre bout de la pièce, penché pardessus l'épaule d'un homme à la large carrure et apparemment très intéressé par le contenu de son assiette. Elle supposa que ce devait être son capitaine de vaisseau. Si tel était le cas, Sullivan était un homme d'une bonne quarantaine d'années. Avec ses cheveux légèrement grisonnants, ses épais favoris et sa barbe de plusieurs jours, il avait l'allure d'un pirate, impression renforcée par la lourde bourse qu'il exhiba sous le nez de la serveuse quand il lui demanda d'apporter une autre cruche de bière aux hommes assis à sa table.

L'instant d'après, Moon revenait auprès de Cerynise, arborant un large sourire.

— Le cap'taine est prêt à vous entendre, jeune fille.

À peine Cerynise avait-elle dépassé les premières tables qu'une main chercha à la retenir. Dans un sursaut, elle réussit à échapper au marin, qui s'esclaffa, découvrant ses dents pourries.

— Eh, les gars, r'gardez un peu c'que la tempête a rej'té ! beugla-t-il pour attirer l'attention de ses compagnons. Dirait-on pas une souris trempée comme une soupe ?

— Trempée, d'accord, mais un beau brin de fille tout de même !! s'exclama un autre.

Le regard lubrique, il agrippa la cape de Cerynise et, d'un coup sec, la fit glisser de ses épaules, arrachant du même coup une des agrafes.

— Enlève tes sales pattes de là, espèce de crapaud vicieux !! ordonna Moon en le giflant du revers de la main. Tu vois donc pas que t'as affaire à une demoiselle ?

— Une demoiselle ? répéta le matelot avec un bref sifflement. Dans un bouge pareil ? Est-ce que t'essaierais pas de m'embobiner, Moon ?

— Jamais d'la vie ! On voit bien qu't'as encore jamais reluqué une vraie demoiselle de toute ta foutue vie, et qu'tu t'rendrais pas compte que t'en as une en face de toi même si elle te r'gardait droit dans les yeux !

Les éclats de rire moqueurs qui fusèrent des tables avoisinantes ne firent qu'exaspérer le ressentiment du marin, qui rétorqua :

— Non seul'ment j'suis pas aveugle, mais j'suis sûr d'une chose : des vraies demoiselles, y s'en est jamais vu dans des endroits comme ça.

— Eh bien, maintenant, t'en vois une, lui répondit Moon avec autorité.

— Une p'tite garce, oui, marmonna le marin en se détournant.

Une myriade d'étoiles scintillaient devant les yeux de Cerynise, et il lui fallut cligner plusieurs fois des paupières pour se ressaisir. Finalement, elle parvint tant bien que mal à gagner la table du capitaine Sullivan. En bon gentleman, Moon s'empressa de lui avancer une chaise, qu'elle accepta d'autant plus volontiers qu'elle se sentait terriblement faible.

— Ainsi donc, vous souhaitez faire la traversée sur mon bateau ? commença Sullivan, ses yeux noirs et perçants glissant lentement des cheveux mouillés de Cerynise jusqu'au bas de sa robe. (Si jolie qu'elle fût et si coûteux qu'aient pu être ses habits, cette jeune fille avait bien besoin de se changer, songea-t-il. Et tandis qu'il réfléchissait, la langue collée à la joue, il croisa le regard de Cerynise : elle semblait épuisée.) Mais avez-vous de quoi payer ?

Si elle pouvait difficilement lui avouer son dénuement, elle ne pouvait non plus mentir.

— Ce ne serait pas très malin de ma part de chercher une place sur un bateau si je n'avais pas de quoi payer d'une manière ou d'une autre.

— C'est-à-dire ?

Cerynise rassembla tout son courage, sachant bien que sa proposition avait peu de chances d'être du goût du capitaine.

— Mon oncle, M. Sterling Kendall, vous fera parvenir la somme dès mon arrivée à Charleston…

Durant quelques secondes, Sullivan la regarda comme s'il était convaincu qu'elle avait perdu la tête. Puis, tout à coup, il frappa un grand coup sur la table et partit d'un grand rire qui décupla les craintes de Cerynise. Quand enfin il se fut calmé, il la regarda d'un air soupçonneux, une pointe d'amusement éclairant encore son visage rougeaud.

— Maintenant, vous allez me dire si je vous ai bien comprise, mademoiselle. Votre oncle me réglera après la traversée, c'est ça ?

— Je me rends bien compte que ce serait plutôt inhabituel…

— Totalement insensé, voilà ce que ce serait ! hurla-t-il en tapant du poing sur la table. De deux choses l'une : ou bien vous devez être folle à lier, ou bien vous me prenez pour un fou.

— Ni l'un ni l'autre, je vous assure, répondit-elle, les yeux embués de larmes. Je n'ai absolument pas perdu la tête, mais il se trouve que ma tutrice est décédée récemment et que j'ai été mise à la porte de sa maison par la personne qui a hérité de ses biens. On ne m'a permis d'emporter aucune de mes affaires personnelles, si bien que je n'ai rien à vous proposer en échange de vos services. Autrement dit, je me retrouve à la rue, totalement démunie. (Elle marqua une pause, prenant soudain conscience qu'elle en était réduite à mendier.) Croyez-moi, monsieur, si je pouvais arriver à vous convaincre de me faire confiance, c'est avec joie que je vous promettrais de vous payer deux fois le prix de la traversée. Mon oncle est la seule personne, désormais, sur laquelle je puisse compter.

Sullivan la dévisagea longuement, mais cette fois avec plus de sympathie.

— Vous devez comprendre, mademoiselle, que je suis tenu de rendre des comptes à ma compagnie. Supposons que votre oncle soit mort, qui paierait votre voyage ? C'est de ma propre bourse qu'il faudrait que je sorte l'argent.

— Je comprends, capitaine Sullivan, murmura Cerynise d'une voix éteinte. (Elle repoussa sa chaise et se leva.) Je suis désolée de vous avoir ennuyé avec mes histoires.

— Excusez, cap'taine, mais... intervint Moon, se surprenant à plaider la cause de Cerynise. Il y a encore *L'Intrépide*. Le cap'taine Birmin'ham ne dépend de personne, lui. Peut-être que ça lui dirait de la prendre à son bord.

— Ma foi ! acquiesça Sullivan, tout en se frottant le menton d'un air pensif. C'est vrai qu'il possède son propre bateau... mais, à ma connaissance, il n'a jamais emmené de passagers.

Cerynise fronça les sourcils, se demandant si elle avait bien entendu. Elle se sentait si faible qu'elle n'arrivait plus à se concentrer et, de nouveau, les mots se bousculèrent dans sa bouche.

— Vous avez pro...non...cé le nom de Birming...ham, n'est-ce... pas ?

— Oui, en effet. Vous connaissez le capitaine Birmingham ? s'étonna Sullivan.

— S'il fait par...tie de la famille des Bir...mingham qui vi...vent près de Charleston, alors oui, je... le connais.

— C'est Beauregard Birmingham qui commande *L'Intrépide*. Son nom vous rappelle quelque chose ?

— Avant sa mort... mon père dirigeait un collège privé... pour les enfants des planteurs... et marchands de la région... (Son accent traînant, de plus en plus prononcé, l'agaçait.) Et à une certaine époque... Beauregard... Birmingham... était un de ses étu...diants. Nous avions noué des rela...tions avec sa famille et... son oncle, Jeff...rey Birmingham.

— Eh bien, si le capitaine Birmingham se souvient encore de vous, il se pourrait qu'il vous prenne en pitié, remarqua Sullivan, sans vraiment s'adresser à Cerynise. Moon, accompagne la jeune fille jusqu'à *L'Intrépide* ; et n'oublie pas de dire au capitaine Birmingham qu'il me doit une tournée.

— À vos ordres, cap'taine ! lança Moon dans un large sourire. Ce s'ra un véritable plaisir pour moi d'aller là-bas avec la demoiselle et d'en profiter pour j'ter un coup d'œil à l'aut' vaisseau avant qu'on jette l'ancre.

Lorsqu'ils sortirent de la taverne, il faisait nuit noire mais le vent était retombé. Les nappes de brouillard au-dessus du fleuve s'étiraient lentement vers la terre ferme. Des cliquetis et d'étranges raclements dans le lointain venaient troubler le silence. Moon se déplaçait dans l'obscurité comme en plein jour, à petits pas pressés, effectuant cependant régulièrement une petite halte pour permettre à Cerynise, épuisée et grelottante, de reprendre son souffle.

— J'parie que vous êtes jamais montée sur un bateau comme celui du cap'taine Birmin'ham, fillette, dit le vieux Moon en pointant son doigt vers les hauts mâts qui émergeaient de la brume. Un sacré navire marchand ! On n'en voit pas beaucoup des comme ça, pour sûr. Vous me croirez jamais, mais le cap'taine Birmin'ham il l'a acheté lui-même, avec l'argent de toutes les fourrures, bijoux, etc., qu'il avait ram'nés de Russie plusieurs années avant. D'après c'que j'ai entendu dire, il est retourné dans la Baltique et à Saint-Pétersbourg, et il est revenu avec deux fois plus de trésors dans les cales que la fois précédente. Y paraîtrait même qu'il est en affaires avec le cap'taine d'une Compagnie des Indes pour échanger une partie du butin qu'il transporte contre des soies, des pierres précieuses, du jade et je sais pas quoi encore. En ce moment, il est là pour charger d'autres trésors… comme s'il en avait pas déjà assez pour allécher les marchands de Charl'ton ! Moi je dis qu'il a perdu la tête, celui qui prend le risque d'emmener des passagers sur un cargo plein de richesses. Mais espérons que le cap'taine verra les choses différemment avec vous, fillette.

Cerynise ne sut que répondre. Ils approchaient du vaisseau, un superbe trois-mâts qui semblait tout écraser autour de lui par sa puissance. Mais, à cet instant, plus rien ne pouvait impressionner Cerynise, tant elle était à bout de forces. Tout ce qu'elle souhaitait, c'était se rouler en boule quelque part et dormir.

Moon s'arrêta au pied de la passerelle et appela le quart pour lui demander la permission de monter à bord. Bien qu'il criât à pleins poumons, sa voix parvenait lointaine aux oreilles de Cerynise. Elle eut vaguement conscience que ses jambes la lâchaient, et se sentit partir à la renverse, comme au ralenti. Sa tête heurta doucement les pavés du quai, mais la douleur était bien présente. Puis il y eut un cri aigu, on appelait au secours, et, après une éternité, des bras puissants la soulevèrent pour l'emporter. Dans les secondes qui suivirent, le brouillard s'enroula comme un suaire autour d'elle, lui coupant la respiration et la précipitant dans un grand trou noir.

2

Cerynise cherchait désespérément un refuge contre la lumière éblouissante qui perçait le brouillard dans lequel elle semblait flotter. Maintenant ses paupières bien closes, elle tenta de refouler l'éclat aveuglant vers le royaume des profondeurs, convaincue qu'un tel supplice ne pouvait être que sorti tout droit de l'enfer. Hélas, la lumière conserva toute son intensité. Découragée, elle risqua un œil à travers ses cils soyeux, et découvrit alors que le coupable n'était autre que le soleil matinal, qui se réfléchissait dans le miroir ovale fixé au-dessus d'une petite étagère de toilette. Eussent-ils été en acier, les rayons étincelants qui irradiaient son visage lui auraient perforé le cerveau.

Tout autour de ce halo de forme ovale, des formes imprécises demeuraient mystérieusement à l'écart, enfermées dans le silence de leur lointaine indifférence. Certaines étaient bien trop grandes ou trop larges pour se prétendre humaines, d'autres impossibles à identifier malgré leurs dimensions plus communes. À moins que ce ne fût tout simplement son imagination qui lui faisait croire qu'elle n'était pas seule.

Toutefois, elle éprouvait un certain soulagement à ne plus être tourmentée par une désagréable impression de gêne. En fait, elle se trouvait bien au chaud sous un édredon de plumes, le corps enveloppé dans des draps qui sentaient le propre ; deux longues mèches de cheveux bouclés et secs masquaient partiellement son visage, et ses orteils ne souffraient plus de la morsure du froid. S'il n'y avait eu cette boule lumineuse, venue réclamer avec insistance son attention, sans doute aurait-elle pu continuer à somnoler, baignant dans une douce quiétude.

Un soupir s'échappa de ses lèvres lorsqu'elle se retourna pour se soustraire à la lumière agressive. L'oreiller étant un peu plus ferme que ce à quoi elle était habituée, elle lui redonna un peu de souplesse en le tapotant du poing. Il s'en dégagea alors un étrange parfum d'homme, qui éveilla ses sens comme une caresse chaude. Elle frotta son nez contre le coussin, libérant sciemment d'autres effluves, et, languissante, passa la langue sur ses lèvres étirées en un sourire tandis que de délicieuses idées fantasques lui traversaient l'esprit. Comme il était agréable de s'imaginer avoir été enlevée par un magnifique sultan qui finissait par renoncer à son harem par amour pour elle ! Quel plaisir de rêver d'un fier-à-bras, séduisant et assez audacieux pour la capturer et l'emmener sur son bateau, où il lui promettait de mettre le monde à ses pieds !

Un léger balancement de son lit, accompagné d'un subtil craquement, lui fit ouvrir grands les yeux et réaliser soudain avec horreur qu'elle n'était pas sur la terre ferme. Le pan de mur lambrissé sur lequel elle posa un regard abasourdi semblait trop proche. Elle avança la main pour le toucher, essayant mentalement de le raccorder à quelque chose de familier, mais, tandis que ses doigts effleuraient les moulures du bois, elle se rendit compte que le monde se mettait de nouveau à tanguer de façon incongrue. Instinctivement, elle porta sa main à sa bouche et étouffa un hoquet de surprise. De toute évidence, elle se trouvait sur un bateau. Mais à qui appartenait-il ?

Elle perçut un bruit derrière elle, et son inquiétude grandit. Cela ressemblait à un grattement, comme celui d'une plume sur un parchemin.

Ses craintes se muant en angoisse, elle sentit sa gorge se nouer et voulut détacher sa collerette. Mais, à sa grande stupéfaction, celle-ci avait disparu. Le cœur battant la chamade, elle laissa sa main glisser sur sa poitrine, nue elle aussi, puis sur son ventre et ses cuisses. Pas la moindre trace de vêtements !

Prise de panique, Cerynise se retourna vivement, tira les couvertures jusqu'à son menton et se redressa dans le lit pour démasquer l'autre occupant de la cabine, car elle ne doutait plus à présent qu'il y eût quelqu'un d'autre. Et peu lui importait qu'il apparaisse sous les traits d'un sultan ou d'un fier-à-bras : de toute façon, ce ne pouvait être qu'un mufle pour avoir osé la déshabiller à son insu ! Dieu seul savait ce qu'il avait pu faire encore !

L'homme apparut immédiatement dans son champ de vision. Il était assis à un bureau, une plume entre le pouce et l'index, et prenait des notes sur un grand livre ouvert devant lui. Dès qu'il l'entendit bouger, il tourna la tête et lui prêta toute son attention. Le regard de Cerynise se fixa sur un visage bruni par le soleil où brillaient deux yeux bleu saphir. L'inconnu avait des cheveux noirs, très légèrement bouclés et juste assez longs sur la nuque pour effleurer le col ouvert d'une chemise qui paraissait d'une blancheur éclatante dans la lumière matinale.

— Je suis heureux de voir que vous êtes en vie, dit-il avec une pointe d'humour, d'une belle voix chaude et grave. Vous dormiez si profondément, je commençais à me demander si vous alliez vous réveiller un jour.

— Où sont mes vêtements ?

La question fut lâchée d'un ton dur et sans préambule.

— Vous avez pris un mauvais coup de froid, Cerynise, et vos habits étaient trop mouillés pour que vous puissiez les garder. J'ai chargé mon garçon de cabine de faire sécher vos sous-vêtements, mais je crains que votre robe n'ait été très abîmée.

Le cerveau de Cerynise s'emballa subitement lorsqu'il enregistra que l'inconnu l'avait appelée par son prénom.

— Ainsi, je vous connais, dit-elle.

Il posa sa plume et se leva. Tandis qu'elle reculait prudemment contre le mur derrière elle, il s'avança, un sourire amusé au coin des lèvres. Un bras glissé autour du cadre supérieur de la couchette, il se pencha en avant et avança l'autre main pour attraper une boucle de ses longs cheveux soyeux.

— De toute ma vie, je n'ai jamais rencontré qu'une seule personne ayant cette couleur de cheveux. C'était une petite fille qui s'asseyait parfois dans la salle de classe de son père et prenait des notes comme si elle avait le même âge et était aussi avancée que les autres élèves. À chaque fois que je lui tordais le nez, elle me tirait la langue et déclarait que j'étais un incorrigible taquin. Néanmoins, elle se montrait prête à me suivre partout...

Cerynise comprit aussitôt qui elle avait en face d'elle. Une seule personne pouvait évoquer ce genre de souvenirs : un garçon à qui jadis elle vouait un véritable culte et qui avait quitté Charleston à l'âge de seize ans pour tenter sa chance sur les mers. Elle se souvenait encore des cadeaux qu'il lui rapportait lorsqu'il rentrait à son port d'attache et venait rendre visite à son père.

— Beau ?

— En personne, mademoiselle.

Reculant de deux pas, le capitaine Beauregard Birmingham plaça une main en travers de la poitrine et claqua des talons, en un salut débonnaire.

— C'est un plaisir de vous revoir, Cerynise.

— Vous avez beaucoup changé, murmura-t-elle, à la fois pleine de respect et intimidée.

De fait, c'était un homme à présent, et plus séduisant encore que tout ce qu'elle avait osé imaginer dans ses rêves de jeunesse. Il était plus grand, plus costaud, avec de larges épaules et un corps d'athlète. Pour tout dire, il incarnait parfaitement le prince charmant qu'elle voyait en lui lorsqu'elle lui emboîtait le pas, se languissant d'un regard, d'un sourire ou d'un clin d'œil, n'importe quel signe qui lui aurait permis d'être sûre qu'il était aussi impressionné par elle qu'elle l'était par lui.

— Vous aussi, vous avez changé. Vous êtes devenue une vraie femme, Cerynise… une très belle jeune femme, précisa-t-il, les yeux pétillants.

L'allusion était si claire que Cerynise sentit le feu lui monter aux joues.

— Qu… qui m'a déshabillée ? demanda-t-elle avec angoisse.

Le regard de Beau ne se déroba point.

— J'aurais, hélas, manqué à mes devoirs de commandant de vaisseau si j'avais laissé s'en charger un membre de mon équipage. Et, dans la mesure où autrefois je vous protégeais lorsque d'autres garçons venaient vous importuner, je tenais à veiller personnellement à ce qu'il ne vous arrive rien de désagréable.

— Je vous en prie, dites-moi que vous avez gardé les yeux fermés, supplia Cerynise, espérant le convaincre d'abréger son supplice.

Beau soutint son regard pénétrant sans se départir de son sourire, mais quelque chose força son admiration et le poussa à la rêverie : les yeux de Cerynise, où venait s'accrocher un rayon de soleil, ressemblaient pour le moment à deux cristaux vert sombre, mais il savait par expérience qu'ils pouvaient changer de couleur avec la lumière ou selon les habits qu'elle portait. Enfin, il s'efforça de se concentrer sur la situation présente. Conscient du trouble de Cerynise, il chercha à atténuer le choc qu'elle venait de recevoir.

— Si cela peut vous aider à vous sentir mieux...

— Vous apprêtez-vous à me raconter un mensonge, Beau Birmingham ? l'interrompit-elle, en lui lançant un regard accusateur.

Il contint difficilement son rire, un doigt pressé sur ses lèvres.

— La seule chose qui me préoccupait, Cerynise, c'était votre santé, assura-t-il, soucieux de paraître un parfait gentleman. Vous étiez glacée jusqu'aux os, et je craignais pour votre vie. Il fallait absolument vous réchauffer, ce qui eût été impossible en vous laissant vos habits trempés. Vous pouvez me faire confiance, je ne suis pas un débauché...

— Vous n'êtes pas aveugle, non plus ! gémit-elle, affreusement humiliée.

— Non, je ne le suis pas, admit-il. Mais j'étais uniquement attentif à votre bien-être.

Ayant été retenu en Russie par une tempête de glace automnale, plusieurs années auparavant, il savait quels ravages le gel et le choc pouvaient produire. Mais il préféra s'abstenir de lui dire qu'après lui avoir retiré ses vêtements il l'avait plongée dans une baignoire d'eau très chaude et laissée tremper quelques instants pendant qu'il essayait de glisser un peu de brandy entre ses lèvres bleues. Échouant dans cet effort, il l'avait transportée jusqu'à son lit et frottée vigoureusement avec une serviette avant de l'envelopper dans une couverture et de l'entourer de ses bras pour lui communiquer la chaleur de son propre corps. Elle n'aurait jamais pu comprendre les sensations qu'il avait éprouvées lorsqu'un peu plus tard elle s'était recroquevillée contre lui. Rien que de sentir son souffle caresser sa gorge l'avait fait tressaillir de plaisir, et il s'était rendu compte à cette occasion qu'il n'était pas prudent de l'emmener avec lui jusqu'à Charleston. Elle était bien trop attirante.

Un long silence s'installa entre eux. Bien que les paroles de Beau fussent pleines de bon sens, elle n'en était pas moins mortifiée à l'idée qu'il ait pu se conduire de manière si cavalière avec elle.

— Voulez-vous manger quelque chose ? demanda-t-il, changeant de sujet. J'espérais que vous vous réveilleriez à temps pour que nous puissions déjeuner ensemble et bavarder un peu. La dernière fois que je vous ai vue, c'était à l'enterrement de vos parents, peu après mon retour d'un long voyage. Je me souviens que tout à coup Mme Winthrop vous a fait monter dans son fiacre et que vous avez disparu avant même que j'aie pu vous présenter mes condoléances. C'est votre oncle qui m'a expliqué par la suite que vous deviez prendre un bateau pour l'Angleterre. (Il s'interrompit quelques secondes, puis reprit d'une voix sombre :) La nuit dernière, Moon m'a appris que, les héritiers Winthrop vous ayant jetée à la rue, vous aviez décidé de retourner chez vous... et que vous espériez bien que je vous ferais faire la traversée.

— Acceptez-vous de me prendre à bord ?

Embarrassé, Beau poussa un long soupir. Cerynise était maintenant si jolie et si féminine qu'en son for intérieur il savait qu'il lui serait très difficile de se cantonner au rôle d'homme galant que sa mère aurait aimé lui voir tenir en pareille circonstance. Si seulement il pouvait encore voir en Cerynise la petite fille maigrichonne, à la langue aussi vive que l'esprit, les choses auraient été plus simples. Mais après l'avoir vue en tenue d'Ève, cela ne lui serait plus possible. C'était une vraie femme désormais, et les conséquences d'une amourette avec une innocente installée sur son navire risquaient de remettre en cause toute sa vie. Dans le meilleur des cas, celle-ci prendrait une tournure violente une fois arrivé à la maison.

— Nous sommes sur un navire marchand, Cerynise, et il n'y a pas d'endroit aménagé pour recevoir des passagers. (En disant cela, il n'exagérait qu'à peine, puisque les cabines étaient toutes pleines à ras bord de sa précieuse cargaison.) Néanmoins, je veillerai à ce que le capitaine Sullivan vous ramène en Amérique saine et sauve. *Le Mirage* doit appareiller à la fin de la semaine, mais je partirai sans doute avant. D'ici là, je vous autorise à rester à bord et à occuper ma cabine.

La déception éclipsa le peu d'espoir que nourrissait encore Cerynise.

— J'ai déjà essayé d'expliquer au capitaine Sullivan qu'oncle Sterling paierait ma traversée à mon arrivée, mais il m'a dit que sa compagnie exigeait un versement avant l'embarcation.

— Ne vous tracassez pas pour cela. J'ai demandé à Moon de prendre toutes les dispositions nécessaires. Croyez-moi, tant qu'il veillera sur vous, vous n'aurez rien à craindre. Ce vieil homme est d'une loyauté absolue : j'ai eu l'occasion de le vérifier par moi-même lorsque nous naviguions ensemble, il y a de cela des années. Et j'ai cru comprendre qu'il se considérait comme un preux chevalier attaché à votre service. Savez-vous qu'il était réellement très inquiet lorsque vous vous êtes évanouie ?

— Je ne sais pas ce que je serais devenue sans lui, avoua-t-elle, songeuse.

Beau s'avança jusqu'à l'un des deux petits placards dissimulés dans le mur, à l'autre bout de la couchette, et en sortit un peignoir d'homme. Il le posa en travers de son bras, puis s'arrêta devant une chaise pour y prendre les habits soigneusement pliés qu'on y avait déposés. Cerynise, ayant reconnu les dessous qu'elle portait sous sa robe, s'étonna de les voir souillés de vilaines taches.

— Que s'est-il passé ?

— Je crains que votre robe n'ait déteint sur eux, avec toute cette pluie que vous avez reçue, répondit-il en les lui apportant. Et personne sur *L'Intrépide* ne savait comment s'y prendre pour redonner un peu d'éclat à d'aussi délicats tissus.

— Et ma robe, où est-elle ?

— Le velours était encore humide il y a quelques instants, mais, même sec, je doute que vous trouviez une quelconque utilité à ce vêtement. (Voyant son air troublé, il haussa les épaules et ajouta :) Un enfant, peut-être, saurait quoi en faire.

— Vous voulez dire qu'elle a rétréci ?

— Précisément. Pour le moment, voilà tout ce que je peux vous proposer en remplacement, dit-il en lissant le peignoir du dos de la main. J'essaierai de vous trouver quelque chose de plus classique et de plus approprié cet après-midi, ou éventuellement demain lorsque j'aurai un peu plus de temps. Pendant que vous vous habillez, je vais informer mon cuisinier que nous aimerions dîner.

Sur ce, il sortit, laissant à Cerynise l'intimité dont elle avait besoin pour se remettre de ses émotions. Consciente d'occuper le domaine d'un homme qu'elle connaissait depuis son enfance, elle se leva et regarda autour d'elle avec une certaine gêne tout en enfilant le vêtement trop large qu'il lui avait laissé. Un léger parfum d'eau de toilette masculine capta son attention et aussitôt toutes ses pensées se concentrèrent sur une seule personne : Beauregard Birmingham. Bien que très subtile, cette fragrance exalta sa sensibilité féminine. En fait, elle trouvait étonnant d'être émue à ce point par la présence de quelqu'un dont elle avait perdu la trace depuis des années. Craignant à l'époque de ne plus jamais le revoir, elle l'avait regardé par la fenêtre de la carriole jusqu'à ce qu'il disparût de son champ de vision, puis elle avait éprouvé un grand regret en pensant qu'il était arrivé trop tard à la cérémonie pour pouvoir converser avec elle. Mais voilà qu'après une si longue séparation le hasard les avait réunis. Et Beau, mûri par l'expérience, était aujourd'hui magnifique.

Un sourire éclaira son visage tandis qu'elle se sentait gagnée par la béatitude et qu'elle inspectait le petit intérieur, typiquement masculin et aménagé avec goût. Ce logement était à l'image de son occupant : charmant, raffiné, éblouissant, et généreusement ouvert sur le monde et ses aventures. Cerynise se souvint à quel point Beau lui avait paru imposant, assis à son bureau d'acajou garni d'un sous-main en cuir. Incapable de résister plus longtemps à la tentation de s'installer à la place qu'il occupait, elle se cala au fond de la large chaise, et constata avec amusement que seuls ses orteils touchaient le sol.

Poussée par la curiosité, Cerynise jeta ensuite un coup d'œil aux deux bibliothèques nichées de chaque côté du hublot, et découvrit avec surprise une belle collection de biographies, recueils de poèmes et romans au milieu d'ouvrages sur la navigation. Elle comprenait maintenant que l'indifférence avec laquelle il traitait la littérature classique quand il était étudiant n'était qu'une ruse destinée à ne pas contrarier ses compagnons, qui auraient eu vite fait de considérer un tel penchant comme une faiblesse de la part d'un garçon. Finalement, le père de Cerynise voyait juste lorsqu'il soutenait que le jeune Birmingham était bien plus malin qu'il ne le laissait paraître.

À l'autre bout de la cabine, sous une lanterne accrochée au plafond, il y avait une table et quatre chaises, bien rangées de chaque côté. Les petits coffres au couvercle arrondi disposés çà et là contenaient probablement les effets du capitaine. La tablette de rasage, sur laquelle les rayons du soleil se reflétaient encore quelques instants plus tôt, se trouvait à droite d'un panneau coulissant, entrouvert. Cerynise risqua un œil à l'intérieur et entrevit une baignoire ovale, reposant sur un unique pied central. Elle étouffa un petit rire en imaginant l'immense Beau en train de se baigner dans ce baquet, deux fois trop petit pour lui. Mais son sourire amusé s'évanouit lorsque son regard inquisiteur détecta quelques longs cheveux couleur fauve sur le rebord de la baignoire.

— Il m'a donné un bain ! s'exclama-t-elle dans un souffle. (Puis elle réalisa tout ce que cela impliquait,

54

et répéta, abasourdie :) Dieu du ciel, il m'a donné un bain ! Un bain !

La seule pensée que Beau ait pris de telles libertés avec elle la mit dans tous ses états. Elle eut envie de pleurer, de hurler, de disparaître dans un trou pour effacer ce sentiment de honte qui la torturait.

Elle défit la ceinture de sa robe d'intérieur et regarda son corps nu comme si elle le voyait pour la première fois. En effet, il lui paraissait presque étranger, maintenant qu'elle savait que Beau avait pu le contempler tout à loisir. Elle avait les seins fermes, la taille fine, la ligne de ses hanches était harmonieuse, et la peau de ses cuisses était douce. S'il avait été son mari, elle ne se serait pas fait prier pour livrer à ses regards tous ces trésors cachés. Mais comme il était celui dont le souvenir n'avait jamais manqué d'accélérer les battements de son cœur, elle en vint à s'inquiéter des pensées qu'il avait pu avoir en la baignant. S'il l'avait fait uniquement poussé par l'urgence de la situation, pourquoi ne lui en avait-il pas parlé ? Était-ce parce qu'il cherchait à lui cacher autre chose, ou bien pour lui épargner les affres de l'humiliation ?

Cerynise en était là de ses réflexions lorsqu'elle enfila en toute hâte ses sous-vêtements, délaissant toutefois son corset. Puis elle revêtit la robe d'intérieur trop ample et en remonta les manches, tandis que son esprit vagabond imaginait Beau en train de peiner pour défaire les minuscules boutons de son bustier, nichés entre ses seins. N'importe quel homme aurait eu des difficultés à manipuler des choses aussi petites et délicates. Mais peut-être, après tout, n'avait-il tenu aucun compte de sa nudité et avait-il accompli cet acte charitable, qui consistait à la déshabiller et la baigner, sans s'appesantir sur le fait qu'elle était une femme.

Elle alla se poster devant le miroir ovale au-dessus de la tablette de rasage et, s'efforçant de se concentrer sur le présent, commença à se brosser les dents avec le sel qu'elle avait déniché dans une boîte d'argent sur la table. Puis elle passa les doigts dans ses cheveux pour tenter de les démêler, et les noua avec un lacet arraché à son corset. S'estimant trop pâlotte, elle se pinça les joues et se mordilla les lèvres pour leur redonner un peu d'éclat. C'est alors qu'elle prit conscience de ne s'être jamais autant souciée de son apparence lorsqu'elle s'attendait à croiser l'un de ses soupirants qui, ayant dûment noté ses habitudes de promenade avec Lydia, l'attendait sur le chemin avec l'espoir d'être enfin présenté à sa tutrice. Mais Lydia prenait un malin plaisir à déjouer leurs tentatives, obsédée par l'idée que sa protégée devienne une artiste reconnue ou, tout au moins, épouse un noble.

Soudain, on frappa doucement à la porte.

— Êtes-vous présentable, Cerynise ? demanda Beau à travers le panneau de bois. Puis-je entrer ?

— Oui, bien sûr, répondit-elle tout en s'assurant que le col de sa robe d'intérieur lui enveloppait bien le cou.

Elle ne put cependant s'empêcher de penser que faire montre de pudeur maintenant n'avait plus grande importance.

Beau entra dans la cabine et s'effaça sur le côté pour livrer passage à un homme de petite taille, avec des cheveux noirs, des yeux sombres et pétillants, et une fine moustache incurvée vers le haut.

— La demoiselle va déguster la meilleure cuisine qu'elle ait jamais goûtée de sa vie, annonça-t-il dans un joyeux sourire, en accentuant bizarrement les mots. Philippe a préparé à manger tout exprès pour elle. (Impressionné par la beauté de Cerynise, il marqua une pause. Puis, portant une main à son cœur, il se répandit en excuses :) Mademoiselle, veuillez pardonner au commandant de ce navire de ne pas avoir fait les présentations. Je suis Philippe Monet, chef cuisinier au service du capitaine Birmingham, ici présent. (Il ôta la main de sa poitrine en esquissant une révérence.) Et je suppose que vous êtes la demoiselle Kendall, à propos de qui mon capitaine a oublié de préciser qu'elle était la plus belle créature du monde.

Cerynise partit d'un grand éclat de rire, amusée par une telle verve, mais lorsqu'elle se tourna vers Beau et vit son front légèrement plissé, elle eut la très nette impression que quelque chose l'avait contrarié. Était-il fâché d'avoir été discrètement rappelé à l'ordre par son cuisinier, pour manquement aux règles de la bienséance ? Ou reprochait-il à celui-ci de faire preuve d'un enthousiasme exagéré pour son invitée ?

Incapable de trouver la raison de son mécontentement, Cerynise reporta son attention sur le petit homme exubérant.

— Enchantée de faire votre connaissance, monsieur Monet, dit-elle avec beaucoup de grâce.

La moustache de Philippe frémit de plaisir quand il entendit la jeune fille parler sa langue maternelle. De toute évidence, songea-t-il, elle avait dû être instruite par un Français de souche pour prononcer si divinement les mots. Et tout à sa joie, il se lança dans un long discours en français… brutalement interrompu par l'intervention autoritaire de Beau :

— Je vous en prie ! Exprimez-vous en anglais, pour nous autres malheureux qui n'avons pas la chance de parler couramment plusieurs langues.

— Excusez-moi, capitaine… répondit instinctivement en français le cuisinier.

— Philippe, cela suffit !

— Je vous demande pardon, capitaine, s'excusa le petit homme. Je crois que je me suis laissé aller quand la demoiselle m'a répondu dans ma langue d'origine.

— Eh bien, tâchez de vous contrôler. Je sais que Mlle Kendall est ravissante, mais elle est mon invitée à bord et je souhaiterais qu'elle ne soit pas embarrassée par votre ardeur.

— Voyons, capitaine, il n'en est pas question, déclara Philippe, agitant ses mains en signe de dénégation.

— Dans ce cas, voulez-vous bien nous servir notre dîner avant qu'il refroidisse ?

— Bien sûr, capitaine.

S'efforçant de ne rien laisser paraître de sa contrariété, Philippe s'inclina en une révérence appuyée puis claqua des mains. Aussitôt, le jeune garçon au visage criblé de taches de son qui attendait patiemment de l'autre côté de la porte pénétra dans la cabine, tenant à bout de bras un grand plateau chargé de mets délicats. Quand il vit Cerynise, il ne fit pas montre du même enthousiasme que le chef cuisinier, mais s'immobilisa brusquement, bouche bée et les yeux écarquillés.

— Voici Billy Todd, s'empressa d'annoncer Beau, échaudé par les critiques de Philippe. C'est mon garçon de cabine et un jeune homme sérieux qui fait généralement bien son travail… (Il posa une main sur la nuque du garçon et poursuivit :)… du moins tant qu'il n'oublie pas de garder la tête sur les épaules.

Les joues de Billy s'enflammèrent, prenant une teinte écarlate des plus spectaculaires.

— Désolé, monsieur… mademoiselle… m'dame…

— Mademoiselle, ça ira comme ça, lui précisa Beau d'une voix sèche. (S'il n'avait encore jamais vu les membres de son équipage si troublés par un joli minois, il lui suffit de se rappeler que lui-même n'avait pas à proprement parler gardé les idées claires lorsqu'il avait tenu Cerynise blottie dans ses bras.) Pose le plateau, Billy, sinon tu vas finir par renverser quelque chose.

Philippe assista le jeune garçon, et en un rien de temps ils disposèrent sur la table un assortiment de plats, plus appétissants les uns que les autres : saumon fumé, crêpes au caviar, rubans de légumes légèrement revenus dans du beurre citronné et, pour terminer le repas, un soufflé glacé au citron vert. Il était tout à fait exceptionnel de pouvoir déguster ce genre de dessert sur un bateau, mais ils avaient rapporté ces mets de Russie, emballés dans de la sciure.

— Vous passez votre temps à sillonner les mers, capitaine, mais cela ne semble pas vous empêcher de profiter des meilleures choses de la vie, remarqua Cerynise lorsqu'ils furent de nouveau seuls et qu'ils eurent pris place à table.

— Ne soyez donc pas si formaliste ! Pour autant que je m'en souviens, vous m'avez toujours appelé Beau, alors, je vous en prie, continuez.

Cerynise était convaincue qu'il ne pouvait exister au monde des yeux plus bleus que ceux qui lui souriaient en ce moment même. Enfant, il lui était arrivé de regarder longuement les yeux de sa mère, qu'elle trouvait extraordinairement beaux. Puis, plus tard, elle s'était rendu compte qu'ils étaient en fait de la même couleur que ceux de Beau. Et maintenant, en plongeant son regard dans ces profondeurs translucides, elle comprenait comment une femme pouvait se pâmer d'admiration pour lui sans qu'il fût besoin de prononcer le moindre mot.

Cerynise se libéra mentalement de l'envoûtement et s'en voulut de se comporter de façon si puérile.

— Moon a fait allusion à un voyage en Russie, dit-elle, reprenant ses esprits.

— Une partie des marchandises étalées devant nous proviennent de là.

— J'imagine que ce devait être excitant d'aller là-bas, mais cela semble si loin...

— Pas tout à fait aussi loin que vous pourriez le croire, Cerynise. En réalité, il s'agit d'une courte promenade, si l'on pense à ce que cela représente de contourner le cap Horn pour aller en Chine. Mais même ces voyages prendront moins de temps dès que l'on aura perfectionné les nouveaux vaisseaux que l'on a commencé à construire. On les appelle des clippers, et ils sont magnifiques. Ils sont équipés pour supporter une plus grande largeur de voiles et, avec une coque aussi tranchante qu'un rasoir, ils fileront sur l'océan.

— À vous entendre, on dirait que vous êtes marié avec la mer, nota Cerynise, rêveuse.

— Pas vraiment. Comme tout un chacun, j'aspire à avoir une maison et à fonder une famille, mais je n'ai pas encore trouvé la femme qui saura prendre mon cœur à la mer. Peut-être dans dix ans serai-je prêt à abandonner la navigation, mais je doute que cela se produise avant.

— À mon avis, prendre votre cœur ne doit pas être une tâche facile pour une femme... surtout avec une rivale pareille. (Elle profita d'une pause dans leur conversation pour goûter une crêpe et la trouva si délicieuse qu'elle délaissa leur sujet de discussion pour s'extasier :) Vraiment, je n'ai jamais rien mangé d'aussi exquis ! C'est une pure merveille !

Un petit rire accompagna la réponse de Beau.

— Je dirais que c'est dû au seul caviar, si je n'avais pleinement conscience du talent d'un vrai chef cuisinier à mon service. Philippe est si doué que je crains qu'il ne parte un jour rejoindre quelqu'un qui serait prêt à lui proposer une fortune pour le voir régner sur ses cuisines. Cela fait maintenant trois ans qu'il me suit partout, aussi bien en mer que sur la terre ferme, dans ma propriété de Charleston.

— Vous avez une maison à Charleston ? s'étonna Cerynise. J'aurais pensé qu'en étant si souvent absent il vous serait plus facile d'habiter chez vos parents lorsque vous reveniez en Amérique.

— Je tiens trop à mon intimité pour aller nicher dans les ailes d'Harthaven quand mon navire est dans son port d'attache, expliqua-t-il. (Il la gratifia d'un sourire tout en piquant dans une tranche de saumon avec sa fourchette.) De plus, si mon père et moi on se retrouve à vivre trop longtemps sous le même toit, on finit par se conduire comme deux étalons enfermés dans le même paddock !

Alors qu'elle était en train de se représenter les deux hommes Birmingham piaffant et s'ébrouant dans l'espace confiné d'une maison, Cerynise fut prise d'un fou rire. Elle riait tellement qu'elle avala de travers et qu'un bout de crêpe se retrouva coincé dans sa gorge. Aussitôt, elle se mit à tousser pour tenter de le déloger.

— Il ne manquait plus que ça ! observa Beau. (Se décidant à intervenir, il alla se placer juste derrière elle en lui enjoignant de se lever, puis passa ses bras autour de sa taille.) Maintenant, penchez-vous le plus possible en avant, essayez de vous détendre et recrachez-le.

Cerynise obtempéra et se retrouva dans une position qu'elle jugea aussi ridicule que déshonorante. Elle avait l'impression d'être une grande godiche – surnom que, d'ailleurs, certains garçons lui avaient jadis attribué –, et le peignoir dont elle était affublée n'arrangeait pas les choses. Pendant qu'elle s'efforçait de maintenir une distance respectable entre son dos et le corps de Beau, son pied se prit dans le tissu ; elle trébucha et s'effondra sur son hôte, qui eut le réflexe de plier les genoux pour la recevoir. Durant un court instant, son bras la retint serrée tout contre lui, et elle se sentit sécurisée, mais, en se dégageant pour se relever, son pied s'emmêla de nouveau dans les plis du peignoir et elle retomba, de côté cette fois. Beau allongea précipitamment le bras, soucieux d'amortir sa chute. C'est en l'aidant à se redresser que lui-même perdit l'équilibre, les faisant basculer tous deux en arrière. Il s'affala sur le sol, et Cerynise retomba sur lui en laissant échapper un hoquet de surprise qui libéra du même coup le morceau de crêpe niché dans sa gorge. Mais elle n'en restait pas moins consternée par sa maladresse. Et tandis qu'elle cherchait à se redresser, le visage en feu, elle n'était plus obsédée que par une chose : se sortir honorablement de cette situation. Elle prit conscience, mais hélas trop tard, qu'à force de se tortiller pour se relever elle se retrouvait maintenant à califourchon sur Beau, au niveau de son bassin. Son cœur s'emballa et tout son visage se figea dans une expression de stupeur quand elle sentit le membre viril de Beau se durcir progressivement. Eût-elle été assise sur des charbons ardents que l'effet n'aurait pas été moindre. Comme si elle était montée sur ressort, Cerynise se remit debout en un éclair et, tournant délibérément le dos à Beau, attendit que s'apaise le feu qui la dévorait.

Beau se releva à son tour. Bien qu'il fût conscient d'avoir besoin d'une femme dans son lit, depuis que Cerynise Kendall était à bord il souffrait encore plus de ce manque. La légère pression de ses fesses sur son bas-ventre avait allumé en lui une fusée bien trop explosive pour qu'il puisse garder la tête froide. Le fait qu'il désirât ardemment avoir une relation avec elle le poussait à hâter son départ. C'était une vraie femme, trop jolie pour ne pas mettre en péril sa tranquillité d'esprit. Tant qu'elle serait dans les parages, il ne pourrait répondre de lui, malgré tout le respect qu'il devait à la mémoire de ses parents.

Revenu à table, il remarqua qu'un peu de rouge colorait les joues de son invitée et en devina aisément la raison. Cerynise ayant vécu ces dernières années chez sa vieille tutrice, entourée de gens très collet monté, il était plus que probable qu'elle ne connaissait pas grand-chose des hommes. Mais si elle restait quelque temps avec lui, elle ne tarderait pas à combler cette lacune. Elle s'apercevrait bientôt qu'il n'était pas de pierre, et leur relation se résumerait alors à un test d'endurance où l'un d'entre eux serait sans doute poussé dans ses limites.

Un silence gêné accompagna la fin de leur repas. Beau n'avait plus goût aux plaisirs de la table, maintenant que s'était réveillé son appétit charnel. Il s'efforça donc de réfléchir à la situation. Il ne pouvait décemment pas emmener Cerynise dans son lit, quand bien même il aurait été ravi de se livrer à une telle expérience avec un sujet aussi chaste et inexpérimenté. D'un autre côté, il ne pouvait pas non plus la soustraire à ses regards concupiscents sans lui offrir une tenue décente. Par conséquent, il n'avait d'autre solution que de quitter le bateau. Peut-être, à l'occasion, se mettrait-il en quête d'une jeune femme susceptible d'assouvir ses désirs sexuels. Car après cela, mais seulement après, il serait en mesure de se conduire en gentleman avec celle-ci.

Plus tard dans l'après-midi, Billy Todd frappa doucement à la porte du capitaine.

— Mademoiselle, vous êtes réveillée ?

— Oui. Une minute, s'il vous plaît. (Cerynise resserra sa ceinture, remonta son col, puis alla ouvrir en tenant légèrement relevés les pans de sa robe d'intérieur. Elle accueillit le jeune garçon avec un sourire beaucoup moins radieux que le sien.) Qu'y a-t-il, Billy ?

Il lui tendit un petit tas d'habits en expliquant :

— Excusez le dérangement, mademoiselle, mais le cap'taine a dit que vous aviez besoin d'autres vêtements, et comme je suis le plus p'tit marin à bord, il m'a d'mandé si j'voulais bien partager avec vous pendant quelque temps. (En voyant l'air consterné de Cerynise, il s'empressa d'ajouter :) N'allez pas vous imaginer des choses, mademoiselle. Le cap'taine a dit que vous voudriez p't'être porter aut' chose que sa robe de chambre, vu qu'elle est trop grande... (Ses yeux s'attardant sur les pieds nus et les fines chevilles de Cerynise, celle-ci mit fin à son plaisir en relâchant les pans de son peignoir. Confus, le pauvre Billy piqua un fard.) C'est propre, mademoiselle, reprit-il d'une voix troublée. J'les ai lavés moi-même.

— Oh, mais je n'en doute pas, assura Cerynise, qui s'inquiétait bien plus de l'image qu'elle donnerait d'elle, habillée en garçon. C'est très gentil de votre part de me les proposer, mais je ne voudrais surtout pas vous en priver.

L'expression d'adoration qui marqua le visage de Billy prouvait sa volonté de faire bien plus encore, si seulement elle le lui demandait.

— Je vous en prie, mademoiselle, prenez-les. Sinon, le cap'taine va se demander si je vous les ai vraiment proposés.

Cerynise laissa échapper un petit rire, tout en acquiesçant d'un signe de tête.

— Dans ce cas, je vais les garder. Je m'en voudrais de vous créer des ennuis.

— Si vous avez besoin de quoi qu'ce soit d'autre, mademoiselle, n'hésitez pas à m'le dire. Je serai très heureux de pouvoir combler vos désirs, précisa-t-il en rougissant jusqu'aux oreilles.

— Merci, Billy. Oh, à propos, savez-vous si le capitaine doit rester encore un moment sur le pont ?

— Le cap'taine n'est pas à bord, mademoiselle. Il est parti voir des amis à lui, il y a une heure environ, mais il m'a chargé de vous dire qu'il rentrerait pour dîner avec vous ce soir. En attendant, il souhaitait que vous restiez dans sa cabine... pour éviter qu'les gars se laissent distraire par votre présence, ajouta-t-il avec un sourire entendu.

— Le capitaine vous a demandé de me dire ça ? s'étonna Cerynise.

Billy parut tout à coup moins sûr de lui et baissa la tête.

— Ben... euh... p't'être que la fin n'était pas pour vos oreilles. Vous ne lui direz pas que j'vous ai dit ça, hein ?

— Non, Billy. Cela restera un secret entre nous.

Le garçon de cabine poussa un soupir de soulagement.

— Vous savez, mademoiselle, on n'a jamais eu de femme à bord pendant plus de deux heures de suite. Alors, il se peut que vous trouviez nos manières un peu rudes.

— Si les autres marins sont aussi galants que vous, je n'ai pas de souci à me faire. Et *L'Intrépide* peut s'enorgueillir d'avoir un équipage de gentlemen !

Son sourire s'élargit, ramenant un peu de couleur sur les joues de Billy et d'éclat dans ses yeux. Durant le bref silence qui s'ensuivit, Cerynise songea qu'il ne devait être son cadet que de quelques années. Bien que la vie en mer s'avérât parfois une terrible épreuve pour les jeunes, celui-ci ne semblait pas en avoir trop souffert. Certes, il n'était pas très étoffé, mais il avait l'air correctement nourri, content de son sort, et portait une tenue soignée : autant de signes témoignant des vertus du commandant du vaisseau sur lequel il naviguait.

— Je f'rais mieux de retourner à mon travail, dit-il. Si vous avez besoin de quelque chose, mademoiselle, appuyez sur la sonnette qui est là, à l'extérieur, et j'arriv'rai en courant.

Aussitôt qu'il eut refermé la porte derrière lui, Cerynise déplia sur la couchette les vêtements qu'il lui avait apportés et se décida à les essayer. Si mince qu'elle fût, elle n'était pas dépourvue de formes, et elle peina quelque peu pour enfiler l'étroit pantalon. La tâche s'avéra d'autant plus compliquée qu'elle tint à garder son dessous en lingerie pour ne pas risquer d'avoir la peau écorchée par la toile rêche. Étant enfin parvenue à le boutonner, elle alla se placer devant le miroir ovale, qu'elle ajusta de façon à se voir en pied, sous tous les angles. Elle jugea l'effet de face d'une vulgarité épouvantable, mais quand elle se tourna de dos et constata que le pantalon lui moulait les fesses et marquait nettement leur séparation, elle eut un véritable choc. Même si Beau ne lui avait pas demandé de rester dans la cabine, il aurait fallu tout un attelage pour la tirer sur le pont. Se montrer devant des marins dans une tenue aussi indécente eût été une invite.

La chemise était assez longue pour couvrir ses hanches et lui permettre de porter le pantalon de coutil avec une certaine discrétion, mais le tissu avait perdu de sa fraîcheur. Cerynise abandonna vite l'idée de mettre un corset, qui aurait mis en valeur sa poitrine de façon un peu trop suggestive.

En dépit de tous ses scrupules, elle garda sur elle les vêtements de Billy, ne voyant aucun mal à les porter en l'absence de Beau, tant qu'elle disposait de la cabine pour elle seule. Le long peignoir gênait ses mouvements et était si large au niveau des épaules qu'il lui fallait toujours veiller à ce qu'il ne glisse pas jusqu'à la taille. Cependant, si quelqu'un venait à entrer, elle pourrait l'enfiler prestement pour masquer les parties de son anatomie que les habits de Billy soulignaient exagérément.

Le garçon de cabine revint deux heures plus tard pour savoir si elle n'avait pas faim, mais Cerynise déclara qu'elle aimait mieux se reposer. Elle se ressentait encore de la mort de Lydia et de tout ce qui s'était ensuivi, et ne voyait de meilleur remède à sa peine que le sommeil et la relaxation.

Elle déposa le peignoir à la tête du lit, de façon à l'avoir à portée de main, puis se glissa sous le duvet et ferma les yeux, reconnaissante envers son hôte pour son hospitalité.

À peine eut-elle enfoui sa tête dans l'oreiller qu'elle en huma de nouveau le parfum de Beau. Elle se rendit compte alors qu'elle était autant troublée par son absence que par sa présence. Cerynise devenue femme n'était en fait guère différente de la jeune fille d'autrefois : aujourd'hui comme hier, elle attendait impatiemment son retour. Mais comment expliquer ce sentiment de vide qu'elle éprouvait en ce moment, alors qu'ils ne s'étaient pas revus depuis plus de cinq ans et qu'il avait embarqué sur un vaisseau avant qu'elle ne fût partie vivre en Angleterre ? Imaginer qu'un homme puisse l'émouvoir à ce point lui paraissait tiré par les cheveux. Et cependant, en comparant l'immense joie qu'elle avait ressentie lors de leurs retrouvailles et le désir ardent qui la taraudait présentement, qu'aurait-elle pu croire d'autre ?

À l'exception d'une brève visite de Billy Todd en milieu d'après-midi, pour lui apporter du thé et des crêpes au beurre, les heures s'écoulaient lentement. Peu après que le plateau eut été retiré, Cerynise flâna du côté de la bibliothèque, puis se pelotonna dans l'un des sièges rembourrés. Elle regarda, captivée, les gens qui s'activaient sur le quai, tout en songeant qu'elle aurait eu plaisir à peindre ce genre de scènes. Ici des gentilshommes bien habillés côtoyaient des marins au teint basané, là de gros marchands tentaient de chasser des garnements en haillons, qui les harcelaient jusqu'à ce qu'ils se décident à leur donner quelques piécettes. Des femmes de pêcheurs arpentaient le quai en proposant leurs marchandises, leurs paniers ronds calés contre leurs larges hanches. D'autres vendeurs poussaient des chariots remplis de toutes sortes de produits frais : légumes, fruits, œufs. Au milieu de tous ces gens, Cerynise reconnut Philippe, qui, entre deux poignées de main, appelait un matelot en renfort pour l'aider à rapporter à bord tout ce qu'il avait acheté.

Le jour commençant à tomber, il y eut un peu moins d'animation, et une nouvelle forme de commerce prit la relève. Les accoutrements criards et les visages outrageusement maquillés des prostituées révélaient leurs intentions, avant même qu'elles ne se mettent à racoler les marins qui passaient par là. Elles n'hésitaient pas à dévoiler une bonne longueur de cuisse ou à approfondir leur décolleté pour aguicher le client, certaines allant jusqu'à faire étalage de leur poitrine généreuse. Cerynise sentit son visage s'enflammer à la vue de ce spectacle indécent. Après ce qu'elle venait de vivre, elle ne pouvait s'empêcher de s'apitoyer sur le sort de ces pauvres filles.

Un attelage s'arrêta sur un espace dégagé non loin de là, et son cœur se mit à battre la chamade quand elle vit Beau en descendre. Il s'arrêta à la portière du véhicule pour rassembler ses affaires, dont deux longs pistolets et un gros sac de toile qu'il jeta sur son épaule. Quelques prostituées s'approchèrent en minaudant pendant qu'il payait sa course et, lorsqu'il se retourna, il fut assailli d'invites. La plus hardie de ces filles, et la plus jeune aussi, se frotta à lui de manière provocante tout en le caressant d'une main experte. Beau ne sembla pas s'en émouvoir outre mesure, mais, lorsqu'elle se hissa sur la pointe des pieds et tenta de lui arracher un baiser, il détourna la tête. Puis, les écartant d'un signe de la main accompagné d'un sourire, il se dirigea vers le bateau, laissant la belle manifester sa déception par une moue boudeuse.

Au même moment, Cerynise lâcha un long soupir de soulagement, sachant à quel point elle aurait été malheureuse de le voir partir au bras d'une de ces femmes et l'escorter jusqu'à son petit coin de paradis éphémère.

C'était pour Beau que son cœur avait toujours battu, à chaque fois qu'il entrait dans une salle de classe ou qu'il chevauchait à son côté. Et maintenant encore, elle se surprenait à écouter avec la même ferveur le bruit de ses pas. L'instant d'après, elle entendit le plancher craquer de l'autre côté de la porte, puis trois petits coups sur le panneau de bois.

— Cerynise, c'est Beau. Puis-je entrer ?

— Oui, bien sûr ! cria-t-elle d'une voix mal assurée.

Elle quitta aussitôt son poste d'observation, de peur qu'il ne la soupçonne d'avoir assisté à la scène avec les prostituées. Et, se souvenant qu'elle était vêtue de façon inconvenante, elle se précipita vers la couchette pour attraper son armure de velours. Il s'en fallut de peu, mais elle ne put éviter d'être surprise dans une position plutôt grotesque pour une femme.

Beau ouvrit grande la porte, et demeura interdit sur le seuil. Jamais il n'aurait imaginé se retrouver face au ravissant derrière de Cerynise, flottant dans les airs comme le drapeau blanc d'une galante reddition. À cet instant précis, il aurait été prêt à accepter à n'importe quel prix sa capitulation, mais il ne pouvait s'empêcher de croire qu'il était en train de rêver, tant cette excitante vision de sa charmante invitée surpassait tout ce qui lui avait été donné de voir dans les rues.

Cerynise recula, arrachant à son admirateur un grognement de désir éloquent. Tandis qu'elle se redressait, il gagna prestement la table de toilette et chercha à se donner une contenance en se rinçant le visage et les mains. Si l'eau froide réussit à tempérer son imagination, il lui fallut néanmoins quelques minutes pour reprendre ses esprits et faire face à Cerynise avec un semblant d'assurance. Par chance, quand il se retourna, elle avait déjà enfilé le peignoir. Il pouvait donc la regarder sans craindre de perdre à nouveau la raison.

Le pantalon du garçon de cabine contribuait à rendre Cerynise plus féminine et plus désirable encore aux yeux de Beau, fasciné par ses rondeurs si avantageusement comprimées. Il avait maintenant devant lui une femme-enfant si séduisante qu'il doutait de pouvoir un jour tomber sous le charme d'une autre. Elle était merveilleuse, avec ses longs cheveux couleur fauve qui retombaient en vagues jusqu'à sa taille, et ses grands yeux, paisibles comme un vallon parsemé de fleurs sauvages, qui l'interrogeaient du regard.

En voyant son front plissé, Cerynise sentit que quelque chose le perturbait, mais, ne sachant quoi exactement, elle risqua un timide sourire.

— Les habits de Billy sont étonnamment confortables, dit-elle pour meubler le silence.

Beau devait se maudire d'avoir eu cette idée, ce matin après le petit déjeuner. Cerynise était si diablement attirante dans son peignoir qu'il avait pensé qu'il lui serait plus facile de ne pas succomber à son charme si elle s'habillait en garçon. Mais, hélas, cette transformation, loin de produire le résultat escompté, n'avait fait qu'aggraver la situation.

— Mieux vaudrait que mes hommes ne vous voient pas avec cela. Ils pourraient ne pas le supporter.

— J'ai l'impression que cela vous déplaît que je les mette, remarqua-t-elle en rougissant. Billy m'a pourtant dit que vous vouliez...

— Déplaire n'est pas le terme exact.

Il alla se placer de l'autre côté de son bureau, pour maintenir entre eux une distance respectable. Debout face à la rangée de hublots, il s'efforça de penser à autre chose. Mais bientôt son regard se posa sur les coussins sur lesquels il ne prenait jamais le temps de venir s'asseoir, et il remarqua un petit creux, à peu près de la largeur des hanches de Cerynise, à l'autre bout de la banquette. En jetant un coup d'œil dehors, il vit la jeune catin aborder un client à l'endroit où il l'avait laissée quelques minutes plus tôt, et instantanément tout devint clair dans son esprit. Il n'eut pas besoin d'interroger Cerynise pour savoir que, de la place qu'elle occupait en son absence, elle n'avait rien perdu de ce qui se passait sur le quai. Et cela l'amena à se demander si elle avait été choquée qu'il ait pu se laisser caresser par la jeune prostituée.

Il reporta son attention sur elle, et déclara de but en blanc :

— Philippe a préparé le dîner. Vous avez faim ?

— Oui ! s'exclama-t-elle dans un large sourire. (Beau semblant plus fâché contre lui-même que contre elle, Cerynise décida de montrer un peu de gaieté.) Et vous ?

— Je suis affamé.

Il sortit, le temps d'appuyer sur la sonnette à droite de la porte, puis retourna à son bureau et entreprit de mettre à jour son livre de quittances pendant que le garçon de cabine et le chef cuisinier dressaient la table. Philippe et Billy s'activèrent en silence, sentant qu'il était préférable de ne pas déranger le capitaine, puis s'éclipsèrent discrètement. Aussitôt, Beau abandonna son travail, franchit la faible distance qui le séparait de Cerynise, et lui avança une chaise pour qu'elle prenne place à table. Elle apprécia cette attention et se tint sagement assise, cachant ses mains moites et crispées dans les plis de son peignoir.

Malgré sa bonne volonté et l'agréable fumet qui se dégageait des plats, elle ne réussit pas à manger grand-chose tant le silence et l'air soucieux de Beau la contrariaient. Cela lui paraissait soudain étrange de partager ce repas avec lui ; c'était un peu comme si elle avait attendu ce moment depuis si longtemps qu'il perdait son caractère exceptionnel en se réalisant…

— Billy a dû vous dire que je souhaitais que vous restiez dans ma cabine. Mais avez-vous néanmoins passé une bonne journée ? demanda-t-il, rompant enfin le silence.

— J'ai passé presque tout l'après-midi à me reposer. Depuis la mort de Mme Winthrop, je n'arrive plus à trouver le sommeil... C'est arrivé si brutalement... et j'en ai été si bouleversée... (Elle but une gorgée de vin pour se redonner un peu de courage, tout en se demandant si autrefois elle était aussi intimidée par le jeune Beau qu'elle l'était aujourd'hui par le capitaine Birmingham.) Mais vous avez sûrement des choses plus plaisantes à me raconter, dit-elle en levant ses beaux yeux sur lui.

— Eh bien, pendant que vous dormiez, je suis allé à la chasse et, ma foi, c'était fort agréable. Je vais d'ailleurs souvent chasser, lorsque je suis en Caroline.

— La maison m'a beaucoup manqué, murmura-t-elle, songeuse.

— Et je crois que votre oncle s'est beaucoup ennuyé de vous, durant toutes ces années. J'ai eu l'occasion de lui rendre visite de temps à autre, et chaque fois nous avons longuement parlé de vous.

— Ce ne devait guère être passionnant !

— Dans notre souvenir à tous les deux, vous n'étiez encore qu'une toute jeune fille. Je pense que votre oncle Sterling va avoir une belle surprise en vous revoyant.

— Était-il en bonne santé, lors de votre dernière visite ?

— Il se portait comme un charme.

Cette nouvelle, au moins, réchauffa le cœur de Cerynise.

— J'en suis ravie, dit-elle, car je commençais à m'inquiéter depuis que le capitaine Sullivan a laissé entendre qu'il pouvait tout aussi bien être mort à l'heure qu'il est.

Beau profita de l'occasion pour lui donner quelques conseils au sujet de son prochain voyage sur *Le Mirage*, prenant soin toutefois de ne pas trop l'inquiéter.

— Dans la mesure du possible, Cerynise, tâchez de rester le plus souvent dans votre cabine, car Sullivan ne pourra pas constamment surveiller son équipage. De toute façon, si vous avez besoin de quoi que ce soit, n'oubliez pas que Moon sera toujours là pour répondre à vos attentes.

— Si je comprends bien, vous n'avez pas changé d'avis. Je ne rentrerai pas en Caroline sur votre bateau ?

— Hélas, non, soupira-t-il.

Ce fut là sa seule réponse, tout ce qu'il eut besoin de dire pour qu'elle comprenne que sa décision était bien arrêtée. Déprimée à l'idée de devoir bientôt le quitter, Cerynise préféra parler d'autre chose.

— Où allez-vous dormir cette nuit, si je reste dans votre cabine ?

— J'installerai un hamac près de mon quartier-maître, M. Oaks. Il ronfle tellement qu'il ne se rendra compte de rien.

— Décidément, ma présence à bord vous occasionne bien des soucis. Vous m'en voyez désolée.

— Voyons, vous êtes une amie, Cerynise. Et les amis sont faits pour s'entraider, non ?

Beau se leva de table aussitôt le repas terminé, et c'est tout juste s'il ébaucha un sourire en lui adressant son bonsoir. Cerynise attendit tranquillement que Billy ait fini de débarrasser, puis elle tressa ses cheveux, se déshabilla et lava ses dessous. C'était la première fois qu'elle allait devoir se coucher nue ; cela lui paraissait scandaleux, mais elle ne voyait pas comment faire autrement. Elle se glissa entre les draps d'abord avec réticence, puis au bout de quelques minutes trouva si agréable de sentir le linge de coton effleurer ses seins, tandis qu'elle se délectait du parfum enfermé dans l'oreiller, qu'elle s'abandonna à la rêverie, avec le fantôme de Beau pour amoureux. Elle éprouva alors des sensations jusque-là inconnues, qui firent naître un désir cuisant dans son corps de femme. Quand elle s'imagina en train de le caresser, comme elle avait vu faire la prostituée, l'excitation qui s'empara d'elle la laissa sur sa faim et ne fit qu'accroître son malaise. Pour ignorante qu'elle fût des choses de l'amour, elle était persuadée que Beau détenait la réponse à son problème. Un jour, peut-être, l'instruirait-il sur la question en tout bien tout honneur, en tant que mari.

— Sottise que tout cela ! murmura-t-elle dans le noir, se reprochant ses rêves insensés.

En effet, si Beau ne voulait même pas entendre parler de faire la traversée avec elle, comment croire qu'il puisse avoir envie de l'épouser ?

3

Alistair Wakefield Winthrop émergea des brumes du sommeil avec un épouvantable mal de tête, l'estomac retourné et la bouche pâteuse. Il roula sur lui-même jusqu'à l'autre bout du lit, se pencha par-dessus le dos de sa maîtresse et poussa un grognement. Voir le visage bouffi de Sybil barbouillé de khôl et de rouge ne fit rien pour améliorer son état. Il s'écarta d'elle, posa délicatement un pied à terre, puis l'autre, et traversa la pièce d'un pas chancelant, en se tenant la tête à deux mains. Deux minutes plus tard, il vomissait dans les toilettes tout ce que son corps n'avait pas réussi à digérer.

Revenu dans la pièce, il enfila son pantalon et sa chemise. Incapable de maîtriser le tremblement de ses doigts, il lâcha un juron en s'énervant sur le dernier bouton, pour finalement laisser les choses en l'état et quitter la chambre avec sa chemise entrebâillée. Il s'arrêta un instant sur le palier, aveuglé par la lumière du jour, et plissa les yeux. Puis il descendit à tâtons l'escalier, une main agrippée à la rampe.

La porte de la salle à manger étant ouverte, il aperçut la domestique en train de disposer les couverts, sous l'œil vigilant du redoutable Jasper. Mais il eut beau scruter la grande pièce, nulle part il ne vit trace de la seule chose qui l'intéressât : un thé fumant.

Il en frémit d'indignation. Quel que fût le rang de Jasper dans la hiérarchie des gens de maison, il ne devait pas perdre de vue que sa vie dépendait du bon vouloir de son maître, au même titre que les autres. Et, foi d'Alistair, ce laquais arrogant serait malavisé de vouloir lui tenir tête !

— Que penser de la façon dont est tenue une maison où le maître doit aller lui-même quérir son thé ? lança-t-il durement, du pas de la porte.

Le cliquetis des fourchettes et couteaux en argent tombant sur la table donna une idée du choc de la servante. Elle le regarda, pétrifiée. Quant à Jasper, c'est à peine s'il sourcilla.

Ce vieux salopard reste de glace. Maudit soit-il ! pesta intérieurement Alistair.

— Désolé pour ce désagrément, répondit Jasper avec calme et sang-froid. Si monsieur veut bien se donner la peine d'établir un programme régulier, je vous promets qu'à l'avenir il sera scrupuleusement suivi.

— Débarrassez tout ce foutoir ! Et apportez-moi une tasse de thé… si ce n'est pas trop vous demander !

— Tout de suite, monsieur, assura Jasper d'un ton affable.

Puis, se tournant vers la servante, il lui ordonna d'un claquement de doigts d'ôter ce qui encombrait la table.

Le majordome apporta lui-même le thé, qu'il déposa devant Alistair, assis avec les coudes sur la table, tête baissée et le visage enfoui dans ses mains.

— Oh, c'est vous ! soupira Alistair en sursautant.

Il cligna des yeux pour chasser les images venues s'imposer à son esprit durant le court moment où il s'était assoupi, puis il porta la tasse à sa bouche. En dépit de ses efforts, quelques gouttes du liquide bouillant tombèrent sur son pantalon.

— M. Rudd est ici, annonça Jasper. Puis-je le faire entrer ?

— Au point où nous en sommes, pourquoi pas ? maugréa Alistair.

Le visiteur se présenta peu de temps après, traversant la pièce d'une démarche mal assurée. Ses habits étaient froissés, et, à voir ses yeux, il paraissait aussi mal en point que le maître de maison. *Quel ivrogne !* commenta mentalement Alistair, avant de s'adresser à lui à voix haute.

— Je croyais que vous rentriez vous coucher, quand vous êtes parti, hier au soir ?

— C'est ce que j'ai fini par faire. (Howard Rudd se protégea de la lumière extérieure en levant une main à hauteur des yeux, et ajouta :) Fermez donc ces horribles tentures !

Jasper obtempéra, puis servit une tasse de thé à l'homme de loi, venu s'asseoir à droite d'Alistair.

— Maintenant, faites-le sortir, murmura Rudd à l'intention de son hôte. Nous avons besoin de parler en privé.

Alistair haussa le sourcil gauche, signe d'une légère contrariété, et frappa dans ses mains pour attirer l'attention de Jasper. Celui-ci s'apprêtant à répondre à ses injonctions, il pointa un doigt vers la porte et le congédia d'un simple signe de tête.

Rudd s'étant assuré que le majordome ne rôdait pas dans le couloir, il revint près d'Alistair et prit une profonde inspiration, comme s'il s'apprêtait à plonger dans un bassin d'eau froide.

— Eh bien, je pense qu'il n'y a pas lieu de s'inquiéter. Je souhaite que ce soit clair dès le départ, même si…

Cette fois, Alistair plissa le front. Ses soupçons se confirmaient : l'embarras de Rudd présageait de mauvaises nouvelles.

— Assez de mystère, dites ce que vous avez à dire !

— Le problème, c'est que je n'arrive pas à mettre la main sur certains documents officiels de Mme Winthrop, comme l'acte notarié de la maison, ou la liste de ses placements et comptes bancaires. Ils doivent se trouver quelque part, ici, mais jusqu'à présent mes recherches sont restées vaines.

Alistair prit appui des deux mains sur la table pour se relever, et marcha jusqu'à la fenêtre.

— Ils sont forcément là ! lança-t-il. Son capital devait lui rapporter au moins trente mille livres par an.

Rudd ne put s'empêcher de siffler un petit « oh ! » admiratif à l'annonce d'une si jolie somme.

— Tant que je m'occupais de ses affaires, votre tante a toujours fait preuve d'une extrême prudence dans ses placements. Il n'y a aucune raison de penser que cela ait changé par la suite.

— Alors, où sont ses registres ? hurla Alistair, exaspéré. (Il ne supportait pas l'idée de voir ses plans contrariés alors qu'il avait presque atteint ses objectifs, et déclara avec rage :) Je suis riche, bon sang ! Plus riche même que certains aristocrates ! Et personne ne m'ôtera cet argent. Personne !

Rudd l'exhorta à garder son calme.

— Inutile de vous énerver, cela risquerait de vous faire plus de mal que de bien. Nous allons retrouver ces registres, où qu'ils soient. S'il le faut, nous renverserons tout…

— Non ! s'exclama Alistair, puis il expliqua d'une voix plus calme : Nous fouillerons partout, certes, mais avec discrétion. Il ne faudrait surtout pas que nos recherches mettent la puce à l'oreille des domestiques. Ils pourraient se poser des questions.

Ce fut au tour de Rudd de s'inquiéter des propos de son comparse.

— Qu'entendez-vous par là, exactement ? demanda-t-il en le regardant, les yeux plissés.

— Peu importe ! Nous procéderons comme je viens de le dire. Si la vieille chipie tenait serrés les cordons de la bourse du temps où elle était vivante, en m'obligeant à quémander le moindre penny, maintenant qu'elle est dans la tombe, je peux me servir à mon gré. Et j'ai bien l'intention de tout prendre ! Absolument tout !

— Puis-je faire une suggestion… ?

— Oui. Quoi ?

— Mlle Kendall connaît peut-être l'endroit où votre tante conservait ses registres.

Le regard d'Alistair brilla d'un éclair mauvais, qui fit regretter à Rudd ses paroles. Le pauvre diable saisit un verre à liqueur, le remplit à ras bord de cognac, et le vida d'une traite.

— Mlle Kendall n'est pas là, lui rappela Alistair d'un ton cassant. Auriez-vous déjà oublié que je l'ai mise à la porte ?

— Non, bien sûr. Mais je viens de réaliser qu'elle aurait pu…

— Et pourquoi ne m'en avoir rien dit hier, avant que je la jette à la rue ? lui reprocha Alistair, bouillant de rage.

Rudd eut l'impression de recevoir chaque mot comme une gifle, penchant chaque fois la tête un peu plus de côté.

— Je ne pensais pas qu'on se heurterait à ce genre de problème. Mais si nous arrivons à la retrouver, nous pourrions…

Alistair s'approcha suffisamment pour l'impressionner, et lui lança avec mépris :

— Croyez-vous sérieusement que je m'abaisserais à demander à Cerynise Kendall où se trouvent les registres de Lydia ? Vous ne trouvez pas que ce serait pour le moins étrange, voire humiliant pour moi ?

— En effet, admit Rudd. Mais je ne vois pas ce qu'elle pourrait faire de tous ces documents. Et quand bien même elle s'en servirait, quelle importance ? Elle n'est pas en mesure de causer le moindre...

— Elle est hors du coup ! Partie ! Et c'est très bien comme cela ! martela Alistair, inflexible. Avec un peu de chance, un quelconque coupe-jarret se chargera bientôt de la rayer du monde des vivants... à moins que ce ne soit déjà fait.

Rudd avança une main tremblante vers la bouteille de cognac, mais Alistair s'en empara le premier et l'éloigna. Puis il fit signe au notaire de le suivre.

— Je vais donner congé aux domestiques pour la journée, à la mémoire de leur maîtresse bien-aimée, confia Alistair, passant un bras autour des épaules de Rudd. Et pendant leur absence, nous fouillerons la maison, pièce par pièce. Si ces papiers sont effectivement là, nous finirons bien par les trouver.

Une voiture de louage s'arrêta non loin de *L'Intrépide*, amarré au dock par la proue et la poupe. Jasper en sortit le premier, et, après avoir demandé au conducteur de bien vouloir décharger la malle du coffre, il s'en retourna aider Bridget à descendre sur le quai. S'étant réparti valises, cartables, la caisse de bois et le chevalet, ils empruntèrent la passerelle du vaisseau, derrière bon nombre de marchands.

— Y aurait-il une demoiselle Kendall à bord ? s'enquit Jasper auprès du premier marin qu'il croisa. Le capitaine Sullivan nous a dit que la dame que nous cherchions se trouvait là. Est-ce exact ?

Stephen Oaks ayant le grade de second, il était tenu au courant de tout ce qui se passait sur son bateau. Aussi n'eut-il aucune difficulté à leur répondre.

— Mon capitaine m'a informé de sa présence, en effet. Puis-je connaître le motif de votre visite ?

— Nous lui avons apporté quelques affaires, expliqua Bridget. (Un petit sourire creusa deux fossettes dans ses joues tandis qu'elle s'extasiait devant le marin.) Elle en aura grand besoin, si elle doit quitter l'Angleterre.

— Soyez assez aimables pour me donner vos noms, afin que j'aille rendre compte de votre arrivée à mon capitaine.

Quelques minutes plus tard, Beau fit son apparition. Il interrogea brièvement Jasper et Bridget, puis descendit à sa cabine… en proie à un certain malaise. La perspective de revoir Cerynise alors qu'il n'avait pratiquement pas dormi de la nuit à cause d'elle, l'imaginant dans toutes sortes de tenues, semait le trouble dans son esprit.

Il frappa à la porte, entendit qu'elle s'agitait à l'intérieur, et, quand enfin elle lui ouvrit, il comprit en voyant son joli visage empourpré qu'elle était désolée de s'être laissé surprendre par une visite inattendue. Il devina la raison de son embarras en apercevant un bout de lingerie fine, malgré les efforts désespérés qu'elle faisait pour la tenir cachée derrière son dos. Sans doute avait-elle lavé ses sous-vêtements, puis les avait-elle dispersés un peu partout pour les faire sécher ; et lorsque Beau avait frappé, elle s'était empressée de les rassembler, et tentait maintenant de les soustraire à sa vue. À l'émotion venait s'ajouter la gêne, du fait qu'elle tirait en même temps sur le velours de son peignoir. Mais cela n'était pas pour déplaire à Beau, qui apprécia la façon dont le tissu soyeux moulait ses seins, exceptionnellement libres.

— Il y a deux domestiques de la maison Winthrop sur le pont, annonça-t-il en répétant les noms qu'on lui avait donnés. Ils sont venus pour vous remettre certaines choses qui vous appartiennent. Désirez-vous que je les invite à descendre ?

— Oh, avec plaisir ! Mais accordez-moi un moment, voulez-vous ? ajouta-t-elle, se rendant compte qu'elle n'était pas présentable.

— Bien sûr. Vous n'aurez qu'à sonner lorsque vous serez prête.

Beau ne put s'empêcher de se demander s'il y avait une chance qu'il soit moins troublé par Cerynise lorsqu'elle serait vêtue de ses effets personnels. En son for intérieur, il en doutait.

— D'accord.

— Je demanderai à mes hommes de vous apporter votre malle un peu plus tard. Vous allez enfin pouvoir mettre autre chose que mon peignoir ! J'imagine que cela vous fait plaisir ?

— Pourquoi dites-vous cela ? Il est très joli.

Et tandis qu'elle caressait rêveusement le tissu de sa manche, Beau contempla son corps. Depuis qu'il l'avait vue nue, il avait beaucoup de mal à détacher son regard des parties les plus troublantes de son anatomie.

— Personnellement, je trouve qu'il vous va plutôt bien et que vous le mettez en valeur. Sur moi, il a toujours paru des plus quelconques.

Sensible au compliment, Cerynise sentit le rouge lui monter aux joues.

— Compte tenu de mon indigence, je ne suis pas sûre de mériter tant d'attentions.

— Si tous les gens démunis étaient aussi délicieux que vous, jeune fille, je suis convaincu qu'ils auraient beaucoup moins à se soucier de leur détresse. (Le clin d'œil qu'il lui adressa tout en sortant une redingote bleue du placard ramena Cerynise plusieurs années en arrière.) Je vous envoie vos visiteurs, ajouta-t-il avant de s'éclipser.

Quand Bridget franchit la porte de la cabine, quelques minutes plus tard, elle poussa un petit cri de joie en voyant Cerynise et se précipita vers elle, les bras grands ouverts.

— Oh, mademoiselle, si vous saviez comme nous étions inquiets pour vous ! s'exclama-t-elle avec émotion. Mais, Dieu merci, vous voilà, et toujours aussi magnifique !

— Qu'est-ce que vous faites là, tous les deux ? M. Winthrop ne vous a pas laissés sortir, si ?

— Seulement pour la journée. Il faut que nous soyons rentrés demain matin. M. Winthrop a dit qu'il avait des affaires à régler et qu'il ne voulait pas être sans arrêt dérangé par les domestiques, expliqua Jasper. (Son visage, habituellement impassible, s'éclaira tout à coup d'un sourire, et il confia avec un soupçon de fierté :) Nous avons apporté votre chevalet, mademoiselle. Pour l'instant, il est encore sur le pont avec le reste des bagages, mais, si je ne me trompe, là-dedans il doit y avoir vos pinceaux et vos couleurs, dit-il en exhibant un petit coffre en bois.

— Oh, oui ! C'est merveilleux ! s'écria Cerynise, serrant la boîte sur son cœur. Mais, dites-moi, comment avez-vous réussi à sortir tout cela de la maison sans éveiller les soupçons ?

— On s'en est occupés tôt ce matin, pendant que M. Winthrop et Mlle Sybil dormaient, raconta Bridget. À ce moment-là, on ne savait pas encore qu'il allait nous congédier pour la journée, et c'est pourquoi on n'a pas osé emporter toutes vos affaires. On a juste pris quelques robes et des petites choses indispensables. Pour ce qui est de vos tableaux, on les a cachés dans le placard du grenier ; même si M. Winthrop va là-haut, il y a peu de chances qu'il les trouve. Alors, si vous nous donniez une adresse, une fois que vous serez arrivée en Caroline, on tâchera de vous les envoyer.

— Je vais voir si le capitaine Birmingham ne pourrait pas me prêter un peu d'argent pour les frais d'expédition, répondit Cerynise. Cela vous éviterait un souci supplémentaire.

— C'est bien vrai, mademoiselle. Je voulais vous dire aussi que pour la plupart, nous avons décidé de chercher une autre place. Après avoir réfléchi, on a pensé que certaines amies de Mme Winthrop accepteraient sans doute de se porter garantes pour nous.

— Mais en ce qui concerne mes habits, s'inquiéta soudain Cerynise, ne craignez-vous pas que Sybil s'aperçoive de leur disparition et accuse l'une ou l'autre d'entre vous de les avoir volés ?

Bridget rejeta la tête en arrière avec une moue de dédain, pour montrer à quel point elle se moquait de ce que pouvait penser la catin qui accompagnait M. Winthrop.

— Cela m'étonnerait qu'elle remarque quelque chose, dit-elle. D'une part, elle n'aurait jamais pu entrer dedans, et d'autre part, on a pris ceux qui se trouvaient en dessous de la pile, au pied de votre lit. À mon avis, elle ne se souvient même pas qu'il y en avait là.

— Vous avez néanmoins pris un grand risque en me rapportant tout cela, et je ne sais comment vous remercier.

— Le seul fait de savoir que ça revient à son légitime propriétaire suffit à notre bonheur, mademoiselle, déclara Jasper. Nous n'aurions pas eu la conscience tranquille, et Mme Winthrop serait certainement revenue nous hanter, si nous vous avions laissée partir sans rien faire qui puisse vous être utile.

Chose rare, il se permit de glousser, démontrant par là même qu'il n'était pas totalement dépourvu d'humour.

— Vous êtes tous les deux de vrais amis, des amis très chers, leur assura Cerynise en les prenant par la main. Vous allez terriblement me manquer.

— Mme Winthrop tenait à vous comme à la prunelle de ses yeux, dit Jasper. Vous occupiez dans son cœur la place de l'enfant qu'elle n'avait pas eue, et Bridget et moi, on vous considérait comme sa fille adoptive. Nous serons très tristes de ne plus vous voir.

Les yeux brouillés de larmes, la servante s'efforça de contenir sa peine en prenant une profonde inspiration. Puis, cherchant un moyen de remettre un peu de gaieté dans l'atmosphère, elle entreprit de faire le tour de la cabine.

— Avez-vous déjà vu quelque chose d'aussi grandiose, mademoiselle ? À part la maison de Mme Winthrop, bien sûr, corrigea-t-elle aussitôt. C'est la première fois de ma vie que je monte sur un bateau, et contrairement à ce que je croyais, ça ne sent pas fort le poisson. J'aurais encore moins imaginé que vous pourriez faire la traversée sur un si joli vaisseau, alors que vous êtes sans le sou.

— Il se trouve que je connais le capitaine Birmingham depuis longtemps, expliqua Cerynise, sans toutefois préciser qu'elle ne retournerait pas en Caroline à bord de son bateau. Autrefois, c'était un élève de mon père. Un des plus prometteurs, semblait-il, malgré sa répugnance à se mettre aux études. C'est pour moi une vraie chance qu'il ait fait escale ici.

— Pour sûr ! D'autant que c'est un bel homme, mademoiselle. Et puis il y a aussi le charmant M. Oaks qui nous a accueillis…

Un discret raclement de gorge de Jasper suffit à lui faire comprendre qu'elle était en train de s'égarer, et elle s'arrêta net.

— Nous devons partir, à présent, annonça le majordome, en serrant la main de Cerynise dans la sienne. Prenez bien soin de vous, et écrivez-nous pour nous donner de vos nouvelles.

— Je le ferai, promis. Aussitôt que j'arriverai à Charleston.

— Merci, mademoiselle. Nous attendrons avec impatience votre lettre.

— Bridget, voulez-vous aller demander au capitaine Birmingham de descendre cinq minutes ? la pria Cerynise. J'aimerais savoir si je peux vous procurer tout de suite l'argent nécessaire à l'expédition de mes tableaux.

Voyant là une occasion inespérée de croiser à nouveau M. Oaks, la jeune servante retrouva instantanément le sourire et fila comme l'éclair.

Peu de temps après, Beau découvrit Jasper, posté dans une attitude très digne dans le couloir menant à sa cabine. Avant même qu'il pût le questionner, le majordome lui ouvrit la porte et annonça :

— Mademoiselle désire s'entretenir avec vous.

Aussitôt Cerynise vint l'accueillir avec le sourire, sachant que tous ses espoirs reposaient sur lui.

— Les domestiques ont réussi à cacher mes tableaux dans un coin de la maison et voudraient me les expédier, mais je n'ai pas la moindre piécette à leur donner, expliqua-t-elle. Croyez-vous qu'il vous serait possible de me prêter…

— De combien ont-ils besoin ? demanda-t-il en se dirigeant vers sa table de travail.

— Dix livres, au grand maximum. Puisque j'ai pu en vendre certains jusqu'à dix mille livres, je pense que je pourrai obtenir une belle somme pour les autres en Caroline, ce qui me permettra de vous rembourser votre prêt avec intérêts.

Une main sur le tiroir de son bureau, Beau releva la tête et lança un regard incrédule à Cerynise.

— Combien dites-vous que vous les avez vendus ?

— Dix mille livres, répéta-t-elle à mi-voix, angoissée à l'idée qu'il puisse la prendre pour une fabulatrice.

— Et cet Alistair Winthrop dont vous m'avez parlé en a revendiqué la propriété ?

Cerynise s'inquiétait maintenant de le voir s'emporter.

— Oui, répondit-elle.

— Eh bien, cet homme est un voleur de première ! Ces tableaux vous appartiennent à vous, et à personne d'autre.

— M. Winthrop et son notaire, M. Rudd, prétendent le contraire, arguant du fait que c'est Lydia Winthrop qui a acheté les tubes de peinture, payé mes cours de dessin et organisé les expositions.

— Et que pensez-vous qu'il serait resté à votre tutrice, si vous n'aviez pas peint ?

— Rien que des toiles vierges et de vieilles peintures.

— Exact.

Elle sourit, réconfortée par la conclusion qu'il tirait de tout cela.

— J'ai essayé de leur expliquer, mais ils étaient résolus à me dépouiller de tous mes biens. Croyez-moi, c'est avec plaisir que je les aurais dédommagés des frais que j'avais pu occasionner au cours des cinq années passées dans la maison de famille des Winthrop. Même en déduisant ces sommes de ce que j'avais gagné avec mes tableaux, il me serait resté beaucoup d'argent. Mais, hélas, Alistair a estimé que mes économies, tout comme les tableaux, lui revenaient de plein droit.

— Je pourrais peut-être vous trouver un avocat pour défendre votre cause. Il me semble que vous avez de bonnes raisons de contester cette clause du testament, et vous devriez aisément faire valoir votre bon droit.

— Je préfère rentrer chez moi, murmura-t-elle. Je n'ai plus rien à faire ici, et ma maison me manque terriblement.

Beau sortit une pile de pièces de son tiroir, en fit le compte, et les glissa dans une petite bourse.

— Tenez, voici quinze livres. Vous les remettrez à Jasper, pour les frais d'expédition et tout le mal qu'ils se seront donné. Pensez-vous que ce soit suffisant ?

— Oh oui, bien sûr. Je vous remercie infiniment, Beau !

Elle eut envie de se jeter à son cou et de l'embrasser mais s'obligea à faire preuve de retenue.

— Il vaudrait mieux que je ne rencontre jamais cet Alistair Winthrop, ou je serais tenté de lui mettre ma main sur la figure, songea Beau à voix haute.

Après avoir quitté ses quartiers et refermé la porte derrière lui, il s'arrêta quelques instants dans le couloir pour parler avec Jasper, à mi-voix. Lorsque le majordome acquiesça d'un signe de tête, il sortit un porte-monnaie de la bourse attachée à sa ceinture et, après le lui avoir donné, échangea avec lui une cordiale poignée de main. Puis ils se séparèrent. Beau se dirigea vers l'escalier qui montait sur le pont, et Jasper retourna à la cabine.

— Quoi que vous fassiez, soyez très prudent, lui dit Cerynise en lui remettant l'argent de Beau. Je ne voudrais pas apprendre que M. Winthrop, ayant eu vent de ce que vous complotiez, vous a fait jeter en prison. N'oubliez pas que, s'il vous surprend en train de sortir les tableaux de la maison, il n'hésitera pas à vous poursuivre en justice. Et vous n'auriez pas gain de cause.

Le visage habituellement sévère de Jasper s'éclaira tout à coup d'un sourire amusé.

— Encore faudrait-il pour cela qu'il me prenne en flagrant délit, et s'il se lève toujours aussi tard qu'aujourd'hui, cela m'étonnerait fort. De plus, son amie Sybil et lui ronflent si fort que l'on pourrait déménager tout ce qu'il y a dans la maison sans qu'ils s'en rendent compte. Je crois, mademoiselle, que vous serez surprise en voyant tout ce que nous aurons réussi à vous envoyer en Caroline.

Peu de temps après le départ de Jasper et de Bridget, un grand marin costaud vint déposer dans la cabine la malle de Cerynise. Il fut suivi de près par Billy, qui transportait le chevalet et deux sacoches.

— Le capitaine m'a chargé de vous dire qu'il ne serait pas là ce soir ; vous pourrez donc rester dans sa cabine sans être dérangée. Il m'a également demandé de veiller à ce que vous ne manquiez de rien.

Cerynise aurait été curieuse de savoir ce qui pouvait bien occuper un commandant de vaisseau pendant toute une soirée, en dehors des prostituées qui traînaient sur les quais. L'idée que Beau pût passer la nuit dans les bras d'une autre femme lui était très désagréable, mais elle ne pouvait décemment faire part de sa contrariété à Billy. C'est donc avec un sourire aimable qu'elle répondit :

— Tout le monde a besoin d'un peu d'intimité de temps en temps : vous, moi, le capitaine… Ne vous inquiétez pas pour moi, Billy, tout ira très bien.

Dès qu'il fut sorti, Cerynise souleva le couvercle bombé de la malle, impatiente d'en découvrir le contenu. Elle fut transportée de joie en voyant ses plus jolies robes et quelques tenues de soirée enveloppées dans du papier fin. Quant aux bagages, outre les chaussures, ils renfermaient chemises de nuit, bas de soie, combinaisons, toutes pièces de lingerie dont une dame digne de ce nom peut avoir besoin. En fait, il y avait là bien plus que Cerynise n'aurait osé l'espérer. Bridget avait réussi un véritable exploit en emportant subrepticement presque la moitié de sa garde-robe. Grâce à elle, Cerynise allait pouvoir s'habiller d'une façon beaucoup plus féminine qui, espérait-elle, saurait plaire au capitaine et l'inciterait à la garder à bord de son vaisseau.

Alistair et Rudd se trouvaient tous deux dans la bibliothèque. Le premier était avachi dans un fauteuil, tandis que le second, découragé par leurs vaines recherches, s'était depuis longtemps écroulé sur le sol.

— Ce n'est pas là non plus, soupira le notaire, l'air hébété.

Il jeta un regard sur l'impressionnante quantité de documents éparpillés autour de lui. Dans tout ce tas de paperasses, ils n'avaient pas trouvé la moindre information utile.

Howard Rudd était épuisé ; il avait le teint pâle et les yeux troubles. Il ne péchait pas par manque de volonté, mais par fatigue. Et plus celle-ci le gagnait, plus son visage était animé de tics nerveux.

— C'est forcément quelque part ! répéta pour la énième fois Alistair. Il est impossible qu'il n'y ait pas trace de l'endroit où la vieille rosse planquait son argent.

Rudd lâcha à nouveau un long soupir.

— Il faut se rendre à l'évidence, dit-il. Il n'y a rien. Votre tante se sera montrée plus maligne que vous. (Il leva un bras, qui lui parut lourd comme du plomb, et décrivit un arc de cercle autour de lui tout en balayant la pièce du regard.) Voyez vous-même : nous avons déterré toute sa correspondance, tous les comptes de la maison qu'elle tenait depuis des années, et nous n'avons absolument rien découvert d'intéressant. Elle l'a trop bien caché. (Il se redressa tant bien que mal, marqua un temps d'arrêt sur les genoux, puis se remit lentement debout.) La seule chose dont je sois sûr à l'heure qu'il est, ajouta-t-il, c'est qu'elle n'a pas laissé un seul penny sur les comptes ou les placements dont je m'occupais autrefois. Tous ont été apurés, vidés, liquidés.

— Au diable cette mégère ! jura Alistair. Elle n'a pas disparu avec, tout de même !

— Eh bien, si, répliqua Rudd, perdant toute retenue. Vous n'y pouvez rien, c'est comme cela. Il nous faudrait plusieurs mois pour recenser tous les endroits où elle aurait pu garder ses sous. Après quoi, nous serions heureux si nous en dénichions ne serait-ce que la moitié...

— Pas question d'attendre plus longtemps ! Les créanciers me tiennent à la gorge. Si je ne les avais pas calmés en leur disant que j'allais hériter de cette vieille sorcière, ils m'auraient déjà envoyé en prison pour non-recouvrement de mes dettes.

— On pourrait les faire patienter encore un peu en prétextant un grand désordre dans les affaires de Mme Winthrop, suggéra Rudd.

— C'est stupide ! Ils en viendraient fatalement à soupçonner que quelque chose ne tourne pas rond. Mais puisque vous saviez qu'il fallait mener à bien cette affaire de manière discrète et rapide, pourquoi ne m'avez-vous pas dit qu'il vous manquait la pièce essentielle du dossier, c'est-à-dire l'endroit où trouver l'argent ?

Rudd blêmit un peu plus sous le regard mauvais d'Alistair et son ton accusateur. Ressentant soudain le besoin urgent de boire un peu d'alcool, il attrapa le carafon de cognac, puis s'aperçut qu'il était vide, et le reposa violemment sur le buffet.

— N'essayez pas de m'en tenir rigueur ! se rebiffa-t-il. J'ai été honnête avec vous, je vous avais prévenu que je ne m'occupais plus des affaires de Lydia depuis un certain temps. Comment aurais-je pu être au courant de ce qu'elle a décidé depuis ? Et vous savez aussi bien que moi ce que cela signifie. Lydia est capable d'avoir fait n'importe quoi avec sa fichue fortune !

Durant quelques secondes, les deux hommes se mesurèrent du regard. Finalement, Rudd capitula.

— Nous devrions peut-être nous en tenir là pour ce soir et reprendre nos recherches demain matin, quand nous aurons les idées claires.

— Parce qu'il vous arrive d'avoir les idées claires ? ironisa Alistair.

En vérité, la proposition de Rudd n'était pas pour lui déplaire. Affalé dans son fauteuil, il regarda d'un air accablé le désordre qui régnait autour de lui. Toute la maison était dans le même état. Ils avaient passé la journée à chercher, mais en vain. Les armoires avaient été fouillées de fond en comble, les tiroirs vidés, les matelas retournés. Et lorsque les domestiques allaient rentrer, à coup sûr ils remarqueraient que quelque chose clochait.

Alistair grimaça tandis qu'une épouvantable image s'imposait à son esprit. Il se vit derrière les barreaux d'une prison, affamé et crasseux, épuisé par des nuits sans sommeil, à la merci de gardes impitoyables. Depuis quelque temps, cette image revenait souvent le hanter, et chaque fois elle s'accompagnait d'une sensation de nausée.

Il s'efforça de penser à autre chose et se rendit compte qu'il n'avait pratiquement rien avalé de la journée. Les sourcils froncés, il dirigea son regard sur Rudd.

— Allez chercher Sybil et demandez-lui de nous préparer quelque chose à manger. (Au moment où le notaire franchissait la porte, il ajouta :) N'oubliez pas de lui dire qu'il vaudrait mieux que ce soit comestible, sinon elle aura affaire à moi. Cette petite garce ne vaut guère mieux que les autres, elle ignore tout de ces choses-là.

— Je tâcherai de lui donner un coup de main, marmonna Rudd, sentant par expérience qu'il était préférable de mettre la main à la pâte plutôt que de se risquer à manger la cuisine de Sybil.

Rudd avait quitté la pièce depuis un moment lorsque le bruit sourd du heurtoir de la porte d'entrée parvint jusqu'à Alistair. Plongé dans ses sombres pensées, tout d'abord il n'y prêta pas attention, et ne s'en inquiéta que lorsque les coups se firent plus insistants. Les domestiques étant absents, Rudd et Sybil occupés à la cuisine, lui seul pouvait répondre. À contrecœur, il s'extirpa du fauteuil et traversa la bibliothèque à petits pas, en prenant soin de ne pas marcher sur les documents éparpillés sur le sol. Arrivé dans le hall, il entendit la pendule du petit salon sonner neuf heures.

Qui pouvait bien venir à une heure aussi tardive ? se demanda-t-il avec une pointe d'inquiétude. Cerynise aurait-elle décidé de revenir, humble et soumise ? Oh, si seulement c'était elle ! Cette fois, elle ne lui échapperait pas. Il était bien décidé à ne pas la laisser repartir sans lui avoir soutiré les informations qui lui faisaient défaut.

Mais tous ses espoirs s'effondrèrent lorsqu'il ouvrit la porte et découvrit le personnage qui se tenait sur le seuil : un homme d'une cinquantaine d'années, cheveux grisonnants, fine moustache, et lunettes à monture d'acier. À sa tenue stricte et soignée, on devinait qu'il exerçait une profession libérale. S'attendant à être accueilli par un domestique, il regarda d'un air surpris Alistair, qui se présenta devant lui la mine défaite, les cheveux en bataille, les habits froissés.

— Pardonnez-moi, monsieur, de vous déranger à pareille heure. Puis-je vous demander si Mlle Kendall est là ?

— Mlle Kendall ? répéta Alistair, aussitôt méfiant.

Il était peu vraisemblable que cet homme fût un soupirant, mais il ne pouvait pas non plus être un oncle ou un cousin de Cerynise, puisqu'elle n'avait pas de famille de ce côté-ci de l'océan. Piqué par la curiosité, Alistair s'effaça pour le laisser entrer.

— Ainsi, vous souhaitez voir Cerynise, monsieur… ?

— Thomas Ely. Je suis le notaire de Mme Winthrop. Permettez-moi de vous présenter mes plus sincères condoléances. (Il fronça légèrement les sourcils, comme s'il cherchait à mettre un nom sur le visage de son hôte.) Êtes-vous un parent, monsieur ?

— Un parent… oui…

Tandis qu'Alistair hésitait sur la réponse à donner, son esprit fonctionnait à plein régime. Il n'avait aucune raison de douter de la bonne foi de M. Ely, et n'était pas non plus surpris de sa présence. Tout au long de cette affreuse journée, il avait eu un mauvais pressentiment. Et lorsque Rudd avait annoncé que Lydia était capable d'avoir fait n'importe quoi avec sa fortune, cela sous-entendait qu'il pouvait exister quelque part un autre testament. L'arrivée de M. Ely semblait confirmer cette théorie.

— En fait, je suis le petit-neveu de Mme Winthrop, finit-il par dire en introduisant le notaire dans le petit salon – la seule pièce en ordre de la maison. (Arborant toujours un sourire courtois, il ajouta :) C'est très aimable à vous d'être venu si vite.

M. Ely parut à la fois confus et sur ses gardes.

— Personnellement, je regrette d'avoir tant tardé. Sans doute en eût-il été autrement si j'avais été aussitôt informé du décès de Mme Winthrop, mais je ne l'ai appris qu'en lisant le *London Times*.

— Mlle Cerynise ne vous en a donc pas averti ? feignit de s'étonner Alistair.

Il avait retrouvé tout son calme et pouvait de nouveau réfléchir posément, avec tout le cynisme qui le caractérisait. Maintenant que le couperet était tombé et qu'il savait à quoi s'en tenir, il étudiait avec attention les possibilités qui s'offraient à lui.

— Hélas, non, répondit le notaire, prenant place sur l'un des canapés. Mais, pour être honnête, je dois dire que la nouvelle m'a beaucoup surpris. J'avais vu Mme Winthrop la semaine précédente, et elle m'avait paru en excellente forme pour une femme de son âge.

— Elle est morte subitement. Une perte terrible pour nous tous.

M. Ely ne laissa transparaître aucune émotion particulière.

— S'il m'était possible de parler à Mlle Kendall…

— Oui, bien sûr. Excusez-moi un instant, je vais tâcher de savoir où elle est. Cela risque de me prendre quelques minutes, du fait que nous sommes privés de domestiques. Je leur ai accordé une journée de repos, en raison des circonstances exceptionnelles.

— Ne vous inquiétez pas, je patienterai.

Alistair s'éclipsa. Il traversa le hall à toutes jambes, passa dans la salle à manger, puis l'office, et s'apprêtait à faire irruption dans la cuisine quand il se heurta à Rudd, qui justement en sortait.

— Sybil ne sait rien préparer, se lamenta Rudd. Et comme moi-même je n'y connais pas grand-chose, elle suggère que nous sortions dîner en ville.

Alistair le saisit par le col de sa veste et le tira en avant, le forçant à lui accorder toute son attention.

— Oubliez tout ça. Un certain M. Thomas Ely vient d'arriver. Est-ce que ce nom vous évoque quelque chose ?

— C'est un avocat au barreau de Londres. Un type qui jouit d'une grande réputation, d'après ce que j'ai entendu dire.

— Il se trouve que c'était aussi le notaire de Lydia. Et s'il attend dans le salon, c'est parce qu'il désire parler à Mlle Kendall. Vous comprenez ce que cela veut dire ?

Une longue plainte rauque monta du fond de la gorge de Rudd.

— Nous sommes perdus. Qu'allons-nous faire… ?

Sa vive inquiétude amusa Alistair, qui trouvait très agréable de se sentir maître de la situation quand les autres perdaient pied. Il voyait là une preuve supplémentaire – si tant est qu'il en eût besoin – de sa supériorité.

— Allons, calmez-vous, pauvre imbécile ! L'affaire n'est pas si grave. Il ne s'agit là que d'un problème mineur, dont je peux très bien me charger seul. Tout ce que je vous demande, c'est de veiller à ce que Sybil ne sorte pas de la cuisine. Sous aucun prétexte.

Rudd hocha convulsivement la tête, puis fit demi-tour d'un pas chancelant. Quant à Alistair, il se lissa les cheveux en arrière, redressa les épaules, et repartit en direction du petit salon, un sourire énigmatique au coin des lèvres.

— Je suis désolé de vous avoir fait attendre pour rien, monsieur Ely, annonça-t-il en entrant dans la pièce. Mlle Cerynise est allée rendre visite à des amis.

Cette fois, l'avocat ne cacha pas sa surprise.

— Alors qu'elle est en deuil ?

— Mlle Kendall est très jeune, et je crois que tante Lydia avait tendance à un peu trop la gâter, expliqua Alistair, prenant un air affligé. Je suis convaincu que Mlle Kendall ne voulait pas manquer de respect à sa mémoire en sortant ce soir.

— Néanmoins, je ne comprends pas comment… (Il s'interrompit brutalement, toussota, et s'apprêta à prendre congé.) Eh bien, dans ce cas, je repasserai demain matin. Pensez-vous que Mlle Kendall sera alors disposée à me recevoir ?

— Sans aucun doute. Mais si vous vouliez bien m'informer de l'objet de votre visite, je pourrais lui en parler dès son retour.

— C'est une affaire strictement privée. Pardonnez-moi encore de vous avoir dérangé si tard. Je vous souhaite une excellente nuit, monsieur.

— Si vous désirez voir Mlle Kendall à titre privé, inutile de revenir demain.

M. Ely le regarda, interloqué.

— Je vous assure, monsieur, j'ai de bonnes raisons…

— Que vous ne pouvez me révéler, j'entends bien. Mais dans la mesure où Mlle Cerynise est mineure et réside sous mon toit, je suis responsable d'elle. Autrement dit, je suis tenu de surveiller qui elle reçoit et pour quelles raisons.

— Sous votre toit ? Vous faites erreur, monsieur. Cette maison est désormais celle de Mlle Kendall.

Alistair se figea sur place, les mâchoires crispées, tandis que dans sa tête ses pensées bouillonnaient.

— Dois-je comprendre que tante Lydia a fait ce que je lui avais suggéré de faire ? demanda-t-il d'une voix calme.

— C'est vous qui en avez eu l'idée, monsieur ?

— Mais oui, bien sûr. (Alistair jouait son rôle à merveille, adoptant tour à tour un ton et une expression marquant la surprise, l'innocence ou la fermeté.) C'est moi qui ai conseillé à tante Lydia de léguer sa maison à Mlle Kendall. Cette jeune fille a eu le malheur de perdre ses deux parents très jeune, et se retrouve maintenant seule au monde. N'oubliez pas que tante Lydia a été la tutrice de Cerynise pendant plus de cinq ans et qu'elle était très attachée à elle.

— Je savais que Mme Winthrop tenait énormément à sa pupille, mais je n'aurais jamais imaginé que vous… (Soudain perplexe, M. Ely laissa sa phrase en suspens et considéra Alistair avec insistance.) Franchement, monsieur, je vous admire. Il est rare, de nos jours, que les gens fassent preuve d'une telle générosité.

— Je vous le concède. Mais moi, voyez-vous, j'ai toujours été persuadé que l'argent était à l'origine de tous nos tourments. Qu'en pensez-vous ?

— Il est vrai qu'au cours de ma vie j'ai eu maintes fois l'occasion de constater que la cupidité engendrait bien des maux.

— Exactement. Et, pour le bien-être de Mlle Cerynise, justement, j'espère que les opérations financières de tante Lydia étaient tenues à jour et bien répertoriées. Je sais qu'elle était très pointilleuse et aimait que les choses soient claires.

— Oh, n'ayez crainte, tout est en bon ordre. D'ailleurs, j'ai ici son testament, avec la liste complète et détaillée de ses avoirs, dit-il en sortant une feuille de papier plié de sa poche. Dès demain, je notifierai le nom du nouveau bénéficiaire aux différentes banques et sociétés de placements concernées. Quant aux dispositions elles-mêmes, elles ne pourraient être plus simples. À part quelques dons aux domestiques les plus fidèles, tout revient à Mlle Kendall.

— Tout ? murmura Alistair d'une voix blanche.

— Absolument tout. Comme je vous le disais, rien ne pourrait être plus simple.

— Je sais gré à ma chère tante Lydia d'avoir fait preuve d'une telle sagesse. Je n'ai que trop souvent entendu parler de testaments si compliqués que tous les associés d'un même cabinet devaient se repasser les documents de main en main, chacun y ajoutant sa propre touche.

L'air navré de M. Ely montrait à quel point il partageait cette opinion.

— Je peux vous assurer, monsieur, que dans le cas qui nous préoccupe, il n'y aura pas ce genre de problème. Mme Winthrop n'ayant eu affaire qu'à moi, je me suis occupé de tout, du début à la fin.

— Je suis sûr qu'elle appréciait grandement vos services, remarqua Alistair tandis que sa main se refermait sur une statue de bronze qui trônait sur le guéridon. La discrétion est l'un des éléments les plus importants de la relation entre un notaire et son client.

— En effet. Et c'est pourquoi je dois souvent expliquer à ma femme qu'il y a des sujets dont je ne peux discuter…

Alistair pivota, tenant fermement la statue. M. Ely, assis sur le canapé, n'eut qu'une fraction de seconde pour réaliser ce qui se passait. Il eut le réflexe de lever le bras, espérant amortir le choc, mais échoua. Le bronze le frappa en plein front. Derrière les verres de ses petites lunettes rondes, ses yeux se révulsèrent, et, l'instant d'après, il s'écroula sur le côté.

Alistair regardait, impassible, le sang couler sur le visage de l'avocat. Son cœur battait à peine plus vite qu'en temps normal. Quand le liquide rouge menaça de souiller le canapé, il arracha le tissu d'une chaise proche et en enveloppa la tête de sa victime. Il entreprit ensuite d'enlever le corps, le faisant d'abord basculer sur le sol, puis le traînant à travers la pièce, dans le couloir, jusqu'à l'escalier de service.

Ayant entendu un bruit bizarre, Rudd passa la tête par la porte de la cuisine et inspecta les alentours. Il manqua s'étrangler en voyant Alistair tirer dans la pénombre le corps inanimé, et une peur panique s'empara de lui.

— Bon sang, qu'avez-vous fait ? lâcha-t-il dans un murmure.

Alistair fut tenté de rire tandis que son regard passait du visage blême de Rudd à l'expression d'horreur restée figée sur celui de l'avocat.

— Allez au salon ! ordonna-t-il. Prenez les papiers qui sont par terre et rapportez-les-moi.

— Qu'est-ce… que vous comptez faire, maintenant ?

— À votre avis ? Laisser le corps dans le salon jusqu'à ce que les domestiques reviennent ? Ou bien le montrer à Sybil pour qu'elle alerte tout le quartier par ses cris ? Eh bien, non ! Il va falloir nous débarrasser du cadavre, évidemment ! Figurez-vous que ma chère tante a fait un autre testament, par lequel elle lègue tous ses biens à Cerynise. Heureusement, M. Ely, ici présent, a eu la bonne idée de l'apporter avec lui, ainsi qu'une liste exhaustive des avoirs de Lydia.

Abasourdi, Rudd secoua mollement la tête, comme une marionnette.

— C'est épouvantable... euh, merveilleux... Cela va nous aider à retrouver tout l'argent, mais dans ce cas, ce n'est plus votre argent. C'est...

— À moi ! s'exclama Alistair. (Courbé au-dessus du corps de M. Ely, qu'il continuait de tirer, il redressa la tête et regarda Rudd avec un sourire mauvais.) Tout l'argent est à moi. La petite garce n'en verra pas la couleur. Compris ? Alors, soyez raisonnable, et contentez-vous de faire ce que je vous dis.

Sans prendre la peine de vérifier que Rudd obéissait à ses ordres, il poursuivit son travail en traînant M. Ely le long de l'allée qui traversait le petit jardin, entouré d'un muret, à l'arrière de la maison. Si ses souvenirs étaient bons, en principe il devait y avoir une charrette à bras dans le cabanon du fond.

Rudd le rejoignit quelques instants plus tard, plus livide que jamais. Alistair lui arracha des mains les précieux papiers et les fourra dans sa chemise.

— Aidez-moi à le soulever, dit-il d'une voix dure.

— Êtes-vous bien sûr qu'il est mort ? s'inquiéta Rudd.

— Naturellement ! Vous me prenez pour un imbécile ?

Avec beaucoup de réticence, Rudd saisit l'homme par les pieds, et ils balancèrent ensemble le corps dans la charrette.

— Maintenant, ouvrez la grille et vérifiez qu'il n'y a personne dans la ruelle, commanda Alistair.

S'étant acquitté de sa tâche, Rudd demanda :

— Où voulez-vous qu'on l'emmène ?

— Au fleuve. Mais avant cela, allez prendre trois de ces vieilles capes qui sont accrochées près de l'entrée de service.

Une fois de plus, Rudd s'exécuta sans mot dire, mais il se sentait de plus en plus mal. À tel point que, lorsqu'il revint, Alistair s'étonna de le voir, sous le clair de lune, pâle comme un linge.

— Qu'est-ce qui vous arrive ? demanda-t-il d'un ton moqueur. On dirait que vous venez de tuer votre propre mère.

— Je n'ai jamais rien fait d'aussi horrible, murmura Rudd, le regard vide, tout en se drapant d'une grande cape noire.

Alistair ricana, nullement disposé à compatir. Puis, retournant à ses préoccupations, il recouvrit le corps d'une cape, et passa l'autre autour de ses épaules.

— Peut-être pas. Mais cela ne vous gêne pas d'ôter le pain de la bouche d'une veuve et de la laisser mourir comme une malheureuse, remarqua-t-il, acerbe.

— Je n'ai jamais tué personne de sang-froid ! se défendit Rudd tandis qu'ils avançaient sur le chemin en essayant de maintenir la charrette droite.

— Eh bien, celui-là non plus, vous ne l'avez pas tué. Mais reconnaissez au moins que nous avons eu une sacrée chance.

— Comment peut-on parler de chance à propos d'un crime ?

— Tuer d'un seul coup, d'un seul, et sans laisser de traces, vous n'appelez pas ça de la chance, mon ami ?

— Non. Pour moi, il s'agit d'un meurtre avec préméditation.

— Pfff ! Vous avez trop de scrupules ! Lorsque vous aurez ramassé votre part du gâteau, vous pourrez soulager votre conscience en ingurgitant autant de verres d'alcool que vous le souhaiterez.

— Si seulement je pouvais en avoir un tout de suite !

— Plus tard ! Nous avons d'abord un travail à finir.

Rudd garda le silence et continua d'avancer, haletant, le long des étroites ruelles qui bordaient l'arrière des maisons. Ils gagnèrent ainsi la Tamise sans avoir traversé une seule grande voie ni croisé âme qui vive. C'était une heure parfaite pour larguer un cadavre, jugea Alistair, car les gens convenables devaient être sur le point d'aller se coucher, et leurs domestiques occupés à terminer leurs corvées avant de regagner leurs chambres. La brume qui s'élevait au-dessus du fleuve et l'obscurité qui enveloppait la ville représentaient deux alliées non négligeables.

— Dépêchons ! insista Alistair quand ils furent arrivés près des marches qui descendaient dans l'eau. Débarrassons-nous de lui et partons d'ici.

Rudd empoigna l'avant de la charrette, Alistair souleva l'arrière, et ils transportèrent leur chargement jusqu'en bas sans un bruit. Arrivé au pied des marches, Alistair fit une pause pour savourer sa victoire. Puis, un petit sourire de satisfaction au coin des lèvres, il fit basculer le corps dans les eaux sombres, avec un plouf qui passa inaperçu au milieu des clapotis du fleuve contre les piliers du pont.

Une demi-heure plus tard, Rudd était installé au coin du feu, le carafon de cognac à portée de main. Pendant ce temps, Sybil mettait un peu d'ordre dans la maison. Lorsqu'on l'avait chargée de cette tâche ingrate, elle s'était bien entendu rebiffée, mais un seul regard de son amant avait suffi à la faire taire.

Alistair avait rejoint Rudd dans la bibliothèque, mais, contrairement à lui, il n'avait pas ressenti le besoin de boire un alcool fort pour se remettre de ses émotions. Était-il seulement affecté par ce qui venait de se passer ? À le voir arpenter la pièce, l'œil vif et le visage éclairé d'un large sourire, il était permis d'en douter. La lecture des documents abandonnés par M. Ely le remplissait de joie. Enfin, il allait pouvoir vivre comme il l'avait toujours souhaité et réaliser ses rêves les plus fous. Rien ni personne ne se mettrait plus en travers de son chemin. Cela faisait des années qu'il ne s'était senti aussi bien : puissant, heureux ! Si les gens parlaient en termes si durs des meurtres, de ce geste de folie qui consiste à tuer son prochain, c'est qu'ils ignoraient ce merveilleux sentiment de paix intérieure que cela procurait. Alistair en était là de ses réflexions quand son regard glissa vers le bas de la dernière page du testament de Lydia, qu'il s'apprêtait à jeter au feu. Trois mots d'une belle écriture ronde lui sautèrent aux yeux : « Copie à classer. »

Instantanément, sa gorge se noua, étouffant un terrible cri de rage. Rudd avala de travers son cognac, mais ne s'inquiéta de rien jusqu'à ce qu'Alistair se mette à tambouriner du poing sur le bureau.

— Vous avez perdu la tête ? dit-il, en se tournant vers lui.

Le visage en feu, les yeux étincelants comme deux éclats d'obsidienne, Alistair froissait dans le creux de sa main le testament de Lydia.

— Ce n'est qu'une copie ! hurla-t-il à la face de Rudd.

— Naturellement. Vous ne pensiez tout de même pas que M. Ely avait apporté l'original ?

— Désolé de ne pas faire partie de votre confrérie de sangsues, répliqua Alistair d'un ton cinglant. Je n'étais pas au courant de l'existence de telles pratiques en matière juridique.

— Si vous me l'aviez demandé, je vous aurais dit qu'il y avait obligatoirement une copie, voire plusieurs.

(Il le regarda fixement et ajouta :) Maintenant que vous le savez, que comptez-vous faire ?

« Là est toute la question », songea Alistair, en se laissant choir dans son fauteuil. Il reposa les papiers sur le bureau et s'efforça de retrouver son calme. Tous les espoirs qu'il nourrissait encore quelques minutes plus tôt venaient de fondre comme neige au soleil. Il ne chercha pas à retrouver l'intense satisfaction qu'il avait éprouvée, mais se laissa de nouveau imprégner par cet étrange calme qui s'était emparé de lui après qu'il eut tué l'avocat.

— Il faut à tout prix remettre la main sur Cerynise, annonça-t-il enfin.

— Je me doutais que vous alliez répondre ça.

— Eh bien, puisque vous semblez être devin, pourquoi ne pas me révéler par quels moyens je pourrais arriver à mes fins ?

— Elle a parlé de retourner en Caroline, réfléchit à voix haute Rudd. Par conséquent, elle doit probablement traîner du côté des quais, à la recherche d'un bateau sur lequel faire la traversée.

Alistair regarda le notaire, bouche bée. La perspicacité de Rudd le surprenait toujours. Celui-ci s'extirpa de son fauteuil et ajouta :

— Mais compte tenu du fait que vous l'avez jetée dehors sans rien d'autre que ce qu'elle avait sur elle, je me demande comment elle va payer son voyage.

— C'est une femme, alors elle trouvera bien un moyen, ricana Alistair. Mademoiselle se donnait de grands airs devant moi, elle ne voulait pas s'abaisser à servir mes intérêts, mais elle n'hésitera pas à offrir son corps au premier saoulard qui lui promettra de la ramener dans son pays.

Rudd s'approcha du bureau en titubant.

— Vous n'avez pas l'intention de partir à sa recherche dès ce soir ? s'inquiéta-t-il.

Alistair leva les yeux sur son compagnon. Dégoût et mépris se lisaient dans son regard.

— Vous êtes encore ivre, mon pauvre ami !

— J'ai simplement tenté de soulager ma conscience, comme vous me l'aviez prescrit, docteur Winthrop.

— Nous nous en occuperons demain, concéda Alistair. (De toute façon, pensa-t-il, aucun capitaine de bateau n'apprécierait d'être dérangé à une heure aussi tardive.) Nous irons voir s'il y a des vaisseaux en partance pour... où cela, déjà ?

— La Caroline.

— Ah oui, la Caroline. Je suppose que ceux qui l'auront vue sur les docks n'oublieront pas de sitôt un si joli petit minois.

— Il ne faut pas écarter la possibilité qu'elle ait pu être kidnappée et placée dans un bordel. Je pourrais commencer mes recherches par là ; ça m'occuperait un certain temps.

Alistair partit d'un rire sans joie.

— Non, nous nous rendrons ensemble sur le port, demain matin.

Si le notaire avait l'intention de discuter cette décision, le sourire malveillant d'Alistair l'en dissuada. Il n'était pas près d'oublier que cet homme avait balancé le corps de sa victime dans la Tamise sans sourciller. Par conséquent, mieux valait ne pas se risquer à le contrarier, ni maintenant ni plus tard. Rudd n'aimait pas du tout l'idée d'être lâchement assassiné, puis jeté en pâture aux poissons gloutons qui peuplaient les eaux troubles.

4

Billy Todd s'étonna de voir encore intact le plateau du petit déjeuner qu'il avait apporté une heure plus tôt dans la cabine du capitaine.

— Vous ne vous sentez pas bien, mademoiselle ?

— Si, je vais très bien, assura Cerynise. J'ai passé une excellente nuit et je me sens beaucoup plus en forme que ces derniers jours.

— Peut-être souhaiteriez-vous manger autre chose ?

Cerynise déclina son offre d'un signe de tête, tout en le gratifiant d'un sourire. Sans doute le garçon de cabine avait-il reçu de nouveaux ordres du capitaine, car il se montra plus prévenant envers elle qu'à l'accoutumée, si tant est que cela fût possible !

— C'est juste que je n'ai pas faim, ce matin.

— M. Monet a fait de son mieux, comme vous pouvez le constater, mademoiselle, mais si vous avez envie de quelque chose d'autre en particulier, je me ferai un plaisir d'aller vous le chercher.

Cerynise pouvait difficilement imaginer mets plus délicats et plus appétissants que ceux disposés devant elle. Cependant, le fait de se croire en partie responsable de l'absence de Beau cette nuit l'avait tellement tourmentée qu'elle en avait perdu l'appétit. De toute évidence, en occupant sa cabine elle représentait un boulet pour lui, et c'était bien là la dernière chose qu'elle aurait voulue. Mais elle ne perdait pas de vue qu'il était peut-être parti pour chercher la compagnie d'une autre femme, et une telle éventualité la désespérait.

— Je vous assure, Billy, qu'une tasse de thé et un fruit me suffiront, insista-t-elle. Pour être franche, je déteste manger seule. Mais je crains surtout d'avoir tenu le capitaine éloigné de ses quartiers, du seul fait de ma présence ici.

Le visage de Billy s'illumina instantanément.

— Eh bien, vous allez être contente, mademoiselle. Le capitaine est rentré depuis déjà une grande heure.

Cette nouvelle l'aurait probablement réconfortée si Beau était descendu prendre de ses nouvelles, mais il n'en avait rien fait. Une simple visite de courtoisie aurait suffi à lui prouver qu'il se souciait un tant soit peu de son bien-être, tandis qu'en restant sur le pont il la confirmait dans l'idée qu'il se désintéressait d'elle et que plus vite elle partirait, mieux il se porterait.

Sachant qu'elle ne pourrait supporter plus longtemps qu'il l'ignore, Cerynise décida de précipiter les événements.

— Dans ce cas, je vais vite ranger mes affaires et me préparer pour rejoindre le bateau du capitaine Sullivan, annonça-t-elle. Je suis sûre que le capitaine Birmingham appréciera de retrouver l'intimité de sa cabine après avoir passé la nuit dehors.

Billy eut la sagesse de ne pas faire de commentaire sur ce dernier point. En effet, si le capitaine n'était pas de très bonne humeur ce matin, on pouvait

109

aisément en déduire que son escapade nocturne lui avait laissé un goût amer.

— Inutile de vous dépêcher, mademoiselle. La dernière fois que j'ai vu le capitaine, il discutait avec son second à propos des meubles qu'on est en train d'embarquer.

— Des meubles ?

— Oui, mademoiselle. Les gens riches de Charleston aiment beaucoup le mobilier de chez nous et, en général, ils attendent avec impatience le retour de *L'Intrépide*.

— Le capitaine Birmingham m'a tout l'air d'un homme très entreprenant, remarqua Cerynise, songeuse.

Elle comprenait mieux à présent pourquoi il avait si peu de temps à lui consacrer : le commerce étant le moteur de sa vie, il primait sur l'amitié ou les sentiments.

De son côté, Billy n'était pas très sûr de connaître la signification exacte du mot « entreprenant ». Comme il pensait que cela devait avoir un rapport avec le fait d'être plein de ressources, il partagea l'avis de Cerynise, jugeant le terme « entreprenant » très approprié au commandant de bord.

— Je dois me retirer, maintenant, dit-il. Le capitaine attend son petit déjeuner dans la chambre de M. Oaks, et je risque de me faire rappeler à l'ordre si je ne le lui apporte pas tout de suite.

— Chez M. Oaks ?

— Oui, mademoiselle. Le capitaine ne voulait pas vous déranger. Je suppose que c'est parce que vous n'êtes pas mariés ni rien de tout ça.

— Oh...

Que pouvait-elle dire de plus, alors que les explications du garçon de cabine ne faisaient que renforcer ses soupçons et tendaient à prouver que Beau cherchait bel et bien à l'éviter ?

Une heure plus tard, en se regardant dans la glace, Cerynise eut le sentiment d'être de nouveau présentable. Elle avait passé l'une de ses robes préférées, couleur pêche, avec de petits replis en V sur le devant du corsage aminci à la taille. La collerette, faite d'un tissu soyeux et ourlée d'un fil de satin, s'ouvrait de façon charmante autour de son visage, comme les pétales d'une fleur. Les manches, longues et ajustées, étaient bouffantes aux épaules et bordées de larges festons au niveau des poignets. Un froncis plus marqué embellissait le bas de la jupe, qui tombait jusqu'aux chevilles. Quant à ses cheveux, elle les avait longuement brossés, puis relevés en un chignon du plus bel effet.

Après s'être mis une touche d'eau de toilette au jasmin derrière chaque oreille, elle s'assit près de la table et attendit l'arrivée de Beau Birmingham, ou l'ordre éventuel de se tenir prête à rejoindre *Le Mirage*.

L'idée de faire la traversée sur le vaisseau du capitaine Sullivan ne l'enchantait pas particulièrement, mais elle n'avait plus d'autre choix, maintenant que Beau avait refusé de l'emmener avec lui. Elle n'allait tout de même pas se couvrir de honte en suppliant cet homme qui, de toute évidence, s'appliquait à garder ses distances !

On frappa à la porte plus tôt qu'elle ne s'y attendait. Surprise, elle se leva d'un bond, lissa les plis de sa robe en traversant la cabine, et s'apprêta à recevoir Beau. Mais, lorsqu'elle ouvrit la porte, elle se trouva nez à nez avec un jeune homme blond au visage délicat. Il demeura quelques secondes interdit, les yeux fixés sur Cerynise, puis se ressaisit et ôta vivement sa casquette.

— Excusez-moi de vous déranger, mademoiselle, dit-il, l'air terriblement gêné. Le capitaine m'a demandé de vous escorter sur le pont.

Cerynise se doutait qu'il devait faire partie de l'équipage, mais, comme elle ne l'avait encore jamais vu, elle voulut satisfaire sa curiosité avant de le suivre.

— Qui êtes-vous ? demanda-t-elle.

Réalisant qu'il venait de commettre une horrible bévue en omettant de se présenter, le jeune homme baissa les yeux et tripota nerveusement sa casquette.

— Veuillez pardonner mon incorrection, mademoiselle. Je suis le second, Stephen Oaks.

— Et le capitaine vous a-t-il dit pourquoi il voulait me voir sur le pont ? Souhaite-t-il me conduire sur *Le Mirage* maintenant ?

Le second sembla quelque peu embarrassé par sa question.

— Tout ce que je sais, mademoiselle, c'est qu'il m'a demandé de vous amener sur le pont.

Cerynise fronça les sourcils. Si Beau lui envoyait son laquais, songea-t-elle, c'est qu'il avait l'intention de se débarrasser d'elle au plus vite. Sans préambule, sans discussion. Pour un homme à qui on avait appris les bonnes manières, ce n'était pas là une façon de se conduire avec une jeune fille...

— Le capitaine est occupé à surveiller le chargement du bateau, expliqua Stephen Oaks, mais il a pensé que vous aimeriez peut-être profiter du soleil et prendre un peu l'air.

Cerynise ne l'écoutait que d'une oreille. Tout ce qui l'intéressait, c'était d'être fixée sur son sort.

— Est-ce que par hasard vous sauriez quand le capitaine a prévu de m'emmener sur *Le Mirage*, ou s'il a chargé quelqu'un d'autre de le faire ? insista-t-elle.

— Sauf oubli de ma part, mademoiselle, le capitaine ne m'a rien dit de votre départ. Je suis sûr qu'il m'aurait prévenu s'il avait eu dans l'idée de s'absenter pour un certain temps, car nous avons encore beaucoup de chargements à faire avant de lever l'ancre. Et, en principe, nous devrions quitter le port demain ou après-demain. Mais pourquoi ne montez-vous pas sur le pont ? Vous pourrez parler avec le capitaine, et il vous dira ce qu'il a en tête.

Cerynise eut le sentiment d'avoir été habilement amenée à faire ce qu'on attendait d'elle et en fut contrariée. Mais la perspective d'échapper à la solitude de cette cabine, dans laquelle elle était enfermée depuis plusieurs jours, eut raison de ses réticences. Elle alla donc passer un châle de cachemire sur ses épaules, puis emboîta le pas à Stephen Oaks.

La brise légère qui soufflait sur le pont transportait l'odeur caractéristique de la marée mêlée aux effluves de la ville. Le ciel était clair et pur, la lumière éclatante, et à la surface de l'eau miroitaient des prismes de cristal. Il y avait là tous les éléments d'un décor de rêve pour l'artiste Cerynise, qui resta un moment en admiration, regrettant seulement de ne pouvoir croquer cette scène matinale avant que la magie ne s'en dissipe.

— A-t-on déjà vu pareille splendeur ? murmura-t-elle.

Le second regarda autour de lui, sourcils levés. Sur quoi la jeune fille pouvait-elle s'extasier ainsi ?

— Ah ça, pour sûr, *L'Intrépide* est une vraie splendeur, répondit-il à tout hasard.

Un petit sourire se dessina sur les lèvres de Cerynise quand elle se rendit compte que Stephen

Oaks avait une vision restreinte des choses. Cela étant, elle comprenait qu'il soit fier de naviguer sur ce vaisseau, majestueux et parfaitement entretenu.

À présent, le pont et l'embarcadère fourmillaient d'hommes de tout gabarit, occupés à transporter la cargaison à bord. Après avoir hissé une énorme caisse dans la mâture, ils peinèrent pour la faire descendre par l'écoutille, jusque dans les profondeurs du bâtiment. Dès qu'elle eut trouvé sa place, on dégagea les cordes et une autre fut aussitôt solidement fixée, prête à suivre le même chemin.

— Est-ce que ce sont les meubles dont m'a parlé Billy, que l'on est en train de charger ? demanda Cerynise.

— Oui, mademoiselle. Des dressoirs, des armoires, des lits. Rien qu'avec le mobilier qu'on rapporte, il y aurait de quoi financer toute une expédition. C'est la petite lubie du capitaine : glaner les plus beaux produits dans tous les ports où on fait escale.

— Si j'en crois Billy, votre navire est très attendu à Charleston, remarqua Cerynise tout en cherchant Beau des yeux.

— Exact, mademoiselle. Le capitaine Birmingham s'est taillé une solide réputation, grâce à la qualité de sa marchandise. Les marchands de Charleston aimeraient bien mettre la main sur les trésors qu'il rapporte, mais en général ce sont les collectionneurs qui décrochent la timbale. Ils prennent le bateau d'assaut, font monter d'eux-mêmes les enchères, et le capitaine n'a plus qu'à empocher leur argent. (Il souleva sa casquette, en guise de salut, et conclut :) Si vous voulez bien m'excuser, mademoiselle, je vais reprendre mon travail.

Le regard de Cerynise se porta vers le poste d'équipage et s'y arrêta, car c'est là que se trouvait Beau. La première chose qui la frappa, ce fut sa tenue décontractée : chemise blanche ouverte jusqu'à mi-torse, dévoilant une touffe de poils bruns sur une peau très bronzée, et pantalon de toile beige. Ses cheveux étaient lissés en arrière, excepté de fines mèches rebelles qui retombaient sur son front et qu'il repoussait inlassablement tandis qu'il discutait avec un homme tiré à quatre épingles, plus âgé et plus petit que lui. Cerynise imagina que ce devait être un marchand, mais, quelle que fût sa profession, la qualité de ses habits attestait de la réussite de ses affaires. De même, il lui parut évident que Beau était de taille à traiter avec cet homme. En effet, tout au long de leur discussion, il resta inflexible, ponctuant chaque intervention de son interlocuteur par un « non » ferme de la tête, jusqu'à ce que ce dernier, exaspéré, lui signifie qu'il acceptait ses conditions. Alors Beau sourit et lui donna l'argent de la transaction en prenant soin de le compter au fur et à mesure. Une fois le reçu dûment paraphé par les deux parties, une poignée de main scella leur accord. Puis l'homme s'en alla, visiblement satisfait lui aussi.

Cette affaire réglée, Beau jeta un coup d'œil du côté de l'escalier des cabines. Alors qu'il se demandait ce qui pouvait bien retenir M. Oaks en bas, celui-ci apparut près du poste d'équipage. Ce n'était pas qu'il eût particulièrement besoin de lui, mais il voulait savoir s'il avait réussi à persuader Cerynise de monter sur le pont. L'instant d'après, il eut la réponse à sa question en voyant sa silhouette se profiler derrière Stephen Oaks. Aussitôt, il s'éclipsa pour aller s'accouder au bastingage supérieur, d'où il pourrait la contempler à sa guise. Mais s'il trouva là toutes les raisons de se réjouir, lorsque son cœur s'emballa à la vue de la jeune fille, il comprit que l'éloignement qu'il s'était imposé n'avait en rien diminué son envie de la tenir dans ses bras. Cerynise ne quittait pas ses pensées. Il l'avait encore vérifié cette nuit quand, incapable de trouver du plaisir auprès d'une autre femme, il était finalement rentré d'humeur aussi maussade que lorsqu'il était parti. Et maintenant, ce qui le torturait, c'était de voir à quel point elle était exquise et désirable, ainsi parée de ses plus beaux atours. Après avoir joué pendant des années le rôle de grand frère avec Cerynise, il se rendait soudain compte qu'il avait le béguin pour elle.

— Mlle Kendall est sur le pont, capitaine, l'informa Stephen Oaks comme s'il en était besoin.

— J'ai bien vu. (Beau regarda avec attention les marins qui travaillaient à l'embarquement des caisses, et ajouta :) Apparemment, je ne suis pas le seul à l'avoir remarqué.

M. Oaks s'éclaircit la gorge, réprimant le désir de se pencher lui aussi au-dessus du bastingage pour profiter du spectacle.

— Mlle Kendall se demandait si vous comptiez l'emmener bientôt sur *Le Mirage*, dit-il. Permettez-moi de vous donner mon avis sur la question : je trouve honteux de la laisser faire la traversée sur ce vieux rafiot alors que nous pourrions très bien libérer une cabine pour elle et la ramener à Charleston dans les meilleures conditions. Par ailleurs, j'ai eu l'occasion de voir les hommes de Sullivan dans des tavernes, et je peux vous assurer qu'ils ne sont pas du genre à se conduire comme des gentlemen ; personnellement, je ne leur ferais aucune confiance pour veiller sur une jeune femme aussi jolie que Mlle Kendall.

Beau lança un regard glacial à son second. À quoi servait-il de l'instruire de tous ces horribles détails sur l'équipage du *Mirage*, alors qu'il se mordait les doigts d'être obligé de se séparer de Cerynise par simple faiblesse ? Ayant lui-même deux sœurs et une mère qui était le modèle de la femme respectable, il ne connaissait que trop bien la différence entre les femmes bien élevées et les putains qu'il suivait dans leur chambre pour assouvir ses besoins sexuels. Celles-ci n'ayant su répondre à son attente ni calmer ses ardeurs, il s'infligerait trois mois de véritable torture s'il autorisait la belle et désirable Cerynise à faire le voyage avec eux.

— Seriez-vous en train de me suggérer, monsieur Oaks, de la laisser semer la confusion parmi tout l'équipage pendant la durée de la traversée ? Il suffit de voir comme chacun, y compris moi, la couve du regard, pour avoir une petite idée des problèmes auxquels nous serions confrontés.

— J'en déduis que vous n'avez pas dû trouver votre bonheur cette nuit, commenta son second, un rien perfide.

— Parbleu ! jura Beau à mi-voix. Je me serais cru dans la peau d'un eunuque. Quand on a eu la chance d'avoir Mlle Kendall tout près de soi, il est stupide d'espérer quoi que ce soit des filles qui traînent sur le port : c'est à peu près comme si on m'avait proposé un biscuit sec après les préparations délicates de Philippe.

Un petit sourire complice apparut au coin des lèvres de M. Oaks.

— C'est ce que j'ai pensé en vous voyant vous ébrouer comme un pur-sang lorsque vous êtes rentré ce matin.

— Et malgré cela, vous persistez à croire qu'elle serait plus en sécurité ici que sur le navire du capitaine Sullivan ? insista Beau d'une voix dure. Bon sang, quand je la vois telle qu'elle est là, il s'en faudrait de peu que j'oublie mes responsabilités de capitaine !

— Il serait peut-être préférable que je ramène Mlle Kendall à votre cabine ?

— Non ! hurla Beau.

Stephen Oaks eut du mal à contenir un rire.

— Je pensais simplement vous…

— Je ne vous demande pas de penser ! lança Beau, énervé. Je ne suis pas d'humeur à discuter vos arguments. Puisqu'il faut tout vous dire, eh bien, en effet, je ne me lasse pas de la regarder ; et c'est justement parce que mes hommes nous observent tous les deux que je peux m'adonner sans crainte à ce plaisir.

— Si vous permettiez à Mlle Kendall de voyager avec nous, elle accepterait sans doute volontiers de rester une grande partie du temps dans sa cabine, non ?

Beau trouva cette idée totalement ridicule.

— Être retenue prisonnière ne me paraît pas une situation très digne pour une femme, quelle qu'elle soit.

— Vous êtes donc prêt à l'exposer aux dangers de l'équipage du capitaine Sullivan ?

— Ce n'est que pure supposition, monsieur Oaks, tandis que, sur *L'Intrépide*, ce serait une certitude. (D'un geste de la main, Beau congédia son second.) Ce n'est pas le travail qui manque, alors regagnez votre poste !

Les mains jointes derrière le dos, Beau descendit sur le pont principal et s'appuya à la rambarde pour contrôler le déroulement des opérations. Remarquant un relâchement des fibres de la grosse corde que les hommes étaient en train de tendre au

118

maximum, afin de stabiliser la caisse que l'on hissait à bord, il cria à l'intention du maître d'équipage :

— Ce cordage est défectueux, monsieur McDurmett ! Veillez à ce qu'il soit changé avant de charger une autre caisse.

— Bien, capitaine ! répondit l'homme de forte stature, posté sur le dock.

À peine Beau s'était-il éloigné de quelques pas qu'un bruit sec claqua dans l'air comme une détonation. Aussitôt montèrent du quai les cris effrayés des hommes qui culbutaient en arrière, le câble du chargement ayant lâché. Beau tressaillit, releva instinctivement la tête et vit passer juste au-dessus de lui la caisse, au bout de laquelle se balançait la corde libre. Il eut le réflexe de sauter pour l'attraper, mais, n'étant pas assez lourd pour faire contrepoids, il fut emporté avec elle.

Horrifiée, Cerynise regardait Beau se balancer comme un pantin sous l'énorme coffre qui tournoyait dangereusement. Une main sur la bouche, elle priait en silence pour que les derniers cordages tiennent bon et que le chargement ne vienne pas s'écrouler sur lui. Elle retint son souffle quand Beau entreprit de grimper au câble. Les muscles puissants de son dos et de ses avant-bras enflèrent tandis qu'il se propulsait d'un violent coup de reins sur le côté, le plus loin possible de la caisse. Puis, dans le rebond, il changea de direction et lança ses jambes en avant. La pression qu'il exerça de tout son poids contre la caisse aida à la stabiliser, assez du moins pour que Oaks et ses hommes saisissent le filin. Petit à petit, le mouvement de rotation s'atténua, et ordre fut donné de tirer doucement le chargement dans la cale. Beau sauta à terre, juste de l'autre côté de l'écoutille, et s'épousseta avec une nonchalance déconcertante.

À le voir, on eût dit qu'il venait de terminer un travail des plus ordinaires.

Lorsque enfin la caisse reposa sur le pont inférieur, tout l'équipage poussa un long soupir de soulagement. Puis des éclats de rire fusèrent d'un peu partout et les hommes se lancèrent dans d'exubérantes démonstrations d'amitié et de solidarité, se félicitant d'avoir évité une catastrophe. Si Beau ne se montra pas hostile à ces excès de familiarité, il ne fut pas long à leur rappeler qu'il y avait encore plusieurs caisses à charger.

Stephen Oaks retourna auprès de Cerynise.

— Nous l'avons échappé belle ! dit-il, relevant sa casquette pour s'essuyer le front.

Cerynise ne s'était pas encore remise et frissonna en pensant une nouvelle fois à ce qui aurait pu arriver si...

— Grâce à la clairvoyance du capitaine Birmingham, tout le monde s'en est sorti indemne.

— C'est vrai, mademoiselle. Par chance, rien ne lui échappe. On dirait qu'il a toujours un temps d'avance sur les autres. C'est une bonne chose pour son équipage, qu'il sache réfléchir aussi vite qu'il est capable d'agir.

Cerynise était trop secouée par ce qui venait de se passer pour avoir envie de discuter plus avant du capitaine Beau et de son attitude héroïque. En ce qui la concernait, il était peu probable qu'elle pût assister à un autre de ses exploits mettant sa vie en danger.

Quelques instants plus tard, se sentant presque libérée de ses angoisses, elle s'intéressa de nouveau à Beau, qu'elle repéra au milieu de la foule qui se pressait sur le pont. Il semblait être partout à la fois, ici surveillant une manœuvre, donnant là des explications, écoutant ailleurs les remarques d'un des matelots, lançant des ordres. Cerynise comprenait pourquoi on lui obéissait toujours sans discuter. Elle tremblait rien qu'à imaginer ses yeux, au fond desquels semblait couver un feu d'enfer, jetant sur elle un regard mécontent. Beau n'était en rien arrogant ou tyrannique, mais il se dégageait de lui une si grande impression de confiance en soi et d'emprise sur le monde que l'on ne pouvait que le suivre.

Plus elle le regardait s'activer sur son bateau, plus forte était l'envie de l'immortaliser au milieu de tous ces visages. Si elle avait su qu'elle disposait d'un peu de temps avant d'être emmenée sur *Le Mirage*, elle aurait demandé à M. Oaks de lui trouver un coin où dessiner sans gêner personne, et elle aurait au moins pu faire une série d'esquisses. Mais seul Beau était en mesure de lui donner une réponse sûre concernant son départ, et elle n'osait pas aller le déranger.

Un peu plus tard, son attention fut attirée par une voiture de maître, qui déboucha sur le dock en penchant dangereusement de côté. Elle passa si près d'un attelage à six chevaux que les deux animaux de tête se cabrèrent en hennissant, les quatre autres, effarouchés, lançant des ruades. Le cocher lâcha un juron, tout en tirant comme un damné sur les rênes pour tenter de remettre ses six chevaux en ligne.

Le véhicule n'en continua pas moins sa route, provoquant des cris de panique et des hurlements scandalisés de la part des camelots, tandis que d'autres vendeurs voyaient leurs paniers de marchandises éparpillés aux quatre vents. Après avoir jeté un regard consterné à ses légumes écrasés par terre, un jeune garçon ramassa une tomate et la lança à toute volée sur la voiture, où elle laissa une grosse tache rouge dégoulinante sur la portière noire. Finalement, le véhicule s'arrêta au-delà de la passerelle de débarquement de *L'Intrépide*.

Aussitôt la porte s'ouvrit grande, et deux hommes s'apprêtèrent à sortir. Dans leur précipitation, ils ne réussirent qu'à se gêner l'un l'autre, s'attirant du même coup les quolibets de la foule. Le plus rond des deux finit par se rétracter et se laissa choir de nouveau sur le siège, laissant le passage libre à son compagnon. Au moment même où celui-ci, notable s'il en était, posait le pied à terre, un morceau de tomate resté accroché à la portière glissa sur sa chaussure. Il baissa les yeux, grimaça de dégoût, puis se débarrassa du bout de fruit tout en jetant des regards mauvais aux camelots, hilares. Il se tourna ensuite vers le cocher, à qui il lança négligemment une pièce. Mais celui-ci n'entendait pas se contenter de si peu et protesta vigoureusement. Voyant que son client l'ignorait, il se redressa d'un bond et lâcha la bride à ses chevaux, obligeant le dernier occupant de son carrosse à s'échapper en toute hâte... et se retrouver les quatre fers en l'air sur le quai. À regret, son compagnon jeta alors une autre pièce au cocher, qui le gratifia d'un sourire satisfait avant de se réinstaller sur son siège.

Comme la plupart des hommes en poste sur le pont, Stephen Oaks n'avait rien perdu de la scène et s'étonna de voir les deux imprudents s'approcher du vaisseau. Pensant néanmoins avoir affaire à des négociants, il avança jusqu'à la passerelle pour les accueillir.

Poussée par la curiosité, Cerynise commença par le suivre, puis s'arrêta net en reconnaissant Alistair Winthrop et Howard Rudd.

— Ô mon Dieu !

M. Oaks jeta un coup d'œil derrière lui en entendant ce cri angoissé et s'inquiéta de la soudaine pâleur de la jeune fille.

— Que se passe-t-il, mademoiselle ? Venez donc vous asseoir deux minutes.

Il la guida vers les petites caisses entreposées non loin et lui tint la main pendant qu'elle se laissait tomber sur l'un des coffres en bois.

— Ne bougez pas, dit-il. Je vais chercher le capitaine...

Trop tard. Alistair Winthrop et Howard Rudd s'étaient déjà engagés sur la passerelle et exigeaient de voir le commandant de bord.

— Puis-je vous aider ? demanda Beau, venu à leur rencontre.

— Oh, que oui ! s'exclama Alistair, plein de morgue. Nous recherchons une jeune fille qui a fugué, et d'après ce que nous avons pu apprendre de M. Sullivan, commandant d'un navire amarré un peu plus bas, elle se trouverait sur votre vaisseau.

— Une fugueuse, dites-vous ? (Les sourcils froncés. Beau jaugea du regard les deux hommes. Il ne lui fallut pas longtemps pour décider qu'il n'aimait pas ce qu'il voyait ou, en l'occurrence, ce qu'il sentait, car tous deux empestaient l'alcool.) Pour ce que j'en sais, il n'y a pas de fugueuse à bord de *L'Intrépide*. Vous devez faire erreur, messieurs.

— Absolument pas ! Elle est ici, et je m'en vais la trouver ! insista Alistair. Même si je dois pour cela fouiller jusqu'à la cale puante de votre maudite péniche.

Cerynise sentit les griffes d'une épouvantable angoisse se refermer sur elle. Elle n'avait aucune idée de ce que ces deux hommes manigançaient, mais elle pensait que, s'ils étaient partis à sa recherche après l'avoir jetée à la rue, c'était probablement parce qu'ils avaient besoin d'elle pour servir leurs intérêts. À moins qu'ils n'aient l'intention de l'accuser de vol, à cause de toutes les affaires qui avaient disparu de la maison depuis son départ. Décidément, la malchance la poursuivait, songea-t-elle, amère. Encore quelques jours, et elle aurait été hors d'atteinte, voguant au beau milieu de l'océan en direction de Charleston.

— Je suppose que vous avez un nom, comme tout un chacun ici ? ironisa Beau.

Il tourna la tête et demanda à mi-voix à M. Oaks de placer des hommes devant Cerynise afin de la dissimuler à la vue des étrangers.

— Alistair Winthrop, annonça le premier.

— Howard Rudd, notaire, dit le second, inquiet de voir une demi-douzaine de grands gaillards se rapprocher.

— Eh bien, Alistair Winthrop et Howard Rudd, notaire, il se trouve que vous êtes ici sur mon bateau, remarqua Beau, acerbe. Et quiconque s'imagine qu'il peut le fouiller sans ma permission s'expose à être jeté dans la Tamise la tête la première. Mais si vous me disiez de quoi il retourne, je pourrais peut-être – je dis bien peut-être – envisager de retarder votre bain glacé.

Rudd s'empressa d'acquiescer d'un signe de tête.

— Je vais vous expliquer.

Alistair jeta un regard mauvais à son compagnon, qui semblait tout à coup affligé d'un tic nerveux et roulait des yeux en imprimant le même mouvement à sa tête. Mais Alistair ne prêta pas attention au message d'avertissement qu'il lui envoyait, car il ne pensait qu'à une chose : obtenir ce qu'il voulait de cet abominable Yankee.

— Nous sommes là pour Mlle Cerynise Kendall, et nous avons toutes les raisons de croire qu'elle a réservé une place pour faire la traversée sur ce vaisseau, le capitaine Sullivan nous ayant affirmé qu'elle n'était pas sur sa liste de passagers.

Beau resta de marbre.

— Pourquoi désirez-vous voir Mlle Kendall ?

— En tant que pupille de la famille Winthrop, elle est sous ma responsabilité.

— Tiens donc ! s'exclama Beau dans un sourire crispé. Pourtant, je tiens de source sûre que Mlle Kendall est américaine, et non pas un sujet anglais. Je ne vois donc pas comment vous pourriez avoir des droits sur elle.

Alistair lança un regard agacé à Rudd, qui ne cessait de réclamer son attention en le tirant par la manche, puis se tourna de nouveau vers le capitaine.

— Il semble que vous ne m'ayez pas bien compris, dit-il d'un ton rude. Mlle Kendall n'est pas en âge de décider seule de son avenir. Ma grand-tante était sa tutrice légale, et maintenant qu'elle est décédée, le rôle de tuteur m'est naturellement dévolu. Il est donc de mon devoir de veiller sur elle et d'assurer son avenir.

— D'après ce que j'ai entendu dire, vous l'avez jetée à la rue comme une malpropre. Est-ce là votre façon de veiller sur elle ?

Alistair ne montra que du mépris pour les railleries de Beau.

— Je ne doute pas un instant que la petite vous ait raconté des histoires invraisemblables dans l'espoir de gagner votre sympathie, capitaine, mais cela ne change rien. J'ai des responsabilités envers elle, et je compte bien les assumer. Alors, où se cache-t-elle ?

Cerynise se releva. Bien que tenant à peine sur ses jambes, elle fit taire les protestations de M. Oaks, franchit le mur de marins qui la protégeait, et alla rejoindre les trois hommes.

— Je suis là, Alistair, dit-elle, accoudée au bastingage. Que voulez-vous ?

L'homme fit volte-face en entendant sa voix et eut un choc en la regardant. Alors qu'il s'attendait à voir une malheureuse jeune fille, les habits froissés et les cheveux défaits, Cerynise lui parut en beauté, aussi jolie et élégamment vêtue qu'à son habitude. Apparemment, le capitaine s'était mis en frais pour elle, et peut-être même l'avait-elle déjà payé en retour pour sa générosité. Initier une jeune vierge aux raffinements du plaisir était un fantasme commun à beaucoup d'hommes, et lui-même ne faisait pas exception à la règle.

Malgré le ressentiment que cette supposition fit naître en lui, Alistair s'obligea à afficher un sourire aimable.

— Vous emmener à la maison, Cerynise, voyons.

— Je n'ai plus de maison ici, en Angleterre, répondit-elle sur un ton glacial. Vous me l'avez parfaitement fait comprendre quand vous m'avez jetée dehors.

— Ttt… ttt ! Vous divaguez, Cerynise. (Il agita une main en l'air avec un rire forcé.) Si vous n'y prenez garde, ma chère enfant, vous allez faire croire au capitaine que je suis un grand méchant loup ou quelque chose de plus horrible encore.

— Étrange… C'est exactement ce que j'étais en train de penser, remarqua Beau comme pour lui-même.

Alistair commença à se méfier de l'homme dont les yeux bleus brillaient d'un éclat métallique.

— Cette jeune fille n'a rien à faire ici, capitaine, insista-t-il, pressé d'en finir. Je dois la ramener immédiatement. (Au moment même où il étendit le bras pour saisir le poignet de Cerynise, lui arrachant un

126

cri d'effroi, Beau le retint par la manche.) Qu'est-ce que cela signifie ? s'exclama-t-il, offusqué.

— Je vais vous le dire, et je vous conseille de m'écouter. Je ne vous laisserai pas emmener Cerynise tant qu'elle ne m'aura pas assuré qu'elle veut partir. Et je doute fort qu'elle le fasse.

— C'est un scandale ! Vous ne pouvez faire ça ! s'indigna Alistair en se libérant d'un geste brusque de son emprise.

Beau laissa échapper un petit rire qui, cette fois, n'avait rien d'ironique.

— Ah, vraiment ? (Il regarda la jeune fille et ajouta :) Cerynise, voulez-vous partir avec ce gentleman ?

Il appuya avec une telle insistance sur le dernier mot qu'il sonna comme une insulte.

Cerynise secoua la tête, incapable de détacher son regard du visage sombre d'Alistair.

— Ce qu'il a dit n'est pas vrai. Je ne suis pas sa pupille. J'ai vu de mes propres yeux le testament de Mme Winthrop, et nulle part il n'y est fait mention d'un transfert de tutorat.

— Parce que c'était inscrit dans un codicille, et que celui-ci ne nous est parvenu que plus tard, expliqua Alistair. (Il sortit un parchemin de la poche de son manteau, et le déplia avec un claquement sous le nez de Beau.) Lisez-le vous-même, capitaine, et vous verrez que je peux légitimement prétendre à un droit de propriété sur cette jeune fille. Par conséquent, elle doit m'obéir.

Tous les muscles du visage de Beau se raidirent, mais il parvint néanmoins à s'exprimer avec calme.

— Vous confondez droit de garde et droit de propriété, monsieur Winthrop, et cela est très grave. Quant à ce bout de papier... En ce qui me concerne, ce pourrait tout aussi bien être un faux.

— Mesurez vos paroles ! Vous parlez à un homme respectable et respecté ! lança Alistair, indigné. Les juges confirmeront mes prérogatives sur cette fille, m'autorisant par là même à user de tous les moyens pour la faire sortir d'ici. Vous seriez bien avisé de ne pas vous immiscer davantage dans cette affaire, car vous risqueriez de voir la justice s'intéresser de près à votre misérable navire et vous empêcher à jamais de quitter le port. En d'autres termes, si vous n'accédez pas au plus vite à ma demande, les choses vont mal tourner pour vous.

Rudd hocha la tête avec conviction, confirmant ainsi que le capitaine s'exposerait à de terribles ennuis s'il refusait de coopérer. Mais, par mesure de prudence, il tenta une nouvelle fois de diriger l'attention d'Alistair sur le cercle de grands gaillards qui se refermait autour d'eux.

— Cela pourrait mal tourner pour moi ? répéta Beau sur un ton railleur. Vous commencez par jeter Cerynise à la rue, en lui disant que vous ne voulez plus entendre parler d'elle, puis vous prétendez haut et fort que c'est votre pupille, et vous osez encore me mettre en garde contre l'intervention de la loi ? C'est une plaisanterie !

— Vous mentez tous les deux ! Cerynise raconte n'importe quoi pour rester avec vous. J'imagine que vous avez dû lui montrer beaucoup d'égards et murmurer à son oreille tant de vaines promesses que son cœur a chaviré. Et désormais, elle ne rêve plus que de voguer vers d'autres mondes au côté de son noble capitaine. (Il jeta un regard noir à l'homme qui se tenait devant lui et ajouta avec une moue de dédain :) Peut-être même notre fougueux chevalier a-t-il déjà essayé sa nouvelle monture ?

L'insulte atteignit Cerynise de plein fouet. Elle demeura interdite, le visage blême, mais Beau, lui, fut plus prompt à réagir. Il referma son poing et frappa Alistair en pleine figure. Celui-ci bascula en arrière et s'effondra sur Rudd, qui manqua s'étouffer de surprise puis bredouilla quelques mots embarrassés tandis qu'il l'aidait à se remettre sur pied.

— Je vous ferai arrêter ! hurla Alistair, une main sur sa joue meurtrie.

Il tenta une dernière fois d'attraper Cerynise, mais elle s'écarta et se réfugia derrière Beau.

— Foutez le camp de ce bateau avant que je ne vous étrangle, espèce de fumier ! lança le capitaine, menaçant.

Blessé dans son orgueil, Alistair le foudroya du regard et agita devant lui son poing levé.

— Croyez-moi, bientôt vous regretterez d'avoir posé les yeux sur Cerynise Kendall !

— Cela m'étonnerait. (D'un geste de la main, il fit signe aux marins chargés de la protection de Cerynise d'approcher.) Balancez-moi cette ordure à la flotte !

De plus en plus inquiet, Rudd murmura :

— On ferait peut-être mieux d'y aller...

— Vous n'en avez pas fini avec moi, capitaine ! promit Alistair tout en reculant vers la passerelle. Je reviendrai accompagné des autorités et vous serez arrêté pour attentat à la pudeur sur la jeune fille dont j'ai la responsabilité légale. De toute façon, je vais poster un garde dès ce matin, pour m'assurer que vous ne prenez pas le large avec Cerynise à votre bord. Et je vous préviens que si vous tentez une sortie, je vous ferai inculper d'enlèvement et vous croupirez en prison jusqu'à la fin de votre misérable vie !

Voyant Beau avancer d'un pas, Rudd tira désespérément Alistair par le bras.

— Ne l'agacez pas davantage, conseilla le notaire, ou il va lancer ses gars à notre poursuite ! Laissons les autorités s'occuper de lui.

Arrivé sur le dock, Alistair enrageait toujours et, jusqu'à ce qu'ils aient repris place dans la voiture de maître, il continua de bombarder d'injures le capitaine.

On n'entendit pas un mot au passage du véhicule. Le silence régna encore quelques minutes, comme si tout le monde sur le quai était figé, puis un chien aboya, un cheval hennit, et enfin un camelot donna lui aussi de la voix, vantant à grands cris sa marchandise. À bord de *L'Intrépide*, la vie reprit son cours, mais les marins échangeaient maintenant des clins d'œil discrets, chuchotaient entre eux et prenaient des paris.

— Je suis désolée, Beau, s'excusa Cerynise. Je n'aurais jamais pensé que quelqu'un puisse s'opposer à mon départ, surtout après m'avoir mise à la porte de la maison Winthrop. Compte tenu de la situation, je crois qu'il vaudrait mieux que l'un de vos hommes m'escorte jusqu'au vaisseau du capitaine Sullivan avant qu'Alistair n'envoie un garde patrouiller autour de votre bateau.

— C'est impossible pour le moment.

Cerynise se rendit compte qu'elle en demandait peut-être beaucoup, les marins ayant fort à faire, et réfléchit à une façon de se débrouiller toute seule.

— Dans ce cas, si vous m'expliquiez comment reconnaître le navire du capitaine Sullivan, je pourrais essayer de convaincre Moon de venir chercher mes bagages.

Mais Beau rejeta cette idée.

— Je ne le tolérerais pas.

— Vous ne toléreriez pas quoi, capitaine ? s'enquit Cerynise, confuse. Je ne comprends pas. Puisque vos hommes sont tous occupés, pourquoi seriez-vous contrarié que Moon se charge de mes bagages ?

Beau la dévisagea en silence, les bras croisés sur le torse.

— Parce que si vous essayez de quitter le pays sur *Le Mirage*, mademoiselle Kendall, vous n'irez jamais plus loin que ces docks, expliqua-t-il. Alistair Winthrop aura tôt fait de vous retrouver, et, tel que je connais le capitaine Sullivan, je peux vous assurer qu'il ne cherchera même pas à discuter avec les autorités.

— Je n'ai pourtant pas d'autre solution.

Beau paraissait à la fois soucieux et ennuyé pour elle.

— Est-ce vraiment urgent pour vous, de retourner en Caroline ?

— Je n'ai plus que ça en tête. Il le faut absolument, Beau.

— Si Alistair a bien été désigné comme votre tuteur, cela pose un problème quasi insurmontable. Car, même en admettant que le codicille soit un faux, la justice lui accordera le bénéfice du doute, au moins pour un temps.

— Vous dites que le problème est « quasi insurmontable », et cela sous-entend qu'il y a encore de petites chances de faire échec au projet d'Alistair. Alors, je vous écoute.

Il l'étudia d'un air songeur, se mordillant la lèvre. Il craignait de lui causer un choc qui l'inciterait à se sauver à toutes jambes, préférant encore retourner chez les Winthrop plutôt que d'accepter une chose pareille. Pendant ce temps, exposée au feu de son regard, Cerynise sentit croître son malaise et en vint à penser que, si Beau hésitait à lui soumettre son idée, c'est qu'elle devait être détestable.

— J'aimerais bien que vous ne fassiez pas cela, observa-t-elle.

— Quoi donc, très chère ? demanda Beau, surpris.

Touchée par ces mots affectueux, Cerynise rougit de plaisir et baissa aussitôt la tête pour n'en rien laisser paraître.

— Me regarder fixement comme cela. J'ai l'impression que vous êtes en train de me disséquer comme un médecin légiste avec son premier cadavre.

À en juger par sa grimace, Beau n'apprécia guère la comparaison.

— Je vous promets, très chère, qu'à l'avenir je m'efforcerai d'améliorer mes manières, dit-il en s'inclinant.

Cerynise n'entendit que les mots « très chère » et son cœur bondit dans sa poitrine. Après que le regard de Beau l'eut retenue captive, voilà que ses paroles prenaient le goût de l'hydromel et exerçaient sur elle un effet enivrant.

Cherchant à se ressaisir, elle respira profondément et s'éclaircit la gorge, mais malgré cela elle ne put s'empêcher de battre des cils quand elle plongea de nouveau son regard dans les yeux saphir qui lui souriaient.

— Je vous en prie, ne prolongez pas inutilement le suspense, dit-elle d'une voix tremblante.

— Pardonnez-moi de vous infliger cette attente angoissante, Cerynise, mais je viens d'avoir une idée et, avant de vous en parler, je dois y réfléchir encore, envisager les répercussions.

Sur ce, il fit volte-face et se dirigea vers le bastingage. Durant de longues minutes, il resta appuyé à la rambarde, songeur. Jusqu'où pouvait-il aller par amitié pour cette jeune fille ? Telle était la question qui le tourmentait.

Des dizaines d'années auparavant, Brandon Birmingham, son père, contemplait déjà, du pont de son propre vaisseau, cette même ville. Père et fils avaient été amenés à relever le même genre de défi en tant que capitaines, mais le plus jeune avait pu profiter des sages conseils et de l'expérience de son aîné. Brandon ne s'était pas contenté de lui enseigner la valeur des mots, c'est par l'exemple qu'il avait inculqué à Beau le sens de l'honneur et du devoir.

Un homme ne naît pas gentleman, il le devient, lui rappelait-il sans cesse. Ce n'est pas un titre dont on hérite, il faut faire ses preuves pour le mériter. Compassion, honnêteté, courage, honneur, intégrité, telles sont quelques-unes des qualités dont un gentleman peut se prévaloir. Il lui incombe bien sûr de protéger les membres de sa famille contre les cruautés du monde, mais il doit se sentir investi de la même responsabilité vis-à-vis de ses amis et des déshérités.

Noblesse oblige, en quelque sorte, mais dans le cas Birmingham il n'était pas question de naissance noble : simplement de ligne de conduite. Un gentleman se devait, par ailleurs, de porter le poids des responsabilités, si lourd fût-il. Beau se souvint de l'état dans lequel il avait trouvé Cerynise avant de la transporter à bord de *L'Intrépide*. L'idée qu'Alistair Winthrop puisse la récupérer le révoltait. Mais il existait de multiples façons de persécuter les gens : les commérages et de fines insinuations, par exemple, suffisaient parfois à ruiner la réputation d'une personne et à lui causer du tort durant toute sa vie.

Alistair Winthrop était un homme déterminé ; qu'il soit ou non le tuteur légal de Cerynise, il semblait prêt à tout pour l'empêcher de s'enfuir en Caroline.

Et Beau ne voyait qu'un moyen de le déposséder de ses droits sur la jeune fille, qui éloignerait du même coup tout risque d'une action en justice.

L'attente devenait insupportable pour Cerynise. Si Beau espérait trouver du plaisir à la tourmenter, alors il devait être comblé, songea-t-elle.

Enfin, il se décida à retourner près d'elle.

— Il semble qu'il n'y ait pas d'autre possibilité, ma chère, dit-il, embarrassé. Votre ami Alistair ne nous laisse guère le choix, si toutefois vous êtes vraiment résolue à retourner chez vous.

— Bien sûr que je le suis !

— Alors, dans ce cas, nous devons nous marier au plus vite.

Cerynise le fixa, ébahie.

— Je vous demande pardon ?

— Vous m'avez bien entendu. C'est la seule solution salutaire pour nous deux. Telles que les choses se présentent, Winthrop n'aura aucun mal à convaincre les autorités de vous ramener de force. Quant à moi, je suis étranger ici, et l'administration portuaire ne me porte pas dans son cœur : que je puisse entrer et sortir sans problème semble les irriter de plus en plus. Je pense que, d'une certaine façon, ils sont jaloux des Yankees qui circulent librement dans leurs eaux territoriales. Par conséquent, si je lève l'ancre avec vous à bord, je suis sûr qu'ils profiteront de l'occasion pour arraisonner mon bateau et me jeter en prison. Tandis que si nous sommes mariés, en tant qu'épouse vous serez sous ma protection. Et je peux vous assurer qu'aucun magistrat ne s'interposera entre un mari et sa femme.

Cerynise demeura silencieuse, totalement perdue. Elle avait l'impression que les aiguilles du temps s'étaient détraquées, que le mouvement de rotation de la Terre s'était amplifié, qu'elle avait perdu tout contrôle des choses. L'homme qui se tenait en face d'elle était si grand qu'elle lui arrivait tout juste aux épaules, il avait une ravissante petite cicatrice au menton...

N'obtenant pas de réponse, Beau insista :

— Vous comprenez, Cerynise ?

— Oui, je comprends... Vous avez dit que vous vouliez m'épouser, dit-elle d'une voix blanche.

La perspective de devenir sa femme fit naître en elle toutes sortes d'émotions contradictoires, mais elle refusa de s'attendrir.

— Ce n'est pas exactement ce que j'ai dit, précisa-t-il avec prudence.

Confuse, elle s'empressa de détourner le regard.

Bien qu'il mourût d'envie de faire l'amour avec Cerynise, Beau ne voulait pas s'engager dans une relation durable. Il aimait trop naviguer, et s'il continuait à sillonner les mers tout en ayant la responsabilité d'une famille, il ne pourrait jamais être là quand ils auraient besoin de lui. Ils ne passeraient que quelques jours ensemble par-ci par-là, entre deux longs voyages, autant dire juste le temps de faire un autre enfant à son adorable femme et de profiter un peu du bébé qu'elle aurait mis au monde pendant son absence.

Il s'appliqua donc à expliquer tout cela clairement à Cerynise, de façon qu'il n'y ait aucun malentendu concernant sa proposition.

— Lorsque nous arriverons à Charleston, nous ferons annuler le mariage, et ensuite nous pourrons vivre notre vie, chacun de notre côté. Mais au moins vous serez chez vous, là où vous souhaitez être, et mon bateau ne sera pas retenu sur les côtes anglaises pendant que je me débats avec la justice.

— Rien ne vous oblige à prendre une décision aussi radicale, remarqua Cerynise sur un ton grave. Pourquoi ne pas larguer les amarres, tout simplement, lorsque vous serez prêt à partir ?

Elle avait très bien compris qu'en son for intérieur Beau ne désirait pas la prendre pour femme. Il essayait simplement, par grandeur d'âme ou générosité, de la sortir d'une situation difficile. Point final. D'ailleurs, elle n'avait pas pris au sérieux sa proposition… Enfin, juste quelques secondes, le temps de rêver un peu.

— Sans vous ? demanda Beau, surpris. Je m'en voudrais toute ma vie si je faisais une chose pareille, surtout après m'être rendu compte de l'horreur que ce serait pour vous d'avoir Alistair Winthrop pour tuteur. Maintenant, si vous vous demandez pourquoi je vous aide, disons que c'est parce que j'ai une dette envers votre père. Sans son soutien, j'aurais probablement laissé tomber les études, comme la plupart de mes amis. Les visites régulières qu'il faisait chez mes parents ont finalement porté leurs fruits, puisque au lieu de chercher à me divertir comme les autres garçons de mon âge, j'ai compris qu'il était important de me concentrer sur mon travail. Je lui dois donc beaucoup plus que je ne serai jamais en mesure de lui rendre.

Des images du passé surgirent de la mémoire de Cerynise tandis qu'elle repensait à ce bel adolescent, avec des cheveux noirs, courts et bouclés, des yeux magnifiques, dont elle avait toujours été amoureuse. Elle se rappela avec émotion leurs longues balades, du temps où il la faisait monter devant lui, à califourchon sur son cheval, pour lui apprendre à ne plus avoir peur. Et puis ce fameux après-midi où, alors qu'elle jouait seule près de l'école, quelques garçons étaient venus l'asticoter à la sortie des classes, d'abord en lui tirant les cheveux, puis en la mitraillant de petits cailloux avec leurs sarbacanes. En entendant ses cris, Beau avait volé à son secours et donné une grande claque à ses persécuteurs, ce qui lui avait valu d'être réprimandé par le père de Cerynise et d'avoir à faire des devoirs supplémentaires. Mais quand celui-ci eut appris, le soir venu, ce qui s'était réellement passé, il avait aussitôt enfilé son manteau et était allé jusqu'à Harhaven pour présenter ses excuses au jeune Beau et le remercier d'avoir pris la défense de sa fille.

Tandis que Cerynise restait plongée dans le passé, Beau, lui, était bien ancré dans la réalité et commençait à s'inquiéter de son silence. Il ne savait pas si les femmes avaient l'habitude de tomber en pâmoison lorsqu'elles recevaient une proposition de mariage, mais il était cependant fortement impressionné par la réaction de celle-ci.

— Enfin, voyons, Cerynise ! Ce n'est pas comme si je vous demandais de me jurer fidélité ou…

— Mais si, justement !

Beau parut déconcerté par le caractère exagéré de sa réponse.

— Après tout, peut-être, admit-il, mais nous savons tous deux que c'est pour une période temporaire. Dès que nous arriverons de l'autre côté de l'Atlantique, nous pourrons rompre les liens du mariage et ce sera comme s'il n'avait jamais eu lieu.

À l'entendre, cela paraît élémentaire, songea Cerynise. Un mariage de convenance, aussitôt suivi d'une annulation. Une simple formalité. Un moyen de se sortir de cette situation. Rien de plus. Vraiment pas grand-chose, en fait.

Mais elle se rendait compte que ce n'était pas aussi facile que cela, du moins pour elle. Avoir Beau pour mari était un rêve qu'elle nourrissait depuis plus de dix ans. Un petit sourire triste passa sur son visage. N'était-ce pas un signe, que cette chimère ait survécu à l'usure du temps ? Aujourd'hui encore, elle entretenait avec ferveur la flamme de l'illusion, se languissant de voir son rêve se réaliser.

Cerynise posa de nouveau son regard sur l'homme aux yeux d'un bleu plus profond que le ciel, en qui elle reconnaissait le bel adolescent dont elle s'était éprise jadis. Sa seule présence la réconfortait. C'était un Beau adulte et réfléchi qui lui proposait la protection de son nom pour gagner sa liberté, et pourtant, en songeant à l'avenir, elle sentait poindre en elle une sourde inquiétude. L'amour qu'elle vouait à son prince ne pouvant que se renforcer, qu'adviendrait-il lorsque leur mariage serait cassé ? Serait-elle capable de supporter la solitude ? S'inquiéterait-il seulement de savoir ce qu'elle endurait, après leur séparation ?

Beau dévisagea Cerynise mais ne détecta aucun signe d'un quelconque assentiment. Elle paraissait dans l'expectative, peut-être même effrayée par ce qui l'attendait si elle acceptait le mariage. En vérité, il comprenait très bien qu'elle s'inquiétât des conséquences d'avoir à partager sa cabine, car il ne pourrait jamais lui jurer qu'un jour ou l'autre ils n'en viendraient pas à faire l'amour. Prêter serment d'abstinence pour au minimum trois mois lui paraissait au-dessus de ses forces. Après tout, il n'était pas moine, ni gentleman à ce point, et se sentait incapable de s'engager à tenir pareille promesse. Comment faire abstraction de ses pulsions sexuelles, qui déjà le mettaient au supplice ? À quels tourments s'exposerait-il s'il rompait bêtement ce serment maintenant, pour finalement le regretter plus tard ? Compte tenu de la disposition dans laquelle il se trouvait en ce moment même, « plus tard » pouvait aussi bien signifier « d'ici peu de temps ».

— Pour l'instant, vous n'avez qu'à penser à ce mariage comme à un arrangement purement formel, suggéra-t-il pour la mettre à l'aise. Cela étant, je vous donne ma parole que je ne vous obligerai jamais à faire quoi que ce soit contre votre gré.

Cerynise ferma les yeux et essaya de décrypter le sens de ses paroles. Devait-elle comprendre qu'il jurait de ne pas la toucher ? Sans doute, sinon pourquoi aurait-il parlé d'arrangement purement formel ?

— Ma proposition vous convient-elle, ou non ? insista-t-il après une longue attente.

Cerynise rouvrit les yeux et, d'une petite voix, répondit :

— Apparemment, je n'ai pas d'autre solution.

Beau ne put s'empêcher de penser que n'importe quel soupirant qui espérerait la prendre un jour pour femme aurait bien du mal à garder son calme en apprenant ce qu'elle venait d'accepter. Sachant qu'ils seraient restés enfermés sur le bateau pendant au moins trois mois, l'amant en question se demanderait à quoi ils avaient bien pu occuper les jours et les nuits d'un mariage provisoire aussi long. Personne ne pouvait prévoir la tournure que prendrait leur relation. Mais, lorsque Beau essayait d'imaginer comment il réagirait si, après la traversée, un soupirant le pressait de signer les papiers d'annulation du mariage, il éprouvait une certaine contrariété, comme si on le poussait à abandonner ses prétentions sur une jeune fille qui l'ensorcelait. Pas un instant elle ne quittait ses pensées, et il la désirait plus que toute autre femme, mais il ne voulait pas se retrouver, à cause de leur liaison, enchaîné jusqu'à la fin de sa vie sur la terre ferme.

— J'ai l'impression que cela vous tracasse d'être obligée de prendre cette décision...

— Je préférerais qu'on laisse ce sujet de côté, si ça ne vous ennuie pas. Maintenant que j'ai accepté, tout ce que je souhaite, c'est que ça se fasse au plus vite, sinon nos projets risquent d'être contrariés.

— Je vais m'en occuper, assura Beau. (Il glissa une main sous son bras et l'entraîna vers l'escalier des cabines.) Ne vous inquiétez donc pas : avant la fin de l'après-midi, les noces seront célébrées.

Il la raccompagna jusqu'à sa cabine et, un peu plus tard, envoya Billy Todd veiller à ce qu'elle ne manque de rien. Ayant été informé de ce qui se tramait, le jeune homme se présenta devant Cerynise dans un état de confusion extrême.

— Le cap'taine vient de... m'dire que... que... vous deux... bafouilla-t-il avant de s'interrompre et de la regarder, bouche bée.

— Qu'a-t-il dit, Billy ?

Il agita la main, comme pour s'excuser, et s'efforça de retrouver un peu d'assurance.

— Je ne me souviens plus, mademoiselle.

— Ce n'est pas grave, Billy, dit-elle en poussant un soupir de découragement. Moi aussi je suis un peu distraite, en ce moment.

En un sens, Cerynise n'était pas mécontente d'avoir quelqu'un à rassurer ; cela lui évitait de penser à ses propres problèmes, et surtout à l'accord qu'elle venait de passer avec Beau. Mais qu'y avait-il donc de si affligeant dans ce mariage, puisqu'elle s'apprêtait à épouser un homme qu'elle avait toujours placé sur un piédestal ?

Les années passées en Angleterre l'avaient peu à peu conduite à reléguer ce rêve merveilleux au rang de caprice de petite fille, faute de pouvoir le ranger dans le domaine du possible. Et par la suite, elle n'avait montré que peu d'intérêt pour le mariage. Comme toutes les jeunes filles, elle savait qu'un jour ou l'autre elle se marierait, mais se contentait d'imaginer cela dans un futur lointain. La peinture était bientôt devenue une passion, à laquelle elle consacrait tout son temps et toute son énergie, laissant peu de place à la rêverie. Aussi ne songeait-elle que rarement à l'inconnu qui, plus tard, deviendrait son mari.

Mais voilà qu'à présent elle découvrait deux choses terribles : d'une part, l'homme sans visage ne lui était pas inconnu, et d'autre part il n'allait être son mari que sur le papier. Beau lui accordait simplement une faveur, à l'exemple du parfait chevalier du Moyen Âge, Cerynise jouant le rôle de la damoiselle en détresse.

Elle laissa échapper un petit rire, qu'elle retint brusquement en se rendant compte que Billy Todd était encore dans la cabine, occupé à sortir de l'armoire les affaires du capitaine.

— Tout va bien, mademoiselle ? demanda-t-il, surpris.

— Excusez-moi, Billy, mais parfois je me laisse emporter par mon imagination et...

Le jeune homme supposa qu'elle devait être en train de penser à sa première nuit avec le capitaine, et s'en voulut de la déranger dans sa rêverie.

— Je comprends, mademoiselle, dit-il avant de s'éclipser.

À peine une heure plus tard, on frappa de nouveau à la porte, mais cette fois ce fut Stephen Oaks que Cerynise accueillit dans la cabine. Il avait un air bizarre, à la fois bouleversé et amusé. Après un bref silence, il claironna d'un ton enjoué :

— Eh bien, c'est donc vrai ce qu'on dit. Celui qui écume sans relâche les mers aura vraiment tout vu dans sa vie.

— Ce mariage est-il si extraordinaire que cela, monsieur Oaks ? s'enquit Cerynise, s'efforçant de masquer sa contrariété. (Elle n'avait pas besoin qu'on lui rappelle à quel point l'équipage devait être surpris par la nouvelle, et s'étonnait même qu'on en fît toute une histoire.) Il y a des gens qui se marient tous les jours, vous savez.

— Exact, mademoiselle, mais ils n'ont rien à voir avec le capitaine. Je n'aurais jamais pensé qu'il consentirait à s'engager avec une femme pour un bon bout de temps comme ça... (Il s'interrompit, prenant soudain conscience de son indélicatesse.) Je vous demande pardon, mademoiselle, je ne voulais pas... Enfin, il n'y a aucun problème à ce que vous vous mariiez avec le capitaine, absolument aucun. En fait, c'est même une excellente idée. La meilleure solution.

Cerynise le dévisagea d'un air soupçonneux.

— Dois-je comprendre que vous avez eu connaissance de...

M. Oaks l'arrêta d'un geste de la main, et poursuivit :

— Tout ce que je peux vous dire, mademoiselle, c'est que l'équipage au grand complet a parié que le capitaine ne laisserait pas ce salopard de Winthrop vous emmener. On était sûrs qu'il trouverait un moyen de vous protéger. La seule chose qu'on ne savait pas, c'était comment il allait s'y prendre. (Son visage s'éclaira d'un large sourire.) En vérité, personne n'aurait même osé envisager qu'il en arrive là. Pour la plupart, les gars pensaient qu'éventuellement il y aurait un échange de coups de feu, suivi d'une échappée vers le grand large, et qu'on mettrait les voiles un peu plus tôt que prévu. Mais ils se trompaient de beaucoup !

— Vous croyiez que le capitaine aurait pu vous demander de larguer les amarres et de vous battre comme des pirates… simplement à cause de moi ?

— Pourquoi pas ? répondit Stephen Oaks avec un haussement d'épaules. De temps en temps, il y a des différends avec des gens qui ne sont pas faciles… Par exemple, l'année dernière, à Barcelone, on… (Il s'interrompit de nouveau, et changea brusquement de sujet.) Enfin, ce qui est sûr, c'est que personne à bord ne connaît mieux que moi le capitaine. Et ce n'est pas ce que j'appellerais un type ordinaire. Il aime surprendre son monde, ah ça, oui ! (Il ponctua sa remarque d'un petit rire, tout en tapotant la bourse qu'il portait à la ceinture.) Et cette fois, il en aura surpris plus d'un.

Il fallut à Cerynise quelques secondes pour comprendre de quoi il parlait. Mais lorsque la lumière se fit dans son esprit, elle pinça les lèvres et jeta un regard noir à M. Oaks.

— Auriez-vous, par hasard, parié sur l'issue de la prise de bec entre le capitaine et M. Winthrop ? demanda-t-elle, offusquée.

Stephen Oaks parut tout à coup beaucoup moins fier.

— Oui, mademoiselle, répondit-il dans un murmure.

— Eh bien, j'espère que vous profiterez pleinement de vos gains, monsieur Oaks. (Elle eut beau s'exprimer avec calme, sans intonation particulière, sa voix sonna étrangement dure à ses oreilles.) À présent, si vous n'y voyez pas d'inconvénient, j'aimerais me retrouver seule quelques instants avant de…

Conscient de l'avoir froissée, le second s'empressa de lui présenter ses excuses.

— Je suis désolé, mademoiselle. Mais parfois, je parle à tort et à travers.

— Il y a des gens comme ça, hélas ! répliqua Cerynise. Si vous voulez bien m'excuser, je vais…

— C'est-à-dire que… J'étais précisément venu pour vous annoncer que c'était l'heure.

— Déjà ?

— Oui, mademoiselle. Le capitaine a envoyé chercher le pasteur de Southwark, qu'il connaît de longue date, et il est arrivé sans tarder. Tous deux vous attendent sur le pont.

Cerynise demeura abasourdie. Désemparée. Elle s'était laissé prendre de court et ne se sentait pas du tout prête, psychologiquement, à affronter cette épreuve.

— Sans doute y a-t-il encore des formalités à accomplir, des autorisations à demander… ?

— Il vaudrait mieux que vous posiez toutes ces questions directement au capitaine, mademoiselle. Mais pour l'heure, si vous voulez bien venir avec moi, je vais vous conduire sur le gaillard d'arrière.

Cerynise suivit humblement M. Oaks, en prenant garde à ne pas glisser sur les marches étroites de l'escalier des cabines. Le chargement du navire terminé, la plupart des hommes d'équipage s'étaient regroupés sur le pont principal, d'autres avaient grimpé dans les enfléchures pour ne rien rater. Dès que Cerynise apparut, le silence se fit et c'est sous le feu de dizaines de regards ébahis qu'elle gagna le pont supérieur. Elle se rendit compte qu'il y avait quelqu'un près de Beau, mais elle le remarqua à peine, toute son attention étant focalisée sur l'homme, terriblement séduisant, qui allait devenir son mari.

144

Beau portait avec élégance une redingote bleu marine et gris sur une chemise blanche et un gilet du même gris que son vêtement. Son pantalon à sous-pieds, qui recouvrait le haut de ses bottines noires à lacets, était d'un gris plus soutenu. Charmée par sa prestance, Cerynise avança jusqu'à lui le cœur battant la chamade. Elle regrettait seulement que M. Oaks ne lui ait pas laissé le temps d'arranger un peu sa toilette et de se mettre du rouge aux joues avant de l'escorter sur le pont.

Mais lorsque Beau, le regard pétillant, lui prit la main et la tira doucement vers lui, elle oublia ces futilités pour s'abandonner à l'enchantement du moment. C'était comme si le printemps était soudain revenu. Beau passa un bras autour de sa taille et pressa ses lèvres sur ses cheveux.

— Vous êtes la plus ravissante des mariées, très chère.

Cerynise s'agrippa d'une main tremblante à son gilet, de peur de lui tomber dans les bras quand elle sentit qu'il l'attirait plus près – trop près, sans doute, pour un préambule à un simple mariage de convenance. Si Beau n'avait pas encore remarqué à quel point elle était sensible à ses mots doux et à ses regards enjôleurs, Cerynise comprenait très bien, elle, pourquoi à chaque respiration sa poitrine se gonflait dans la cage étroite de son corset.

— Puis-je vous retourner le compliment ? murmura-t-elle d'une voix troublée par l'émotion. Vous me surprenez agréablement : on ne saurait être plus à son avantage. En vérité, je m'en veux de ne pas avoir accordé autant de soin à ma personne.

— Il n'y a pas lieu de vous inquiéter, vous êtes très belle, Cerynise. (Il se pencha de nouveau pour humer le parfum de ses cheveux et s'imprégna de son essence féminine.) Et vous sentez délicieusement bon, ajouta-t-il avec une grande sincérité.

Cerynise ne prêta pas attention à ce qu'il disait. Ses belles paroles étaient sans doute uniquement destinées à rassurer le pasteur ou à faire plaisir à l'équipage, déjà surexcité. À l'instant même, tout ce qui lui importait, c'était cet incomparable bonheur qu'elle éprouvait dans leur étreinte, comme si sa place naturelle avait toujours été dans les bras de Beau. Là où elle rêvait de se retrouver depuis son enfance.

Un homme d'une cinquantaine d'années, avec des cheveux gris et des yeux clairs pleins de bonté, se tenait à quelques pas, debout devant une table de fortune. Cerynise supposa, en voyant ses mains, qu'il devait être en train de labourer en prévision de l'hiver lorsque Beau l'avait envoyé quérir, car ses ongles étaient encore maculés de terre. Son gilet usé mal boutonné, sa cravate de guingois et ses joues mal rasées témoignaient de l'empressement avec lequel il avait répondu aux sommations du capitaine et de ses difficultés à joindre les deux bouts. Cependant, malgré son apparence négligée, Cerynise l'adopta tout de suite, reconnaissant en lui un homme au grand cœur.

— Vous êtes mademoiselle Kendall ? demanda-t-il, un sourire aimable éclairant son visage.

— Oui, monsieur.

— Et vous prenez part à cette union de votre plein gré, libre de toute contrainte ?

La question la surprit, et elle interrogea Beau du regard.

— M. Carmichael ne se préoccupe pas outre mesure des formalités, expliqua-t-il en pressant doucement sa main dans la sienne, mais il doit s'assurer, pour avoir la conscience tranquille, que les deux parties ont

146

décidé d'un commun accord de se marier. Alors, acceptez-vous de votre plein gré de m'épouser ?

Bien que ce fût Beau qui l'interrogeait, Cerynise se tourna vers le pasteur et répondit d'une voix à demi étouffée :

— Oui, j'y consens.

Si, l'instant d'avant, elle tremblait d'appréhension, c'était maintenant à l'excitation qu'elle devait ses mains moites et les battements affolés de son cœur. Glissant les doigts entre ceux de Beau, elle ferma les yeux et écouta religieusement le pasteur.

— Mes bien chers frères, nous sommes ici réunis sous le regard de Dieu pour unir cet homme et cette femme par les liens sacrés du mariage...

5

Les yeux rivés à ceux de Cerynise, Beau murmura les mots qui soudaient leur union.

— Je te prends, Cerynise Edlyn Kendall, comme légitime épouse...

Jamais rien ne l'avait autant touchée que sa promesse de l'aimer, l'honorer et la chérir. De tout son être, elle souhaitait que ces paroles aient un sens pour lui aussi, et espérait qu'il ne les récitait pas uniquement pour se conformer à la coutume. Elle sentit sa gorge se nouer au moment de prononcer ses propres vœux et baissa ses yeux embués de larmes sur les belles mains puissantes qui retenaient les siennes dans une douce étreinte.

— Je te prends, Beauregard Grant Birmingham, pour légitime époux...

Peu de temps après, M. Carmichael demanda :

— Qui a l'alliance ?

Cerynise retint son souffle, persuadée que Beau, tout comme elle, avait omis de s'intéresser à ce détail. Mais, à sa grande surprise, il tira l'anneau d'or qu'il portait à l'auriculaire, puis lui prit la main gauche et le glissa délicatement autour des minces phalanges de son majeur, en répétant après le pasteur : « Avec cet anneau, je te prends… »

Puis le ministre du culte mit fin à la cérémonie en ces termes :

— Je vous déclare mari et femme. Maintenant, monsieur Birmingham, vous pouvez embrasser la mariée.

Aussitôt, un bruyant chœur de voix fit entendre ses encouragements.

— Allez, cap'taine, embrassez-la ! Montrez-nous voir ! hurlaient les marins.

Cerynise rougit jusqu'à la racine des cheveux et aurait aimé pouvoir s'éloigner plutôt que d'être froidement repoussée. Elle laissa échapper un petit cri de surprise à l'instant même où Beau, la retenant par la taille, la faisait tourner sur elle-même avant de l'enlacer tendrement. Levant son autre bras, il imposa le silence à son équipage.

— D'accord, les gars ! lança-t-il, jovial. Puisque vous voulez une démonstration, vous allez l'avoir. Mais regardez-moi bien, car je ne recommencerai pas. Si vous voulez apprendre, c'est maintenant ou jamais !

Les rires joyeux mêlés aux applaudissements étouffèrent les battements de cœur de Cerynise tandis que Beau resserrait son étreinte. Elle se sentit maladroite, ne sachant que faire de ses bras, et les glissa finalement autour de son cou. En levant les yeux vers lui, elle s'émut à la vue du sourire coquin qui étirait sa bouche en un mince trait et lui rappelait les drôles de mines qu'autrefois il affectait, quand il était d'humeur moqueuse. Elle perdit la raison quand le visage de Beau ne fut plus qu'à quelques centimètres du sien.

— Ayez la bonté de supporter patiemment mon baiser, madame, murmura-t-il. Mes hommes seraient déçus si je ne faisais pas cela dans les règles de l'art.

À peine eut-il fini de parler qu'il porta sa bouche à ses lèvres et lui donna un long baiser langoureux. Cerynise éprouvait un plaisir étrange, inexplicable, qui bouleversait tout son être. Elle était sous l'emprise d'un breuvage enivrant qui drainait la force de ses membres, lui faisait tourner la tête et accélérait les battements de son cœur. L'instant d'après, elle sentit que tout le haut de son corps était renversé en arrière, uniquement soutenu par le bras de Beau, calé dans le creux de ses reins – sans doute une position étudiée à l'intention des hommes d'équipage, pour qu'ils profitent mieux du spectacle. À partir de ce moment-là, le baiser devint plus fougueux, affolant sa pudeur virginale, tandis que la langue de Beau explorait sa bouche et absorbait avec volupté le nectar de sa timide réponse. Cerynise n'avait jamais imaginé qu'un baiser pût donner lieu à une pratique aussi choquante, et, ne sachant comment elle se devait de réagir, décida de simplement se laisser faire. Mais était-ce vraiment la bonne façon d'embrasser ? Compte tenu du fait qu'elle recevait là son premier vrai baiser amoureux, elle ne pouvait être sûre de rien. Néanmoins, elle avait du mal à croire qu'il était absolument nécessaire de se donner en public. C'est alors que l'idée lui vint que l'enthousiasme de l'équipage témoignait peut-être du caractère exceptionnel de ce baiser, et cette triste éventualité suffit à lui ôter toute envie de résister. Si Beau Birmingham ne devait plus jamais l'embrasser, et si elle devait se résoudre à avoir une relation stérile avec son mari, elle voulait au moins que reste gravé dans son cœur le souvenir de chaque instant merveilleux passé avec lui.

Sans qu'elle s'en rende vraiment compte, elle se colla un peu plus à Beau, suscitant dans l'assistance des vocations de chanteurs de charme, de longs soupirs d'extase se mêlant à des paroles souvent improvisées. Au milieu du brouhaha, le toussotement du pasteur passa inaperçu, excepté de Cerynise, qui, brusquement, mit fin à ce baiser.

— S'il vous plaît, Beau...

Il se redressa et l'aida à retrouver son équilibre, d'un imperceptible mouvement du bras. Puis il fit face à ses hommes, en tenant serrée contre lui Cerynise, le visage en feu. Aussitôt s'éleva une cacophonie de sifflets, de cris d'encouragement et d'applaudissements. Amusé, Beau remercia d'un salut très théâtral, et Cerynise, se sentant obligée de suivre son exemple, se pencha dans une profonde révérence.

Beau eut toutes les peines du monde à apaiser la clameur pour prendre la parole.

— Mes loups de mer en mal d'amour, j'ai une mauvaise nouvelle pour vous : le spectacle est terminé pour aujourd'hui. Mais que diriez-vous d'ouvrir un ou deux petits fûts pour fêter ça ?

Devant le tapage causé par sa proposition, Cerynise porta les mains à ses oreilles en grimaçant. Mais elle n'eut pas à souffrir longtemps de ce désagrément, car les hommes se dispersèrent rapidement pour répondre aux ordres du capitaine et passer à un autre genre de réjouissances. En un tournemain, on fixa un fausset sur un baril de rhum et des tasses remplies à ras bord commencèrent à circuler.

M. Carmichael avait préparé les documents à signer et attendait patiemment que les jeunes mariés lui accordent leur attention. Beau fut le premier à remarquer son sourire tranquille et escorta sa femme jusqu'à la petite table que l'on avait installée près du pasteur pour les besoins de la cérémonie. Ce dernier trempa une plume dans l'encrier et la tendit à Beau.

— Si vous voulez bien apposer votre signature en bas de chaque page, capitaine. J'ai pensé qu'il était préférable de rédiger l'acte de mariage en deux exemplaires ; le premier destiné aux registres de l'Église ici, le second pour vous, au cas où les autorités de votre port d'attache mettraient en doute le caractère légal de votre union.

— Bien sûr, acquiesça Beau, en calligraphiant son nom.

— Et maintenant, à vous, madame Birmingham, dit le pasteur d'une voix flatteuse.

En s'entendant appeler *madame Birmingham*, Cerynise mesura toute la gravité du vœu qu'elle venait de prononcer et perdit ses moyens.

Beau rattrapa promptement la plume qu'elle était incapable de maintenir entre ses doigts tremblants et la lui redonna. Cette fois il lui tint la main, espérant ainsi la sécuriser, mais un coup d'œil à ses joues pâles lui fit craindre qu'elle ne s'évanouît.

— Il n'y en a plus pour longtemps, Cerynise, murmura-t-il en glissant un bras autour de sa taille.

Elle ne put cependant rien faire, car sa vue se brouilla et la table se mit à onduler bizarrement sous ses yeux. Étouffant une plainte, elle détourna le regard et, durant quelques secondes, s'abandonna contre la silhouette masculine qui lui prêtait son soutien. Beau la retint en silence, imperturbable. Peu à peu le monde cessa de vaciller autour d'elle, et elle put alors se redresser, respirer profondément, puis se consacrer à sa tâche, qui consistait à signer de son nouveau nom. Quand elle vit celui-ci au bas du parchemin, elle le trouva étrange, sans consistance.

M. Carmichael signa en dernier, puis il recouvrit de sable l'encre fraîche, souffla délicatement dessus et tendit un exemplaire à Beau.

— Pour vos archives, capitaine.

Stephen Oaks, qui se tenait à une distance respectable, s'approcha alors. Il remit deux bourses bien lourdes à son supérieur, qui, à son tour, les donna au pasteur avec ces simples mots :

— Pour votre orphelinat, mon père.

M. Carmichael voulut le remercier pour sa générosité, mais il était si ému qu'il ne parvint pas à s'exprimer de façon intelligible et dut se contenter de hocher la tête en marmonnant entre ses dents. Finalement, Beau posa une main amicale sur son épaule et le raccompagna jusqu'à la passerelle d'embarquement. Ils se séparèrent sur une forte poignée de main, puis, après un dernier geste d'adieu, Beau retourna auprès de sa femme.

Il fut à la fois surpris et contrarié de la voir les yeux embués de larmes.

— Déjà des regrets, Cerynise ?

— Non, capitaine. Je suis simplement bouleversée, très touchée par ce que vous avez fait pour M. Carmichael.

Beau, en toute simplicité, refusa tout éloge.

— Cet homme mérite bien davantage, expliqua-t-il. Sa femme et lui se sont vraiment donné beaucoup de mal pour fonder un refuge destiné à accueillir les orphelins de cette ville. Il ressemble à votre père ; comme lui il s'intéresse aux jeunes et s'inquiète de leur avenir. On peut même dire qu'il se démène comme un beau diable pour qu'ils aient quelque chose à se mettre sous la dent et gardent un peu de joie au cœur.

M. Oaks, qui s'était éloigné quelques instants, revint avec une tasse de rhum à la main.

— Félicitations, capitaine, dit-il en la lui offrant. Ce n'est pas tous les jours qu'on peut choisir une jeune femme aussi charmante pour épouse. Vous allez faire des envieux.

« Ils devraient plutôt me plaindre ! » songea Beau. Sauter dans la marmite pour échapper au couteau n'est certes pas une preuve de sagesse, et pourtant c'était exactement ce qu'il venait de faire, dans le seul but de sauver une amie du désastre. Le fait que cette amie soit une femme qu'il désirait ardemment posait un problème qu'il n'était pas sûr de pouvoir résoudre, ni maintenant ni plus tard. Mais d'un autre côté, puisque désormais ils étaient mariés, s'il lui arrivait de succomber à ce désir, personne ne l'accuserait d'avoir lâchement profité d'une vierge innocente.

Billy Todd surgit, essoufflé, sur le gaillard d'arrière.

— M. Monet a servi votre repas dans la cabine, m'sieur, et c'est un sacré repas ! annonça-t-il, les yeux pétillants.

— Merci, Billy. (Il se tourna vers sa femme, et ajouta :) Ce dîner vous tente-t-il, ma chère ?

Cerynise se rendit compte, non sans surprise, qu'elle mourait de faim, et acquiesça énergiquement. Un sourire passa sur les lèvres de Beau avant qu'il ne s'adresse à son second.

— Monsieur Oaks, prenez la relève. Et si vous avez besoin de moi, vous me trouverez dans ma cabine. Je serai en train de dîner avec ma femme.

— Bien, monsieur, répondit Stephen Oaks en lui adressant un discret clin d'œil.

Cerynise fit volte-face et commença à marcher vers l'escalier des cabines. Mais à peine eut-elle fait trois pas qu'elle poussa un cri de surprise en se sentant soulevée dans les bras de son mari.

— Qu'est-ce que vous faites ?

— Je porte la mariée dans ma cabine, répondit Beau, une nouvelle fois ovationné par son équipage. C'est ce que les hommes attendent, ma chère.

— Eh bien, j'espère qu'ils n'en attendent pas trop, répliqua-t-elle avec un joli sourire qui fit naître une fossette sur sa joue droite.

Lorsqu'ils eurent atteint l'ombre des escaliers, Beau se décida enfin à dire ce qui lui trottait dans la tête.

— Je crois comprendre que mon baiser ne vous a pas particulièrement plu.

— Il fut extrêmement édifiant. Je n'avais jamais été embrassée de cette façon auparavant.

— Mais aviez-vous déjà été embrassée avant ? insista-t-il.

— Sachez, monsieur, qu'en vous répondant je serais amenée à vous révéler des secrets que j'aimerais mieux ne pas confesser.

Arrivé devant la cabine, Beau souleva la poignée d'une main, ouvrit la porte d'un coup d'épaule, et transporta Cerynise à l'intérieur.

— Qu'est-ce qu'un mari et une femme peuvent donc bien avoir à se cacher ? insista-t-il. Normalement, un couple partage les secrets les plus intimes, non ?

— Allons-nous devenir intimes, alors ?

Beau referma la porte du pied et sourit à sa femme, qu'il tenait toujours dans ses bras. Il fut tenté de l'embrasser, comme tout à l'heure sur le pont, mais il jugea préférable de s'abstenir, intrigué par sa question. De toute évidence, Cerynise ne parlait pas de la même chose que lui. Il y avait une grande différence entre « être l'ami intime de quelqu'un » et « être intime avec quelqu'un », et il voulait éclaircir ce point au plus vite.

— Aimeriez-vous que nous le soyons, très chère ?

Cerynise comprit soudain ce qu'il entendait par là et devint rouge comme une écrevisse. Cependant, malgré le regard perçant de Beau, elle parvint à conserver assez d'aplomb pour répliquer du tac au tac :

— Aimeriez-vous rester marié, monsieur ?

Beau ne savait comment répondre en toute sincérité sans briser la magie du moment.

— Tout dépend de la façon dont nous nous entendrons dans l'intimité.

Cerynise hocha la tête d'un air entendu. Il lui paraissait clair maintenant que Beau souhaitait qu'ils deviennent intimes mais n'avait aucune envie de perdre sa liberté pour autant.

— Je suis convaincue que les dispositions que nous avons prises seront mises à rude épreuve pendant la traversée, capitaine, ce qui nous permettra de juger de notre entente en dehors de toute union physique. Par conséquent, si vous êtes en train de faire des avances à votre femme, peut-être devriez-vous prendre en considération le fait que je ne saurais y répondre sans un engagement durable.

— J'étais sûr que vous diriez cela, soupira Beau.

— Déçu, capitaine ? demanda-t-elle avec une inquiétude feinte.

— Je pense surtout que vous êtes une petite coquine, dit-il en écartant son bras gauche des genoux de Cerynise, et laissant ses pieds glisser jusqu'au sol.

En dépit de l'épaisseur de leurs habits, Beau éprouvait une si vive émotion au seul frôlement de leurs corps qu'il s'inquiétait de plus en plus de ses réactions pour les semaines et les mois à venir. Mais ce n'était pas tout. Peu de temps auparavant, il avait eu une folle envie de l'embrasser et cette tentation existait bel et bien encore. Savoir gagner sa confiance et forcer en douceur ses lèvres sensuelles afin de lui donner un baiser fougueux de jeune marié était certes très excitant, mais ne correspondait pas à son mode de pensée. Pour un homme qui se refusait à embrasser les prostituées, ce genre de désir était tout à fait nouveau. Il avait décidé, depuis bien longtemps, de priver les marchandes d'amour de ses baisers, considérant que c'était partager avec elles trop d'intimité. Il leur en donnait déjà beaucoup en couchant avec elles, mais le marin célibataire qu'il s'était juré de rester ne pouvait faire autrement s'il voulait satisfaire ses pulsions sexuelles.

Il s'imagina soudain en amoureux ensorcelé, salivant de plaisir à la seule vue du corps de Cerynise. Cette pensée avait beau le scandaliser, il percevait la nécessité d'y voir un fond de vérité, car il pouvait difficilement nier que c'était le fait d'avoir à portée de main ce fruit défendu qui le mettait au supplice.

— Notre repas de noces nous attend, madame, annonça-t-il en se débarrassant de son habit de cérémonie. Il risque de refroidir si nous attendons encore.

Cerynise ôta son châle et attendit timidement près de la table pendant qu'il relâchait le nœud de sa cravate et défaisait les premiers boutons de sa chemise, tout en s'efforçant de chasser ses pensées grivoises. Ces derniers temps, chaque fois qu'il la regardait, il ressentait le besoin irrépressible de lui faire l'amour. Depuis le baiser qu'il lui avait donné sur le pont, le feu coulait dans ses veines et il savait que désormais il lui serait plus difficile encore de refréner ses envies.

157

Il tira une chaise pour Cerynise et s'installa en face d'elle. Puis il se chargea de déboucher la bouteille de vin et d'en remplir deux coupes, tandis qu'elle servait la bouillabaisse. Ils commencèrent à manger en silence, chacun perdu dans ses pensées.

Bien que l'idée d'aller au lit avec Beau, la première nuit de leur mariage, eût été l'apothéose de ses rêves d'antan, Cerynise avait assez de bon sens pour savoir qu'aujourd'hui elle ne pouvait prendre le risque de se trouver enceinte pour être ensuite rejetée comme un vulgaire objet sans valeur.

De son côté, Beau était conscient de l'importance des engagements qu'il lui faudrait tenir s'il voulait gagner plus que le cœur de Cerynise. Mais comment être sûr de ne pas se tromper, alors qu'elle n'avait réapparu dans sa vie que depuis quelques jours ? Oui, assurément, il avait besoin de temps pour apprendre à la connaître. Tout comme il lui en faudrait, à elle, pour mieux le connaître.

En fin de compte, ce fut Cerynise qui prit l'initiative de détendre l'atmosphère, en lançant la conversation sur la Caroline. Elle était impatiente d'avoir des nouvelles de là-bas, et, même si Beau n'y avait pas fait escale depuis des mois, il aurait sans doute des choses passionnantes à lui apprendre.

— Vous vous souvenez de M. Downs, qui venait toujours faire un scandale à l'école parce que les garçons couraient à travers son jardin après les classes ? Vous croyez qu'il est encore en vie ?

— J'en suis même sûr. Maintenant, ce sont ses petits-enfants qui piétinent son jardin, mais il est bien plus tolérant avec eux !

— J'ai toujours pensé, probablement à tort, que c'était un vieux grincheux. En fait, je crois que moi aussi je serais très en colère si on détruisait ce qui m'a coûté beaucoup d'efforts. J'aimerais revoir ce M. Downs, ne serait-ce que pour les souvenirs que j'ai gardés de sa maison et de l'école de mon père.

— Nous pourrons peut-être aller y faire un tour avec mon attelage, une fois que nous serons à Charleston.

— Cela me ferait plaisir, Beau, répondit-elle avec un sourire. J'ai beaucoup de souvenirs de vous quand nous étions enfants... Enfin, quand j'étais encore une enfant, et vous de huit ans mon aîné.

— Vos anciens voisins vont être agréablement surpris en voyant quelle magnifique jeune femme vous êtes devenue. Ils doivent avoir gardé en tête l'image d'une petite fille maigrichonne avec des yeux immenses et des tresses.

— Je vous en prie, Beau, ne me rappelez pas à quel point j'étais horrible ! s'exclama Cerynise, en pouffant.

— Vous vous trompez, ma chère, si vous pensez que vous n'étiez pas jolie. Une enfant disgracieuse n'aurait pu devenir pareille beauté.

— S'il vous plaît, cessez de me flatter ! supplia-t-elle entre deux éclats de rire.

Il lui remplit son verre, un sourire coquin au coin des lèvres.

— Vous croyez que je raconte n'importe quoi ?

— Non. Je sais que vous n'êtes pas un menteur, Beau. Je ne me souviens que trop bien de toutes les fois où vous avez avoué la vérité à mon père, en dépit des sévères sanctions auxquelles vous vous exposiez. Et je veux bien croire que vous avez su garder cette forme d'honnêteté. Je me rappelle aussi que mon père craignait que vous n'ayez un accident de cheval ; lorsque vous n'aviez pas appris vos leçons, il prenait ce prétexte pour vous garder en retenue, afin de ne pas vous savoir en train de monter votre étalon.

— Malheureusement, ce bon vieux Sawney a fini par perdre la vue, et on a dû l'abattre. C'était un sacré cheval, aussi fougueux qu'entêté. Un jour, il a bien failli me tuer en essayant de se débarrasser de moi.

— Dieu merci, vous êtes sorti indemne de cette terrible épreuve, murmura-t-elle.

Ce regard et ce sourire, voilà tout ce dont pouvait rêver un homme contraint à la solitude pendant des mois et des mois, songea Beau. Comment lui serait-il possible de l'aimer comme sa vraie femme, et ensuite de la quitter ?

Le repas terminé, il alla sortir du placard un pantalon de travail et, tout en commençant à déboutonner celui qu'il portait, regarda Cerynise du coin de l'œil.

— Vous feriez mieux de vous retourner, si cela vous dérange de voir un homme en train de se changer, suggéra-t-il. Il faut que j'aille reprendre ma place sur le pont, et je ne vais quand même pas courir dans une autre cabine chaque fois que je devrai baisser mon pantalon.

Vexée, Cerynise suivit son conseil et lui tourna le dos.

— Est-ce que vous êtes de nouveau fâché contre moi parce que j'ai repoussé vos avances ? Ou bien est-ce dans vos habitudes de vous montrer hargneux avec les femmes que vous venez d'épouser ?

Le ricanement de Beau montrait qu'il n'appréciait guère son humour. Après avoir constaté que le moindre contact physique avec sa femme réveillait ses instincts les plus virils, il n'était pas très content de se rendre compte qu'il y avait peu d'espoir qu'elle accède à ses désirs.

— Dans la mesure où vous allez devoir être mon épouse durant quelques semaines, eh bien oui, il va falloir vous habituer à mes jurons, si c'est cela que vous sous-entendez. Il faut que vous sachiez que les marins sont enclins à dire ce qu'ils ont en tête et ne se préoccupent pas des oreilles chastes qui pourraient traîner dans le coin.

— Si je comprends bien, vous comptez m'enseigner le jargon des marins ?

Pendant le long silence qui s'ensuivit, Cerynise mordilla nerveusement sa lèvre inférieure, guettant la réaction de Beau. Elle avait si souvent pris plaisir à le défier dans le passé qu'elle considérait encore cela comme un jeu et ne pensait pas qu'il pût s'offusquer de son insolence.

Beau réfléchit à la repartie de sa femme. Elle n'avait aucune idée, bien sûr, du supplice qu'elle lui faisait endurer. Lui-même ne savait pas si la sincérité pourrait arranger ses affaires, mais il décida néanmoins de tenter le tout pour le tout.

— Ce que j'aimerais vraiment vous enseigner est quelque chose de mille fois plus agréable, dit-il. Mais, puisque vous y êtes opposée, vous pouvez vous attendre à ce que je sois un peu nerveux chaque fois que nous nous retrouverons seuls. Un homme peut difficilement contempler une jolie femme sans l'imaginer nue dans ses bras. Et il se trouve que, dans votre cas, je n'ai pas besoin d'imaginer. Tous les détails se sont gravés dans mon esprit dès la première nuit que vous avez passée sur mon bateau.

— Quand vous m'avez donné un bain, c'est cela ?

Beau s'immobilisa, hébété. Bien que Cerynise gardât prudemment les yeux fixés au mur, il était persuadé qu'elle mourait d'envie de se retourner pour savourer son expression de stupeur.

— Comment l'avez-vous su ? demanda-t-il.

— J'ai vu un cheveu sur votre baquet, qui ressemblait étrangement aux miens.

Beau s'approcha d'elle en terminant de boutonner son pantalon.

— Il fallait que je fasse quelque chose, Cerynise. Vous étiez complètement glacée, et j'avais peur que vous n'attrapiez la mort. Croyez-moi, je sais de quoi je parle. Il y a quelques années, j'ai vu un homme succomber aux morsures du froid, après qu'il eut tenté de rejoindre notre bateau à la nage.

— Puis-je me retourner ?

— Bien sûr.

Cerynise fit volte-face et, découvrant Beau torse nu, ressentit aussitôt une bouffée de chaleur de la base du cou au sommet de la tête.

— Vous… vous n'êtes pas habillé, balbutia-t-elle, impressionnée par son torse puissant.

Remarquant la teinte de ses joues, Beau posa sur elle un regard curieux.

— Vous n'avez donc jamais vu un homme sans chemise ?

— Peut-être deux ou trois fois mon père, lorsque j'étais petite, mais à part lui… non, je ne crois pas.

— Regardez-moi, Cerynise. (Comme elle s'y refusait, il lui prit une main et la plaqua contre sa poitrine, en la maintenant avec fermeté malgré ses efforts désespérés pour la retirer.) Vous voyez, je suis fait de chair et de sang, comme vous, comme tout le monde. Il n'y a pas lieu d'avoir honte.

Cerynise releva les yeux et, lorsqu'elle croisa le regard enflammé de Beau, un feu ardent s'empara de tout son être.

— Je n'ai jamais approché un homme d'aussi près depuis que je vis en Angleterre, avoua-t-elle. Il y avait bien les domestiques autour de moi, mais je ne les voyais qu'en livrée, bien entendu. Vous pouvez donc aisément en déduire que je n'ai eu que très peu d'occasions de me retrouver en face d'hommes à moitié nus. (Son regard glissa sur les épaules musclées de Beau, et elle ajouta :) Toutefois, si je devais me prononcer, je dirais que vous avez un corps superbe…

— Eh bien… eh bien… Qui flatte l'autre, maintenant ?

— C'est vrai, soupira-t-elle en ébauchant un sourire.

Beau amena doucement la main de Cerynise près de son cœur, sur sa poitrine, puis la fit redescendre le long de son torse jusqu'à la taille. Il pouvait mesurer le trouble qui la gagnait à la luminosité de son regard et au tremblement de ses lèvres. Il se rapprocha un peu plus, pencha la tête de côté… et, voyant Cerynise entrouvrir la bouche, il répondit avec joie à ce qu'il prit pour une invitation. L'instant d'après, il la tenait serrée dans ses bras et l'embrassait avec une fougueuse ardeur. Ses baisers devinrent vite effrénés, son désir de lui faire l'amour se faisant plus pressant de minute en minute. Puis, de ses doigts agiles, il délia les attaches de sa robe, libéra ses épaules, ses bras, et laissa le vêtement glisser dans un froufrou le long du jupon. Il s'écarta pour contempler la poitrine de Cerynise, d'une délicate teinte laiteuse. Et lui revint en mémoire le souvenir de ce moment où il lui avait précipitamment arraché ses vêtements trempés. Sur le coup, il était bien trop inquiet pour s'attarder sur ses formes, mais un peu plus tard, lorsqu'il se fut assuré qu'elle était hors de danger et qu'il avait revu en pensée sa chemise mouillée collant à ses seins et épousant la ligne de ses hanches, l'excitation l'avait gagné pour ne plus le lâcher. Le feu qui le consumait à l'instant présent était tout aussi intense.

Il sourit, émerveillé devant ces deux fruits ronds qui s'offraient à sa vue. Par pudeur ou par timidité,

Cerynise voulut les recouvrir de ses bras, mais il l'en empêcha.

— Laissez-moi vous regarder, insista-t-il.

Il l'attrapa par la main et la couvrit de baisers, remontant du poignet jusqu'à son épaule. Tandis que Cerynise laissait échapper par vagues de petits soupirs de plaisir, les lèvres de Beau effleuraient la peau douce comme du satin de sa gorge, glissant lentement vers les rondeurs si tentantes qui, avec insolence, faisaient pression sur le lacet de sa chemise. Attentif à chacune de ses réactions, il fut heureux de sentir sa main se crisper dans la sienne et les battements précipités de son cœur au moment où soufflait sur les seins de la jeune fille le vent chaud de ses tendres baisers. Cependant, si forte que fût la tentation, il s'interdit de précipiter les choses et de violer l'accès à la pointe des seins, pour le moment encore protégée par un bout de lingerie. Quand il eut remonté jusqu'à la gorge par petites touches sensuelles, il se redressa de toute sa hauteur, mit les mains en coupe autour du visage de Cerynise et se pencha de nouveau pour l'embrasser. Comme elle ne lui opposait aucune résistance, il pressa sa bouche gourmande contre la sienne. Après un long baiser langoureux, il entreprit de l'initier à un nouveau plaisir et, glissant furtivement sa langue dans sa bouche, taquina la sienne pour l'inciter à se joindre au jeu. Il opéra tout d'abord avec une extrême douceur, en une sorte de ralenti, puis, aiguisé par le désir, il s'enhardit jusqu'à susciter une réponse de sa part.

Cerynise se sentit liquéfiée, vidée de toute énergie, au moment où Beau s'écarta. Mais à peine eut-elle le temps de reprendre ses esprits que déjà son cœur se mettait à battre la chamade, car Beau tirait sur sa chemise de manière provocante pour libérer ses seins, qui s'épanouirent comme fleur au soleil sous ses yeux ébahis. Assoiffé de plaisir, il caressa du bout des doigts la peau tendre et délicate de l'aréole, puis se rapprocha imperceptiblement du téton rose qui frémissait d'impatience. Au moment souhaité, c'est-à-dire dès l'instant où il commença à le titiller, il arracha un râle à Cerynise et lui-même éprouva une grande satisfaction à être parvenu si loin dans ses approches sans qu'elle se rebiffe.

Soudain, il se pencha en avant et referma ses lèvres autour d'un mamelon, qu'il excita du bout de la langue. Dévorée par les flammes, Cerynise haletait, la tête rejetée en arrière. S'abandonnant corps et âme au ravissement, elle ne s'inquiéta pas de sentir ses cheveux retomber tout à coup en vagues sur ses épaules et sa guêpière glisser sur le sol avec son jupon.

La main de Beau joua dans son dos, s'arrêta un instant dans le creux de ses reins, puis se faufila dans sa culotte pour venir caresser ses fesses nues. Cerynise sentit alors qu'il la tirait sauvagement contre lui et, aussitôt après, la soulevait dans ses bras. En trois grandes enjambées, Beau gagna sa couchette. Il repoussa les couvertures au pied du lit et déposa son précieux fardeau sur le drap. Là, il finit de la déshabiller, puis se redressa pour se dévêtir à son tour, mais sans prendre la peine, cette fois, de se cacher. Les yeux écarquillés, Cerynise le regarda faire mais Beau ne lui laissa guère le temps de s'offusquer de son exhibition. Sans perdre une minute, il la rejoignit au lit, s'allongea tout contre elle et reprit de plus belle ses caresses amoureuses.

— J'ai terriblement envie de faire l'amour avec vous, Cerynise, murmura-t-il à son oreille, en glissant une main entre ses cuisses.

Effarouchée, Cerynise voulut se détourner, mais les petits mots tendres de Beau et ses baisers passionnés eurent raison de son appréhension et ce fut finalement d'elle-même, sous l'effet du plaisir qu'il lui donnait, qu'elle écarta les cuisses. Sans doute eut-elle raison de lui faire confiance, car ce fut avec une infinie douceur et beaucoup de patience qu'il partit à la conquête des parties les plus intimes de son anatomie. Cerynise ne tarda pas à se contorsionner en tous sens, frémissante de plaisir.

Elle roula sur le côté, de façon à se retrouver face à lui, et, tandis qu'ils échangeaient des baisers enfiévrés, dans la folie du moment elle passa une jambe par-dessus la hanche de Beau. L'amant audacieux se colla davantage à elle pour flatter le sexe humide de Cerynise, et ces attouchements érotiques leur arrachèrent à tous deux de longs gémissements. Enivrée par les délices de l'amour, Cerynise s'enhardit et caressa à son tour le torse musclé et la poitrine de son mari. Proche du bonheur absolu, Beau guida sa main jusqu'à son membre viril. Entre deux baisers passionnés, il lui parla doucement à l'oreille jusqu'à ce qu'elle vainquît sa timidité et accédât à sa demande. Cerynise s'appliqua à lui donner du plaisir et finit par éprouver elle-même une certaine jouissance à écouter ses feulements et à sentir son sexe durcir dans sa main. De fait, Beau était bel et bien transporté de joie. Jamais il n'aurait imaginé atteindre de tels sommets au cours de préliminaires, et il songea que faire l'amour avec son épouse était ce qu'il y avait de plus beau au monde.

Des coups répétés à la porte interrompirent brutalement leurs ébats. Cerynise ne put retenir un cri angoissé, tandis que Beau pestait intérieurement contre celui qui avait l'indélicatesse de venir les déranger à un moment pareil.

— Que voulez-vous ? s'enquit-il sur un ton cassant.

— Désolé, cap'taine, répondit Billy Todd d'une voix mal assurée. M. Oaks m'a chargé de vous dire que le bureau du juge a envoyé un homme à bord. Il veut voir vos papiers et vérifier votre calendrier de navigation. Il a dit que, tant que vous n'aurez pas réglé votre différend avec M. Winthrop, lui et ses hommes surveilleraient de près *L'Intrépide*, pour s'assurer que vous ne prendrez pas la poudre d'escampette.

Beau regretta d'avoir laissé filer Alistair Winthrop. S'il l'avait eu sous la main à l'instant, il se serait fait un plaisir de lui régler son compte.

— Demandez à M. Oaks de le faire patienter sur le pont, cria-t-il à Billy. J'arrive tout de suite.

Sur ce, il poussa un long soupir et posa les pieds par terre. Il resta assis quelques secondes sur la couchette, les coudes sur les genoux et la tête dans les mains, dépité. Puis il se tourna vers sa femme et l'embrassa tendrement.

— Je reviens aussi vite que possible.

Ne sachant que dire, Cerynise remonta le drap jusqu'à ses yeux. Le coup frappé à la porte ne l'avait pas seulement fait sursauter, il lui avait permis de prendre conscience de ce qu'elle était sur le point de donner à Beau. En fin de compte, il ne s'était engagé à rien pour l'avenir et, bien qu'ils fussent désormais mariés, il voudrait très certainement reprendre sa liberté dès leur arrivée à Charleston. Dût-elle en souffrir toute sa vie, Cerynise n'avait pas l'intention de le retenir contre son gré.

« Mieux vaudrait te tenir à distance, si tu ne veux pas qu'il t'abandonne avec un enfant sur les bras », lui conseilla la voix de la sagesse.

Elle regarda son mari s'habiller en pensant que si ces brefs moments d'intimité étaient tout le profit qu'elle pourrait tirer de son mariage, il lui fallait en moissonner le plus possible avant de claquer la porte au nez de Beau. Ce qui, hélas, se produirait bien assez tôt.

6

— Qu'est-ce que j'entends ? Il n'est pas question que vous veniez au lit avec moi ? fulmina Beau. C'est pourtant là que vous étiez il n'y a pas si longtemps encore ! Alors, qu'est-ce qui s'est passé depuis tout à l'heure ?

Après avoir tressailli à chacun de ses mots, Cerynise tremblait maintenant sous la menace de son regard. Lorsqu'elle avait pris sa décision, elle s'était bien doutée que Beau n'accueillerait pas la nouvelle avec le sourire, mais elle n'avait pas imaginé que cela donnerait lieu à de tels hurlements.

— Je vous en prie, Beau, baissez un peu la voix, ou tout l'équipage va être au courant de notre querelle.

Beau rugit comme un lion et, dans un accès de rage, envoya son livre de bord valdinguer à l'autre bout de la cabine. Toutes les feuilles volantes qu'il contenait s'éparpillèrent quand il heurta le coin du placard avant de retomber lourdement sur le sol.

— Cela m'est bien égal qu'on nous entende, madame ! Je veux simplement savoir ce qui vous a fait changer d'avis pendant que j'étais sur le pont en train de parler avec ce balourd d'agent de police !

— Si vous cessez de crier, je vais vous l'expliquer, dit calmement Cerynise. Mais si vous continuez à vous emporter de la sorte, je quitte ce bateau et vous retournerez en Caroline sans moi.

Pour toute réponse. Beau maugréa contre la terre entière et commença à ramasser ses documents. Dire qu'il était affreusement déçu par la décision de sa femme eût été encore loin de la vérité. Il ne pouvait comprendre, et il se refusait à accepter.

— Je sais qu'au fond de vous cela ne vous fait pas plaisir d'être marié, reprit Cerynise avec un léger tremblement dans la voix. (Elle hésita à poursuivre, terrifiée par le regard furieux qu'il lui lança, et dut rassembler tout son courage pour lui dire ce qu'elle avait sur le cœur.) Si je vous permettais de coucher avec moi et que je me retrouvais enceinte, votre liberté serait menacée. Et pour rien au monde je ne voudrais que ce soient vos seules responsabilités de père qui vous retiennent attaché à moi. Par conséquent, si vous êtes toujours d'accord pour m'emmener à Charleston, je pense qu'il serait préférable, pour vous comme pour moi, que nous ne soyons pas trop intimes. Vous pourriez peut-être m'attribuer une autre cabine…

Beau s'apprêtait à passer de nouveau sa colère sur son journal de bord, mais au dernier moment il se retint de le lancer contre le mur et choisit de s'en prendre directement à son épouse.

— Bon sang ! Combien de fois faudra-t-il que je vous répète qu'elles sont toutes pleines à craquer ? *L'Intrépide* est un navire marchand, pas un paquebot !

Cerynise l'écouta en se triturant les mains, d'autant plus contrariée qu'en son for intérieur elle était sûre qu'un seul baiser de Beau suffirait à lui faire oublier ses bonnes résolutions.

— J'aurai seulement besoin d'un coin où étendre une couverture et faire ma toilette.

Beau lâcha un juron puis traversa d'un pas décidé la cabine, ouvrit grande la porte et hurla dans le couloir :

— Oaks !

Après cela, il gagna son bureau, sur lequel il reposa avec fracas le livre de bord. Tandis qu'il faisait les cent pas en attendant son second, Cerynise put se rendre compte à quel point il était révolté par cette situation.

Elle commençait à mieux comprendre en quoi il avait tellement changé depuis neuf ans. C'était à présent un homme très résolu qui, d'un seul regard, lui faisait prendre toute la mesure de sa colère. Un homme habitué à exercer son autorité, habitué à donner des ordres qui devaient être immédiatement exécutés. En acceptant de l'épouser, elle était devenue sans le savoir sujet de Sa Majesté Beau Birmingham. À titre de mari, il avait le droit de l'installer dans sa cabine et de lui faire l'amour quand il en avait envie. Et maintenant qu'elle l'avait repoussé, il se trouvait confronté à une situation qui ressemblait fort à une mutinerie.

M. Oaks apparut soudain devant eux, essoufflé.

— Vous m'avez appelé, capitaine ? demanda-t-il avec un sourire enjoué.

— Oui ! Envoyez deux ou trois matelots débarrasser la cabine d'à côté.

Stephen Oaks le regarda, abasourdi.

— Et où mettra-t-on toutes les caisses qui y sont entreposées, monsieur ?

— N'importe où ! s'exclama Beau, agacé. Mais de préférence dans les autres cabines, s'il y a de la place.

M. Oaks, perplexe, risqua un coup d'œil dans le couloir à la porte mitoyenne.

— Et que comptez-vous faire de celle-ci, lorsqu'elle sera vidée ?

— L'aménager au profit de madame…

— Vous voulez dire… votre épouse ? insista M. Oaks, de plus en plus troublé.

Beau se campa devant lui, les poings sur les hanches.

— Y aurait-il une autre dame à bord ? se moqua-t-il. Bien sûr que je parle de mon épouse !

— Mais je… je pensais…

— Ne pensez pas, agissez ! Et faites ce que je vous ai dit !

— Bien, capitaine !

Apparemment très troublé par ce qu'il venait d'entendre et sans doute aussi un peu éméché, il sortit d'un pas mal assuré, en prenant soin toutefois de refermer la porte derrière lui.

Cerynise assista à la scène sans broncher. Elle était désolée pour le pauvre M. Oaks, qui n'avait rien fait pour s'attirer les foudres de Beau, mais s'inquiétait davantage des réactions de son mari à son égard. Ce dernier lui tourna ostensiblement le dos, comme s'il ne pouvait plus supporter de l'avoir en face de lui, et vint se planter devant un hublot, les jambes raides, les mains nouées dans le dos et le regard fixé sur le fleuve.

Cerynise était en train de rassembler ses affaires quand, brusquement, la voix de Beau déchira le silence.

— Vous n'allez tout de même pas prétendre ne pas avoir pris de plaisir avec moi, déclara-t-il, sans se retourner. Si personne n'était venu nous importuner, vous m'auriez laissé vous faire l'amour.

172

Cerynise préféra ne pas répondre. Bien sûr, Beau disait vrai, mais à quoi bon remuer le couteau dans la plaie en évoquant ces merveilleuses étreintes amoureuses dont elle serait désormais privée ?

— Qu'est-ce qui ne vous a pas plu ? insista Beau. Répugniez-vous à me toucher ?

Cerynise voulut apporter un démenti formel à pareille supposition, mais réprima cette envie. Si Beau apprenait qu'elle avait pris un grand plaisir à le caresser, cela lui donnerait une bonne raison de faire pression sur elle pour obtenir ce qu'il voulait.

— Vous refusez de dire quoi que ce soit sur ce qui s'est passé entre nous ?

— Ce n'est pas que je m'y refuse, je n'ose pas, tout simplement, répondit-elle avec humilité. Je peux cependant vous assurer que ce que nous avons fait ensemble ne m'a causé aucun désagrément. C'était même fort agréable. Mais nous savons tous deux ce qui pourrait arriver si je vous permettais de faire l'amour avec moi. Et tant que vous ne serez pas sûr de vous, je veux dire sûr de me vouloir pour épouse aussi bien aujourd'hui que dans les années à venir, je préfère me refuser à vous jusqu'à ce que notre mariage soit annulé.

— Vous essayez de me tendre un piège, comme les femmes savent si bien le faire ! lança Beau, narquois. Vous commencez par m'aguicher et puis vous agitez les sucreries sous mon nez jusqu'à ce que je succombe à la tentation et que je consente à vous promettre tout ce que vous voudrez en échange de ce plaisir que vous seule pouvez m'offrir.

Révoltée par tant de cynisme, Cerynise releva la tête et répliqua sans ménagement :

— Dois-je vous rappeler, monsieur, que c'est vous qui avez décidé de ce mariage, la seule solution à vos yeux pour quitter Londres sans risquer d'ennuis ? Vous me l'avez vous-même présenté comme un mariage purement formel, mais maintenant je vous entends vous lamenter que je m'en tienne à ce qui a été dit. Inutile, monsieur, de chercher à m'attendrir en me parlant des terribles frustrations que peut ressentir un homme privé de femme. C'est le prix que vous aurez à payer pour retrouver votre statut de célibataire dès notre arrivée à Charleston ! Je n'attends de vous rien de plus que ce que vous m'avez déjà donné. Soyez donc assez galant pour faire de même.

Sans attendre sa réponse, elle se dirigea vers la porte et sortit, extrêmement fâchée.

— Cerynise, nom d'une pipe ! Revenez ici !

Ignorant son ordre, lancé sur un ton bourru, elle releva ses jupons et trottina jusqu'à l'escalier qui menait au pont. Le simple fait d'entendre les pas précipités de Beau derrière elle lui donnait des ailes.

Elle arriva en haut des marches le visage en feu, essoufflée, attirant l'attention de tous les marins qui se trouvaient à proximité. Parmi eux il y avait deux jeunes messieurs, richement vêtus, qui passèrent devant l'escalier au moment même où elle en surgissait. Le choc ne fut pas grave, mais déséquilibra Cerynise, et, n'eût été la prompte intervention de l'un d'eux, elle serait probablement tombée à la renverse.

— Ôtez vos mains ! Je vous interdis de toucher ma femme ! s'écria Beau.

— Je vous demande pardon, monsieur, répondit le gentleman en lâchant le bras de Cerynise et en reculant d'un pas. Madame était sur le point de faire une chute. Autrement, je ne me serais pas permis une telle familiarité.

Rassuré, Beau mit fin à cet incident d'un sourire crispé, incapable, pour l'heure, de se montrer plus aimable. Il attrapa la main de Cerynise et, devinant à son regard noir qu'elle comptait bien se libérer, il cacha la main captive derrière son dos, la retenant fermement par le poignet.

— Mon épouse vous est très reconnaissante, dit-il enfin. Encore merci de votre aide, messieurs. À présent, si vous voulez bien nous excuser, nous allons retourner à notre discussion.

— Êtes-vous le capitaine ? s'enquit le second gentleman, une lueur d'espoir dans les yeux.

— En effet.

Les deux jeunes gens échangèrent un discret sourire avant de s'adresser de nouveau à Beau.

— Votre second nous a informés que vous n'aviez pas de temps à nous consacrer, capitaine, mais nous avons parcouru un long trajet pour venir vous proposer une affaire qui devrait retenir toute votre attention. Nous avons en notre possession des objets rares qui, selon les dires d'un marchand qui vous connaît, seraient susceptibles d'intéresser l'amateur d'art que vous êtes.

— De quoi s'agit-il ?

— De tableaux, monsieur. Nous en avons emporté un avec nous, pour que vous puissiez juger de la qualité du travail. Souhaitez-vous y jeter un coup d'œil ?

Bien que le moment ne fût pas particulièrement bien choisi, Beau accepta la proposition. Le seul problème, c'était de ne pas laisser Cerynise s'échapper. Par chance, le jeune homme parti chercher le tableau eut tôt fait de revenir.

— Vous allez voir qu'on ne vous a pas menti, capitaine, déclara avec enthousiasme le premier gentleman. (Il attendit que son compagnon ait fini de déballer la toile, enveloppée d'un tissu délicat, et l'exhiba devant Beau.) Qu'en pensez-vous ? N'est-ce pas une merveille, monsieur ?

Cerynise eut du mal à ne pas manifester sa stupeur en reconnaissant l'un de ses tableaux. Peinte dans des tons chauds, la scène représentait une femme avec un enfant dans les bras et un panier de nourriture à la main, marchant au bord d'un champ à la rencontre de son mari. Mais, après le choc de la surprise, vint l'amusement de revoir cette toile dans de telles circonstances et d'entendre les deux inconnus en faire l'éloge sans savoir que c'était à elle que s'adressaient leurs compliments.

— Chéri, pourrais-je vous parler un moment en privé ? susurra-t-elle en gratifiant Beau d'un sourire charmant.

Déboussolé par ces paroles tendres, Beau hésita quelques secondes, et finalement s'excusa auprès des deux gentlemen. Il craignit le pire quand il se rendit compte qu'il était obligé de lâcher la main de Cerynise, mais, à son grand étonnement, sa femme glissa sagement son bras sous le sien et l'entraîna à l'écart.

— Je crois vraiment, Beau, que ces hommes cherchent à vous duper, annonça-t-elle tout à trac.

— Qu'est-ce qui vous fait dire ça ? Personnellement, je trouve cette peinture très belle… J'y reconnais certaines qualités des toiles des grands maîtres…

— Je suis très flattée, murmura-t-elle, le regard pétillant.

Beau demeura sans voix. Il était à la fois stupéfait de découvrir la vérité et émerveillé par le talent de Cerynise.

— Je n'aurais jamais imaginé que vous puissiez peindre aussi bien, remarqua-t-il. (Réalisant tout à coup que ses paroles risquaient d'être mal interprétées, il s'empressa de préciser sa pensée.) Après que vous m'avez dit à quel prix vos tableaux étaient habituellement vendus, j'avoue que je m'attendais à être agréablement surpris le jour où je les verrais, mais pas à ce point. Je suis totalement sous le charme. Vous avez un réel talent, très prometteur.

— Oh, Beau, quel joli compliment ! dit-elle, tout émue. (Oubliant momentanément les motifs de leur dispute, elle leva les yeux vers lui et, lui pressant la main, lui sourit.) C'est le plus beau compliment que l'on m'ait jamais fait.

— Je ne dis rien d'autre que la vérité, mon petit cœur.

Prenant un air effarouché, Cerynise commença à tripoter un bouton de sa chemise et demanda :

— Qu'est-ce que vous allez faire ? Leur annoncer que vous voyez clair dans leur jeu et qu'ils feraient mieux de filer avant que vous ne les jetiez par-dessus bord, comme vous en avez menacé Alistair ?

Plus sensible à la caresse de ses doigts qu'à sa question, Beau sentit le désir monter en lui et l'invita du regard à se tourner vers l'escalier.

— Pourquoi n'allez-vous pas m'attendre dans ma cabine ? Vous y serez plus à l'aise, et je pourrai régler l'affaire avec ces messieurs sans risquer de choquer vos oreilles.

— Bien sûr, répondit-elle, soudain désolée d'avoir attiré le malheur sur les deux jeunes gens.

Dès qu'elle eut quitté le pont, Beau revint auprès d'eux.

— Messieurs, leur dit-il, je suis effectivement très intéressé par ce tableau que vous m'avez apporté, et j'aimerais savoir si vous en avez d'autres du même artiste.

— Hélas, non, monsieur. Celui-ci nous vient d'un oncle, et nous sommes heureux de l'avoir acquis car il est très estimé des connaisseurs. Mais nous pouvons vous en proposer d'autres, de grande valeur également...

— Inutile. Je me contenterai de celui-là. Combien en voulez-vous ?

— Eh bien, compte tenu du fait qu'il s'agit d'une œuvre en tout point remarquable, nous estimons que vingt mille livres serait un juste prix.

— Je vous en propose sept mille, pas une de plus.

L'un des gentlemen décida, selon l'usage, de marchander.

— Je ne sais pas, monsieur, si vous...

Mais Beau l'ignora et fit demi-tour, provoquant la panique de ses interlocuteurs.

— Capitaine ! s'exclama vivement le second. Il se trouve que nous avons terriblement besoin d'argent en ce moment...

— Ce tableau n'a pas été volé, au moins ? interrogea Beau en leur lançant à tous deux un regard suspicieux.

— Oh, non ! Absolument pas ! (Le jeune homme qui, l'instant d'avant, s'apprêtait à faire grimper le prix du tableau se montra tout à coup beaucoup moins sûr de lui.) Pour vous dire toute la vérité, monsieur, notre père nous a chassés de la maison après avoir reçu la note de notre tailleur. Il était si indigné qu'il nous a avertis que nous ne recevrions rien de notre héritage tant que nous n'aurions pas appris à contrôler nos dépenses. Mais le tailleur n'est pas disposé à attendre ; il nous menace des pires ennuis, si nous ne le payons pas. Alors, d'accord pour les sept mille livres. Cela ne suffira pas à régler nos dettes mais nous permettra de calmer nos créanciers et de les faire patienter jusqu'à ce que nous ayons vendu les autres tableaux.

— Comment vous êtes-vous procuré celui-ci ?

— Notre mère l'a acheté il y a peu de temps, ainsi que d'autres tout aussi exceptionnels. Elle pensait bien les ajouter à sa collection personnelle, mais lorsque notre père lui a interdit de nous donner de l'argent, elle nous a fait cadeau de quelques peintures.

Satisfait de cette explication, qui lui paraissait crédible, Beau accepta le marché.

— Très bien. Patientez quelques instants, je vous prie. Je vais demander à mon second d'aller chercher l'argent et un reçu, que vous voudrez bien me signer.

Les deux jeunes gens ayant acquiescé d'un sourire, il s'éloigna pour aller s'entretenir avec Stephen Oaks.

— J'ai besoin que vous me rendiez un petit service, lui expliqua-t-il. Tâchez de trouver un prétexte pour que ma femme vous laisse entrer quelques minutes dans ma cabine, et prenez-y le coffre-fort et un récépissé. Si elle s'inquiète de savoir ce que vous faites, ce qui m'étonnerait, dites-lui que des marchands sont venus réclamer leur dû. Vous sortirez sept mille livres du coffre et remplirez le reçu pour cette somme. Je vous attendrai ici.

M. Oaks ne put s'empêcher de poser la question qui lui brûlait les lèvres.

— Une nouvelle acquisition, capitaine ? demanda-t-il, dirigeant son regard vers le tableau. Félicitations. C'est une beauté.

— Tout comme la personne qui l'a peint.

— Vous voulez dire… ?

— Ma jeune épouse, oui, répondit Beau, assez content de son effet. Mais il ne lui est pas destiné. Je compte l'offrir à mes parents pour Noël.

— Un très beau cadeau, capitaine.

— J'en suis sûr. Néanmoins, je préférerais que vous n'en parliez pas à ma femme.

— Je vous le promets, capitaine, déclara Oaks, une main sur le cœur.

— Parfait. Maintenant, filez !

Stephen Oaks n'avait pas fait trois pas qu'il se retourna pour poser une dernière question.

— Vous voulez toujours que l'on nettoie la cabine à côté de la vôtre ?

Beau fronça les sourcils, soudain sombre.

— Oui, monsieur Oaks. Il semblerait que ma femme désire plus d'intimité.

Son second haussa les épaules dans un geste d'impuissance, tout en se demandant si Mme Birmingham se rendait bien compte de ce qu'elle exigeait de son mari. Savait-elle au moins à quels tourments elle exposerait tout l'équipage, en frustrant le capitaine d'un plaisir bien légitime ?

— Quel dommage, monsieur ! soupira-t-il.

— Pour sûr, c'est vraiment dommage.

Cerynise ne put retenir une moue de déconvenue lorsqu'elle entra dans la cabine qui lui avait été attribuée. Comparée aux appartements de Beau, la pièce aux cloisons nues et dépourvue de fenêtres lui parut exiguë, étouffante et effroyablement triste. Elle qui ne supportait pas d'être consignée dans des espaces restreints pouvait d'ores et déjà envisager cette longue traversée comme un cauchemar.

La couchette était bien plus petite que celle du capitaine, et beaucoup moins confortable. En lieu et place du doux édredon de plume, il n'y avait qu'une couverture de laine rêche tendue autour du matelas. Le vague à l'âme, Cerynise laissa sa main courir sur l'oreiller et le rebord du drap, puis s'éloigna au moment où ses yeux se mouillaient de larmes. S'efforçant de se ressaisir, elle fit le tour de la pièce en examinant le maigre mobilier : une console de toilette avec un broc et une bassine, surmontée d'un miroir ovale ; une petite table et une chaise, à la droite du lit, et, pour finir, une vieille malle-cabine qui encombrait le passage.

— Cela vous plaît ?

Elle sursauta en reconnaissant la voix de Beau et se tourna vers lui, le cœur battant à se rompre. Il se tenait dans l'encadrement de la porte, une main appuyée au montant, un sourire satisfait aux lèvres.

— Ça me convient très bien, répondit-elle, le regard fier.

Beau pencha la tête d'une drôle de façon pour sonder les yeux d'un vert sombre qui le regardaient avec une froide indifférence.

— Êtes-vous sûre ?

Elle acquiesça d'un signe de tête et précisa :

— Je pourrai ainsi garder mon intimité et ne plus avoir à m'inquiéter de troubler la vôtre. Que demander de plus ?

— Je ne doute pas que tout autre passager s'en contenterait, mais je crois me souvenir que vous éprouvez de terribles angoisses quand vous vous retrouvez dans un endroit sans aération. Je me rappelle tout particulièrement le jour où mes camarades de classe s'étaient amusés à vous enfermer dans une malle, au fond de la grange de votre père. Lorsque j'avais finalement réussi à vous localiser d'après vos cris et que je vous avais délivrée, vous étiez si effrayée que pendant de longues minutes vous êtes restée accrochée à mon cou en tremblant comme une malheureuse.

Cerynise eut soudain le sentiment qu'il avait choisi cette cabine pour se venger.

— Les fils Beasley n'étaient qu'une bande de vauriens, qui prenaient plaisir à tyranniser les autres. Serait-ce aussi votre intention ? demanda-t-elle en le regardant droit dans les yeux.

Sans se départir de son sourire, il renvoya la balle dans le camp de Cerynise, répondant à sa question par une autre question.

— Ne m'avez-vous pas dit que tout ce dont vous aviez besoin, c'était d'un coin où dormir ? Compte tenu de l'importante cargaison que je rapporte à Charleston, c'est ce que je peux vous proposer de mieux. Les autres cabines sont certes plus grandes, mais maintenant que nous avons été obligés de vous faire une place, elles sont remplies de caisses du sol au plafond. Celle-ci était la seule que je pouvais libérer.

— Que vous pouviez, ou que vous vouliez libérer ?

Comme s'il prévoyait chacun de ses coups, Beau lui opposa un argument imparable.

— Si ce logement vous déplaît, madame, il ne tient qu'à vous de revenir dans ma cabine et de mettre fin à ces sottises. Je vous ai déjà expliqué qu'habituellement je ne prenais pas de passagers. J'ai fait une exception pour vous, mais n'espérez pas que je jette une partie de la cargaison par-dessus bord dans le seul but de vous octroyer une cabine à votre convenance.

Blessée dans son amour-propre, Cerynise répliqua sans ménagement :

— Je vais probablement vous décevoir, Beau Birmingham, mais sachez que je préfère encore croupir ici plutôt que de me traîner à vos pieds et de vous supplier de bien vouloir m'accepter à nouveau dans votre somptueuse cabine !

182

— Comme vous voudrez, ma chère. Mais si vous changez d'avis, ma porte vous sera toujours ouverte... et vous n'aurez pas à me supplier pour que je vous invite à entrer.

Il s'apprêtait à s'éclipser quand Stephen Oaks fit son apparition.

— Désirez-vous que l'on vous apporte vos bagages maintenant ? demanda-t-il à Cerynise.

— Il n'y a pas d'urgence. Choisissez le moment qui vous arrangera au mieux.

Beau n'apprécia guère la façon dont son second souriait à Cerynise.

— Y a-t-il autre chose que vous vouliez savoir, monsieur Oaks ? s'enquit-il d'un air renfrogné.

— Eh bien, oui, capitaine. Cette cabine ne me paraît pas digne de votre femme, et je pensais lui proposer la mienne. Je suis sûr que madame y serait beaucoup plus à son aise pour faire la traversée.

— Et où camperez-vous ? insista Beau, contrarié par cette proposition inattendue.

— Je serais très heureux d'aller dormir sur le pont inférieur, avec mes anciens camarades. Nous n'avons guère l'occasion de blaguer ensemble depuis que j'ai été promu à ce poste.

— Désolé, mais c'est le revers de la médaille pour celui qui a la chance d'être nommé second. Votre autorité sur l'équipage devant être maintenue à tout prix, je ne peux vous autoriser à vous installer parmi eux.

— Dans ce cas, je pourrais m'installer ici.

— Votre générosité vous honore, monsieur Oaks, mais je tiens à ce que vous restiez cantonné dans vos quartiers.

La déception de Stephen Oaks sembla grande, et cependant il se montra aussi obstiné que son capitaine.

— Eh bien, tant pis, ma cabine restera inoccupée, soupira-t-il. Quoi qu'il advienne, je suis bien résolu à ne plus y mettre les pieds jusqu'à ce que nous entrions dans le port de Charleston, sauf pour déménager mes affaires. Alors, si le cœur vous en dit, madame Birmingham, n'hésitez pas à prendre ma place. Elle sera à votre entière disposition.

— Bon sang ! C'est incroyable ! tonna Beau.

Cerynise leva les yeux vers lui et se réjouit de voir son regard mauvais. Enfin, elle triomphait.

— Je vous suis infiniment reconnaissante, monsieur Oaks, dit-elle dans un large sourire. Je suis très touchée que vous vous préoccupiez de mon bien-être. Si les autres officiers prenaient exemple sur vous, ce serait un plaisir de se retrouver en compagnie de gens aussi attentionnés. Mais, hélas, bien peu sont enclins à se mettre en quatre pour satisfaire autrui.

Beau connaissait assez bien Cerynise pour savoir que cette critique lui était adressée. Enfant, déjà, elle excellait dans les ripostes cinglantes, destinées à l'atteindre de plein fouet. Et aujourd'hui, ce magnifique corps de femme abritait l'âme d'une renarde, de taille à lutter avec la bête qui sommeillait en lui.

— Ma cabine est par là, précisa Stephen Oaks en agitant la main vers le bout du couloir.

Le visage illuminé d'un sourire, Cerynise passa devant Beau en esquissant un petit pas de danse enjoué et suivit son guide sans même se retourner. Après quelques secondes d'hésitation, Beau les accompagna.

Se souvenant tout à coup de l'état dans lequel il avait laissé son logement, M. Oaks s'arrêta devant la porte et, confus, s'excusa auprès de Cerynise.

— Vous voulez bien m'accorder quelques minutes, le temps de ranger un peu… ?

— Je vous en prie, répondit Cerynise, reculant dans le passage.

— Si madame condescendait à s'arracher à son chevalier servant, je l'emmènerais volontiers sur le pont, où nous pourrions peut-être discuter calmement de ce problème, suggéra Beau à mi-voix.

En vérité, il aurait préféré l'entraîner dans sa cabine, mais il se rendait compte qu'il n'avait aucune chance de la convaincre.

Cerynise ne parut guère enchantée par sa proposition. Gardant les yeux fixés sur la cloison, elle haussa les épaules.

— Je ne voudrais pas vous importuner.

— Je crois, madame, que vous m'avez déjà causé bien plus de désagréments que vous ne pouvez l'imaginer, répliqua Beau, exaspéré.

— Dans ce cas, je ne vous ennuierai pas davantage, capitaine. Je peux tout à fait attendre ici. (Et comme si elle était incapable de se retenir, elle ajouta :) M. Oaks aura sans doute la bonté de m'accompagner tout à l'heure sur le pont pour que je prenne un peu l'air.

Beau s'accouda à la cloison du couloir et lui lança un regard plein de sous-entendus.

— Est-ce par plaisir que vous me provoquez, demanda-t-il, ou bien cela vous vient-il naturellement ?

Cerynise joua les innocentes.

— Moi ? Provoquer ? (Elle eut un petit rire moqueur, balayant cette idée d'un geste de la main.) Je pense qu'en la matière vous feriez un excellent professeur, capitaine !

Elle tourna la tête de côté, avec la ferme intention de ne plus s'intéresser à l'homme qui se tenait, hélas, un peu trop près d'elle. Mais cela s'avéra beaucoup plus difficile que prévu. Le simple fait de sentir son souffle sur sa nuque la ramenait quelque temps en arrière, quand la caresse de ses mains sur son corps nu éveillait en elle des sensations très troublantes. Si le silence était la seule façon d'étouffer le feu ardent qui la consumait, alors, promis, elle ne prononcerait plus un mot.

Bien qu'il n'en laissât rien paraître, Beau était en proie aux mêmes tourments. La tentation de suivre du doigt le dessin délicat de l'oreille de Cerynise, d'effleurer la ligne de sa mâchoire et de glisser le long de son cou jusqu'à sa gorge était bien trop forte pour qu'il puisse l'ignorer. À défaut de pouvoir toucher sa femme, il se pencha vers elle pour s'imprégner de son parfum, tout en réfléchissant à une autre façon de s'y prendre pour la ramener à de meilleurs sentiments à son égard.

— Vous ai-je dit que je vous trouvais terriblement belle lorsque vous vous abandonnez, brûlante de désir, dans mes bras ? murmura-t-il à son oreille. Vos charmes exercent sur moi un pouvoir enivrant et, malgré tous mes efforts de volonté, je suis tenté d'en abuser. Jamais je n'ai été autant assoiffé d'amour, ma belle et tendre épouse.

Cerynise l'écoutait avec ravissement, sentant chacune de ses paroles s'infiltrer dans ses veines pour venir réchauffer son cœur et aiguiser tous ses sens.

— Vos seins sont si doux qu'on dirait deux roses blanches s'épanouissant aux premières lueurs du jour, poursuivit-il d'une voix envoûtante. Et leur peau de velours, au goût de nectar...

Il s'interrompit brusquement quand la porte de l'autre côté du couloir grinça et que Stephen Oaks apparut sur le seuil.

— Qu'est-ce qui se passe ? interrogea ce dernier, étonné par le regard affolé que lui lançait le jeune couple.

186

— Rien ! répondirent-ils en chœur.

— Tout va bien… bredouilla Cerynise, s'efforçant de retrouver ses esprits et de calmer les battements de son cœur.

— Vous auriez dû… commença Beau.

Sentant un léger malaise, ils laissèrent leurs phrases en suspens. M. Oaks toussota et s'approcha de Cerynise.

— Je pense que vous trouverez dans ma cabine tout ce qu'il vous faut, madame Birmingham, mais si vous veniez à manquer de quoi que ce soit…

— Elle se débrouillera, l'interrompit Beau d'un ton sec. Le devoir vous appelle sûrement ailleurs, non ? À moins que j'aie négligé de vous assigner vos fonctions ?

— Non, monsieur. Je sais ce que j'ai à faire, et j'y vais de ce pas.

Il prit congé de Cerynise en la gratifiant d'un sourire, et s'empressa de remonter sur le pont.

— Je regrette vraiment de l'avoir expulsé de ses quartiers, murmura-t-elle.

— C'est lui qui en a décidé ainsi, rectifia Beau sans ménagement. Je vous enverrai Billy dès que possible. Il vous aidera à emménager dans votre nouveau logement.

Cerynise sentit que la tension entre eux était de nouveau montée d'un cran.

— C'est très aimable à vous, capitaine.

Sur ce, elle rentra dans la cabine et referma prestement la porte derrière elle, comme si c'était là le seul moyen de se protéger de Beau, de ne pas succomber au plaisir grisant de sa présence.

Un peu plus tard dans l'après-midi, Billy Todd vint lui annoncer que son mari souhaitait sa présence à son côté pour le dîner.

— Il a invité quelques gentlemen à partager sa table, expliqua-t-il. Il faudra qu'vous vous habilliez spécialement pour l'occasion, m'dame, parce qu'il veut vous présenter comme sa femme. Et il voudrait aussi qu'vous soyez là avant qu'ils arrivent, c't-à-dire vers six heures.

L'horloge à carillon de la luxueuse cabine du capitaine sonnait juste les six coups quand Cerynise frappa doucement à la porte. À la demande de Beau, elle se faufila à l'intérieur et le trouva debout devant sa table de toilette, en train d'essayer de nouer sa cravate. Il était extrêmement séduisant dans son habit gris sombre, qu'il portait sur un gilet à larges revers d'un gris plus clair et un pantalon à fines rayures qui tombait à la perfection sur ses bottines cirées.

— Vous ne voudriez pas m'aider à remettre d'aplomb cette maudite cravate ? ronchonna-t-il.

Mais, quand il se tourna vers Cerynise, son visage se détendit instantanément. Époustouflé par sa beauté, il resta sans voix, les bras ballants, à la couver du regard. Cerynise avait arrangé ses cheveux en une coiffure très sophistiquée, qui avait dû lui prendre un temps fou mais qui était du plus bel effet. Sa robe du soir rose pâle, à la taille serrée très haut, scintillait dans la lueur des chandelles comme une myriade de petits diamants. Le corsage dévoilait sa gorge alléchante, tout en épousant à merveille l'arrondi de ses seins. Les manches, en étoffe très légère, flottaient autour de ses bras, tandis que la jupe retombait en vagues souples sur ses longues jambes. Aucun collier, fût-il de grand prix, n'aurait su ajouter une touche aussi charmante que la fine

188

collerette en broderie perlée qui parait le cou de la jeune femme.

Se dérobant au regard passionné de son mari, Cerynise se glissa tout près de lui pour ajuster sa cravate. Beau ne sut alors que faire de ses mains. Il eut envie d'en profiter pour lui caresser le dos et les fesses, mais il les enfouit finalement au fond de ses poches, préférant ne pas se risquer à provoquer une nouvelle querelle. Cependant, en se rendant compte à quel point il souffrait de ne pouvoir se permettre cette familiarité conjugale, il en vint à penser que le seul fait d'envisager l'annulation de leur mariage était pure folie.

— Billy m'a appris que vous aviez des invités, ce soir, dit-elle en tâchant de faire passer l'un des bouts de la cravate à l'intérieur du nœud.

Le menton relevé, Beau s'en remettait entièrement à son savoir-faire.

— Oui, quelques jeunes gens avec qui je suis allé chasser l'autre jour. Comme nous avions tiré plusieurs perdreaux, j'ai pensé que ce serait l'occasion de les épater avec les talents de cuisinier de Philippe. Mais lorsque je leur ai proposé de venir dîner aujourd'hui, j'étais loin de me douter que ça correspondrait à notre nuit de noces.

— Je ne savais pas que vous aviez des amis ici, à Londres. N'est-ce pas difficile de nouer des liens, quand on passe sa vie en haute mer et que l'on va de port en port ?

— Bien sûr que si. Mais j'ai néanmoins réussi à garder quelques amis ici et là.

— À vrai dire, cela me surprend. Vous avez toujours l'air tellement occupé que je me demande comment vous trouvez le temps de faire connaissance avec les habitants.

Beau baissa les yeux et découvrit avec bonheur que sa position lui offrait une vue plongeante sur le décolleté de Cerynise. À en juger par la façon dont les seins s'épanouissaient dans son corsage, elle ne portait sûrement pas de corset. Aussi eut-il toutes les peines du monde à rester simple spectateur. Il lui fallut faire un terrible effort de volonté pour ne pas succomber à la tentation et laisser ses mains au fond de ses poches.

— À quoi sert de travailler dur, ma belle, si l'on ne peut profiter de la vie ?

Cerynise releva la tête et rit de bon cœur, sensible à sa flatterie tout comme à la sagesse de sa remarque.

— Je suis on ne peut plus d'accord avec vous.

— Mes invités ne sont pas au courant des derniers événements, dit-il. Alors, si vous êtes d'accord, je préférerais leur laisser croire que nous sommes mariés depuis quelque temps déjà. De toute façon, il leur suffira de vous voir pour se rendre compte que cela ne peut pas faire plus d'un an ou deux. Vous êtes bien trop jeune, mon cœur, pour que ce soit vraisemblable.

— Et s'ils posent des questions ? s'inquiéta-t-elle.

— Alors, nous n'aurons d'autre choix que d'avouer la vérité.

— Puis-je vous demander pourquoi vous cherchez à leur mentir ?

Incapable de refréner plus longtemps son désir, Beau glissa ses bras autour de la taille de Cerynise. Il la sentit tout d'abord se raidir, puis doucement céder à son étreinte et se relâcher.

— Parce que je ne veux pas qu'ils aient l'impression que vous pourriez épouser un homme qui ne vous aurait pas fait assidûment la cour.

— Cela sous-entendrait que je suis une jeune fille volage ?

— Je tiens surtout à éviter qu'ils se mettent en tête de vous détourner de moi, rectifia-t-il avec un soupir. Je les ai entendus se vanter de leurs succès féminins, et je ne voudrais pas qu'ils pensent que vous êtes un cœur facile à prendre.

— Et vous ? Avez-vous aussi fait étalage de vos conquêtes ? s'enquit-elle malicieusement. Si oui, je crains que ces messieurs n'aient pas une très bonne opinion de notre mariage.

— Mon père m'a toujours dit qu'il était inconvenant pour un gentleman de parler de ces choses-là en public. Ceux qui le font ne cherchent en réalité qu'à embellir leur image.

Satisfaite de sa réponse, Cerynise passa langoureusement les bras autour de son cou et déposa un baiser juste au-dessus de ses lèvres. Puis, vive et légère, elle se dégagea de son étreinte et s'éloigna de quelques pas.

— Vous êtes cruelle, madame, dit-il, frustré. Vous rendez-vous compte que vous me soumettez à la torture en me laissant vous tenir dans mes bras pour aussitôt après vous échapper ? Vous devriez prendre garde, parce que, à trop jouer avec le feu, vous risquez de vous brûler.

Pour toute réponse, Cerynise le regarda avec une moue et en battant des paupières. Il avait dit qu'il ferait annuler leur mariage dès leur arrivée à Charleston mais il pouvait changer d'avis d'ici là. De même, rien ne l'obligeait, elle, à accepter docilement leur séparation. Et, compte tenu du fait qu'elle était incapable d'imaginer aimer un jour un autre homme que Beau, il ne lui paraissait pas déloyal de recourir à d'habiles subterfuges pour l'amener à la vouloir vraiment pour épouse.

— Je ne cherche pas à vous tourmenter, Beau, mais l'idée de vous accorder de temps en temps un petit baiser me plaît assez. Maintenant, si vous avez l'impression que ce sera pour vous un supplice, je vous promets que je m'en tiendrai à de petites tapes amicales sur la main.

— Bah ! soupira-t-il, ayant compris que d'une manière ou d'une autre, dans cette histoire, il serait perdant.

Cerynise répondit par un sourire à son regard malicieux. Puisqu'ils étaient de nouveau en bons termes, elle jouerait de bon cœur son rôle d'épouse devant ses invités. Mais ensuite, il lui faudrait retourner seule dans sa cabine, où elle passerait sans doute une nuit blanche à regretter ses baisers et ses caresses.

Les trois jeunes gens conviés à partager la table de Beau avaient entre vingt-trois et vingt-neuf ans. Leur regard s'alluma dès que Cerynise apparut mais, habitués à faire bonne figure dans le monde, ils se contentèrent de lui baiser respectueusement la main quand Beau la présenta comme sa femme. Ils l'invitèrent néanmoins à faire fi de leurs titres et à les appeler par leur prénom, ce qui eut pour effet immédiat de détendre l'atmosphère. L'instant d'après, tous les cinq se lançaient dans une agréable conversation.

La cuisine de Philippe eut, comme prévu, un franc succès. Après avoir mangé les délicieux perdreaux servis avec des croûtons farcis au foie de volaille, les convives insistèrent pour voir le chef. Et c'est d'un ton très sérieux qu'ils suggérèrent à Philippe de rendre immédiatement son tablier et de venir travailler à leur service, moyennant, bien sûr, un salaire mirobolant. Mais celui-ci déclina leur offre, assurant qu'il allait être occupé encore plusieurs années à enseigner le français à son capitaine qui, fallait-il le préciser, était plutôt mauvais élève. Tout le monde apprécia sa repartie et s'esclaffa, y compris celui dont on se moquait.

Ce fut néanmoins Cerynise qui fut la vedette de la soirée, forçant l'admiration des hommes par ses traits d'esprit. Quand vint le moment de prendre congé, les trois jeunes gens eurent de nouveau le plaisir d'approcher la jeune femme pour lui faire un baisemain, sous le regard vigilant de Beau. Ayant remercié leur hôte pour ce très agréable moment passé en leur compagnie, ils quittèrent le navire.

Peu de temps après, Cerynise s'inquiéta de voir Beau perdu dans ses pensées.

— Êtes-vous encore fâché contre moi ?

Il se laissa aller en arrière sur sa chaise et, les bras croisés, poussa un long soupir.

— Je crains fort qu'Alistair ne revienne demain, accompagné d'un juge.

— Vous m'avez pourtant bien assuré qu'à partir du moment où nous étions mariés Alistair n'avait plus aucun droit sur moi, non ? Alors, pourquoi ce brusque revirement ?

— Si notre mariage avait été célébré selon les règles, aucune cour de justice ne pourrait l'annuler, ni même le remettre en question. Mais dans la mesure où les vœux ont été prononcés dans l'urgence, c'est-à-dire aussitôt après la visite d'Alistair, il se pourrait qu'il arrive à persuader le juge qu'il s'agit d'une imposture. Et sincèrement, madame, je ne crois pas que vous soyez très bonne menteuse.

Cerynise sentit les battements de son cœur s'accélérer, et cessa de caresser le bois ciré du bureau pour faire face à son mari.

— Seriez-vous en train de suggérer que nous devrions consommer notre mariage, à seule fin de convaincre cet horrible crapaud d'Alistair de sa véracité ? demanda-t-elle avec une certaine appréhension.

— Absolument pas ! lança-t-il d'un ton cassant. (Regrettant aussitôt de s'être laissé emporter, il s'approcha d'elle et serra sa main dans la sienne.) Désolé, Cerynise, mais je ne pensais pas à cela. Je ne voudrais surtout pas que nous terminions cette délicieuse soirée sur une dispute.

— Que pensez-vous que nous devrions faire, alors ? Ils ne vont tout de même pas me soumettre à un examen...

Les mots restèrent coincés dans sa gorge, tant cette perspective d'un examen médical la terrifiait. Beau perçut son angoisse et chercha à la rassurer.

— Ils se contenteront très certainement de vous soumettre à un interrogatoire. Le problème, c'est que, s'ils ont le moindre doute sur ce que vous leur dites, ils peuvent en conclure que le mariage n'est pas sérieux, décider de le faire annuler et vous confier aux bons soins d'Alistair.

— Il serait plus juste de dire qu'ils me confieraient à mon geôlier, rectifia-t-elle avec un frisson d'épouvante. S'il y avait des oubliettes dans la maison de Lydia, je suis persuadée qu'Alistair prendrait plaisir à y installer toutes sortes d'instruments de torture et qu'il me séquestrerait jusqu'à ce qu'il obtienne ce qu'il veut de moi. Sincèrement, je ne crois pas qu'il ait la moindre envie de devenir mon tuteur. À mon avis, il a plutôt besoin de moi pour réaliser quelque plan machiavélique, bien que je sois incapable d'imaginer en quoi je pourrais lui être utile.

— Si vous voulez bien m'écouter quelques minutes, Cerynise, et éviter de vous affoler quand je vous dirai ce que j'attends éventuellement de vous, nous pourrons peut-être démêler cette affaire ensemble et trouver une solution acceptable.

Elle jugea nécessaire de stimuler son courage et s'empara du verre de vin qu'elle avait déposé sur le bureau un peu plus tôt.

Les sourcils froncés, Beau la regarda avaler d'une traite tout le contenu. Ce simple geste, qui trahissait la vive inquiétude de Cerynise, l'amena à penser que la petite fille qui autrefois l'adorait en était venue à le craindre... ou tout au moins à se méfier de ses propositions.

Cerynise ne put réprimer un hoquet et, confuse, pressa un doigt sur ses lèvres en écarquillant les yeux.

— Excusez-moi.

Par précaution, Beau rapporta son verre sur la table et l'éloigna du carafon.

— Fini pour ce soir, dit-il simplement.

Mais déjà Cerynise hoquetait de nouveau et c'est avec le plus grand embarras qu'elle lui fit part de ses pensées.

— Vous ne me croyez donc pas capable de mentir assez bien pour les convaincre ?

— Je crois surtout que vous êtes plus prompte à rougir que n'importe qui, soupira-t-il. Par conséquent, plutôt que de mal jouer la comédie, mieux vaudrait compter sur vos atouts.

— C'est-à-dire ?

— L'innocence, la naïveté. Si le juge s'aperçoit qu'il a en face de lui une vraie jeune fille, qui ne connaît pas grand-chose de la vie, il sera naturellement enclin à lui faire confiance. (Assis sur le coin de son bureau, il étendit les jambes devant lui et croisa les bras sur sa poitrine, tout en scrutant le visage empourpré de Cerynise.) Lorsqu'il commencera à vous poser des questions, tâchez de ne pas trop paniquer. Le plus simple et le plus efficace, ce serait d'essayer de vous mettre dans la peau du personnage : imaginez que nous avons fait l'amour et que vous n'êtes donc plus vierge.

Cerynise s'éventa, cherchant à se donner une contenance. En vérité, elle avait les joues en feu et ses hoquets incontrôlables ne faisaient qu'accentuer son malaise.

— Vous savez ce que cela implique, n'est-ce pas ? insista Beau.

Cerynise décida de se soustraire au regard inquisiteur de son mari. Elle s'éloigna avec un haussement d'épaules et s'arrêta comme si de rien n'était à quelques pas du miroir accroché au-dessus de la table de toilette, ce qui lui permettait de le voir sans qu'il s'en rende compte.

— Lydia m'a enseigné quelques petites choses, il y a déjà longtemps de cela, répondit-elle.

— Ça a dû être très instructif.

— Je sais très bien qu'un homme et une femme doivent s'accoupler pour faire des enfants ! lança-t-elle, agacée. Simplement, je ne connais pas tous les détails.

— Si vous avez envie de les connaître, je peux vous expliquer.

Pour intéressée qu'elle fût, Cerynise pensait que ce n'était pas à lui de l'instruire sur le sujet.

— Ce serait inconvenant de votre part.

— Personne n'est mieux placé que moi pour ça. Je suis votre mari...

— Pas pour longtemps.

— En tout cas, pour l'instant, je le suis bel et bien. (Il marqua une pause puis se fit volontairement provocateur, guettant sa réaction :) Mais peut-être

196

préférez-vous que ce soit Alistair qui vous donne un cours particulier lorsqu'il vous aura récupérée sous sa coupe.

Cerynise se souvint avec horreur de la façon dont le sieur Winthrop l'avait déshabillée du regard et cessa aussitôt de se rebeller.

— Que dois-je savoir ? demanda-t-elle humblement.

Beau entreprit de l'éclairer sur la question, en s'efforçant d'apporter une touche de poésie à ses explications par ailleurs très concrètes. S'il prenait presque autant de plaisir à lui raconter en détail ce qui avait trait à l'amour physique qu'à lui caresser les seins, il n'était pas dupe : jamais il ne pourrait être autant excité qu'en lui faisant réellement l'amour. Mais hélas, pour le moment, il devait se contenter d'imaginer.

Il fut néanmoins très heureux de constater qu'il avait su, par ses seules paroles, éveiller en Cerynise le même désir. Aussi ne fit-il aucun effort pour dissimuler son érection, et sourit lorsqu'elle posa un regard affolé sur son pantalon, leva les yeux sur lui, pour finalement détourner la tête.

— Je ne pourrais pas faire l'amour avec vous sans que cela se produise, expliqua-t-il, soucieux de lui faire comprendre que ce n'était pas pure provocation de sa part. Malgré toute ma bonne volonté, dans certains cas il m'est impossible de contrarier la nature. Il suffit, par exemple, que je pense à tout le plaisir que nous pourrions prendre au lit ensemble pour que mon sexe se mette en érection.

— Eh bien, évitez de penser ! lança Cerynise, comme Beau l'avait lui-même recommandé à Oaks peu de temps auparavant. Ce sera mieux pour nous deux.

— Vous trouvez peut-être cela regrettable, madame, mais si nous sommes ainsi constitués, c'est afin de pouvoir procréer. Il y aurait beaucoup moins d'enfants dans le monde si les hommes ne se laissaient pas guider, de temps en temps, par leurs instincts.

— M'avez-vous instruite de toutes ces choses pour votre seul plaisir ? s'enquit-elle avec sarcasme. Ou bien uniquement parce que vous souhaitez que je comprenne bien les questions du juge ? Il semblerait qu'à vos yeux je ne sois pas capable de lui fournir des réponses spontanées.

Ne désirant pas éveiller davantage ses soupçons, Beau évita soigneusement de répondre à la première question.

— Je veux juste m'assurer que vous parlerez en connaissance de cause lorsqu'il vous demandera si le mariage a été ou non consommé.

Cerynise se sentit bêtement offensée et voulut l'impressionner par une réplique bien cinglante. Mais comme rien ne lui venait à l'esprit, elle ne put que plaider sa cause.

— Je ne suis pas une actrice débutante, propulsée pour la première fois sur le devant de la scène. Je n'ai pas besoin qu'on me rabâche mon texte des centaines de fois pour, en fin de compte, le réciter mal.

— Parfait. Alors, répondez, je vous prie, à ma question. Si demain vous deviez jurer que nous sommes bien devenus mari et femme la nuit de nos noces, sauriez-vous l'affirmer avec conviction ? Pensez-vous que l'on vous jugerait digne de foi ?

Cerynise se sentit soudain oppressée, soumise à une trop forte tension.

— Je... je ne...

— Voyons, madame Birmingham – en admettant que vous méritiez réellement ce nom de madame –, veuillez me dire si oui ou non vous avez partagé le lit de votre prétendu mari. Je vous rappelle que si vous ne pouvez jurer de la validité de votre mariage, je me verrai dans l'obligation de vous mettre sous la tutelle de M. Winthrop. (Beau se pencha en avant et scruta son visage décomposé.) J'attends une réponse claire et honnête, madame Birmingham. Avez-vous fait l'amour avec votre mari et, par conséquent, le mariage a-t-il été consommé ?

Cerynise demeura sans voix, totalement désemparée, puis sembla tout à coup apercevoir une lueur d'espoir et s'exclama :

— Ils n'iraient pas jusque-là !

— Je ne connais pas ses raisons, mais il est évident qu'Alistair tient à vous récupérer et que rien ne l'arrêtera dans sa démarche. Le juge, en revanche, se montrera sans doute plus délicat. Pour le convaincre, il vous suffira de lui dire en toute franchise que nous avons passé la nuit ensemble. Et si en plus vous le regardez comme vous me regardez en ce moment, vous n'aurez rien à ajouter. Il déduira le reste tout seul.

Depuis qu'ils avaient entamé cette longue discussion, à aucun moment Beau ne l'avait vue rougir de la sorte et il en fut désolé pour elle.

— Je me rends compte que l'idée de devoir dormir avec moi cette nuit vous effraie, mais sincèrement je crois que c'est le meilleur moyen pour vous aider à être stoïque demain devant le juge. Et, bien qu'il me soit très pénible de refréner mes envies, je vous promets de ne pas vous violer.

À bout de forces et d'arguments, Cerynise se rangea à son avis.

— Puisque vous n'avez rien d'autre à me suggérer, faisons comme cela… mais à condition que vous gardiez votre pantalon.

Beau la contempla, un sourire amusé au coin des lèvres.

— Si vous insistez…

— Eh bien alors, soupira-t-elle, il ne me reste plus qu'à aller enfiler mes vêtements de nuit.

— Rien de trop aguichant, j'espère ! plaisanta Beau.

— Faites-moi confiance. Je n'ai pas l'intention de prendre des risques alors que je vous sais capable d'ôter vos habits à la vitesse de l'éclair.

Durant le bref silence qui s'installa entre eux, ils se remémorèrent, chacun à sa manière, ce qu'ils avaient vécu ensemble en début de journée.

— Vous vous sentez plus détendue, à présent ? demanda-t-il dans un sourire.

Cerynise jugea plus prudent de ne pas s'appesantir sur le sujet et acquiesça d'un signe de tête.

Mais l'angoisse s'empara à nouveau d'elle quand vint le moment d'aller se coucher. Voyant Beau affairé à son bureau, elle en profita pour se glisser entre les draps, mais elle était encore tout à fait éveillée lorsqu'il s'allongea près d'elle, vêtu de son seul pantalon. Pendant de longues minutes, ils demeurèrent silencieux, les yeux fixés sur le montant supérieur de la couchette. Puis Cerynise voulut s'écarter de lui en roulant sur le côté. Malheureusement, Beau appuyant de tout son poids sur le bord extérieur, elle eut toutes les peines du monde à maintenir un espace libre entre eux. Et c'est au moment où elle croyait enfin pouvoir s'endormir paisiblement qu'elle sentit le large torse de son mari plaqué contre son dos. Elle parvint tant bien que mal à se rapprocher de la cloison en se tortillant, mais, dans ses efforts, un pan de sa chemise de nuit resta coincé sous lui.

— J'ai toujours pensé que cette couchette était trop étroite, remarqua Beau, se soulevant légèrement pour lui permettre de récupérer le bout de sa chemise.

Sans plus attendre, Cerynise se blottit au bord du matelas, mais il lui aurait fallu s'accrocher à deux mains pour ne pas glisser en arrière, du fait de la déclivité. Aussi se retrouva-t-elle bientôt à sa place d'origine, qui semblait lui être définitivement allouée.

— Je pourrais dormir par terre, dit-elle.

— Pas question ! Si l'on attend de moi que je me montre chevaleresque, autant que je le sois avec panache.

— Très bien. Alors, dans ce cas, vous pourriez...

— Je n'ai pas dit que j'étais un saint !

Cerynise eut beau s'efforcer de contenir ses petits rires, ils éveillèrent la curiosité de son mari.

— Qu'y a-t-il de si drôle ?

— Oh, rien.

— Mais si, dites-moi.

Cerynise cessa de rire. Et dans le silence environnant, elle perçut les battements précipités de son cœur, sentit sa bouche devenir sèche, son trouble s'accentuer. Beau était décidément trop près, trop attirant pour qu'elle garde la tête froide. Étendue sur le dos, elle osa poser son regard sur son large torse mais s'interdit la moindre caresse.

— Je repensais à l'image que j'avais eue de vous tout à l'heure, et ça m'a amusée, c'est tout.

— Et comment vous me voyiez ? insista-t-il. Tel un chevalier en armure. Mais ne vous méprenez pas, ce n'était qu'un pur produit de mon imagination. D'ailleurs, je n'arrivais même pas à obtenir de vous un baisemain, alors que nous savons tous deux que depuis vous vous êtes permis bien plus... (D'un geste de la main, elle mit un terme à cette discussion.) Peu importe, de toute façon c'était ridicule. Nous ferions mieux d'essayer de dormir.

— Je ne suis pas sûr que ça me plaise.

— Quoi donc ?

— De ne pas pouvoir déposer un baiser sur votre main.

Dans sa grande naïveté, Cerynise ne comprit pas tout de suite qu'elle s'était aventurée sur un terrain dangereux. Mais lorsqu'elle se souvint avec quelle facilité elle avait succombé aux avances de Beau et ce qui s'était ensuivi, elle commença à paniquer.

— Beau, non...

Trop tard !

Déjà il lui avait pris la main et l'approchait de sa bouche. Elle sentit son souffle chaud sur sa paume, puis la caresse de ses lèvres, le chatouillis de sa langue le long de ses doigts fins.

— Vous ne devriez pas faire cela, Beau, murmura-t-elle, tout le corps en émoi.

— Vous avez raison, dit-il en relâchant sa main, le regard soudain sombre.

Sur ce, il se leva d'un bond, s'enveloppa d'une couverture qu'il sortit du placard, et retourna s'asseoir à son bureau. Cerynise resta où elle était, sans bouger. Les minutes s'égrenèrent, sans que toutefois elle parvînt à se sentir soulagée. Au contraire. Beau avait ravivé en elle la flamme du désir, et maintenant ce désir qui ne demandait qu'à être assouvi la mettait au supplice.

7

Les tout premiers rayons de lumière d'un jour nouveau filtraient à travers les hublots de la poupe quand Beau s'éveilla, sa jeune épouse blottie contre lui et enveloppée d'un halo rouge doré. Il savoura ce moment de bonheur, en frottant sa joue contre les longs cheveux au parfum délicat. Emporté par sa rêverie, il voulut lui caresser les cuisses – que sa chemise de nuit, remontée durant son sommeil, offrait généreusement à sa vue – mais sa main se crispa juste au-dessus de la peau tendre et douce. Frustré, il songea que, s'il n'avait été obligé de garder son pantalon, il aurait pu mieux profiter de ce corps alangui. Mais son pouls plus rapide l'avertit du danger qu'il y avait à rester collé à Cerynise, et, à contrecœur, il se dégagea de leur étreinte.

À pas feutrés, il gagna la table de toilette, où il s'aspergea le visage d'eau froide. Mais il lui aurait au moins fallu faire un plongeon dans le fleuve pour parvenir à chasser de son esprit ces images de Cerynise. Et il n'avait que le temps d'aller prendre un bain digne de ce nom, dans les quartiers de Stephen Oaks, avant que son équipage ne commence à s'agiter. Au moment de sortir, il jeta un dernier regard derrière lui… et, attiré comme un aimant par Cerynise, il ne put se résoudre à la quitter. Il resta près de la porte à contempler la courbe de ses reins, véritable invitation au plaisir comme pouvaient l'être ses sourires, puis songea qu'il ne pouvait décemment pas la laisser exposée ainsi aux regards indiscrets de son second ou du garçon de cabine, alors que personne ne s'attendait à la trouver là.

Il retourna donc sur la pointe des pieds jusqu'à la couchette et tira le drap sur elle. Il aurait pu aussitôt faire demi-tour mais, gagné par l'excitation, il ne put résister à la tentation de caresser les boucles de cheveux sur ses tempes. Dans son sommeil, Cerynise laissa échapper un soupir et se tourna sur le dos, jetant son bras gauche en travers de l'autre oreiller. La seconde d'après, sa main cherchait Beau, tâtonnait en vain le drap de coton. Alors, elle entrouvrit les yeux et l'aperçut penché au-dessus d'elle. Un sourire, aussi doux que l'aube naissante, se dessina sur ses lèvres et illumina son regard.

— Bonjour, murmura-t-elle d'une voix encore endormie.

— Bonjour, mon ange. On dirait que vous avez bien dormi.

— Étonnamment bien… lorsque enfin vous êtes venu vous coucher.

— Madame ? risqua-t-il, abasourdi par ce qu'il venait d'entendre.

Pour toute réponse, Cerynise se contenta de secouer la tête en pouffant. Puis elle roula de l'autre côté et murmura quelque chose du genre « aucune importance » tout en se frottant le nez.

— Vous ne seriez pas en train de changer d'avis, par hasard ? s'enquit Beau, plein d'espoir.

— Et vous ?

Il n'eut pas besoin qu'on lui mette les points sur les i pour comprendre l'allusion.

— Ah...

Cerynise perçut toute la déception qu'il mit dans ce simple petit mot, et instantanément son bel enthousiasme s'envola. Sentant les larmes lui monter aux yeux, elle se cacha le visage dans l'oreiller, puis s'efforça de se ressaisir. Quand elle se risqua à regarder de nouveau autour d'elle, elle s'aperçut que Beau n'avait pas bougé d'un pouce.

— Vous voulez bien vous tourner, le temps que je sorte du lit et que j'enfile mon peignoir ?

Sa voix avait soudain perdu sa gaieté, et Beau ne put s'empêcher de regretter d'être confronté à une situation insoluble. Comment concilier son envie dévorante de faire l'amour avec Cerynise et son refus de s'engager *ad vitam aeternam* sans prendre le temps de réfléchir à toutes les données du problème ? Certes, il la connaissait depuis l'enfance, mais après leur longue séparation il n'aurait pu jurer qu'il souhaitait vivre avec elle jusqu'à la fin de sa vie. Il lui fallait d'abord apprendre à mieux connaître la jeune femme qu'elle était devenue.

À peine lui eut-il, selon son vœu, tourné le dos, qu'il l'entendit filer vers la porte. Et lorsqu'il se retourna, elle était déjà partie. L'instant d'après, un bruit sourd déchira le silence : Cerynise claquait la porte de sa propre cabine.

Beau grinça des dents et lâcha un juron. À son tour, il referma violemment la porte, rompant le charme de cette matinée qui avait pourtant si bien commencé.

Qu'un juge montât à bord, accompagné d'Alistair Winthrop et de Howard Rudd, n'impressionna pas outre mesure le capitaine. Le premier était un homme de forte stature au visage rougeaud, qui semblait très imbu de sa personne et fier de l'autorité qu'il représentait. Quant aux deux autres, à en juger par leur sourire mièvre et leurs incessantes courbettes, il paraissait évident qu'ils cherchaient à s'assurer ses bonnes grâces. Sans doute même étaient-ils convaincus que c'était déjà chose faite au moment où ils demandèrent à Beau de convoquer Cerynise sur le pont.

— Votre Honneur, vous allez pouvoir constater que ce Yankee a abusé d'une innocente jeune femme et l'a amenée à faire fi des principes d'éducation qu'elle a reçus, annonça Alistair. Lorsqu'on sait qu'elle est installée ici depuis maintenant plusieurs jours, on est en droit de se demander ce qu'elle a dû abandonner à ce vaurien.

Lorsque Cerynise apparut devant eux, le silence se fit. Tous les marins présents dans les parages interrompirent leur travail pour suivre cette confrontation, pariant à nouveau sur la victoire de leur capitaine sur le juge et les deux individus qui l'accompagnaient.

Intimidée, Cerynise vint se placer près de son mari, qui, aussitôt, glissa un bras autour de sa taille. Elle ne dit mot, mais en son for intérieur elle fut touchée par cette marque d'attention et se sentit tout à coup plus forte. Enfin, elle osa relever la tête et affronter le juge.

— Voyez vous-même ! s'exclama Alistair en pointant un doigt sur le couple. Cette canaille a même le toupet d'enlacer la jeune fille devant vous, Votre Honneur ! Je vous avais bien dit que c'était une crapule !

— Je vois… je vois, nota le juge, rêveur. (« Cette fille est mignonne comme un cœur, songeait-il. Et si elle peut séduire le plus honnête des gentlemen, il n'y a rien de surprenant à ce qu'elle ait fait battre le cœur d'un beau et vigoureux marin. ») Mais j'aimerais d'abord que nous soyons présentés.

Alistair avança d'un pas et commença d'un ton solennel :

— Mlle Cerynise Kend...

Aussitôt, Beau l'interrompit.

— Étant donné que ce bateau m'appartient, je préférerais faire moi-même les présentations.

Ne voyant là a priori aucune différence, le jeune dandy se contenta de lui adresser un sourire méprisant et, dans un simulacre de révérence, l'invita à poursuivre à sa place.

— Cerynise, voici le très honorable juge Blakely, annonça Beau. (Et tandis qu'elle s'inclinait poliment, il ajouta :) Votre Honneur, permettez-moi de vous présenter ma femme, Mme Birming...

La voix rauque d'Alistair sonna comme un coup de gong.

— Quoi ? lança-t-il, offusqué.

Un murmure d'amusement se propagea parmi l'équipage. Puis, comme s'ils assistaient à un spectacle comique, les hommes échangèrent des clins d'œil complices ou se poussèrent du coude, en attendant de voir ce qui allait suivre.

— Ma femme, Mme Birmingham, répéta calmement Beau à l'intention du juge.

— Il ment ! cria Alistair, si fort que les veines de son cou se gonflèrent.

L'homme de loi paraissait perplexe.

— Mais je croyais qu'elle était...

— C'est vraiment trop fort ! fulmina Alistair, brandissant son poing sous le nez du capitaine. Qui donc croyez-vous duper ?

Sans s'émouvoir le moins du monde, Beau porta la main à sa poche et en tira un parchemin, qu'il tendit au juge Blakely.

— Vous trouverez ici la preuve de ce que j'avance, dit-il simplement.

— Votre mariage est tout récent, remarqua l'homme de loi. (Il étudia le document, s'arrêta un moment sur les signatures, puis releva la tête et jeta un regard suspicieux à son hôte.) Y avait-il des témoins ?

— Tout mon équipage, monsieur.

— La jeune fille est mineure ! intervint avec véhémence Howard Rudd. Par conséquent, ce mariage n'a aucune valeur légale sans le consentement de son tuteur.

Il savoura son effet, le menton relevé, un sourire narquois au coin des lèvres.

— La tutrice de Cerynise est décédée, précisa Beau, dédaignant Rudd pour s'adresser directement au juge. Par ailleurs, le pasteur qui a célébré le mariage savait très bien que Mlle Kendall n'avait pas tout à fait dix-huit ans, mais, compte tenu des circonstances, il n'a rien trouvé à objecter.

— Quelles circonstances ?

— Je dois repartir pour la Caroline dans les prochains jours, Votre Honneur, et je souhaitais tout naturellement que Cerynise m'accompagne.

— À titre d'épouse, c'est cela ?

— Exactement.

Alistair les regarda tour à tour avec une pointe d'inquiétude. Depuis un moment déjà, le juge semblait ne plus savoir à qui donner raison – comme s'il avait décidé de se soucier uniquement du bien-être de Cerynise –, et cela ne présageait rien de bon.

— Cela ne fait aucune différence ! reprit-il à grands cris. Le fait est que ce mariage n'a aucune validité au regard de la loi, point final. Et dans la mesure où j'ai été désigné comme tuteur, je suis en droit d'exiger que Cerynise revienne à la maison avec moi.

Blakely se tourna vers lui, agacé.

— Inutile de hurler dans mes oreilles, jeune homme, je ne suis pas sourd.

Beau dissimula son envie de rire dans un sourire forcé. Puis son regard se posa sur Rudd, qui semblait soudain de mauvaise humeur, tandis que le juge s'adressait à Cerynise comme un père à sa fille.

— Mademoiselle... oh, excusez-moi... madame Birmingham... j'espère que vous comprenez que si je suis là c'est pour m'assurer qu'il n'arrive rien de fâcheux.

Elle le gratifia d'un charmant sourire destiné à gagner sa confiance, malgré l'angoisse qui la tenaillait.

— Je comprends, Votre Honneur. Cependant, je dois avouer que je suis très étonnée que M. Winthrop ait la prétention de vouloir veiller sur moi alors qu'il n'a jamais fait preuve de la moindre...

Alistair voulut plaider sa cause, mais à peine eut-il ouvert la bouche que le juge l'arrêta, levant la main avec autorité.

— Il entend jouer son rôle de tuteur.

— Avec un homme tel que lui pour tuteur, je ne tarderais pas à dépérir ! railla Cerynise. Il y a quelques jours, il me jetait à la rue, sans habits ni argent. À cause de lui, je suis presque morte de froid, et maintenant il revient me chercher, en prétendant qu'il ne veut que mon bien ! Ne pensez-vous pas que cela tourne à la farce ?

— Selon le codicille au testament de sa tante qu'il nous a présenté, c'est à lui que revient l'autorité tutorale, expliqua le juge, en l'observant attentivement.

Elle soutint sans ciller son regard inquisiteur, et, avec un calme remarquable, lui posa la question :

— Votre Honneur, y a-t-il vraiment tant de différence que cela entre une farce et un faux ?

Fou de rage, Alistair avança d'un pas, comme s'il s'apprêtait à lever la main sur elle, mais Beau s'interposa. Tenant Cerynise à l'écart, il opposa un haussement de sourcils méprisant au regard haineux de son adversaire.

— Vous aimeriez peut-être régler ce petit différend entre hommes, après le départ du juge ? suggéra-t-il. Au poing ou au pistolet, je vous laisse le choix des armes.

— Allons... allons ! Calmez-vous, messieurs ! ordonna Blakely.

— La fille ment, Votre Honneur, insista Alistair. Elle est résolue à partir avec ce débauché, en dépit du fait qu'il va probablement se débarrasser d'elle aussitôt qu'il aura atteint son port d'attache.

— Votre femme a porté de lourdes accusations contre cet homme, déclara le juge à l'intention de Beau.

— En effet. Et je pense qu'elles sont tout aussi sérieuses que les efforts déployés par M. Winthrop pour remettre en cause la légitimité de notre mariage. Mais, dites-moi, Votre Honneur, que ferait un père pour sa fille, en pareil cas ? Si vous avez des enfants, vous pouvez peut-être nous donner votre avis.

— Eh bien, voyez-vous, capitaine, j'ai la chance d'avoir trois filles. Et il se trouve que la plus jeune a l'âge de votre épouse.

— Quelle serait alors votre réaction si l'on vous apprenait qu'une demoiselle a été mariée par un homme d'Église, devant tout un équipage, qu'elle a passé la nuit avec son mari et que, finalement, au petit matin, on lui annonce qu'au regard de la loi elle n'est pas mariée ?

Blakely leva un peu plus haut la main lorsque Alistair tenta à nouveau d'intervenir. Puis il s'éclaircit la voix et répondit, haut et fort :

— Je chercherais à savoir si le mariage n'a pas été seulement célébré, mais aussi consommé. (Il sembla hésiter et se tourna finalement vers Cerynise.) Je suis désolé, madame, mais je me vois dans l'obligation de vous poser la question. Étiez-vous, oui ou non, avec le capitaine Birmingham, la nuit dernière ?

On n'entendit soudain plus un bruit sur le pont. Tout le monde s'était figé, attendant avec angoisse la réponse de Cerynise. Bien que Beau l'eût prévenue, elle trouvait cette situation embarrassante, mais au moins était-elle en mesure de dire la vérité.

— Oui, Votre Honneur, nous étions ensemble, déclara-t-elle, sans pouvoir s'empêcher de rougir un peu. (Et comme elle en avait plus qu'assez d'Alistair et de son incroyable arrogance, elle se fit un plaisir de préciser :) Dans le même lit.

Visiblement, le juge n'en demandait pas tant.

— Je vous présente toutes mes excuses, capitaine Birmingham, et vous souhaite bon voyage, dit-il en soulevant son chapeau pour le saluer.

Alistair regarda, incrédule, le magistrat se diriger vers la passerelle.

— Vous n'allez pas... vous ne pouvez pas... vous n'avez pas le droit de laisser partir comme ça cette fripouille !

Blakely s'arrêta à quelques pas de la planche et tourna la tête pour répondre à Alistair.

— Le capitaine et Mme Birmingham m'ont fourni suffisamment de preuves de la légitimité de leur mariage. Je ne vois aucune raison d'empêcher leur départ, et vous ne trouverez aucun juge en Angleterre pour soutenir le contraire. Il faut vous rendre à l'évidence, Winthrop, et accepter de perdre avec honneur.

— C'est ce qu'on verra, espèce de gros plein de soupe arrogant ! On devrait vous interdire l'accès au tribunal ! (Repoussant la main de Rudd agrippée à sa manche, il se retourna brusquement pour déverser tout son fiel sur Beau.) Quant à vous, sale bâtard, vous pouvez jubiler, mais ne croyez pas vous en tirer aussi facilement avec ce simulacre de...

Beau lança un regard courroucé au jeune homme dégingandé et demanda d'une voix blanche :

— Comment m'avez-vous appelé ?

— Un ignoble bâtard ! répéta Alistair, inconscient de la menace qui planait sur lui. Un dégoûtant bâtard yankee qui...

En trois longues enjambées, Beau le rejoignit, et le saisit par le col et le fond de son pantalon. Dédaignant les protestations outrées d'Alistair et ses vaines tentatives pour reposer les pieds au sol, il le transporta jusqu'au bastingage et le balança par-dessus bord. L'hôte indésirable battit l'air de ses longs bras, espérant trouver quelque chose à quoi se raccrocher, puis, dans un affreux hurlement, tomba à l'eau. Les hommes d'équipage accompagnèrent sa chute de rires moqueurs, mais Beau n'en avait pas terminé avec son adversaire. S'agrippant avec force aux enfléchures, il se hissa au sommet de la rambarde où, les poings sur les hanches, il vociféra à l'adresse du bougre qui se débattait, toussant et hoquetant, à la surface de l'eau :

— Insultez-moi tant que vous voudrez, si toutefois vous en avez le courage, Winthrop, mais je vous préviens que si je vous entends encore une fois calomnier ma mère, je vous fouetterai jusqu'à vous arracher la peau ! Croyez-moi, je ne suis pas près de laisser le pitoyable rustre que vous êtes dénigrer une femme que je respecte !

Sur ce, il sauta sur le pont et se frotta les mains comme s'il venait de se débarrasser d'un sac d'ordures.

— Ça lui apprendra à tenir sa langue ! renchérit l'un des hommes d'équipage.

Beau acquiesça d'un geste du bras et annonça :

— Vous pouvez déboucher un tonneau, les gars. On va fêter le départ de cette crapule.

Les marins accueillirent la nouvelle avec enthousiasme, tant et si bien qu'ils se mirent à courir en tous sens et que le martèlement de leurs pas sur le pont fit tressauter le juge. Mais un sourire d'approbation éclaira son visage lorsqu'il vit le capitaine se diriger vers lui.

— Moi aussi, j'adore ma mère, monsieur.

— Je savais que vous me comprendriez, Votre Honneur.

Beau s'intéressa tout à coup à Howard Rudd, qui n'avait pas bougé d'un pouce depuis qu'il s'était occupé de son compagnon. Rudd voulut jurer sur ce qu'il avait de plus cher au monde que jamais il ne lui viendrait à l'idée de médire d'une créature aussi noble qu'une mère, mais il ne parvint pas à sortir le moindre son de sa gorge. Terrorisé et humilié, il fila tête basse vers la passerelle, qu'il descendit à toute allure, manquant renverser le juge sur son passage. L'instant d'après, on le vit lancer une corde à Alistair, qui tentait désespérément d'apprendre à nager.

Enfin Beau put aller rejoindre Cerynise et célébrer leur victoire en la serrant dans ses bras. Fougueux comme un jeune marié, il l'étreignit dans un long baiser.

8

Cerynise souleva sa tête de l'oreiller et chercha du regard le seau que Billy Todd avait déposé près de sa couchette. Elle laissa échapper un gémissement puis ferma les yeux, s'efforçant de combattre son envie de vomir, mais le tangage du vaisseau mettait son estomac à rude épreuve. Elle s'étonna même d'avoir pu à un quelconque moment considérer la cabine de M. Oaks comme un havre de paix, car elle lui apparaissait maintenant comme une chambre de torture d'où elle aurait bien aimé pouvoir s'échapper. Ils naviguaient sur une mer houleuse depuis leur départ d'Angleterre et, compte tenu de ce qu'elle endurait, elle était bien décidée à ne plus jamais mettre les pieds sur un bateau... si toutefois elle arrivait saine et sauve à Charleston.

Au fil des ans, elle avait fini par oublier l'horrible traversée qu'elle avait faite pour venir de Caroline jusqu'à Londres. Mais si à l'époque le chagrin d'avoir perdu ses parents et abandonné sa maison natale avait éclipsé le reste, avec le recul il lui fallait bien admettre qu'elle n'avait pas davantage le pied marin.

Un pâle sourire se dessina sur ses lèvres gercées, aussitôt remplacé par une grimace de douleur quand la peau fine se craquela. « Pas le pied marin, moi ? C'est peu dire ! » se moqua-t-elle en pensée. À l'avenir, aucune force au monde ne pourrait la contraindre à quitter la terre ferme pour prendre le large et se retrouver soumise au supplice d'être ballottée par une mer déchaînée.

Elle se pencha sur le côté, trouva le seau juste à temps, mais plusieurs minutes s'écoulèrent avant qu'elle puisse redresser la tête. Au début, elle s'était efforcée de cacher à Billy qu'elle ne se sentait pas bien, mais il avait suffi au garçon de cabine d'un seul coup d'œil à son plateau-repas pour deviner son problème. Il avait alors redoublé d'attentions, veillant à ce qu'elle ait toujours à portée de main une bassine et un linge pour s'humecter le visage. Et puis plus tard, en larmes, elle l'avait supplié de n'en parler à personne, surtout pas à son mari. Billy pensait que ce n'était pas raisonnable, mais il avait fini par promettre le secret. Et à partir de ce moment, il s'était occupé personnellement d'elle : il lui apportait de l'eau fraîche, un bol de bouillon de légumes ainsi que des serviettes de toilette, s'arrangeait pour aller vider discrètement son seau en même temps que ceux de la coquerie.

Plus d'une fois, Beau avait frappé à sa porte sans obtenir de réponse. Chaque jour il insistait davantage, avec l'espoir qu'elle le laisserait entrer. Mais, enfouie sous les couvertures, Cerynise restait sourde à sa demande, se contentant de lui faire savoir qu'elle ne souhaitait ni le voir ni lui parler. En lui laissant penser qu'elle boudait, elle s'évita ainsi une visite d'inspection qui l'aurait couverte de honte.

Cependant, peu à peu ses forces l'abandonnaient. Seul le sommeil lui permettait de souffler un peu, mais dès qu'elle rouvrait les yeux elle était à nouveau prise de terribles nausées qui l'obligeaient à recracher le peu qu'elle avait dans l'estomac. Affaiblie et morose, il lui semblait que les heures s'écoulaient avec une incroyable lenteur et que cela faisait une éternité qu'elle n'avait pas coiffé ses cheveux ou enfilé une robe digne de ce nom. Malheureusement, en l'état actuel des choses, son apparence physique demeurait le cadet de ses soucis.

Comme à l'accoutumée, Billy frappa une série de trois petits coups sur la porte pour annoncer son arrivée. Il venait rechercher le bol qu'il avait apporté une heure plus tôt rempli de bouillon, mais auquel Cerynise n'avait pas touché. Sur son invitation, il pénétra dans la cabine et, soudain, s'affola. La jeune femme était blanche comme un linge, avec de vilains cernes sous les yeux, les joues creuses et les lèvres desséchées. Cette fois, il ne lui demanda pas son avis et fit ce qu'il jugeait bon de faire, c'est-à-dire courir chercher le capitaine.

Quelques minutes plus tard, Beau arrivait au chevet de son épouse. Il avait l'air inquiet et contrarié.

— Bon sang, Cerynise, pourquoi ne pas m'avoir prévenu que vous étiez malade ?

Sans doute parce qu'elle ne l'avait pas vu depuis des jours, il lui apparut soudain aussi solide et fier qu'elle se trouvait honteuse et faible. Mais, si durant tout ce temps elle lui avait interdit sa porte, elle l'avait laissé pénétrer ses pensées comme une musique qui l'accompagnait jour et nuit. Et voilà que maintenant il se dressait devant elle, avec ses cheveux de jais emmêlés par le vent du soir, et qu'il la regardait avec un air de reproche.

— Allez-vous-en, gémit-elle en tournant la tête pour cacher ses yeux embués de larmes. Je ne veux pas que vous me voyiez ainsi.

— Nous avons été unis pour le meilleur et pour le pire, répliqua-t-il avec un brin de sarcasme.

Cerynise n'apprécia guère son humour et s'accrocha aux couvertures quand il voulut les rabattre.

— Vous feriez aussi bien de me jeter par-dessus bord, dit-elle. Je ne peux plus supporter cette mer démontée et je ne suis plus bonne à rien.

— Allons, asseyez-vous ! insista-t-il, passant un bras sous ses épaules.

Elle commença par dire non de la tête puis jugea que ce n'était pas une bonne idée.

— Je ne peux pas ! C'est encore pire. Je vous en prie, laissez-moi.

— Vous laisser mourir en paix ? se moqua-t-il dans un rire. Pas question !

Indignée par tant de méchanceté, Cerynise ouvrit des yeux comme des soucoupes.

— Vous n'êtes qu'une brute sans cœur.

— Je sais. On me l'a déjà dit. Si je puis me permettre un conseil, au lieu de me tresser une couronne de lauriers, vous devriez plutôt essayer de respirer calmement et profondément.

Avec autorité mais beaucoup de délicatesse, il l'assit sur le bord de la couchette, les jambes pendantes, puis entreprit de lui faire passer les bras dans les manches de sa robe de chambre. Quand il en eut fini avec le haut, il s'accroupit et glissa les mules à ses pieds.

Tout à coup, Cerynise eut un violent haut-le-cœur, plongea la tête au-dessus du seau, puis retomba mollement sur le lit, telle une poupée de chiffon. Les tapotements rafraîchissants d'un linge humide sur son visage, son cou, et dans l'échancrure de sa chemise de nuit, lui firent le plus grand bien, mais elle n'avait pas encore repris son souffle que déjà Beau la soulevait à nouveau et pressait une timbale de fer-blanc contre ses lèvres.

— Rincez-vous la bouche, dit-il sur un ton qui n'admettait pas de réplique.

Plissant son nez avec une moue de dégoût, Cerynise suivit ses directives puis recracha dans le seau. Lorsqu'elle se redressa, elle posa un regard morne sur son mari, mais hélas ne put tirer aucune énergie de ce vaillant capitaine qui se portait comme un charme.

— Maintenant, buvez le reste, reprit-il en portant la timbale à ses lèvres. Regardez-moi cela ! Vous êtes aussi desséchée qu'un cadavre que l'on vient de déterrer.

— Vous devez me détester, murmura-t-elle entre deux petites gorgées.

— Nullement, madame. (Il continua de lui rafraîchir le visage pendant qu'elle buvait.) Mais je suis fâché que vous m'ayez trompé. Pourquoi m'avoir laissé croire que vous faisiez simplement un caprice en restant enfermée, alors que vous étiez souffrante ? Si je ne savais pas que Billy s'était tu par loyauté envers vous, croyez bien que je l'aurais sévèrement puni pour ne pas m'avoir aussitôt informé de votre état.

— Je l'ai supplié de ne pas vous en parler.

— Buvez !

— Oh, Beau… par pitié, non ! Je ne peux plus.

— Faites ce que je vous dis. Buvez !

— Cela ne sert à rien, je vais tout rendre.

— Pas cette fois, vous verrez.

— Juste encore un peu…

Mais, insensible à sa plainte, il pressa la tasse contre ses lèvres et l'obligea à boire jusqu'à la dernière goutte.

Alors qu'elle s'apprêtait à se laisser choir de nouveau sur le lit, il la tira vers lui pour qu'elle se mette debout. Puis il l'enroula dans une couverture et l'emporta dans ses bras.

— Je vous en prie, Beau ! supplia-t-elle d'une petite voix, alors qu'ils longeaient le couloir. Je ne veux pas me montrer dans cet état-là sur le pont.

— Vous avez besoin de respirer un peu d'air frais. Après, vous vous sentirez beaucoup mieux. De toute façon, Billy était tellement affolé lorsqu'il est venu me chercher que mes hommes doivent être en train de s'imaginer qu'ils vont assister à des funérailles en mer.

— Ça va arriver, et plus tôt que vous ne pensez, si vous persistez à vouloir m'exposer à l'air glacial !

Beau la gratifia d'un sourire, mais continua d'avancer en direction de l'escalier.

— Je vous tiendrai chaud, promit-il.

Cerynise embrassa du regard le pont balayé par la brise du large dans le crépuscule et le quartier de lune qui scintillait au-dessus de leurs têtes.

— Si vous ne me posez pas, vous allez le regretter, dit-elle, le souffle court.

Beau gagna rapidement la plus proche cloison et accéda à sa demande. Mais, trop faible pour tenir sur ses jambes, Cerynise bascula en avant et s'effondra dans ses bras. En d'autres circonstances, elle aurait été heureuse de pouvoir nicher sa tête dans le creux de son épaule tandis qu'il la tenait serrée tout contre lui ; mais, pour l'heure, elle craignait le pire.

— Je ne me sens pas bien. Je voudrais retourner dans ma cabine, j'y serais plus à l'aise.

— Sincèrement, je ne pense pas que ce soit une bonne idée, Cerynise.

— Mais je vous assure qu'ici ou en bas cela ne fait aucune différence.

Il l'écarta légèrement, la tourna vers la mer et, tout en la maintenant par la taille, pointa un doigt devant elle.

— Regardez par-dessus la rambarde.

— Oh, nooon ! gémit-elle en secouant la tête. S'il y a bien une chose dont je n'ai pas envie, c'est de plonger mon regard dans la mer !

— Je ne vous demande pas de regarder les vagues, mais l'horizon. La lune éclaire suffisamment pour que vous puissiez l'apercevoir. Alors faites-moi confiance, et essayez de fixer un point au loin.

Cerynise plissa les yeux et essaya de discerner la ligne sombre entre ciel et mer.

— Ça ne bouge pas, s'étonna-t-elle au bout d'un moment.

— En fait, si. La terre continue de tourner, mais ne vous occupez pas de cela. L'important c'est que, pour vous, ça ne bouge pas.

— Si seulement nous ne bougions pas, nous non plus ! soupira-t-elle en levant les yeux vers lui.

— Gardez les yeux fixés sur l'horizon et remplissez vos poumons de ce bon air pur et froid, lui conseilla-t-il dans un sourire.

Elle s'abandonna contre son torse puissant et fit comme il disait. Les minutes passant, elle sentit qu'elle retrouvait un peu de vitalité et s'en réjouit.

— Finalement, je crois que je vais survivre.

Beau acquiesça d'un grand rire.

— Vous n'avez pas froid ? s'inquiéta-t-il en remontant la couverture sur son cou.

— C'est très bien comme cela.

À son grand soulagement, le mal de mer qui l'avait terrassée dès l'instant où *L'Intrépide* avait gagné la haute mer commençait à s'estomper. Mais à la place s'installa une immense fatigue qui l'incita à reposer la tête sur l'épaule de son mari et à fermer les yeux.

Beau se garda bien de bouger. Tandis que la nuit devenait de plus en plus noire, il savoura le plaisir de tenir sa jeune femme dans ses bras sous un ciel magnifique, criblé d'étoiles. Durant tout le temps qu'elle était restée recluse dans sa cabine, il avait eu le sentiment que quelque chose ne tournait pas rond dans sa vie. En fait, ce qui le contrariait et lui pesait sur le cœur, c'était d'être privé de Cerynise. Jamais il n'avait souffert à ce point avec les jeunes femmes qu'il fréquentait ici et là, au gré de ses escales. Alors qu'habituellement il les oubliait aussitôt qu'il avait passé leur porte, Cerynise habitait ses pensées jour et nuit.

Le bateau recommença soudain à tanguer, luttant contre le Gulf Stream. Très tôt dans sa carrière de marin, Beau avait appris que la traversée de l'Atlantique portait le nom de « montée » ou de « descente » selon qu'elle s'effectuait d'est en ouest (de l'Angleterre vers l'Amérique) ou d'ouest en est (de l'Amérique vers l'Angleterre). Et tandis que l'une pouvait prendre trois mois, généralement l'autre ne durait guère plus d'un mois, grâce aux vents dominants qui soufflaient dans le même sens. L'Intrépide voguant en direction du Nouveau Monde, Beau songea qu'il avait devant lui assez de temps pour décider quel type d'engagement il souhaitait prendre vis-à-vis de cette jeune beauté endormie dans ses bras.

Il attendit le changement de quart pour la ramener dans sa cabine, où il réussit à lui ôter sa robe de chambre et à la coucher sans qu'elle se réveille. Mais, si forte que fût son envie, il ne s'attarda pas auprès d'elle et se garda bien de la caresser. Car, depuis le jour de leur mariage, il savait qu'il avait intérêt à ne pas braver l'interdit.

— Ne bougez pas, j'ai presque terminé, dit Cerynise en se concentrant sur les retouches qu'elle était en train d'apporter à son croquis.

Impatient de voir le résultat, Billy Todd se pencha en avant.

— Restez tranquille !

S'efforçant de contenir sa curiosité, le garçon de cabine reprit la pose. En vérité, loin d'être un supplice, c'était très agréable d'obéir, car il pouvait en profiter pour l'admirer tout à sa guise. En quelques jours Cerynise avait retrouvé sa forme et sa beauté naturelles, et depuis lors elle s'adonnait à son occupation favorite, pour le plus grand plaisir des marins. Dire qu'elle avait du talent eût été un euphémisme.

— Fini ! déclara-t-elle avec un grand sourire.

Billy regarda le dessin, les yeux écarquillés, la bouche entrouverte.

— Pas croyable ! C'est tout à fait moi !

— Disons une assez bonne reproduction, tempéra Cerynise.

Debout près de Billy, elle étudia le portrait et en tira une certaine satisfaction. Elle était contente d'avoir réussi à rendre le côté à la fois enfantin et mature du jeune homme, en mettant de la douceur dans l'expression de la bouche et l'arrondi du visage, et de l'assurance dans le regard.

— Je ressemble vraiment à ça ? demanda-t-il, quelque peu intimidé.

— Bien sûr, assura Stephen Oaks, qui passait par là. Et si tu es tellement dérouté, cela prouve qu'elle a su capter ta véritable nature. Ce que tu vois là, mon p'tit gars, ce n'est pas seulement ta bonne tête de tous les jours, mais aussi un peu de ton âme.

— Cher monsieur, vous me flattez, dit Cerynise en inclinant la tête dans un sourire. C'est le plus beau compliment que l'on puisse faire à un artiste.

— Vous n'auriez pas envie de vous remettre à vos crayons, par hasard ? s'enquit-il, plein d'espoir.

— Je pourrais peut-être me laisser convaincre.

Elle retourna à son chevalet et invita Stephen Oaks à venir s'asseoir en face d'elle. L'emplacement qu'elle avait choisi pour son sujet lui permettait, chaque fois qu'elle levait les yeux, de jeter un coup d'œil sur l'horizon – cette mince ligne de séparation qu'elle avait pris l'habitude de scruter de temps à autre. Bien qu'elle n'eût plus été malade depuis deux semaines, elle se refusait à considérer la chose comme allant de soi. Même si elle savait qu'elle survivrait à une autre traversée de ce type, elle était bien décidée à rester vigilante jusqu'à la fin de celle-ci car c'était son retour à la maison qu'elle effectuait là. Son retour ! Chaque minute qui passait la rapprochait un peu plus de tout ce qu'elle avait été obligée d'abandonner, de tous ces souvenirs chers à son cœur. Et en même temps, elle ne pouvait s'empêcher de se demander ce qui l'attendait là-bas.

Depuis qu'elle s'était remise à exercer son art, elle avait fait beaucoup de croquis du bateau et des marins. La plupart du temps, elle les offrait, ne gardant pour elle que les brouillons et, bien sûr, ceux qu'elle avait élaborés dans l'intimité de sa cabine. Parmi ces derniers, il y avait une collection impressionnante de dessins de Beau Birmingham, qu'elle prenait soin de compléter chaque jour.

Matelots et officiers du service de l'après-midi arrivèrent sur le pont au moment où elle terminait le portrait du second.

— Vous êtes vraiment bel homme, monsieur Oaks, dit-elle en le lui remettant.

— Je n'en suis pas si sûr, madame, mais, quoi qu'il en soit, ce dessin est remarquable. J'imagine que les gens chics de Charleston seraient prêts à payer de jolies sommes pour que vous fassiez ce genre de chose.

Cerynise eut un petit rire amusé.

— J'ai bien peur que vous ne vous trompiez, monsieur Oaks. Les gens ne semblent guère s'intéresser à une femme qui peint des portraits… peut-être tout simplement parce que les grands maîtres étaient des hommes. Je ne veux préjuger de rien, mais j'aurais tendance à penser que les habitants de Charleston accueilleront des œuvres féminines avec le même scepticisme que les Anglais.

— Dommage pour eux, ils ne sauront pas ce qu'ils perdent.

— Merci, répondit-elle.

Sentant tout à coup une présence derrière elle, elle tourna la tête et découvrit Beau en train d'examiner le portrait de son second. Cerynise le regarda, déconcertée par cette habitude qu'il avait d'apparaître comme par magie à son côté. Si parfois elle réussissait à capter un signe avant-coureur de son arrivée et pouvait alors s'y préparer, aujourd'hui elle se retrouvait désarmée et, qui plus est, consternée par le caractère démesuré de sa réaction. Que Beau vienne à s'en rendre compte et, à coup sûr, il penserait qu'elle n'avait pas changé depuis l'époque où son cœur bondissait de joie chaque fois qu'elle le voyait surgir au bout du chemin qui menait à leur maison et à l'école. Imaginer qu'il puisse comparer son trouble d'aujourd'hui à des émois de gamine n'avait rien de plaisant. Cela rappela simplement à Cerynise qu'il ne s'était pas engagé à la garder pour épouse après leur arrivée à Charleston.

— Je n'arrive pas à comprendre comment quelqu'un de si grand peut se déplacer aussi silencieusement, lui dit-elle sur un ton de reproche.

Beau la gratifia d'un de ces sourires dont il avait le secret, et aussitôt elle sentit son cœur bondir dans sa poitrine.

— Pardonnez-moi de vous avoir effrayée. Dorénavant, j'essaierai de trouver un moyen de m'annoncer. Si j'arrivais à cloche-pied, par exemple, ce serait mieux ?

N'obtenant pas de réponse, il reporta son attention sur les différents dessins étalés autour d'elle, à même le pont. Il y avait un tel réalisme dans ses portraits qu'il n'eut aucun mal à reconnaître ses hommes.

Lorsque Cerynise releva la tête, le visage de Beau n'était qu'à quelques centimètres du sien. « Si seulement je pouvais rester aussi calme que lui ! » songea-t-elle en fermant les yeux. L'instant d'après, il se penchait pour ramasser sa cape, et elle sentit qu'il frôlait son bras. Tous les sens en éveil, elle ne put s'empêcher de regarder discrètement par l'échancrure de sa chemise. Elle se souvint alors de la façon dont il avait guidé sa main sur son torse puissant, et à quoi leurs caresses les avaient rapidement conduits.

Enfin, Beau se redressa.

— Vous ne devriez pas rester là sans vous couvrir, dit-il en arrangeant la cape autour de ses frêles épaules. Vous risquez de prendre froid et de retomber malade.

— Ne vous inquiétez pas, répondit-elle dans un murmure.

Elle vit le regard de Beau remonter de sa gorge vers sa bouche et eut tout à coup l'impression qu'il allait l'embrasser. Mais aussitôt, elle mit cela sur le compte de son imagination et s'en voulut de s'être fait pareille illusion. Cependant, lorsque Beau plongea ses yeux bleus dans les siens, elle crut que son cœur s'arrêtait de battre.

— Je serais très honoré, madame, de dîner en votre compagnie ce soir.

Prise au dépourvu, Cerynise ne sut que répondre. Tout ce qui lui vint à l'esprit, et ne fit qu'accentuer son trouble, ce furent des images d'eux, nus, au lit. Puis elle se dit qu'étant donné qu'elle perdait tous ses moyens dès qu'il s'approchait un dîner en tête à tête risquait aussi bien de se terminer pour elle par neuf mois de solitude, sans aucun nom à donner à leur enfant. C'était d'ailleurs pour éviter cela qu'elle ne s'était plus aventurée dans la cabine du capitaine depuis leur mariage.

— M. Oaks se joindra à nous, ajouta Beau, comme s'il lisait dans ses pensées et cherchait à apaiser ses craintes.

— Oh !

Beau scruta le visage de sa femme d'un air intrigué. Il aurait juré avoir perçu un soupçon de déception dans sa voix.

— Je vais tâcher de m'habiller plus élégamment pour l'occasion, dit-il, une main sur le cœur.

Prenant sa remarque comme une invitation à apporter, elle aussi, un peu de soin à sa tenue, Cerynise s'inclina avec ces quelques mots :

— J'essaierai de ne pas vous décevoir.

Après mûre réflexion, Cerynise porta son choix sur une robe décolletée en mousseline légère, de couleur bleue, avec des manches bouffantes. Un drapé d'un bleu plus brillant reliait le côté droit de sa taille au haut de sa manche gauche, où elle se terminait par le froncis d'un nœud flamboyant. En se regardant dans le miroir, elle jugea superflu de mettre une quelconque parure à son cou, la fraîcheur de sa robe et son port altier contribuant à mettre en valeur la peau laiteuse de sa gorge et de ses épaules nues. Elle apporta cependant une attention particulière à sa coiffure : les cheveux ramenés avec souplesse en arrière puis attachés au-dessus de la nuque en un magnifique chignon tressé, et de superbes anglaises mêlées d'étroits rubans bleus de chaque côté du visage.

Quand Beau vint lui ouvrir la porte, il resta en admiration devant elle. Lentement, et avec la même délectation que s'il sirotait un verre de liqueur, il promena son regard passionné sur le corps de la jeune femme. Et lorsque ses yeux de saphir rencontrèrent les siens, un sourire illuminait ses traits.

Cerynise apprécia tout autant les efforts vestimentaires de son mari. Que ce soit son pantalon en peau ou sa queue-de-pie, tout lui allait à merveille et montrait que ce fier capitaine portait l'habit avec une élégance toute naturelle.

— Dommage que M. Oaks doive venir, car, délicieuse comme vous l'êtes, je vous croquerais bien pour le dîner, dit-il avec un sourire coquin, en l'entraînant dans sa tanière.

Cerynise sentit le rouge lui monter aux joues et les battements de son cœur s'accélérer, avant même qu'il n'ait refermé la porte.

Posté juste derrière elle, Beau approcha son visage de ses cheveux et, caressant du bout des doigts son épaule nue, lui murmura à l'oreille :

— Afin que vous ne vous mépreniez pas sur mes récents efforts pour éviter votre cabine, je tiens à vous dire que je vous désire toujours avec la même ardeur. La distance entre nous ne sert qu'à prévenir toute éventualité de viol.

Cerynise s'étonna de ce brusque revirement, et alla même jusqu'à se demander s'il ne s'agissait pas d'un grossier stratagème. Mais, l'envie de passer une agréable soirée étant plus forte que tout, elle balaya ses soupçons et se rassura en pensant que Beau ne chercherait pas à la séduire en présence de leur chaperon.

Elle fut pourtant en proie à une soudaine appréhension lorsque la main de Beau glissa autour de sa taille fine puis s'aventura un peu plus haut. Elle retint son souffle au moment où elle se posa sur sa poitrine, et manqua défaillir quand il caressa de sa paume le bout de son sein. Ce fut comme si elle était tout à coup précipitée dans un brasier et dévorée par les flammes du désir. Elle eut beau se dire qu'elle devait fuir avant de se consumer totalement, ses jambes refusèrent d'obéir.

— Si vous saviez à quel point je vous désire, Cerynise, vous auriez pitié de moi...

Le coup sonore frappé à la porte permit à Cerynise de laisser échapper un soupir de soulagement. Mais si l'arrivée de Stephen Oaks la sauvait d'une situation embarrassante, elle l'obligeait aussi à rester sur sa faim, à souffrir une fois de plus de ne pouvoir se donner à Beau sans un engagement durable de sa part.

— Trop tard ! murmura-t-il en pressant les lèvres sur son épaule.

Après avoir laissé sa main s'attarder quelques secondes sur la poitrine de Cerynise, il se dirigea vers la porte, s'y arrêta le temps de calmer ses ardeurs, puis ouvrit d'un geste ample.

M. Oaks s'était, lui aussi, vêtu avec élégance. Il portait un pantalon gris sur une chemise empesée blanche, un gilet gris et une redingote de velours grenat. Non seulement il s'avéra un hôte charmant, mais il passa une grande partie de la soirée à régaler Cerynise du récit de ses aventures en mer avec le sieur Beau Birmingham. Il avait un tel don pour raconter les histoires qu'elle restait suspendue à ses lèvres en attendant le dénouement, et accompagnait le plus souvent son mot d'esprit final d'un joyeux éclat de rire.

Aussi, lorsque arriva l'heure de prendre le porto – après avoir savouré le succulent repas préparé par Philippe –, Cerynise se surprit à se demander depuis quand elle n'avait pas autant ri. De son côté, Beau se réjouit que son second animât la conversation, car pendant ce temps il pouvait s'installer en retrait sur sa chaise et contempler sa femme tout à son aise.

— Cela prouve que l'on peut s'associer avec un Chinois et un Maure, et qu'à la fin chacun y retrouve son compte, conclut Stephen Oaks.

— Je ne comprends toujours pas pourquoi le sultan ne vous a pas tous jetés en prison... mais je suis très contente qu'il ne l'ait pas fait, remarqua Cerynise.

Elle jeta un coup d'œil à Beau, dont les exploits l'avaient remplie de frayeur et d'admiration. En le voyant assis de manière décontractée, les jambes allongées devant lui, elle trouva qu'il avait l'air non pas plus vieux, mais beaucoup plus mûr que les hommes de son âge. Sans doute en raison du poids de l'expérience, de l'autorité qu'il exerçait sur ses hommes d'équipage et de ses importantes responsabilités.

À la lumière de la lampe, ses traits paraissaient encore plus nobles, sa mâchoire plus volontaire. Bien que son regard fût assombri par l'ombre que projetait la lanterne sur son visage, Cerynise sentit qu'il la dévorait des yeux.

— Lorsque vous avez quitté Charleston, était-ce avec l'intention de mener une vie d'aventure ? s'enquit-elle.

Beau fit tourner son verre de porto entre ses longs doigts, puis répondit avec un haussement d'épaules :

— Oh, vous savez… Ce que nous vivons paraît toujours beaucoup plus extraordinaire lorsqu'on le raconte que sur le moment.

— Je ne suis pas d'accord ! objecta M. Oaks. Il n'y a pas un mot de faux dans tout ce que je viens de vous raconter, madame, et le capitaine le sait très bien.

— Il vous est pourtant bien arrivé une ou deux fois de jouer un jeu dangereux, insista Cerynise.

— Plutôt cent fois qu'une ! s'exclama Oaks. Je me souviens notamment du mois que nous avons dû passer planqués à Majorque à cause des…

— Allons, monsieur Oaks, ne pensez-vous pas que vous avez assez parlé comme cela ? intervint Beau avec le sourire, mais sur un ton assez incisif pour lui imposer le silence.

Il s'empara du carafon et s'apprêtait à lui resservir un peu de porto lorsqu'il se produisit un tapage inhabituel dans l'escalier. Aussitôt il se leva et alla ouvrir la porte. Plusieurs hommes d'équipage apparurent devant lui, se regardant d'un air embarrassé sans que l'un d'eux osât prendre la parole. Finalement, un homme fut poussé en avant et appelé à rendre compte de la situation.

— S'cusez, mon capitaine, mais y a du grabuge là-haut.

— Quel genre de grabuge ? demanda Beau.

— Wilson est complètement saoul, m'sieur ! lança un autre matelot. Il a déjà blessé Grover avec un couteau, et maintenant il s'est emparé d'une hache et il s'amuse à taillader les bordages sous le pont.

Faire des trous dans le bordage d'un navire en haute mer n'avait, aux yeux de Cerynise, rien d'amusant. Pas plus que de brandir une hache en titubant ou de jouer du couteau. Et pourtant, lorsque Beau se retourna pour lui parler, il ne montrait aucun signe d'inquiétude.

— Excusez-nous un instant, je vous prie, dit-il simplement.

— Bien sûr. Je vais me retirer dans ma cabine.

— Non, il vaut mieux que vous restiez là. (Et comme elle lui lançait un regard étonné, il ajouta :) Mettez le loquet à la porte, et n'ouvrez à personne jusqu'à mon retour. Compris ?

— Oui, capitaine.

S'il lui paraissait juste de contester les idées de Beau en ce qui concernait leurs relations conjugales, elle estima que pour une affaire comme celle-ci, il était préférable de lui obéir sans discuter. À vrai dire, elle était même plutôt soulagée de savoir qu'il avait une certaine expérience de ce genre de problème, comme le lui avait confirmé M. Oaks au cours de leur discussion.

— Surtout, soyez prudent, lança-t-elle du fond du cœur.

Au moment de partir, Beau se retourna pour lui lancer un sourire. Puis il disparut, suivi de Stephen Oaks.

Seule à présent dans la cabine, Cerynise s'inquiétait plus pour son mari que pour elle. En repensant aux histoires qu'elle avait entendues ce soir, elle ne put s'empêcher d'imaginer toutes sortes de scénarios alarmants.

Cherchant un moyen de tromper son angoisse, elle se dirigea vers les hublots, mais la nuit était si noire qu'elle ne put rien voir. Elle se retrouva alors désarmée, dans la peau d'une jeune femme tremblant de peur pour l'homme dont elle était follement amoureuse. L'instant d'après, elle vacillait puis s'affalait comme une poupée de chiffon sur les coussins.

Lorsqu'elle entendit des pas dans l'escalier, elle se précipita sur la porte, qu'elle déverrouilla prestement et ouvrit toute grande. Son mari venait juste de lever la main pour frapper sur le panneau de bois, mais en voyant surgir Cerynise, affolée et livide, ses traits s'assombrirent.

— Ne vous avais-je pas recommandé de ne pas ouvrir cette porte tant que je ne vous l'aurais pas dit ?

L'idée qu'elle avait peut-être agi inconsidérément lui traversa l'esprit. Il était vrai que n'importe qui aurait pu se trouver de l'autre côté. Mais en vérité, à ce moment, elle s'en moquait. Elle était tellement soulagée que, sans réfléchir à ce qu'elle faisait, elle se jeta au cou de son mari.

— Ô Dieu merci, vous n'avez rien ! J'étais si inquiète...

Beau referma ses bras autour d'elle et la tint serrée contre lui. La tête penchée sur le côté, sa joue effleurant les cheveux de Cerynise, il oublia ses soucis pour s'abandonner à la rêverie. Un court instant il se retrouva plongé dans le passé. Il vit son cheval se cabrer et le projeter à terre, il vit défiler au ralenti les images de sa chute, sa tête heurtant un arbre, puis quelques minutes de trou noir, et enfin son retour à la vie, la tête posée sur les genoux de Cerynise et les larmes de sa jeune amie tombant goutte à goutte sur son visage.

232

Après avoir connu les pires craintes, Cerynise se sentait maintenant le cœur léger et laissa exploser sa joie en couvrant de baisers ardents le visage de Beau. La sensation de vertige qu'elle éprouvait s'accentua de manière significative lorsqu'il plaqua la bouche sur ses lèvres brûlantes, forçant fiévreusement le passage vers sa langue. Dressée sur la pointe des pieds, les doigts crispés dans les cheveux de Beau, elle répondit avec ferveur à son baiser. Tant et si bien que, même lorsqu'il pressa les mains sur ses fesses pour l'attirer tout contre lui, elle ne manifesta pas le moindre désir de s'écarter de son sexe, qu'elle sentait durcir un peu plus à chaque frottement de leurs corps.

Le destin voulut que l'infortuné Stephen Oaks choisît ce moment pour passer dans le couloir. Les apercevant étroitement enlacés sur le pas de la porte, il lâcha une exclamation de surprise, puis, se rendant compte de son erreur, fit rapidement demi-tour. Mais trop tard, le mal était fait. Déjà le couple se séparait, et Cerynise, rouge de honte, se faufila dans sa cabine.

— Je vous demande pardon, capitaine, s'excusa Oaks, horriblement gêné. Je voulais juste…

— Ce n'est pas grave, assura Beau d'un ton un peu sec.

En fait, ce qui le préoccupait, c'était de réussir à faire le bon choix entre suivre sa femme ou retourner dans sa cabine. Après ce qui venait de se passer, il y avait peu de chances pour que Cerynise lui ouvrît sa porte avec enthousiasme. « Confronté à ce genre de situation, un homme avisé attendrait patiemment qu'elle se soit remise de son embarras, songea-t-il. Un homme avisé regagnerait sa cabine et passerait une nuit affreuse à se tourner et se retourner dans son lit tout en maudissant M. Oaks. »

Dépité, il lâcha un profond soupir et fit volte-face. L'instant d'après, il claquait la porte derrière lui, tandis que son second effectuait une timide retraite vers ses quartiers. Le capitaine ne lui avait encore jamais rien dévoilé de particulier sur ses relations conjugales, mais, pour ce qu'il en savait, jusqu'à présent Cerynise n'avait pas semblé aussi prompte à lui tomber dans les bras que certaines autres femmes. Aussi était-il d'autant plus confus d'avoir brutalement mis fin à une étreinte aussi fougueuse que spontanée.

Après une nuit agitée, Cerynise s'éveilla d'humeur maussade. Elle se leva, prit un bain, et revêtit une robe toute simple en laine bleu marine. Elle finissait de se mettre un peu de rouge aux joues quand Billy Todd arriva avec le plateau du petit déjeuner. Mais elle ne reconnut pas le jeune homme souriant et sociable qu'elle avait l'habitude de voir. Ce matin, il était pâle et silencieux, affichant un semblant de calme qui l'intrigua.

— Vous avez des soucis, Billy ?

— Non, m'dame, tout va bien, répondit-il en évitant son regard.

— Vous n'êtes pas malade, au moins ? insista-t-elle, sachant que les faibles comme les forts pouvaient, à tout moment, être en proie à un accès de fièvre.

— Oh, non !

Billy ayant laissé la porte ouverte, elle s'étonna de n'entendre aucun bruit à l'extérieur alors qu'habituellement, à cette heure-ci, il régnait déjà une certaine agitation sur le pont.

— Vous êtes sûr que… ? s'enquit-elle, soupçonnant quelque chose d'anormal.

— Je reviendrai chercher le plateau un peu plus tard, dit-il, sans répondre à sa question. En attendant, ne bougez pas de là.

Il prononça ces derniers mots très vite, en rougissant comme une écrevisse, puis il fit un signe de tête et s'éclipsa. Cerynise, songeuse, resta les yeux fixés sur le plateau. Brusquement, elle céda à la curiosité, se dirigea à son tour vers la porte, l'ouvrit et tendit l'oreille.

Il devait y avoir une trentaine d'hommes à bord de *L'Intrépide*. Qu'est-ce qui avait bien pu les rendre soudain aphones ? Pourquoi ne percevait-elle pas les bruits sourds et les cliquetis qui accompagnaient les corvées quotidiennes, ni les appels de l'équipe du matin, ni les bribes de chansons qui parvenaient chaque matin jusqu'à sa cabine ?

Une nappe de silence enveloppait le vaisseau.

Cerynise se faufila dans le couloir, puis gravit les premières marches de l'escalier des cabines, de façon à voir ce qui se passait sur le pont sans se montrer. À sa grande surprise, elle s'aperçut que tous les hommes d'équipage y étaient rassemblés, alignés en rangs. Ils se tenaient bien droits, mains derrière le dos, le regard tourné vers le gaillard d'avant. Comme ils lui barraient la vue, elle monta un peu plus haut. Pour aussitôt le regretter. Car ce qu'elle vit alors l'horrifia. Un homme, torse nu, était attaché au mât de misaine à tribord, les bras ligotés au-dessus de la tête. Le second maître, un grand gaillard aussi puissant qu'un bélier, se tenait près de lui, jambes écartées, ses énormes doigts refermés autour d'un chat à neuf queues.

Ce fouet représentait ce qu'il y avait de plus cruel aux yeux de Cerynise, elle détourna le regard. Et, à l'écart des marins, elle reconnut la haute et fière silhouette de Beau, parfaite image de l'autorité. La gorge serrée, elle garda les yeux fixés sur cet homme qu'elle découvrait froid et distant, comme dépourvu de sentiments humains, jusqu'à ce que Stephen Oaks s'avançât d'un pas et déclarât d'une voix forte et claire :

— Le matelot Redmond Wilson, s'étant rendu coupable de manquement au devoir, détention et usage abusif d'alcool, agression sur la personne de Thomas Grover, et ayant compromis la sécurité de l'équipage et du vaisseau, est condamné à recevoir vingt coups de fouet. La punition sera appliquée sur-le-champ.

Personne ne bougea, excepté le second maître, qui se tourna vers Beau. D'un simple signe de tête, le capitaine de *L'Intrépide* ordonna l'exécution de la sentence. Le chat à neuf queues balaya l'air en ondulant et sifflant comme un serpent puis s'abattit d'un coup sec sur le dos de l'homme, auquel il arracha un hurlement de douleur. Instinctivement, Cerynise recula, à peine consciente d'avoir, elle aussi, laissé échapper un cri. Mais, dans le silence qui s'ensuivit, toutes les têtes se tournèrent vers elle.

Bien que son premier réflexe fut de prendre la fuite, sa fierté la poussa à assumer les conséquences de ses actes. Le cœur battant à se rompre, elle monta sur le pont. Billy Todd, qui se trouvait non loin de là, lui jeta un regard horrifié tandis que les autres membres de l'équipage semblaient partagés entre la sympathie et l'incrédulité.

Un chemin s'ouvrit tout naturellement devant Beau, tandis qu'il traversait le pont pour venir à sa rencontre. La fureur se lisait sur son visage. Arrivé à sa hauteur, il lui agrippa l'épaule et, sans un mot, la ramena à sa cabine.

— Vous n'auriez pas dû venir là-haut, maugréa-t-il en ouvrant la porte d'un geste brusque. Billy ne vous avait-il pas prévenue ?

— Il m'a recommandé de ne pas bouger, avoua-t-elle d'une petite voix.

— En général, si je donne ce genre d'instruction, ce n'est pas sans raison. Aussi, à l'avenir, vous seriez bien avisée de vous y conformer.

— Je le ferai, murmura-t-elle, au bord des larmes.

Beau perçut son trouble mais, conscient de ses responsabilités, ne fléchit pas. Le regard dur, il fit volte-face, lui laissant le soin de refermer la porte derrière lui.

Cerynise eut beau faire, elle ne put se soustraire aux râles du matelot Wilson, qui parvenaient, à demi étouffés, jusqu'à elle. Cependant, si douloureuse que fût cette épreuve, il lui fallait admettre que l'homme avait mérité ce châtiment, tout comme elle avait mérité la colère de son mari pour s'être immiscée dans ses affaires et l'avoir mis dans une situation embarrassante devant ses hommes.

Bientôt les cris cessèrent, et en un temps record l'activité à bord reprit son cours normal. Cerynise demeura seule dans sa cabine et se jura cette fois d'y rester jusqu'à ce qu'on lui donne la permission d'en sortir.

À la tombée de la nuit, elle commença néanmoins à montrer des signes d'impatience. Puis elle s'étonna que Billy Todd ne vînt pas lui apporter son repas, quand bien même elle n'avait pas le cœur à manger. Les heures passèrent, l'obscurité s'accrut et son malaise grandit sans que personne s'inquiétât d'elle. De toute évidence, ce devait être là sa punition pour avoir enfreint les ordres.

Soudain, elle entendit des pas dans le couloir. L'espoir renaissait. Beau ouvrit la porte et s'arrêta sur le seuil, surpris.

— Pourquoi n'avez-vous pas allumé ?

— Je n'y ai même pas pensé, dit-elle, confuse.

Il s'empressa d'y remédier, ramenant du même coup un peu de vie et de chaleur dans la pièce. Cerynise s'aperçut alors qu'il n'avait plus l'air fâché, mais plutôt préoccupé. Il marcha de long en large, laissant glisser une main sur le dossier de la chaise, puis le cadre de la couchette, et remettant le broc à eau bien en place sur la table de toilette.

— Je vais demander à Billy de vous apporter à manger, dit-il enfin.

— Inutile de le déranger.

— Mais vous n'avez rien mangé depuis ce matin !

— Ce n'est pas grave. J'ai fait un très bon repas, hier au soir.

— Je vais quand même vous faire apporter un plateau.

— Je vous assure, je n'ai pas faim, insista-t-elle.

— Comme vous voudrez !

— Mais quel mal y avait-il à ce que je sois sur le pont ? demanda-t-elle à brûle-pourpoint, incapable de se contenir plus longtemps.

— Savez-vous seulement à quoi ressemble le dos d'un homme après une flagellation ? rétorqua-t-il, les mâchoires crispées. La peau s'en va en lambeaux et la chair est à vif. Alors, pensez-vous qu'il soit agréable pour une femme d'assister à ce genre de scène ?

Cerynise blêmit et frissonna.

— Non, bien sûr. Vous aviez raison de me consigner ici, et j'ai eu tort de ne pas écouter Billy. Mais en quoi ai-je commis une faute ?

Beau leva les yeux au ciel, puis lui expliqua quelque chose qui, à ses yeux, paraissait élémentaire.

— Vous êtes intervenue dans une affaire qui ne vous concernait pas. Il faut que vous compreniez, Cerynise, qu'un capitaine de bateau doit parfois

238

infliger des châtiments ou décider certaines choses qui peuvent paraître insupportables à une femme. Sans discipline, les marins ne respecteraient pas leurs supérieurs, l'ordre ne serait pas maintenu...

— Je sais tout cela, affirma-t-elle. (Elle marqua néanmoins une pause, mesurant soudain toute la teneur de son discours. Cette volonté de fer qui se lisait en surface masquait un trouble profond.) Vous ne vouliez pas que j'assiste à l'exécution de cet ordre que vous aviez donné.

— Cela n'a rien à voir, protesta-t-il.

Malgré ses objections, elle pensait avoir vu juste. Mais, plutôt que de le harceler, elle demanda d'une voix douce :

— Qui a désarmé Wilson ?

— Moi, bien sûr. C'est mon bateau, et je suis responsable de tout ce qui se passe à bord.

— De même que vous avez pris la responsabilité de la punition qui lui a été infligée. Par devoir. Par souci de protéger vos hommes.

Beau ne fit aucun commentaire. Il semblait mal à l'aise.

— Croyez-vous que je vous prenne pour un tyran parce que vous avez le courage de punir quand c'est nécessaire ? Oh non, monsieur, loin de moi cette idée. Je suis sûre que vous savez faire la part des choses, et que vous ne vous montrez sévère que lorsque les circonstances l'exigent. En tant que capitaine, vous avez la responsabilité de toutes les personnes à bord.

Il se rapprocha d'elle et, posant un doigt sous son menton, lui releva doucement la tête jusqu'à ce qu'elle le regarde dans les yeux.

— Ce que vous venez de dire est très juste, murmura-t-il. Et, par conséquent, je suis aussi responsable de vous.

— Seulement jusqu'à notre arrivée à Charleston.

Beau n'apprécia pas qu'elle lui rappelle ce détail. Les sourcils froncés, il s'écarta d'elle et s'en alla.

— N'oubliez pas de verrouiller la porte, dit-il en lui jetant un dernier regard.

Cerynise suivit son conseil.

9

Au cours des semaines qui suivirent, les marins eurent bien des raisons de se réjouir de la présence à bord de Cerynise. Ils appréciaient non seulement ses dessins, dont ils se montraient très friands, mais aussi sa gentillesse et son esprit. Ils furent agréablement surpris d'avoir la compagnie d'une jeune femme aimable et curieuse de tout, plutôt que celle d'une aristocrate condescendant à leur jeter un regard. Si Cerynise bavardait volontiers avec eux, pour leur part ils prenaient soin de s'adresser à elle avec tout le respect dû à la femme du capitaine, ne se permettant aucune familiarité. Et finalement, ce fut elle qui les incita à faire preuve d'un peu plus de naturel. S'étant familiarisée avec leur jargon, elle en usa pour s'amuser à les imiter et leur arrachait des éclats de rire chaque fois qu'elle prenait une grosse voix ou qu'elle avançait vers eux en plastronnant, les pouces fichés dans la ceinture. Petit à petit, elle apprit à les connaître par leur nom, et chercha à en apprendre davantage sur leur passé comme sur leur avenir. Bon nombre de matelots avaient choisi de passer leur vie en mer, libres de toute entrave, mais ne paraissaient

241

pas plus heureux pour autant. C'étaient des hommes qui, pour la plupart, s'étaient engagés très jeunes, par passion ou par nécessité, et n'avaient jamais connu que ce mode de vie. Quelques-uns avaient grandi dans des fermes avant d'être enrôlés dans la marine anglaise ; d'autres avaient de la famille en Caroline ou sur la côte et se languissaient de revoir leur pays.

Lorsque ses hommes venaient discuter avec Cerynise pendant leur temps de repos, ou poser pour elle, Beau restait à l'écart. Après avoir chargé Billy de lui procurer un support pour ses peintures et de trouver un moyen de stabiliser le chevalet sur le pont, il eut le plaisir de constater que son initiative avait porté ses fruits. En effet, Cerynise s'était empressée de reproduire sur la toile une scène de la vie à bord. On y voyait des marins en costume, cheveux au vent, en train de grimper au gréement, et sous eux, inlassablement, l'océan agité par les vagues. Même le jeune timonier figurait sur le tableau, campé devant le gouvernail avec son ciré gonflé par la bise. À sa connaissance, Beau n'apparaissait sur aucune peinture, mais à plusieurs reprises il avait senti le regard de Cerynise s'attardant sur lui tandis qu'elle dessinait. Dans ces cas-là, chaque fois qu'il avait cherché à voir ce qu'elle faisait, elle se mettait à classer ses croquis et, le temps qu'il approche, c'était le visage d'un autre qu'elle s'appliquait à dessiner.

Par un beau jour clair et froid, une dizaine de dauphins s'aventura tout près de *L'Intrépide* pour venir souffler à la surface de l'eau. Penchée au-dessus du bastingage, Cerynise les regardait avec fascination se frotter le bec, se caresser de l'aileron ou du ventre, puis sauter parmi les vagues dans une incroyable cacophonie de sifflets. Mais lorsque Beau l'aperçut, le corps pratiquement enroulé autour de la rambarde, les pieds ne touchant pas terre, il traversa le pont à la vitesse de l'éclair et l'ôta de là sans ménagement.

— Il serait bon que vous vous absteniez de basculer de l'autre côté, dit-il en lui jetant un regard mauvais. Vous risqueriez de couler plus vite que je ne peux nager.

Prenant soudain conscience de sa terrible imprudence, elle marmonna, rouge de confusion :

— Je suis désolée, Beau. Je n'avais pas réfléchi.

— Je préférerais ne plus vous voir agrippée au bastingage tant que nous sommes en haute mer, dit-il d'une voix radoucie. C'est dangereux.

— Bien, monsieur.

Il la gratifia d'un sourire, tout en lui caressant affectueusement la joue.

Émue, Cerynise céda à un élan naturel qui l'attirait vers lui et Beau referma ses bras autour de sa taille. Elle ne se souciait guère alors de se donner en spectacle. Après tout, il était son mari.

— Je ne voulais pas vous irriter.

— M'inquiéter serait plus exact, mon cœur, corrigea-t-il, encore tout surpris qu'elle se soit spontanément abandonnée dans ses bras. Je ne supporterais pas de vous perdre après m'être donné tant de mal pour vous emmener avec moi. Tomber de mon bateau serait une bien étrange façon de me prouver votre gratitude, non ?

Bien que Cerynise comprît à mi-mot où il voulait en venir, elle demanda avec une feinte innocence :

— Comment souhaiteriez-vous que je vous montre ma gratitude ?

Il la dévisagea longuement, sachant très bien quelle réponse elle attendait.

— Je vous laisse le soin d'imaginer, murmura-t-il. Mais que vous restiez me paraît absolument primordial.

— Eh bien, j'essaierai de me conformer à vos désirs.

— Parfait.

Sur ce, il mit fin à leur étreinte en glissant une main caressante au creux de ses reins, puis s'éloigna. Ce n'est que plus tard, lorsqu'elle fut à nouveau seule dans sa cabine, qu'elle en vint à penser qu'il devait la surveiller aussi attentivement qu'elle l'observait. Sinon, comment expliquer qu'il se soit retrouvé derrière elle à peine avait-elle grimpé sur le bastingage ?

Quelques jours plus tard, elle s'aventura dans la coquerie, bien décidée à obtenir de Philippe l'autorisation de faire un croquis du chef dans sa cuisine. D'abord amusé, puis flatté, le cuisinier accéda finalement à sa demande. Et c'est ainsi que Cerynise exécuta plusieurs dessins le montrant en train d'exercer sa magie dans un espace qui paraissait ridiculement petit mais qui, apprit-elle à cette occasion, était en fait deux fois plus grand que les cuisines d'un bateau ordinaire.

À aucun moment elle ne perçut de malaise chez les hommes d'équipage, concernant la punition infligée à Wilson. Apparemment, ils devaient considérer qu'il avait eu ce qu'il méritait et ne voyaient pas l'intérêt de s'attarder sur le sujet. Quant au principal intéressé, on lui attribua les tâches les plus dures, sous étroite surveillance et pendant dix jours. De plus, il lui fallut réparer les dommages causés au bateau, effectuer le travail habituel de Thomas Grover et s'occuper de lui jusqu'à ce qu'il soit remis de ses blessures.

Ils naviguaient depuis environ trois semaines quand, un matin, Cerynise s'éveilla avec l'aube. Une aube si extraordinairement rougeoyante qu'elle supplia Beau de la laisser monter sur le pont malgré l'heure matinale, pour installer son chevalet et tenter d'immortaliser sur la toile l'incroyable déploiement de couleurs qui embrasait le ciel.

— Je ne me souviens pas d'avoir déjà vu un lever de soleil aussi éclatant ! s'extasia-t-elle un peu plus tard devant Stephen Oaks, venu jeter un coup d'œil à son travail.

M. Oaks ne semblait pas partager son enthousiasme.

— Pour sûr, il est éclatant, mais précisément du genre à déplaire à un marin.

— Pourquoi donc ?

— Il y a un vieil adage, cher au cœur des marins, qui dit : soleil rouge le soir amène l'espoir, soleil rouge le matin annonce un chagrin. Par conséquent, je crains que nous n'essuyions une tempête d'ici peu.

Bien qu'aucun nuage ne voilât le ciel, Cerynise le crut sur parole. Cependant, à sa grande surprise, les autres marins ne paraissaient pas affectés par ce sombre présage lorsque arriva le moment de grimper au gréement, pour le grand déploiement des voiles. Seul fait exceptionnel, Beau lui aussi monta dans les cordages. Il se hissa jusqu'au sommet de la vergue, scruta l'horizon, puis se pencha pour observer, au-dessous de lui, la voile qui se gonflait au vent.

Cerynise ne pouvait détacher les yeux de son mari, perché en haut du mât, et manqua s'évanouir lorsqu'une brusque rafale le saisit par surprise, l'obligeant à une dangereuse gymnastique pour préserver son équilibre. Craignant de ne pouvoir en supporter davantage, elle se réfugia dans sa cabine, où elle attendit, rongée par l'angoisse, qu'on vienne lui annoncer sa terrible fin.

Mais en voyant arriver Billy Todd avec le plateau du petit déjeuner, une lueur d'espoir s'alluma dans ses yeux.

— Le capitaine prend-il, lui aussi, une collation ? s'enquit-elle d'une voix beaucoup moins assurée qu'elle l'eût souhaité.

— Oui, m'dame. Il vient de descendre.

Cerynise se laissa choir sur la chaise, ferma ses yeux mouillés de larmes et remercia le ciel en silence. Soucieux de ne pas l'importuner davantage, Billy lui servit une tasse de thé et s'éclipsa.

Quelque temps plus tard, elle passa un châle sur ses épaules et remonta sur le pont. Comme elle cherchait Beau du regard, elle l'aperçut en compagnie du maître de manœuvre, auprès du jeune timonier chargé du gouvernail. Bien qu'elle ne pût entendre leurs propos, Cerynise supposa que leur discussion devait être en rapport avec les sombres prévisions de M. Oaks. Il y avait toujours une chance, pensait-elle, d'échapper au plus fort de la tempête en changeant de cap. Mais comment savoir où se situait le centre de la dépression ?

Stephen Oaks étant plongé dans une occupation qui excitait depuis un moment la curiosité de Cerynise, elle s'approcha de lui d'un air dégagé, puis attendit qu'il détache les yeux du curieux instrument sur lequel il était penché.

— C'est un sextant ? demanda-t-elle.

— Mais oui, exactement, répondit-il. Muni de cet engin et d'une boussole, un marin pourrait presque tracer une route jusqu'au paradis.

— Comment marche-t-il ?

M. Oaks lui mit l'appareil entre les mains et se fit un plaisir de lui fournir quelques explications.

— Permettez, madame, que je vous montre… Voyez, on regarde dans le télescope, là, et on fait le point sur un astre dans le ciel… par exemple, la Lune, qui a eu la gentillesse de rester parmi nous. (Il se plaça derrière elle, passa les bras de chaque côté de sa poitrine pour effectuer les réglages nécessaires, puis se pencha par-dessus son épaule pour corriger la position.) On mesure alors l'angle entre cet astre et l'horizon, puis on se réfère à la table graduée, sur ce cercle-là, pour connaître la distance. De la même façon, on pourrait mesurer avec le sextant la hauteur du Soleil, et déterminer ainsi notre latitude.

Mais déjà Cerynise ne l'écoutait plus, tout son intérêt et toute son attention étant concentrés sur l'observation de la Lune.

— C'est incroyable ! On distingue différentes zones d'ombre et de lumière. Jamais je n'aurais imaginé qu'un jour…

— Maintenant, si vous voulez bien, je vais vous montrer comment on calcule un angle.

Cerynise eut soudain le sentiment qu'il se passait quelque chose. Son esprit se brouilla, les battements de son cœur s'accélérèrent, et tout son corps l'avertit de la présence de Beau non loin.

Avant même qu'elle ne tourne la tête, son intuition se révéla juste.

— Que faites-vous donc, monsieur Oaks ? demanda Beau d'une voix bourrue.

Stephen Oaks se raidit, comme pris en faute, et s'écarta promptement de Cerynise.

— Je vous demande pardon, capitaine, mais votre femme… euh… Mme Birmingham souhaitait comprendre le fonctionnement du sextant.

— Je vois ça, dit-il en les dévisageant tour à tour d'un air soupçonneux.

Cerynise regretta d'avoir entraîné Stephen Oaks dans cette situation, qui n'avait rien de répréhensible à ses yeux mais semblait déplaire à son mari.

— Je n'aurais pas dû déranger M. Oaks pendant qu'il était occupé. Je suis désolée.

Beau l'écouta sans mot dire, puis reporta son attention sur son second.

— En aviez-vous fini avec vos explications ?

Mal à l'aise, Stephen Oaks reprit le sextant des mains de Cerynise et le serra sur sa poitrine.

— Je m'apprêtais juste à montrer à Mme Birmingham comment on calcule un angle.

— Eh bien, poursuivez ! ordonna-t-il, opposant un sourire à leurs regards stupéfaits. Je ne connais personne qui fasse ça mieux que vous.

— Merci, monsieur.

Cerynise ne put s'empêcher de penser, en le regardant s'éloigner avec nonchalance, qu'il avait dû prendre un malin plaisir à les effrayer et s'en retournait à présent, content de lui, tout comme le petit garçon qu'il avait été prenait goût à la taquiner.

— Excusez-moi, monsieur Oaks, mais je voudrais aller dire un mot à mon mari.

Sans plus attendre, elle hâta le pas pour rejoindre Beau. L'instant d'après, il s'étonna de la voir à son côté, mais ne fit aucun commentaire.

— Je suppose que vous êtes satisfait, capitaine ? lança-t-elle avec un sourire charmeur.

— Que dites-vous, madame ?

— Vous savez très bien ce que je dis ! Je vous connais depuis assez longtemps pour reconnaître votre esprit diabolique. Vous avez fait exprès de tourmenter ce pauvre homme en lui laissant penser que vous étiez jaloux...

248

Beau plissa les yeux et porta son regard sur le hauban au-dessus de leurs têtes.

— Mais je suis jaloux.

Décontenancée par cet aveu, Cerynise ne trouva plus les mots pour poursuivre.

— Je suis jaloux de tous les hommes qui réclament votre attention et à qui vous consacrez un peu de votre temps sans moi. J'aurais très bien pu vous montrer, moi, le sextant et vous expliquer comment ça marche, mais, depuis que nous avons quitté Londres, vous me fuyez comme si j'avais la peste. Vous n'acceptez de venir dans ma cabine que lorsqu'il y a des invités. Pour être franc, madame, je trouve que vous protégez votre vertu mieux qu'aucune ceinture de chasteté.

Si pénible que ce fût à entendre, il disait vrai. Elle s'était effectivement arrangée pour l'éviter. Mais comment faire autrement, quand chaque minute passée dans l'intimité la rapprochait de son lit ?

— Vous savez pourquoi je ne peux prendre le risque de rester avec vous.

Lassé de ses arguments, Beau laissa échapper un profond soupir et tourna son regard vers la mer.

— La tempête se prépare, dit-il.

Cerynise se réjouit qu'il ait décidé de parler d'autre chose. À nouveau, ils pouvaient être plus détendus.

— À quoi le voyez-vous ?

Debout près du bastingage, il l'invita à se rapprocher et pointa un doigt sur la masse grise et bouillonnante qui refluait autour de la coque du navire.

— Il n'y avait pas tant de remous, hier.

Cerynise observa, songeuse, les ondulations coiffées d'écume, à la surface d'une eau profonde et noire.

— Et le vent ? Avez-vous senti une différence depuis que vous êtes montée sur le pont ?

Elle réfléchit un moment, puis admit que l'air était plus frais.

— Le vent a changé de direction, dit-elle.

Il acquiesça, satisfait de son sens de l'observation.

— Et il se pourrait qu'il change encore. Mais ne vous inquiétez pas, mon cœur, s'empressa-t-il d'ajouter, voyant qu'elle relevait la tête, les yeux écarquillés. *L'Intrépide* a essuyé de nombreuses tempêtes et s'en est toujours sorti sans dommage.

— Si le temps devient mauvais, je n'arriverai plus à discerner l'horizon, remarqua-t-elle avec tristesse, le regard perdu dans le lointain.

Beau partit d'un grand rire, la tête rejetée en arrière. Puis, posant les mains sur les épaules de Cerynise, il l'attira contre lui.

— Dans ce cas, madame, vous feriez mieux de retourner dans ma cabine, car je vous promets que la plus terrible des tempêtes peut nous surprendre. Ce que j'aurai alors à vous proposer vous occupera tellement l'esprit que vous ne vous rendrez même pas compte du temps qu'il fait.

— Voyons, Beau ! murmura-t-elle, gênée par ses allusions à peine masquées. Vous devriez avoir honte !

— Pourquoi ? Personne ne peut nous entendre.

— Peut-être, mais je ne sais pas si vous devriez me parler comme vous le faites alors que dans quelques semaines nous ne serons peut-être plus mariés.

— Nous nous soucierons de cela, madame, le moment venu. En attendant, vous êtes mon épouse, et si vous m'interdisez de prendre du plaisir avec vous, il vous faudra supporter mon piètre humour, puisque c'est la seule arme dont je dispose pour me venger.

Feignant une moue de dépit, Cerynise chercha à se libérer de son étreinte, mais Beau la retint et lui murmura à l'oreille :

— Ne bougez pas, ou sinon je nous mets tous les deux dans une situation embarrassante.

Elle se laissa à nouveau aller contre lui, se sentant pour l'instant protégée par l'épais volume de ses jupes. En même temps qu'elle se réjouissait qu'il ne pût voir son visage en feu, le fait qu'il manifestât si clairement son envie d'elle en présence de nombre de marins lui procurait un plaisir très agréable.

Ils restèrent un long moment enlacés avant que Beau ne se décide à lui rendre sa liberté. Une dernière caresse en suivant la ligne de son bras, le frôlement de leurs doigts, un dernier regard, et Cerynise s'échappa. Tandis qu'elle traversait le pont à petits pas pressés, Beau la suivait des yeux, plus que jamais conscient d'avoir pour elle non pas de l'affection, mais un véritable penchant amoureux.

La mer devint de plus en plus agitée, prenant une teinte gris sombre, le ciel se couvrit de gros nuages menaçants et le vent se leva. Quelques gouttes mouillèrent les visages et les mains, puis, très vite, la pluie tomba dru, le froid s'installa et la lumière décrut.

Cerynise dîna une fois encore seule dans sa cabine, puis se glissa entre les draps de son étroite couchette. Soudain, tout ici lui paraissait triste et défraîchi, et elle eut envie de fuir pour retrouver le confort et l'atmosphère chaleureuse des appartements de son mari, juste un peu plus loin dans le couloir. Beau n'était sûrement pas là, car elle n'avait pas entendu le craquement familier du plancher annonçant son retour, mais, si elle se laissait tenter, elle pourrait trouver toutes sortes de raisons ou d'excuses à l'attendre.

Finalement, elle se résigna à passer la nuit dans son espace confiné. Et lorsqu'elle s'éveilla, il lui sembla que tout son univers avait basculé, car déjà le navire affrontait la houle. Elle ouvrit les yeux sur un monde nimbé de gris terne, songeant que cela ne présageait rien de bon.

— On va avoir un sacré coup de vent, ah ça, oui ! annonça Billy en lui apportant le plateau du petit déjeuner. C'est pas moi qui l'dis, m'dame, c'est le cap'taine.

Cerynise ne put réprimer un frisson, puis demanda avec une lueur d'espoir dans la voix :

— Il ne s'est jamais trompé ?

— Le cap'taine ? J'crois pas, m'dame. Tout au moins, depuis que je travaille avec lui. Il connaît la mer comme sa poche.

Elle repoussa le plateau avec un soupir. Sachant que sa phobie des tempêtes venait du souvenir de celle qui avait coûté la vie à ses parents, elle ne pouvait que souhaiter que celle-ci soit un peu plus clémente.

— J'ai l'impression que je vais être encore malade jusqu'à ce que la mer se calme.

— Oh, non, m'dame, faites pas ça ! supplia Billy. Je serais obligé d'aller prévenir le cap'taine, et il est terriblement occupé pour l'instant. D'ailleurs, il m'a d'mandé de vous accompagner sur le pont si vous en avez envie, parc'qu'après, quand on sera en plein cœur de la tempête, vous ne pourrez plus y monter.

Cerynise accepta de bon cœur sa proposition, s'enveloppa en toute hâte d'une cape et le suivit.

À peine eut-elle posé le pied sur le pont qu'elle sentit le vent s'engouffrer dans ses habits et lui fouetter le visage. Puis elle entendit le fracas des vagues contre le flanc du navire et vit les trombes d'eau écumante qui franchissaient le bastingage. Inlassablement, *L'Intrépide* plongeait dans le creux des vagues, puis resurgissait sur la crête. Cerynise sentit tout à coup le plancher se dérober sous ses pieds. Prise de panique, elle tendit la main et s'accrocha comme à une bouée de sauvetage à l'un des cordages tendus en travers du pont par mesure de sécurité. Ayant assuré son équilibre, elle laissa son regard vagabonder sur les flots et songea que ce qu'elle connaissait du monde n'était pas plus gros qu'un grain de sable, comparé à l'immensité de la mer.

Puis elle se mit en quête de Beau, qu'elle aperçut de nouveau en train de discuter avec le maître de manœuvre. Ils étaient tournés vers l'océan, calmes mais concentrés. Beau portait un épais pull-over marin et une casquette. À un moment, elle le surprit à tourner la tête dans un grand éclat de rire, comme s'il prenait du bon temps.

L'attitude des hommes face au danger lui paraissant mystérieuse, Cerynise secoua la tête avec un soupir. Jugeant qu'elle n'avait plus rien à faire là, elle alla retrouver la relative tranquillité de sa cabine.

L'ouragan se déchaîna toute la nuit et soufflait encore au petit matin. À l'heure où habituellement le jour se lève, une affreuse grisaille dissimulant jusqu'au mât de hune enveloppait le navire. Nul n'aurait pu dire ce qu'il resterait après le passage de cette tempête qui s'acharnait sur *L'Intrépide*.

Deux jours plus tard, Cerynise fut sortie de son sommeil par un bruit sourd dans le couloir, suivi d'un juron étouffé. Le cœur battant la chamade, elle bondit de son lit pour aller jeter un coup d'œil dehors, et aperçut Beau, se dirigeant d'un pas mal assuré vers son logement. Tout en marchant, il essayait de retirer son ciré, qui ne semblait pas avoir été d'une grande utilité, à en juger par l'état de ses habits et par les traînées d'eau qu'il laissait derrière lui.

D'un geste brusque, il ouvrit grande la porte de sa cabine, et s'y précipita sans prendre la peine de la refermer. Après avoir jeté à même le sol son ciré et sa casquette, il entreprit d'ôter son pull et son tricot de corps. Cerynise arriva dans son sillage, repoussa la porte derrière elle et se dirigea vers le placard situé sous la table de toilette. Ce ne fut qu'à cet instant que Beau réalisa qu'il avait de la compagnie. Son regard voltigea de sa tête à ses pieds, reconnut la chemise de nuit qu'elle portait lorsqu'elle était malade, mais ne s'arrêta pas sur les courbes divines de son corps. Pour une fois, il ne se sentait ni la force ni l'envie de lui faire la cour.

— Vous devriez retourner vous coucher avant d'attraper la mort, dit-il en claquant des dents. (Il essaya tant bien que mal de défaire les boutons de son pantalon ; ses doigts gelés lui arrachèrent une grimace de douleur. Il ne se souvenait pas d'avoir souffert autant du froid depuis qu'il était allé en Russie.) Et si vous restez là, ajouta-t-il, vous allez sans doute voir des choses qui risquent de choquer votre vertu.

— Vous vous êtes bien occupé de moi lorsque j'en avais besoin, remarqua-t-elle comme si de rien n'était, tout en sortant une couverture et quelques serviettes de l'armoire. Alors, pourquoi ne ferais-je pas la même chose pour vous ? De toute façon, j'ai déjà vu de votre anatomie tout ce qu'il est permis de voir à une épouse.

— C'est exact, reconnut-il.

Il baissa son caleçon en même temps que son pantalon trempé, s'assit sur le bord de la couchette pour ôter ses bottes, mais renonça à cet effort et se renversa sur le matelas, les bras en croix. Dans la seconde qui suivit, Cerynise, agenouillée près de lui, le débarrassait de ses bottes et lui retirait son pantalon et son sous-vêtement.

Beau s'était à demi assoupi, mais il rouvrit les yeux en sentant qu'on lui frottait le corps avec une serviette-éponge. Et quelle ne fut pas sa surprise de voir que sa femme poussait l'audace jusqu'à frictionner les parties les plus intimes de son corps avec le même zèle que ses bras ou son torse... En d'autres circonstances, il se serait fait un plaisir de lui rendre la pareille, mais il était tellement fourbu qu'il trouva juste l'énergie nécessaire pour réclamer un bol de soupe.

— Dès que vous serez sous les couvertures, j'irai demander à Billy de descendre à la coquerie pour vous en faire chauffer un peu, dit-elle en repoussant l'édredon et le drap du dessus.

L'instant d'après, il se recroquevillait dans le lit tandis qu'elle enfilait le peignoir d'intérieur qu'elle avait eu l'occasion de porter le lendemain de son arrivée à bord. Puis elle sortit donner ses instructions à Billy.

Quelques minutes plus tard, de retour dans la cabine, elle éteignit toutes les lampes, à l'exception de celle de la couchette. Beau semblait suivre ses mouvements de ses yeux troubles, mais à part cela, il était inerte. Dès que la soupe fut apportée, Cerynise glissa les oreillers sous sa tête pour le remonter légèrement. Très étonnée qu'il ne se rebiffe pas, elle commença à lui donner à manger, mais l'opération dura une éternité car il s'endormait entre chaque cuillerée.

Ayant décidé de passer la nuit sur place, elle étendit une couverture près de la couchette et s'apprêtait à se coucher quand elle entendit Beau murmurer dans son demi-sommeil :

— Venez dormir avec moi.

Elle hésita un moment, puis accepta. « Il est vrai que le plancher n'a rien de très attrayant », se dit-elle en enjambant son mari pour aller se glisser entre les draps. Allongée sur le côté, les genoux calés sous ceux de Beau, elle passa un bras autour de lui et sa main retrouva d'instinct le goût des caresses sur son torse puissant. Les doigts de Beau se refermèrent autour de son poignet alors qu'elle excitait sans le savoir un bout de sein affleurant une touffe de poils.

Cependant, à peine quelques minutes plus tard il s'endormit. Avec un sourire de satisfaction, Cerynise frotta le nez contre son dos, puis se blottit contre lui en trouvant une place confortable où reposer sa joue.

Très tôt le matin, beaucoup trop tôt au goût de Cerynise, Beau quitta son lit douillet et retourna sur le pont surveiller les opérations. Alors que les hommes d'équipage se relayaient à leurs postes toutes les six heures, le capitaine, lui, était continuellement sur la brèche, ne s'octroyant que quelques heures de répit par-ci, par-là. Il descendait alors dans sa cabine, aussitôt rejoint par Cerynise, qui l'aidait à se changer et veillait à ce qu'il se nourrît convenablement pour reprendre des forces. Beau regrettait seulement d'être trop fatigué pour profiter, durant ces brefs moments de repos, du corps si désirable de son épouse pressé contre le sien.

Enfin, le ciel s'éclaircit, la tempête retomba et *L'Intrépide* put poursuivre sa route sur une mer plus calme. On déploya plus de voiles pour capter les vents favorables, et très vite les marins retrouvèrent leur joyeuse humeur. L'atmosphère sur le bateau était à nouveau au beau fixe.

Mais une sourde inquiétude voilait le bel enthousiasme de Cerynise. Il lui semblait, en effet, que Beau n'arrivait pas à se remettre de la fatigue accumulée pendant la tempête. Elle le trouvait pâle et indolent, donnant souvent l'impression que les activités les plus banales lui coûtaient un effort. Un jour, elle le surprit en train d'échanger quelques mots avec M. Oaks, qui l'écouta l'air préoccupé, puis elle le vit s'éclipser vers l'escalier des cabines.

Alors qu'habituellement, en milieu d'après-midi, le capitaine apparaissait sur le gaillard d'arrière, ce jour-là il ne s'était toujours pas montré à l'heure du changement de quart de l'équipe du soir. Perturbée, Cerynise décida alors de descendre à sa cabine, pour s'assurer que tout allait bien. Cette démarche l'ennuyait quelque peu, du fait qu'elle ne s'était plus immiscée dans ses appartements privés depuis que la tempête avait cessé, mais elle ressentait le besoin impérieux d'apaiser ses craintes.

La porte de la cabine était fermée, et aucun bruit ne filtrait à travers la cloison. Après avoir attendu quelques minutes dans le couloir, elle n'y tint plus et frappa discrètement sur le panneau de bois. N'obtenant aucune réponse, elle se résolut à ouvrir la porte… et découvrit son mari étendu de tout son long, nu, un bras replié sur les yeux.

— Beau… ? murmura-t-elle en approchant à pas feutrés de la couchette.

Son silence l'incita à venir poser la main sur sa joue. Elle s'étonna tout d'abord qu'il ne fût pas rasé – alors qu'il prenait soin de le faire chaque jour –, puis constata avec effroi qu'il était brûlant de fièvre.

Sans perdre une minute, elle prit les choses en main. Pour commencer, elle envoya Billy chercher un baquet d'eau et des serviettes. Puis elle s'efforça de le tranquilliser, l'assurant qu'elle veillerait de son mieux sur le capitaine. Pour finir, elle le pria d'aller dire à Philippe de préparer un bouillon de légumes léger et une tisane à base de ces fameuses herbes médicinales qu'il était fier de posséder et dont il lui avait vanté les mérites pendant qu'elle faisait son portrait.

Quand elle retourna s'asseoir près de Beau pour lui donner à boire, il marmonnait des choses incompréhensibles tout en la regardant d'un air bizarre. Soudain, comme s'il était en lutte avec tous les démons de l'enfer, il donna un violent coup de poing dans le vide, envoyant valser la tasse. Cerynise s'écarta juste à temps pour ne pas être frappée, ce qui ne l'empêcha pas, aussitôt après, de se pencher à nouveau vers lui et d'humecter son front avec un linge mouillé. Elle trempa ensuite une autre serviette dans le baquet et la lui passa sur tout le corps pour tenter de faire baisser la fièvre, sans cesser de le réconforter de sa voix douce. Dans son délire, il continuait à tenir des propos incohérents qui obligèrent Cerynise à prendre garde à ne pas prendre un coup involontaire.

Les soins qu'elle lui prodiguait ne donnant guère de résultat, elle décida de changer de tactique. Après l'avoir aspergé de quelques gouttes d'eau, elle le recouvrit d'une serviette humide, qu'elle laissa en place, aussi peu affectée que lui par sa nudité. En vérité, elle était bien trop préoccupée pour s'attarder sur des choses aussi triviales, et seul le bien-être de son mari guidait ses gestes et ses pensées.

Une demi-heure plus tard, elle changeait les compresses, avec la même application, autant de dévouement. Penchée au-dessus de lui, elle était en train de lui tamponner le front quand tout à coup il inspira très fort et leva sur elle de grands yeux voilés. Elle n'aurait su dire s'il la reconnaissait, mais avant même qu'elle pût réagir, il la saisit par les bras. Un large sourire entailla son visage tandis qu'il l'attirait à lui.

— Je te veux...

— Oui, je sais, répondit-elle d'un ton léger, tout en s'efforçant de lui faire lâcher prise. (Elle parvint à faire tenir le linge humide sur son front, mais il en profita pour plaquer sa large main sur l'un de ses seins.) Restez tranquille, mon chéri, vous êtes souffrant. (Elle repoussa de ses tempes ses cheveux trempés de sueur.) Nous parlerons de cela plus tard, quand vous irez mieux.

Les efforts qu'elle faisait pour ôter sa main de sa poitrine semblaient l'amuser.

— N'ayez pas peur, mon ange. Je ne serai pas brutal avec vous.

— Vous êtes souffrant, répéta-t-elle, cherchant à pénétrer son esprit embrumé par la fièvre. Il faut absolument que vous vous reposiez. Alors, allongez-vous et tâchez de rester calme.

Chacun refusant de céder au désir de l'autre, il s'ensuivit un étrange jeu de mains, qui se termina assez mal pour Cerynise : son corsage largement déchiré, ses seins ne furent plus protégés que par le mince tissu de sa chemise.

— Regardez ce que vous avez fait, se plaignit-elle.

— Tu es superbe, susurra-t-il d'une voix chantante, en tendant ses mains vers les deux globes qu'il convoitait.

Cerynise estima qu'il était urgent de mettre une certaine distance entre elle et son fougueux mari.

Rassemblant les pans de son corsage, elle s'éloigna en direction de sa cabine, où elle enfila une chemise de nuit et une robe de chambre, puis s'en retourna auprès du capitaine.

Beau avait à nouveau sombré dans un sommeil agité. À en juger par ses mouvements saccadés et son visage tourmenté, il devait combattre un ennemi très agressif. Bientôt, il se mit à marmonner quelque chose à propos de Majorque... une menace planant sur le bateau... une bagarre... des hommes qu'il devait libérer de prison...

Les deux jours suivants se transformèrent en une longue et insupportable torture pour Cerynise. Par moments, Beau retrouvait ses esprits, se nourrissait et acceptait sans rechigner d'être materné par sa femme, puis subitement il était pris d'un nouvel accès de fièvre et se remettait à délirer. M. Oaks et Billy avaient beau insister pour qu'elle aille se reposer, offrant de la relayer au chevet de Beau, Cerynise ne voulut rien savoir. Au lieu de suivre leur sage conseil, elle rapporta ses affaires dans la cabine, mangea sans appétit ce qu'on lui apportait, et assura jour et nuit la garde de son mari.

Stephen Oaks avait pris le commandement du navire et venait régulièrement prendre des nouvelles du capitaine, tandis que le pauvre Billy errait comme une âme en peine. Bien que *L'Intrépide* fût en bonnes mains et que personne n'eût envisagé de se soustraire à son devoir, l'atmosphère à bord semblait avoir changé du tout au tout. Philippe s'inquiétait de ne pas être à la hauteur, quand le maître de manœuvre fut aperçu dans le couloir en grande conversation avec M. Oaks. Le plus âgé des deux hommes interpella Cerynise alors qu'elle passait devant eux pour aller chercher Billy. Au vu des quelques questions qu'il lui posa, elle put juger de sa loyauté envers son supérieur. Il proposa de se mettre à son entière disposition, mais Cerynise lui assura que la meilleure façon de servir son capitaine serait de les conduire à bon port.

Soucieuse de voir Beau reprendre des forces au plus vite, elle s'efforçait de lui faire avaler, coûte que coûte, un peu de bouillon à heures régulières. Cette fois-là, quand elle porta la cuillère à sa bouche et qu'il détourna la tête, elle lui reprocha gentiment mais fermement son manque de coopération, lui rappelant ses propres mots :

— Vous êtes aussi desséché qu'un cadavre qu'on aurait déterré, capitaine Birmingham. Alors, buvez !

Malgré toutes les réticences que suscitait, voilà peu de temps encore, la seule idée de poser le regard sur les parties intimes de son mari, à force de jouer l'infirmière elle avait réussi à surmonter ses appréhensions. Bien qu'elle demeurât vierge dans les faits, la pratique l'aida à prendre conscience de certaines choses et lui fit perdre une bonne part de sa naïveté. Lorsqu'elle faisait la toilette de Beau, elle ne rougissait plus et n'éprouvait plus de honte à toucher des zones particulièrement érogènes. En revanche, lui était très gêné qu'elle s'occupât des tâches les plus ingrates. La plupart du temps trop faible pour se lever, il fallait lui apporter un récipient adéquat pour qu'il fasse ses besoins, et Cerynise se chargeait de l'installer sous lui puis de le rapporter dans le couloir, où Billy venait le chercher pour le vider.

— Pourquoi ne laissez-vous pas ce garçon s'occuper de moi ? demanda-t-il à l'une de ces occasions, confus.

— Parce que nous avons été unis pour le meilleur et pour le pire, mon chéri.

— Auriez-vous en tête de me torturer ?

— Jamais de la vie, très cher. J'essaie simplement de faire en sorte que vous alliez mieux, de façon à ne pas être obligée de porter le deuil pendant des mois et des mois.

— Je n'aime pas me montrer comme cela devant vous, gémit-il en se grattant le bas du visage.

Mais s'il avait un peu de barbe, ce n'était pas aussi terrible qu'il voulait bien le laisser entendre, car Cerynise avait fini par attraper le tour de main pour le raser et s'y employait régulièrement. En vérité, ce qui l'ennuyait, c'était d'être malade, obligé de faire appel à sa femme pour les soins les plus élémentaires.

Cerynise l'abandonna quelques instants, puis revint avec des draps propres.

— La volte-face est de bonne guerre, capitaine, non ?

Beau prit un air renfrogné.

— Vous profitez de mon état pour me contrarier, et ça, ce n'est pas très loyal.

— Qu'aimeriez-vous faire si vous étiez en pleine forme ? s'enquit-elle, une lueur de malice dans le regard.

Beau n'en crut pas ses oreilles. Même malade, il pouvait reconnaître une invite au plaisir.

— Prenez garde, madame. Je ne serai pas toujours handicapé par cette navrante fébrilité.

— Étrange... Je n'ai pas eu l'impression que vous étiez le moins du monde handicapé.

Elle le regarda droit dans les yeux, se permettant de lui rappeler qu'un peu plus tôt dans la journée, alors qu'elle était en train de le laver, il avait eu une érection.

— Je parlais de ce manque de vigueur qui m'afflige. Il est bien évident que, même si j'étais sur le point de mourir, votre seule présence réveillerait mes pulsions. Mais sans doute vous croyez-vous à l'abri, car sinon vous ne me provoqueriez pas.

— Je ne crois rien du tout, répliqua-t-elle dans un sourire. Mais de toute façon, là n'est pas la question, capitaine. Auriez-vous la bonté de vous retourner, le temps que je me change ? Je voudrais enfiler ma chemise de nuit, et comme j'ai provisoirement rendu sa cabine à M. Oaks, je ne peux aller lui demander de la libérer à nouveau.

— Puisque vous m'avez vu nu, de dos, de face et de profil, et ce pendant des jours et des jours, pourquoi n'aurais-je pas droit à une petite faveur : vous regarder vous déshabiller ?

— Parce que, très cher époux, ce n'est pas la même chose. Que je sache, le fait que je vous regarde ne vous expose pas au viol.

— Peut-on parler de viol quand un mari fait l'amour à sa femme ?

— Laissons les grands sages réfléchir à cette question, répondit-elle avec un sourire espiègle. Pour l'instant, j'aimerais que vous tourniez la tête… s'il vous plaît.

À contrecœur, Beau fit ce qu'elle lui demandait.

Le lendemain soir, il eut une nouvelle poussée de fièvre, accompagnée de divagations. En pleine crise, son bras fouetta l'air et projeta la bassine d'eau par terre, éclaboussant au passage Cerynise, qui fut obligée de se changer plus vite que prévu.

Lorsque enfin il se calma, elle resta partagée entre inquiétude et soulagement. Il lui sembla, en mettant sa paume sur son front, que la fièvre était légèrement retombée, mais elle n'aurait pu jurer de rien. Aussi lui appliqua-t-elle par précaution des serviettes humides, jusqu'à ce que sa température redescende de quelques degrés. Après avoir éteint toutes les lampes, elle regagna sa place dans la couchette, épuisée tant physiquement que mentalement. Elle s'allongea contre son mari, passa un bras autour de lui et sa main retrouva d'instinct sa place favorite, sur le cœur de Beau. L'instant d'après, elle sombrait dans un profond sommeil bien mérité.

Chacun sait comme sont étonnants les plaisirs que l'on peut trouver dans les bras de Morphée. Cerynise, elle, s'aventura dans un monde inconnu et magique. Une douce moiteur baignait son bout de sein tandis qu'une main empressée se faufilait sous sa chemise en quête de la fourrure qui dissimulait la caverne de tous ses secrets les plus intimes. Partageant dans ses rêves l'impatience de son amoureux, elle roula sur le dos et se relâcha, jambes écartées. Le corps nu étendu sur le sien, sans pour autant peser, lui procura tout d'abord une agréable sensation de chaleur, puis il y eut un frottement léger comme la caresse d'un membre dur contre sa peau délicate, qui alluma un feu intérieur. Autour d'eux, tout n'était encore que silence. Soudain, une douleur aiguë la transperça, et elle rejeta sa tête en arrière, étouffant un cri.

Cerynise sortit de son rêve au moment où elle ouvrit les yeux. Ce n'était pas un personnage inventé, dans un monde imaginaire, qui se tenait au-dessus d'elle, mais son mari fébrile, assoiffé de désir. Tandis qu'il la chevauchait avec frénésie, la caresse de ses doigts experts atténuait le choc de son intrusion dans son jardin privé ; au plus profond d'elle-même, c'était comme si des étincelles mettaient le feu à la poudrière et qu'elle s'enflammait de plaisir. Forte des explications qu'il lui avait fournies quelques semaines plus tôt, elle participa de façon plus active à leurs ébats, le corps tendu en arc de cercle pour mieux l'accueillir en elle.

Le souffle saccadé de Beau tambourina à ses oreilles, ses coups de reins gagnèrent en puissance, les battements de cœur de Cerynise s'accélérèrent tandis que ses gémissements se prolongeaient, se transformaient en râles et qu'elle agrippait sauvagement les cheveux de son amoureux. Dès les prémices de la jouissance, elle retint son souffle. Puis, impatiente de goûter au bonheur suprême, elle commença à se contorsionner jusqu'à ce que ses efforts conjugués à ceux de Beau les emportent tous deux dans un torrent d'émotions enivrantes et qu'ils atteignent l'extase. Ce fut un festival de couleurs et de lumières, un ravissement pour les sens. Quelques instants plus tard, la mer des délices les rejeta sur la plage, tendrement enlacés. À nouveau le silence s'installa, les corps se délièrent, et leur respiration s'apaisa.

Cerynise n'aurait su dire depuis combien de temps elle était étendue là, vidée de toute énergie et les paupières lourdes. Mais soudain, elle sentit que Beau s'éloignait d'elle pour aller se blottir sous les couvertures, à l'autre extrémité du lit.

— J'ai froid… terriblement froid, murmura-t-il.

L'angoisse la fit se redresser d'un bond. Elle se pencha au-dessus de lui et posa une main sur son front. Dieu merci, il était frais. Soulagée, elle reprit sa place, et posa un regard incrédule sur sa tenue. Les attaches de sa chemise de nuit étant défaites, le tissu avait glissé, mettant à nu ses seins et découvrant un bras jusqu'au coude. De minuscules points rouges mouchetaient la peau délicate de sa poitrine, éraflée par la barbe naissante de Beau. Et ses bouts de sein, qu'il avait pour une fois mordillés et sucés tout à loisir, paraissaient enflammés.

Pour quelque étrange raison, Cerynise en éprouva une certaine satisfaction, comme si toutes ces marques sur son corps témoignaient de son nouveau statut d'épouse à part entière. Le jour de leur mariage, lorsque Beau avait refermé ses lèvres sur la peau sensible de ses tétons, il n'avait pas laissé la moindre empreinte. Mais dans l'état d'excitation où il se trouvait tout à l'heure, seule lui importait la recherche de son propre plaisir.

Elle passa par-dessus lui en prenant soin de ne pas le réveiller. Il tendit néanmoins la main, pour tenter de la retenir, mais elle retomba sur le matelas au moment où Cerynise lui échappait. Elle resta un moment debout près de la couchette, dévorant des yeux son mari, dont elle se sentait plus proche que jamais, puis s'agenouilla et déposa un chapelet de petits baisers légers comme un souffle sur son oreille, sa joue et sa bouche. Alors elle réalisa que, durant tout le temps qu'ils avaient fait l'amour, pas une seule fois il ne l'avait embrassée. Cela lui parut d'autant plus étrange qu'habituellement il profitait de toutes les occasions pour s'emparer de sa bouche dans un baiser fougueux.

À travers ses paupières lourdes, Beau la contemplait. Cerynise, le visage éclairé d'un sourire épanoui, s'assit sur ses talons, offrant pleinement à sa vue le spectacle de ses seins nus. Beau approcha sa main, mais déjà ses yeux se refermaient et il se rendormit presque instantanément.

Lorsque enfin Cerynise se releva, elle sentit quelque chose d'épais et de chaud couler entre ses cuisses. Un rapide coup d'œil lui apprit que c'était du sang. Aussitôt son regard se porta sur les draps, eux aussi tachés de rouge. Bien que ce fût une drôle d'heure pour s'adonner à ce genre de tâche, elle décida qu'une toilette s'imposait et que la literie devait être changée.

Revêtue d'une chemise de nuit propre, elle effleura d'une caresse le front de Beau et pleura presque de joie en découvrant qu'il avait la peau fraîche comme aux premiers jours. Il semblait d'ailleurs dormir mieux, respirer plus calmement. Mais voilà que tout à coup ses lèvres se mirent à bouger. Aussitôt, elle se pencha pour écouter, en retenant son souffle.

— Pourquoi toujours vous dérober, Cerynise... ?

Une peine immense la submergea. Beau ne se souvenait même pas de ce qu'il avait fait. Et vraisemblablement, il ne s'en souviendrait pas plus lorsqu'il aurait retrouvé tous ses esprits. La croirait-il seulement, si elle essayait de lui rafraîchir la mémoire ? Peut-être serait-il enclin à penser que c'était elle qui délirait. À moins qu'il n'en profite pour l'inciter à continuer à coucher avec lui jusqu'à l'annulation de leur mariage.

Penser à ce qui l'attendait à Charleston l'attristait tellement qu'elle se dit qu'il était préférable de laisser Beau vivre libre, si tel était son désir. Mieux valait lui laisser croire que le mariage n'avait jamais été consommé plutôt que de le voir contrarié à cause d'une union qu'il avait voulue temporaire. Tout en sachant qu'elle aurait beaucoup de mal à le supporter, elle imagina qu'il lui serait plus facile de le laisser partir s'il continuait à ignorer ce qui s'était passé dans sa couchette. D'un autre côté, s'il se sentait tenu par l'honneur de prendre ses responsabilités envers elle en renonçant à sa liberté, il finirait sans doute par lui en vouloir...

Les joues baignées de larmes, le cœur serré, Cerynise finit par se convaincre que le plus sage était encore de faire comme si cette nuit d'amour n'avait jamais existé. Bien que cela l'horrifiât d'être amenée à prendre une telle décision, elle s'y accrocha. Et ce fut avec l'idée, fortement ancrée dans son esprit, de laisser à Beau la possibilité d'annuler leur mariage qu'elle retourna à ses occupations. Avec amour, elle passa un linge humide sur le corps de son mari, déposant ici et là de tendres baisers mouillés de pleurs.

Elle venait juste de finir de refaire le lit quand elle reconnut le pas de Billy dans le couloir. Affolée, elle chercha du regard un endroit où dissimuler les affaires sales, repéra un placard de l'autre côté de la couchette, et s'empressa d'y fourrer le drap et sa chemise de nuit roulés en boule. Comme c'était là que son mari rangeait son équipement de pluie, il n'y avait plus qu'à espérer que le temps resterait au beau jusqu'à la fin de la traversée. Elle avait encore la main sur le loquet lorsque Billy frappa à la porte.

— Vous avez besoin de que'que chose, m'dame, ou est-ce que j'peux aller me coucher ?

— Le capitaine n'a plus de fièvre, Billy, annonça-t-elle à travers la porte. Je pense qu'il sera vite remis sur pied. Vous pouvez aller vous coucher et dormir tranquille.

Le cri de joie que lança le jeune garçon de cabine arracha un sourire ému à Cerynise.

10

Beau reprit le commandement de *L'Intrépide* et assura ses fonctions avec un tel zèle que, pour ses hommes, le doute n'était plus permis : le capitaine avait bien recouvré la santé. Mais, s'il s'était remis physiquement de sa maladie, il ne semblait pas avoir récupéré toutes ses facultés mentales, car la mémoire lui faisait toujours défaut. Au grand dam de Cerynise.

Lorsqu'il s'était réveillé, il se sentait en pleine forme et, à son grand bonheur, sa femme se trouvait à son côté. Il avait donc commencé à lui faire des avances et suggéré de s'abandonner aux plaisirs de l'amour conjugal. L'implorant de ses baisers, de plus en plus persuasifs, il lui avait promis d'être très doux avec elle et lui avait assuré qu'au-delà de la petite douleur initiale, elle accéderait vite à un état de félicité qui mettrait un point d'orgue à leurs ébats amoureux. Et pendant qu'il se livrait à ce jeu de la séduction, il avait habilement défait les attaches de sa chemise de nuit, prouvant à Cerynise qu'il était redevenu l'amoureux empressé qu'elle avait connu et qu'il était tout aussi impatient de lui faire l'amour qu'auparavant. Ses flatteries et ses caresses avaient d'ailleurs atteint leur but, puisque Cerynise, le cœur battant la chamade, sentait grandir son désir et aspirait à connaître encore ce plaisir auquel elle avait déjà goûté. Cependant, le fait qu'il persistât à la croire encore vierge la frustrait tellement que, dans une belle démonstration de son caractère impétueux, elle lui lança un oreiller à la figure.

Quelques instants plus tôt, dérivant sur un nuage d'impressions obsédantes, Beau avait regagné le royaume de la conscience avec un étrange sentiment de bien-être. Presque instantanément, il comprit qu'il avait été malade, très malade même, ce qui rendait sa satisfaction d'autant plus déroutante. Il ne savait à quoi l'attribuer, car il avait pratiquement tout oublié de ces derniers jours. De toute évidence, il s'était produit un événement, qu'il ne pouvait ni expliquer ni contester, mais qui, pour quelque obscure raison, semblait avoir un lien avec Cerynise. Bien que ses souvenirs embrumés n'eussent que peu de rapport avec la réalité, il était assailli d'images de son épouse en train de le soigner et pouvait presque la sentir encore allongée derrière lui, les seins pressés contre son dos et les cuisses plaquées contre les siennes. Cela, au moins, songea-t-il, devait être vrai. Toutefois, des visions beaucoup plus sensuelles encore flottaient dans son esprit, avec une telle persistance et un tel air de vérité qu'il aurait juré qu'elles faisaient aussi partie du domaine du réel. Mais elles lui paraissaient en même temps si incroyables qu'il ne pouvait les accepter que pour ce qu'elles étaient : illusions que tout cela ! Comment croire qu'il avait effectivement vu Cerynise accroupie près de sa couchette, sa robe tombant sur ses bras, et ses seins magnifiques parés d'une inhabituelle teinte rose sous la lueur vacillante de la lampe ? Comment croire qu'il avait réellement senti ses ongles se planter dans sa chair quand il avait répandu en elle sa semence ? Ou encore qu'il l'avait bien entendue pousser un long râle de plaisir au moment où elle avait atteint l'orgasme ? Il ne remarquait aucun changement notable dans son comportement, si ce n'est qu'elle paraissait plus résolue que jamais à ne pas le laisser la toucher. La preuve, c'était qu'à l'instant même où il avait défait le ruban de la chemise de nuit et posé son regard sur sa poitrine mise à nu il avait reçu une volée de plumes en pleine figure.

C'est alors que sa bonne humeur commença à se dissiper, pour devenir irritation dans les minutes qui allaient suivre. Cerynise se dressa d'un bond au milieu de la couchette et souleva sa chemise de nuit afin de passer par-dessus lui sans risquer de se prendre les pieds dans le tissu. Ressentant soudain l'envie de la retenir prisonnière, ne serait-ce que pour résoudre le mystère de ses sens abusés, Beau lui barra le chemin, la jambe levée bien haut. Mais il eut tôt fait de découvrir à quel point sa femme pouvait être tenace. En effet, sans se poser de questions, elle posa l'un de ses pieds sur son torse et l'enjamba allègrement, lui offrant à cette occasion un spectacle qui fit vaciller sa raison. L'instant d'après, il la vit entasser pêle-mêle ses affaires dans une sacoche, visiblement pressée de s'échapper. Beau avait l'impression qu'elle s'activait comme s'il lui avait versé de l'eau bouillante dans le dos. Dès lors, il n'était pas surprenant que son exubérance de tout à l'heure se muât en une sourde colère.

Écartant d'un geste agacé les plumes qui voletaient tout autour de lui, il traversa la pièce nu et se dirigea vers la table de toilette, sans se soucier de l'inquiétude grandissante de Cerynise.

271

— Eh bien, on peut dire que vous avez semé une belle pagaille ! remarqua-t-il sur un ton de reproche. Billy va sûrement être ravi quand je lui demanderai de ramasser tout ce duvet.

Bien que Cerynise gardât le visage tourné de l'autre côté, Beau aperçut son profil au moment où elle lui répondit d'un ton grave :

— Je ne pensais pas que l'oreiller allait craquer.

— Peut-être, mais vous aviez bien l'intention de me frapper. Vous n'auriez pas pu avoir pitié d'un homme longtemps affaibli par la maladie ? Fallait-il vraiment que vous me malmeniez ?

— Si je l'ai fait, c'est parce que vous deveniez grossier, lui répondit-elle vivement.

— Je ne faisais que me comporter en bon époux, madame, mais je suppose que c'était plus que votre candeur virginale ne pouvait supporter. Comme j'ai déjà eu l'occasion de vous le dire, il se trouve que j'aime regarder vos seins, car ce sont les plus extraordinaires qu'il m'ait été donné de voir.

Cerynise repensa aux petites marques rouges qu'elle portait sur la poitrine depuis la nuit précédente et se dit que, si elle avait laissé Beau contempler ses seins à loisir, il ne les aurait peut-être pas trouvés si jolis que cela. Mais apparemment, la question ne se posait même pas, puisque tout portait à croire que Beau avait refoulé au plus profond de sa mémoire ces moments passionnés qu'ils avaient vécus. De même qu'un homme dégrisé ne se souvient plus de ce qu'il a pu faire durant sa nuit de débauche, il avait tout oublié de leur première nuit d'amour. Cependant, pour Cerynise, la fusion de leurs corps signifiait bien plus que l'assouvissement du désir sexuel. C'était la preuve irréfutable qu'elle était désormais son épouse, de fait comme en droit. Leur union avait bel et bien été scellée. Ce qui la chagrinait le plus, c'était de ne pouvoir laisser libre cours à ses émotions et jouer pleinement son rôle de femme aimante.

Elle demanda, sur un ton qui se voulait désinvolte :

— Avez-vous déjà vu beaucoup de seins, capitaine ?

Beau crut déceler un léger tremblement dans sa voix et voulut déchiffrer l'expression de son visage, mais elle ne lui offrait à voir que son profil.

— Suffisamment pour pouvoir affirmer que, dans ce domaine, vous surpassez bon nombre de femmes. Non seulement vos seins sont assez gros pour emplir mes larges mains, mais ils sont à l'image que se fait un homme de la perfection.

— Vous avez dû en examiner un nombre impressionnant, car vous semblez parler en fin connaisseur, remarqua-t-elle avec calme, se refusant toujours à lui faire face. Dois-je vous remercier pour cette aimable comparaison ?

— Bien sûr que non ! s'exclama Beau, la rejoignant en deux enjambées.

Il voulut ajouter quelque chose, mais fut obligé de s'interrompre pour tousser et recracher les plumes qu'il venait d'aspirer.

Comprenant ce qui s'était passé, Cerynise ne put se retenir de pouffer. Elle s'éloigna prudemment de quelques pas et s'esclaffa, un doigt pointé sur Beau.

— Vous en avez partout. Il ne vous manque plus que d'être passé au goudron ! déclara-t-elle tandis que son regard glissait un peu plus bas.

Une main sur la hanche, Beau pencha la tête pour s'examiner et ôta une plume d'une partie très virile de sa personne.

Il mourait d'envie de lui demander tout à trac s'ils avaient vraiment fait l'amour ensemble, mais il se dit que s'il l'avait seulement rêvé, Cerynise le prendrait pour un obsédé qui fantasmait sur elle jour et nuit. Aussi décida-t-il de tâter le terrain en laissant planer le mystère.

— Vous en savez peut-être plus que moi, madame… ?

Cerynise eut toutes les peines du monde à ne pas lui révéler la vérité. Elle se mordit la lèvre et, dans un effort de volonté, réussit à lui répondre d'un ton détaché, appuyé d'un haussement d'épaules :

— J'imagine que vous avez largement profité des prostituées de Londres. Je vous ai vu en compagnie de plusieurs d'entre elles, le soir précédant notre mariage.

Si elle avait espéré le déstabiliser avec cet aveu, elle en fut quitte pour une déception.

— Dans ce cas, vous avez également dû me voir les quitter.

Son sourire suffisant acheva de convaincre Cerynise qu'il n'avait été nullement surpris par sa remarque. Se refusant néanmoins à perdre la face, elle redressa la tête et regarda par la fenêtre.

— Vous aviez pourtant l'air d'apprécier les caresses pour le moins osées de cette catin… Elle était d'ailleurs assez jolie, si je me souviens bien.

— C'est étrange, répliqua Beau, songeur, tout en se frottant le menton. Chaque fois que vous avez touché cette partie de mon corps, vous avez pu constater un effet immédiat. Or il ne s'est rien passé de tel ce soir-là… d'après moi, tout au moins… Et vous pouvez sûrement le confirmer, puisque vous avez assisté à toute la scène.

Cerynise lui décocha un drôle de regard.

— Comment savez-vous ce que j'ai vu ?

Beau toussota et secoua la tête.

— Désolé, madame, c'est mon secret. Je resterai muet.

Cette fois, Cerynise abandonna la partie.

— Comme il vous plaira, dit-elle, découragée. Vous devriez cependant vous dépêcher de vous habiller, afin que je puisse commencer à nettoyer la cabine avec Billy. Cela risque de nous prendre un certain temps.

Beau alla décrocher sa robe d'intérieur de la penderie, et l'enfila.

— Je vais prendre un bain dans les quartiers de M. Oaks. Ensuite je me raserai, et je pourrai enfin me vêtir correctement. Je serais vraiment ravi que vous vous joigniez à moi, mais hélas, je n'ose vous le demander, de peur que vous ne me jetiez un autre oreiller à la figure !

Sur ce, il quitta la pièce en claquant la porte derrière lui. Ainsi se déroula la première matinée de Beau au sortir de sa maladie.

Le deuxième jour ne fut pas meilleur, car entre-temps Cerynise s'était installée dans la plus petite des cabines disponibles. Elle avait remercié M. Oaks pour avoir eu la gentillesse de lui prêter la sienne quelque temps, puis elle avait transporté ses affaires dans le minuscule local, sombre et triste, qui lui avait été attribué au tout début.

Désirant atténuer l'aspect inquiétant de sa nouvelle chambre, elle demanda à Beau la permission d'accrocher aux murs quelques croquis et peintures. Comme il refusait de croire qu'elle était décidée à vivre dans un endroit dépourvu de hublots, sa première réaction fut une terrible colère. Mais il s'adoucit et finit par accepter.

Cerynise fit alors appel à Billy, qui reçut pour instruction de planter les petits clous uniquement sur les panneaux de bois renforcés, afin que son mari n'ait pas à regretter plus tard d'avoir accédé à sa demande. Ensuite, elle disposa les tableaux de façon qu'ils donnent à la pièce une impression de profondeur et d'espace, et accrocha juste en face de sa couchette la grande toile représentant des marsouins en train de s'ébattre dans l'eau. Le résultat lui sembla satisfaisant, dans la mesure où elle avait réussi à apporter un peu de gaieté à un lieu qui en manquait cruellement.

Après l'agitation due à la tempête, les inquiétudes liées à la maladie de Beau, et son étonnante initiation aux plaisirs sexuels de la vie conjugale, Cerynise se sentait épuisée, vidée de toute énergie. Reconnaissant là les signes d'un état dépressif, elle décréta qu'il était temps qu'elle s'occupe un peu d'elle et avertit Billy qu'elle allait se reposer un moment et ne voulait pas être dérangée. En fait, elle dormit plusieurs heures, ce qui lui permit de se réveiller fraîche et dispose. Comme n'importe quelle femme, elle s'intéressa à son apparence, qu'elle avait quelque peu négligée ces derniers temps. Se souvenant que Billy avait recueilli plusieurs barriques d'eau de pluie pendant la tempête, elle le pria de bien vouloir en faire chauffer suffisamment pour remplir la baignoire et choisit des sels de bain parfumés en accord avec son humeur, une fragrance de jasmin qui lui rappelait sa maison.

Cerynise se glissa avec délice dans l'eau bien chaude. Bien qu'elle eût horreur de se laver dans une cuvette, ce long voyage en mer et le manque de commodités à bord l'y obligeaient le plus souvent. Aussi ce bain, sans doute le seul bénéfice qu'elle tira de la tempête, lui parut-il divin.

Tandis qu'elle se prélassait dans l'eau, elle revécut en pensée les plus forts moments de sa première nuit d'amour avec Beau. Les émotions qu'elle ressentit alors étaient si vives qu'elles rallumaient des feux qui, pensait-elle naïvement, auraient dû s'éteindre en même temps que son mari perdait la mémoire. En fermant les yeux, elle pouvait presque sentir le corps de Beau sur le sien, sa poitrine frôler ses seins, ses halètements lui emplissant les oreilles. Un long soupir de plaisir s'échappa de ses lèvres tandis qu'elle s'abandonnait aux merveilleuses sensations qu'elle éprouvait. Le désir de se retrouver à l'instant même dans les bras de Beau était si fort qu'elle réalisa à quel point elle avait été marquée par leur fusion et par son intense jouissance. Mais aussitôt elle secoua la tête pour sortir de sa rêverie, considérant comme une folie de faire renaître des souvenirs aussi excitants. Se consumer de désir ne servirait en rien la résolution qu'elle avait prise de garder ses distances avec Beau tant qu'il ne s'engagerait pas vis-à-vis d'elle sur le long terme.

Elle entendit soudain des pas pressés dans le couloir et les identifia comme étant ceux de son mari lorsqu'il referma la porte de sa cabine. Quelques minutes plus tard le plancher craqua à nouveau, puis il y eut un long silence, suivi de trois petits coups frappés à sa porte.

— Cerynise ! appela Beau d'une voix douce. J'aimerais que vous dîniez avec moi ce soir.

Elle s'aspergea les seins avec une grosse éponge, tout en se demandant de quel stratagème il userait cette fois pour l'attirer dans son lit. Si forte que fût la tentation de se retrouver avec lui, elle s'interdit d'y succomber, sachant comme il lui serait difficile, le moment venu, de résister à ses avances.

— Je suis désolée, mais j'ai à faire.

Cependant, Beau ne voulait pas être repoussé. Pas ce soir. Et il y avait deux raisons à cela : d'une part, il était intrigué d'avoir de vagues souvenirs d'elle au lit, se pelotonnant contre lui ; d'autre part, il souhaitait des explications à ces impressions excitantes qui l'obsédaient. Il réitéra donc son invitation, mais sur un ton un peu plus ferme.

— Cerynise, je vous demande de vous joindre à moi pour dîner. Je voudrais que l'on discute de certaines choses, et surtout j'ai faim. J'ai envie de me détendre en partageant mon repas avec vous, si toutefois vous voulez bien m'accorder le plaisir de votre compagnie.

Cerynise devina sans peine de quoi son mari était avide. En fait, elle s'étonnait même qu'un tempérament aussi fougueux supportât de longs voyages en mer sans une prostituée à bord pour satisfaire ses besoins.

— Je suis occupée, répondit-elle d'une voix toujours aussi douce.

— Vous boudez encore ?

— Pas du tout ! se défendit-elle, offensée. Mais vous feriez mieux de partir avant que vos hommes ne vous surprennent en train d'implorer à ma porte.

— Je me moque bien de qui peut m'entendre ! Tout ce que je veux, c'est que vous veniez m'ouvrir, que nous puissions enfin parler tranquillement.

— Je vous ai dit que j'étais occupée ! cria-t-elle, aussi agacée que lui.

Si Cerynise se croyait en sécurité parce qu'elle avait pensé à pousser le loquet de la porte avant de se couler dans la baignoire, elle comprit vite que Beau Birmingham n'était pas du genre à se laisser impressionner par si peu. D'un violent coup d'épaule, il fit sauter le verrou et la porte s'ouvrit à la volée. Avant même que le panneau de bois ne heurte le mur de derrière, Beau fit irruption dans la pièce, où il s'arrêta net, décontenancé. Sans doute ne s'attendait-il pas à découvrir Cerynise dans la baignoire, mais il n'eut guère le temps de profiter du spectacle car aussitôt il reçut une éponge mouillée en plein visage. Instinctivement, il recula, dérapa sur la flaque d'eau et tomba en arrière.

Cerynise grimaça en entendant le bruit sourd du choc de sa tête contre la cloison, et le silence qui s'ensuivit lui fit craindre que son mari ne se soit assommé. Soudain gagnée par un sentiment de culpabilité, elle se redressa d'un bond, sortit précipitamment de l'eau, attrapa son peignoir et, tout en essayant de s'en revêtir, se rua sur son mari. Comme elle se penchait au-dessus de lui, il se risqua à ouvrir un œil et considéra ses formes délicieuses. « Décidément, ce soir, rien ne me sourit », songea-t-il, percevant des craquements de pas dans l'escalier des cabines. Son désir d'empêcher quiconque de jouir impunément de ses privilèges conjugaux l'emporta finalement sur celui de continuer à se délecter de la vue que lui offrait Cerynise, et il s'empressa de se relever.

— Allons, habillez-vous vite ! ordonna-t-il, jetant un coup d'œil dans le couloir. Si mes hommes vous voient ainsi, ils vont perdre la tête et il va y avoir panique à bord.

— Pfff !

Vexée qu'il lui parle sur ce ton, Cerynise referma la porte avec détermination. Puis elle attendit de voir s'il allait à nouveau tenter de la fracasser. Mais Beau se contenta de grommeler :

— J'espère que vous appréciez pleinement votre maudite intimité, madame, parce que moi, pas du tout ! J'imagine que c'est ce que vous vouliez : me torturer un peu plus ?

Il était impossible qu'au moins une partie de l'équipage n'ait pas eu vent de la querelle entre les jeunes mariés. Cependant, lorsque Stephen Oaks, le lendemain matin, vint proposer à Cerynise de monter faire un tour sur le pont, il n'y fit aucune allusion. Si elle n'avait pas eu le plus grand besoin d'air frais, après être restée enfermée dans sa minuscule cabine depuis la veille, elle aurait probablement décliné son offre. Elle se doutait bien que Beau devait trop lui en vouloir de leur séparation forcée pour envisager de lui prêter son bras à l'occasion d'une telle sortie.

Stephen Oaks paraissait éviter son regard, mais, tandis qu'elle marchait à son côté, il réussit à glisser dans la conversation quelques mots à propos de son supérieur :

— Le capitaine est un peu sur les nerfs en ce moment, madame, en raison de sa maladie et tout ça...

Il ne se donna pas la peine d'expliquer ce qu'il entendait par « tout ça », mais en tant qu'homme il partageait les sentiments du capitaine et comprenait très bien qu'il se sente frustré de voir Cerynise lui refuser ses faveurs ; du moins était-ce là ce que Stephen Oaks suspectait. D'un autre côté, il éprouvait une certaine compassion pour la jeune femme. Les vœux du mariage avaient été prononcés si vite qu'elle n'avait pas eu le temps de réfléchir à tout ce que son mari allait exiger d'elle.

— Je suis sûr que ça ne va pas durer, dit-il pour la rassurer.

— Oui, sans doute, soupira Cerynise. (Elle avait conscience que l'humeur changeante de Beau était principalement due à sa présence à bord.) Cela

280

devrait s'arranger avec le temps, au plus tard dès la fin de la traversée.

Stephen Oaks se creusa les méninges pour trouver quelque chose à dire qui lui remontât le moral. Il aurait pu lui assurer que tout le monde aimait bien son mari et que, à quelques exceptions près, qui ne valaient même pas leur pesant de sel, les marins le tenaient en haute estime. Comment d'ailleurs pouvait-il en être autrement, alors qu'à Majorque, par exemple, il avait risqué sa vie pour ses hommes ? Puis il envisagea de citer les nombreuses occasions que le capitaine lui avait offertes de prendre le commandement du navire, quand personne ne s'était jamais donné la peine de prêter l'oreille à ses aspirations. Il pouvait aussi l'instruire sur la générosité de Beau, en évoquant le don qu'il avait fait au père Carmichael. Mais n'allait-elle pas finir par penser qu'il lui racontait tout cela dans le seul but de la ramener à de meilleurs sentiments vis-à-vis de Beau ? Car, comme il le savait, jamais Beau Birmingham n'aurait évoqué ce genre de choses en présence de quelqu'un.

— Puisque vous connaissez le capitaine depuis longtemps, madame, vous devez savoir qu'il a un bon fond, sinon vous n'auriez pas accepté de l'épouser. Ayez un peu de patience, et tout s'arrangera. Il ne tardera pas à changer d'avis et à se radoucir.

Un petit sourire triste se dessina sur les lèvres de Cerynise. Changer d'avis sur quoi ? s'interrogea-t-elle. Leur mariage ? Peu probable ! Le capitaine Beauregard Birmingham aimait trop sa liberté pour envisager sérieusement de se marier. Quand un homme aussi séduisant, qui aurait pu avoir toutes les femmes qu'il souhaitait, se contentait d'assouvir ses besoins avec des prostituées et avait toujours pris soin de ne pas se faire piéger en compromettant la vertu des jeunes filles, cela prouvait qu'il tenait plus que tout à son statut de célibataire.

Beau se trouvait sur le gaillard d'arrière, en compagnie du maître d'équipage, lorsque Cerynise arriva sur le pont inférieur. Maintenant qu'il faisait plus frais, il était vêtu d'un pull-over bleu foncé à col roulé et d'un pantalon étroit, de la même teinte. Amaigri par la maladie, son visage paraissait plus anguleux, ses pommettes plus saillantes. Dès qu'il aperçut sa femme, cause de sa contrariété, il crispa les mâchoires.

Cerynise, qui ne le quittait pas des yeux, le vit frissonner à plusieurs reprises et s'en inquiéta. Craignant qu'il ne retombe malade, elle profita de ce que Billy passait par là pour lui demander d'aller chercher un manteau pour le capitaine. Quelques minutes plus tard, le garçon de cabine revint avec le vêtement en question et disparut avant même que Cerynise ait eu le temps de lui dire de le porter à son capitaine, sur le gaillard d'arrière. Quand elle se retrouva le manteau sur les bras, elle n'eut d'autre solution que de se convaincre qu'elle n'avait rien à craindre et que, même s'il en mourait d'envie, Beau Birmingham n'allait pas la manger toute crue.

S'armant de courage, elle gagna donc le pont supérieur et s'approcha des deux hommes, sans toutefois interrompre leur discussion. Beau l'ignorant de façon ostensible, M. McDurmett se vit dans l'obligation d'intervenir en attirant son attention sur la jeune femme. Mis au pied du mur, Beau lança un regard courroucé à son épouse. Alors que le bon sens lui soufflait de faire demi-tour, Cerynise s'avança.

— Je suis venue vous apporter votre manteau, capitaine, dit-elle d'une voix timide en lui présentant la pelisse sur ses bras tendus. (Elle détecta une légère rougeur sur ses joues qui lui donna motif à préoccupation, mais se rassura en se disant que ce devait être à cause du vent et non pas de la fièvre.) Vous avez été si malade il y a peu de temps qu'il serait dommage que vous rechutiez. Sincèrement, je serais soulagée de vous le voir porter. Alors, si vous le permettez, je vais vous aider à le passer, ajouta-t-elle, joignant le geste à la parole.

Les yeux bleus de Beau envoyèrent un éclair d'avertissement en même temps que ses doigts se refermaient sur le poignet de Cerynise, la stoppant net dans sa tentative pour glisser le manteau sur ses épaules.

— Contrairement à ce que vous pouvez penser, madame, je ne suis pas un bébé, marmonna-t-il avec rage. Je me débrouille très bien tout seul, et je n'ai nul besoin que vous me suiviez partout ou que vous veilliez sur moi comme une mère poule. Allons, ôtez ce manteau de ma vue, je vous prie !

Ses paroles la blessèrent bien plus durement que sa poigne de fer. Et puis soudain, sans autre explication, il la relâcha et lui tourna le dos. Se désintéressant d'elle, il reprit sa conversation avec le maître d'équipage, qui semblait à la fois embarrassé et peiné pour la jeune femme.

Cerynise s'éclipsa en toute hâte, s'efforçant de refouler ses larmes. Elle trouva la force de redescendre sur le pont principal et de gagner l'escalier des cabines aussi dignement que possible, tandis que les marins qu'elle croisait détournaient poliment le regard. Le fait d'avoir été rejetée en public accentuait son malaise, ajoutait à sa détresse.

Pendant ce temps, sans qu'elle puisse s'en rendre compte, un homme, rongé par le regret, la suivait discrètement des yeux. Sans cette maudite fierté qui lui collait à la peau, il aurait pu se débarrasser de son masque et courir pour la rattraper, laissant son équipage penser ce qu'il voudrait. Mais il resta là, mécontent de lui et l'esprit assailli par ces visions étranges et érotiques qui, petit à petit, s'emboîtaient et se combinaient sous forme d'un souvenir.

Étouffant un sanglot, Cerynise claqua la porte derrière elle et se jeta sur sa couchette, où elle déversa tout son chagrin sur l'oreiller. Cela lui paraissait trop horrible d'imaginer que ses angoisses et son amour pour Beau prenaient fin dans ce bref interlude de passion devenu à la fois son secret et son tourment. À présent, il se montrait aussi glacial avec elle que la mer sur laquelle ils naviguaient, comme si, en se refusant à lui, elle brisait tout espoir de voir un jour leur mariage de convenance se transformer en mariage d'amour.

Ses larmes se tarirent quand elle se laissa emporter par le sommeil. Malheureusement, elle sombra aussitôt dans un horrible cauchemar : elle traversait en courant les pièces d'une grande maison plongée dans le noir, poursuivie par Alistair Winthrop et Howard Rudd ; des éclairs de lumière violente explosaient tout autour d'elle, la faisant sursauter de frayeur, puis elle reprenait sa course folle en vacillant sur ses jambes. En dépit de ses efforts désespérés pour leur échapper, les deux hommes gagnaient du terrain, découvraient chaque fois sa nouvelle cachette, la forçant à fuir encore et toujours, jusqu'à ce qu'elle ne puisse plus trouver refuge nulle part. Ils la poursuivaient inlassablement, tels des démons venus de l'enfer, en tenant dans leurs mains de grands draps noirs dont ils comptaient l'envelopper avant de l'ensevelir. Elle se retrouva bientôt dos au mur, tremblant de tous ses membres. Ils s'approchèrent avec une vilaine grimace, enfermèrent son visage sous un drap, et soudain elle ne put plus respirer.

Avec un cri étouffé, elle redressa la tête, en repoussant la main qui reposait près de sa joue. Puis, dans un accès de panique, elle lutta pour échapper à celle qui cherchait à lui emprisonner le bras.

— Non ! gémit-elle. Je ne suis pas encore morte... Vous ne pouvez pas m'enterrer...

— Cerynise, réveillez-vous, murmura une voix familière. Ce n'est qu'un mauvais rêve.

Elle finit par ouvrir de grands yeux effrayés. Tous ces événements qui s'étaient enchaînés depuis le décès de Lydia n'étaient-ils qu'un songe ? Avait-elle seulement rencontré Alistair Winthrop et Howard Rudd pour discuter du testament ? Peut-être même n'était-elle pas mariée...

Son regard se posa sur Beau, accroupi près de la couchette. Spontanément elle se pencha en avant, prête à se jeter dans ses bras pour y trouver réconfort, mais aussitôt le souvenir de son attitude sur le pont lui revint en mémoire, et elle se rétracta.

— Je vous en prie, ne me touchez pas ! s'exclama-t-elle dans un brusque mouvement de repli.

Beau accusa le coup, la gorge nouée. Cependant, il eut le tact de ne pas lui en faire reproche et s'appliqua à calmer ses angoisses.

— Rallongez-vous, Cerynise, et reposez-vous encore un peu, dit-il avec douceur. J'ai entendu vos hurlements depuis le pont, et je dois vous avouer que j'ai eu très peur.

En apprenant qu'elle avait crié pendant son sommeil, Cerynise, confuse, lui jeta un regard, puis, les larmes lui venant aux yeux, détourna la tête.

— Je suis désolée de vous avoir dérangé...

Beau essaya alors de la consoler comme lorsqu'elle était enfant.

— Chut, mon doux cœur. Ne croyez surtout pas que vous m'avez embêté. Vous m'avez simplement fait peur. Je ne sais pas pourquoi, vos cris m'ont fait penser à ceux de la petite fille qui s'était retrouvée enfermée dans une malle.

— J'imagine que vos hommes les ont entendus aussi, remarqua-t-elle d'une petite voix honteuse.

— Et alors ? (Il rit, s'efforçant de dédramatiser le problème.) À l'instant même, ils doivent être en train de se demander lequel de nous deux va l'emporter, et j'ai l'intuition que pour une fois ils ne vont pas miser gros sur ma victoire. Allons, tournez-vous, mon cœur, que je puisse voir votre beau visage, ajouta-t-il en lui caressant les cheveux.

« Curieux comme les choses se répètent parfois », songea Cerynise en se rendant compte qu'il était parvenu à calmer ses pleurs avec à peu près les mêmes mots magiques qu'autrefois, lorsqu'il l'avait libérée de la malle. La seule différence, c'était qu'aujourd'hui elle restait sur la défensive.

— Ne m'appelez pas « mon cœur », murmura-t-elle, refusant de se tourner. Ne faites pas semblant avec moi, et gardez vos mots doux pour les autres femmes. Nous savons tous les deux que vous n'avez qu'une idée en tête : me sauter.

Beau ne put s'empêcher de grincer des dents en entendant une expression aussi grossière sortir de la bouche d'une jeune fille bien élevée. Cela lui rappela tout ce que lui ou ses hommes avaient pu laisser échapper en sa présence, tant il est vrai que les marins utilisaient rarement un langage châtié. À y regarder de près, voyager sur un navire marchand n'était sans doute pas une bonne chose pour elle.

— Philippe a préparé une excellente soupe pour le déjeuner, annonça-t-il, soucieux de changer de sujet. Puis-je vous inviter à venir la partager avec moi ?

— Je n'y tiens pas.

— Bon D... (Il s'interrompit immédiatement. S'emporter chaque fois qu'elle refusait d'accéder à ses désirs ne facilitait en rien leurs relations. Il fit donc une nouvelle tentative.) C'est dommage, parce que je commençais à apprécier nos repas en commun. Cerynise, vous ne voulez vraiment pas changer d'avis ? Nous pourrions en profiter pour parler un peu de certaines choses.

Sa détermination ne faiblit pas.

— Je n'ai pas faim, pour le moment.

Des bruits de pas attirèrent l'attention de Beau. Il se tourna du côté de la porte, grande ouverte, et vit apparaître son second.

— Mme Birmingham va bien, monsieur ? s'enquit Stephen Oaks, cherchant en vain à voir le visage de Cerynise.

— Oui ! lâcha Beau dans un soupir. Elle a fait un cauchemar, rien de grave.

Même si cela devait contrarier son supérieur, Stephen Oaks tenait à lui faire savoir que sa femme était très appréciée à bord. Il pensait que cela ouvrirait les yeux du capitaine et qu'il finirait peut-être par se rendre compte que celle qu'il avait épousée était une perle.

— Billy n'ose pas descendre, capitaine, de peur qu'il lui soit arrivé quelque chose d'horrible. Quant aux autres hommes d'équipage, ils sont tout aussi inquiets, et pour les mêmes raisons.

Beau dévisagea d'un air pensif son second, qui avait toujours fait preuve d'une grande loyauté envers sa femme depuis leur départ d'Angleterre. À l'en croire, il portait seul la responsabilité des problèmes de leur couple, Cerynise n'y étant pour rien. Stephen Oaks n'avait-il pas raison, au fond ? Si son esprit de contradiction et son attitude butée exaspéraient plus d'un marin, il était plausible qu'ils aient aussi envenimé ses rapports avec Cerynise.

— Eh bien, vous pouvez aller les rassurer. Dites-leur que Mme Birmingham a fait un mauvais rêve et que, maintenant, elle se repose. D'ici peu, elle se réveillera fraîche comme une rose.

— Bien, capitaine. (Il s'apprêtait à faire demi-tour mais s'arrêta pour regarder Beau dans les yeux.) Ce serait bien qu'elle retrouve le sourire aujourd'hui.

Beau acquiesça, comprenant à demi-mot le message : traiter sa femme avec un peu plus d'égards.

— Je verrai ce que je peux faire, monsieur Oaks.

— Je compte sur vous, capitaine, répliqua le second, qui, après un bref sourire, s'éclipsa.

Beau se tourna à nouveau vers Cerynise, et constata qu'elle n'avait pas bougé. Il se pencha au-dessus d'elle et murmura à son oreille :

— Vous devriez avoir quelque chose de plus chaud que ces couvertures. Je vais vous apporter mon édredon de plume.

— Inutile de vous déranger, ça va très bien.

Beau se redressa et, frustré, quitta la pièce. « Décidément, songea-t-il, les choses ne s'arrangent pas ; à présent, Cerynise ne veut même plus me regarder, ni accepter quoi que ce soit venant de moi. »

Dès qu'il eut refermé la porte, la jeune femme plongea la tête dans l'oreiller et pleura à chaudes larmes.

Lorsque enfin elle se leva, une grande heure plus tard, elle commença par verser de l'eau dans la bassine et, à l'aide d'un linge, se tamponna les yeux et le visage jusqu'à ce que toute rougeur en ait disparu.

Plus de larmes ! promit-elle en se regardant dans le petit miroir. Elle espérait avoir versé ce matin les dernières. Si Beau ne voulait pas d'elle comme épouse, eh bien, tant pis, elle ne se laisserait pas gâcher la vie par des regrets. Un jour, quelque part, il y aurait un homme qui l'aimerait vraiment et la demanderait en mariage, même si elle avait déjà perdu sa virginité. En attendant, il lui faudrait prendre sa vie en main. Mais elle était sûre de trouver à Charleston assez de défis à relever pour que ses rêves brisés ne s'emparent pas du meilleur d'elle-même. Les premiers temps, elle serait obligée de dépendre de son oncle, mais il menait une vie de célibataire depuis si longtemps qu'elle ne savait pas s'il pourrait supporter une femme chez lui en permanence, ou des peintures encombrant une partie de sa maison. Toutefois, s'il passait toujours ses journées le nez plongé dans les livres, comme à l'époque où elle le voyait régulièrement, peut-être ne serait-il pas trop perturbé par sa présence.

Ayant retrouvé un peu de sa confiance, Cerynise retourna à ses esquisses et se concentra sur son travail. Tout à coup, elle tomba en arrêt devant un dessin au fusain de Beau, dont les yeux semblaient fixés sur elle, et, sous le coup de l'émotion, le laissa glisser à terre. Mais il y en avait des dizaines et des dizaines comme cela, qu'elle prit entre ses mains puis relâcha. Elle s'apprêtait à déchirer en menus morceaux tous ces souvenirs d'une période révolue quand sa conscience se révolta : se débarrasser de ces dessins serait un acte de faiblesse. Elle décida donc de les conserver, à titre de leçon salutaire sur les conséquences qu'il pouvait y avoir à laisser son cœur dicter ses lois à la raison, et en espérant qu'à l'avenir elle ne ferait plus ce genre de bêtise.

Après les avoir mis hors de vue, elle retourna près de son chevalet et commença à dessiner les contours de silhouettes sur la toile, en vue d'une peinture à l'huile. À nouveau, tout à coup, quelque chose l'arrêta dans son travail. Elle releva la tête et tendit l'oreille, mais elle n'entendit que des bruits désormais familiers : le léger claquement de la voile sous le vent, le craquement des bordages, les voix lointaines des marins. Cependant, elle ne pouvait ignorer cet étrange sentiment qui s'était emparé d'elle et gagnait en puissance de seconde en seconde. Elle demeura immobile, tous les sens en éveil, le cœur battant à se rompre, les doigts crispés sur son pinceau. Avant même d'entendre cogner à la porte, elle sut qui se trouvait derrière – le seul homme suffisamment à l'aise sur *L'Intrépide* pour s'y déplacer sans un bruit.

Avec la ferme détermination de garder son sang-froid, Cerynise alla ouvrir la porte. Beau se tenait de l'autre côté, l'air troublé.

— J'ai été dur avec vous tout à l'heure, alors que vous ne le méritiez pas, dit-il sans préambule. Je viens vous présenter mes excuses et faire amende honorable.

Elle resta interdite, surprise par ces excuses inattendues, tandis que Beau la dévisageait et décelait sur ses paupières rougies la marque de ses sanglots.

— Je vous pardonne, murmura-t-elle. (Puis s'installa entre eux un silence gêné, qui lui sembla durer une éternité.) Si vous n'avez rien d'autre à me dire, permettez que je retourne à mon travail. J'aurai besoin de vendre quelques peintures dès notre arrivée à Charleston, de façon à vous rembourser ce que vous avez donné à Jasper.

— Ne vous inquiétez pas pour cela, Cerynise. Considérez que c'était un cadeau.

— Je ne voudrais pas vous être plus redevable que je ne le suis déjà, remarqua-t-elle avec dignité.

Beau se demanda pour quelle obscure raison il ne parvenait pas à parler franchement de ce qui le tracassait depuis plusieurs jours. De même, il se sentait maladroit chaque fois qu'il voulait réparer le tort qu'il avait causé. Pourtant, plus encore que son second, il souhaitait voir son épouse retrouver le sourire.

Embarrassée par son silence et ses regards pesants, Cerynise s'apprêta à refermer la porte. Aussitôt Beau sortit de sa rêverie et pénétra dans la pièce. Devant l'air inquiet de Cerynise, il s'efforça de justifier son insistance.

— Me materner comme vous l'avez fait devant mes hommes, madame, nuit à mon autorité. L'équipage ne doit pas douter un seul instant de ma capacité à commander ce navire.

— Quel triste monde que celui dans lequel vous vivez, vous autres les hommes, si le moindre signe d'attention est considéré comme une marque de faiblesse ! répliqua Cerynise. Je me réjouis d'autant plus d'être une femme !

Beau réprima difficilement un sourire amusé.

— C'est un point que je ne discuterai certes pas. De toute façon, je ne crois pas que vous seriez très convaincante en homme. (Tout en continuant à la dévisager, il fronça soudain les sourcils, manifestant une certaine inquiétude.) Cerynise, êtes-vous sûre de vous sentir tout à fait bien ? s'enquit-il avec douceur.

Il savait ! Cette pensée lui traversa l'esprit et la cloua sur place. Qu'avait-elle donc pu laisser échapper qui l'ait mis sur la voie ? Rien. Elle eut beau chercher, elle ne se souvint d'aucune parole, d'aucun geste susceptible d'avoir trahi son secret. Il ne restait qu'une solution : il se rappelait désormais ce qui s'était passé cette nuit-là. Mais alors, pourquoi ne lui posait-il pas la question ? Ce n'était pourtant pas le genre d'homme à user de détours ou de faux-fuyants.

Elle plongea son regard dans les yeux de Beau, en quête d'un indice. Ils étaient toujours aussi purs que du cristal, mais ils ne lui apprirent rien. Sans doute donnait-elle trop de sens à sa question, se raccrochant à un semblant d'espoir.

— Parfaitement bien, répondit-elle enfin. À présent, Beau, si cela ne vous ennuie pas, je vais me remettre au travail.

Il ne parut pas convaincu et resta à l'observer. Lentement, son regard glissa sur le corps de Cerynise, brûlant tout ce qu'il effleurait, l'obligeant à détourner la tête pour dissimuler son trouble.

— J'aimerais que vous me rejoigniez pour souper, dit-il, et j'espère que cette fois vous accepterez mon invitation. J'en suis venu à détester prendre mes repas seul et, croyez-moi, M. Oaks ne saurait vous remplacer. Il semble bien décidé à me faire la leçon, à cause de mes manières peu courtoises.

Rester assise à côté de lui pendant une heure ou plus ? Sans la joyeuse et rassurante compagnie de M. Oaks ? Cerynise savait très bien où elle allait finir la soirée, et, à la façon dont Beau la pressait, elle en conclut qu'il était persuadé qu'elle finirait par céder. De fait, elle aurait aimé lui dire oui, mais elle ne pouvait pas. Pour son propre bien, plutôt que de se laisser tromper par ses cajoleries, elle devait songer au risque qu'elle courrait en accédant à sa demande.

— Je pense qu'étant donné les circonstances, Beau, il vaudrait mieux que nous ne soyons pas trop souvent ensemble.

En même temps qu'elle faisait ce constat, elle se rendit compte qu'elle l'avait déjà formulé des dizaines de fois auparavant. Jusque-là, il n'avait été suivi d'aucun effet, mais aujourd'hui, elle y avait mis toute sa détermination. Elle n'hésita d'ailleurs pas à se répéter, espérant persuader Beau… et aussi se persuader qu'elle avait pris la bonne décision.

— De toute évidence, nous avons tous les deux du mal à tenir nos engagements. Comme je vous ai octroyé beaucoup plus de libertés que ce dont nous étions convenus, il est préférable pour moi de ne plus vous voir. Dorénavant, ce sera donc comme si nous n'avions jamais été mariés.

Ces paroles, qui resteraient longtemps gravées dans sa mémoire, lui avaient demandé un immense effort de volonté et brisé le cœur.

Le visage de Beau demeura impassible. Pas le plus petit sourire ni le moindre froncement de sourcils. Sans un mot, il s'inclina puis se retira. La sentence de son épouse venait mettre fin à une brève période de bonheur et lui porter un terrible coup au cœur.

Cerynise était dans tous ses états lorsqu'elle referma la porte derrière lui. Ne se sentant plus d'humeur à reprendre son travail, elle alla s'asseoir à la petite table, les mains sur les genoux, le regard perdu dans le vague, une sensation de vide envahissant tout son être.

Ce fut cette même horrible impression d'être aspirée de l'intérieur, de n'être plus que l'ombre d'elle-même, qui l'étreignit pendant des jours et des jours. Elle restait le plus souvent possible seule, perdant peu à peu contact avec la vie à bord. Coupée du monde extérieur, elle se contentait de survivre en attendant la fin du voyage. Le moment venu, il lui faudrait réunir les lambeaux de son cœur.

Après la visite de Beau, et sur la demande pressante de Stephen Oaks, elle s'était rendue quelques instants sur le pont pour lever tout soupçon concernant sa santé. Elle avait répondu d'un sourire aux salutations des marins, échangé quelques mots avec ceux qui le souhaitaient, mais n'avait jamais engagé d'elle-même la conversation. Le second essaya bien par la suite de la faire sortir de sa coquille, mais en vain. Les efforts de Billy ne furent pas plus couronnés de succès. Seul Philippe eut la chance de pouvoir bavarder en français avec elle, lorsqu'il venait lui apporter son plateau et s'attardait un peu. Tous s'inquiétaient pour la jeune épouse du capitaine. Les rassurant d'un pâle sourire, elle se laissait sombrer dans la solitude.

Quand Noël arriva, ils étaient encore loin de Charleston : près d'un mois de navigation en haute mer. Cerynise consentit à passer la soirée avec son mari, sachant que Stephen Oaks assisterait au dîner. Pour l'occasion, elle offrit à Beau une superbe peinture de son vaisseau, et, à son second, un portrait de lui qu'elle avait également peint sur toile. En retour, M. Oaks lui fit cadeau d'un modèle réduit de *L'Intrépide*, équipé de cordages et de voiles en tissu fin. Cerynise le remercia chaleureusement, aussi touchée par l'intention qu'impressionnée par ses talents de maquettiste.

Philippe s'étant surpassé, ils se régalèrent des mets les plus délicieux qu'il leur avait été donné de goûter depuis longtemps. Puis, quand vint l'heure pour Stephen Oaks de se retirer, Cerynise s'apprêta à le suivre pour regagner sa chambre, mais Beau la retint par le bras et la supplia de bien vouloir lui accorder encore quelques minutes. Craignant qu'elle ne refuse, il assura qu'il voulait lui offrir son cadeau en privé. Cerynise hocha la tête, ne laissant rien paraître de son trouble. Mais dès qu'elle eut rejoint les quartiers privés de Beau, elle se rendit compte que le feu du désir s'était rallumé en elle. Il brûlait si fort qu'elle s'en voulut d'avoir lamentablement échoué dans ses efforts pour se détacher de Beau Birmingham. En vérité, tout son être aspirait à trouver consolation dans ses bras. Tandis qu'il allait chercher son cadeau, elle attendit dans un silence gêné, se sentant vulnérable avec de telles idées en tête.

Beau revint près d'elle avec une jolie boîte sculptée en bois de rose. Il souleva le couvercle, révélant deux figurines de jade posées sur un socle orné de fleurs de lotus. Jamais Cerynise n'avait vu de pièce d'une facture aussi exquise. Cependant, elle n'eut aucun mal à évaluer le coût d'un pareil trésor et le jugea bien trop élevé pour qu'elle puisse l'accepter de la part d'un mari provisoire.

— C'est magnifique, mais je ne pense pas le mériter.

Beau prit entre ses doigts fins la figurine masculine et l'examina de près tout en expliquant :

— D'après ce que l'on m'a dit, ces deux personnages représentent des amoureux légendaires qui eurent à affronter de grandes difficultés avant de pouvoir se marier. J'ai pensé que c'était un cadeau tout à fait approprié, et je dois vous avouer que je serais très contrarié si vous le refusiez.

— Supposez qu'un jour vous deviez en épouser une autre, dit-elle, le cœur serré à cette idée. Ne préféreriez-vous pas l'offrir à celle que vous auriez choisie pour femme ?

— Mais c'est justement ce que je fais. C'est à ma femme que je l'offre ! déclara-t-il avec conviction. Et je serais très honoré que vous acceptiez mon cadeau.

Il y avait une telle tendresse dans son regard que Cerynise sentit son cœur fondre. Elle refoula néanmoins son violent désir de se blottir dans ses bras, la tête posée sur son torse puissant. Car si elle savait que Beau l'accueillerait avec joie, elle savait également qu'elle perdrait toute volonté sous la caresse de ses baisers. Aussi, ne pouvant se faire confiance, elle le remercia dans un souffle et s'éclipsa, fuyant dans sa chambre, où elle passa une nuit sans sommeil à regretter de devoir se tenir à distance de Beau.

Elle souffrit à nouveau du mal de mer, ce qui l'obligea à rester cloîtrée dans la solitude de sa cabine. Bien qu'elle se nourrît régulièrement, elle n'en était pas moins frappée d'une extrême fatigue et passait le plus clair de son temps à dormir. N'ayant plus le goût à peindre, elle faisait de longues siestes le matin et l'après-midi. Billy finit par s'en inquiéter et décida d'en toucher deux mots à son capitaine. Mais lorsque Beau descendit la voir, Cerynise lui assura qu'elle ne souffrait d'aucun mal et que, si elle dormait tant, c'était simplement parce qu'elle n'avait rien trouvé de mieux que le sommeil pour tromper l'ennui d'une si longue traversée. Elle ajouta qu'elle se sentirait probablement revivre dès qu'ils seraient arrivés à Charleston et que, d'ici là, elle n'avait pas besoin d'une infirmière à son chevet. À contrecœur, Beau accepta ses arguments et la laissa en paix.

À partir de ce jour-là, il l'observa plus attentivement, mais toujours à distance. Chaque fois qu'ils se croisaient, ils prenaient soin de masquer leurs émotions et se contentaient le plus souvent d'échanger quelques mots ou un signe de tête. Un soir, alors que Billy avait laissé la porte ouverte, le temps de déposer le plateau-repas, Beau s'arrêta sur le seuil. Comme à l'accoutumée, il rayonnait de vitalité, mais quelque chose dans son regard trahissait une certaine réserve.

— Vous vous sentez bien, ce soir, Cerynise ? demanda-t-il avec courtoisie.

— En excellente forme, capitaine. Merci. Et vous ?

Tandis qu'elle s'efforçait de paraître enjouée, Beau s'étonna de sa pâleur et se mordilla pensivement la lèvre. Ces derniers temps, il lui avait trouvé un air un peu trop solennel, des sourires un peu trop forcés pour laisser croire qu'elle allait vraiment bien. Cependant, même s'il en avait envie, il ne pouvait la forcer à dire la vérité sur son état de santé.

— Tout va comme vous voulez, capitaine ? insista-t-elle, impatiente de le voir partir et de pouvoir respirer.

— Très certainement, madame. (Il marqua une pause puis demanda :) Vous n'hésiteriez pas à m'appeler, n'est-ce pas, si vous aviez besoin de quelque chose ?

— Billy et Philippe s'occupent très bien de moi, capitaine, assura-t-elle, accompagnant sa réponse d'un petit rire léger qui sonna faux même à ses propres oreilles. Il n'y a donc aucune raison que je vous ennuie avec des problèmes sans importance. Vous êtes déjà suffisamment occupé comme cela, je ne voudrais pas prendre sur votre temps.

Beau n'apprécia guère son humour, mais ne fit aucun commentaire et regagna sa cabine.

Dans les semaines qui suivirent, Cerynise se montra plus souvent sur le pont, surtout dans le but de dissiper les soupçons que Beau aurait pu avoir sur sa santé. Appuyée au bastingage, elle contemplait la mer. Suivre du regard les allées et venues de son mari l'aurait conduite sur un chemin qu'elle s'efforçait d'éviter. En fait, s'il lui avait été donné de changer ses rêves en réalité, elle aurait souhaité voir poindre la terre ferme pour que cessent ses tourments.

Après une triste soirée d'hiver, et alors qu'ils naviguaient depuis presque trois mois, son vœu fut enfin exaucé.

11

L'Intrépide arriva en vue de Charleston un matin de la fin janvier. Dès les premières lueurs du jour, Cerynise grimpa sur le pont pour tenter d'apercevoir la ville à travers la nappe de brouillard qui s'étirait tout le long du littoral. Mouettes et goélands tournoyaient au-dessus du navire en lançant leur cri strident, ou voguaient avec insouciance sur la crête écumeuse des vagues.

Puis le soleil commença à monter dans le ciel et un vent frais se leva, chassant la brume. Cerynise se recroquevilla sous sa cape de velours, bien décidée à lutter contre le froid vif plutôt que d'effectuer un sage repli dans la chaleur de sa cabine. Bizarrement, plus que l'euphorie du retour, c'était le soulagement de voir cette traversée se terminer qui habitait tout son être. Elle éprouva cependant un réel plaisir à parcourir du regard les plages de sable blanc, de chaque côté du chenal, et à respirer les effluves des cyprès et des palétuviers qui s'agitaient sous le vent le long du littoral.

En se délectant du spectacle qui s'offrait à sa vue, tandis que les souvenirs affluaient en force, elle se rendit compte à quel point, durant toutes ces années, son pays lui avait manqué. L'arrivée à Charleston marquait la fin d'un long périple, à travers le temps comme sur la mer. À partir du moment où elle poserait le pied sur le quai, elle entamerait un nouveau voyage. Ce serait le début d'une nouvelle vie, qui la verrait s'épanouir et réaliser ses rêves sur cette terre où elle avait grandi.

Une sensation de vertige, désormais familière, l'avertit de la présence de Beau, non loin. Elle se retourna et le découvrit en train de l'observer. Était-ce pour lui faire plaisir qu'il avait pris la précaution de revêtir un manteau ? Et sa casquette de capitaine, l'avait-il déjà portée autrement que de façon désinvolte, légèrement repoussée en arrière ? Qu'importe ! Aux yeux de Cerynise, il était aussi admirable et séduisant qu'il l'avait toujours été, et le resterait probablement à jamais. Comme chaque fois que leurs regards se croisaient, elle sentit son cœur bondir dans sa poitrine.

— Vous avez l'air songeuse, remarqua-t-il en venant s'appuyer à la balustrade, à côté d'elle. Ça ne vous fait pas plaisir d'être de retour au pays ?

— Bien sûr que si ! (Son visage s'illumina d'un vrai sourire, ce qui ne s'était plus produit depuis des semaines.) Mais je suis restée partie si longtemps que cela me fait une impression étrange. Je me demande si les choses ont beaucoup changé depuis mon départ. Peut-être même ne reconnaîtrai-je plus rien à Charleston.

— Je pense que vous vous y retrouverez facilement. Ça n'a pas tant changé que cela.

— J'espère.

Elle s'abstint de lui dire que ce qu'elle craignait le plus était de passer pour une étrangère auprès de ses anciennes connaissances, notamment ses amies d'enfance. Certaines étaient sans doute mariées, peut-être même mères de famille.

Tout en repensant avec tristesse à sa propre situation conjugale, Cerynise lissait le devant de sa robe. Mais elle s'arrêta net quand elle s'aperçut que Beau la regardait d'un air bizarre.

— Y a-t-il des gens de votre famille qui vont venir vous attendre ? demanda-t-elle, exposant son visage au vent pour tenter de dissimuler son trouble et rafraîchir ses joues en feu.

Beau ne put s'empêcher de penser qu'un chaton face à une meute de chiens sauvages montrerait plus d'assurance que sa femme face à lui à cet instant.

— S'ils sont à Harthaven, comme je le pense, il y a peu de chances qu'ils soient au courant de mon arrivée. Dès que je me serai installé, j'irai faire un tour là-bas en voiture. Non seulement j'ai des cadeaux pour eux, mais ma mère m'en voudrait que je sois en ville sans être passé les voir.

— Je tiens de M. Oaks que votre retour à Charleston est toujours attendu par une foule de gens intéressés par votre cargaison. Je suppose que cela doit vous prendre un certain temps de traiter avec eux. Par conséquent, ajouta-t-elle en prenant un air faussement détaché, nous ferions peut-être mieux de voir maintenant comment nous allons procéder pour l'annulation du mariage.

Beau avait déjà examiné la question et pensait lui suggérer de prendre le temps de la réflexion avant d'entamer la procédure de divorce. Il comptait mettre cette période à profit pour lui faire une cour assidue, comme n'importe quel soupirant l'eût fait en vue du mariage. Car, s'il avait toujours en tête de garder sa liberté, il ne supportait pas de devoir renoncer à

Cerynise. La seule idée qu'un autre homme puisse chercher à lui plaire le révoltait.

— Nous aurons tout le temps d'en discuter plus tard, répondit-il. Rien ne presse.

Cerynise prit une profonde inspiration, s'efforçant de rester calme. Si le fait d'être l'épouse temporaire de Beau Birmingham présentait des désagréments, c'était uniquement parce que leur mariage était destiné à être cassé. Reporter cette échéance ne ferait que rendre les choses plus difficiles et douloureuses le moment venu. Compte tenu de ce qu'elle endurait déjà maintenant, elle imaginait sans peine le supplice que ce serait d'entretenir pendant des semaines et des semaines de faux espoirs. Elle ne pourrait pas tricher indéfiniment, ne montrant que la froide indifférence qu'elle s'imposait. Il y avait bien sûr une autre raison, mais à laquelle elle avait préféré ne même pas penser lors de cette discussion, de peur que son trouble ne la trahît.

— Le plus tôt serait peut-être le mieux.

Était-ce un effet de son imagination ou l'avait-elle vu se raidir ?

— Je pensais que nous pourrions nous accorder quelques mois...

— Non, autant en finir avec cette histoire, insista-t-elle à contrecœur.

— Êtes-vous donc si impatiente, madame, de mettre un terme à notre union ?

Cerynise perçut une certaine aigreur dans sa voix et demeura perplexe. Elle observa un bref silence, puis, levant les yeux vers lui, entreprit d'exposer avec tact son point de vue.

— Quand j'aurai emménagé, je n'aurai plus le temps de lambiner si je veux pouvoir vendre assez de tableaux pour vous rembourser et subvenir à mes besoins. Il serait donc préférable de traiter cette affaire avant que je ne sois trop occupée.

— Naturellement, la peinture passe en priorité, répliqua-t-il sur un ton narquois.

Cerynise fut affligée par un tel sarcasme. Pourquoi Beau feignait-il d'ignorer qu'il représentait bien plus pour elle que son talent artistique ? Ne comprenait-il donc pas qu'elle était follement, désespérément amoureuse de lui ? Fallait-il qu'il soit stupide et aveugle pour avoir pensé un seul instant que si elle se refusait à lui, c'était signe qu'elle le rejetait !

— Ne trouvez-vous pas normal que j'attache de l'importance à ma peinture, si je dois assurer seule mon avenir ? Pour l'instant, je ne peux envisager d'autres sources de revenus.

De plus en plus contrarié, Beau se frotta les mains l'une contre l'autre en se mordillant les lèvres.

— Et qu'allez-vous raconter à votre oncle ?

— La vérité. Je suis sûre qu'il comprendra et, comme moi, vous sera reconnaissant pour tout ce que vous avez fait.

Le regard de Beau s'enflamma soudain, ses mâchoires se crispèrent.

— Rien que cela ? Reconnaissante ?

— Je ne devrais pas ? dit-elle, embarrassée.

Il eut beau essayer de déchiffrer ses pensées dans le fond de ses yeux, il n'y trouva aucun signe d'apaisement.

— En ce qui concerne la procédure d'annulation...

— Je ne voudrais surtout pas vous causer de désagréments, dit-elle, le regard tourné vers le littoral. Je crois vous avoir déjà assez importuné comme cela. Faites comme bon vous semblera.

— Il me semble que...

Quand elle le regarda à nouveau, irrésistiblement attirée par son charme viril, il la dévisagea avec le même soin que s'il scrutait le ciel ou une mer changeante. Cerynise ne comprenait pas pourquoi il était fâché qu'elle insiste pour que leur divorce soit prononcé au plus vite, puisque cette séparation, il l'avait prévue et souhaitée.

Beau, lui, était décontenancé. Lorsqu'il avait conçu ce plan pour arracher Cerynise aux griffes de Winthrop, il ne pensait pas qu'il finirait par s'enticher d'elle à ce point pendant la traversée. Mais qu'il fût peu disposé à annuler leur mariage n'avait plus d'importance, car il se rendait compte qu'il avait été bien présomptueux d'espérer qu'elle tenait à lui et reviendrait sur sa décision. Ses aspirations ayant été déçues, il s'efforça néanmoins de ne rien laisser paraître de son désenchantement. Laissant son orgueil lui dicter sa conduite, il déclara d'un ton hautain :

— Dans ce cas, madame, mon avocat vous contactera.

Effondrée, Cerynise acquiesça d'un signe de tête. Elle avait la gorge nouée, ses doigts étaient crispés sur la rambarde, et, bien qu'elle se tînt sur le pont, le visage fouetté par le vent, il lui semblait manquer d'air. Cependant, elle garda les yeux fixés sur le rivage et feignit l'indifférence jusqu'à ce que Beau s'éloigne.

Poussé par le vent et la marée, L'Intrépide entra bientôt dans la baie. La ville blanche scintillait comme un bijou incrusté de joyaux sous le soleil matinal. Au-delà des grands mâts des vaisseaux entassés dans le port, on apercevait les clochers des églises qui se dressaient vers le ciel, et tout autour du promontoire, des édifices de deux ou trois étages. Cerynise se surprit à être aussi éblouie que n'importe quel voyageur arrivant pour la première fois à Charleston par bateau.

Soudain, Beau lança un ordre qui retentit sur tout le pont. Aussitôt les hommes s'activèrent au gréement, on ferla les voiles, et tandis que le vaisseau n'était plus qu'à un mille du quai, Cerynise sortit de sa rêverie pour regarder la foule massée sur le quai. Selon la coutume, la nouvelle de l'arrivée de *L'Intrépide* avait dû se répandre comme une traînée de poudre dans les rues de Charleston, et hommes, femmes, enfants, simples badauds ou commerçants étaient venus prendre part à la fête.

Songeant qu'elle pourrait profiter de la liesse générale pour s'éclipser discrètement, Cerynise descendit dans sa cabine et remplit en hâte une petite valise avec les quelques affaires qu'elle souhaitait emporter tout de suite. Le reste était depuis longtemps rangé dans les malles, qui seraient remisées dans un coin en attendant que son oncle vienne les chercher.

Quand elle fut prête, elle se planta au milieu de la pièce et parcourut du regard ce qui avait été son refuge durant la dernière partie de la traversée. Déjà, cet endroit perdait son caractère familier, et Cerynise pressentait que d'ici quelques semaines elle n'en aurait plus aucun souvenir. Ce qui n'était pas le cas de la cabine du capitaine, qui, elle, resterait à jamais gravée dans sa mémoire.

La sirène du bateau retentit par trois fois, annonçant la fin du voyage. Cerynise ne put s'empêcher de penser que c'était là une façon bien banale de conclure l'histoire compliquée et douloureuse qu'elle venait de vivre. Elle poussa un soupir et, ravalant ses larmes, referma la porte sur son passé.

Lorsque Cerynise réapparut sur le pont, les amarres étaient déjà fixées et la passerelle de débarquement mise en place. Des familles entières se pressaient pour accueillir les membres d'équipage, heureux de retrouver des visages familiers et chers à leur cœur. Le quai grouillait de monde, mais il en arrivait encore, déferlant des rues adjacentes. Plusieurs voitures de maître s'arrêtèrent au milieu de cette foule composite et braillarde pour déposer des passagers qui, à peine avaient-ils mis pied à terre, s'élançaient avec enthousiasme vers le vaisseau. Un cocher noir aida deux jeunes demoiselles à descendre d'une magnifique voiture à capote. L'instant d'après, elles apparurent en haut de la passerelle et cherchèrent à attirer l'attention de Beau par de grands cris entremêlés de rires.

— Suzanne ! Brenna ! s'exclama-t-il joyeusement. Que faites-vous donc ici ?

En quelques enjambées, il couvrit la distance qui les séparait de lui et leur ouvrit grands ses bras. Après les avoir tendrement serrées sur son cœur et embrassées toutes deux sur les joues, il s'écarta de quelques pas pour mieux les admirer.

Les deux jeunes filles ayant les mêmes yeux bleu vif et les mêmes cheveux noirs que lui, Cerynise en conclut que ce devait être des personnes de la famille Birmingham qu'il ne s'attendait pas à voir. Soucieuse de ne pas paraître indiscrète, elle alla s'accouder au bastingage, d'où elle pouvait néanmoins les observer et les entendre.

La plus grande expliquait d'un ton enjoué la raison de leur présence en ville.

— On était venues faire des courses, mais lorsqu'on a appris que les gardes-côtes avaient aperçu ton bateau, il a fallu qu'on se dépêche pour ne pas rater l'occasion d'aller dire bonjour à notre frère avant qu'il ne reparte à l'autre bout du monde.

— Voyons, Suzanne, ce n'est pas si terrible que ça, protesta Beau. (Il se tourna vers la plus jeune et s'amusa à la taquiner.) Tu as presque l'air d'une grande fille raisonnable maintenant, Brenna. Tu ne te fais plus de nattes ?

— Pfff ! lança-t-elle, feignant le mépris. Je te signale, cher Beauregard Birmingham, que je n'ai jamais eu de nattes. Tu le sais très bien ! Et si tu veux bien faire un petit effort de mémoire, tu te souviendras que j'ai seize ans. Par conséquent, je ne suis pas « presque » mais tout à fait raisonnable.

— J'ai l'impression que, lorsque nous nous sommes quittés la dernière fois, tu étais encore pataude. Mais je dois avouer que depuis tu as acquis une certaine grâce. Allons, dis-moi, est-ce que tous les jeunes aristocrates terriens de la région te font encore les yeux doux ?

— Oh, tais-toi ! s'exclama-t-elle en faisant la moue. Tu sais très bien que papa sort le fusil chaque fois qu'il voit un jeune homme approcher. Tu veux que je te dise le fond de ma pensée ? Eh bien, tant qu'il montera la garde comme ça, je n'ai aucune chance de me retrouver assez près d'un de ces garçons pour me rendre compte s'il est beau ou pas.

— Crois-moi, chère petite sœur, il a de bonnes raisons de te surveiller avec autant de dévouement. En tant qu'homme, je partage tout à fait son point de vue.

— Oh, bien sûr ! Vous, les hommes, vous êtes tous pareils, se moqua-t-elle. Papa prétend que je suis tout le portrait de maman, et pourtant elle avait mon âge quand ils se sont mariés. Si on le laisse faire, je serai une vieille fille de vingt ans quand il permettra enfin à un gentleman de venir me voir.

— Je croyais que maman avait dix-huit ans lorsqu'elle a épousé papa, glissa finement Beau.

— Eh bien, je les ai presque, répliqua-t-elle en lui tirant la langue.

— Qu'est-ce que maman t'a dit, à ce sujet ? la réprimanda Suzanne, indignée. Tant que tu continueras à enquiquiner le monde avec ce genre de bêtise, on te considérera comme une vilaine gamine insolente, et rien d'autre.

Aussitôt, les deux sœurs commencèrent à se chamailler, et Beau en profita pour essayer de voir où se trouvait sa femme. Il pensait qu'en renouant connaissance avec sa famille Cerynise en reviendrait peut-être à de meilleurs sentiments.

— Allons, les filles, ça suffit ! insista-t-il, s'immisçant dans leur prise de bec. Arrêtez de vous quereller, ce n'est pas convenable. Venez plutôt avec moi, je voudrais vous présenter à quelqu'un.

Les prenant toutes deux par la main, il les conduisit jusqu'à Cerynise, qui regardait la ville d'un air songeur. Avant même qu'il ne lui tape sur l'épaule pour attirer son attention, elle s'était retournée.

— Cerynise, voici mes sœurs, Suzanne et Brenna… Je suis sûr que vous vous souvenez des Kendall, ajouta-t-il à l'intention des deux jeunes filles. Eh bien, Cerynise est la fille de Marcus Kendall.

— Mais oui, je me souviens parfaitement de vous ! s'exclama Suzanne en échangeant une poignée de main chaleureuse avec Cerynise. Vous veniez souvent à Harthaven avec votre père, mais vous avez beaucoup changé depuis lors ! Je ne vous aurais jamais reconnue si Beau ne nous avait pas dit votre nom. Qu'est-ce qui vous amène ici, si ce n'est pas trop indiscret ? La dernière fois que nous avons eu de vos nouvelles, vous partiez vivre en Angleterre, chez cette adorable Mme Winthrop. (Elle tourna la tête, cherchant du regard la vieille dame qu'elle avait toujours considérée comme un modèle de grâce et d'élégance.) Elle n'est pas venue avec vous ?

— Hélas, non, je suis seule, répondit doucement Cerynise. Mme Winthrop est décédée peu de temps avant que je ne quitte Londres.

— Oh, quel malheur ! se lamenta Brenna, lui témoignant toute sa sympathie en lui prenant les mains. Nous sommes sincèrement désolées. Mais nous sommes ravies de vous revoir. Il faut absolument que vous veniez nous rendre visite dès que vous serez installée.

Cerynise n'avait pas manqué de remarquer que Beau s'était glissé derrière elle et le sentait impatient. Grâce au fil invisible mais solide qui continuait à la relier aux pensées et au cœur de son mari, elle sut qu'il guettait le moment opportun pour la présenter à ses sœurs non plus comme Mlle Kendall, mais Mme Birmingham.

Malheureusement, Brenna, qui ne se doutait de rien, ne lui en laissait pas l'occasion, poursuivant le récit de ses souvenirs.

— À l'époque où on fréquentait la même école privée, vous vous débrouilliez déjà très bien avec un pinceau. Je me rappelle que vous faisiez des portraits remarquables, et que j'aurais bien aimé que vous fassiez le mien, mais je n'ai jamais osé vous le demander parce que j'étais trop jeune… enfin, j'avais un ou deux ans de moins que vos amies proches. J'espère que vous peignez encore ?

— Presque aussi bien que Rembrandt, commenta Beau dans un sourire.

— Oh, comme c'est excitant ! s'exclama Brenna, les yeux pétillants d'enthousiasme. Je vais en parler à papa. Il n'y a pas longtemps, je l'ai entendu dire qu'il aimerait avoir un tableau de maman avec ses filles. Il va être très content d'apprendre que nous avons trouvé l'artiste qu'il lui faut.

Devant un tel ravissement, Cerynise ne put que sourire. Cependant, elle jugea plus prudent de refréner son ardeur, afin d'éviter qu'ils se retrouvent tous dans une situation embarrassante.

— Vous ne devriez peut-être pas trop insister auprès de votre père avant qu'il ait vu ce dont je suis capable. Il se pourrait qu'il n'aime pas trop mon travail et préfère engager quelqu'un d'autre.

Il était clair dans son esprit que, plus elle mettrait de distance entre elle et la famille Birmingham, mieux elle s'en porterait. Ou, plus exactement, moins elle souffrirait de ne plus les voir après l'annulation de son mariage. Lorsqu'elle était plus jeune, elle avait toujours été si bien accueillie chez les Birmingham qu'elle s'y sentait comme chez elle. Et parfois, elle s'était même surprise à imaginer qu'elle pourrait un jour devenir leur belle-fille. Mais puisque cela n'arriverait jamais, elle préférait ne pas endurer l'angoisse de savoir qu'elle aurait pu faire partie de la famille si seulement...

— À partir du moment où Beau vous compare à Rembrandt, cela vous place parmi les meilleurs, assura Suzanne avec un rire amical. Je ne sais si vous avez eu l'occasion de vous en rendre compte par vous-même, mais en matière d'art notre frère est un expert. Maintenant, pour ce qui est de notre proposition, ne vous faites pas de souci : nous attendrons que vous soyez bien installée pour revenir à la charge. À ce propos, habiterez-vous chez votre oncle ?

— Oui, mais il ne le sait pas encore.

— Ça me fait penser que Beau ne sait pas non plus ce qui se prépare dans notre famille ! carillonna Brenna.

— Qu'est-ce que l'on me cache ? demanda Beau, un rien soupçonneux.

— Suzanne est fiancée et va bientôt se marier, annonça Brenna avec un sourire espiègle. Michael York a fini par acheter la plantation un peu plus bas sur la route. Dès que tous les détails ont été réglés, il est venu demander la main de Suzanne à papa, et ensuite il s'est mis à genoux devant elle pour la demander en mariage. Tu ne peux pas imaginer comme c'était émouvant de les regarder depuis la porte...

— Brenna, ne me dis pas que tu as osé... ! s'exclama Suzanne.

— Bien sûr que si ! (Puis elle ajouta, toujours avec autant d'excitation dans la voix, mais cette fois à l'intention de son frère :) On va donner un bal à la mi-avril en l'honneur de ce grand événement. Tu es revenu juste à temps pour faire palpiter le cœur de toutes les jeunes femmes avec des rêves de fiançailles et...

— Eh bien, à vrai dire, je...

Beau n'eut pas le temps de terminer sa phrase, M. Oaks réclamant son attention en lui tapotant le bras.

— Capitaine, il y a là un homme qui souhaite acheter tout le lot de meubles que vous avez rapporté.

— Comment est-ce possible ? Il n'a encore rien vu.

— C'est exact. Mais il sait ce qu'il y avait dans les cales de *L'Intrépide* la dernière fois, quand il est arrivé trop tard pour acquérir quoi que ce soit. Aujourd'hui, il ne veut pas rater l'affaire et vous réclame à cor et à cri.

— On ne va pas te retenir plus longtemps, dit Brenna, posant une main sur la manche de son frère. Maman va être aux anges en apprenant que tu es de retour et, comme tu dois t'en douter, elle espérera te voir arriver à la maison avant la tombée de la nuit. N'oublie pas qu'elle tient à toi comme à la prunelle de ses yeux, ne put-elle s'empêcher d'ajouter, moqueuse. Son enfant chéri. Elle tire une telle fierté de son premier-né qu'on se demande quels dieux ont bien pu se pencher sur ton berceau !

— Ne sois pas jalouse, riposta Beau en déposant un baiser sur son front. (Puis il embrassa Suzanne et se tourna vers Cerynise.) Attendez-moi ici, je ne serai pas long, dit-il à mi-voix.

Cerynise fit ses adieux aux deux jeunes filles, qui renouvelèrent leur invitation à passer les voir au plus vite. Elle acquiesça d'un signe de tête, mais, en son for intérieur, elle savait que ce ne serait pas chose facile. Se rendre chez les Birmingham lui causerait sans doute plus de peine que de joie.

Le pont ayant été pris d'assaut par la foule, et Beau étant occupé ailleurs, Cerynise décida de profiter de ce concours de circonstances pour s'échapper. Elle pensait qu'il valait mieux rompre brutalement, avant que le chagrin de devoir quitter son mari ne lui brise le cœur. Cela l'ennuyait beaucoup de partir sans dire au revoir aux hommes d'équipage, qui s'étaient montrés si gentils avec elle, mais elle ne s'en sentait pas le courage. Quant à Stephen Oaks et à Billy, qu'elle aurait souhaité tout particulièrement remercier, elle craignait tant de s'effondrer en larmes devant eux qu'elle jugea préférable de leur envoyer un petit mot un peu plus tard, lorsqu'elle aurait repris ses esprits.

Aucun attelage, aucune voiture dernier cri n'attendait Cerynise sur le quai. Et elle n'avait pas d'argent pour en louer une. C'est donc seule et l'âme en peine qu'elle se fraya un chemin vers la ville. Une centaine de mètres plus loin, elle fit une halte pour regarder le magnifique vaisseau ancré dans le port, et aussitôt regretta de ne pas se trouver à bord, en train d'attendre que son mari ait conclu son affaire pour repartir avec lui. Comme elle sentait les larmes lui piquer les yeux, elle se mordit les lèvres, s'interdisant de pleurer. Mais, malgré ses efforts, elle ne put chasser le sentiment d'abandon qui s'emparait d'elle. Avec un profond soupir de découragement, elle détourna le regard du vaisseau et, reprenant sa valise, s'engagea dans la ruelle à l'opposé des docks.

La maison d'oncle Sterling était située aux frontières de la ville, autrefois délimitées par des murs d'enceinte, dans une petite rue pavée, à l'écart des grandes voies passantes et animées. Elle paraissait d'autant plus retirée que, sur trois côtés, elle était entourée d'un jardin clos – la plus grande fierté d'oncle Sterling, en dehors de sa bibliothèque. Cerynise gardait des souvenirs inoubliables des nombreuses visites qu'elle avait faites avec ses parents dans cette modeste maison.

Elle s'arrêta en face de la demeure et resta un moment pensive. Maintenant qu'elle était arrivée au terme de son voyage, le doute l'envahissait. Comment son oncle allait-il réagir à ce retour inattendu ? Et, lorsque viendrait l'heure des explications, se montrerait-il aussi patient qu'elle l'avait espéré ?

De plus en plus inquiète sur le genre d'accueil qui lui serait réservé, elle traversa la rue à petits pas et, le cœur serré, poussa le portail en fer forgé. Une allée parsemée de coquillages conduisait jusqu'à la treille, qui, au fil des années, avait presque disparu sous le jasmin de Caroline. Bien que celui-ci ne fût pas très beau en hiver, Cerynise se souvenait encore du parfum délicat qu'il exhalait aux beaux jours. Elle arracha au passage une petite branche morte et parcourut les derniers mètres, les yeux fixés sur la porte d'entrée.

Elle s'apprêtait à soulever le heurtoir de laiton quand le martèlement des sabots d'un cheval sur les pavés de la rue attira son attention. Elle se retourna et resta bouche bée en voyant Beau attacher sa monture à un piquet.

— Dites-moi juste une chose ! lança-t-il d'une voix cassante en la rejoignant sur le pas de la porte. C'était trop vous demander que de m'attendre pour que je vous accompagne, comme c'était mon intention ? À moins que vous n'ayez été aussi pressée de me quitter que de faire annuler notre mariage ?

Jamais il n'avait été en proie à un tel accès de colère, incapable de contrôler la virulence de ses propos, et cependant il n'aurait su dire quel était le nœud du problème. En vertu de l'accord qu'ils avaient passé trois mois plus tôt, leur mariage devait être invalidé dès leur arrivée à Charleston. Par conséquent, Cerynise avait tout à fait le droit de partir de son côté. Mais qu'elle ait osé le faire l'avait anéanti. Il avait le sentiment d'être bafoué, trahi, comme n'importe quel mari dont l'épouse vient de le quitter pour un autre. Quand bien même il avait conscience de dramatiser, il ne pouvait s'en empêcher. Maintenant qu'il s'était habitué à l'idée d'avoir Cerynise pour femme – même si leur mariage n'était qu'un simulacre, et malgré ses vieilles réticences à fonder une famille –, il se refusait à la laisser partir et à mettre un terme à leur histoire sans faire d'efforts pour la retenir.

— Est-ce là votre but, faire naître en moi des sentiments contradictoires ? insista-t-il.

À la fois bouleversée et fascinée par ces débordements de rage, Cerynise lâcha une réponse sans aucun rapport avec la question :

— J'étais juste sur le point de frapper à la porte.

Elle n'avait pas eu l'intention de se montrer impertinente. Bien au contraire. C'était plutôt comme si la flambée d'émotions que Beau laissait échapper lui avait fait perdre la raison.

— Vous avez quitté le bateau en catimini, reprit-il sur un ton accusateur. Vous n'avez même pas pris la peine de dire au revoir à mes hommes... ni fait la moindre allusion à votre intention de partir sans moi.

— Vous étiez occupé, je ne voulais pas vous déranger, répondit-elle d'une voix tremblante. Et il m'a semblé que c'était le moment opportun pour descendre à quai.

— Opportun ? Vous vous moquez, madame ! On ne pouvait trouver moment plus inopportun. Savez-vous que j'ai été obligé de tout laisser tomber pour partir à votre recherche ?

— Je suis désolée de vous avoir contrarié à ce point. Je ne pensais pas que cela porterait à conséquence.

— Eh bien, si ! Et grandement, même. Imaginez mon désarroi lorsque je me suis rendu compte que vous n'étiez plus là où je vous avais demandé de m'attendre. Je vous ai cherchée partout sur le bateau, me refusant à croire que vous auriez pu partir sans prévenir, et puis l'un de mes hommes m'a dit qu'il vous avait vue vous faufiler dans la foule. J'aurais dû m'en douter. Ce n'est pas la première fois que vous choisissez le plus mauvais moment pour vous enfuir. En vérité, et sauf votre respect, si je ne vous connaissais pas mieux, je serais tenté de penser que vous avez détalé comme un lapin.

— Je ne suis pas lâche ! s'indigna Cerynise.

— Permettez-moi d'en douter, madame. Chaque fois que vous en avez l'occasion, vous cherchez à me fuir, et j'en suis si contrarié que j'ai souvent pensé au plaisir que je pourrais avoir à fouetter votre ravissant derrière.

Cerynise recula, les mains serrées sur le ventre.

— Vous n'oseriez pas…

Beau demeura interdit. Se pouvait-il qu'elle l'ait pris au sérieux ?

— Sincèrement, croyez-vous que je… ?

— Je ne vous ai jamais vu aussi furieux contre moi !

— Rien d'étonnant à cela, se moqua-t-il, puisque cela ne m'était encore jamais arrivé !

— Je ne voyais pas l'intérêt de tarder à nous séparer, expliqua-t-elle dans un murmure.

— C'est bien ce que j'ai compris, répliqua-t-il d'un ton cinglant. De la façon dont vous vous y êtes prise, vous auriez aussi bien pu me gifler ou me cracher au visage.

— Je suis désolée si vous vous êtes senti humilié, Beau. Telle n'était pas mon intention, ajouta-t-elle, implorant du regard un peu de compassion.

Beau n'avait pas un cœur de pierre. Il se laissa attendrir et, s'approchant de Cerynise, dit d'une voix douce :

— J'ai été jusqu'à supplier qu'on me prête un cheval, pour vous retrouver.

— Mais vous auriez dû savoir où j'allais, remarqua-t-elle, soulagée de voir qu'il avait l'air plus calme.

— Pardi ! Pourquoi croyez-vous que je suis venu ici ?

Il avança, les yeux plongés dans ceux de Cerynise. Instinctivement, elle recula, mais finit par se cogner à la porte. Leurs corps se touchaient presque lorsqu'elle tenta de s'écarter, et soudain, comme par magie, les bras de Beau la retinrent prisonnière. Haletante, les lèvres sèches, elle se sentit prise de vertige et porta une main à son front. Mais, guidée par le cœur et non par la raison, cette main s'arrêta en chemin sur le torse puissant de Beau. Répondant alors à un besoin trop longtemps réprimé, Cerynise s'abandonna au plaisir des caresses.

En quelques secondes, la colère de Beau se dissipa. Leurs deux cœurs battaient maintenant au même rythme et leurs corps, léchés par les flammes du désir, se pressaient fiévreusement l'un contre l'autre. Enfin Beau pencha la tête, sa bouche s'entrouvrit, et Cerynise ferma les yeux, prête à accueillir son baiser.

— Beau...

Son soupir s'étouffa dans un hoquet de surprise alors que la porte de la maison s'ouvrait d'un seul coup, la projetant contre Beau. Ils trébuchèrent tous deux en arrière, mais reprirent aussitôt une attitude digne face à l'homme, cheveux gris et lunettes cerclées de métal, qui les regardait avec des yeux de hibou.

— Oh ! Excusez-moi, dit-il. J'ai cru entendre un bruit dehors et je suis sorti voir... (Il s'interrompit, et un vague sourire éclaira son visage grave.) Cerynise... est-ce bien toi, mon enfant ? Non, ce n'est pas possible, elle est...

— Mais si, c'est moi ! s'exclama-t-elle. Je suis revenue à Charleston.

Oncle Sterling observa un silence, puis demanda, intrigué :

— Et Mme Winthrop... ?

— Elle est morte il y a trois mois.

— Oh, quel malheur ! C'était une femme extraordinaire. (Nouveau silence. Enfin, il regarda à nouveau Cerynise et lui sourit.) Tu ne peux pas imaginer à quel point je suis content que tu sois revenue. Tu m'as beaucoup manqué, tu sais. Je n'ai plus que toi comme famille, à présent.

En quelques mots, il avait réussi à effacer toutes les craintes de Cerynise. Il lui ouvrit ses bras et la serra affectueusement contre son cœur.

— Ma chère enfant, je n'ai cessé de penser à toi, dit-il d'une voix émue. Si j'ai toujours pris un grand plaisir à lire tes lettres, tu ne peux savoir le bonheur que je ressens en ce moment. Je commençais à désespérer de te revoir un jour.

— Maintenant, je suis là, murmura-t-elle, presque aussi émue que lui.

Comment avait-elle pu imaginer que cet homme, qui l'accueillait si chaleureusement, était un personnage froid et distant ?

Beau se tenait à l'écart, soucieux de ne pas troubler l'intimité de ce premier contact, si important pour l'un comme pour l'autre. Un moment plus tard, Sterling Kendall s'adressa à lui avec un large sourire.

— J'en déduis que c'est grâce à vous, capitaine Birmingham, que ma nièce a pu faire le voyage en toute sécurité, et je vous en remercie du fond du cœur.

— Il y a deux ou trois petites choses qu'il faudrait que vous sachiez, monsieur, répondit Beau, prenant Cerynise de court. Et je pense qu'il serait bon que nous en parlions dans le détail.

Oncle Sterling les regarda tour à tour avec curiosité, et, devant l'air consterné de sa nièce, jugea qu'il y avait urgence.

— Bien sûr, capitaine. Allons au salon, si vous le voulez bien. Nous discuterons en prenant le thé.

Il les conduisit dans une pièce spacieuse qui donnait sur le jardin. À cette époque de l'année, seuls quelques camélias étaient encore en fleur, mais en été les arbustes d'ornement et les nombreuses variétés de plantes participaient au plaisir des yeux tout en apportant une note de fraîcheur et d'exotisme. Plus jeune, Cerynise adorait flâner dans les allées pour admirer les parterres de fleurs multicolores et les rosiers grimpants qui agrémentaient les murs du petit belvédère. Elle avait toujours rêvé d'être capable de faire un tableau de ce lieu magique, mais jusqu'à présent elle n'y était pas parvenue.

— Installez-vous à votre aise pendant que je vais chercher la servante, suggéra oncle Sterling. Il y a déjà longtemps que Cora n'entend plus très bien, et ces derniers temps sa vue s'est dégradée, mais elle prétend qu'elle se débrouille très bien pour faire ce qu'elle a toujours fait.

D'après les souvenirs qu'elle en avait, Cerynise songea que Cora devait avoir environ soixante-cinq ans. Et à voir comment la maison était tenue, elle trouvait que la servante, malgré ses infirmités, s'appliquait à la tâche.

Elle alla prendre place sur le sofa, devant la baie vitrée, et à sa grande surprise Beau choisit de venir s'asseoir à côté d'elle plutôt que dans l'un des confortables fauteuils. Quel que soit l'endroit où se portaient leurs regards – niches aménagées dans les murs ou étagères –, il y avait des livres, et quelques volumes de taille plus importante sur le coin de chaque table. Ce fut l'un de ceux-là que Beau prit en main pour patienter. Il commença par le feuilleter d'un air distrait, puis trouva quelque chose qui piqua son intérêt : des dessins de statues grecques et romaines, en regard d'un texte sur les civilisations anciennes. Se rendant compte que Cerynise s'y intéressait aussi, il tourna les pages plus lentement.

— Beau travail, non ? commenta-t-il en regardant sa femme.

Alors qu'elle se tenait jusque-là penchée vers lui, Cerynise se redressa sur son siège, les joues en feu.

— En effet, dit-elle, faussement désinvolte.

— Toutefois, je préfère les originaux aux dessins.

— Reposez le livre, murmura-t-elle. J'entends mon oncle qui arrive.

— C'est comme cela que vous faisiez lorsque vous étiez plus jeune ? s'enquit-il tout en remettant le livre à sa place.

— Que voulez-vous dire ?

— Dévorer des yeux toutes les images d'hommes et de femmes nus que vous trouviez, et vous dépêcher de les dissimuler à l'arrivée de vos parents ?

Tandis qu'il ponctuait ses explications d'un petit rire, Cerynise sentit son trouble grandir et rêva de pouvoir se rafraîchir le visage avec un linge humide.

— Je ne me souviens pas d'avoir déjà consulté ce genre de livres. Mon oncle faisait sans doute attention à ce qu'ils ne tombent pas entre les mains des enfants.

— Pour un historien, ces livres-là n'ont rien d'obscène, remarqua Beau, perfide. Aussi, je m'étonne que le bon professeur les ait tenus cachés.

— Peu importe. Le fait est que je n'en avais jamais vu jusqu'à aujourd'hui ! répliqua-t-elle violemment.

— D'accord, n'en parlons plus. (Mais comme il n'aimait rien tant que la taquiner, il se pencha vers elle et demanda à mi-voix :) Avez-vous déjà peint des hommes nus ?

— Certainement pas !

— Vous ne saviez donc pas à quoi ils ressemblaient avant de me voir ?

— Prenez garde ! Mon oncle pourrait vous entendre.

— Je m'en moque, répondit-il en haussant les épaules.

— Eh bien, moi, non ! Auriez-vous oublié que nous sommes censés réfléchir à l'annulation de notre mariage ?

— Grâce à vous, aucune chance.

Interloquée, elle voulut le questionner davantage mais n'en eut pas le temps. Au même moment, son oncle ouvrit grande la porte, livrant passage à Cora, qui poussait devant elle la table roulante avec le thé, les crêpes chaudes, le pot de lait et le beurre.

Cerynise était sur les nerfs. Elle n'avait aucune idée de ce que Beau avait l'intention de dire à son oncle, mais, quoi que ce fût, elle appréhendait sa réaction.

— Alors, de quoi souhaitez-vous me parler, capitaine ? demanda Sterling après avoir refermé la porte derrière la servante et pris place en face d'eux.

— Je voulais vous annoncer que Cerynise et moi étions mariés.

La jeune femme eut soudain envie de rentrer sous terre et craignit que son oncle s'offensât de ne pas avoir été prévenu plus tôt.

— Puis-je savoir comment vous en êtes arrivés là ? s'enquit-il, une fois remis du choc.

Pressée d'en finir avec cette histoire, Cerynise devança Beau dans ses explications.

— Tout s'est passé très vite et dans l'urgence. Le neveu de Mme Winthrop a essayé de réclamer ma garde après le décès de sa tante, et, quand il en est venu à menacer de faire appel aux autorités pour empêcher *L'Intrépide* de reprendre la mer, Beau… je

320

veux dire le capitaine Birmingham a suggéré que nous nous mariions, afin que nous puissions, lui et moi, quitter l'Angleterre. Nous avons prévu de faire procéder dès que possible à l'annulation du mariage, mais nous tenions à vous mettre au courant tout de suite.

Beau reposa si violemment sa tasse de thé sur sa soucoupe qu'elle se tourna vers lui, l'air inquiet.

— N'ai-je pas expliqué clairement notre situation ?

— Très clairement, madame.

Sterling essaya de déchiffrer l'expression de Beau. De toute évidence, ce jeune homme était contrarié. Mais pourquoi ? Il espéra en apprendre davantage grâce à cette simple remarque :

— Il semblerait que vous ayez tous deux trouvé une solution ingénieuse à un problème épineux.

— Peut-être... En tout cas, votre nièce est de cet avis, répondit Beau en se levant. Je suis désolé, mais je dois retourner à mon bateau. Je suis parti sans laisser d'instructions précises à mon second sur la façon dont j'aimerais voir traiter certaines affaires, et je crains qu'il ne soit très embarrassé.

— Je vous en prie, capitaine. Je vais vous raccompagner.

Au moment où oncle Sterling passait dans le couloir, Beau s'arrêta sur le seuil pour jeter un dernier regard à Cerynise. Désemparée, elle ne trouva rien d'autre à dire que :

— Je suppose que vous m'enverrez les papiers à signer.

Son visage était sombre, son sourire froid et distant.

— Puisque tel est votre désir, madame.

Sur ce, il tourna les talons et suivit oncle Sterling. Tandis que son pas décidé faisait grincer le parquet du couloir, Cerynise s'efforça de retenir ses larmes. Les deux hommes échangèrent encore quelques mots dans l'entrée. Puis la porte s'ouvrit... et se referma avec un claquement définitif qui résonna longtemps dans le cœur meurtri de la jeune femme.

12

Un matin, un peu plus d'un mois après son retour, Cerynise descendit pour le petit déjeuner bien plus tard qu'à l'accoutumée. Elle portait un tablier de peintre, et semblait bel et bien avoir trouvé le courage de se remettre au travail.

Oncle Sterling était déjà installé dans la salle à manger, dont les grandes baies vitrées donnaient sur le jardin ; il dégustait avec entrain son repas matinal, mais, en gentleman, il se leva à l'entrée de sa nièce.

— Je me demandais où tu étais, ma chérie, la salua-t-il d'un ton jovial. Je t'en prie, pardonne-moi d'avoir commencé sans toi, mais j'ai un rendez-vous assez tôt ce matin, pour lequel je ne dois pas être en retard.

Cerynise jeta un coup d'œil rapide aux œufs en ramequin, aux gâteaux à la semoule de maïs, aux saucisses et à la sauce aux pommes présentés sur le buffet, et elle déglutit avec difficulté. Sur ces entrefaites, la servante entra, portant une assiette tiède qu'elle plaça devant la jeune femme. Cependant, Cerynise secoua la tête.

— Merci, Cora, mais je crois que je me contenterai de thé, ce matin.

— Mademoiselle Cerynise, vous devriez manger davantage. Un criquet ne survivrait pas à ce régime !

Sans répondre, Cerynise commença à porter la tasse à ses lèvres, mais au même instant son estomac s'insurgea, et elle eut l'impression d'être à bord de *L'Intrépide*, aux premiers jours du voyage. Elle se hâta de poser sa tasse et détourna le regard.

— Que se passe-t-il ? demanda oncle Sterling, qui avait relevé la tête juste à temps pour la voir fermer les yeux, le visage très pâle.

— Rien.

Cerynise rouvrit les yeux et les posa sur son oncle, occupé à étaler de la marmelade d'oranges sur un muffin tiède. Prudente, elle détourna le regard, et vit son thé effectuer un étrange mouvement de va-et-vient dans la tasse. Elle tendit une main mal assurée pour essayer de stabiliser cette dernière, mais s'aperçut aussitôt qu'elle ne bougeait pas. C'était simplement son estomac qui lui jouait des tours. Cette fois, ses mains se mirent à trembler de façon visible, et elle les ramena très vite à elle pour les serrer l'une contre l'autre sur ses genoux.

— Si, tu as des soucis, décréta oncle Sterling en lâchant son muffin. (Il repoussa sa chaise et s'approcha du côté de la table où elle était assise.) Tu es aussi pâle qu'une voile de bateau, ce matin, ma chérie. Que t'arrive-t-il ? Tu as de la fièvre ?

Il pressa les doigts sur son front pour s'en assurer lui-même.

— Non, je vais bien, murmura Cerynise d'un ton faible, peu convaincant.

Elle se sentait en forme... À ceci près qu'elle était incapable de garder la moindre nourriture dans son estomac, et qu'elle était en permanence étrangement lasse.

324

— Je suis seulement un peu fatiguée, c'est tout, affirma-t-elle.

— Eh bien, ce n'est pas étonnant, répondit oncle Sterling en reprenant sa place. Tu es restée ici à broyer du noir toute la semaine ! Pour moi, cela ne fait aucun doute : tu t'ennuies, après l'excitation du voyage. Une jeune fille comme toi devrait sortir, se faire de nouveaux amis, se rendre à des bals. Peut-être qu'une promenade te remonterait le moral ? La journée promet d'être très belle, et mon rendez-vous ne devrait pas me prendre plus d'une heure. À mon retour, j'espère que tu me feras le plaisir de m'accompagner pour marcher un moment.

— Si vous insistez, mon oncle, acquiesça Cerynise d'un air morne, peu enthousiaste.

En dépit des longues explications qu'elle avait fournies à Beau sur son besoin d'installer un atelier et de retourner à sa peinture, elle avait fort peu progressé en ce sens. Et même lorsque oncle Sterling avait suggéré d'organiser une grande réunion avec de vieux amis de la famille, elle avait poliment refusé : elle ne souhaitait aller nulle part et n'avait envie de voir personne.

— Peut-être pourrions-nous nous promener le long de Broad Street et faire quelques courses ? proposa-t-il.

Les femmes appréciaient toujours ce genre de choses et, pour une fois, il avait envie de se promener en ville avec sa si jolie nièce à son bras.

— D'après ce que j'ai entendu dire, on y trouve d'excellentes modistes.

Cerynise ne savait pas si elle devait rire ou pleurer. La dernière chose dont elle eût besoin était bien d'être mesurée par une couturière… Cela ne manquerait pas de faire scandale. Mais son cher oncle était si inquiet qu'il s'imaginait qu'une nouvelle robe la tirerait de sa déprime. Lui qui ignorait tout de la mode féminine était prêt à consacrer une partie de son temps et de son argent à l'accompagner chez une couturière, dans l'espoir qu'ensuite elle se sentirait mieux.

Elle le regarda avec tendresse.

— J'adorerais vous accompagner, oncle Sterling, mais peut-être ferions-nous mieux de visiter quelques librairies. Je ne me sens pas d'humeur à acheter du tissu ou à discuter de mode, pour l'instant.

Son oncle accueillit cette suggestion avec un soulagement évident qui la fit sourire.

Bientôt, il la quitta pour son rendez-vous, non sans lui avoir arraché la promesse de manger quelque chose. Cependant, à peine avait-elle goûté un tout petit peu de gâteau de semoule que son estomac s'insurgea. Elle parvint à remonter dans sa chambre in extremis, mais, lorsque la nausée se fut dissipée, elle se sentait si faible qu'elle dut s'allonger. Finalement, cependant, les spasmes se calmèrent, et elle put commencer à se préparer, la mort dans l'âme.

Lorsque oncle Sterling revint, une heure plus tard, Cerynise l'attendait dans le vestibule. Elle avait choisi une robe de laine bleu ciel bordée de velours marron, et dotée d'un large col, marron lui aussi. C'était la seule de ses robes de jour qui fût assez lâche pour lui permettre de ne pas porter de corset. Dans la mesure où il ne faisait pas trop froid, elle avait renoncé à prendre une cape et avait préféré s'envelopper dans un large châle de cachemire aux motifs bleu pâle et marron. Sur ses cheveux impeccablement coiffés, elle avait placé un coquet petit chapeau bleu, orné de plumes de faisan. Son sourire suggérait qu'elle n'avait pas le moindre souci sur terre.

— Tu es prête ! s'exclama oncle Sterling, heureux de la voir si engageante. (Il lui offrit galamment son bras.) Nous y allons ?

Il faisait un temps splendide ; le ciel était d'un bleu vif, et la brise marine, chargée des premières senteurs printanières, éveillait les sens et réjouissait les cœurs. Où qu'elle regardât, Cerynise voyait des hommes et des femmes élégamment vêtus entrer et sortir des magasins, témoins éloquents de la prospérité de Charleston. Certains, devinait-elle, venaient des plantations voisines, d'autres peut-être étaient les propriétaires des moulins qui bordaient la rivière Ashley, ou avaient fait le voyage depuis plus loin encore. Elle reconnaissait de temps en temps un accent du Nord, qui contrastait avec celui, plus traînant, des natifs de la Caroline. On voyait également des Européens un peu partout. Après avoir vécu dans une cité aussi vaste que Londres, Cerynise ne pouvait guère considérer Charleston comme une métropole ; néanmoins, la ville possédait un charme à part. La plupart des citoyens semblaient posséder à la fois le goût de l'aventure et un instinct aigu du commerce ; ces qualités, combinées au sens de l'hospitalité typique du Sud, faisaient d'une matinée de courses une expérience très agréable. Cerynise se retrouva tout naturellement engagée dans plus d'une conversation avec tel ou tel commerçant ou vendeur. Ces discussions abordaient des sujets aussi divers que l'agréable temps de ce mois de mars ou les différentes pièces de théâtre qui se jouaient dans les théâtres locaux. Après s'être surprise à rire d'une remarque spirituelle, la jeune femme se rendit compte que le seul fait d'être ainsi sortie en ville lui avait considérablement remonté le moral.

Cette bonne humeur inespérée ne dura pas, cependant. Au détour d'une rue, en effet, Cerynise aperçut un attelage élégant qui s'immobilisait devant la boutique de l'une des couturières les plus renommées de Charleston, Mme Feroux. Un homme de haute taille, aux épaules larges, descendit de la voiture avant d'aider la personne qui l'accompagnait à faire de même.

Il s'agissait d'une jeune femme brune, d'une beauté à couper le souffle, et Cerynise n'aurait pu détacher son regard d'elle si toute son attention n'avait été concentrée sur son compagnon – lequel n'était autre que son propre mari ! À partir de ce moment, elle fut envahie par un sentiment d'abattement auquel se mêlait une bonne dose de jalousie.

Les dents de Beau, d'un blanc immaculé, contrastaient avec sa peau mate tandis qu'il rejetait la tête en arrière et riait d'une remarque de la ravissante créature. Il était exceptionnellement bien vêtu, et ressemblait en tout point à l'aristocrate du Sud qu'il était. En vérité, son apparente nonchalance aurait fait pâlir d'envie n'importe quel dandy londonien. Sa jaquette grise du tissu le plus fin était mise en valeur par son pantalon aux fines rayures grises et son gilet en soie à col châle, aux rayures plus larges. Une cravate gris perle en soie gaufrée venait compléter cet ensemble. Elle était arrangée sous le col amidonné de la chemise blanche, et Cerynise se demanda avec un pincement au cœur si Beau avait demandé à sa jeune compagne de l'aider à la nouer... Son haut-de-forme gris foncé était posé un peu de biais sur ses cheveux sombres, et, si c'était possible, il était encore plus séduisant qu'autrefois. La petite brune pétillante était de toute évidence de cet avis, elle aussi ; elle se pencha vers lui, effleurant comme par mégarde son bras de sa poitrine menue, lui décocha un sourire éblouissant et posa une main légère sur son large torse.

— Vraiment, Beau, gazouilla-t-elle, où sont vos manières ? Ce n'est sûrement pas trop attendre de vous que…

Elle s'interrompit en se rendant compte qu'il ne faisait plus attention à elle. Confuse, elle suivit son regard jusqu'à l'objet de sa distraction, et pendant une fraction de seconde ses yeux sombres se figèrent en une expression d'arrogant déplaisir tandis qu'elle jaugeait la beauté aux cheveux fauves qui avait capté l'attention de son chevalier servant.

Beau fit un pas de côté pour se dégager de l'étreinte de sa compagne, ce qui ne se révéla pas aisé, dans la mesure où elle s'agrippait au col de sa veste. Souriant, il souleva son chapeau en direction de son épouse.

— Quel plaisir de vous revoir, Cerynise !

C'était sans doute, songea Beau, les mots les plus sincères qu'il eût prononcés de sa vie. Il n'avait pas revu Cerynise depuis le jour où il avait quitté, ivre de rage, la maison de son oncle, mais il aurait été faux de dire qu'il n'avait pas pensé à elle. En fait, elle avait constamment occupé ses pensées ; et les souvenirs qui n'avaient cessé de le harceler avaient fait de cette séparation une torture.

Lorsqu'il avait aidé Sterling Kendall à charger les affaires de Cerynise dans un attelage, tous ses instincts lui avaient crié de demander au vieux professeur des nouvelles de la jeune femme, mais sa fierté l'en avait empêché. La détermination avec laquelle elle avait demandé l'annulation de leur mariage l'avait mis en fureur, et il n'avait trouvé d'autre moyen d'apaiser sa colère que de se forcer à l'ignorer, au point qu'il avait même refusé de voir son avocat, de peur que cette entrevue ne ranime sa rage.

Hélas, ce qu'il avait envisagé comme une punition pour elle s'était en définitive révélé un enfer pour lui.

Aussi n'était-il guère surpris du plaisir qu'il éprouvait à la revoir. En vérité, le seul fait de la regarder l'emplissait de joie, et il lui fallut un bon moment pour s'apercevoir qu'elle non plus n'était pas seule.

— Professeur Kendall, comme je suis content de vous revoir !

— Le plaisir est partagé, répondit gaiement Sterling, qui n'avait pas conscience de la tension qui régnait entre sa nièce et le capitaine.

Leur manège, en revanche, n'avait pas échappé à la compagne de Beau, et il était loin d'être à son goût... À l'idée qu'un homme pût observer une autre femme en sa présence, ainsi que le faisait Beau Birmingham en cet instant, elle avait envie de sortir ses griffes, tel un félin en colère. C'était la première fois de sa vie qu'il lui fallait partager avec une autre l'attention d'un homme ; elle était fort populaire et avait tant d'admirateurs qu'elle pouvait se permettre de trier ceux avec lesquels elle s'affichait.

De tous les célibataires de Charleston, Beau Birmingham était celui qui se montrait le plus réticent à son égard. Mais c'était aussi le plus riche et, à n'en pas douter, le plus bel homme de la ville, si bien qu'elle était déterminée à le pousser au mariage. Dès lors, cette Aphrodite aux cheveux fauves qu'il observait sans vergogne était à classer dans la catégorie des rivales ; et à ce titre, il lui faudrait se débarrasser d'elle, d'une manière ou d'une autre.

La brunette tira sur la manche de Beau, espérant l'obliger à lui accorder son attention. Il sursauta légèrement et regarda autour de lui ; pendant un instant, il parut ne pas la reconnaître. Cependant, il ne tarda pas à recouvrer ses bonnes manières et se hâta de faire les présentations.

— Cerynise, voici Mlle Germaine Hollingsworth. Germaine, je suis sûr que vous vous souvenez de Cerynise...

Germaine cligna des yeux d'un air confus.

— Non, Beau, j'ai bien peur que non, répondit-elle en se tournant vers lui avec perplexité.

— J'étais persuadé que vos chemins s'étaient croisés, à un moment ou à un autre.

C'était une conjecture raisonnable, dans la mesure où la brune jeune femme n'était que d'un an ou deux ans plus âgée que son épouse ; et d'ailleurs, elle avait beau le nier, c'était lui qui avait raison.

Cerynise ne se souvenait que trop bien de Germaine. La délicate demoiselle Hollingsworth et elle avaient étudié dans la même institution : celle à laquelle toutes les familles aisées de Charleston confiaient leurs filles afin de leur assurer les manières propres à leur rang. Germaine avait fait partie d'un petit groupe d'élèves qui prenaient plaisir à tourmenter la fillette un peu gauche que Cerynise était alors, une enfant qui ne pensait pas que le monde se résumait à porter de jolies toilettes et à espionner les garçons. Plus d'une fois, Cerynise avait été en butte aux méchancetés de Germaine et de ses amies, dont les langues eussent fait pâlir d'envie toutes les vipères de la terre.

— Beau, chéri, nous ne devons vraiment pas nous attarder, insista Germaine d'un ton faussement timide. Vous aviez promis...

— ... de vous emmener en calèche chez Mme Feroux. (D'un geste de la main, Beau indiqua la boutique derrière eux.) Et vous voici arrivée.

— Suis-je bête ! s'exclama Germaine en riant et en secouant sa tête élégamment coiffée, comme si sa méprise l'embarrassait. Je m'étais à peine rendu compte que nous étions déjà ici !

Elle battit des cils et posa sur Beau un regard avide qui, songea Cerynise, eût convenu davantage à un loup affamé qu'à une jeune femme de bonne famille.

— J'ai toujours eu énormément de mal à trouver ce qui convient le mieux à une silhouette aussi fine que la mienne, et tout le monde affirme que vous avez le goût le plus divin, Beau. Alors, je me demandais si vous pourriez m'aider à...

— J'ai bien peur que non.

Beau avait répondu sans même jeter un regard à Germaine : il semblait fasciné par Cerynise, qui pour sa part était atterrée par toutes ces opérations de charme.

La jolie bouche de Germaine se serra. Cependant, elle n'était pas prête à céder.

— Comment pouvez-vous vous montrer aussi dur envers moi, Beauregard Birmingham ? Certes, j'ai entendu des rumeurs sur vos manières un peu rudes de capitaine au long cours, mais je vous rappelle que vous êtes également censé être un gentleman, et un gentleman ne refuserait jamais à une dame...

— En suis-je vraiment un ? s'enquit-il d'un ton distrait.

— Un quoi ? demanda Germaine avec agacement.

— Un gentleman ?

Bien que la question eût, en apparence, été adressée à Germaine, Beau n'avait pas quitté sa femme des yeux une seconde.

— Diriez-vous cela, vous, Cerynise ?

Cerynise était vaguement consciente du regard aigu que son oncle Sterling posait sur Beau et sur elle. Nul doute que le brave homme ne comprenait pas pourquoi elle s'était empourprée, tout à coup, ni pourquoi elle tremblait de façon incontrôlable. Elle ne souhaitait pas flatter son mari devant sa coquette compagne ; aussi répondit-elle de façon aussi neutre que possible.

— Si vous n'en étiez pas un, monsieur, vous ne souhaiteriez sans doute pas que je le clame sur tous les toits, déclara-t-elle d'une voix qu'elle trouva étrangement faible. Quant à vous flatter devant votre amie, cela me semble risqué. Sait-on où tout cela pourrait vous conduire ?

« Au lit ? » ajouta-t-elle in petto, mélancolique.

Conscient de la tension qui habitait sa nièce, oncle Sterling s'éclaircit la gorge.

— Avez-vous l'intention de demeurer longtemps à Charleston, capitaine Birmingham ?

— Peut-être un peu plus longtemps que d'habitude, professeur Kendall. J'ai des affaires importantes à régler. (Son regard se posa une fois de plus sur Cerynise, comme pour indiquer qu'elle était au centre de ces « affaires importantes ».) Je demeurerai probablement ici jusqu'au milieu de l'été, voire plus longtemps.

Sterling était de plus en plus stupéfait.

— Votre fascination pour la mer commencerait-elle à s'éroder, alors ?

— Je ne dirais pas cela, répondit Beau en haussant ses larges épaules, mais d'autres problèmes m'ont beaucoup accaparé dernièrement, et je voudrais les résoudre d'une manière ou d'une autre avant d'envisager de repartir.

Cerynise était certaine qu'il faisait référence à l'annulation de leur mariage. Cependant, il pouvait difficilement lui en vouloir du délai ; cela faisait plus d'un mois qu'elle attendait les papiers légaux, et il ne les lui avait toujours pas envoyés. Elle commençait même à se demander s'il ne les avait pas oubliés ! Sans doute s'imaginait-il qu'il avait tout son temps. Il aurait été fort choqué d'apprendre qu'il en allait tout autrement...

Germaine était visiblement ravie d'apprendre qu'il allait s'attarder en ville.

— Oh, Beau, ce sera tellement agréable de vous avoir à Charleston, pour une fois ! Cela vous permettra d'assister au bal du printemps, cette année, et dans la mesure où je n'ai pas encore choisi de cavalier... enfin, nous pourrons en discuter plus tard. Quoi qu'il en soit, j'ai toujours pensé que partir en mer vers toutes ces contrées devait être terriblement dangereux. Chaque fois que vous embarquez, je me demande si vous reviendrez. Au moins, pendant quelque temps, je n'aurai pas à m'inquiéter.

— Je me demande si nous serions ici aujourd'hui, si nos aïeux avaient eu peur du danger, répondit Beau d'un ton distrait, une fois de plus sans accorder un regard à la jeune femme.

— J'espère que vos affaires ici se régleront au mieux, capitaine, déclara Cerynise d'une voix douce.

Elle ne put résister à la tentation de souligner que c'était lui qui était censé s'occuper de l'annulation de leur mariage.

— Peut-être avez-vous été très occupé ces derniers temps, au point d'avoir oublié M. Farraday...

— M. Farraday ? répéta Germaine en fronçant les sourcils d'un air perplexe. Parle-t-elle de l'avocat ?

Elle ne reçut aucune réponse : nul ne lui accordait la moindre attention. Oncle Sterling était bien trop occupé à observer sa nièce et le capitaine. Cerynise, pour sa part, ne pouvait s'empêcher de fixer Beau avec fascination. Sa mâchoire s'était crispée ; à présent, il la regardait si froidement que ses traits évoquaient ceux d'un pirate. Il était évident qu'elle l'avait mis hors de lui une fois de plus, mais pourquoi donc ? C'était bien de l'annulation qu'il avait voulu parler, non ?

— À partir de maintenant, je m'assurerai que M. Farraday se montrera diligent en tout point, mademoiselle Kendall, rétorqua-t-il d'un ton glacial. Je vous souhaite une bonne journée à tous les deux.

Après un bref signe de tête en direction de l'oncle de Cerynise, il glissa une main sous le bras de Germaine et escorta la jeune femme, aussi surprise que ravie, à l'intérieur de la boutique.

Oncle Sterling hésita un moment avant d'offrir son propre bras à Cerynise. Cependant, voyant qu'elle continuait à regarder dans le vide, en direction de l'endroit où s'était tenu le capitaine, longtemps après qu'il eut disparu dans la boutique, Sterling lui prit la main et la posa doucement au creux de son coude. Cerynise se mit en marche comme une poupée sans vie, tandis qu'il la tirait à son côté.

— Je voulais te parler de ces papiers, ma chérie. Es-tu sûre de souhaiter vraiment cette annulation ?

Cerynise, encore dans un état second, n'entendit pas un mot. Pourquoi avoir ainsi éloigné Beau d'elle, et l'avoir jeté entre les griffes de Germaine Hollingsworth ? Dès qu'il était question de lui, elle perdait la tête et réagissait comme une parfaite idiote. À force de détruire bêtement, systématiquement toutes les chances qui lui étaient offertes de garder l'homme qu'elle aimait de toute son âme, il ne fallait pas qu'elle s'étonne d'être condamnée à souffrir toute sa vie !

Comme pour souligner sa détresse, son estomac se mit à se révolter. Choquée par ce qu'elle éprouvait, Cerynise gémit doucement et tituba ; elle faillit même tomber à genoux. Sterling l'attrapa par le bras et la regarda avec inquiétude. Son visage livide, ses traits tirés suffirent à le convaincre qu'il était temps de rentrer ; il leva la main pour héler un attelage de location et se hâta de la faire monter à l'intérieur.

— Si cela continue, ma chérie, déclara-t-il pendant que la voiture s'élançait le long des rues pavées, j'insisterai pour que tu voies mon médecin.

Cerynise secoua la tête et tourna le visage vers la vitre pour dissimuler ses larmes.

— Je vais bien, vraiment, affirma-t-elle. J'ai seulement eu un peu chaud, j'imagine.

Son oncle grommela quelques mots à propos du temps, qui n'était pas particulièrement chaud, mais il ne poussa pas le sujet plus loin. Il commençait à avoir des doutes, et n'était pas loin de nourrir des soupçons quant à l'intégrité du capitaine Birmingham.

Lorsqu'ils atteignirent la maison, Cerynise s'excusa et monta se reposer dans sa chambre. Elle se débarrassa de sa robe et de ses chaussures avant de s'allonger sur son lit. Avec un sentiment d'effroi mêlé de respect, elle passa les mains sur son abdomen, où une courbe commençait à se dessiner. Combien de temps s'était écoulé depuis cette seule nuit d'amour ? Quatre mois, à une semaine près ? En tout cas, assez longtemps pour que les mouvements du bébé fussent devenus forts et sûrs. Tous les efforts qu'elle avait faits pour se refuser à Beau après ce bref épisode avaient été vains ; sa semence avait déjà trouvé un terrain fertile, et elle portait en son sein une partie de lui, peut-être la seule qu'il lui serait donné de conserver. Les gens ne tarderaient pas à remarquer que son ventre ne cessait de s'arrondir, et les commentaires désobligeants iraient bon train. Pourtant, elle ne pouvait se résoudre à supplier Beau d'abandonner sa liberté pour l'amour de leur enfant. C'était là un choix qu'il lui faudrait faire de lui-même.

Ce fut une longue nuit sans sommeil. Cerynise en passa l'essentiel à se demander comment se débrouiller avec sa maternité. Elle finit par décider qu'il serait préférable, pour son bébé comme pour elle, qu'elle emménage dans une autre ville du Sud, où elle pourrait se présenter comme une jeune veuve. Après tout, elle était bel et bien tombée enceinte dans le cadre des liens sacrés du mariage – même si c'était la mort de cette union, et non celle de son mari, qu'elle pleurait à présent. Une fois qu'elle serait installée, elle pourrait recommencer à peindre et, avec un peu de chance, elle réussirait à vendre ses œuvres discrètement, comme autrefois. Si tout allait bien, il ne lui faudrait pas trop longtemps pour se faire une vie bien à elle et avoir une situation honnête avant la naissance du bébé.

Il était tard, le lendemain matin, lorsqu'elle finit par descendre. Elle avait passé une blouse sur sa robe ; c'était en effet devenu indispensable. Dans la mesure où son oncle était absorbé par la rédaction d'un livre sur les Grecs anciens, elle espérait qu'il serait enfermé dans son bureau, où il travaillait d'ordinaire. Elle trouva en effet les portes fermées et, avec un soupir de reconnaissance, elle se dirigea vers la salle à manger, près de la cuisine, où l'on servait d'ordinaire le petit déjeuner. Elle avait moins mal au cœur ce matin-là que les jours précédents, et elle se demanda si ses nausées persistantes n'étaient pas en partie dues à ses émotions exacerbées. Elle avait entendu parler de femmes qui vomissaient jusqu'aux derniers jours de leur grossesse, mais elle espérait que ce ne serait pas son cas. Sachant qu'il lui fallait se forcer à manger, pour le bien de son enfant, elle prit sur une assiette une petite portion d'œufs brouillés et quelques biscuits salés. Elle s'employait à les manger lorsque Cora entra.

— Pardonnez-moi, mademoiselle Cerynise, mais ce paquet est arrivé pour vous, un peu plus tôt.

Même après le départ de Cora, Cerynise ne fit aucun geste pour examiner le contenu de la grande enveloppe de vélin. Elle était soigneusement pliée et scellée à la cire rouge ; c'était le genre de paquet qu'un avocat était susceptible d'envoyer. D'un air absent, elle se dirigea vers la fenêtre, observa le jardin quelques instants, puis retourna s'asseoir et se força à manger. Petit à petit, elle rassemblait le courage nécessaire pour ouvrir le paquet.

À l'intérieur se trouvait une liasse de documents juridiques, soigneusement calligraphiés. La dernière page portait également un sceau impressionnant, ainsi que la place pour plusieurs signatures. Une y figurait déjà. *Beauregard Grant Birmingham.*

L'encre sombre, lourde, le trait ferme indiquaient que Beau avait signé sans hésitation. Après être revenue à la première page, la jeune femme commença à lire les documents. Il y avait de nombreux termes juridiques, mais tous revenaient à dire la même chose : Beau et elle n'avaient jamais vécu ensemble en tant que mari et femme. En conséquence, aucun mariage réel n'avait existé entre eux, ni n'existerait à l'avenir. Tous deux acceptaient d'abandonner à perpétuité tous droits et obligations vis-à-vis de l'autre.

La salle du petit déjeuner était très calme. Au loin, Cerynise percevait les bruits étouffés des attelages et des chevaux qui passaient dans la rue, mais ils ne suffisaient pas à percer le nuage sombre qui, en cet instant, semblait planer sur sa vie. Elle savait que ce qu'elle s'apprêtait à faire était illégal, et très probablement immoral ; car elle allait jurer quelque chose de faux. Quoique fort brièvement, Beau et elle avaient bel et bien vécu ensemble comme un mari et sa femme. Le fait qu'il ne fût pas au courant de sa grossesse ne changeait rien à l'affaire.

Elle n'avait plus aucun doute à présent : les craintes qu'elle nourrissait depuis trois mois étaient fondées, elle était enceinte. Et pourtant, elle allait condamner l'enfant qu'elle portait à la bâtardise. Tout cela à cause d'un sens de l'honneur qu'elle avait du mal à s'expliquer à elle-même. La profondeur insondable du gouffre qui s'ouvrait à ses pieds la terrifiait, et pourtant elle se refusait à reculer. Jamais elle ne piégerait Beau contre sa volonté, surtout dans la mesure où il lui avait fait comprendre qu'il n'était pas prêt à se consacrer à une femme et à une famille. Elle ferait ce qu'elle estimait juste et bon, même si le monde entier la jugeait folle.

En dépit de la nausée qui revenait de plus belle, Cerynise tendit la main vers la plume et l'encre placées sur le plateau de service. Un sourire effleura ses lèvres : en intellectuel pur et dur, son oncle ne savait jamais quand il serait frappé par l'inspiration et aurait besoin de noter quelque chose ; aussi y avait-il de quoi écrire dans toutes les pièces. Bien que sa main tremblât violemment, elle s'efforça de se maîtriser et signa : *Cerynise Edlyn Kendall.*

À côté de la signature de Beau, la sienne paraissait pâle et insignifiante, mais il faudrait bien que cela fît l'affaire. Elle attendit que l'encre eût séché, ferma le document et le remit dans son enveloppe. Craignant de s'accorder un instant d'hésitation, elle sonna aussitôt pour appeler Cora. Lorsque celle-ci apparut, Cerynise lui remit l'enveloppe, en demandant qu'elle soit expédiée au plus vite au capitaine Birmingham.

Tôt cet après-midi-là, Cora pénétra dans la pièce que l'oncle Sterling avait allouée à Cerynise pour qu'elle puisse y installer son atelier. Les pigments, le chevalet et les peintures et croquis effectués durant le voyage en mer encombraient la pièce. La plupart des tableaux étaient posés à même le sol, appuyés contre le mur en attendant que Cerynise ait pu organiser son espace de travail.

— Mademoiselle Cerynise, il y a une dame à la porte qui dit qu'elle aimerait vous parler. C'est à propos d'un portrait qu'elle voudrait vous commander.

— A-t-elle donné son nom ?

— Non, madame. Elle a juste dit que vous la connaissiez.

Cerynise fronça les sourcils, trouvant l'attitude de la visiteuse pour le moins étrange.

— À quoi ressemble-t-elle ?

— Oh, elle est vraiment jolie, mademoiselle, assura la servante. Petite, avec des cheveux noirs.

— Ce doit être Brenna !

Elle se souvenait de l'intérêt que la sœur de Beau avait manifesté pour son art ; sans doute cela expliquait-il cette visite. En dépit de tout ce qui s'était passé avec Beau, elle était ravie à l'idée de revoir la jeune fille et, un sourire aux lèvres, elle fit un peu de place afin de lui permettre de s'asseoir.

— Je vous en prie, Cora, conduisez-la jusqu'ici et préparez-nous un peu de thé.

Cerynise était tellement occupée à arranger son studio pour qu'elles puissent s'installer et bavarder autour de leur thé qu'elle ne pensa même pas à remettre sa blouse, qu'elle avait quittée quelques instants plus tôt, quand elle avait commencé à avoir trop chaud dans la pièce. Elle finissait tout juste sa tâche, et tournait encore le dos à la porte du studio lorsqu'un bruissement de taffetas derrière elle lui indiqua que sa visiteuse était arrivée.

— Je n'avais pas pensé que vous viendriez si vite, Brenna, dit-elle en se tournant vers la nouvelle venue.

Son sourire de bienvenue se figea lorsqu'elle vit Germaine Hollingsworth qui lui souriait d'un air mauvais depuis le seuil de la pièce.

— Je suis désolée de vous décevoir, Cerynise, déclara la jolie brune en arquant un sourcil avec ironie. J'imagine sans peine que vous mouriez d'envie de voir la sœur de Beau, mais j'ai bien peur qu'il ne vous faille vous contenter de moi.

— Ainsi, vous vous souvenez de moi, en définitive, rétorqua Cerynise tout en s'efforçant de prendre un air détaché tandis qu'elle se dirigeait vers le tabouret sur lequel elle avait laissé sa blouse.

Sa grossesse était trop avancée pour qu'elle pût espérer que l'épaississement de sa taille et l'arrondissement général de sa silhouette passent inaperçus, en l'absence d'un châle ou d'un autre vêtement protecteur. Il suffirait à Germaine de la regarder avec un peu d'attention pour comprendre qu'elle était enceinte.

La belle visiteuse eut un petit rire caustique.

— Oh, oui, je me souviens de vous. Vous étiez cette petite artiste guindée qui voulait toujours qu'on la laisse à son travail et à son propre cercle d'amies. Comment vous appelions-nous, déjà ? L'échassier ? Ou était-ce la grande perche ? (Elle rit d'un air mauvais.) Les deux termes étaient appropriés à l'époque, mais je dois admettre, Cerynise, que vous êtes beaucoup plus agréable à regarder aujourd'hui.

— Si je comprends bien, vous n'êtes pas venue vous renseigner à propos d'un portrait.

Son interlocutrice poussa un soupir maniéré et se mit à déambuler dans la pièce en regardant les peintures d'un air distrait.

— Je ne vois vraiment pas ce que mes parents feraient d'un portrait de plus, répondit-elle enfin. La dernière fois, ils ont fait venir le meilleur artiste de la région, vous savez, et je doute que vous soyez capable de satisfaire leurs exigences, même si Beau n'a pas tari d'éloges sur votre talent lorsque je l'ai interrogé à votre sujet. Mais je suis prête à parier, vu la façon dont il vous mangeait du regard hier, que c'est à votre personne qu'il s'intéresse, et non à vos tableaux. Et, croyez-moi, je connais les hommes !

Cerynise se tourna sur le côté. Germaine lui bloquait l'accès à sa blouse.

— Dans ce cas, pourquoi êtes-vous venue ?

— Je voulais vous conseiller de ne pas trop vous approcher de Beau, répondit Germaine avec une franchise qui confinait à la brusquerie. Juste au cas où il viendrait vous rendre visite… Vous voyez, j'ai bien l'intention d'épouser Beauregard Birmingham dès que j'aurai réussi à lui faire renoncer à sa chère liberté et, dans l'intervalle, je ne veux pas qu'il traîne avec une autre femme susceptible de vouloir elle aussi le pousser au mariage.

Elle tendit la main, souleva le portrait d'un marin afin de mieux voir un plus grand tableau placé en dessous, et ouvrit la bouche, surprise, en constatant que celui-ci représentait précisément l'homme qu'elle se proposait d'épouser. Bien qu'elle se refusât à l'admettre, le portrait offrait une ressemblance frappante avec Beau Birmingham. Il portait un pull-over et une casquette, et l'on voyait des voiles battre dans le vent derrière lui.

Germaine fit volte-face vers Cerynise, mais cette dernière lui tournait le dos.

— Quand avez-vous peint ça ? demanda la belle brune d'une voix colérique.

Cerynise jeta un coup d'œil au tableau que Germaine tenait à la main. Même sur la toile, le regard bleu fixé sur elle lui brisait le cœur.

— Sur *L'Intrépide*, répondit-elle.

— Et quand donc avez-vous mis les pieds sur *L'Intrépide* ? s'enquit Germaine avec hauteur. Beau ne m'a jamais dit que vous aviez visité son bateau.

— J'étais dessus en tant que passagère, expliqua Cerynise avec simplicité.

— C'est un mensonge ! Beau ne prend jamais de passagers ! Sinon, j'aurais moi-même acheté un billet, quelle qu'ait été sa destination.

Cerynise haussa brièvement les épaules.

— J'étais une exception.

— Je pense que vous continuez à mentir et, si c'est le cas, sachez que je le découvrirai ! Je ne vous laisserai pas me voler Beau, vous m'entendez ?

— Avez-vous des raisons de le croire à vous ? demanda Cerynise, le cœur serré à la pensée qu'un épisode passionné eût déjà pu avoir lieu entre eux. Ou bien êtes-vous seulement pleine d'espoir ?

— Regardez-moi !

Cerynise croisa les bras au niveau de son ventre et se tourna avec réticence vers sa visiteuse.

— Je vous regarde.

— N'envisagez même pas de conquérir Beau ! Cela fait trop longtemps que je lui cours après pour laisser une moins que rien se mettre en travers de mon chemin. Et croyez-moi, si vous pensez que « échassier » et « grande perche » étaient des termes désagréables, vous ne serez pas déçue en entendant les rumeurs que je ferai courir sur votre compte, si vous essayez de jouer à la plus maligne avec moi !

— Vraiment, Germaine, vous auriez pu vous épargner cette visite. Je doute de jamais revoir cet homme, déclara Cerynise d'un ton triste.

Comme pour protester contre cette affirmation, le bébé remua abruptement dans son ventre. Le mouvement violent et inattendu la prit de court et elle ne put retenir un gémissement étouffé. Elle pressa un instant sa main sur son abdomen avant de la retirer à la hâte.

Les yeux de Germaine s'agrandirent de stupéfaction. Elle en avait assez vu pour confirmer une idée qui lui était venue au fil de sa conversation avec Cerynise. Oui, décidément : la courbe un peu trop affirmée du ventre de son interlocutrice n'était pas naturelle chez une chaste jeune fille, elle en était sûre.

Et elle était également certaine que Beau Birmingham ignorait tout de l'état de la petite garce qu'il avait fixée avec tant d'attention, la veille.

— Bien, à présent que nous avons réglé ce problème, j'imagine qu'il est temps pour moi de partir, déclara-t-elle. J'ai encore des courses à faire si je veux assister avec Beau au bal organisé pour les fiançailles de Suzanne Birmingham, le mois prochain. Bye !

L'air plus gai qu'à son arrivée, Germaine se dirigea vers la porte d'entrée comme sur un nuage. Elle n'aurait raté cette visite pour rien au monde ; celle-ci, en effet, lui avait fourni assez de matière pour mettre la réputation de Cerynise en cendres et réduire à néant tout début d'attachement de Beau envers elle. La veille, il lui avait dit qu'il serait absent de chez lui dans la journée ; en revanche, elle disposait à présent d'une excuse parfaite pour lui rendre visite le lendemain.

L'aube pointait à peine, mais Beau était déjà debout et habillé. Non qu'il se fût levé tôt ; en fait, il n'était pas encore monté se coucher. Ayant abandonné toute velléité de dormir, en raison du tourment qui l'habitait, il avait passé la nuit à arpenter son bureau de long en large, tout en vidant une bouteille de cognac. Puis il avait fini par se laisser tomber sur une chaise, et il regardait à présent d'un œil morne la pile de papiers qu'il avait laissée bien en évidence sur sa table de travail. Ces documents étaient ceux que Cerynise avait signés et lui avait renvoyés. Lorsque lui-même les aurait expédiés à Farraday, l'avocat, avec son efficacité coutumière, mettrait une bonne fois pour toutes un terme à cette histoire de mariage.

Pour la millième fois peut-être, Beau inspecta la signature délicate mais ferme, tandis que le trou noir qui lui mangeait le cœur semblait s'agrandir encore.

« Qu'elle soit maudite ! » grommela-t-il dans sa tête. Avait-elle seulement réfléchi une seconde avant de se débarrasser ainsi de lui ? Avait-elle, ne fût-ce qu'un instant, envisagé une autre solution ? Non, bien sûr que non, du moins depuis qu'il l'avait irritée à bord de *L'Intrépide*. Et il était bien bête de le regretter. Certes, les femmes étaient utiles à certains égards, c'était indéniable, mais en règle générale mieux valait ne les considérer que comme un simple moyen de satisfaire ses appétits charnels. Cela avait été inconséquent de sa part de se montrer à découvert, de tomber amoureux de Cerynise, de souhaiter que leur mariage dure, et à présent il payait pour sa sottise. Mais c'était terminé ! Charleston n'avait qu'à bien se tenir : Beauregard Birmingham était de retour. Il se noierait au milieu des femmes, s'en délecterait, satisferait toutes ses pulsions, et même davantage. Il ne cesserait que lorsqu'il serait totalement engourdi ! C'était, à n'en pas douter, le meilleur moyen d'arracher Cerynise à ses pensées.

Sûr de son fait, Beau se leva et alla se poster devant la fenêtre, d'où il pouvait apercevoir la baie. Il lancerait les préparatifs pour sa prochaine traversée dès que M. Oaks aurait obtenu du comité de la mer l'autorisation d'embarquer un nouveau chargement. Voguer en direction de ports éloignés l'aiderait à apaiser le remords qui continuait à le travailler. Après tout, il n'avait plus aucune raison de rester à Charleston. Dans quelques jours, Cerynise ne serait plus sienne…

Avec un soupir, il quitta son bureau et monta à l'étage d'une démarche pesante. Il allait enfin pouvoir se reposer, à présent, pour la simple raison qu'il était trop épuisé pour demeurer éveillé plus longtemps. Il traversa sa vaste chambre et pénétra dans le dressing-room ; là, il se regarda sans complaisance dans le miroir qui surmontait sa table de rasage. Il avait besoin de se débarrasser de la barbe qui ombrait ses joues, de se rincer la bouche pour en chasser le goût âcre du cognac, et de donner à ses cheveux un semblant d'ordre. Il jeta un coup d'œil au bain qui avait été préparé pour lui la veille, et qu'il n'avait pas touché. Il était froid, désormais, mais le choc lui ferait du bien. Peut-être même cela le ramènerait-il à la raison.

L'instant d'après, il était allongé dans l'eau froide, qui lui arrivait jusqu'au torse, et il posait la tête sur le rebord de l'immense baignoire. Mais même alors, il continuait à être harcelé par des visions de Cerynise. Il n'avait pas vraiment de souvenir préféré d'elle : tous étaient une torture pour ses sens. Pourtant, s'il avait dû en choisir un seul, il aurait opté pour celui de leur premier baiser, juste après avoir prononcé leurs vœux de mariage. Apprendre à la jeune fille à l'embrasser d'une façon aussi sensuelle qu'excitante avait été une expérience très gratifiante pour lui. Et puis, il y avait aussi eu le moment où il avait caressé sa féminité et rencontré la chair virginale qui en bloquait l'accès. Cela lui avait réchauffé le cœur de savoir qu'aucun homme avant lui n'avait touché Cerynise.

Et, bien sûr, il y avait ce rêve dans lequel elle se cambrait sous lui avec une passion croissante, tandis que ses gémissements le rendaient fou, et qu'il sentait ses ongles lui labourer le dos…

Beau poussa un juron en se rendant compte qu'il recommençait. Quoi qu'il fît, il ne cessait de penser à elle ! Vraiment ! Chaque souvenir d'elle semblait ancré en lui, plus cher à ses yeux que sa propre vie.

Une demi-heure plus tard, il ouvrit son lit d'un geste sec et se glissa, nu, sous les couvertures. Il s'endormit très vite, mais alors même qu'il commençait à se détendre, il revit en rêve cette image que son esprit avait créée et nourrie depuis : celle de Cerynise assise sur les talons à côté de son lit, ses seins ronds et nus brillant d'une lumière qui leur était propre sous le halo de la lanterne.

Sterling Kendall se leva à son heure habituelle et s'habilla machinalement. Ses pensées n'avaient, ce matin-là, rien à voir avec les Grecs. Il parcourut le couloir jusqu'à la chambre de sa nièce, tout en se demandant comment la questionner. S'immobilisant devant la porte close, il se souvint de la première fois qu'il avait vu Cerynise, alors qu'elle avait à peine deux jours. Lui-même n'avait pas d'enfant et sentait déjà qu'il était destiné à rester sans descendance ; il avait jeté un coup d'œil au bébé et en était tombé désespérément amoureux.

Au fil des ans, il l'avait regardée grandir et devenir une enfant extraordinairement attentionnée et intelligente et, à chacune de ses réussites, il avait éprouvé une vive satisfaction. Lorsque la tragédie avait frappé, emportant son frère et sa belle-sœur avant leur heure, il s'était inquiété de son manque d'expérience paternelle. Il n'avait su que faire pour la jeune fille qu'ils laissaient derrière eux. Lydia s'était révélée une bénédiction, et pourtant il n'aurait su dire combien de fois, au cours des cinq dernières années, il avait regretté d'avoir cédé à ses supplications et laissé Cerynise partir vivre avec elle en Angleterre. Le retour de sa nièce à Charleston l'avait rempli de joie. Et il ne pouvait ignorer plus longtemps que quelque chose n'allait vraiment, vraiment pas.

C'était un homme simple, qui se satisfaisait de ses livres et de son jardin ; néanmoins, c'eût été une erreur de le croire coupé des choses du monde. Ce qu'il n'avait pas connu lui-même – et il était le premier à admettre que cela recouvrait beaucoup de choses –, d'autres l'avaient vécu à sa place. Et de plus, ils avaient eu la prévenance d'écrire des livres sur le sujet. Au cours de ses études, il avait absorbé une somme considérable de connaissances sur la nature humaine. Il n'était pas aveugle au point de n'avoir pas remarqué la tension qui régnait entre Cerynise et Beau Birmingham, les deux fois où il les avait vus ensemble, après leur retour à Charleston. Par ailleurs, il savait très bien ce qu'ils faisaient, lorsqu'il avait ouvert sa porte pour les trouver sur le seuil, le premier jour – tout cela en dépit d'une union qui, selon sa nièce, n'avait rien d'un « vrai mariage ».

Nul doute que c'était le capitaine qui avait insisté pour qu'il en fût ainsi : aucune jeune femme saine d'esprit, en effet, n'aurait accepté de son plein gré un avenir aussi noir que celui qui attendait sa nièce si elle demeurait sans mari.

Sterling souhaitait de tout son cœur que ses peurs fussent exagérées. Néanmoins, il ne pouvait retarder davantage la confrontation avec Cerynise. Prenant une profonde inspiration, il leva la main pour frapper à la porte ; mais, il s'interrompit aussitôt, tandis qu'une expression stupéfaite se peignait sur ses traits. Quel était ce son étrange qu'il avait entendu dans la chambre ? Un instant plus tard, le bruit lui parvint de nouveau. Il s'apprêtait à entrer sans frapper lorsqu'il comprit tout à coup. Cerynise souffrait de nausées.

Sterling, ce qui était à son honneur, ne chercha pas à se convaincre que sa nièce avait simplement mangé quelque chose qui ne lui convenait pas. Il redressa les épaules et ses poings se serrèrent. Il ne dérangerait pas Cerynise ; c'était inutile à présent. C'était Beau Birmingham qu'il lui fallait voir.

On était en milieu de matinée lorsque Philippe, répondant aux coups répétés frappés à la porte, alla ouvrir et expliqua à la visiteuse qu'il trouva sur le seuil :

— Je vous demande pardon, mademoiselle. Le capitaine n'attendait personne. Je crois qu'il est toujours à l'étage.

— Êtes-vous son majordome ?

Cette idée amusa beaucoup Philippe.

— Oh, non, mademoiselle. Je suis le cuisinier du capitaine : Philippe Monet. Il n'y a pas de majordome pour l'instant, seulement une servante, et elle est occupée à briquer le sol de ma cuisine.

Germaine Hollingsworth était extrêmement surprise. Riche comme l'était Beau, elle avait du mal à comprendre qu'il ne disposât pas d'une armada de domestiques. En tout cas, cela allait changer lorsqu'elle serait la maîtresse des lieux. Curieuse, elle chercha à obtenir une explication.

— N'est-il pas étrange d'avoir une si jolie maison et si peu de personnel pour s'en occuper ?

— Oh, des serviteurs vont arriver bientôt pour remplacer ceux qu'on a renvoyés, mademoiselle, expliqua Philippe. Mais ils ne sont pas encore là. (Il haussa les épaules avant d'ajouter :) Les autres étaient trop paresseux lorsque le capitaine n'était pas là pour les surveiller. Il est arrivé à l'improviste et a découvert que la servante était la seule à travailler.

Philippe passa le pouce en travers de sa gorge, comme pour suggérer que les impudents avaient eu la tête tranchée sur-le-champ.

— Ils ont été promptement mis dehors.

— Le capitaine Birmingham n'a donc pas d'esclaves ?

— Oh, non, mademoiselle. Pas le capitaine.

Elle sourit avec douceur. « Cela aussi va changer », décida-t-elle.

— Pourriez-vous avoir la gentillesse d'informer le capitaine que Mlle Germaine Hollingsworth est ici et aimerait lui parler, s'il pouvait lui accorder un instant ? demanda-t-elle.

— Oui, mademoiselle. Voulez-vous l'attendre au petit salon ? ajouta-t-il.

— Avec plaisir.

Germaine le suivit jusqu'à la pièce en question et, à sa requête, accepta un siège.

Un moment plus tard, Beau descendit, vêtu d'un pantalon, d'une chemise et de bottes noires. D'une humeur massacrante, il fronçait les sourcils, car il n'avait dormi qu'une heure à peine avant d'être tiré de son sommeil par Philippe.

Il lui était arrivé, par le passé, de trouver Germaine amusante ; mais elle avait la manie de bavarder sans cesse jusqu'à ce qu'il perde le fil de son discours, et il devait admettre qu'il la trouvait un peu ennuyeuse. En y réfléchissant, il détestait purement et simplement les inepties qu'elle se sentait obligée de débiter dès qu'ils étaient ensemble.

— Oh, Beau, j'espère vraiment que je ne vous dérange pas, s'exclama Germaine d'une voix inquiète, une expression contrite sur le visage, tandis qu'elle se levait et traversait la pièce pour venir à sa rencontre. J'ai laissé mon châle dans votre attelage, l'autre jour, et il me manque terriblement. Cela vous poserait-il un problème de demander à votre cocher d'aller me le chercher ?

— Pas du tout, répondit-il tout en se demandant pourquoi elle n'avait pas demandé cela à Philippe.

Il trouva le chef qui attendait devant la cuisine et le chargea de la course, après quoi il retourna au petit salon, où il trouva son invitée occupée à contempler une vue de *L'Intrépide* au-dessus de la cheminée.

— C.K. ? lut-elle d'un ton interrogateur en se tournant vers lui. Sont-ce les initiales de Cerynise Kendall ?

— Oui, c'est l'un de ses tableaux, répondit-il en détournant le regard de la toile.

Il avait beau l'adorer, il savait que désormais ce tableau lui rappellerait toujours la jeune femme qui lui avait volé son cœur.

— Vous devez admirer son œuvre pour pendre cette huile à un endroit aussi passant, souligna Germaine, qui espérait obtenir de plus amples informations.

— Je trouve que c'est un beau tableau.

— D'après ce que j'ai compris, Cerynise était à bord, lors de votre dernière traversée ?

Beau regarda autour de lui, se demandant d'où Germaine pouvait tirer cette information. Il ne se gêna d'ailleurs pas pour lui poser la question directement.

— Comment savez-vous cela ?

— Oh, Cerynise me l'a dit quand je lui ai rendu visite chez son oncle, hier. Vous voyez, je me trompais en affirmant ne pas la connaître, et, quand je me suis rendu compte qu'en définitive nous avions fréquenté la même institution pendant un certain temps, j'ai souhaité lui présenter mes excuses en personne.

— C'était gentil à vous, commenta Beau avec une pointe de sarcasme. (Il n'était pas idiot lorsqu'il s'agissait de détecter les manœuvres de certaines femmes. Il sentait que Germaine avait autre chose à dire, et qu'elle n'attendait que le moment propice pour lâcher sa bombe.) Comment avez-vous trouvé Cerynise ? Allait-elle bien ?

Germaine haussa élégamment les épaules.

— Oui, je suppose, mais vous savez comment sont les femmes dans les premiers temps de leur... enfin, dans sa condition.

Beau lui jeta un regard inquisiteur, se demandant si elle avait perdu la tête.

— Non, je ne sais pas.

Germaine parvint à rougir.

— Vous savez, ce *mot* que les dames ne sont pas censées utiliser... (Elle baissa la voix.) *Grossesse.*

Il sursauta, incrédule.

— C'est absurde !

— Oh, non, pas du tout, argua Germaine, avant de se pencher davantage pour ajouter à voix basse : Je l'ai vu moi-même. Elle s'arrondit franchement. Si vous voulez mon avis, elle est au moins enceinte de trois ou quatre mois. Je suis d'ailleurs certaine que vous ne tarderez pas à entendre des rumeurs à ce sujet. Une jeune femme célibataire comme elle ne peut guère cacher cela plus de quelques mois, et Cerynise est tellement mince d'ordinaire que tout changement se remarque.

Sous le choc. Beau demeura sans voix. Quelques mois plus tôt, il avait été malade, délirant. Et c'était à cette époque que le rêve dans lequel il faisait l'amour à Cerynise avait commencé à le hanter. Distrait par ses pensées, il se détourna et se dirigea vers le grand buffet contre le mur du fond. Là, il prit une carafe de cristal et se versa un verre de cognac, qu'il vida d'un coup, après quoi il frissonna violemment.

— Beau, tout va bien ? demanda Germaine d'une voix inquiète.

Même son père, qui avait tendance à boire plus que de raison en privé, attendait que l'heure du déjeuner fût passée pour s'offrir son premier verre de la journée.

Beau faillit éclater de rire. Il savait désormais que Germaine n'était venue le voir que dans le but de détruire la réputation de Cerynise ; malheureusement pour elle, cette peste avait annoncé sa découverte à la mauvaise personne.

— Oui, tout va bien, répondit-il, mais il va me falloir un moment pour m'habituer à l'idée.

Son invitée s'efforçait toujours de décrypter ces paroles lorsqu'il se tourna vers elle. Elle finit par abandonner et demanda :

— Vous habituer à quelle idée ?

— Mais à celle d'être père !

La mâchoire de Germaine s'affaissa. Elle finit par articuler :

— Que diable voulez-vous dire, Beau ?

— Eh bien, cela me fait un choc, mais je devine d'après ce que vous venez de m'annoncer que je vais être père.

— Vous et... Cerynise Kendall ?

La bouche de Germaine était cette fois grande ouverte, évoquant un poisson tiré de l'eau. Elle fixait sur Beau un regard horrifié.

— Vous voulez dire que vous êtes le père de son bât...

— Je veux dire que ma femme attend notre premier enfant, répondit Beau, ravi de pouvoir prononcer ces paroles.

— J'ignorais que vous étiez marié... commença Germaine dans un murmure.

— Peu de gens le savaient à Charleston. Mon équipage était au courant, naturellement. Cerynise et moi essayions de garder cela secret pour des raisons que vous ne comprendriez pas, mais à présent nous n'avons plus le choix. Il va falloir le dire.

— Mais quand vous êtes-vous mariés... ?

Pour la première fois de sa vie, Germaine se sentait au bord d'un évanouissement réel.

— Quelques jours avant de lever les voiles, répondit Beau. À la fin du mois d'octobre, il y a environ cinq mois, ajouta-t-il, au cas où son interlocutrice eût ignoré combien de temps durait la traversée.

— Je trouve cela difficile à croire. (Germaine aurait volontiers utilisé une expression plus virulente, mais elle ne pensait pas que Beau eût toléré aussi facilement que Cerynise d'être traité de menteur.) Cela n'a aucun sens. Pourquoi auriez-vous gardé votre mariage secret ?

Plus elle y réfléchissait, plus son scepticisme se renforçait.

— Vous dites juste cela par galanterie, pour essayer de lui épargner le scandale.

— Vous avez une trop haute opinion de moi, Germaine, mais si vous avez des doutes attendez ici un moment.

Beau traversa le vestibule pour se rendre dans son bureau. Là, il tira du tiroir où il l'avait rangé le document de mariage que lui avait remis M. Carmichael.

À son retour dans le parloir, il le tendit sans un mot à sa visiteuse. C'était pour préserver l'honneur de Cerynise qu'il prenait le temps de fournir de telles preuves à sa visiteuse ; sans cela, il eût volontiers laissé Germaine s'interroger jusqu'à son dernier souffle.

— Comme vous le voyez, tout a été fait et signé dans les règles et, si vous voulez bien prêter attention à la date, vous verrez qu'elle est conforme à ce que je vous ai dit.

Germaine était tentée de mettre le parchemin en pièces ; le fait de voir le nom de Beau étalé au bas de la page au côté de celui de Cerynise Kendall lui donnait envie de crier de rage. Lentement, elle baissa le document et haussa un sourcil en fixant son interlocuteur.

— Tout cela est bien étrange, Beau.

— Oui, acquiesça-t-il en reprenant le parchemin et en souriant pour la première fois depuis deux jours. Mais je suis assez soulagé que l'affaire soit connue à présent. Bien sûr, cela va entraîner certains changements...

— Quels changements ? demanda-t-elle, espérant contre toute attente que ceux-ci lui plairaient.

— Il me faudra en discuter avec mon épouse, déclara Beau. (Il fit un pas hors de la pièce pour crier :) Philippe, pouvez-vous courir aux écuries et demander à Thomas de préparer mon attelage ?

— Oui, capitaine.

Beau regagna le petit salon et, prenant le bras de Germaine, l'escorta jusqu'à la porte.

— Je déteste me montrer impoli, mais il faut que j'y aille sans tarder. J'espère que vous ne m'en voudrez pas trop.

Sans trop savoir comment, Germaine se retrouva debout sur le seuil de la porte, qui s'était refermée derrière elle sans préambule. Jamais de sa vie elle n'avait été si promptement chassée d'une demeure ; et c'était sans doute également la dernière fois que cela se produisait.

En sortant dans l'élégante rue pavée où se trouvaient les demeures des capitaines et des marchands les plus prospères de Charleston, Sterling Kendall s'immobilisa un instant pour observer les nuages qui assombrissaient le ciel. Ce furent ses seules secondes d'hésitation, tandis qu'il s'éloignait à son tour de la demeure que Germaine avait quittée une demi-heure plus tôt. Un Français lui avait déclaré que le capitaine venait de sortir, mais cela n'avait pas d'importance : avant même de sortir de chez lui, ce matin-là, Sterling avait décidé ce qu'il ferait ensuite. Le plan semblait se dérouler de lui-même, selon ses prévisions.

D'un geste de la main, il arrêta un attelage qui passait. Il donna à un cocher le nom d'une plantation connue, avant de s'installer à l'intérieur de la voiture. Il lui faudrait moins d'une heure pour arriver à destination. Il n'avait pas la moindre idée de la façon dont il serait reçu à son arrivée ; mais il savait où était son devoir.

13

Le portrait de Beau était posé sur le chevalet, et le regard de Cerynise était posé dessus tandis qu'elle sirotait une tasse de thé dans la solitude de son atelier. Nul ne savait combien elle aurait aimé avoir cet homme en chair et en os debout devant elle en cet instant ; hélas, cela ne se produirait plus, à présent. Il était voué à devenir l'époux de Germaine Hollingsworth, et ils auraient de magnifiques enfants aux cheveux noirs qui auraient droit au nom de leur père.

Cerynise cligna des yeux pour chasser les larmes qui lui picotaient les paupières et prit une profonde inspiration, déterminée à ne pas pleurer – du moins, pas tout de suite… pas encore. Cora était dehors, occupée à rassembler les vêtements mis à sécher. Un vent vif s'était levé, qui projetait des brindilles et de petites branches mortes contre la vitre et sur le toit ; le bruit avait cependant cessé de faire sursauter Cerynise, qui s'inquiétait bien davantage de la tempête qui approchait. Son inquiétude augmentait en même temps que sa tristesse, tandis que les nuages noirs roulaient dans les cieux zébrés d'éclairs. Le tonnerre grondait au loin, de plus en plus fort à mesure que la tempête s'approchait de la ville. La jeune femme était entourée par une folle cacophonie de sons différents ; il ne lui vint même pas à l'idée d'aller voir d'où provenaient les coups qu'elle entendait au loin. Un moment plus tôt, un bruit semblable l'avait poussée à aller ouvrir la porte, mais elle s'était aperçue que son « visiteur » était en définitive une branche cassée, tombée sur le seuil avec fracas.

Pourtant, au milieu de ce chaos, elle fut soudain envahie par une intuition étrange ; elle posa d'une main tremblante sa tasse de thé sur la soucoupe. Elle avait envie de se retourner et de fouiller du regard le vestibule, à la recherche de la silhouette familière de son mari, mais elle savait combien cette impulsion était absurde. Personne ne serait là. Beau Birmingham était sorti de sa vie à jamais. Si elle partait vivre dans une autre ville, ils ne se reverraient plus.

Des larmes brouillèrent sa vision et, en dépit de ses tentatives pour les arrêter, se mirent à couler sur ses joues tandis que de durs sanglots la secouaient tout entière. Avec un gémissement, elle appuya les bras sur la table et posa la tête sur ses mains. Elle pleura amèrement, ses épaules agitées par la violence de son chagrin.

Un bruit sourd sur la table à côté d'elle la fit sursauter, et elle se redressa avec un cri, oubliant un instant ses sanglots. Elle ne savait pas ce qui s'était passé, mais, lorsqu'elle eut réussi à chasser un peu ses larmes, elle aperçut près d'elle une pile de papiers déchirés, vestiges d'un document quelconque. Elle tendit la main avec curiosité et sursauta en reconnaissant, sur le morceau de papier qu'elle tenait, sa signature et celle de Beau. Puis elle vit le mot « Annulation ». Se pouvait-il... Mais comment ?

S'accrochant au dossier de sa chaise, Cerynise se retourna et vit une haute silhouette, large d'épaules, s'avancer vers elle. Elle cligna des yeux et parvint à se lever en dépit du tremblement qui l'avait envahie. Alors elle vit le sourire de Beau, ses bras tendus vers elle, et elle eut l'impression que les cieux s'ouvraient pour l'accueillir. L'instant d'après, elle courait vers lui et il la soulevait dans les airs. Elle entoura son cou de ses bras ; riant et pleurant à la fois, elle couvrit son visage de baisers. Puis la bouche avide de Beau chercha la sienne, leurs langues se trouvèrent et entamèrent un ballet sauvage, furieux, affamé, qui laissa Cerynise à la limite de l'évanouissement de bonheur alors que son compagnon la serrait contre lui. Finalement, elle se dégagea pour reprendre sa respiration.

— Oh, vous m'avez tellement manqué ! murmura-t-elle en faisant courir ses lèvres le long des sourcils de Beau, de son nez fin, avant de les presser une nouvelle fois sur sa bouche.

— Pourquoi avez-vous signé les papiers ? demanda Beau d'une voix rauque, entre deux baisers.

Cerynise recula un peu pour pouvoir le regarder.

— Je pensais que c'était ce que vous vouliez que je fasse.

— Jamais !

— Jamais ? répéta-t-elle en fronçant les sourcils. Mais pourquoi... pourquoi les avez-vous signés, vous ?

— Parce que vous sembliez l'exiger.

— Mais c'était uniquement parce que je savais que vous ne pourriez obtenir une annulation si nous attendions davantage. (Elle déglutit, espérant ne pas détruire leur bonheur par ce qu'elle s'apprêtait à dire.) Je sais que vous ne vous souvenez pas de m'avoir fait l'amour durant votre maladie, mais nous avons conçu

359

un bébé ensemble, Beau, et mon état commence à être visible...

Beau esquissa un pas en arrière et la fit pivoter sur elle-même jusqu'à ce que son profil se découpe dans la lumière de la fenêtre. De la main, il suivit la courbe de son ventre, tandis qu'elle attendait sa réaction avec angoisse. Il sourit, puis rit franchement.

— De nombreuses fois, j'ai voulu vous demander si j'avais rêvé tout cela ou si nous avions réellement fait l'amour. J'en conservais des fragments de souvenirs, mais j'avais peur de fantasmer, et je me disais qu'en vous posant la question je ne ferais que vous convaincre que j'étais un débauché.

— On dirait que notre mariage a souvent été mis en danger par nos propres réticences, souligna Cerynise en penchant la tête sur le côté pour mieux le regarder. En fait, étant donné la façon dont Germaine est partie d'ici à toute vitesse, j'aurais dû me douter qu'elle s'empresserait d'aller vous annoncer la nouvelle.

Beau posa les mains sur les épaules de sa femme et la serra de nouveau contre lui.

— C'est ce qu'elle a fait, mais elle n'a réussi qu'à me fournir la preuve dont j'avais besoin pour m'accrocher à ce mariage. Si j'avais su plus tôt que vous portiez mon enfant, je n'aurais jamais consenti à une annulation.

— Même si ce mariage sonnait le glas de votre liberté ? s'enquit-elle timidement.

— Au diable la liberté ! s'exclama Beau avant d'affirmer avec emphase : J'ai perdu tout intérêt pour ma liberté de célibataire peu après notre mariage. J'ai commencé à vouloir que vous soyez ma femme de façon permanente, et c'est ainsi que ce sera à partir de maintenant.

360

— Oh, si vous saviez combien cela me rend heureuse ! s'exclama Cerynise en passant les bras autour de la taille de Beau, pour le serrer contre elle.

— Votre oncle est-il ici ? s'enquit-il en posant la joue sur les cheveux de Cerynise.

— Non, cela fait maintenant plusieurs heures qu'il est parti, et je ne sais pas quand il reviendra.

— Dans ce cas, nous lui laisserons un mot, s'il n'est pas de retour quand nous aurons fini de rassembler vos affaires.

Cerynise recula de nouveau pour scruter le visage hâlé de Beau.

— Où m'emmenez-vous ?

— À la maison ! Notre maison. C'est là qu'est votre place.

— Et mes peintures...

— Nous emporterons tout. Mon attelage nous attend dehors, et j'aimerais partir avant qu'il ne commence à pleuvoir. Où sont vos malles ?

— En haut, dans ma chambre.

Beau lui prit la main.

— Montrez-moi.

L'instant d'après, Cerynise l'escortait à l'étage. Dans l'escalier, Beau s'immobilisa pour la caresser un instant ; une main sur celle qu'il avait posée sur son sein, elle lui sourit.

— Toujours aussi libertin, à ce que je vois !

— Oui, admit-il d'une voix troublée en plongeant son regard dans le sien. Vous voyez une bonne raison de m'empêcher d'exercer mes droits de mari, à présent ?

— Pas la moindre, répondit-elle en glissant une main entre les jambes de son compagnon, lui arrachant un grognement de plaisir. À condition que je puisse de mon côté exercer mes droits d'épouse...

Soulagé, Beau l'embrassa dans le cou.

— Sans nul doute. Néanmoins, nous ferions peut-être mieux de ne pas nous attarder ici, sans quoi nous risquerions d'être surpris par votre oncle Sterling. Je ne suis pas sûr qu'il apprécierait de nous trouver en train de folâtrer dans son escalier !

Une fois dans la chambre de la jeune femme, ils entreprirent de mettre ses vêtements dans les malles, que Beau ne tarda pas à descendre au rez-de-chaussée. En remontant dans la chambre, il trouva Cerynise en train de s'efforcer de soulever l'un des paquets les plus lourds. Il s'empressa de la soulager de ce fardeau.

— Croyez-le ou non, madame, je suis parfaitement capable de porter tout ce que vous avez emballé, si vous m'en laissez le temps. À partir de maintenant, vous allez devoir penser à notre enfant et éviter de vous épuiser. Bon, pendant que je passe rassembler le reste de votre matériel de peinture, vous feriez mieux d'écrire une lettre à votre oncle pour lui expliquer que l'annulation est annulée, et que désormais vous vivrez avec moi en tant que mon épouse légitime.

Cerynise ne fit aucune tentative pour dissimuler le sourire qui s'épanouissait sur ses lèvres.

— À vos ordres, capitaine !

Beau lui décocha un clin d'œil. Lui aussi souriait d'un air heureux.

— C'est bien !

Moins d'une heure plus tard, l'attelage les emportait à vive allure vers la demeure de Beau. Dès leur arrivée, ce dernier aida sa femme à descendre avant de prendre une malle sur ses épaules.

Cerynise s'immobilisa un instant pour regarder la maison. Plusieurs grands arbres agitaient furieusement leurs branches tout autour, mais, avec son mari près d'elle, elle ne se souciait guère des hurlements sinistres du vent dans les branches. La demeure était vaste, de style géorgien, entourée d'un jardin agréable, et clôturée par une haute grille en fer forgé. Elle était située en retrait par rapport à la rue, ce qui lui assurait intimité et calme. Le bâtiment était peint en blanc, les volets et la porte en vert foncé ; l'ensemble donnait une impression presque campagnarde, bien que la résidence ne fût qu'à quelques minutes de marche du centre-ville.

Cerynise sourit à son mari.

— Beau, j'ai l'impression d'être une princesse qu'on emmène dans son château !

— Dans ce cas, madame, il convient que vous fassiez une entrée royale, répondit-il en posant sa malle et en faisant signe au cocher de s'occuper des autres bagages.

Il se tourna vers sa femme et la souleva dans ses bras.

Une fois dans le vestibule, il la reposa à terre.

— Pourquoi ne faites-vous pas un petit tour du propriétaire pendant que le cocher et moi nous occupons de vos bagages ? proposa-t-il. Si cela vous convient, je mettrai vos affaires de peinture dans mon bureau. Vous pourrez vous y installer, si la lumière vous paraît suffisante.

— Cela ne vous empêchera pas de travailler ?

— Il est bien possible que si... Car cela me permettra de m'adonner à mon deuxième passe-temps préféré, qui est de vous regarder.

— Inutile de vous demander quel est le premier, observa Cerynise en pouffant.

— Vous n'aurez pas longtemps à attendre pour le savoir, répondit-il d'un ton plein de promesses.

La jeune femme courut ouvrir la porte au cocher, qui ployait sous le poids de la plus grosse malle. Puis, tandis que Beau et le cocher retournaient chercher le reste des bagages dans la voiture, elle regarda autour d'elle. L'ameublement était riche et de bon goût. D'ailleurs, Cerynise n'avait pas douté un instant que l'intérieur de Beau lui plairait ; elle savait en effet que son mari était doté d'une sensibilité d'artiste. L'entrée était dallée d'une mosaïque de marbres de différentes nuances, et ouvrait sur un vaste vestibule, très aéré, d'où partait un escalier d'acajou. Les boiseries murales étaient peintes en blanc, et de nombreuses plantes vertes agrémentaient le décor.

Une nouvelle fois, Cerynise retourna à la porte, qu'elle tint ouverte pour les deux hommes. Ils apportaient les dernières malles et les derniers paquets juste à temps : la pluie, portée par le vent, commençait à battre contre les vitres. Avec un sourire coquin, elle se tourna vers son mari.

— Je ne puis que m'émerveiller, observa-t-elle non sans fierté. L'intérieur de votre maison est plus extraordinaire encore que l'extérieur.

— Vous voulez voir la chambre ? proposa Beau avec un sourire suggestif.

— Seulement si vous avez envie de me la montrer, répondit-elle en lui décochant un regard pétillant de malice.

— Oh, j'ai envie de vous montrer bien davantage ! assura-t-il. Mais Philippe voudra vous voir avant que nous ne montions à l'étage. Étant donné que vous m'avez manqué, une semaine entière s'écoulera avant que je ne vous autorise à quitter notre chambre ! Je n'ai aucune intention de tolérer la moindre interruption pendant que j'assouvirai tous les fantasmes qui m'ont torturé inlassablement ces dernières semaines.

Beau fit un pas en avant, et Cerynise leva vers lui un visage plein d'attente. Il posa un baiser très doux, très chaud sur ses lèvres avant de s'empresser d'ajouter :

— À présent, dépêchez-vous, mon amour. Allez voir Philippe pendant que je monterai vos affaires au premier. Ensuite, nous pourrons être seuls tous les deux.

Le baiser avait été si agréable que Cerynise se hissa sur la pointe des pieds pour lui en voler un second. Son mari ne se fit pas prier pour le lui accorder, l'approfondissant même avec un soupir de plaisir. Lorsqu'il se dégagea, elle s'appuya contre lui.

— Encore ! gémit-elle.

— Si j'accédais à cette requête, ma chère, je ne répondrais pas de moi. Dans deux secondes, je vous emporterais à l'étage, et au diable Philippe et vos malles !

— Je dois vous laisser, puisque vous placez votre devoir avant votre plaisir, déclara Cerynise en poussant un soupir exagéré.

Beau la suivit du regard tandis qu'elle se dirigeait vers la cuisine. Il ne pouvait que s'émerveiller du changement qui s'était opéré en elle depuis l'instant où il était arrivé chez son oncle... Il avait frappé à la porte, sans obtenir de réponse, et lorsqu'il avait fini par entrer il l'avait trouvée assise dans son atelier, pleurant à fendre l'âme, comme une enfant. Jamais il n'avait entendu une femme sangloter avec une angoisse aussi évidente, aussi poignante. À présent, il entendait sa voix joyeuse résonner dans le couloir de la cuisine.

— Philippe ? Où êtes-vous ?

— Madame Birmingham ? s'exclama le chef d'un ton surpris, en courant à sa rencontre. (Prenant ses mains dans les siennes, il les embrassa avec ferveur.)

Oh, c'est tellement merveilleux de vous revoir, madame !

Surveillant aussitôt ses paroles – après tout, le mari de Cerynise était dans la maison –, il passa au français et se mit à lui confier que le capitaine avait failli sombrer dans le désespoir, privé de sa présence lumineuse.

— Il ne mangeait pas, madame, et buvait bien plus que de coutume. (Avec un sourire entendu et un haussement de sourcils, Philippe poussa un soupir.) Ah, l'amour…

— Cerynise ? appela Beau depuis le premier étage, quelques instants plus tard.

— J'arrive ! répondit-elle joyeusement, avant d'envoyer du bout des doigts un baiser au chef et de pousser les portes battantes de la cuisine.

La tempête était sur eux, à présent, mais elle en eut à peine conscience pendant qu'elle traversait le vestibule à la hâte. Beau l'attendait sur le palier, en haut des marches, et lorsqu'il la vit il tendit la main vers elle pour l'inciter à monter plus vite. Par les fenêtres, derrière lui, elle voyait les nuages noirs qui se bousculaient en tonnant dans le ciel, et de temps à autre les éclairs qui éclairaient le jardin. Le vent était de plus en plus fort, mais malgré cela Cerynise ne pensait qu'à une chose : se retrouver dans les bras de son mari.

Elle avait le souffle court lorsqu'elle arriva au premier, mais la lueur qui illuminait son regard exprimait mieux que tous les mots l'origine de son trouble. La prenant par la main, Beau la conduisit dans la chambre principale, après quoi il s'empressa de refermer la porte sur eux et de tourner le verrou. Puis, s'appuyant contre le battant, il attira Cerynise dans ses bras et l'embrassa avec toute la passion qui s'était accumulée en lui au fil des jours. Du bout des doigts, il lui libéra les cheveux, puis il la souleva dans ses bras et la porta jusqu'au lit. Tous deux, aussitôt envahis par une hâte fébrile, commencèrent à se déshabiller l'un l'autre. Bientôt, ils se firent face, dans leur glorieuse nudité. Les mains de Cerynise parcouraient le corps dur et puissant de son mari, tremblantes d'admiration, tandis qu'il lui caressait doucement les seins en couvrant son visage de baisers avides. L'instant d'après, ils étaient dans les bras l'un de l'autre et tombaient enlacés sur le lit. Il n'y eut pas, cette fois, de long et langoureux prélude ; Beau avait souffert d'une longue abstinence et ne voulait pas retarder leur union. Sa femme était offerte, et lui se sentait prêt ; il ne tarda pas à la pénétrer avec ardeur, lui coupant le souffle tant il se montrait passionné. Tous les souvenirs lui revenaient avec cette fois une précision, une réalité indéniables : le souffle haletant de sa compagne à son oreille, ses ongles lui labourant le dos, les jambes soyeuses enroulées autour de ses hanches... tout était comme dans ce qu'il avait pris pour un rêve.

Bien que la tempête continuât à faire rage à l'extérieur, ils demeuraient dans les bras l'un de l'autre, s'embrassant, se touchant, se murmurant mille mots sans suite. Beau finit par poser des questions à Cerynise et elle confirma qu'il n'avait pas eu d'hallucinations ; elle s'était bel et bien assise près de sa couchette, cette nuit-là, toute à l'excitation de sa nouvelle condition d'épouse. Il lui parla également des nombreuses fois où il avait essayé de l'interroger à ce propos, mais où elle avait refusé de répondre à ses invitations. Cerynise se montra horrifiée de ses gaffes répétées. Sans ces erreurs, comprenait-elle, ils auraient pu profiter de leur intimité depuis des mois.

Elle se blottit contre son mari et lui caressa doucement le torse.

— Me détestez-vous pour ce que j'ai failli nous faire ?

— Vous détester ? répéta-t-il, incrédule. Ne vous rendez-vous pas compte de l'amour que je vous porte ?

Soulevant la tête, Cerynise chercha son regard.

— Ce ne sont pas juste vos instincts qui parlent ?

De la main, Beau caressa son dos nu.

— Si tel avait été le cas, ma chère, j'aurais été capable de trouver le soulagement auprès de n'importe quelle femme. Or je ne voulais nulle autre que vous… Vous me tenez en votre pouvoir depuis l'instant où vous êtes entrée dans mon lit et dans mon cœur.

— Vous voulez parler du jour de notre mariage ?

— Non, de la nuit où je vous ai transportée dans mon bateau.

— Cela fait si longtemps ?

— Oui.

Cerynise passa le doigt sur les muscles puissants de son torse.

— Vous devez savoir que je suis amoureuse de vous depuis ma plus tendre enfance.

Les sourcils sombres de Beau se haussèrent légèrement.

— J'avais cru m'en apercevoir, en effet, autrefois… Mais par la suite, sur le bateau, comme vous refusiez d'avoir affaire à moi, j'ai fini par me dire que je m'étais trompé.

— J'avais peur que vous ne me haïssiez si je tombais enceinte. Je savais que vous vous sentiriez obligé d'agir en gentleman…

— Alors, vous préfériez voir votre enfant naître bâtard plutôt que de m'avouer que vous étiez enceinte ? Il faut vraiment que vous me preniez pour un odieux personnage ! Sans cela, vous n'auriez pas déployé tant d'efforts pour me cacher votre état !

— Comment pourrais-je vous prendre pour un odieux personnage, alors que je suis folle de vous ?

Sans un mot de plus, Beau roula avec elle, l'allongeant à plat sur le lit tandis qu'il se redressait sur un coude à côté d'elle. Très doucement, il lui caressa les seins, constatant une nouvelle fois combien la grossesse les avait galbés. Sa main descendit pour aller se poser sur le ventre rond, comme pour s'assurer que c'était bien vrai, qu'elle allait réellement lui donner un enfant. Le bébé choisit cet instant pour donner un coup de pied ; tous deux rirent en chœur. Beau se glissa plus bas dans le lit et posa son oreille sur le ventre de Cerynise pour écouter.

— Il me donne des coups ! dit-elle en pouffant. (Elle prit la main de son mari et la posa à l'endroit où elle percevait les coups du bébé.) Vous le sentez ?

— Oui, acquiesça-t-il en pressant les lèvres à l'endroit indiqué. Le premier baiser de papa, ajouta-t-il.

Ce baiser en amena un autre, et bientôt sa langue remonta le long du corps de Cerynise pour venir se mêler à la sienne en un échange d'une telle sensualité qu'il les laissa tous deux ivres de désir. Les caresses se multiplièrent, jusqu'au moment où Beau roula sur le dos, plaçant Cerynise au-dessus de lui. La jeune femme retint son souffle et se laissa envahir par les sensations nouvelles qui montaient en elle alors qu'elle se laissait glisser sur le membre durci de son mari en ondulant doucement des hanches. La bouche de Beau se posa avec avidité sur la pointe dressée d'un sein, et les feux de la passion s'allumèrent avec plus de violence encore en elle, balayant toutes ses craintes et ses réticences. Glissant les bras sous sa lourde chevelure, elle souleva la masse dorée au-dessus de sa tête. Son regard croisa celui de son compagnon et elle esquissa un sourire sensuel en voyant la lueur de désir qui y brillait. Elle remuait doucement, très lentement, comme une danseuse orientale devant un prince arabe. Peu à peu, cependant, la flamme qui brûlait en elle se fit plus dévorante, plus exigeante, et ses mouvements s'accélérèrent. Les mains de Beau se fermèrent autour de ses seins alors qu'il se soulevait sous elle, et bientôt leur passion devint incontrôlable, les guidant jusqu'au moment où leurs cris de jouissance se transformèrent en gémissements étouffés, puis en un silencieux soupir de satisfaction.

Beau était sûr de ne jamais avoir éprouvé un tel ravissement des sens. Il savait également qu'il n'aurait pas échangé le bonheur qu'il éprouvait en cet instant, celui de tenir sa femme, sa compagne pour la vie, entre ses bras, contre toute la liberté du monde. Encore innocente, Cerynise avait su se montrer délicieusement créative, et il n'osait penser à ce qu'elle saurait faire de lui lorsqu'elle aurait un peu plus d'expérience. Nul doute qu'il serait bientôt prêt à tout sacrifier pour quelques minutes dans ses bras...

— Que diriez-vous de m'accompagner pour un autre voyage en mer après la naissance du bébé, ma chérie ?

Cerynise n'eut pas à réfléchir avant de répondre.

— Oh, oui ! Ce serait divin ! Enfin, à condition que je n'aie pas de nouveau le mal de mer...

Du bout du doigt, Beau dessina le contour d'un sein.

— Je pensais que vous l'aviez surmonté, jusqu'à votre dernière crise.

— Je ne crois pas que, cette fois-là, la mer ait été en cause, mon amour, observa Cerynise en souriant. Lorsque j'ai eu cette crise, je commençais déjà à soupçonner que j'attendais un bébé, après avoir constaté l'absence de mes règles.

— Étaient-elles toujours régulières, d'habitude ?

— Oui, mais comment…

— Vous seriez surprise de savoir de quoi les garçons discutent entre eux en grandissant, mon cœur. En plus, j'avais également une sœur d'un ou deux ans ma cadette. Suzanne entrait dans des rages folles lorsque je la taquinais parce qu'elle allait s'enfermer dans sa chambre. En tout cas, je constate que les maris souffrent eux aussi, lorsque leurs femmes sont indisposées… d'abstinence ! (Il feignit de réfléchir et fronça les sourcils en regardant le ventre de Cerynise.) Il va nous falloir faire preuve d'un peu plus d'imagination lorsque vous serez devenue trop volumineuse pour faire l'amour de cette façon.

Elle eut un petit rire heureux.

— Mon cher mari, vous ne pensez vraiment qu'à cela ! Étant donné votre tournure d'esprit, je doute qu'il s'écoule beaucoup de temps entre la naissance de cet enfant et la conception du suivant.

— C'est possible, en effet, reconnut-il. Mais qu'importe ? J'ai de quoi nourrir toutes les bouches supplémentaires que notre amour pourra nous donner.

— Nombre de nos enfants risquent de naître pendant que vous serez en mer, souligna Cerynise.

— Encore un voyage, madame, et M. Oaks deviendra capitaine de *L'Intrépide*, promit-il. J'ai découvert quelque chose qui me plaît bien plus que d'embarquer pour de lointains rivages : je veux être où vous serez.

Levant de nouveau la tête, Cerynise scruta son visage.

— Mais que ferez-vous si vous abandonnez la navigation ?

— Je resterai à la maison et vous ferai l'amour, répondit-il en riant.

— Et le reste du temps ?

— Mon oncle aimerait que je l'aide à diriger sa compagnie de transports maritimes. Pour l'instant, ses deux fils n'ont guère manifesté d'intérêt pour l'entreprise familiale. L'aîné préfère de loin s'occuper de leur plantation. L'oncle Jeff a dit qu'il ferait de moi son partenaire à part entière si je le souhaite. Par ailleurs, mon propre père voudrait que je l'aide à gérer sa plantation.

— La mer ne vous manquera pas ?

— Pas avec vous à mon côté.

Cerynise se blottit contre son corps ferme et musclé et murmura d'un ton ensommeillé :

— Dans ce cas, je m'emploierai à rendre votre existence à terre aussi intéressante que possible.

— Et je m'efforcerai de faire de même pour vous, murmura-t-il en déposant un baiser sur son front.

Beau ne tarda pas à entendre la respiration de son épouse se faire profonde et régulière, et il comprit qu'elle s'était endormie dans ses bras. Avec précaution, il ramena le drap sur eux et ferma les yeux, se laissant glisser dans un sommeil doux et apaisant, le meilleur qu'il ait connu depuis bien longtemps.

Un coup à la porte tira Beau de rêves somme toute assez semblables à ceux qui l'avaient visité quelques heures plus tôt. Se glissant hors du lit, il attrapa son pantalon, traversa la pièce pieds nus et alla entrouvrir la porte. Philippe se tenait sur le seuil et affichait une mine contrite.

— Excusez-moi, capitaine, mais votre père est ici. Je lui ai demandé de vous attendre dans votre bureau.

Beau hocha la tête d'un air ensommeillé.

— Dites-lui que j'arrive tout de suite. Pourriez-vous nous faire un peu de café ?

— Oui, capitaine.

Beau referma la porte et se dirigea d'un pas lourd vers le dressing-room. Là, il s'aspergea le visage d'eau glacée et se brossa les dents. Sans prendre la peine de s'habiller davantage, il descendit au rez-de-chaussée.

N'eussent été ses tempes grisonnantes, qui contrastaient avec ses cheveux sombres, Brandon Birmingham eût aisément pu passer pour un homme de quarante ans à peine. Son front hâlé était lisse, et seuls les coins de ses yeux verts étaient marqués par de petites rides d'expression. Sa haute silhouette, puissante, était toujours très droite et musclée, et l'on sentait en lui un homme actif, habitué à travailler dur.

Brandon se tenait devant la fenêtre et regardait les cieux en furie, se demandant ce qu'il allait dire à son fils. Après la visite du professeur Kendall, il avait beaucoup réfléchi à sa propre vie. Lui-même, autrefois, avait connu une situation semblable : on l'avait menacé des pires châtiments s'il refusait d'accomplir son devoir envers une jeune fille dont il avait ravi la virginité, en s'imaginant que c'était une prostituée, et à qui il avait fait un enfant.

Il était conscient que son fils avait hérité non seulement de son physique et de sa haute stature, mais aussi de son tempérament de feu. Pour cette raison, il savait que ce n'était pas en ayant recours à la force qu'il parviendrait à résoudre le problème que lui posait Beau.

— Bonjour, papa, grommela Beau entre deux bâillements, pendant qu'il entrait dans le bureau.

Brandon haussa les sourcils avec surprise en constatant que son fils n'était habillé qu'à moitié.

— Il est bien tard pour se lever, mon enfant. Es-tu malade ?

— Non. J'ai juste un peu de sommeil en retard, que j'essaie de rattraper. Je ne me suis couché qu'à l'aube.

Dans son jeune âge, Brandon – il l'avouait aujourd'hui sans grande fierté – avait été un bon vivant, porté sur l'alcool et les femmes ; et c'était là un autre trait de caractère qu'il avait transmis à son fils aîné. Comme lui. Beau aimait jouir des plaisirs de l'existence, et il ne fallait pas être très malin pour deviner que c'étaient eux qui, la veille au soir, l'avaient empêché de trouver le temps de dormir.

Philippe entra avec un plateau d'argent sur lequel était posé un service à café. Il servit une tasse à chacun des deux hommes avant de prendre congé.

Brandon vida la sienne à la hâte, puis il s'éclaircit la gorge, ne sachant trop par où commencer. Il finit par opter pour une approche directe.

— Le professeur Kendall est venu me voir.

— Oh ? s'étonna Beau. Que vous voulait-il ?

— Me parler. De toi, en particulier. Lorsque tu es venu livrer chez nous le tableau de Cerynise que tu as offert à ta mère, tu n'as jamais mentionné le fait que tu l'avais épousée. Pourquoi ?

Beau avala une gorgée de liquide brûlant avant de hausser les épaules.

— Je ne voulais pas que maman se fasse de faux espoirs alors qu'une annulation était en cours.

C'était à Brandon qu'était revenue la tâche de tout expliquer à sa femme, ou du moins, tout ce que Sterling lui avait dit.

Dans l'opinion de Heather, Beau n'avait qu'un seul défaut : il passait trop de temps en dehors de Charleston. Cela mis à part, il était incapable du moindre mal. Elle avait donc affirmé qu'il ferait ce qui s'imposait en ce qui concernait Cerynise sans qu'il fût nécessaire d'intervenir. Néanmoins, Sterling avait insisté pour que Brandon allât parler à son fils. Comment un gentleman, en effet, pouvait-il envisager une annulation après avoir consommé son mariage ?

— Ta mère a toujours eu une bonne opinion de Cerynise. En fait, elle aimerait beaucoup que tu restes marié avec elle.

— Vous voulez dire que vous avez discuté de tout cela avec elle ? s'étonna Beau.

En dépit de la tension qui l'habitait, Brandon émit un petit rire.

— Je suis désolé si cela t'ennuie, Beau, mais depuis le temps tu devrais avoir remarqué qu'il y a fort peu de choses dont ta mère et moi ne discutons pas ensemble.

Beau savait en effet combien ses parents étaient proches. Durant toutes ces années, il les avait vus partager un amour si profond qu'il en était arrivé à se demander si lui-même connaîtrait un jour pareil sentiment. Cependant, depuis que Cerynise était revenue dans sa vie, il voyait les choses sous un angle différent.

Il savait également que ses parents avaient pour habitude de débattre ensemble de tous les sujets concernant la famille. En l'occurrence, cependant, il avait l'impression que son père aurait dû le consulter avant de causer une inquiétude inutile à sa mère.

Brandon regarda son fils avant de déclarer :

— Je crois que tes sœurs et toi avez conscience de l'attachement très profond que votre mère et moi éprouvons l'un pour l'autre, mais il faut que tu saches qu'il n'en a pas toujours été ainsi.

Un bon moment s'écoula avant que Beau ne prît toute la mesure des paroles de son père. Alerté, il regarda ce dernier avec attention. Lorsqu'il vivait encore chez lui, il se rappelait avoir entendu des morceaux de phrases et des allusions à quelque chose qui s'était produit au tout début du mariage de ses parents ou peut-être plus tôt encore. L'oncle Jeff avait plusieurs fois taquiné son frère à ce propos, mais personne n'avait jugé opportun de mettre les enfants au courant ; et chaque fois que Beau avait posé la question, il s'était entendu répondre que son père le lui dirait « un jour ». Il sentait tout à coup que ce jour était arrivé.

— Quel était le problème, exactement ? demanda-t-il, peu certain d'avoir envie de connaître la réponse.

Il posa sa tasse de café sur le bureau, portant toute son attention sur son père.

Brandon retourna se poster près de la fenêtre et regarda une nouvelle fois à l'extérieur. La pluie continuait à battre les vitres avec violence. Avec un soupir, il se résolut à faire face à son fils.

— Autrefois, ta mère m'a... contraint à faire mon devoir, et à la suite de cela ma fierté bafouée a été à l'origine d'un grand conflit entre nous. Heather avait peur de moi, et mon ressentiment et ma colère étaient en grande partie la cause de cette peur.

Beau observait son père avec stupéfaction. Il n'en croyait pas ses oreilles.

— Vous voulez dire que maman était enceinte avant votre mariage ?

Même après toutes ces années, Brandon sentait encore le rouge lui monter au front, avec le souvenir honteux de ce qu'il avait fait à la jeune fille qui avait embarqué sur son navire.

— Oui.

De sa vie, Beau n'avait jamais éprouvé plus grand choc. Il savait que ses parents étaient des êtres humains. Encore aujourd'hui, il arrivait qu'il les surprît en train de s'embrasser passionnément ou de se caresser, mais ils semblaient toujours si honorables et respectables qu'il restait abasourdi d'apprendre qu'à une époque ils avaient transgressé les règles de la moralité.

— Voulez-vous dire que maman était votre maîtresse avant de devenir votre femme ? demanda-t-il encore.

— Absolument pas ! s'exclama Brandon. C'était ce que je voulais d'elle, après l'avoir mise dans mon lit, mais elle a refusé tout net. Elle a préféré me fuir. Non, c'était bien différent...

Il s'interrompit en se rendant compte qu'il abordait le problème avec maladresse. Il fallait commencer par le début. Prenant une profonde inspiration, il se lança :

— Je venais de jeter l'ancre à Londres et j'avais besoin d'une compagnie féminine. Sans que je le sache, Heather avait été emmenée en ville sous un prétexte et menacée de sévices par le frère de sa tante. En se défendant, elle pensait l'avoir tué et s'était enfuie, effrayée. Deux de mes hommes l'avaient trouvée qui errait sur le port, et ils l'avaient prise pour ce qu'elle n'était pas.

— Mais lorsque vous avez compris leur erreur, vous n'avez pas manqué de...

— Je n'ai compris que trop tard qu'elle était innocente. Et, même alors, je m'imaginais qu'elle avait été convaincue de vendre sa virginité... Bref, tu vois sans peine ce que je croyais. Quoi qu'il en soit, je me suis conduit comme un animal en rut et j'ai agi de façon criminelle, en tentant même de la forcer à rester avec moi. Elle m'a échappé, et lorsque je l'ai revue c'était parce que son oncle et sa tante l'avaient traînée devant moi. Ils demandaient justice, soutenus par un lord très en vue, susceptible de me faire chasser d'Angleterre, si je ne me soumettais pas à leurs exigences. Je ne pouvais faire autrement que d'obéir. Mais, fou de rage d'avoir été piégé, je me vengeais en passant mes nerfs sur Heather. La pauvre était terrifiée rien qu'en me voyant ! Je lui ai déclaré que je prendrais acte du fait qu'elle portait mon enfant, mais que cela mis à part elle ne serait jamais une épouse pour moi. Je gardais mes distances, bien décidé à ne pas me laisser asservir par une femme, quelle qu'elle fût. (Il eut un rire dur.) Le seul problème, c'est que plus je la voyais, plus je la désirais, et je me suis vite rendu compte que je m'infligeais par orgueil une véritable torture. Elle possédait tout ce dont j'avais toujours rêvé chez une femme, et pourtant ce n'est qu'après ta naissance que j'ai enfin écouté mon cœur. Durant cette période, je n'ai jamais touché une autre femme – ni jamais depuis...

Beau ne pouvait se retenir davantage. Son hilarité était trop grande pour être contenue plus longtemps, et il éclata de rire, sous l'œil déconfit de son père. Ainsi, réalisait Beau, Brandon Birmingham avait beau être son père, c'était aussi un homme comme lui, doté d'une nature explosive et d'un goût prononcé pour les charmes féminins... L'idée qu'un tel homme ait pu garder ses distances avec sa superbe épouse pendant près d'un an était ahurissante.

— La raison pour laquelle je te dis cela, continua Brandon avec un sourire bourru, c'est que j'aimerais te prévenir, afin que tu évites de commettre la même erreur avec Cerynise. Sterling Kendall nous a assuré que sa nièce était une jeune femme honorable, et très amoureuse de toi. Mais il a de bonnes raisons de croire qu'elle porte ton enfant, ce qu'elle refuse de te dire pour quelque raison mystérieuse. Cela signifie que le bébé naîtra bâtard, si vous faites annuler votre mariage. Beau, si tu penses que Cerynise est enceinte de toi, explore bien tous les recoins de ton cœur avant d'abandonner ton enfant et sa mère à un sort qui risque de ne pas être enviable.

— Certains changements ont eu lieu dont je crois qu'il convient de vous informer, pa...

Les paroles de Beau furent interrompues par des coups furieux frappés à la porte. On entendit Philippe crier « J'arrive ! » puis ouvrir le battant ; aussitôt, une voix tonitruante aboya dans le vestibule :

— Où est-il ?

— Excusez-moi, monsieur. Vous voulez parler du capitaine ? demanda Philippe d'un ton assez froid.

Visiblement, le ton agressif de son interlocuteur avait choqué le cuisinier.

— Capitaine, ha ! Je connais des noms qui s'appliquent davantage à ce méprisable individu !

— Je vais voir si le capitaine est ici, déclara le Français avec raideur. Si vous pouviez avoir la gentillesse de vous présenter...

— Kendall ! Professeur Kendall.

En entendant ce nom, Beau se hâta de sortir du bureau, son père sur ses talons, et fit signe à Philippe de faire entrer le visiteur. Le vieux professeur semblait de toute évidence très troublé lorsqu'il pénétra au pas de charge dans le vestibule. Voyant Beau, il s'approcha et lui jeta un regard furibond. Conscient qu'une confrontation était imminente, Philippe s'empressa de retourner à sa cuisine. Le capitaine, il en était certain, parviendrait à dominer la situation sans son aide.

— Ma nièce est partie je ne sais où ! Elle a fait ses bagages et pris la fuite comme un chiot ébouillanté !

Tout en parlant, Sterling s'était approché, et il martelait à présent le torse nu de Beau de son index.

— C'est votre enfant qu'elle porte, pas vrai ?

— Oui, mais…

— Je suis certain que Cerynise est partie dans une autre ville, continua Sterling d'un ton rageur, sans laisser à son interlocuteur une chance de s'expliquer. Je ne peux d'ailleurs guère lui en vouloir de ne pas avoir eu le cœur d'affronter la honte de porter votre enfant sans pouvoir lui donner un nom… À la seule pensée que vous ayez pu envisager une annulation dans de telles circonstances, j'ai honte de vous avoir un jour considéré comme un gentleman honorable, monsieur Birmingham !

— Beau ? appela une voix féminine, depuis le premier étage. Où êtes-vous ?

Beau comprit que, s'étant réveillée seule au premier, sa femme avait dû prendre peur à cause de la tempête ; aussi cria-t-il pour la rassurer :

— Ici, en bas !

Il n'en fallut pas davantage à Sterling pour tirer ses conclusions de l'échange, et il eut une grimace de dégoût en se tournant vers Brandon.

— Pas étonnant que votre fils n'ait pas souhaité s'attacher à ma nièce. Il est trop occupé à entretenir d'autres femmes !

Brandon était tout aussi surpris que le professeur, et il tourna vers Beau un regard interrogateur.

Le jeune homme fit un geste en direction de la porte que son père et lui avaient franchie quelques instants plus tôt.

— Professeur Sterling, peut-être accepteriez-vous d'entrer vous asseoir dans mon bureau, où nous pourrions discuter de cette affaire rationnellement…

— Comment ? Vous n'êtes pas pressé de retourner auprès de votre chérie ? demanda Sterling d'un ton lourd de sarcasme.

— Elle ne s'envolera pas, assura Beau avec nonchalance. Maintenant, s'il vous plaît, entrez, que nous puissions parler.

Brandon se demandait s'il n'aurait pas intérêt à aller faire un tour aux cuisines, afin de laisser son fils se tirer seul de ce guêpier, mais, lorsque Beau lui fit signe de les suivre à l'intérieur, il obéit à contrecœur.

— Cerynise ne vous a pas laissé de mot ? demanda Beau au professeur.

— Pas que je sache.

— Dans votre bureau...

— Il est sens dessus dessous. Une branche s'est détachée et a brisé la fenêtre, et le vent a dispersé mes papiers dans toute la maison. J'étais trop inquiet au sujet de Cerynise pour les classer ; je me suis contenté de bloquer la fenêtre avec des planches. Si ma nièce a laissé une note dans cette pièce, il nous faudra des semaines avant de la retrouver.

Beau jeta un coup d'œil à son père, qui semblait avoir du mal à garder son sang-froid. Peut-être les accusations de Sterling le touchaient-elles trop personnellement pour qu'il puisse se sentir à l'aise.

— Beau ?

La voix féminine leur parvint de nouveau. Elle semblait, cette fois, provenir de la région du petit salon.

— Dans le bureau ! appela-t-il en réponse, comprenant que Cerynise le cherchait dans toute la maison.

Sterling se leva en grommelant avec amertume :

— Je ferais mieux de m'en aller pour vous laisser retourner à cette... femelle.

D'un geste, Beau lui indiqua de se rasseoir.

— Je pense que vous devriez rencontrer la « femelle » en question.

Il sortit de la pièce et fit signe à sa femme.

— Entrez, mon amour. Je voudrais vous présenter quelqu'un.

— Oh, mais, Beau, je ne suis pas habillée ! protesta Cerynise à voix basse, en serrant autour de son cou les deux pans de la robe de chambre de son mari.

Ses pieds étaient nus, et ses longs cheveux, emmêlés, flottaient librement sur ses épaules.

— Je ne peux rencontrer personne dans cette tenue !

— J'insiste, annonça-t-il en lui offrant galamment son bras.

Comme elle approchait, il posa une main sur ses reins et la poussa doucement à l'intérieur du bureau.

— Cerynise ! s'écria son oncle en la voyant.

Il bondit sur ses pieds, tout en la regardant de haut en bas, abasourdi. Puis il jeta un coup d'œil en direction de Beau. La tenue de ce dernier était éloquente : impossible de ne pas deviner ce que ces deux-là étaient occupés à faire avant d'être interrompus. Le visage en feu, le professeur balbutia :

— On dirait que vous avez été dérangés...

— Cerynise, j'aimerais vous présenter mon père, intervint Beau en faisant un geste en direction de Brandon. Papa, voici mon épouse, Cerynise.

Consciente de sa tenue, la jeune femme serra les pans de la robe de chambre autour d'elle avant d'esquisser une révérence.

— C'est un plaisir de vous revoir, monsieur Birmingham.

— Par tous les diables, que je sois...

Beau s'éclaircit la gorge et décocha un sourire taquin à son père, qui d'ordinaire mettait un point d'honneur à surveiller son langage en présence de jeunes femmes. Contrit, Brandon eut une petite grimace.

— Pardonnez-moi, Cerynise, reprit-il en la saluant. Beau semble prendre plaisir à me faire tomber des nues.

Elle eut un petit rire entendu.

— Je me suis fait maintes fois la même réflexion, monsieur.

— Votre épouse, avez-vous dit, intervint Sterling. Cela signifie-t-il que l'annulation n'est plus à l'ordre du jour ?

— Absolument, répondit Beau en souriant. Et nous sommes désolés que vous n'ayez pas trouvé le mot que nous vous avions laissé. Je suis passé chercher Cerynise cet après-midi et l'ai aidée à faire ses bagages. Je crois qu'il est important que vous sachiez que ni Cerynise ni moi ne souhaitions être séparés l'un de l'autre. Nous nous méprenions simplement tous les deux sur ce que souhaitait l'autre. Nous vous suppliions de nous pardonner pour l'inquiétude que nous vous avons causée ; sachez que nous n'étions pas moins inquiets nous-mêmes.

— Tu vas devoir expliquer tout ça toi-même à ta mère, déclara Brandon. Demain soir au dîner, au plus tard ! Si vous avez d'autres projets, je vous conseille de les annuler. Ta mère risque de très mal réagir si tu ne lui présentes pas sa nouvelle belle-fille au plus vite !

— Pas de problème, papa, affirma Beau en riant.

Brandon fit un pas en avant et, prenant la main de Cerynise, il y posa un baiser.

— Nous sommes très fiers de vous, ma chère petite.

— Merci, monsieur Birmingham.

— Il va falloir que vous trouviez une autre façon de m'appeler !

Il adressa un clin d'œil à sa belle-fille.

— Beau essaie en permanence de me faire passer pour un vieillard, mais nous savons tous que c'est absurde ! Il fait ça uniquement pour tester ma patience.

Cerynise plaqua une main sur sa bouche pour étouffer un éclat de rire, mais en vain. Bientôt, tous se joignaient à son hilarité, tandis que Beau posait un bras affectueux sur ses épaules.

14

Les Birmingham au grand complet étaient réunis à Harthaven pour accueillir officiellement Cerynise dans la famille. Sterling Kendall était lui aussi invité. Ayant vécu une vie très solitaire pendant bon nombre d'années, le professeur était un peu étourdi par les bavardages effervescents des femmes et par l'humour vif, tranchant des hommes. En plus de la famille immédiate de Beau étaient présents Michael York, le fiancé de Suzanne, et le frère de Brandon, Jeff, avec sa femme Raelynn et leurs quatre enfants, dont l'aîné était un garçon d'une vingtaine d'années nommé Barclay, mais qui préférait qu'on l'appelle Clay. Stephanie, une jeune femme auburn de dix-huit ans, devait épouser l'année suivante Cleveland McGeorge, un prospère marchand d'art. Bien qu'originaire de New York, Cleve s'était installé quelques années plus tôt à Charleston, où il possédait désormais une boutique ; il vivait dans une maison en ville. Le second fils de Jeff, Matthew, venait de fêter ses quinze ans, et la cadette, Tamarah, avait neuf ans. C'était elle qui, des quatre, ressemblait le plus à son père, avec ses cheveux noirs et ses yeux verts. Après avoir rencontré tous les membres de la famille et discuté brièvement avec chacun d'entre eux, il ne fallut pas longtemps à Sterling pour en arriver à la conclusion que c'était là une extraordinaire collection de gens intéressants, intelligents et adorables, qui arrivaient à mettre un inconnu à l'aise parmi eux.

Cerynise était tout aussi émerveillée de l'accueil qu'ils lui prodiguaient, et elle ne tarda pas à échanger des confidences avec Brenna, qui, elle le sentait, pourrait sans difficulté devenir pour elle une amie proche. Bien que la mère de Beau fût probablement âgée d'environ quarante-cinq ans, elle en paraissait à peine plus de trente. C'était une femme de petite taille, tout comme Brenna, dont les cheveux demeuraient d'un noir de jais. Lorsqu'elle avait rencontré sa nouvelle belle-fille, Heather avait souri et pris les mains de Cerynise entre les siennes en lui affirmant qu'elle était ravie de l'accueillir dans sa famille. Puis la maîtresse de maison s'était empressée de la présenter à tout le monde tandis que Beau faisait de même avec Sterling. Heather avait également fait visiter la maison à Cerynise ; elle lui avait montré les chambres, à l'étage, en commençant par celle dans laquelle avait grandi Beau, et qui, avait-elle dit à Cerynise, était à elle aussi, désormais. Heather lui avait ensuite présenté les domestiques, sans oublier d'avoir un mot gentil pour chacun ; en particulier, elle avait longuement chanté les louanges d'une femme noire corpulente, aux cheveux blancs, nommée Hatti. Que la vieille dame eût aidé à mettre Brandon au monde, puis tous les autres Birmingham après lui, faisait d'elle un pilier de la famille.

Après que tout le monde eut pris place autour de la longue table du dîner, Cerynise jeta un coup d'œil dans la pièce et s'aperçut que le tableau qu'elle avait conseillé à Beau de ne pas acheter était accroché bien en vue sur le mur au-dessus du buffet, entre deux grands vases de porcelaine. Des appliques jetaient une lueur sur la toile, la mettant en valeur. La surprise de Cerynise fut telle qu'elle eut un petit hoquet et se tourna vers Beau, qui lui présentait une chaise.

— Que puis-je dire, madame ? demanda-t-il en haussant les épaules, un sourire aux lèvres. Je l'aimais tant que j'ai voulu l'acheter à mes parents !

— Je le trouve absolument magnifique, intervint Heather, assise à la place d'honneur en bout de table. Et je suis encore plus ravie de savoir que c'est ma belle-fille qui l'a peint. Le fiancé de Stephanie dit que c'est la plus belle toile qu'il ait jamais vue. Il aimerait beaucoup voir vos autres œuvres, afin de les vendre pour vous. Le fait que l'artiste soit une femme n'a pas eu l'air de le déranger le moins du monde. Cleve nous a assuré que c'était la qualité de l'art qui importait, pas le sexe du peintre.

— D'autres œuvres de Cerynise devraient arriver bientôt, affirma Beau. Mais, en tant que mari, le premier choix me revient.

— On dirait que tu es assez fier de cette distinction, souligna Heather avec tendresse.

— Oui, maman, admit-il en lui décochant un sourire tandis qu'il s'asseyait à sa place et prenait les longs doigts de son épouse dans les siens.

Puis, pour rappeler à sa mère le nombre incalculable de fois où elle lui avait reproché de perdre trop de temps à courir après telle ou telle femme de chambre, il ajouta :

— Celle-ci vaut la peine d'être gardée.

— Je le vois bien, mon chéri, acquiesça Heather. Ce qui me rappelle qu'il est impératif que j'invite certaines des dames de Charleston et des alentours à venir rencontrer Cerynise. Cela vous conviendrait-il, ma chère ? ajouta-t-elle à l'adresse de l'intéressée.

— Oui, bien sûr, madame Birmingham.

— Vous faites partie de la famille, maintenant, Cerynise. Laissez tomber les « madame Birmingham », sans quoi cela créera des confusions sans fin ! Appelez-moi donc Heather, ou mère.

— Hé ! appela Jeff depuis l'autre bout de la table, en adressant un clin d'œil facétieux à Brandon. On m'apprend que vous allez être grand-mère. Êtes-vous sûre d'être assez âgée ?

— Silence, bon à rien ! rétorqua Heather avec un petit geste de la main. Ce n'est pas parce que votre frère et vous avez pris tout votre temps avant de trouver votre épouse que Beau aurait dû suivre votre exemple. Il a fait tout aussi bien en moitié moins de temps !

— Vous savez frapper juste !

— Il vous a fallu vingt-cinq ans pour vous en apercevoir ? Je me demande si vous ne retardez pas un peu… riposta Heather, un sourire aux lèvres.

L'expression de désespoir exagérée qu'arbora Jeff provoqua l'hilarité générale. Assise à son côté, Raelynn étouffa un petit rire derrière sa serviette et échangea un coup d'œil amusé avec sa belle-sœur avant de hocher la tête d'un air approbateur.

— Attention, frère, lança Brandon gaiement. À présent qu'elle a une nouvelle fille sous son aile, Heather se découvre une nouvelle jeunesse !

— Elle devient plus mordante chaque jour, opina Jeff. Je saigne déjà…

— Vous l'avez bien mérité, mon chéri, affirma Raelynn en lui tapotant la main.

— Par tous les diables ! s'exclama Jeff, horrifié. Quelles mégères avons-nous épousées, Brandon !

— Oncle Jeff, quel farceur vous faites ! accusa Suzanne, qui riait à gorge déployée, tout comme son prétendant. Vous savez bien que vous adorez les femmes Birmingham et que vous ne les échangeriez pas contre tout l'or de la Chine.

— Pourquoi ? Existerait-il d'autres femmes ? s'enquit Jeff en feignant la confusion et en regardant autour de lui.

Lorsque l'hilarité générale fut un peu retombée, Suzanne se tourna vers Beau et Cerynise, assis en face d'elle, et demanda avec empressement :

— Vous viendrez au bal de mes fiançailles, n'est-ce pas ?

— Bien sûr, princesse, répondit Beau tendrement. Nous ne le manquerions pour rien au monde.

— J'espère trouver quelque chose à me mettre qui soit assez large, intervint Cerynise avec un soupir. Sinon, je risque de devoir assister à la fête cachée dans un tonneau !

— Mme Feroux pourra sans doute vous aider, suggéra Brenna. Je suis sûre que les autres dames ont déjà leur robe depuis un moment. (Elle jeta à son frère un regard taquin.) Mme Feroux apprécie énormément Beau, et je suis sûre que, s'il le lui demande, elle travaillera nuit et jour pour vous confectionner une robe de rêve.

— Silence, petite peste, coupa Beau avec un sourire amusé qui contredisait son froncement de sourcils impérieux. Tu cherches seulement à faire des histoires !

Les yeux bleus de Brenna brillaient sans remords lorsqu'elle reporta son attention sur le bout de la table.

— Maman, vous ne croirez jamais ce que Mme Feroux m'a appris l'autre jour. Figurez-vous que Germaine Hollingsworth a eu le toupet de raconter à la couturière qu'il ne se passerait pas longtemps avant que Beau ne la demande en mariage ! Mme Feroux était tout excitée, persuadée que c'était vrai !

— Je n'en doute pas, répondit Heather, extrêmement heureuse de la façon dont les choses avaient fini par tourner.

De nouveau, Brenna se tourna vers son frère.

— Que vas-tu bien pouvoir faire de deux épouses, Beau ? s'enquit-elle avec ironie.

Conscient que Cerynise attendait sa réponse avec intérêt, Beau baissa la tête d'un air embarrassé.

— J'ai seulement offert à Germaine de la conduire chez la couturière avec mon attelage, c'est tout. Nous nous étions retrouvés côte à côte au mariage d'un ami commun, expliqua-t-il.

— Vous vous étiez « retrouvés côte à côte » ? répéta Brenna en ouvrant de grands yeux incrédules.

Elle avait entendu bon nombre de rumeurs, toutes lancées délibérément par Germaine, qui souhaitait sans doute garder les autres jeunes femmes célibataires à distance respectable de Beau. Et elle ne doutait pas que Cerynise entendrait à maintes reprises les mêmes mensonges si elle se promenait dans les boutiques de Charleston, durant les mois à venir. Plus peut-être que tous les autres membres de sa famille, Brenna était convaincue que Germaine n'inspirait que de l'indifférence à son frère, mais elle voulait que Cerynise en fût certaine, elle aussi. Pour que les réticences de Beau envers la belle Germaine fussent plus évidentes encore, elle proposa diverses conjectures.

— Je suppose que tu étais assis dans le chœur et qu'il s'est « trouvé » que Germaine s'est assise à côté de toi, et je suppose également qu'elle t'a demandé de la conduire en voiture chez Mme Feroux alors que son propre attelage se trouvait au coin de la rue… Quand finiras-tu par comprendre, mon cher frère, que tu as toujours été considéré comme le meilleur parti de ce tout petit monde qui est le nôtre ? Cela fait un moment que tes admiratrices essaient de t'attraper dans leurs filets. Pas étonnant que Germaine ait été si certaine de te mettre le grappin dessus : c'était de loin la plus opiniâtre.

Heather échangea un regard avec Brandon, assis à la tête de la table. Lui seul avait été au courant de ses inquiétudes lorsqu'elle avait compris que Germaine s'était mis en tête de séduire son fils. En effet, beaucoup de rumeurs déplaisantes circulaient à propos de la jolie jeune femme, mais jusqu'alors rien n'avait été prouvé. Heather et Brandon savaient que leur fils risquait de succomber, comme tant d'autres, au charme de Germaine et de la mettre dans son lit. Enceinte ou pas, elle se serait empressée d'aller voir son père, dont le tempérament violent était connu de tous, afin de se plaindre de la façon dont Beau l'aurait traitée. M. Hollingsworth était tout à fait capable de traîner quelqu'un devant l'autel en lui plaquant un revolver sur la tempe.

Ne pouvant résister au plaisir de continuer à taquiner son frère, Brenna insista :

— Mme Feroux a dit que tu étais entré dans sa boutique avec Germaine l'autre jour ; et c'est juste après ça que Germaine a prédit qu'elle t'épouserait. Si tu ne souhaitais pas l'épouser, pourquoi serais-tu allé chez la couturière avec elle ?

Beau poussa un soupir exaspéré.

— As-tu déjà observé que Mme Feroux avait la fâcheuse habitude de répéter tout ce qu'elle savait, sauf ce qui était pertinent pour comprendre une situation ? Elle a probablement omis de mentionner que je n'étais pas resté plus de dix minutes dans sa boutique et que j'étais reparti sans Germaine.

— Pour l'amour du ciel, Beau, inutile de t'énerver ainsi ! s'exclama Brenna, amusée de la rougeur qui avait envahi le visage de son frère.

Elle était satisfaite, car elle avait réussi à pousser Beau à parler de son départ précipité, dont elle-même avait eu vent par Mme Feroux.

— Je suis sûre que Cerynise n'est pas d'un tempérament jaloux, ajouta-t-elle.

— Au contraire, corrigea l'intéressée en souriant. Je suis extrêmement jalouse dès qu'il s'agit de Beau. Et dans la mesure où Germaine est venue jusque chez moi me conseiller de l'éviter, j'ai encore des frissons lorsque j'entends mentionner son nom.

— Vous voulez dire que Germaine a eu le toupet de vous demander d'éviter Beau ? s'écria Heather, abasourdie. Comment a-t-elle osé ?

— Pourrais-je changer de sujet pendant un moment ? intervint Brandon, soucieux de venir à la rescousse de son fils.

— D'accord, papa, acquiesça Beau avec empressement, heureux de cette diversion. Si vous pensez pouvoir placer un mot dans cette famille, allez-y, essayez.

— C'est précisément à toi que je voulais m'adresser, répondit son père en levant un sourcil vers lui. Réponds-moi juste une chose.

— Je vous écoute.

— Voilà, je n'ai rien contre Philippe. C'est en vérité un cuisinier extraordinaire. Mais ne crois-tu pas que tu l'exploites un peu en attendant de lui qu'il fasse également office de majordome et de valet ?

Beau hocha les épaules avec désinvolture.

— Lorsque je suis revenu de voyage et rentré chez moi, il n'y avait que la servante qui travaillait, tandis que tous les autres la regardaient faire. À part le cocher Thomas et elle, tous les domestiques ont donc été remerciés. En fait, je n'avais qu'une hâte : les voir passer la porte au plus vite.

— C'est possible, mon fils, mais je n'ai guère apprécié de me voir ouvrir la porte par un homme qui tenait un hachoir à viande ensanglanté à la main ! J'en avais les poils tout hérissés !

Un grand éclat de rire secoua la tablée à l'évocation de Brandon, grand et bien bâti, tremblant devant le petit chef – lequel ne s'était probablement pas douté de l'effet que produisait son couteau sur le visiteur.

Cerynise se tenait l'estomac tant elle riait.

— Oh, voici bien la famille la plus extraordinaire qu'il m'ait été donné de rencontrer dans ma vie ! déclara-t-elle en essuyant ses larmes de gaieté. Mais il faudrait vraiment que j'arrête de rire, ça fait trop mal !

Brandon leva son verre de vin dans un geste de salut et lui sourit.

— Bienvenue dans la famille, ma chère !

Un chœur enthousiaste reprit son toast. Cerynise faisait désormais partie de la famille.

Quinze jours plus tard, une myriade de dames de tous âges, invitées à venir rencontrer l'épouse de Beau, prenaient Harthaven d'assaut. Toute la matinée, les attelages s'étaient succédé devant la plantation, déversant les visiteuses, lesquelles mouraient d'envie de voir de plus près la nouvelle Mme Birmingham, qui selon tous les dires était déjà enceinte.

On savait certaines choses de Cerynise Birmingham. Elle était originaire de la région, ce qui, pour certaines, était un soulagement, étant donné la propension des Birmingham de la génération précédente à épouser des étrangères. Elle avait vécu quelque temps en Angleterre, où elle avait fini ses études ; ce qui là encore était un bon point pour elle, dans la mesure où les souvenirs désagréables de la guerre d'Indépendance s'étaient peu à peu estompés et où tout ce qui était anglais était devenu à la mode. La tutrice de la jeune femme, Lydia Winthrop, avait encouragé son amour pour la peinture, au point qu'elle avait été instruite par les meilleurs professeurs et se révélait fort douée. Heather et ses deux filles posaient d'ailleurs en ce moment pour un portrait, et se rendaient pour ce faire à Charleston, chez Beau Birmingham, au moins deux fois par semaine. En certaines occasions, elles étaient même accompagnées par Birmingham père, et on voyait parfois toute la famille dîner dehors ou aller au théâtre en compagnie du fiancé de Suzanne, Michael York.

La rumeur disait également que Cerynise était issue d'une bonne famille, quoique demeurée toujours un peu à l'écart du monde. Les Kendall étaient des intellectuels, et Cerynise, disait-on, ne faisait pas exception à la règle – ce qui ne manquait pas d'étonner ceux qui connaissaient Beau depuis un certain temps. Selon eux, ce n'était pas l'esprit d'une femme qui attirait Beau mais ses autres attraits – et tous se demandaient en privé si Cerynise le satisfaisait au lit.

Durant la semaine, Mme Feroux ne s'était pas fait prier pour divulguer quelques détails supplémentaires concernant Cerynise à toutes les dames qui avaient visité sa boutique. « Les bijoux qu'offre M. Beau à sa jeune épouse sont exquis ! Mlle Cerynise a apporté son collier de perles avec elle l'autre jour pour voir comment il irait avec la robe que je lui confectionne et, ma chère, je dois dire que la beauté de l'objet surpassait tout ce qu'il m'avait été donné de voir. C'est tout simplement extravagant. Au fait, avez-vous eu l'occasion de voir son alliance ? Elle est entièrement incrustée de diamants ! Et la robe qu'elle compte porter pour le bal de fiançailles de Suzanne est sans doute la plus coûteuse que j'aie jamais faite. C'est M. Beau en personne qui a décidé du modèle après avoir accompagné sa femme dans mon magasin. Oh, et vous auriez dû voir la façon dont ils se touchaient ! C'était tout simplement divin ! Je n'avais jamais vu un gentleman témoigner tant d'affection à son épouse par un simple effleurement. Et Mlle Cerynise est aussi élégante qu'un cygne, même si, en ce moment, c'est d'une manière un peu, disons, maternelle... Elle est enceinte d'au moins quatre mois, vous savez, mais j'ai appris de source sûre qu'ils s'étaient mariés en Angleterre. Vous vous rendez compte ? Se rencontrer là-bas par accident après s'être connus ici pendant si longtemps ? »

Tous ces bavardages ne faisaient qu'exciter encore davantage la curiosité de ces dames et, naturellement, elles en concluaient qu'il leur fallait voir Cerynise Birmingham de leurs propres yeux pour savoir quelle sorte d'épouse Beau s'était choisie. Aussi une véritable avalanche déferlait-elle sur Harthaven.

— Ta mère a dit que personne n'avait refusé son invitation, déclara Brandon par-dessus son épaule.

Il se tenait devant les grandes baies vitrées de son bureau, dans lequel Beau et lui s'étaient réfugiés pour savourer quelques instants de paix, loin de toutes ces femmes jacassantes. Un nouvel attelage s'immobilisa dans l'allée circulaire, et le cocher sauta à terre pour aider à descendre de voiture une dame âgée, aux cheveux blancs. Il la confia ensuite à un serviteur qui la guida jusqu'à la porte d'entrée.

— Il doit déjà y en avoir plus de cent à l'intérieur, et il semblerait à présent que les arrière-grands-mères se mettent de la partie !

Beau rejoignit son père devant les fenêtres et regarda en direction du porche.

— Mais c'est Mme Clark, n'est-ce pas ?

— Exact. Abigail Clark.

— Cela fait des années que je ne l'ai pas vue. En fait, je la croyais morte.

— Elle aime trop faire la fête pour prendre le temps de mourir !

Beau jeta un coup d'œil à la pendule sur la cheminée avant de s'approcher de la porte intérieure, qu'il entrebâilla avec précaution pour glisser un regard au-dehors, comme une souris craintive. À la vue du hall d'entrée, où se bousculaient les invitées, il ne put retenir un mouvement de désarroi.

— Je crois que vous avez raison, père. Il doit y avoir plus de cent personnes dans la maison. Combien de temps cette satanée visite va-t-elle durer ?

— Trop longtemps pour ce que tu projettes, répondit Brandon avec un sourire en coin.

— Et qu'est-ce que je projette ? demanda Beau en se tournant vers lui d'un air surpris.

— À te voir regarder la pendule toutes les trente secondes, je devine que tu as l'intention de t'enfuir d'ici avec Cerynise au plus vite.

— J'avoue que j'espérais pouvoir y parvenir. J'attends l'arrivée de marchandises en provenance d'Angleterre d'un jour à l'autre, et je voudrais que Cerynise vienne au port avec moi.

— De quoi s'agit-il, cette fois ?

— Eh bien, de ses peintures, pour commencer.

Brandon ne put dissimuler un sourire.

— J'avoue que je te soupçonnais de vouloir tout simplement faire l'amour avec elle.

Beau ne put réprimer un nouveau mouvement de surprise.

— Pourquoi pensiez-vous cela ?

— Vois-tu, mon garçon, depuis qu'elle a emménagé chez toi, tu ne t'intéresses plus qu'à elle, et ton évidente bonne humeur semble indiquer qu'elle te satisfait infiniment. D'ailleurs, je ne peux que te féliciter de ta sagesse : tu as bien fait de ne pas attendre toute une année pour installer ta belle épouse dans ton lit. Certains hommes sont moins malins.

Beau ne put s'empêcher de rire.

— Ne soyez pas trop dur envers vous-même, papa. Vous entretenez une meilleure relation avec maman que la plupart des hommes avec leur maîtresse.

— Certes, mais elle est bien supérieure à n'importe quelle maîtresse !

Les lèvres de Beau tremblèrent tandis qu'il essayait de dissimuler son amusement. Taquiner son père se révélait bien plus amusant, à présent que lui aussi était marié.

— Dites-moi, père, quand un homme se fait aussi vieux que vous, est-il encore capable de s'en sortir... je veux dire, au lit ?

Une expression horrifiée se peignit sur les traits de Brandon.

— Eh bien, mon garçon ! Pour qui me prends-tu ? Un eunuque ? Sache que ta mère se demande encore tous les mois si elle n'est pas enceinte, espèce de vaurien !

— Pardon ! Je suis désolé ! s'exclama Beau d'un air faussement contrit. On ne sait jamais, avec les couples de personnes âgées... s'ils ont la force de... de finir ce qu'ils ont commencé.

— Je me demande si je ne vais pas suggérer à ta mère de faire un autre enfant juste pour te donner une leçon, insolent ! Comment, tu es à peine sorti du berceau et tu te demandes si je ne suis pas trop vieux pour accomplir mon devoir conjugal ?

— Vous êtes bien susceptible en ce qui concerne votre âge, insista Beau, qui luttait pour garder son sérieux. Dans la mesure où maman est encore si jeune, vous devez vous inquiéter, vous demander si vous serez encore capable de la satisfaire dans quelques années...

— Prends garde, j'ai bien envie de te donner une leçon de politesse !

Beau s'approcha de son père et posa une main consolatrice sur son épaule, qui était ferme, aussi musclée que la sienne, témoignant de la force qui habitait encore Brandon.

— Ne vous inquiétez pas trop, papa, je suis sûr que maman comprendra, le moment venu.

— Bon sang, cette maison n'est pas assez grande pour nous deux... et ce n'est pas de ta mère que je parle !

Un sourire aux lèvres, Beau haussa les épaules avec nonchalance.

— Je le sais bien, papa. C'est la raison pour laquelle je possède ma propre maison à Charleston.

— C'est une bonne chose, rétorqua Brandon avec un petit rire. Même si, avec ce bébé à venir, ta mère souhaite que vous habitiez plus près.

— J'ai l'impression qu'elle se réjouit vraiment de mon mariage avec Cerynise.

— Oh, c'est le moins qu'on puisse dire. Elle ne pourrait être plus heureuse – d'autant que, pendant un certain temps, tu donnais l'impression d'avoir des aspirations plus... mondaines.

398

Beau dut réfléchir à cette remarque un long moment avant de demander avec surprise :

— Vous ne parlez pas de Germaine Hollingsworth, tout de même ?

— Je n'ai jamais pensé que tu irais dans cette direction, le rassura Brandon. C'était ta mère qui s'inquiétait.

Cette simple idée provoqua l'hilarité de Beau.

— Nul doute que maman se serait mise en rogne si j'avais ramené Germaine à la maison et l'avais présentée comme ma femme !

— Comment peux-tu dire une chose pareille ? s'exclama Brandon en riant. Nous savons tous les deux que ta mère est la femme la plus douce et la plus calme qui soit.

— Si l'on oublie son tempérament d'Irlandaise et sa volonté de fer...

— J'avoue que rien de cela ne m'a jamais dérangé, déclara Brandon avec un sourire. Il faut dire que je n'ai jamais eu de raison d'en souffrir... Il en serait peut-être allé différemment pour Germaine.

En cet instant, Germaine nourrissait bel et bien des sentiments négatifs à l'égard de la maîtresse de maison. Dans la pièce voisine de celle où bavardaient Beau et son père, elle était assise, un sourire de commande plaqué sur son visage figé, mais, intérieurement, elle écumait. Elle n'arrivait pas à tolérer tout le battage que l'on faisait autour de cette fille que ses amies et elle avaient pris tant de plaisir à humilier quelques années plus tôt. Où qu'elle se tournât, elle ne cessait d'entendre des compliments sur celle qu'elle avait autrefois surnommée l'« échassier ». Évidemment, à présent qu'elle s'était étoffée, Cerynise ne paraissait plus aussi grande… Germaine considérait cela comme un affront personnel et ne cessait de se demander : « Comment cette petite sotte ose-t-elle revenir ainsi, aussi sereine, charmante et élégante ? On dirait une créature de l'au-delà ! »

Heather Birmingham était de toute évidence folle de sa nouvelle belle-fille, et veillait sur elle, faisant parfois preuve de la férocité d'une chatte protégeant ses chatons. Depuis des années, les gens disaient d'Heather qu'elle était « tellement gentille », si douce, compatissante, adorable… Eh bien, en vérité, ses yeux de saphir pouvaient vous geler sur place, et c'était exactement l'effet que produisait sur Germaine le regard que son hôtesse posait sur elle en cet instant.

Peut-être était-ce ainsi qu'Heather avait procédé pour maintenir une telle mainmise sur son mari, songeait Germaine tout en portant sa tasse de thé à ses lèvres. Il n'avait pas dû être aisé pour elle d'être durant toutes ces années l'épouse d'un homme aussi déterminé que Brandon Birmingham. Pourtant, au dire de tous, Heather avait su s'en accommoder incroyablement bien, et il arrivait que même des étrangers constatent à quel point la richesse sensuelle de leur couple semblait presque palpable lorsqu'ils se retrouvaient ensemble dans une pièce.

Si Germaine avait parfois nourri des doutes quant à son projet d'épouser Beau Birmingham, c'était avant tout parce qu'elle s'inquiétait qu'il fût trop semblable à son père, et en conséquence difficile à manœuvrer. Par ailleurs, elle avait craint qu'il ne la gâte pas autant qu'elle en avait l'habitude. Les parents de Germaine s'étaient en effet toujours assurés que tous ses vœux étaient exaucés, et elle s'était souvent demandé si Beau ne se montrerait pas plus rétif à la dépense. Mais, à en croire l'exemple de Cerynise, elle avait eu tort de s'inquiéter, car cette bécasse aux cheveux fauves arborait désormais un saphir et une alliance de diamants qui faisaient suffoquer Germaine d'envie.

Elle reposa sa tasse et, profitant d'une baisse de régime de la conversation, observa avec douceur :

— Vous savez, Cerynise, je ne crois pas que nous ayons entendu le récit de votre rencontre avec Beau. Était-ce affreusement romantique ?

Bien qu'elle fût lasse de cette femme et de ses questions mesquines, Cerynise partit d'un rire gai.

— Oh, je suis tombée amoureuse de Beau Birmingham alors qu'il n'était encore qu'un élève de l'école de mon père !

Germaine parvint à esquisser un sourire pincé tout en corrigeant sa rivale.

— Ce n'est pas de cela que je voulais parler. Nous savons toutes qu'il était l'élève de votre père. Je me demandais plutôt comment vous l'aviez rencontré à Londres. Nul doute que votre tutrice vous interdisait de fricoter avec des marins…

Durant les cinq années qu'elle avait passées au loin, Cerynise avait appris à répondre aux coups bas de ce type. Le meilleur moyen de se protéger des piques dont les femmes comme Germaine avaient le secret était de leur répondre calmement, efficacement, et en s'éloignant le moins possible de la vérité.

— Je jugeais raisonnable de rentrer à Charleston, après la mort de Mme Winthrop. Lorsque j'ai commencé à me renseigner sur les navires en partance pour la Caroline, j'ai appris que celui de Beau était à quai. Une chose en a amené une autre, et nous avons décidé de nous marier avant d'entreprendre la traversée.

Heather sourit, ravie de la réponse de Cerynise. Bien sûr, elle se doutait que la jeune femme n'avait pas tout dit ; elle-même, d'ailleurs, n'avait pas été informée de tous les détails de ce qui s'était passé cinq mois plus tôt à Londres, et elle n'estimait pas que ce fût nécessaire. Contrairement à ce que tous s'imaginaient, dans la famille, elle savait que son fils n'était pas un saint. Il ressemblait bien trop à son père pour qu'elle pût nourrir de telles illusions sur son compte ! Et en définitive, peu lui importaient les tenants et les aboutissants de l'affaire ; Beau avait réussi à épouser une femme dont elle pouvait être fière et qui semblait le vénérer, et cela soulageait Heather.

— Je ne comprends pas, répondit Germaine, les sourcils froncés, feignant la plus grande perplexité. Beau a-t-il passé assez de temps à Londres pour vous faire la cour dans les règles ? À moins qu'il ne faille en déduire que votre mariage a été la conclusion d'une romance échevelée ? (Elle pencha la tête de côté et posa un doigt sur son menton, d'un air pensif.) Si c'est le cas, il me paraît curieux que, le jour où nous nous sommes croisées devant la boutique de Mme Feroux, vous ayez agi comme deux étrangers en présence l'un de l'autre.

Les quelques conversations qui se poursuivaient autour d'elles s'interrompirent. L'instant d'après, tous les yeux étaient fixés sur l'invitée d'honneur.

— Beau et moi essayions de garder notre mariage secret, répondit Cerynise avec douceur. Je crois qu'il vous l'a déjà expliqué. Naturellement, j'ai été choquée de le voir avec vous, mais il m'a par la suite expliqué que vous lui aviez demandé de vous conduire chez Mme Feroux, après votre rencontre au mariage d'un ami commun. Il m'a également dit qu'il n'avait pas passé plus de dix minutes avec vous chez la couturière.

Germaine fulminait. Elle avait espéré mettre Cerynise mal à l'aise en faisant savoir à tout le monde que Beau avait escorté une autre femme chez la couturière, mais à présent que Cerynise avait expliqué comment tout s'était produit, c'était elle, Germaine, qui se sentait humiliée, car il devenait évident pour toutes les dames présentes que Beau avait eu hâte de se débarrasser d'elle.

— Vous habitiez chez votre oncle, le professeur Kendall, à votre retour d'Angleterre, n'est-ce pas ? demanda Irma Parrish. Y avait-il une raison pour cela ?

C'était une femme d'âge mûr, qui s'accrochait désespérément à la jeunesse en portant des vêtements et des bijoux qui eussent mieux convenu à quelqu'un de la moitié de son âge. Irma était également une commère notoire, et la cousine de Germaine, ce qui en faisait son alliée naturelle.

— Je n'avais pas vu mon oncle depuis cinq ans, expliqua Cerynise. Et dans la mesure où Beau et moi ne voulions pas que quiconque sache que nous étions mariés, demeurer chez oncle Sterling semblait naturel.

— Mais pourquoi teniez-vous tant à garder votre mariage secret ? insista Irma.

— Nous nous sommes bel et bien mariés très rapidement, et savions que les gens ne manqueraient pas de critiquer notre hâte… Bref, vous comprenez sans doute qu'il aurait semblé plus convenable que nous nous soyons fréquentés d'abord dans les règles, et fiancés longtemps avant le mariage. Vous n'êtes pas d'accord ?

La bouche d'Irma s'ouvrit et se ferma à plusieurs reprises ; on eût dit un poisson hors de l'eau. Elle finit par répondre de façon peu convaincante :

— Si, je suppose que si… Mais je ne vois vraiment pas pourquoi vous êtes allée vous installer chez votre oncle.

Bien qu'agacée par l'insistance de son interlocutrice, Cerynise répondit aussi patiemment que possible.

— Chez qui aurais-je pu aller ? Oncle Sterling était heureux de me revoir, et Beau a eu la gentillesse de m'autoriser à habiter chez lui, étant donné les efforts que lui et moi faisions pour avoir l'air de simples amis.

— Beau, si gentil une fois de plus… observa Germaine d'un air pensif. Comme c'est noble ! Dites-moi, est-ce par gentillesse qu'il vous a épousée ?

Cette remarque, adroitement glissée dans un sourire, déstabilisa un instant Cerynise. Elle avait oublié combien Germaine pouvait se montrer mauvaise ; cependant, elle commençait à avoir assez d'expérience pour ne pas s'effondrer. Enfant, elle s'était contentée de souhaiter que la belle aux cheveux de jais la laisse tranquille. À présent, cependant, elle sentait la moutarde lui monter au nez, et elle se raidit devant les sous-entendus de Germaine. L'heure était venue pour Germaine Hollingsworth de regretter ses méchancetés envers l'« échassier ».

— Pensez-vous vraiment que Beau soit homme à se marier par gentillesse, Germaine ? Si oui, vous vous trompez lourdement. Beau n'est pas de ces messieurs simples, délicats et débonnaires qui ne demandent qu'à satisfaire les humeurs et les caprices de leurs épouses. Il est bien plus exigeant que cela. Mais je suppose que seule une femme mariée peut comprendre ce que je veux dire…

Le sourire dont elle avait accompagné cette conclusion était énigmatique, et suggérait qu'elle aurait pu en dire bien davantage sur son mari pour éclairer Germaine et le reste de ses auditrices. Elle en avait révélé assez, cependant, pour sous-entendre qu'en jeune femme pudique elle souhaitait se montrer discrète.

Heather sourit, aux anges.

404

— Quelqu'un veut-il encore un peu de thé ? demanda-t-elle gaiement en faisant un petit signe de la main afin qu'un domestique apporte davantage de sandwichs et de petits gâteaux pour ses visiteuses.

Abigail Clark remua un peu dans son fauteuil en s'appuyant sur sa canne.

— Cet interrogatoire me rappelle tout ce qu'Heather a dû endurer quand Brandon l'a ramenée d'Angleterre. Je n'aimais pas plus cela alors que maintenant.

Le facteur déterminant de l'après-midi fut une remarque de Martha Devonshire, laquelle était liée, par naissance ou alliance, à toutes les familles importantes de Caroline. Jetant un coup d'œil en direction de Cerynise à travers son lorgnon, elle déclara :

— Je n'ai jamais pensé que les voyages seyaient à une dame de qualité. Néanmoins, je dois admettre que j'ai peut-être eu tort. Jamais je n'ai rencontré de jeune femme dotée de tant de grâce et de maintien.

Ce jugement émis, l'énorme matrone se carra dans son siège pour observer les hochements de tête empressés des dames assemblées autour d'elle, et qui pour la plupart n'auraient jamais osé la contredire.

Une heure plus tard, l'assemblée prit fin et les invitées se retirèrent à regret. Plus d'une eût aimé s'attarder, ayant découvert que la conversation de Cerynise était intéressante. Cependant, ayant observé les froncements de sourcils de son fils, Heather les raccompagna sur le seuil en leur rappelant qu'elles auraient l'occasion de revoir Cerynise au bal de fiançailles de Suzanne. Malgré tous ses efforts, néanmoins, lorsque la dernière invitée se retira, l'après-midi était déjà bien avancé.

Beau pénétra dans la maison, après être allé marcher un peu pour calmer son impatience, et il s'empressa d'envoyer chercher la cape et le bonnet de son épouse.

— Pardonnez ma hâte, maman, mais il faut que nous rentrions à Charleston. Ce thé a duré bien plus longtemps que prévu.

Il déposa un baiser sur la joue de sa mère, et Brandon vint rejoindre sa femme sur le porche pour dire au revoir au jeune couple. Lorsque l'attelage se fut éloigné, il glissa un bras autour de la taille fine d'Heather et se pencha pour lui murmurer à l'oreille :

— Que diriez-vous d'avoir un autre fils, madame ?

Heather sursauta, abasourdie.

— Pour l'amour du ciel, d'où vous vient cette idée farfelue ?

— Beau ne nous croit plus capables de faire l'amour.

Elle eut un petit rire amusé et serra son mari dans ses bras.

— Il ne vous connaît pas très bien, n'est-ce pas ? Mais il comprendra son erreur quand il aura votre âge. D'ici là, je pense que nous ferions mieux d'envisager un voyage en mer sur *L'Intrépide* plutôt qu'un autre enfant. Beau a l'intention d'emmener Cerynise avec lui après la naissance du bébé, et je sais que vous n'avez jamais perdu votre amour de la voile.

— C'est seulement la perspective de demeurer près de votre petit-fils qui vous attire, madame, accusa Brandon en souriant.

Heather passa une main admirative sur le torse puissant de son mari et leva vers lui un regard bleu suggestif.

— Nous pourrions passer beaucoup de temps dans notre cabine à faire l'amour. Et qui sait ce qui en résulterait ?

— Quand avez-vous dit que Beau levait l'ancre ?

Beau tendit la main vers la poignée de la porte d'entrée, mais, avant qu'il ait pu l'atteindre, le battant vert foncé se déroba devant lui, et un homme en livrée apparut dans l'encadrement.

— Jasper ? s'exclama Cerynise, stupéfaite. Seigneur, que faites-vous ici ?

Le regard du majordome se posa sur la jeune femme, et il lui sourit.

— Votre mari m'a invité à venir travailler pour lui, madame. Il a même payé notre traversée.

— *Notre* traversée ?

— Oui, madame, acquiesça Jasper en hochant la tête et en esquissant un autre sourire. Bridget et les autres sont là aussi. En fait, nous avons tous été en mesure d'escorter vos toiles jusqu'à Charleston. Elles sont arrivées sans encombre, et j'ai pris la liberté de les installer dans le bureau, avec les autres.

Bridget avait entendu leurs voix étouffées depuis l'arrière de la maison et s'approcha avec hésitation. Cerynise l'aperçut et, se précipitant à l'intérieur de la maison, s'empressa de lui dire bonjour. Les deux jeunes femmes s'étreignirent et pleurèrent un peu – mais de joie.

— Vous avez l'air en pleine forme, m'am... enfin, je veux dire, madame Birmingham. Je ne vous ai jamais vue aussi épanouie.

Les yeux brillants de Bridget se posèrent sur le ventre légèrement arrondi de Cerynise, qui était à présent visible même sous un châle.

— Et vous allez avoir un bébé... Oh, je suis tellement contente pour vous, m'am !

— Merci, Bridget, répondit Cerynise en lui tapotant affectueusement la main. Mais, dites-moi, connaissez-vous mon mari ?

— Je n'ai vu le capitaine Birmingham que sur le bateau, le jour où nous vous avons apporté vos vêtements, m'am. Mais si vous m'aviez posé la question à l'époque, je vous aurais dit qu'il allait se passer quelque chose entre vous. Je n'aurais simplement jamais eu idée que vous vous marieriez avant de quitter Londres. Enfin, c'est en tout cas ce que nous a dit M. Philippe Monet. Vous avez dû être complètement tourneboulée par tout ça, c'est arrivé si vite !

— Je connais mon mari depuis l'enfance, Bridget, et j'ai toujours été amoureuse de lui, alors pour moi, ce n'était pas si soudain que cela. (Cerynise pouffa en ajoutant :) Pour lui, en revanche, peut-être bien que si !

Beau les rejoignit, et après que sa femme eut fait les présentations officielles, il demanda à la servante :

— Philippe vous a-t-il montré où vous seriez installés ?

— Oh, oui, monsieur. Dans les quartiers des domestiques, de l'autre côté du jardin, et permettez-moi de vous dire, monsieur, que je n'ai jamais vu de plus beaux logements pour les serviteurs.

— J'espère que vous y serez bien.

— Je n'en doute pas, monsieur, et merci du fond du cœur de nous avoir aidés pour la traversée et tout ça. Nous n'aurions jamais pu nous en sortir sans votre générosité. Jasper a fait les comptes bien soigneusement, monsieur, pour que vous sachiez exactement ce que nous avons dépensé.

— Les bons serviteurs sont difficiles à trouver, et c'est surtout à moi que j'ai rendu service en vous faisant venir ici, affirma Beau.

Cerynise pencha la tête sur le côté.

— Est-ce à cause d'eux que vous aviez tellement hâte de rentrer à la maison ?

408

Beau haussa brièvement les épaules et sourit.

— Je pensais bien qu'ils arriveraient d'un jour à l'autre, mais je ne pouvais savoir quand. J'ai vérifié chaque jour quels bateaux arrivaient d'Angleterre, mais ce matin je n'ai pas eu le temps.

— Vous semblez prendre plaisir à me faire des cachotteries, monsieur, l'accusa Cerynise avec un petit rire.

Les yeux rieurs de Beau se posèrent un instant sur son ventre rond avant de plonger de nouveau dans les siens.

— Certes, madame, mais pas plus que vous !

Le jour du bal de fiançailles de Suzanne arriva, et Cerynise soigna tout particulièrement son apparence, sachant qu'elle serait confrontée non seulement à Germaine, de nouveau, mais aussi à d'autres jeunes femmes qui avaient, à un moment ou à un autre, vu en Beau un mari potentiel. Mme Feroux et ses assistantes avaient travaillé sans relâche sur une sublime création bleu glacier afin qu'elle fût prête à temps. À la demande de Beau, la couturière s'était inspirée du modèle de la robe qu'avait portée Cerynise la nuit où il avait reçu ses compagnons de chasse à bord de son bateau, en Angleterre. Le patron avait simplement été modifié afin que le bustier descende un peu plus bas et dissimule au maximum la courbe du ventre de la jeune femme. De là partait une lourde jupe de soie brodée de perles. Les manches étaient longues et fluides, d'inspiration médiévale, mais le décolleté, lui, était le même que celui de la première robe, coupé en carré au niveau des seins. C'était ce que Beau avait préféré dans la première version, et il avait beaucoup insisté pour que cela ne change pas.

Les cheveux de Cerynise avaient été relevés haut sur sa tête pour mettre en évidence les boucles de perles et de diamants qui ornaient ses oreilles. En guise de cadeau de mariage à retardement, Beau lui avait offert un collier à huit rangs de perles, orné d'un magnifique camée rose et blanc entouré de diamants. Cerynise avait exprimé sa gratitude avec un plaisir évident, car elle n'avait jamais vu – sans parler de le posséder ! – quoi que ce fût d'aussi exquis. Cependant, si coûteux et raffiné que fût le collier, c'était sa nouvelle alliance qui, pour Cerynise, revêtait le plus d'importance, en raison de la façon dont son mari la lui avait offerte. Il s'était agenouillé devant elle et, après avoir ôté l'anneau de son doigt, il lui avait ardemment répété ses vœux d'être un mari fidèle et aimant. Il avait ensuite glissé la bague de diamants à son annulaire gauche, puis baisé la main de son épouse, avant de se lever pour sceller son pacte d'un baiser plus passionné. La soirée qui avait suivi, ni l'un ni l'autre ne l'oublierait jamais ; elle avait commencé par un dîner privé dans leur chambre, un bain partagé côte à côte dans l'immense baignoire de Beau, et s'était terminée par une nuit d'amour tout à fait digne de deux jeunes mariés.

Lorsque Beau demanda de l'aide pour nouer sa cravate, à la fin de l'après-midi précédant le bal de fiançailles de sa sœur, Cerynise ne vit rien là que de très naturel. Ce ne fut que lorsqu'il pencha la tête pour murmurer : « Mmmh, une vue bien agréable ! » qu'elle commença à se douter qu'il avait une idée derrière la tête.

Cerynise jeta un coup d'œil en direction de sa poitrine, généreusement dévoilée par le décolleté profond de la robe et par les transparences de la chemise de dentelle qu'elle portait en dessous. Relevant la tête, elle croisa le regard brillant de son mari et lui sourit.

— Je pensais que vous connaissiez tout cela par cœur, depuis le temps.

— Oui, mais à présent je n'ai plus à garder mes mains dans mes poches. Je peux me remplir les yeux tout mon saoul, n'importe quand et n'importe où – à condition que nous soyons un peu tranquilles, bien sûr, déclara-t-il en déposant un baiser sur sa tempe tandis que, du bout des doigts, il ouvrait la patte de boutonnage à l'arrière de la robe.

Le bustier lourdement brodé glissa le long du torse de la jeune femme, révélant la chemise de dentelle et de batiste qui moulait ses seins généreux.

Cerynise restait debout devant Beau, comme sous l'effet d'un étrange sortilège, les yeux brillants tandis qu'elle le regardait défaire la chemise pour la laisser glisser à son tour jusqu'à sa taille. Ses seins pâles et roses se dressaient fièrement, comme pour appeler les caresses et les baisers de Beau ; il se plia volontiers à leurs exigences, et baissa la tête pour parcourir leur rondeur tentatrice en une caresse paresseuse, agaçant leurs pointes tendues et arrachant à sa femme des soupirs de bonheur tandis qu'elle demeurait là, incapable de bouger, captive de ses lèvres douces sur sa peau nue. Elle voulait plus encore, et se cambrait pour venir à sa rencontre et s'offrir à sa caresse. Sa respiration s'était faite chaotique, elle n'était plus que sensation, plaisir ineffable. Ce ne fut qu'un long moment plus tard que Beau abandonna ses seins pour venir prendre sa bouche en un baiser exigeant, sauvage.

Lorsque, enfin, il la relâcha, Cerynise était sans forces. Elle vacilla contre lui, tout en suppliant dans un souffle : « Encore ! »

— Lorsque nous rentrerons à la maison, murmura Beau d'une voix rauque.

Plongeant son regard dans celui de sa femme, il remit ses vêtements en place.

— Considérez cela comme une promesse pour plus tard, madame.

— Mais vous m'avez ôté tout désir de partir, gémit-elle d'une voix tremblante. Je vais passer toute la soirée à me mourir de désir pour vous…

— C'était bien mon intention, madame. (Le souffle tiède de Beau la caressa pendant qu'il riait doucement contre sa joue.) Chaque valse que nous danserons, chaque regard que nous échangerons, chacun de nos gestes l'un envers l'autre sera enflammé par cet interlude et par la pensée de ce qui nous attendra à notre retour à la maison.

Cerynise poussa un petit gémissement, exagérant sa déception.

— Croyez-vous qu'il soit possible pour une femme de violer son mari ?

— Vous avez plus de pouvoir sur mon corps que je n'en ai moi-même, madame, mais comment pourrait-il s'agir d'un viol, quand je serais un participant plus que complaisant ?

Elle sourit d'un air coquin tandis que ses doigts ouvraient le pantalon de Beau, et qu'elle lui rendait exactement la monnaie de sa pièce. Satisfaite du résultat, elle recula d'un pas et posa sur lui un regard admirateur.

— À présent, je serai prêt pour vous toute la nuit, déclara Beau en attirant de nouveau la main de Cerynise vers son sexe et en serrant ses doigts sur les siens.

— Ce n'est que justice, répondit-elle en passant le bout de sa langue sur les lèvres de son mari.

Elle sentait sa chaleur, l'envie qu'il avait d'elle ; pourtant, après une dernière caresse enveloppante, elle se dégagea.

— Si je dois souffrir, monsieur, vous aussi, décréta-t-elle.

Beau était certain qu'il lui faudrait au moins une heure pour recouvrer son sang-froid.

— Vous ai-je déjà dit quelle mégère vous étiez ?

Cerynise eut un sourire satisfait.

— Seulement au lit, monsieur. Seulement au lit.

Nombre des invités étaient déjà arrivés lorsque l'attelage de Beau s'arrêta devant la porte. Il aida Cerynise à descendre et s'immobilisa un instant pour chasser d'un baiser le petit froncement de sourcils qu'elle esquissait. Au cours du long trajet jusqu'à Harthaven, l'humeur de la jeune femme s'était peu à peu assombrie : elle s'inquiétait de ce que la soirée lui apporterait. Elle appréhendait en particulier d'être bombardée de questions vicieuses par une horde de jeunes filles amères d'avoir été rejetées.

— Si seulement vous saviez combien vous êtes belle, mon amour, lui murmura son mari à l'oreille, vous ne laisseriez personne vous contrarier, surtout pas Germaine.

— Je suis sûre qu'elle s'est empressée de faire courir le bruit que je vous avais poussé à m'épouser par des méthodes détournées, répondit Cerynise à voix basse. Et tout le monde va se demander depuis combien de temps je suis enceinte... ou me jeter des regards désapprobateurs pour bien me faire comprendre que je ne devrais pas être là, étant donné les circonstances.

— Vous êtes une Birmingham, à présent, assura Beau. Vous avez davantage votre place ici que tous les autres réunis. Quant à votre état, mon amour, nous n'avons aucune raison d'en avoir honte. Nous étions très régulièrement mariés lorsque vous êtes tombée enceinte.

Cerynise poussa un long soupir.

— C'est peut-être vrai, Beau, mais cela n'empêchera pas les mauvaises langues de jaser.

— Elles finiront bien par s'arrêter... lorsque nous aurons environ quatre-vingts ans, la taquina-t-il en déposant un nouveau baiser sur son front.

D'un geste admiratif, elle passa la main sur le revers de la veste noire de son mari. À l'exception de sa chemise blanche, de sa cravate et de son gilet de brocart argenté, orné d'un haut col replié, il était vêtu de noir et tout aussi séduisant que le jour où elle l'avait vu avec Germaine.

— Vous resterez avec moi, n'est-ce pas, Beau ?

— Si près, madame, que vous vous lasserez vite de ma présence !

— Jamais.

Beau glissa le bras de Cerynise sous le sien et, après avoir monté les marches conduisant au porche, il la fit entrer à l'intérieur. Le majordome lui ôta sa cape de velours bleu roi, puis Beau l'escorta en direction de la salle de bal, où se pressait déjà une foule. Tous se tournèrent dans leur direction à leur entrée. Heather s'avança aussitôt en souriant pour saluer son fils et sa belle-fille. Après avoir déposé un baiser sur la joue de chacun d'eux, elle se tourna vers ses invités avec un sourire radieux et, d'un geste gracieux de la main, demanda le silence. Son mari vint se placer à son côté, une main sur son épaule.

— Mesdames et messieurs, commença Heather tandis que ses yeux parcouraient la salle, enveloppant les visages de ses amis et connaissances, à ceux d'entre vous qui ne l'auraient pas encore rencontrée, je voudrais présenter notre nouvelle belle-fille, Cerynise Birmingham, seule descendante de feu le professeur Marcus Kendall, dont beaucoup d'entre vous se souviennent sans doute. Beau et Cerynise se sont mariés en Angleterre à la fin du mois d'octobre avant de prendre la mer pour la Caroline. Ils voulaient garder leur mariage secret, et ne m'ont pas encore dit pourquoi ; je me plais à penser que c'était pour nous offrir le bonheur de les voir se marier ici, à l'église de Charleston. Cependant, la vie nous joue parfois des tours surprenants, et Brandon et moi serons grands-parents en août.

Des applaudissements joyeux, mêlés à des rires et à des félicitations, accueillirent cette déclaration. Cerynise laissa échapper un soupir de soulagement tandis qu'une partie de son appréhension se dissipait. Heather avait maîtrisé la situation d'une manière calme et habile, en allant au cœur du problème afin de mettre un terme aux sous-entendus éventuels.

Beau restait près de Cerynise afin de la présenter aux invités qui s'avançaient pour leur offrir leurs vœux de bonheur. Nombre d'amis d'enfance de Beau avaient été des élèves du père de la jeune femme, et ils lui racontèrent quelques anecdotes amusantes sur leur ancien instituteur. Les noms ne tardèrent pas à se mélanger dans l'esprit de Cerynise, car tous les invités se bousculaient pour féliciter Beau et elle de leur mariage et leur souhaiter un bon retour en Amérique. Son regard doucement suppliant fit sourire Beau, qui s'empressa de demander à la foule quelques instants pour pouvoir danser avec son épouse.

— Vous vous sentez mieux ? s'enquit-il en la faisant tournoyer au son d'une valse entraînante.

Cerynise rit. Non seulement elle était soulagée, mais elle se réjouissait de pouvoir danser pour la première fois avec son mari. Elle le trouvait aussi léger que les professeurs de danse que Lydia Winthrop avait engagés pour elle. En vérité, il évoquait un prince de conte de fées tandis qu'il la faisait virevolter à travers la salle de bal, de plus en plus vite.

— Votre mère nous a bien simplifié la tâche, observa-t-elle, ravie que tous fussent au courant de leur mariage. J'ai l'impression de flotter sur un nuage. Elle m'a ôté un grand poids.

— Est-ce ainsi que vous vous sentez quand nous avons fait l'amour ? demanda Beau avec un sourire irrésistible.

L'espace d'un instant, une expression perplexe se peignit sur les traits de Cerynise ; enfin, elle comprit ce qu'il voulait dire.

— Votre poids est infiniment plus agréable à supporter, mon amour, et je crois que vous savez désormais combien j'aime votre corps. Je n'en connais pas de plus parfait.

Une lueur de défi brilla dans les yeux de Beau.

— Comme si vous en aviez vu d'autres auparavant ! Non, dès que je vous ai vue rougir jusqu'à la racine des cheveux, la première fois que je suis apparu devant vous torse nu, j'ai su qu'avant notre mariage vous n'aviez jamais été face à un homme. Mais cela me convient. Je vous veux rien que pour moi.

— Et je suis toute à vous, monsieur, aussi souvent qu'il vous plaira.

— Mon ancienne chambre se trouve à l'étage, suggéra-t-il d'un ton plein d'espoir.

Cerynise lui décocha un sourire coquin.

— Bien sûr, vous êtes conscient que notre absence ne passerait pas inaperçue…

416

Un soupir de regret s'échappa des lèvres de Beau.

— C'est vrai. Par ailleurs, nous n'arriverions jamais à vous recoiffer correctement. J'imagine donc qu'il nous faudra attendre d'être rentrés chez nous.

La vision du couple qui, enlacé, évoluait gracieusement sur la piste de danse éveillait une rage folle, destructrice dans le cœur d'au moins l'une des personnes qui les observaient. En cet instant Germaine Hollingsworth se tenait debout, seule dans la pièce noire de monde, et une jalousie presque douloureuse la taraudait à la vue de sa rivale. S'il n'y avait pas eu Cerynise, c'eût été elle, elle en était certaine, qui aurait été en train de danser avec Beau sur la piste. Il était l'essence même de la virilité, grand et puissant, sensuel et sauvage ; ses mouvements étaient souples, mais il avait la solidité d'un chêne – elle le savait, pour avoir plusieurs fois effleuré son torse, l'air de rien. Elle s'imaginait sans peine faisant courir ses doigts sur le corps nu de Beau, s'émerveillant de sa force et de sa fermeté, éveillant en lui une passion qui aurait fait de lui son prisonnier consentant... Mais il était l'esclave de Cerynise. D'ailleurs, s'il l'avait regardée, elle, de la façon dont il avait dévoré Cerynise des yeux devant la boutique de Mme Feroux, elle aurait pu nourrir quelques espoirs pour l'avenir. Les tentations pouvaient mettre à mal les plus nobles intentions, si le cœur éprouvait la moindre faiblesse. Mais tant que Cerynise demeurait le seul objet de convoitise de Beau, Germaine n'avait guère de perspectives. Oh, comme elle eût aimé que sa rivale tombe raide morte – de préférence sur-le-champ ! Cependant, songeait-elle, un décès en couches la satisferait amplement...

Beau était plongé dans les deux lacs adorateurs levés vers lui. Ils brillaient d'une lueur intérieure, qui lui parlait de l'amour que Cerynise lui portait. Se sentant infiniment heureux d'avoir pu susciter une telle dévotion, il entraînait sa femme sur la piste, le cœur léger.

Pour Cerynise, rien n'existait, que les bras de son mari qui l'encerclaient, que ses yeux bleu saphir qui emprisonnaient les siens. Ils parlaient à voix basse, partageant commentaires, mots d'amour secrets connus d'eux seuls. En elle brûlait le feu dévorant que les promesses sensuelles de Beau avaient allumé un peu plus tôt, et le moindre contact de sa cuisse contre la sienne, le plus léger effleurement la faisaient frissonner de plaisir anticipé. Chaque regard qu'ils échangeaient était chargé de tension érotique, chaque sourire leur rappelait ce qui les attendait une fois chez eux.

La musique continuait à emplir la salle de bal, et Beau se vit contraint d'autoriser Cerynise à valser avec les autres Birmingham qui venaient lui demander une danse. Lui, de son côté, fit son devoir auprès de sa mère, de ses sœurs et de ses cousines. Tamarah faisait partie de la liste, mais bien qu'elle eût supplié ses parents de la laisser assister au bal entier, elle fut envoyée au lit dans la chambre de Brenna à une heure convenable pour une jeune fille de son âge. Quant aux autres jeunes femmes, elles étaient aussi transparentes pour Beau que si elles n'avaient pas existé. Son cœur et son regard s'envolaient à chaque instant vers sa femme, qui, même lorsqu'elle dansait avec d'autres, semblait elle aussi n'avoir d'yeux que pour lui.

Beau fut attiré sur le bord de la piste de danse par plusieurs de ses compagnons de chasse, et tandis qu'il riait et bavardait avec eux, Cerynise et Brenna acceptèrent deux verres de punch que leur présentait un serviteur. Les deux jeunes femmes prenaient plaisir à contempler des couples qui évoluaient devant elles ; cependant, leur attention fut bientôt alertée par le manège de Germaine, qui tirait Michael York sur la piste de danse. L'intéressé ne semblait pas savoir comment réagir à cette invitation ; il finit néanmoins par l'accepter, quoique de mauvaise grâce. Il paraissait tout particulièrement déstabilisé par la profondeur du décolleté de la jeune femme ; celle-ci portait en effet une création violet foncé dont le bustier semblait sur le point d'exploser. Faisant un effort visible pour avoir l'air naturel, Michael regardait tout le monde sauf sa cavalière et, dès que le morceau prit fin, il s'empressa de s'excuser et de battre en retraite pour rejoindre sa fiancée, qui écouta avec un sourire attentif ce qui ressemblait fort à une explication inquiète. Après un moment, Michael baisa la main de Suzanne d'un air soulagé et l'attira sur la piste, où il dansa avec elle, parfaitement à son aise.

Il ne fallait pas beaucoup d'imagination pour deviner que Germaine ne tarderait pas à acculer Beau à son tour. De fait, à peine Cerynise s'était-elle fait cette réflexion qu'elle vit la belle brune se diriger vers lui, un sourire avenant aux lèvres.

Brenna se pencha vers Cerynise.

— Vous avez vu à qui elle s'attaque, maintenant ? murmura-t-elle.

— À mon mari, répondit Cerynise à voix basse.

— Vous n'avez pas envie d'arracher les cheveux de cette peste ? demanda Brenna, les dents serrées.

— Oh, si, un par un, affirma Cerynise, qui n'avait pas oublié la jalousie qui s'était emparée d'elle lorsqu'elle avait vu Beau aider Germaine à descendre de son attelage, à Charleston.

Brenna tapota la main de sa belle-sœur.

— Faites confiance à Beau. Il agira pour le mieux.

— Il est bien obligé de se montrer poli envers elle, naturellement.

La popularité dont jouissait Germaine auprès du sexe fort avait développé sa confiance en elle au point qu'elle s'attendait que tous les hommes abandonnent sur-le-champ leurs activités à son approche. Mais Beau était si occupé à converser avec ses amis qu'il ne se rendit même pas compte de sa présence à son côté. Cela causa à Germaine un choc et une frustration intenses ; elle mit les mains sur ses hanches et tapa du pied pour attirer son attention. La remarquant enfin, Beau la salua et s'empressa de la présenter à un jeune galant, lequel fut ravi de la conduire sur la piste.

— Magnifique ! s'exclama Brenna gaiement avant de se tourner vers Cerynise, qui arborait elle aussi un sourire radieux. N'est-il pas merveilleux ?

— Oh, si ! acquiesça la jeune femme avec enthousiasme.

— Regardez, il revient vers vous.

Beau décocha à sa sœur un sourire interrogateur tandis qu'il prenait le bras de Cerynise.

— Vois-tu une objection à ce que je danse avec mon épouse, petite sœur ?

— Aucune !

Comme le couple s'éloignait, Brenna se retourna pour poser son verre et celui que lui avait confié Cerynise, et fut quelque peu surprise de voir un jeune homme aux cheveux roux très foncés, qui semblait de quelques années son aîné, se diriger vers elle. Elle reconnut immédiatement le meilleur ami de Clay.

— Je vous prie de m'excuser, Brenna, mais je me demandais si vous m'accorderiez cette danse. Clay semble penser que cette suggestion pourrait ne pas vous être trop odieuse.

— La suggestion ne m'est pas odieuse du tout, Todd, affirma-t-elle en lui lançant un sourire éblouissant.

Une expression de jubilation se peignit aussitôt sur les traits de Todd, révélant des dents très blanches, tandis qu'il s'empressait de la débarrasser des verres pour les remettre à un domestique. Il s'inclina galamment, avant de poser la petite main fine de Brenna au creux de son bras. Les sourcils du père de la jeune fille, debout de l'autre côté de la pièce, se haussèrent vivement.

Avec un sourire entendu, Heather passa une main sur le revers du veston de son mari, s'efforçant de l'apaiser de son mieux.

— Todd a seulement invité votre fille à danser, mon chéri, et j'apprécierais infiniment que vous en fassiez de même avec moi.

Brandon claqua des talons et s'inclina avec une raideur exagérée.

— M'accorderez-vous cette danse, madame ?

— Rien ne pourrait me faire plus plaisir, mon amour.

Brandon posa une main possessive autour de la taille de son épouse et la conduisit sur la piste. Il ne put cependant s'empêcher d'émettre une légère protestation alors qu'ils commençaient à danser.

— J'ai entendu Clay parler à son frère de l'intérêt croissant que porte Todd Phelps à notre fille, madame.

— Ma foi, c'est certainement un jeune homme charmant, issu d'une très bonne famille, mais Brenna n'a que seize ans…

— C'est aussi mon avis, madame.

Heather sourit tandis que son mari s'évertuait à garder un œil sur leur fille cadette. Brenna était l'enfant chérie de Brandon, et tout indiquait qu'il aurait le plus grand mal à la donner en mariage à quiconque, le moment venu. Nul doute qu'il faudrait un individu exceptionnel pour trouver grâce à ses yeux !

Un moment plus tard, Beau et Cerynise sortirent sur la terrasse pour respirer un peu d'air frais. Ils déambulèrent, bras dessus, bras dessous, jusqu'au bout de la véranda, où le feuillage d'un immense chêne masquait les pâles rayons de la lune. La fraîcheur du soir ne tarda pas à faire frissonner Cerynise ; aussitôt, Beau lui ouvrit sa veste et l'attira à lui, tout en s'appuyant sur la façade blanche de la maison.

Cerynise poussa un soupir rêveur.

— Lorsque j'étais folle de vous, autrefois, je ne m'imaginais pas que je me retrouverais un jour dans vos bras sous ce porche, mariée à vous et portant votre enfant ! Même si pendant des années, j'ai fantasmé sur une demande en mariage, mon amour, cela semblait si impossible que j'avais fini par me forcer à ne plus y penser. Et puis, j'étais si loin de Charleston que je doutais de vous revoir. Alistair ne saura probablement jamais quel cadeau il m'a fait, en définitive, en me chassant de la maison Winthrop !

Beau eut un petit rire.

— Peut-être devrais-je lui témoigner ma gratitude en l'embrassant, la prochaine fois que je le verrai, plutôt que de lui envoyer mon poing dans la figure ?

— Embrassez-moi, plutôt, murmura Cerynise en levant le visage vers lui.

Il satisfit à sa requête avec diligence, et elle se serra plus fort contre lui, les mains nouées derrière son cou. Ce fut un baiser passionné, qui mobilisait tous leurs sens et éveillait en eux des brasiers familiers. Le bras gauche de Beau était passé autour de la taille de sa femme, laissant la main droite parcourir librement son dos, ses hanches, ses reins...

Un raclement de gorge très féminin mit un terme abrupt à leur baiser. Cerynise, d'instinct, aurait fait deux pas en arrière, embarrassée, mais Beau eut la présence d'esprit de la maintenir contre lui. Il ne fallait surtout pas qu'ils se séparent en cet instant comme deux enfants pris en faute.

Cherchant à identifier l'intruse qui s'approchait d'eux, ils scrutaient les ombres du porche ; enfin, la faible lumière tomba sur le visage de Germaine.

— Eh bien, décidément, on dirait que vous n'arrivez pas à vous rassasier l'un de l'autre !

Son ton était empreint d'ironie. Pourtant, la scène n'avait pas manqué de la titiller ; elle prouvait en effet que les appétits de Beau étaient presque aussi insatiables que les siens.

— L'avantage, lorsqu'on est marié, c'est qu'on n'a pas à s'y résoudre, répondit Beau d'un air nonchalant.

— Vraiment, Beau, vous devriez vous soucier de l'embarras que vous risquez de causer aux autres gens, le réprimanda Germaine. De tels étalages devraient être cantonnés à la chambre à coucher. Une véranda ouverte à tous n'est pas un endroit très bien choisi pour des ébats intimes.

— Étrange : d'ordinaire, lorsque quelqu'un s'approche, sur un parquet en bois comme celui-ci, on l'entend sans peine... et pourtant, je suis certain de ne pas avoir ouï de bruits de pas...

Beau posa un regard curieux sur le bas de la robe de Germaine, qui balayait le sol. La porte ouverte du bureau de Brandon indiquait qu'elle était sortie de la maison par là ; et à voir la façon dont elle tenait ses mains derrière son dos, on devinait qu'elle dissimulait quelque chose.

— Ce qui me conduit, bien sûr, à me demander pourquoi vous ne portez pas de chaussures en ce moment, conclut-il.

Germaine rit, serrant ses deux chaussures dans une seule main, et fit un geste gracieux de l'autre main, comme pour se moquer de sa supposition.

— Je ne m'amuse pas à espionner les gens, Beau... Et même si c'était le cas, cela n'excuserait pas votre indécence. Je vais me voir dans l'obligation de me plaindre de votre attitude à votre mère. Il n'est pas sûr pour une jeune fille innocente de se promener seule à Harthaven, le soir... Nul doute qu'Heather sera infiniment choquée de votre manque d'éducation.

Beau fit face à Germaine, sans pour autant lâcher Cerynise ; il craignait de voir celle-ci s'enfuir et le laisser seul avec cette peste.

— Si nous avons offensé votre tendre sensibilité, Germaine, j'en suis désolé, mais j'ai du mal, je l'avoue, à vous croire choquée. En fait, s'il y a quelqu'un d'innocent parmi nous, j'ai plutôt tendance à penser que c'est mon épouse.

Les yeux sombres de Germaine brillèrent d'une lueur inquiétante dans la lumière diffuse.

— Que voulez-vous dire par là ?

Beau pencha la tête de côté d'un air pensif.

— Souhaitez-vous réellement que je vous réponde ?

— Puisque vous m'insultez, j'aimerais au moins que vous m'expliquiez ce qui vous en donne le droit, insista Germaine. Je n'ai jamais fait quoi que ce fût dont je puisse avoir honte.

— Pas même lorsque vous vous êtes baignée dans le plus simple appareil avec Jessie Ferguson, l'été dernier... ?

Germaine ouvrit la bouche, abasourdie. Il n'avait pu apprendre cela que de la bouche de Jessie lui-même... Quel imbécile, celui-là ! Il ne savait jamais se taire !

— C'est un mensonge éhonté, Birmingham ! Jamais je ne...

— Dans ce cas, il doit s'agir d'une autre Germaine Hollingsworth, qui aime gambader nue avec ses prétendants. Car, vous voyez, Jessie n'était pas le premier à se vanter de cette conquête. Voyons, si je me souviens bien, lui, c'était sous un sycomore... Et puis il y a eu Frank Lester. Dans les étables de son père. En fait, d'après ce que je sais, il y a eu bon nombre d'hommes dans la vie de cette autre Germaine Hollingsworth. Il semblerait qu'elle aime faire les premiers pas, avec les hommes... Et on dit qu'une fois excitée elle est prête à accepter absolument *n'importe quoi*. On dit que la seule différence entre elle et les femmes qui font cela pour gagner leur vie est qu'elle ne demande pas d'argent, et y prend davantage de plaisir.

Germaine eut un ricanement caustique.

— À ce que je sais, vous-même étiez un client assidu des femmes en question.

— Au moins, je n'ai jamais prétendu être un saint.

— Il est évident qu'une autre femme s'est servie de mon nom dans un but peu avouable, déclara Germaine en pointant le menton en avant avec arrogance. Mais qu'elle fasse attention : je suis très habile avec le fusil de mon père, et quiconque propagerait de telles infamies sur mon compte risquerait d'être pris par erreur pour un rat... En fait, Beau Birmingham, vous-même mettriez peut-être votre vie en danger en tentant de ternir ma réputation avec toutes ces billevesées.

Beau esquissa un sourire glacé.

— Vous seriez surprise de la réputation qui est la vôtre, Germaine. Tous les étalons de la région connaissent votre adresse. C'est pour cette raison que vous êtes si populaire auprès des hommes. Je suis seulement étonné que vous n'ayez jamais été prise à votre propre piège.

— Vous voulez dire : comme l'idiote qui vous sert d'épouse ? ironisa Germaine avec dédain en posant un regard froid sur Cerynise. Je suis sûre que l'autre Germaine pourrait vous donner le nom d'une femme qui s'occuperait d'elle en un après-midi, et en toute discrétion.

— Ma femme ignore probablement de quoi vous voulez parler, Germaine ; et de toute façon, nous ne sommes pas intéressés par votre offre. En fait, nous sommes très enthousiastes à l'idée d'avoir un enfant.

Une grimace méprisante incurva les lèvres de Germaine tandis qu'elle s'appuyait contre le porche pour remettre ses chaussures. Puis, après avoir lissé sa jupe du plat de la main, elle prit un air hautain pour retourner vers les baies vitrées qu'elle avait franchies pour se glisser sur la véranda.

Cerynise put enfin pousser un soupir de soulagement.

— J'ai l'impression que Germaine ne vous aime plus guère, observa-t-elle.

— Je ne pense pas qu'elle m'ait jamais aimé tant que cela. C'était le fait de pouvoir se faire appeler Birmingham et la perspective de dépenser mon argent qui l'intéressaient avant tout. Après avoir été gâtée de façon éhontée par ses parents, elle doit avoir du mal à envisager de faire sa vie avec quelqu'un de moins fortuné qu'eux.

— Même si c'était quelqu'un comme vous ? demanda Cerynise en revenant se blottir dans ses bras.

Pauvre Germaine ! Elle est bien sotte de ne s'intéresser qu'à l'argent. Un homme comme vous est infiniment plus précieux que tous les trésors du monde ! Mais il est vrai qu'il n'y a qu'un seul Beauregard Birmingham...

Beau se pencha pour respirer ses cheveux avec délice.

— Vous êtes prise au piège, madame.

— Certes, terriblement, admit-elle. À présent, embrassez-moi vite. Nous allons bientôt devoir retourner à l'intérieur.

15

Seuls quelques buissons d'azalées étaient encore en fleur, en ce mois de mai, et la ville comme la campagne environnante, jusqu'alors symphonies de fuchsia violent, de blanc neigeux et de magenta profond, semblaient avoir perdu beaucoup de leur splendeur, à présent que les superbes pétales étaient fanés. C'était vrai également des jardins qui entouraient la maison de Beau ; cependant, un matin vers le milieu du mois, Sterling Kendall arriva à la résidence Birmingham, apportant des boutures ainsi que des arbustes et plusieurs arbres naissants aux racines bien enveloppées. Avec l'approbation du propriétaire des lieux, le professeur passa plusieurs jours à transformer en un jardin somptueux ce qui n'avait été jusqu'alors qu'un endroit plaisant. Après avoir pris soin des jeunes plantes, Sterling expliqua à sa nièce comment elle devait s'en occuper, soulignant que c'était là non seulement un travail enrichissant pour l'esprit, mais aussi un bon entraînement pour une future maman.

Bien que Cerynise, novice en matière de botanique, se fut mise à la tâche avec appréhension, elle ne tarda pas à être séduite par les joies de l'horticulture. C'était pour elle un bonheur inattendu que de voir une profusion de fleurs jaillir après des semaines de soins attentifs. Le jardin ne tarda pas à devenir l'un de ses lieux de travail et de détente préférés. Lorsqu'elle ne peignait pas dans le bureau, on la trouvait souvent dehors, s'occupant des parterres, taillant les fleurs fanées, ou essayant de capturer la beauté des floraisons sur la toile avant que ternisse leur couleur. Elle éprouvait aussi une grande satisfaction à créer de magnifiques bouquets pour la maison, et les pièces les plus fréquentées témoignaient de cette passion. Beau lui-même commença à s'y intéresser ; lorsqu'il avait le temps, il venait souvent aider sa femme dans le jardin. Ils achetèrent des meubles en fer forgé et placèrent des sièges confortables sous les arbres, dans le kiosque où ils prenaient souvent leur petit déjeuner et leur déjeuner, ou ici et là le long des chemins. Parfois, tous deux riaient et chahutaient comme des enfants turbulents, se lançant des poignées de terre ou s'aspergeant d'eau avant de se poursuivre sur les pelouses. Mais à mesure que la grossesse de Cerynise avançait, Beau la rattrapait plus aisément, avant de la soulever avec passion dans ses bras, lui arrachant de petits cris ravis.

Leurs ébats les laissaient souvent poussiéreux ou tachés de boue, et on ne tarda pas à construire un abri de briques peintes en blanc dans le jardin. Il était séparé en deux parties : dans l'une, on pouvait se laver ; dans l'autre, s'habiller. Un treillis surmontait le toit plat, dissimulant aux regards une grande cuve en cuivre rectangulaire. Après avoir été exposée au soleil pendant plusieurs heures, l'eau se réchauffait. La partie inférieure de la cuve était percée, mais pour contrôler le flux d'eau une autre feuille de cuivre pouvait être levée ou baissée, grâce à un levier relié à une chaîne.

Le système offrait au couple une sorte de douche chaude leur permettant de se rafraîchir après avoir ôté leurs vêtements de jardinage. Des habits propres, du savon et des serviettes étaient toujours à portée de la main. Beau ne tarda pas à prendre l'habitude de se glisser dehors le matin afin de se laver rapidement avant de s'habiller pour partir au travail. Cela lui évitait de faire remplir d'eau l'immense baignoire de l'étage et lui prodiguait une douche d'autant plus rafraîchissante que l'eau de la cuve n'était pas toujours chaude à cette heure matinale.

Beau dirigeait à présent la société de transports maritimes et les entrepôts de son oncle. Dans le cadre de ses fonctions, il supervisait également le déchargement des vaisseaux de la compagnie. Il excellait dans son travail, mais avait jusqu'alors toujours refusé un vrai partenariat, afin d'éviter de prendre des engagements qui le contraindraient à rester à terre ; il avait en effet l'intention d'entreprendre un nouveau voyage en mer.

Stephen Oaks était de retour, après son périple le long des côtes ; il avait fait un énorme profit grâce au chargement qu'il avait emporté avec lui. Au cours de son voyage, il avait trouvé dans le Nord des machines qui se révéleraient très utiles dans la région de Charleston, démontrant ainsi que ses capacités de négociant égalaient ses compétences de marin. Récemment, il avait pris l'habitude de rendre souvent visite au domicile de son capitaine, non pas tant pour parler affaires avec Beau que pour faire sa cour à Bridget, qui, selon Cerynise, était en train de tomber éperdument amoureuse de lui. Durant ses heures de liberté, on voyait souvent la jeune domestique se promener dans la rue au bras du futur capitaine de *L'Intrépide*.

Cleveland McGeorge s'était pour sa part mis en tête de prouver à tous qu'il était capable de vendre les tableaux de Cerynise sans mentir sur son sexe. Cela lui avait pris un certain temps, mais il avait finalement réussi à vendre deux toiles à des messieurs de New York et une troisième, la plus belle, à Martha Devonshire. À la suite de cela, il avait reçu des commandes de la part de quasiment toutes les familles fortunées de Charleston et de ses environs. Il était ravi d'être en mesure de créer une demande et d'exciter la compétition entre les parties intéressées – car, en vérité, Cerynise ne pouvait peindre assez vite pour satisfaire tous ceux qui cherchaient désormais à se procurer l'une de ses toiles.

Le portrait d'Heather et ses filles avançait bien. Les visages n'allaient pas tarder à être terminés ; or c'était toujours la partie la plus délicate. Peindre ensuite les détails des robes et des cheveux serait relativement aisé, et Cerynise espérait avoir fini la toile à temps pour l'anniversaire d'Heather, en juillet.

La jeune femme n'avait jamais été aussi heureuse de sa vie. Elle était mariée avec l'homme qu'elle avait toujours adoré, et il semblait que leur amour s'approfondissait chaque jour. Ils attendaient avec beaucoup d'enthousiasme l'arrivée de leur premier enfant, et commençaient à faire des listes de prénoms potentiels. La chambre située de l'autre côté de leur salle d'eau avait été désignée comme nursery, et décorée de meubles neufs ; Beau y avait fait monter son propre berceau, retrouvé dans le grenier d'Harthaven, où il était rangé depuis au moins vingt ans.

Tous les instants que Beau et Cerynise passaient ensemble étaient pour eux des moments bénis. Ils aimaient être seuls et profitaient au maximum de leurs moments d'intimité chez eux.

Ils n'en étaient pas moins inondés d'invitations émanant de toutes les personnes influentes de Charleston. Cerynise laissait à Beau la tâche d'y répondre par l'affirmative ou la négative ; c'est ainsi qu'ils rendirent visite à Martha Devonshire. Beau ne savait trop comment se déroulerait la soirée, car il ne connaissait pas très bien la vieille dame, mais il fut vite rassuré : après quelques instants passés en sa compagnie, Cerynise l'appréciait déjà, et partageait avec elle une complicité qui n'était pas sans lui rappeler celle qu'elle avait eue, autrefois, avec Lydia Winthrop. Pour leur plus grand plaisir, ils découvrirent que cette femme d'ordinaire réservée possédait un esprit merveilleusement vif, si bien que Beau lui-même ne tarda pas à se tenir les côtes de rire.

Le samedi et les jours de semaine, Beau rentrait chez lui pour déjeuner avec Cerynise un peu avant midi, mais, s'il avait un rendez-vous aux alentours de l'heure où il était censé retourner travailler, il s'arrangeait pour arriver chez lui en avance, afin de pouvoir passer autant de temps que les autres jours avec son épouse sans risquer d'arriver en retard à son rendez-vous. Qu'ils fussent dans le jardin ou attablés dans la salle à manger, ils s'asseyaient tout près l'un de l'autre, riant et parlant de tout et de rien. Cerynise voulait toujours savoir ce que Beau avait fait durant la matinée, ou quels personnages intéressants il avait rencontrés. Lui était ravi de satisfaire sa curiosité, mais s'efforçait de lui épargner les détails les plus fastidieux. Parfois, toutefois, lorsqu'un problème l'avait contrarié, il en faisait part à sa femme, car il savait que ses raisonnements calmes et ses conseils judicieux sauraient calmer son irritation. Après le repas, ils faisaient une promenade ensemble dans le jardin ou se retiraient dans l'intimité du bureau jusqu'à ce qu'il fût temps pour Beau de repartir travailler.

Un matin, vers la fin du mois de juin, peu avant midi, Cerynise coupait des fleurs pour la maison quand le grincement de la porte du jardin attira son attention. Curieuse de voir qui arrivait, elle se retourna à l'instant où une voix masculine criait : « Attaque ! » L'instant d'après, un énorme chien noir se précipitait dans le jardin. Aussitôt, la porte fut refermée derrière lui d'un coup sec.

Jamais de sa vie Cerynise n'avait vu un chien semblable. Non seulement la bête mesurait un bon mètre au garrot, mais elle était solidement bâtie, avec un poitrail aussi large qu'un tonneau. Sa tête était massive, carrée, ses yeux jaunes luisaient d'un éclat sinistre. Pendant un instant, Cerynise demeura figée d'horreur, hypnotisée. Puis les babines de l'animal se retroussèrent, dévoilant ses crocs tandis qu'une bave blanchâtre coulait de son museau.

Le cœur de Cerynise s'emballa lorsqu'elle vit le chien s'avancer vers elle d'un air menaçant. Il semblait observer le moindre de ses mouvements alors qu'elle reculait. L'ordre qu'elle avait entendu, « Attaque ! », ne laissait aucun doute : la bête avait été introduite pour se débarrasser d'elle de la manière la plus brutale. À moins qu'il ne s'agît d'une mauvaise plaisanterie, elle était en train de regarder la mort en face.

Cerynise jeta un coup d'œil derrière elle, à la recherche du refuge le plus proche, et aperçut la maison de bains. Elle s'en approchait, mais la progression du chien semblait plus rapide que sa propre retraite. Par ailleurs, même si elle parvenait à atteindre l'abri à temps, elle n'était pas du tout sûre que la structure pût résister à l'assaut d'une brute aussi énorme.

Son esprit réfléchissait à toute vitesse, cherchant un moyen plus rapide et plus sûr de s'échapper. Les domestiques étaient à l'étage, occupés à nettoyer les chambres. Si elle hurlait, elle doutait qu'ils pussent l'entendre. Philippe, lui, était parti au marché acheter des fruits pour le déjeuner et, bien qu'il eût promis de revenir rapidement, il était encore trop tôt pour qu'il fût déjà de retour. Cerynise ignorait quelle heure il était, mais devinait qu'il était encore trop tôt pour que Beau n'arrive, ce qui ne l'empêchait pas de prier pour qu'il vînt la rejoindre plus tôt qu'à l'accoutumée.

La jeune femme calcula ses chances de parvenir jusqu'à la sécurité de la maison. Même si elle se mettait à courir, elle ne pouvait espérer l'atteindre à temps, car le chien accélérerait l'allure. Avec ses longues pattes, il ne lui faudrait qu'un instant pour la rattraper.

— Gentil chien, dit-elle d'un ton craintif, prête à tout essayer.

À sa grande inquiétude, le son de sa voix parut exciter l'animal, qui se mit à aboyer furieusement. Désespérée, Cerynise essayait de distinguer quelque chose à travers la haie du jardin, espérant repérer le propriétaire de la bête et lui demander son aide, ou du moins la raison de cette attaque. Cependant, elle ne voyait personne ; soit le coupable se cachait en attendant que l'animal eût accompli sa sinistre besogne, soit il était déjà parti.

Tout à coup, les aboiements cessèrent, remplacés par un grognement de gorge que Cerynise trouva plus intimidant encore. Montrant ses crocs encore davantage, ses yeux jaunes toujours fixés sur la jeune femme, le chien se ramassa sur ses pattes, prêt à se jeter sur elle. Prise de panique, Cerynise fit volte-face et s'enfuit en direction de la maison de bains. Mais elle était handicapée par son ventre rond. Entendant les pattes de l'animal sur le chemin de brique derrière elle, devinant qu'il gagnait du terrain, elle hurla, terrorisée à l'idée que, d'un instant à l'autre, la bête allait plonger ses crocs dans sa chair. Elle évita un arbre et jeta un coup d'œil par-dessus son épaule, juste à temps pour voir l'animal heurter le tronc qu'elle venait de contourner.

Le chien fut momentanément étourdi par le choc, lui laissant le temps de creuser la distance entre eux, mais il ne lui fallut pas longtemps pour se ressaisir et repartir à sa poursuite. La peur donnait des ailes à Cerynise, mais elle avait beau courir aussi vite qu'elle le pouvait, elle entendait l'animal derrière elle, qui de nouveau se rapprochait. Elle cria de terreur, sachant que d'un instant à l'autre elle allait être terrassée et peut-être tuée... Alors, à son grand soulagement, elle aperçut Beau qui se précipitait hors de la maison, un tisonnier à la main. Il la dépassa en courant, et les grognements menaçants furent bientôt remplacés par des aboiements surpris, ponctués par les coups répétés de la barre de fer. Ces bruits odieux firent frissonner Cerynise ; elle avait l'impression d'entendre le métal heurter l'os. Les aboiements et les gémissements plaintifs diminuèrent peu à peu, jusqu'au moment où elle n'entendit plus que son mari qui traînait le cadavre de la bête hors de sa vue. Un moment après, Beau revenait en courant auprès d'elle, toujours immobile au milieu du chemin. Tremblante jusqu'à la moelle, elle se retourna et vit qu'il serrait dans sa main le tisonnier sanglant. Sa chemise et ses bras étaient éclaboussés de rouge, mais en cet instant il lui semblait aussi resplendissant qu'un chevalier en armure.

— Vous allez bien ? demanda Beau avec inquiétude en s'immobilisant devant elle, n'osant la toucher de ses mains ensanglantées.

— Ou…

La voix de Cerynise se brisa avant même qu'elle ait réussi à acquiescer, et elle se contenta de hocher la tête d'un air hagard avant de s'écrouler contre lui, sans se soucier des taches de sang qui le recouvraient.

Beau jeta au loin le tisonnier et la serra dans ses bras, tout en faisant attention à ne pas la toucher avec ses mains sanglantes. Pendant un long moment, Cerynise fut incapable du moindre mot ; elle sanglotait et s'accrochait à lui, attendant que la terreur qui l'avait envahie se fût un peu dissipée. Tirant un mouchoir de la poche de Beau, elle se résolut enfin à s'en tamponner les yeux avant de prendre une profonde inspiration.

— Comment cette bête a-t-elle pénétré ici ? lui demanda son mari lorsqu'elle fut assez remise pour pouvoir parler.

— Quelqu'un… lui a ouvert la porte, expliqua-t-elle, haletante. Je n'ai pas pu voir qui c'était… Mais j'ai entendu une voix d'homme ordonner au chien d'attaquer.

Beau se recula pour scruter son visage.

— De vous attaquer ? Vous en êtes sûre ?

Cerynise hocha la tête.

— Je m'en souviens parfaitement. Cet homme, je ne sais pas qui c'était, a maintenu la porte ouverte juste assez longtemps pour que le chien entre ; il faisait bien attention à ne pas être vu. Si vous n'étiez pas arrivé, cette bête m'aurait tuée…

— Restez ici, ma douce, commanda tendrement Beau en l'aidant à s'asseoir sur une chaise de fer forgé.

Je vais aller jeter un coup d'œil à la porte, ce ne sera pas long.

Il traversa la pelouse en direction de la porte du jardin et, franchissant celle-ci, il parcourut la rue du regard. Comme on pouvait s'en douter, il n'y avait nulle trace du lascar. Beau chercha plus attentivement aux alentours de la porte, mais ne trouva rien de significatif, à l'exception d'une empreinte assez grande, visible dans la terre meuble devant la porte, là où toute herbe avait été détruite par l'incessant passage. Il avait plu légèrement dans la matinée, ce qui laissait supposer à Beau que l'empreinte était fraîche.

Il avait déjà vu des empreintes comme celle-ci à maintes reprises : elle ressemblait à celles laissées par les semelles de corde des marins. Si un marin était responsable de l'attaque contre Cerynise, cela indiquait peut-être qu'il s'agissait d'une vengeance contre lui, et non contre elle : une vengeance habile, car rien n'aurait pu lui causer plus grande souffrance que le meurtre de sa femme.

Beau referma la porte de bois afin de voir avec quelle facilité le loquet pouvait être ouvert depuis l'extérieur. Cette porte était essentiellement utilisée par les serviteurs qui, lorsqu'ils étaient de congé, préféraient aller et venir par là plutôt que de traverser la maison. La porte lui arrivait à peu près au niveau du menton. Aussi fallait-il que la tâche eût été accomplie par un homme grand, capable de passer la main par-dessus le battant et d'atteindre le loquet sans avoir à monter sur la bûche placée non loin de là, et qui l'aurait dévoilé aux regards. La position de l'empreinte corroborait cette hypothèse.

Un marin de haute taille, conclut mentalement Beau, et auquel il manquait désormais un chien. Moon se trouvait dans la région de Charleston, et

Beau savait que le vieux loup de mer connaissait la plupart des marins des parages. Peut-être le matelot pourrait-il lui fournir les noms de marins correspondant à cette description ? Une fois que Moon aurait établi une telle liste, Beau n'aurait plus qu'à la parcourir à la recherche d'un homme susceptible de lui en vouloir. Cela devrait se révéler aisé, songeait-il ; après tout, il n'avait pas tant d'ennemis que cela !

Beau retourna vers Cerynise et, après l'avoir soulevée dans ses bras, il la conduisit à l'étage, dans leur dressing-room. Tandis qu'elle se débarrassait de sa robe tachée de sang, lui-même ôtait ses vêtements, se lavait et se rhabillait de frais. Puis il la porta jusqu'au lit et l'exhorta à se reposer tandis qu'il irait bavarder avec les serviteurs. Ayant rencontré le jeune valet Cooper dans le vestibule, il l'envoya enterrer le chien derrière les quartiers des domestiques et mettre un cadenas à la porte du jardin. Puis Beau partit à la recherche de Jasper, qu'il trouva dans une des chambres de l'étage, occupé à épousseter le lustre.

— Il semblerait que quelqu'un cherche à tuer Mme Birmingham, Jasper, déclara Beau, arrachant un hoquet stupéfait à son interlocuteur, qui s'empressa de descendre de son escabeau.

— Madame, monsieur ? J'avoue que j'ai du mal à imaginer quelque chose d'aussi ignoble. Qui voudrait faire du mal à madame ?

— Je ne sais pas, Jasper, mais quelqu'un a introduit un chien dans le jardin après lui avoir donné l'ordre d'attaquer. Mme Birmingham est certaine de ce qu'elle a entendu, et elle était seule dans le jardin à ce moment-là. Je n'ose penser à ce que j'aurais pu trouver si j'étais venu déjeuner à l'heure habituelle. S'il s'agissait bel et bien d'un attentat contre sa vie, et ce que j'ai vu ne me permet pas d'en douter, je dois à tout prix m'assurer qu'elle sera désormais protégée en toutes circonstances. À partir de maintenant, en mon absence, votre première mission est de veiller sur votre maîtresse, Jasper. Si vous voyez des étrangers traîner autour de la maison, sur la route ou près d'ici, je veux en être informé sur-le-champ, même si vous devez pour cela envoyer Cooper me chercher à l'entrepôt. Je soupçonne le coupable de faire à peu près ma taille et d'être un marin, ou du moins, de porter des vêtements de marin. D'après l'empreinte que j'ai trouvée devant la porte, je dirais qu'il a de plus grands pieds que moi, ce qui peut vouloir dire qu'il est plus grand, mais pas nécessairement. Je veux que vous gardiez l'œil ouvert et que vous vous méfiiez de quiconque vous semblera douteux. Nous ne pouvons pas prendre de risques.

— Vous pouvez compter sur moi, monsieur.

— Vous pouvez aussi prévenir les autres domestiques de ce que nous cherchons, mais ils doivent rester discrets, continua Beau. Je ne veux pas qu'ils parlent de tout cela à l'extérieur et alertent cet individu.

— Je vous garantis leur discrétion, monsieur. Il ne faut pas vous inquiéter.

— Merci, Jasper, répondit Beau avant de pousser un soupir. Je doute que de simples mots puissent exprimer ce que j'éprouverais si quelque chose arrivait à ma femme...

Un sourire presque imperceptible adoucit les traits d'ordinaire impassibles du majordome.

— Nous savons tous, monsieur, combien vous aimez madame. La tendresse que vous lui témoignez en toutes circonstances parle d'elle-même. Pour moi, c'est bien plus important que de simples mots. Je ne vous décevrai pas, monsieur. Je me suis déjà déshonoré une fois en laissant M. Winthrop jeter madame dehors dans la pluie glaciale ; je ne pourrais plus me regarder en face si je laissais quelque chose de similaire se reproduire, sans parler de quelque chose de plus grave.

Beau hocha la tête, incapable de parler davantage, et retourna dans la chambre. Voyant le lit vide, il passa dans le dressing, où il trouva sa femme assise devant sa coiffeuse. Elle avait passé une robe propre et semblait incroyablement peu affectée par ce qu'elle venait de vivre.

— Vous n'êtes pas en train de vous reposer, lui reprocha tendrement Beau.

— Je vais descendre déjeuner avec vous, décréta Cerynise d'un ton qui n'admettait pas de discussion. Après votre départ, je remonterai me reposer.

Beau ne chercha pas à discuter et lui offrit son bras.

— Philippe devrait être de retour, à présent. Lorsque je suis arrivé à la maison, je l'ai vu qui se dirigeait vers le marché. Il m'a dit qu'il allait vous acheter des fruits. (Il sourit à Cerynise.) Il semblerait que vous ayez des envies de fruits, ces temps-ci…

— Philippe me gâte trop. Et vous aussi, monsieur.

Beau passa une main affectueuse sur le ventre tendu de son épouse.

— Cela nous fait plaisir à tous les deux, ma douce, alors, laissez-nous faire !

— Oui, monsieur, murmura-t-elle avec un sourire plein d'amour, tandis qu'il posait un baiser sur son front.

Quelques jours plus tard, Beau rentra chez lui accompagné d'un homme chauve, de petite taille. Il l'introduisit dans le bureau, où Cerynise travaillait au décor de fond de son portrait des Birmingham ; grâce

440

à de subtils jeux d'ombres et de lumières, elle rendait de façon réaliste les draperies soyeuses du salon d'Harthaven. Comme elle se retourna pour saluer son mari, elle aperçut le marin buriné qui l'accompagnait et battit des mains d'un air ravi.

— Moon ! Mon Dieu, que faites-vous ici ?

Le vieux matelot avait poliment ôté sa casquette ; lorsqu'il se mit à parler, il s'en servit pour ponctuer ses propos. Il commença par la pointer vers Beau.

— Eh bien, ma p'tite dame… Vot' mari…, c'est-à-dire le cap'taine Birmingham ici présent, voudrait que j'jette un coup d'œil autour de cette maison histoire de voir si j'arrive à r'pérer l'ordure qu'a essayé de vous faire du mal. J'ai pas mal bourlingué et j'connais un bon nombre de marins, mais pas un seul qui ait un chien aussi mauvais que c'te bête que le cap'taine m'a décrite. Si je m'trompe pas, par contre, ça pourrait bien être l'animal qui a été volé y a deux ou trois jours à deux messieurs anglais. Ils l'entraînaient pour des combats avec d'autres chiens, et il tuait tous ceux avec qui y s'battait ; et quand y s'battait pas, ses propriétaires le gardaient muselé pour êt'sûrs qu'il leur arrache pas un bras. Je sais qu'ils le mettaient dans l'ambiance avant les combats en l'privant de nourriture pendant un jour ou deux. Ça aurait dû l'affaiblir, mais pas Hannibal ! Dès qu'ils lançaient de la viande à l'aut' bête et détachaient Hannibal, y s'battait sauvagement jusqu'à la mort.

— Quelle horreur ! s'exclama Cerynise en frissonnant.

Si c'était bien le même animal, le pauvre avait été durement maltraité.

— Moon logera dans les quartiers des domestiques pendant quelque temps, annonça Beau. Je lui ai dit de garder un œil sur vous quand vous serez dans le jardin, et Jasper, lui, veillera sur vous dans la maison.

Cerynise n'aimait guère l'idée d'être ainsi surveillée par les deux hommes.

— Je ne pense pas que ce brigand fasse une nouvelle tentative du même type, Beau. Ce serait idiot de sa part. La prochaine fois, il ne manquerait pas de se faire prendre...

— Ce salaud pourrait faire bien pire, mon amour, et je veux être prêt à toute éventualité, déclara Beau. Alors, soyez gentille et laissez Moon garder un œil sur vous.

Cerynise poussa un soupir.

— J'espère que vous aurez mis la main sur cet homme avant l'arrivée du bébé.

S'empressant de poser sa tasse de thé, Heather se leva et courut ouvrir la porte du bureau à Cerynise, qui luttait pour transporter la toile encadrée qu'elle était allée chercher dans la remise. Le tableau semblait trop grand pour être manipulé par une femme, et a fortiori par une femme enceinte de huit mois...

— Ma chérie, vous allez vous faire mal ! Laissez-moi prendre ça, s'exclama Heather.

— Aidez-moi seulement à le faire passer par la porte, répondit Cerynise, un peu haletante. Et ne regardez pas ! Je veux que ce soit une surprise.

Ensemble, elles parvinrent à faire passer l'immense peinture dans l'ouverture, après quoi, avec un soupir de soulagement, Cerynise posa le cadre sur le tapis oriental ornant le centre de la pièce.

— À présent, mère, je voudrais que vous vous asseyiez à côté du bureau de Beau. C'est de là que vous pourrez le mieux apprécier le tableau, avec la lumière de la fenêtre. (Tandis qu'elle attendait que sa belle-mère eût pris le siège indiqué, elle expliqua :) Beau a choisi les cadres tant pour votre portrait que pour ce tableau-ci, et je suis sûre que vous conviendrez que son choix est parfait.

Heather haussa les sourcils d'un air surpris.

— Mais je pensais que ceci était le portrait…

— Oh, non, ce tableau-là est entièrement différent. Je vous apporterai votre portrait après que vous aurez regardé celui-ci. Je pensais seulement que vous seriez contente de voir votre cadeau d'anniversaire d'abord.

Heather attendit avec impatience que sa belle-fille eût tourné la toile dans sa direction, et elle retint alors son souffle, abasourdie par la générosité du présent. Il s'agissait d'un portrait en pied de Beau, peint avec amour et parfaitement fidèle au modèle.

— Oh, Cerynise ! C'est magnifique ! Mais comment pouvez-vous vous en séparer ?

Cerynise sourit, heureuse de faire à ce point plaisir à la femme qui s'était révélée pour elle plus qu'une amie.

— Je dispose jour après jour du véritable Beau à mon côté, et je puis en peindre un autre pour moi n'importe quand.

— Dieu vous bénisse, ma chère enfant, dit Heather avec tendresse, luttant contre les larmes qui lui montaient aux yeux alors qu'elle s'approchait de Cerynise pour la serrer dans ses bras. Jamais cadeau ne m'a fait autant plaisir. Bien sûr, Beau et vous devez absolument venir nous voir à Harthaven, désormais, et nous aider à décider où nous mettrons ces toiles. Et ensuite, je voudrais vous commander un portrait de Brandon… si du moins il accepte de rester en place assez longtemps pour prendre la pose !

Cerynise jeta un coup d'œil dubitatif à son ventre protubérant.

— J'ai bien peur que ce projet ne doive attendre que le bébé soit né, mère. Avec ma corpulence, j'ai du mal

443

à atteindre la toile et, dans le mois qui vient, je sais que ce sera quasiment impossible.

Une lueur amusée succéda aux larmes dans les yeux d'Heather.

— Oh, ce sera tellement merveilleux d'être grand-mère ! Je puis vous assurer que tout le monde à Harthaven est surexcité à l'idée d'avoir de nouveau un bébé dans la famille. Hatti est aux anges à la perspective de l'avènement d'une nouvelle génération de Birmingham !

Cerynise jeta un coup d'œil hésitant à sa belle-mère.

— Beau se demandait si Hatti voudrait m'assister durant l'accouchement. Je crois qu'il craint qu'elle ne soit trop âgée. Je suis suivie par un médecin qui vit un peu plus bas dans notre rue, et, si cela ne vexe pas trop Hatti, j'aimerais bien que ce soit lui qui m'aide à accoucher. Il a l'air très professionnel, et d'après ce que m'ont dit les dames qui sont passées prendre le thé, c'est l'accoucheur préféré de toute la bonne société de Charleston... (Elle haussa imperceptiblement les épaules en ajoutant :) Cela dit, je suis parfaitement consciente que cela ne prouve en rien ses capacités, au contraire !

— Je vous en prie, Cerynise, faites ce qui vous semble le mieux, affirma Heather avec compréhension. C'est important pour votre bien-être. Par ailleurs, Hatti sait qu'elle a du mal à se déplacer, maintenant, et ne pourrait pas prendre les choses en main comme autrefois. En revanche, je suis sûre qu'elle aimerait être présente à la naissance de notre petit-fils, ne fût-ce que comme témoin. Et à vrai dire, je crois que Brandon et moi aimerions beaucoup être présents, nous aussi... si cela ne vous pose pas de problème.

— Oh, bien sûr que non ! Il faut que vous veniez ! Beau n'en attend pas moins de vous. (Cerynise rit gaiement.) Nous tenons absolument à ce que vous veniez vous installer ici la dernière semaine.

— Nous n'avons plus qu'à espérer qu'il n'y aura pas de retard, fit valoir Heather, riant elle aussi.

— À présent, reprit Cerynise, le moment que vous attendiez est arrivé : le portrait de Brenna, Suzanne et vous est terminé. Mais cette fois, je vais demander à Jasper de l'apporter pour moi. Voudriez-vous un peu plus de thé, en attendant ?

Heather refusa d'un petit geste de la main.

— J'en prendrai peut-être une autre tasse après avoir vu le tableau, mais pas maintenant, ma chère. Je vous rappelle que vous ne nous avez pas du tout permis de regarder votre œuvre inachevée, et je brûle de curiosité.

Après un autre moment d'attente plein de suspense, Heather vit enfin arriver le second portrait, qu'elle ne put que contempler bouche bée, tant elle se sentait honorée par la ressemblance de ses traits et de ceux de ses filles. Enfin, elle demanda prudemment :

— Est-ce vraiment moi telle que je suis en réalité ? Ou bien essayez-vous de me ménager, ma chère petite ?

Cerynise sourit, charmée par l'absence de vanité de sa belle-mère, qui, en vérité, avait toutes les raisons d'être fière de son physique.

— C'est ainsi que je vous vois… et que Beau vous voit. C'est aussi ainsi que vous voit père. Il me l'a dit lorsqu'il m'a donné son approbation finale pour le portrait. Je pense que cette toile donne une idée honnête de vous et de vos filles. Elles sont toutes les deux très belles, vous savez.

Jamais, au cours de ses visites à Charleston et dans les environs, Heather ne se souvenait d'avoir vu portrait plus réussi.

— Nul doute que vous croulerez sous les commandes une fois que nos visiteurs auront vu cette peinture et le portrait de Beau. En vérité, Cerynise, votre talent dépasse de beaucoup celui de tous les artistes de la région, cela ne fait aucun doute.

— Je suis ravie que vous le pensiez, mais franchement, mère, je ne sais pas si j'aurai le temps… ou même le désir de peindre autant, une fois que le bébé sera né. (Cerynise sourit et prit la théière pour remplir la tasse de son invitée.) Je suis sûre que je serai ravie de m'occuper de mon enfant.

Heather posa sa main en travers de sa tasse.

— J'ai changé d'avis à propos du thé, ma chérie. Que diriez-vous de m'accompagner chez Mme Feroux ? Je lui ai commandé de nouvelles robes pour l'automne et j'aimerais beaucoup vous avoir à mon côté pour les essayages. Parfois, les bavardages ininterrompus de cette femme me fatiguent. Je suis sûre que vous comprenez ce que je veux dire, puisque vous-même avez déjà eu recours à ses talents…

Cerynise parut soudain embarrassée.

— Si nous sortons d'ici, je crains que Moon ne doive nous accompagner, mère. Et puis, que pensera Mme Feroux en me voyant arriver dans sa boutique avec un ventre pareil ? ajouta-t-elle en posant ses deux mains dessus, comme pour appuyer son propos.

— Vous êtes superbe, ma chère, affirma Heather avec ferveur. Et Mme Feroux sera ravie d'apprendre tous les détails de votre grossesse : cela lui fera quelque chose de plus à raconter à ses clientes. Mais, dites-moi, pourquoi Moon devrait-il nous accompagner ?

— Beau a peur que quelque chose ne m'arrive, et il a confié à Jasper et à Moon la mission de me garder.

Heather arqua un sourcil interrogateur. Elle ne doutait pas que Beau et Cerynise fussent parfaitement heureux, mais trouvait un peu inquiétant que son fils se montrât possessif envers sa femme au point de la faire surveiller. Elle ne voulait pas avoir l'air curieuse mais… peut-être juste un petit peu ?

— Depuis combien de temps Beau a-t-il demandé à ces hommes de vous suivre ? s'enquit-elle.

— Depuis l'incident dans le jardin, le mois dernier.

— Quel incident ?

Cerynise ne souhaitait pas inquiéter son interlocutrice, mais elle avait besoin de parler à quelqu'un, et était sûre qu'Heather pourrait la comprendre.

— Je coupais des fleurs dans le jardin quand un homme a ouvert la porte de derrière. Il a fait entrer un chien monstrueux en lui donnant l'ordre de m'attaquer. L'instant d'après, cette bête immonde grognait méchamment et courait derrière moi. Beau est rentré à la maison juste à temps pour me sauver. Il a tué le chien, mais depuis il refuse de me laisser hors de sa vue sans que Jasper ou Moon me surveillent. Je comprends qu'il soit inquiet, et cet incident m'a laissée moi-même très secouée pendant au moins une semaine. Mais pouvez-vous imaginer ce que c'est, d'être constamment surveillée par Moon ou Jasper ?

— Je n'étais pas au courant, pour le chien, dit Heather, visiblement inquiète. L'homme s'est-il enfui ?

— Oui, c'est pour cela que Beau a peur pour moi. Franchement, je commence à me sentir prisonnière dans ma propre maison, et j'ai beau me répéter sans cesse que ce n'est pas le cas, il y a toujours quelqu'un qui monte la garde près de moi, en particulier lorsque je m'aventure dans le jardin. Je ne peux même pas aller aux toilettes sans que Jasper ou Moon soient tout près ! C'est très embarrassant, surtout si l'on considère la fréquence de mes allers et retours, en ce moment !

— Voudriez-vous venir vous installer à Harthaven jusqu'à ce que l'homme soit retrouvé ?

— Merci beaucoup pour votre invitation, mère, mais Beau me manquerait trop.

Il faisait un temps étonnamment beau, ensoleillé mais pas trop chaud pour un mois de juillet. La brise qui s'engouffrait malgré les volets intérieurs leur apportait les senteurs des petites fleurs qui couvraient l'olivier, juste devant la maison. Elles entendaient dans le lointain le bourdonnement incessant des abeilles s'affairant autour des milliers de fleurs du jardin, souvent couvert par les roucoulements des colombes. C'était une journée à se promener main dans la main avec son prétendant ou son mari ; une journée à s'égarer vers une charmille isolée... Certainement pas une journée à broyer du noir.

— Si vous voulez venir avec moi, ma chère, Moon pourra s'installer à côté de mon cocher et nous escorter jusqu'à la porte de la boutique. Serait-ce suffisant ?

— Je pense que oui. (Cerynise sourit avec un enthousiasme retrouvé.) Je crois que j'aimerais beaucoup prendre un peu l'air.

— Cela vous fera du bien. Et vous êtes parfaite comme vous êtes. Inutile de vous changer ; si vous le voulez, nous pouvons nous mettre en route sur-le-champ.

— Je vais chercher Moon. Je suis certaine que Philippe sera soulagé de le savoir hors de sa cuisine. Le vieux marin met sa patience à rude épreuve, à force d'affirmer que la cuisine française le tuera. Le pauvre homme, je crois que son estomac a été altéré par toutes ces horribles victuailles que l'on mange d'ordinaire en mer.

Heather rit de bon cœur.

— Alors, sortons Moon, pour l'amour de Philippe !

Beau avait terminé son travail de la journée à l'entrepôt et se préparait à rentrer chez lui lorsque, d'une
fenêtre de l'étage, il vit un attelage familier pénétrer
dans la cour. Il reconnut Moon assis près du cocher, et
en déduisit aussitôt que sa femme était sortie avec sa
mère. Il se hâta de fermer le coffre-fort du bureau et de
prendre son manteau et son chapeau, avant de dévaler quatre à quatre les marches de l'escalier de derrière. Lorsqu'il arriva au rez-de-chaussée, Cerynise
était déjà descendue de voiture et traversait la cour
dans sa direction. Elle s'arrêta pour laisser passer
deux chariots ; Beau se fit distraitement la réflexion
que ceux-ci devaient rentrer à l'entrepôt après être
allés livrer leur chargement sur le port. Ils étaient
vides, et leurs conducteurs, ayant fini leur travail du
jour, avaient sans nul doute hâte de s'occuper des chevaux de trait pour pouvoir ensuite rentrer chez eux,
d'autant qu'ils revenaient plus tard que de coutume.
Beau leur adressa un petit signe de la main avant de
jeter un coup d'œil dans la rue, à la recherche du troisième chariot qui avait quitté l'entrepôt en même
temps que les deux autres.

— Où est Charlie ? cria-t-il au second conducteur.

— Il devrait arriver d'une minute à l'autre, cap'taine,
lui répondit l'homme, forçant sa voix pour se faire
entendre au-dessus du vacarme des sabots. Il a perdu
une roue sur le port, et on a dû s'arrêter pour lui donner
un coup de main. C'est pour ça que nous sommes tellement en retard.

Cerynise, un sourire aux lèvres, se hâta de rejoindre
son mari.

— Nous avons pensé que nous pourrions proposer de vous raccompagner à la maison, si cela vous convient, lança-t-elle gaiement.

— Comment pourrais-je refuser une aussi agréable invitation ? répondit Beau, les yeux brillants.

Il lui offrit son bras et la ramenait vers l'attelage lorsqu'il se souvint qu'il avait laissé d'importants documents sur son bureau.

— Que vous arrive-t-il ? s'enquit Cerynise comme il s'arrêtait net.

— Je dois remonter un instant dans mon bureau pour prendre quelque chose, ma douce. Je ne serai pas long.

Tandis qu'il s'éloignait, Cerynise pencha la tête pour se protéger un peu des rayons ardents que le soleil dardait sur l'entrepôt. Puis elle rajusta son châle sur ses épaules, s'efforçant de dissimuler de son mieux son ventre arrondi. Un bruit de roues et de sabots l'alerta, et elle se rangea sur le côté afin de laisser assez de place au conducteur du troisième chariot, pour qu'il puisse manœuvrer en direction des écuries.

Un instant plus tard à peine, des pas énergiques dans l'escalier de l'entrepôt attirèrent son attention, et elle pivota pour faire face à son mari qui descendait les dernières marches. Beau lui adressa un large sourire avant d'ouvrir son manteau pour glisser ses papiers dans une poche intérieure, libérant ses mains afin de pouvoir escorter sa femme jusqu'à la voiture.

Au moment de relever la tête, il remarqua une ombre allongée sur les dalles qui le séparaient de Cerynise. Il se tourna vers l'homme, s'attendant à découvrir un ami, mais aussitôt tous ses sens furent en alerte. En effet, bien qu'un chapeau au bord tombant lui dissimulât le visage de l'homme, la silhouette massive lui semblait familière. Beau accéléra le pas, espérant couper la route au marin avant qu'il n'ait atteint Cerynise, mais, en le voyant se hâter, ce dernier partit au pas de course en direction de la jeune femme. Beau cria un avertissement à Cerynise, mais l'instant d'après l'homme la percutait violemment, la faisant rouler sur le chemin du chariot qui arrivait à vive allure.

Moon lança un juron et entreprit aussitôt de descendre de son perchoir. À son exclamation répondit un cri haut perché, poussé par Heather, qui porta une main tremblante à sa gorge tandis qu'elle regardait avec horreur son fils se précipiter vers sa femme. Cela paraissait un exploit impossible, et pourtant il parvint à la recueillir dans ses bras avant qu'elle n'ait touché le sol, la protégeant de son corps. Il atterrit sur le dos, supportant ainsi leurs deux poids ; puis, sans s'arrêter, il roula sur les genoux et les coudes afin de les mettre, le bébé et elle, hors de danger.

Bien que le conducteur du chariot eût écrasé son pied botté sur le frein de bois de son véhicule, tout en tirant sur les rênes pour arrêter ses chevaux, les sabots massifs martelèrent les dalles à quelques centimètres seulement de la tête de Beau, qui roulait toujours sur lui-même, sa femme dans les bras. Enfin, il put s'immobiliser : ils étaient en sécurité.

Autour d'eux régnait une agitation indescriptible. Avec un juron, Moon se lança à la poursuite de l'agresseur en fuite, faisant preuve d'une agilité inattendue pour un homme de son âge. Peu après, les deux premiers conducteurs de chariot arrivèrent en courant des écuries, tandis que le troisième parvenait enfin à arrêter ses chevaux ; il sauta de son siège au moment précis où Heather descendait de son propre attelage et accourait, les jambes vacillantes, vers son fils et sa belle-fille.

— Êtes-vous blessés ? demanda-t-elle, de la panique dans la voix. (Elle tremblait de façon incontrôlable, et des larmes lui brouillaient la vue, l'empêchant de vérifier si Beau et Cerynise avaient souffert de leur chute.) Oh, je vous en prie, dites-moi que vous n'avez rien, tous les deux !

— Je crois que non, répondit Beau d'une voix incertaine, en scrutant le visage de sa femme, à la recherche d'une trace de douleur.

Cerynise, elle, se souciait trop du bien-être de son mari pour penser à elle. Alors même qu'il se détachait d'elle pour s'accroupir à son côté, elle le suivit pour examiner ses mains, ses bras et ses jambes. Seuls ses vêtements semblaient touchés, constata-t-elle avec soulagement. Son pantalon était déchiré aux genoux ; quant à son manteau, il avait beaucoup souffert au niveau du dos et des coudes.

— J'vous demande pardon, cap'taine, s'excusa le conducteur du chariot d'une voix mal assurée. Je n'ai pas réussi à arrêter les chevaux à temps.

Il tendit à Beau son haut-de-forme écrasé et le châle que Cerynise avait perdu pendant qu'ils roulaient à terre.

— Je croyais vraiment vous avoir tués, tous les deux.

— Ce n'était pas votre faute, Charlie, le rassura Beau.

— J'ai vu cet homme la pousser ! s'exclama Heather d'une voix tremblante d'indignation.

— Oui, nous l'avons tous vu, acquiesça le premier conducteur. Il l'aurait tuée, sans le cap'taine.

En dépit de son examen initial, Cerynise se demandait si Beau ne souffrait pas ; son beau visage était en effet tendu à l'extrême. Elle posa une main tremblante sur son torse et scruta ses traits avec inquiétude, regardant les muscles de ses mâchoires jouer nerveusement sous sa peau hâlée. Alors elle comprit que c'était non pas la douleur, mais la rage – une rage indicible, comme elle n'en avait jamais vu – qui mettait Beau dans un tel état.

— Rentrons à la maison, supplia-t-elle en plongeant son regard dans les profondeurs marines de celui de son mari.

Le visage de Beau se détendit perceptiblement, et il parvint à esquisser un sourire.

— Oui, mon amour. Rentrons à la maison… Là au moins, vous serez en sûreté.

Quelques heures plus tard, Beau était dans son bureau, occupé à tourner et retourner les événements de la journée dans son esprit, le regard dans le vide. Sa mère, qui avait été bouleversée par l'attentat contre Cerynise, avait été ramenée chez elle par son cocher. Cerynise se trouvait à l'étage, dans leur chambre, et dormait sous l'œil vigilant de Bridget. En apparence, sa femme avait réussi à se tirer de l'incident comme un brave petit soldat, mais sa soudaine léthargie prouvait qu'intérieurement elle était terrifiée. Beau avait rassemblé tous les serviteurs et, après leur avoir expliqué ce qui s'était passé, il leur avait annoncé que désormais il y aurait en permanence quelqu'un de garde à l'intérieur de la maison. Moon avait été le premier à se porter volontaire ; de toute façon, il était trop choqué pour dormir, avait-il expliqué.

Beau avait considéré la possibilité d'emmener sa femme à Harthaven, mais il ne pensait pas que la plantation fut pour elle un endroit très sûr : en plus de toutes les dépendances, elle était entourée par des hectares de terres qui offraient d'innombrables cachettes pour le tueur. La maison principale elle-même n'avait pas moins de douze entrées, et il était trop aisé de s'y dissimuler. Non, leur demeure de Charleston était plus facile à défendre, en attendant qu'il ait retrouvé le criminel et mis un terme à sa misérable existence. Il n'en faudrait pas moins pour qu'il fût convaincu que Cerynise était hors de danger.

Comme il avait eu tort de laisser ce type s'en tirer à si bon compte, sur *L'Intrépide*…

Lorsque Moon était rentré à la maison, contusionné et sanglant, après avoir essayé sans succès de couper la retraite à l'homme, il avait annoncé qu'il avait pu voir le coupable durant leur bref affrontement. Ce n'était autre que Redmond Wilson, le matelot que Beau avait été contraint de punir à coups de fouet sur le bateau.

En apprenant cela, Beau s'était empressé d'envoyer Stephen Oaks et plusieurs autres membres d'équipage arpenter les rues à la recherche de Wilson. Désormais, si le renégat entrait dans une taverne, visitait une maison close ou cherchait un endroit où coucher, Beau avait la certitude qu'il ne lui faudrait pas long-temps pour l'apprendre.

Il massa d'un air absent son épaule aux muscles douloureux. Sur le moment, il avait à peine eu conscience de l'énorme hématome qu'il s'était fait en plongeant pour empêcher sa femme d'être piétinée par le chariot. Qu'importait ? Aucune douleur n'était comparable à celle qu'il aurait éprouvée si Cerynise et leur enfant avaient été blessés ou tués.

À la pensée de ce qu'il avait failli perdre, il fut pris d'un besoin subit, insatiable de tenir sa femme dans ses bras et de sentir le rythme régulier de son cœur contre le sien. Il sortit aussitôt de son bureau et gravit l'escalier.

Bridget se leva dès qu'il entra dans la chambre enté-nébrée. Cerynise tenait toujours à ce que les rideaux fussent laissés ouverts, les nuits où la lune brillait, et dans la lueur blafarde provenant de la fenêtre Beau discernait les traits bouleversés de la servante. L'inquiétude qu'on lisait dans ses yeux trahissait assez sa peur que quelque chose arrivât à sa maîtresse. Ils ne dirent rien : c'était inutile, ils partageaient la même angoisse.

Bridget sortit sur un « bonne nuit » étouffé, et Beau ferma en silence la porte derrière elle. Il se dirigea ensuite vers le lit à baldaquin et, durant un long moment, demeura là à regarder les traits de sa femme. Un rayon de lumière argentée qui tombait sur le lit illuminait son visage. Elle ne semblait troublée par aucun rêve et dormait avec l'innocence d'un ange. Quel homme sain d'esprit pouvait vouloir lui faire du mal ? se demanda-t-il. L'idée paraissait absurde, et pourtant, ce qui ressemblait à un cauchemar n'était que trop réel.

Après s'être débarrassé de ses vêtements, Beau les suspendit au valet placé dans le dressing-room. Puis il se glissa sous les draps et se plaça contre Cerynise, une main posée sur son ventre rond. L'instant d'après, il était récompensé par un mouvement de son enfant et, le cœur gonflé de soulagement, il embrassa avec ferveur les cheveux odorants de sa femme. Un soupir de satisfaction très doux s'échappa des lèvres de Cerynise pendant qu'elle calait la tête sous le menton de son mari et caressait tendrement son torse ferme.

— Je vous aime, murmura-t-elle, tout endormie.

— Et moi aussi, je vous aime, madame, répondit-il d'une voix altérée par l'émotion. Vraiment, profondément, et pour toujours.

16

— Aucune trace du brigand n'a été trouvée, dis-tu ?
déclara Brandon, réfléchissant à voix haute. Est-il possible qu'il ait fui la région ?

Juillet était passé à tire-d'aile, et le mois d'août était
déjà bien avancé ; pourtant, ils n'avaient toujours pas
découvert d'indice sur le lieu où pouvait se cacher
Wilson. Une semaine plus tôt environ, Beau en était
lui aussi arrivé à la conclusion que Wilson s'était
envolé pour d'autres horizons après que Moon l'eut
reconnu ; si bien que le jeune homme avait sérieusement envisagé d'étendre ses recherches à l'ensemble
de la Caroline et même, si besoin était, au Sud tout
entier. Si on devait en arriver là, il était prêt, pour faire
arrêter le criminel, à offrir une récompense généreuse
dans tous les ports du monde. Il savait que, s'il y mettait le prix, il n'existerait pas d'endroit au monde où
l'homme pût se cacher sans être tôt ou tard repéré et
trahi.

Mais en attendant, Beau ne se sentait jamais
détendu. Il guettait toujours l'apparition de Wilson et
se montrait réticent à l'idée de laisser Cerynise sortir
de chez eux. Si Wilson se trouvait toujours dans les

parages, il pouvait avoir recours à un pistolet, cette fois, et attendre caché derrière un arbre. Néanmoins, en dépit de sa propre contrariété, Beau s'efforçait d'épargner sa femme ; il faisait de son mieux pour l'occuper, lui racontant longuement ses aventures en mer et allant jusqu'à lui révéler bien plus de choses qu'il ne l'eût fait en temps normal.

Ses parents eux aussi essayaient de distraire la jeune femme. Heather venait presque chaque jour lui rendre visite ; elle avait par ailleurs installé Hatti dans le quartier des domestiques, afin que la vieille sage-femme fût sur place, au cas où le bébé déciderait d'arriver en plein milieu de la nuit ou en l'absence du médecin. Le père de Beau, lui, achetait sans arrêt à Cerynise des livres sur l'art, les bébés, ou n'importe quel autre sujet susceptible de l'intéresser.

Finalement, Beau avait décidé qu'il avait autant besoin que sa femme de la compagnie de ses parents, et leur avait demandé s'ils accepteraient de venir s'installer chez eux jusqu'à la naissance de l'enfant. Ils étaient arrivés avec armes et bagages trois heures à peine après avoir reçu son invitation, et il avait compris qu'en réalité ils ne demandaient qu'à venir.

En dépit de l'inquiétude et de la rage que Beau ne parvenait jamais à chasser de son esprit, les journées passaient agréablement, même si Cerynise, arrivée aux derniers jours de sa grossesse, se fatiguait de plus en plus vite. Pour cette raison, toute la maisonnée se retirait assez tôt, le soir, après le dîner. Une fois dans l'intimité de leur chambre, Beau s'efforçait de soulager sa femme de son mieux ; il avait remarqué qu'elle se sentait plus à l'aise après qu'il lui eut massé le dos, ou lorsqu'elle pouvait surélever ses jambes dans le lit en les posant sur les siennes. Elle aimait aussi à se blottir contre lui, la tête sur le même oreiller que lui.

Parfois, ils parlaient un moment tandis qu'il la serrait dans ses bras ; mais, la plupart du temps, elle s'endormait rapidement, bercée par le murmure de la voix de Beau.

Lui, en revanche, demeurait ensuite éveillé de longues heures, à l'écoute de chacun des bruits de la maison, cherchant un moyen de garantir la sécurité de sa femme.

Une nuit, au cours de la troisième semaine d'août, quelques heures avant l'aube, Beau fut soudain tiré d'un sommeil profond. L'esprit en éveil, il sauta du lit et courut à la fenêtre pour scruter les ombres du jardin encore enténébré. Derrière lui, Cerynise gémit, troublée dans son sommeil par son départ précipité, qui la privait de sa présence rassurante. Jetant un coup d'œil par-dessus son épaule, Beau la vit se rouler en boule sur le matelas, mal à l'aise. Elle fronça les sourcils, mais cela ne dura qu'un moment. Sans se réveiller, elle roula jusqu'au côté du lit que Beau occupait d'ordinaire, blottit sa tête sur son oreiller, respira profondément et soupira d'un air satisfait, comme si elle savourait son odeur même en dormant. Beau, lui, cependant, était pleinement conscient, et l'odeur qui parvenait en cet instant à ses narines était loin de lui être agréable.

De la fumée !

Dans le jardin, tout paraissait normal, mais cela ne voulait rien dire... L'odeur âcre se faisait de plus en plus forte, lui arrivant par vagues.

Beau attrapa un pantalon qu'il passa précipitamment, puis il alluma la mèche d'une lampe-tempête, dont il régla la flamme avant de remettre en place le globe de verre. Il prit le pistolet qu'il conservait depuis quelque temps dans sa table de nuit et le glissa dans sa ceinture ; après quoi il se saisit de la lampe et quitta la chambre. Il se dirigea aussitôt vers celle attribuée à ses parents. Il s'apprêtait à frapper à la porte lorsque celle-ci s'ouvrit ; il vit la silhouette de son père se détacher dans l'encadrement. Visiblement, lui aussi avait passé son pantalon à la hâte.

— D'où cela provient-il ? murmura Brandon en parcourant le corridor du regard tandis qu'il sortait de la chambre et refermait doucement la porte derrière lui pour ne pas éveiller sa femme.

— Je ne suis pas sûr, papa. Il se peut que ce ne soit qu'un feu sur les docks. Si le vent souffle dans la bonne direction, la fumée arrive en général jusqu'ici. Il s'est déjà produit un incident comme celui-là, l'année dernière.

— Jetons un coup d'œil en bas pour être sûrs, suggéra Brandon. Mais d'abord, nous ferions bien d'allumer quelques lampes ici, sur le palier, au cas où nous devrions remonter en vitesse pour réveiller nos femmes.

Quelques instants plus tard, ils descendaient l'escalier jusqu'au rez-de-chaussée et parcouraient chaque pièce, cherchant avec attention une trace d'incendie avant de passer à la suivante. La maison était plongée dans le silence, mais tout avait l'air normal, bien que l'odeur de fumée fût de plus en plus présente.

Le père et le fils se séparèrent ; Brandon remonta le corridor en direction de la cuisine. En pénétrant dans la pièce, il trouva la porte de derrière ouverte, et vit une forme humaine allongée en travers du seuil.

— Beau, appela-t-il doucement. Viens voir ça !

Retournant l'homme inconscient, Brandon laissa échapper un juron. C'était le valet Cooper ; une vilaine blessure sanglante lui barrait le front. Brandon jeta un coup d'œil autour de lui ; Beau le rejoignit bientôt.

— Celui qui a fait ça était visiblement déterminé à mettre ce pauvre garçon hors d'état de nuire pendant un moment.

Beau leva la tête et plissa les yeux, essayant de fouiller du regard les ombres du jardin, au-delà de la terrasse qui entourait la maison. Remarquant une lueur mouvante vers le sud, il enjamba le corps de Cooper et rampa jusqu'au bout du porche.

Lorsqu'il parvint à l'autre extrémité de la terrasse, il comprit enfin d'où provenait la fumée qu'ils avaient sentie. Toute la haie du côté de la rue avait été incendiée, sans doute un bon moment plus tôt ; il ne restait quasiment plus rien de la barrière.

— Cooper montait la garde ce soir, papa, déclara Beau, soudain pris de panique, en courant pour rejoindre son père. (Ce dernier enveloppait la tête du serviteur dans une compresse fraîche mouillée.) Le coupable a certainement mis le feu à la barrière pour le faire sortir de la maison ; il a dû le frapper à la seconde où il est sorti. Il se peut qu'il y ait déjà quelqu'un à l'intérieur.

— Tu ferais mieux de monter voir si les femmes vont bien et les réveiller, dit Brandon en soulevant le valet et en le portant sur son épaule. Moi, je vais conduire Cooper à ses quartiers et en profiter pour alerter le reste des domestiques.

Tandis que son père s'éloignait, Beau courut le long du couloir jusqu'au vestibule central. Il s'apprêtait à se précipiter à l'étage lorsqu'il vit de la lumière au nord du jardin ; tirant son pistolet de sa ceinture, il courut à la fenêtre, l'ouvrit à toute volée, et se pencha dehors, juste à temps pour voir un homme massif, vêtu de sombre, contourner le coin de la maison sur le devant. Des flammes jaillissaient déjà d'un tas de bois sec empilé contre la façade. Une torche avait été jetée à

460

côté, probablement après que le pyromane eut entendu la fenêtre s'ouvrir.

Beau s'empressa de courir vers la porte de la cuisine.

— Papa ! cria-t-il à son père. Wilson tente de nous brûler vifs ! Il a déjà allumé un autre incendie sur le côté nord de la maison. Dites aux domestiques de se dépêcher de l'éteindre ! Et si vous voyez Wilson à l'arrière de la maison, appelez ! Moi, je vais à l'avant pour essayer de l'attraper.

— N'hésite pas à tuer ce salaud !

— C'est bien mon intention, grommela Beau en rentrant dans la maison.

Il posa la lampe et courut jusqu'à la porte de devant, mais, à sa grande horreur, il vit le battant ouvert. L'instant d'après, un hurlement en provenance de l'étage lui glaça le sang. Faisant volte-face, il traversa le vestibule en courant et gravit les marches de l'escalier quatre à quatre. Il était à mi-chemin lorsqu'il vit Cerynise et sa mère sur le palier du premier étage ; elles n'étaient pas seules. Un homme masqué vêtu de noir, mince et de haute taille, avait saisi Cerynise parderrière et passé un bras autour d'elle. Dans sa main droite, le criminel tenait un pistolet, qu'il pointait vers Beau.

Heather faisait preuve de zèle, martelant l'intrus de ses poings et lui donnant des coups dans les tibias avec ses mules de satin. En fin de compte, c'en fut trop pour le bandit, qui se tourna vers elle avec un grognement mauvais et leva la main qui tenait le pistolet. Il donna un violent coup de crosse sur le menton d'Heather, qui s'effondra à terre, sans connaissance.

Ivre de colère, Beau se précipita en haut des marches, mais l'homme se tourna de nouveau vers lui, appuyant cette fois le canon de son arme sur la tempe de Cerynise. Beau s'immobilisa aussitôt ; l'homme eut un petit rire satisfait. D'un geste bref, il fit signe à Beau de reculer ; celui-ci n'avait d'autre choix que d'obtempérer, et il redescendit les marches lentement, une à une. L'homme vêtu de noir le suivit avec prudence, se servant de Cerynise comme d'un bouclier vivant.

Beau s'approchait du coude signalant le milieu de l'escalier lorsque l'intrus s'arrêta au-dessus de lui et se pencha pour jeter un coup d'œil par-dessus la rampe. Bien qu'il n'eût descendu que le quart de l'escalier environ, il pouvait apercevoir une partie de la porte d'entrée, toujours ouverte.

D'une voix grave, caverneuse, qui semblait étrangement obséquieuse, il se mit à narguer Beau.

— Je pourrais tuer votre femme maintenant, vous savez, et m'épargner la peine de revenir plus tard ; mais bien sûr, si je faisais ça, je perdrais une chance de m'échapper, car je ne puis espérer vous tuer tous les deux et m'enfuir ensuite. Même s'il m'est déplaisant de m'en aller sans avoir rempli ma mission, il va me falloir attendre un moment plus opportun pour en finir avec cette garce.

Sans un mot de plus, il lâcha Cerynise et la poussa en avant, lui arrachant un cri pendant qu'elle dévalait l'escalier en direction de son mari. Beau se jeta en avant pour la rattraper, mais l'impact de leur collision le propulsa en arrière, lui faisant perdre l'équilibre. Tandis qu'il s'efforçait de maintenir Cerynise au-dessus de lui et de protéger sa chute, Beau vit leur ennemi sauter agilement par-dessus la balustrade et atterrir à l'étage inférieur. Là, il courut jusqu'à la porte, qu'il claqua derrière lui. Il était parvenu à fuir.

— Enfer et damnation ! rugit Brandon lorsque, traversant le vestibule en courant, il vit son fils et sa belle-fille entrelacés dévaler les dernières marches de l'escalier.

Ils s'immobilisèrent à ses pieds, sur le sol de marbre de l'entrée.

— Ça va, vous deux ? demanda-t-il avec inquiétude.

— Je n'en suis pas sûre, répondit Cerynise en s'efforçant de réprimer une grimace tandis qu'elle se relevait.

Ayant descendu l'escalier sur le dos et la tête la première, Beau était certain d'être couvert de bleus, mais le moment était mal choisi pour s'inquiéter de son propre sort. Tournant la tête vers son père, il s'exclama :

— Papa, vous feriez mieux de monter voir maman. Ce monstre l'a frappée avec son pistolet assez fort pour lui faire perdre connaissance.

Le cœur empli de rage, Brandon se précipita en haut des marches. Lorsqu'il parvint à l'étage et vit sa femme étendue inconsciente sur le palier, sa fureur ne connut plus de limites. En cet instant, il n'aurait pas hésité à assassiner l'assaillant. Doucement, il souleva Heather et la porta dans leur chambre, où il l'allongea sur le lit. Après avoir mouillé un linge, il en tamponna l'énorme hématome sombre qu'elle avait à la mâchoire. À son grand soulagement, il vit bientôt sa femme battre des paupières. Aussitôt consciente de son inquiétude, elle essaya de le rassurer d'un sourire ; cependant, sa mâchoire malmenée l'empêcha de mener son projet à bien.

— Oh, ça fait mal... gémit-elle.

— Oui, madame, et ce n'est guère étonnant, murmura son mari en caressant affectueusement ses boucles emmêlées. Vous avez un très vilain bleu sur le menton, là où cette brute vous a frappée.

En un instant, tous ses souvenirs revinrent à Heather, et il dut la retenir pour qu'elle ne saute pas au bas du lit.

— Cerynise ! s'écria-t-elle avec anxiété. Cet homme essayait de la tuer...

— Reposez-vous sans crainte, madame. Il a échoué, déclara Brandon. À l'heure où je vous parle, votre belle-fille est en bas, avec Beau.

— Saine et sauve ?

— C'est l'impression qu'elle me donnait lorsque je les ai laissés. Cela dit, elle essayait de démêler ses membres de ceux de votre fils au pied des marches, et je ne sais comment ils étaient arrivés là.

— Je ferais mieux d'aller la voir, dit Heather, tentant une nouvelle fois de quitter le lit. (La chambre se mit aussitôt à tourner autour d'elle, ce qui lui arracha un grognement déconcerté.) Il vaut peut-être mieux que je reste là, après tout...

À cet instant précis, l'objet des inquiétudes d'Heather était assis près de Beau sur le sol de marbre. Cerynise était de toute évidence en plein désarroi, mais pour une raison que sa belle-mère n'aurait pu deviner... Bravement, elle sourit à son mari avant de lui confier, non sans embarras :

— Beau, cela m'ennuie de vous inquiéter plus encore que vous ne l'êtes déjà, mais il semblerait que je sois toute mouillée. Je crois que la chute m'a fait perdre les eaux.

Avec un sursaut, Beau baissa la tête vers la flaque autour d'elle, et regarda les taches roses qui maculaient sa robe.

— Ce n'est pas tout, madame. Vous saignez !

Elle passa une main sur son ventre et en éprouva la dureté. Avant même d'entendre les insultes qu'Heather lançait à l'intrus, Cerynise avait été réveillée par un inconfort croissant dans son dos et un écoulement poisseux entre ses jambes. On ne pouvait, bien sûr, en tirer qu'une seule conclusion.

— Je crois que notre bébé avait l'intention de naître aujourd'hui, avant même que cet homme ne pénètre chez nous !

— Par toutes les étoiles du ciel, madame ! s'exclama Beau en sautant sur ses pieds. Je ferais mieux d'aller chercher Hatti et d'envoyer quelqu'un prévenir le médecin.

Cerynise leva vers lui un regard suppliant.

— Pourriez-vous m'aider à monter dans mon lit d'abord ? Ce marbre est terriblement inconfortable.

— J'aurais dû penser à cela en premier, grommela Beau, dépité, en la soulevant dans ses bras. Ce n'est pas très galant de ma part de laisser tomber une dame en détresse.

Elle pouffa et entoura de ses bras le cou de son mari.

— Ça va, je vous pardonne. Après tout, vous êtes mon chevalier en armure. Mais je dois vous dire qu'à force de rouler par terre ou dans les escaliers avec moi vous finirez handicapé avant l'heure.

— Du moment que je vieillis à vos côtés, madame, je serai un homme heureux, répondit-il avec douceur.

Une fois dans leur chambre, Cerynise lui demanda de la déposer à côté du lit et de l'aider à ôter sa robe de chambre et sa chemise de nuit souillées.

— Je sais que je ne suis pas très agréable à regarder, en ce moment, dit-elle en rougissant, dissimulant sa nudité de son mieux alors qu'il revenait vers elle, une chemise propre à la main. Mais avec un peu de chance, il ne me faudra pas trop longtemps pour retrouver ma silhouette normale, et nous pourrons de nouveau faire l'amour.

— Je vous trouve magnifique telle que vous êtes, madame, affirma Beau en déposant un baiser léger sur son front.

Il lisait tout l'amour de Cerynise dans ses yeux et se sentait infiniment reconnaissant envers la providence. Il secoua la chemise de nuit et la passa au-dessus de la tête de sa femme, qui avait levé les bras.

— Après tout, reprit-il, vous portez notre enfant, et cela ne vous rend que plus adorable à mes yeux.

— Cela vous importe-t-il que ce soit un garçon ou une fille ? demanda-t-elle.

— Du moment que le bébé est en bonne santé et ne souffre d'aucune difformité, je serai ravi.

Cerynise lui sourit.

— Vous ai-je dit que je vous aimais, ce matin ?

Beau jeta un coup d'œil en direction de la fenêtre.

— Dans la mesure où il fait encore sombre dehors, je crois que non.

Cerynise posa sa tête contre le torse ferme et musclé de son mari et embrassa sa poitrine nue.

— Eh bien, je vous le dis maintenant, monsieur. Votre femme vous aime infiniment.

— Apprenez, madame, que votre mari, lui, vous adore.

Tout à coup, Cerynise se détourna et se plia en deux de douleur. Elle agrippa les doigts de Beau dans une étreinte désespérée tandis qu'il l'aidait à se diriger vers le lit.

— Je crois que vous feriez mieux d'étaler d'abord les linges préparés par Hatti, haleta Cerynise.

— Vous ne préférez pas vous allonger ? demanda-t-il avec inquiétude.

— Pas avant que les linges soient mis en place. Je ne veux pas souiller le matelas.

Il était plus simple de lui obéir que de discuter, décida Beau, et il s'empressa de la satisfaire. L'instant d'après, elle était installée sur les oreillers.

— Je ferais mieux d'aller chercher Hatti, à présent, lui dit-il avant de se précipiter dehors.

Il s'arrêta devant la porte de ses parents pour leur signaler que le travail de Cerynise avait commencé, puis il descendit au rez-de-chaussée.

— Hatti ? Hatti ? appela-t-il en arrivant devant la chambre de la vieille dame.

La porte était ouverte, mais Hatti ne se trouvait pas à l'intérieur.

— Je suis là, monsieur Beau, répondit-elle depuis le jardin. Pourquoi me cherchez-vous ?

— Le bébé arrive !

Hatti hocha la tête d'un air entendu.

— Je pensais bien que ça n'allait pas tarder, vu comment le ventre de m'ame Cerynise était descendu, ces derniers jours.

— Elle est en haut, dans notre chambre.

— Je monte tout de suite, monsieur Beau, le rassura la vieille sage-femme en balayant ses inquiétudes d'un geste. Dès que je serai lavée et habillée. Il ne se passera rien dans l'intervalle, ne vous inquiétez pas.

— Je ferais mieux d'envoyer quelqu'un chercher le médecin.

— Si j'étais vous, monsieur Beau, j'attendrais un peu avant de faire ça, vu que c'est le premier petit de m'ame Cerynise. Il peut se passer des heures avant que le bébé n'arrive…

— Des heures ?

Beau sentit le sang se retirer de ses joues. Soudain, ses jambes semblaient trop faibles pour le porter.

— Tant que ça ?

— Je le saurai dès que je la verrai, lui répondit-elle, le prenant en pitié.

À contrecœur, Beau s'efforça de concentrer son attention sur d'autres problèmes. Les domestiques avaient éteint le feu allumé par Wilson sur le côté de la maison. Les dégâts étaient insignifiants, et seraient aisément réparés. C'était une bonne chose ; en revanche, les restes de la clôture le long de la rue allaient devoir être arrachés, et il faudrait en élever une autre au plus vite, afin que le jardin fût de nouveau sûr pour Cerynise.

Le vent était tombé, et le ciel du matin était d'un gris doux et terne lorsque Beau se redressa sur sa chaise, dans la chambre, en essayant d'étirer les muscles endoloris de son cou. Cerynise était toujours en travail et, pour l'heure, Heather restait assise sur le lit près d'elle et lui tenait la main.

Sa mère avait refusé de l'écouter lorsqu'il l'avait suppliée de retourner se reposer dans sa chambre ; en fin de compte, Beau s'était résolu à admettre qu'elle resterait. Brandon, lui, connaissait bien la détermination inébranlable de sa femme, et n'avait même pas pris la peine de discuter avec elle. S'il avait appris quelque chose, au cours de leurs longues années de mariage, c'était bien qu'Heather Birmingham pouvait se montrer très têtue.

— Je pense que tu devrais dormir, toi, chuchota Heather avec compassion à son fils, qui s'efforçait de lutter contre une anxiété croissante.

Il lui fallut un bon moment pour saisir le sens de ses paroles, après quoi il secoua la tête.

Cerynise adressa à son mari un regard plein d'amour, et il posa sur elle des yeux emplis d'adoration. Après avoir surpris cet échange muet, Heather décida que le couple avait besoin de quelques instants de solitude. Elle sourit à sa belle-fille, lui tapota la main et se leva en s'excusant :

— Je vais descendre voir comment s'en sort ce charmant jeune garçon, Cooper, après quoi je demanderai à Philippe de nous préparer un petit déjeuner. D'ici là, je pense que vous serez très bien seuls tous les deux.

Hatti acquiesça et se dirigea elle aussi vers la porte avec un petit rire.

— N'hésitez pas à crier si vous avez besoin de nous.

Beau attendit que le battant se fût refermé sur les deux femmes pour traverser la pièce et s'allonger sur le lit à côté de son épouse. Tout près d'elle, il posa la tête à côté de la sienne sur l'oreiller.

— Souffrez-vous beaucoup ?

Cerynise glissa ses doigts dans ceux de son mari et porta sa main à ses lèvres pour l'embrasser.

— La douleur va et vient, répondit-elle en levant vers lui un regard doux, humide. À part ça, tout va très bien, selon Hatti.

— Avez-vous peur ? demanda-t-il en passant sa main très lentement sur son ventre tendu.

— Pas lorsque vous êtes à mon côté.

La main de Beau cessa de bouger.

— Et lorsqu'il me faudra partir ?

— Je ne veux pas que vous partiez. Je peux supporter n'importe quoi tant que vous êtes près de moi.

Ce ne fut qu'un bon moment plus tard que Beau entendit le pas de Hatti se rapprochant de la porte de la chambre. Aussitôt, il déposa un baiser sur le front de sa femme et se leva du lit. Tout en sortant des vêtements propres de son armoire, il sourit à Cerynise.

— Je serai de retour dès que je me serai lavé et habillé, lui promit-il. Ensuite, je resterai avec vous jusqu'au bout.

Les yeux emplis de larmes de soulagement, Cerynise hocha la tête. Elle eut à peine le temps de reprendre sa respiration que, de nouveau, son ventre se tendait, annonçant l'arrivée d'une nouvelle contraction. Elle parvint néanmoins à adresser un sourire courageux à son mari.

Dans les heures qui suivirent, la pression s'intensifia, et lorsque midi arriva, les contractions étaient trop fortes pour que Cerynise pût dissimuler davantage son inconfort à son mari. Bien qu'aucun cri ne s'échappât de ses lèvres serrées, Beau ne pouvait ignorer la façon dont tout son corps se tendait, ni les grimaces qui accompagnaient chaque nouvelle contraction. Tandis que Bridget, debout non loin de lui, éventait sa maîtresse, il demeurait à côté du lit, le visage décomposé par l'inquiétude. Cerynise serrait ses doigts avec force. Cherchant à la soulager de son mieux, il lui baignait doucement le visage avec un linge mouillé et chassait les mèches de cheveux humides de sueur qui s'aventuraient sur son front ou ses joues, en lui murmurant des encouragements.

Il était difficile de lutter contre la chaleur de ce mois d'août. Pas un souffle d'air n'était perceptible, et à mesure que l'après-midi avançait, la chambre du premier étage devenait étouffante. Cependant, par pudeur, Cerynise s'efforçait de garder un drap sur elle. Beau ne cessait de le soulever pour lui humecter les bras, les jambes et les pieds à l'eau fraîche.

Vers deux heures de l'après-midi, on envoya chercher le Dr Wilhelm. Dès son arrivée, celui-ci exprima son intention de prendre les choses en main. Sans ambages, il déclara à Beau qu'il devait quitter la chambre sur-le-champ. L'expression affolée qui se peignit sur les traits de sa femme fendit le cœur de Beau, qui s'empressa de plaider sa cause.

— Je n'admettrai pas de refus de votre part, jeune homme, décréta le médecin avec fermeté. Je ne veux plus vous voir dans cette pièce avant que votre enfant soit né. Maintenant, trouvez-vous quelque chose à faire ailleurs !

Heather et Hatti échangèrent des regards inquiets, car toutes deux voyaient bien que Beau était sur le point de déclarer la guerre au médecin. Pour éviter cela, Heather s'approcha de son fils.

— Descends retrouver ton père, Beau. Nous veillerons sur Cerynise.

— Je devrais rester ici...

Émergeant d'une nouvelle contraction douloureuse, Cerynise jeta un coup d'œil plein d'appréhension au médecin, se demandant si elle parviendrait à supporter son attitude autoritaire. Comme si sa confrontation avec Beau ne suffisait pas, il commençait déjà à se plaindre qu'il y eût trop de monde dans la chambre ; et il se mit bientôt à chasser tous ceux qu'il jugeait inutiles, à commencer par Bridget. La jeune domestique ne savait trop quels ordres suivre. On l'avait fait venir pour rafraîchir Cerynise, et elle trouvait naturel de rester là ; son regard allait de sa maîtresse à Beau en un appel muet.

— Que dois-je faire ? chuchota-t-elle en s'efforçant de déchiffrer l'expression tendue de Beau.

— Votre maîtresse a besoin de vous... expliqua-t-il, mais il fut interrompu par l'autoritaire Dr Wilhelm.

— Sortez d'ici, jeune fille ! Et plus vite que ça ! aboya-t-il avec colère.

Du doigt, il désignait la porte, et la servante sortit en larmes. Il se tourna ensuite vers Hatti, qui posa calmement les mains sur ses hanches, campée sur ses jambes, comme pour le défier d'employer les mêmes méthodes avec elle. Après avoir jeté un coup d'œil à sa

471

mâchoire déterminée, le Dr Wilhelm dut estimer qu'elle était une cause perdue, car il reporta son attention sur Beau, qui n'avait pas bougé. Cerynise voyait, à la mine de son mari, qu'il était aussi choqué qu'elle ; elle jugea prudent d'intervenir pour éviter un scandale.

— Allez rejoindre votre père, Beau. Tout ira bien.

Le médecin vit là la permission qu'il attendait pour poser la main sur le bras de Beau, afin de hâter son départ.

— Il ne manquerait plus que les pères assistent à la naissance de leur progéniture ! s'exclama-t-il avec impertinence. Votre femme sera bien plus à l'aise sans que vous vous agitiez autour d'elle.

— Ne me touchez pas, coupa Beau en le foudroyant du regard. Je n'ai pas besoin de vous pour trouver la porte de ma chambre.

Devant tant de fureur, le Dr Wilhelm eut un mouvement de recul et se vexa.

— Je vous demande pardon, monsieur !

Hatti intervint avant qu'il n'arrive malheur à l'imprudent praticien. Prenant Beau par le bras, elle le tira vers la porte.

— Allez vous installer avec votre papa, m'sieur Beau. Laissez le docteur aider m'ame Cerynise.

Beau se retrouva sur le palier, et la porte se referma sous son nez avant qu'il ait pu discuter. Les poings serrés, il faillit retourner à l'intérieur, mais il se rendit compte qu'il n'aiderait pas Cerynise en se querellant avec le médecin devant elle. Avec un soupir, il obéit à Hatti… du moins pour le moment.

Brandon vint au-devant de son fils au pied des marches et posa un bras réconfortant sur ses épaules avant de le conduire dans le bureau. Une fois là, il lui mit d'autorité un verre de cognac dans la main et essaya de lui faire oublier son angoisse.

— T'ai-je déjà parlé de la nuit où tu es né ?

Beau avala d'un trait la moitié du liquide sans même s'en apercevoir.

— Non, papa, je ne crois pas.

— Ta mère insistait pour avoir une chemise de nuit bleue et ne voulait pas s'allonger tant que je ne lui en aurais pas trouvé une. Elle disait que les garçons ne devaient pas naître dans le rose ou je ne sais quoi. Elle me rendait fou. J'étais certain que tu allais arriver et tomber sur la tête au beau milieu de la pièce, d'une seconde à l'autre.

Tout en parlant, il avait de nouveau rempli le verre de Beau et avait doucement poussé son fils dans un fauteuil.

— Hatti a fini par me jeter dehors. J'étais dans un tel état que je ne savais même pas ce qu'il y avait dans mon verre, cette nuit-là.

Ayant pu vérifier par lui-même combien il était angoissant d'avoir une femme en train d'accoucher, Beau comprenait le désarroi de son père. Quant à lui, il ne savait pas s'il pourrait supporter un tel traumatisme plus d'une fois dans sa vie.

— Et quand Suzanne et Brenna sont nées ? s'enquit-il.

— Plus facile, affirma Brandon. Bien sûr, elles étaient également plus petites, ce qui facilitait les choses.

Beau vida son verre et le tendit à son père pour qu'il le remplisse, après quoi son regard croisa celui de Brandon.

— Hatti a dit tout à l'heure qu'elle pensait que ce bébé serait d'une bonne taille. J'espère seulement qu'il ne sera *trop* gros !

Ils n'ajoutèrent rien, car il n'y avait rien de plus à dire. Avec cette seule phrase, Beau avait exprimé toute son inquiétude.

Deux heures supplémentaires s'écoulèrent, et toujours rien en provenance du premier étage. Incapable de tenir en place, Beau s'était mis à arpenter le bureau comme un lion en cage. Brandon parvint à le convaincre de disputer avec lui une partie d'échecs, mais finit par avoir pitié après que son fils eut perdu par inattention trois parties d'affilée. Philippe, qui lui-même s'agitait nerveusement, passa la tête dans le bureau pour annoncer qu'il avait enfin réussi à préparer quelque chose à manger, si jamais les deux hommes désiraient se nourrir un peu. Il aurait aussi bien pu s'épargner cette peine : ni le père ni le fils n'étaient intéressés.

Philippe venait à peine de refermer la porte qu'un cri étouffé en provenance de l'étage fit sauter Beau sur ses pieds. Il traversa le vestibule à toute vitesse et monta les marches quatre à quatre sous l'œil ahuri du cuisinier, qui ne l'avait jamais vu faire preuve d'une telle célérité.

Sans prendre la peine de frapper, Beau ouvrit la porte de la chambre à toute volée et entra. Le Dr Wilhelm se tourna vers lui d'un seul bloc, irrité. Il essaya aussitôt de le chasser.

— Je vous ai dit que nous n'avions pas besoin de vous ici ! Faites-moi le plaisir de vous en aller sur-le-champ !

Heather posa avec douceur sa main sur le bras du médecin.

— Cerynise a besoin de la présence de son mari et il souhaite être à son côté, murmura-t-elle avec calme. À votre place, monsieur, j'éviterais de les contrarier davantage.

— C'est absurde ! s'exclama-t-il, ignorant son conseil. Je n'ai encore jamais permis à un père d'être présent à la naissance d'un enfant. C'est du jamais-vu !

— Dans ce cas, il est peut-être temps que vous révisiez votre façon de penser, suggéra Heather. Qui a plus le droit d'être témoin d'une naissance que le père de l'enfant ?

— Je ne tolérerai pas cela !

— Vous pouvez partir, haleta Cerynise depuis son lit.

Son mari était tombé à genoux près d'elle et lui tenait la main ; et cela la rassurait bien davantage que la présence du médecin.

— Je crois qu'Hatti m'assistera, à partir de maintenant.

— Oui, m'ame !

La vieille femme arborait un large sourire ; le médecin posa sur elle un regard mauvais. Puis il baissa ses manches avec colère et entreprit de remettre ses boutons de manchette ; après quoi il saisit son manteau, ferma sa sacoche d'un coup sec et sortit de la pièce au pas de charge, sans un mot de plus. Hatti le suivit jusqu'à la porte et, de là, cria à Bridget de monter pour « éventer la pauvre petite, qui souffrait tant dans cette fournaise ».

Cela valut à Hatti un nouveau regard foudroyant du médecin, lequel était arrivé au bas des marches ; mais elle se contenta d'y répondre par un petit rire avant de rentrer dans la chambre.

Elle venait à peine de refermer la porte que Cerynise cria d'un air alarmé :

— Oh, Hatti, je crois que le bébé arrive ! Vraiment !

Les compresses mouillées qu'Heather passait sur le visage de sa belle-fille n'empêchèrent pas celui-ci de virer au rouge foncé tandis qu'elle s'efforçait d'expulser l'enfant. Serrant les dents, elle leva la tête de l'oreiller et poussa, sans jamais cesser de serrer la main de son mari, avec une force qui le stupéfia.

— Oui, m'ame, il arrive ! affirma Hatti après avoir ôté le drap que le médecin avait insisté pour laisser sur Cerynise.

Elle souleva promptement la chemise de nuit de la jeune femme et prépara tout ce dont elle aurait besoin.

Bridget entra en courant dans la chambre, mais Cerynise se moquait bien de sa pudeur en cet instant ; elle luttait de toutes ses forces. Beau s'était levé et gardait les yeux fixés sur la tête noire sanglante qui émergeait du corps de sa femme. Elle se libéra brutalement et, aussitôt, la petite créature fripée poussa un cri qui fit sourire toutes les personnes présentes dans la pièce, Cerynise comprise.

— Reposez-vous un moment, m'ame Cerynise, suggéra Hatti, parce que vous allez pousser très, très fort d'une seconde à l'autre.

Elle terminait à peine sa phrase que la douleur revint, et avec elle le besoin de pousser au maximum.

— Voilà les épaules, et ce sont les plus larges que j'aie jamais vues. Avec des épaules pareilles, ça va être un garçon, annonça Hatti.

— En tout cas, il a de sacrés poumons, observa Beau, abasourdi par les vagissements et par le miracle de cette naissance.

Bridget s'employait à éventer sa maîtresse sans pour autant perdre une miette de ce qui se passait. Elle n'avait encore jamais assisté à une naissance, mais à présent que Stephen Oaks l'avait demandée en mariage, elle rêvait déjà d'une grande famille.

Le dernier des Birmingham poussa un nouveau cri outragé tandis que les mains burinées d'Hatti l'accueillaient dans son nouveau monde. Il ferma ses petits poings et devint rouge comme une betterave alors qu'on le posait sur le ventre de sa mère. À cet instant précis, comme il ne cesserait de le répéter par la suite, Beau vit distinctement son fils poser les yeux sur lui et cesser de pleurer.

— N'est-il pas magnifique ? murmura Cerynise, qui tenait toujours la main de son mari.

Heather acquiesça avec fierté.

— Il ressemblera à son père, avec tous ces cheveux noirs bouclés.

Bridget était elle aussi enthousiaste.

— Oh, il est adorable !

— Quand pourrai-je le tenir ? demanda Beau avec impatience.

— Quand j'aurai noué et coupé le cordon et que je l'aurai nettoyé un peu, monsieur Beau, répondit Hatti. Juste une minute.

Quelques instants s'écoulèrent avant qu'enfin le bébé fût déposé dans les bras de son père. Beau observa le petit visage plissé avec un sentiment d'émerveillement. Les yeux de l'enfant étaient grands ouverts, et il fixait son père avec ce que Beau jugea être une profonde intelligence et un intérêt évident. Avec un rire de pure exaltation, il porta leur fils jusqu'à Cerynise et le plaça doucement au creux du bras de la jeune femme. Ensemble, ils regardaient la petite merveille qu'ils avaient mise au monde, jouant avec ses doigts minuscules et lissant ses mèches brunes duveteuses.

Heather descendit pour annoncer à Brandon la naissance de leur petit-fils, tandis qu'Hatti finissait de tout ranger. Le cri de joie du grand-père fit accourir Philippe dans le bureau.

— C'est un garçon, Philippe ! annonça gaiement Heather. Un garçon brun, fort et en bonne santé !

— Et Mme Birmingham ? s'enquit-il avec hésitation. Elle va bien ?

Heather hocha la tête avec enthousiasme.

— Elle ne pourrait être plus heureuse.

— Excellent ! s'écria-t-il.

À l'étage, dans la chambre, Hatti se pencha pour mieux voir le nouveau Birmingham et esquissa un large sourire.

— Eh bien, mon p'tit gars, tu ferais bien de remercier ta maman pour le beau travail qu'elle a fait, parce que tu es le plus adorable bébé que j'aie vu depuis que la petite Tamarah de M. Jeff est née. Oui, c'est la vérité vraie !

Cerynise avait du mal à croire qu'elle tenait son propre enfant dans ses bras, le fils de Beau Birmingham. Le bébé n'était pas seulement d'une bonne taille, il était aussi vigoureux et alerte, en dépit des traumatismes qu'elle avait subis avant sa naissance, en échappant de justesse aux sabots des chevaux du chariot et, plus récemment, en dévalant l'escalier. Déjà, il cherchait autour de lui dans un but très précis. Comme il ne trouvait pas ce qu'il voulait, il se remit à vagir avec indignation.

— Écoutez-moi ça ! dit Hatti. Il va avoir du tempérament, exactement comme tous les Birmingham !

Cerynise leva vers Beau des yeux brillants.

— Avions-nous choisi un prénom définitif ?

Il lui caressa les doigts.

— Que diriez-vous de Marcus pour votre père, Bradford pour le nom de famille de votre mère... et Birmingham pour moi ?

Des larmes de joie emplirent les yeux de Cerynise. Ils n'avaient encore jamais discuté de cette possibilité. Elle répéta les noms à haute voix pour en éprouver la sonorité.

— Marcus Bradford Birmingham. Voilà un nom bien imposant pour un tout petit bébé !

— Il grandira vite, affirma Beau en riant. Cela vous plaît ?

— Oui, mon amour chéri. Absolument, et merci de vous être souvenu de mes parents.

— J'ai une immense dette envers eux, qui m'ont donné une épouse aussi merveilleuse. Nous avons fait un beau garçon, à nous deux, n'est-ce pas, mon cœur ?

Cerynise regarda de nouveau leur fils avec fierté, et crut déceler un éclair de saphir dans ses yeux. Même l'expression du bébé rappelait celle de son père.

— Si j'en crois mes premières observations, mon amour, murmura-t-elle avec un sourire chaleureux, j'ai fait tout le travail, mais c'est vous qui récolterez toute la gloire.

— Comment cela, ma douce ? demanda Beau, perplexe.

— Tel père, tel fils. J'ai l'impression qu'il vous ressemblera autant que vous ressemblez à votre père.

— Vous le pensez vraiment ?

Son ton surexcité arracha un petit rire à sa femme.

— Ne vous rengorgez pas trop vite, très cher. Je peux encore trouver en lui un peu de moi.

— Sans vous, mon amour, notre bébé ne serait même pas là, murmura son mari en se penchant pour déposer un baiser fervent sur ses lèvres.

Marcus Bradford Birmingham grandissait à une vitesse qui stupéfiait ses parents, ravissait ses grands-parents et impressionnait même son grand-oncle Sterling, qui, bien qu'il reconnût ne pas être expert en matière de bébés, qualifia celui-ci de « vraiment très réussi ». Beau était de toute évidence fou de son rejeton, dont l'existence même le remplissait de joie et d'émerveillement. Il souhaitait ardemment s'occuper de lui, et cela ne lui posait aucun problème d'aller chercher l'enfant lorsqu'il l'entendait pleurer au milieu de la nuit pour l'amener à Cerynise afin qu'elle puisse le nourrir. Il le portait, le berçait et lui parlait comme si le nourrisson était capable de comprendre tout ce qu'il lui disait. Et de fait, Marcus se révélait très attentif : il fixait son père avec sérieux et avançait les lèvres comme s'il n'attendait qu'une occasion de s'exprimer à son tour. Beau alla même jusqu'à scandaliser Hatti en changeant lui-même les couches du petit. Toute la maisonnée ne tarda pas à s'habituer à voir Beau et son fils absorbés l'un par l'autre.

Cerynise trouvait dans la maternité un bonheur qui dépassait largement tout ce qu'elle avait pu imaginer. Qu'elle fût assise en train de donner le sein à Marcus, ou qu'elle le baignât, le berçât ou lui chantât une chanson douce, elle se sentait épanouie en tant que femme. Elle avait l'impression d'avoir découvert une émotion précieuse, enrichissante. Ainsi occupée, elle avait la certitude que les préoccupations du monde extérieur avaient cessé d'exister.

Le premier mois s'écoula de la sorte. Marcus semblait apprécier d'être nourri par sa mère, et manifestait si violemment son mécontentement lorsqu'elle tardait à lui donner le sein que toute la maisonnée ne tardait pas à savoir qu'il avait faim. Dès que Cerynise le prenait dans ses bras, il se calmait. Il était par ailleurs d'un appétit vorace, que par chance Cerynise pouvait satisfaire.

— Je commence à être jaloux, observa Beau un jour qu'il regardait son épouse donner le sein au bébé. Heureusement, à en croire Hatti, il faut à peu près six semaines pour qu'une femme se remette complètement d'un accouchement, ce qui signifie que, d'ici une semaine, nous pourrons enfin renouer avec notre intimité.

Cerynise lui sourit d'un air coquin.

— Croyez-moi, il me tarde autant qu'à vous.

— Je l'espère… En attendant, je vais devoir aller travailler, sans quoi l'oncle Jeff me renverra !

— Cela m'étonnerait ! s'exclama Cerynise. Vous êtes une bénédiction pour sa compagnie de transports. C'est ce qu'oncle Jeff a dit lui-même lorsque sa famille et lui sont venus voir Marcus, l'autre jour.

Beau se redressa et enfonça ses mains dans les poches de son pantalon.

— Oncle Jeff dit cela uniquement parce qu'il aimerait me voir rester ici. Il n'a guère envie que j'embarque pour un nouveau voyage.

— Oui, je l'ai entendu en parler, en effet. Il a aussi affirmé qu'il était prêt à vous donner tout ce que vous voudriez pour que vous restiez.

Inquiet d'entendre sa femme lui tenir un tel discours, Beau fronça les sourcils et l'interrogea du regard.

— Aimeriez-vous que nous abandonnions notre projet de voyage en mer, madame ? Est-ce ce que vous essayez de me faire comprendre ?

— Absolument pas ! nia Cerynise en lui prenant la main pour l'attirer vers elle. Pour demeurer avec vous, j'irais jusqu'au bout du monde ! Je dis juste que vous ne semblez pas conscient de l'importance que vous avez prise dans la compagnie d'oncle Jeff. Il pourra encore la diriger sans vous un an ou deux, ce qui nous permettra de partir en voyage, mais je pense qu'il serait ravi que vous acceptiez de reprendre l'affaire en main peu de temps après notre retour.

— Et Harthaven ? Mon père a souvent dit qu'il aimerait me voir prendre sa succession, lui aussi.

Cerynise sourit et pressa la main de Beau contre sa joue.

— Pensez-vous que votre père souhaite abandonner la gestion de Harthaven ? Vous savez, pour lui, la plantation est un élixir de jouvence. Peut-être aurez-vous à prendre un jour Harthaven en main, mais en attendant, je suis certaine que votre père ne serait pas offensé si vous acceptiez un partenariat avec oncle Jeff. Des deux, c'est lui qui a le plus besoin de vous. Il est clair que Clay ne souhaite pas prendre la suite de son père.

— J'avoue qu'il m'est agréable d'habiter si près de mon travail, confessa Beau, réfléchissant à haute voix. Et il est vrai que vivre à Harthaven poserait des problèmes ; papa et moi, nous nous ressemblons trop. Pour être honnête, je dois dire que je prends beaucoup de plaisir à travailler pour la compagnie de transports d'oncle Jeff, et que je pourrais envisager de continuer lorsque nous reviendrons de notre voyage. J'en parlerai un peu plus avec mon oncle dans les semaines qui viennent. Pour l'instant, je dois partir, sans quoi je serai en retard.

Après avoir savouré le long baiser que lui donna Cerynise, il caressa tendrement la tête brune blottie contre sa poitrine, avant de lancer à sa femme un clin d'œil affectueux.

— Je vous aime tous les deux, dit-il avant de prendre congé.

17

Octobre arriva et, alors que Marcus approchait de l'âge de six semaines, il commença à surprendre sa mère en dormant plus longuement, parfois toute la nuit d'une traite. Bien sûr, il fallait en contrepartie que Cerynise fût prête à satisfaire ses besoins lorsqu'il s'éveillait, sans quoi il manifestait bruyamment son mécontentement. Elle lui accordait volontiers cette faveur, préférant cela à être éveillée par ses pleurs au milieu de la nuit.

L'après-midi touchait à sa fin. Il avait fait frisquet ce jour-là ; Beau n'était pas encore rentré du travail, et le bébé dormait dans la nursery. La petite-fille d'Hatti, Vera, une jeune femme de dix-huit ans, avait été embauchée comme nourrice pour le petit garçon, et veillait sur lui dans sa chambre. Dès le début, il avait été décidé qu'après la dernière tétée du soir, ou lorsque les parents de Marcus se retireraient pour la nuit, Vera retournerait à sa propre chambre dans les quartiers des domestiques, laissant à Beau et Cerynise le loisir de s'occuper de leur fils dans l'intimité de leurs appartements.

Jetant un coup d'œil critique à son reflet dans la grande psyché du dressing, Cerynise constata qu'excepté sa poitrine, plus opulente que par le passé, rien ne trahissait le fait qu'elle eût donné naissance à un enfant quelques semaines plus tôt. Le tissu de sa sous-chemise soulignait une taille redevenue fine, et des hanches et des cuisses bien dessinées. Bridget avait appris à lui confectionner des coiffures sophistiquées mais, pour passer une soirée de détente à la maison, elle s'était contentée de relever ses cheveux en un chignon flou, adouci par quelques mèches qui retombaient de part et d'autre de son visage. La servante l'avait ensuite aidée à passer une robe aux impressions cachemire, dans des tons dominants de vert olive et de bordeaux, dont le décolleté arrondi, les manches et l'ourlet étaient bordés de rouge plus foncé. C'était la tenue qui convenait à l'humeur de Cerynise, en cet après-midi d'automne.

Acceptant le châle bordeaux que lui apportait Bridget, Cerynise l'ajusta sur ses épaules pour cacher de son mieux sa poitrine. En effet, dans la mesure où ses seins étaient bien plus généreux qu'autrefois, le décolleté de la robe lui paraissait soudain assez osé.

— Le capitaine va être impressionné, m'ame, déclara la petite servante avec un sourire. Je crois qu'il aura du mal à garder ses mains dans ses poches, ce soir !

— Je me sens comme une collégienne sur le point de recevoir son premier prétendant, avoua Cerynise avec un sourire radieux. Tu es sûre que je suis bien ?

— Belle comme un cœur, m'ame, affirma Bridget.

Elle avait conscience de l'excitation qui envahissait sa maîtresse à la perspective de la soirée à venir, et songeait qu'elle-même serait tout aussi ravie lorsque

Stephen Oaks et elle seraient mariés et connaîtraient le même bonheur conjugal.

Cerynise s'inquiétait cependant toujours de son apparence ; elle voulait être la plus belle possible pour son mari.

— Tu me dirais si quelque chose n'allait pas, Bridget ?

— M'ame, croyez-moi sur parole, répondit gaiement la domestique : si vous étiez plus parfaite que ça, le maître ne pourrait pas le supporter. Il tomberait raide mort en vous voyant.

— Je crois que je suis juste un peu nerveuse.

Bridget lui tapota la main.

— Pas la peine, m'ame. Vrai, vous donneriez des idées à un mourant ! (Elle recula d'un pas en direction de la porte pour mieux admirer sa maîtresse.) Vous avez fière allure, je vous le jure, m'ame.

Là-dessus, la servante prit congé et, tandis que le bruit de ses pas pressés s'éloignait dans le silence de la maison, Cerynise demeura un moment devant sa glace, à évaluer son reflet en essayant de s'imaginer ce que Beau verrait à son retour. Il ne restait plus trace de la fille trop maigre que Germaine appelait autrefois l'« échassier ». En vérité, avec ses seins ronds qui manquaient de s'échapper de leur carcan de tissu, Cerynise était même assez voluptueuse. Elle sourit en se souvenant de la mine de Beau lorsqu'il s'était arrêté devant la porte du dressing-room, ce matin-là, pour la regarder sortir de sa baignoire. Ce qu'il avait vu avait semblé à son goût… Rassurée, elle tendit la main vers son parfum et en versa quelques gouttes au creux de son décolleté.

Elle traversa la chambre et jeta un coup d'œil au grand lit. Depuis la naissance de Marcus, Beau l'avait chaque soir prise dans ses bras avec une grande retenue. Cela ne voulait pas dire, bien sûr, qu'ils ne s'étaient pas longuement et passionnément caressés et embrassés durant les semaines écoulées ; en fait, s'il n'avait tenu qu'à elle, ils auraient repris leurs relations plus tôt, mais Beau avait peur de lui faire mal. Ce soir-là, cependant, le moment était venu. Aussi fut-ce le pas léger qu'elle descendit au rez-de-chaussée pour attendre le retour de son mari dans le bureau – leur refuge préféré, la chambre mise à part.

Un vent léger en provenance du nord s'était levé la nuit précédente, et un petit feu avait été allumé dans la cheminée pour chasser l'humidité fraîche qui avait envahi le bureau. Pour maintenir l'ambiance feutrée de la pièce, Cerynise ferma les volets et baissa la lumière des lampes qui brûlaient sur la table. Le sofa de cuir devant la cheminée semblait l'inviter à s'installer ; elle arrangea les coussins de tapisserie et s'allongea. Depuis la naissance de Marcus, elle passait de longs moments à se reposer là, le bébé dans ses bras, tandis que Beau travaillait tout près.

Étouffant un bâillement, Cerynise se laissa aller contre le dossier du canapé et réajusta les coussins derrière son dos pour être plus à l'aise. Son châle était devenu superflu, dans la pièce réchauffée par le feu de bois, et elle le laissa glisser sur ses épaules. Puis elle posa la tête contre l'accoudoir et guetta le retour de son mari. Petit à petit, elle céda à la fatigue qui l'envahissait ; ses paupières se baissèrent d'elles-mêmes, comme mues par une volonté propre.

Elle eut l'impression que quelques secondes seulement s'étaient écoulées lorsqu'un sentiment familier vint la tirer de son somme. Luttant pour se réveiller, elle entrouvrit les yeux et les referma presque aussitôt, un sourire aux lèvres. Son mari était assis près d'elle sur le sofa ; il avait ôté son manteau et son gilet, enlevé sa cravate, et sa chemise était largement ouverte. Son sourire amusé indiquait qu'il la regardait depuis un moment.

— Bonsoir, ma douce, murmura-t-il lorsqu'elle parvint enfin à ouvrir les yeux pour de bon.

— J'ai dû m'assoupir, dit-elle d'une voix endormie, se redressant avec effort. Moi qui voulais aller vous accueillir à la porte...

Beau se pencha sur elle, lui coupant toute retraite pendant qu'il baissait la tête pour poser ses lèvres sur le renflement des seins, au-dessus de son corset.

— Cela ne m'a pas dérangé, mon cœur. Je profitais de la vue...

— Pas longtemps, observa Cerynise en pouffant.

Beau jeta un coup d'œil à l'horloge.

— Je suis rentré depuis une demi-heure.

Confuse, la jeune femme fronça les sourcils.

— Tant que cela ? Mais pourquoi ne m'avez-vous pas réveillée ?

— Comme je vous le disais, je profitais de la vue.

Cerynise tendit la main et la glissa dans l'ouverture de la chemise de son mari pour caresser son torse ferme.

— Je suis heureuse que vous soyez rentré.

— Moi aussi, répondit-il dans un murmure en se penchant de nouveau, cette fois pour poser ses lèvres sur les siennes.

Elle entrouvrit aussitôt la bouche pour mieux l'accueillir, et il ne se fit pas prier pour approfondir son baiser. Cerynise poussa un soupir de contentement.

— Vos baisers me remplissent toujours d'extase.

Beau arqua un sourcil sceptique.

— Je croyais que vous n'étiez vraiment aux anges que lorsque nous faisions l'amour tous les deux.

— Oh, non, monsieur. Vos baisers sont bel et bien extraordinaires.

Il s'approcha de nouveau et, cette fois, il passa sa langue avec une lenteur exquise sur les seins de sa femme, s'attardant dans le creux odorant qu'ils formaient. Puis, faisant glisser la robe de Cerynise sur l'une de ses épaules, il dévoila une pointe rosée, arrachant un gémissement à la jeune femme comme il la léchait doucement. Un long frisson d'excitation parcourut Cerynise.

— Vous aimez cela ? s'enquit-il, levant la tête pour prendre sa bouche.

— Vous savez bien que oui !

Cerynise soupira et enroula un bras autour du cou de son mari, qui la souleva dans ses bras et l'attira à lui. Leurs bouches vibraient à l'unisson tandis que Beau glissait une main dans le dos de sa femme et dégrafait sa robe. D'un mouvement d'épaules, elle la fit glisser, libérant son buste du tissu. Beau l'aida à se débarrasser tout à fait du vêtement, qui glissa à terre. Sans cesser de couvrir ses lèvres de baisers, il déboutonna la sous-chemise, qui s'ouvrit, dévoilant les globes parfaits des seins. Aussitôt, il abaissa sa bouche vers eux, faisant courir des frissons d'extase le long du corps de la jeune femme.

— Avez-vous fermé la porte ? murmura-t-elle en passant ses doigts dans les cheveux sombres de son mari.

— Je ne pouvais résister quand j'ai vu une si belle captive à portée de ma main, répondit-il tout contre son sein. J'ai pensé à cela toute la journée, ma douce.

— Moi aussi.

Il glissa la main sous son jupon et atteignit le haut d'un bas de soie. Puis il s'immobilisa, surpris, et jeta à Cerynise un regard abasourdi.

— Vous ne portez pas de dessous, madame !

Cerynise sourit d'un air hardi tout en dessinant du bout du doigt un C imaginaire sur le torse de Beau.

— Êtes-vous scandalisé ? s'enquit-elle.

— Absolument, affirma-t-il avec un petit rire, contredisant ses paroles en poussant plus avant son exploration.

Cerynise bougea légèrement pour l'accueillir, et retint son souffle en sentant des vagues d'excitation naître au cœur de sa féminité et se propager en elle, accroissant encore le désir qu'elle avait de lui. Elle tremblait sous ses caresses et se demandait combien de temps encore elle pourrait supporter un tel plaisir sans être emportée.

— Doucement, Beau, supplia-t-elle, haletante. Je veux vous attendre…

Il céda à sa demande et recula d'un pas. Cerynise ôta ses escarpins et entreprit de sortir les pans de la chemise de Beau de son pantalon, avant de la faire glisser sur ses épaules. Doucement, elle passa la main sur son torse, son ventre plat et musclé, avant de l'aider à défaire son pantalon, qui alla rejoindre le reste de leurs vêtements sur le sol. La main de Cerynise s'attarda sur la virilité dressée de son mari, qui, captif de ses caresses exquises, était incapable d'esquisser le moindre mouvement. Des flammes semblaient gronder en lui, menaçant de le consumer. Il referma la main sur celle de la jeune femme.

— À mon tour de vous demander d'attendre, madame, dit-il d'une voix rauque. Laissez-moi quelques secondes pour reprendre mes esprits…

Il ôta ses bottes et le reste de ses vêtements, avant de retourner vers elle dans toute la gloire de sa nudité. Se serrant contre lui, Cerynise frottait doucement ses seins contre son torse viril, en un mouvement tentateur et sensuel, jusqu'au moment où, n'y tenant plus, il reprit une pointe rosée entre ses lèvres. Bientôt, leurs bouches et leurs langues se mêlèrent de nouveau en une quête fiévreuse. Les yeux assombris par le désir, Cerynise attira Beau vers le sofa ; il la suivit avec empressement, avant de lui ôter son jupon. Elle ne portait plus désormais que ses bas, maintenus par des jarretières de dentelle ajourées. S'allongeant sur le dos, Beau souleva sa compagne et la plaça sur lui, la pénétrant avec une délectation, un plaisir inouïs. Cerynise retint son souffle tandis que la chaleur de son mari irradiait en elle, la faisant trembler d'extase.

Beau l'enveloppa un moment de ses bras, savourant le contact de ses seins ronds contre sa poitrine, la douceur de sa féminité qui l'englobait tandis qu'il embrassait ses yeux, ses joues, sa bouche. Il fit glisser ses lèvres le long de la gorge d'albâtre.

— J'ai l'impression que cela fait une éternité que je ne vous ai pas tenue ainsi.

— Oh, oui, acquiesça-t-elle, cambrant le dos pour lui permettre de la caresser plus aisément.

Un gémissement lui échappa lorsqu'il referma sa bouche sur la pointe d'un sein ; c'était une sensation merveilleuse, et elle faillit protester en le sentant reculer légèrement ; mais déjà il caressait du bout des doigts l'endroit magique où leurs corps se rejoignaient, s'unissaient, et elle ne put que fermer les yeux et se laisser envahir par le pur bonheur de ce contact.

Puis, les rouvrant, elle plongea son regard dans le sien, et il lut dans ses yeux le désir de plus en plus grand qu'elle avait de lui alors qu'elle commençait à onduler contre lui, retardant délibérément leur jouissance. La respiration de Beau était de plus en plus haletante ; Cerynise lui faisait l'amour avec l'art consommé d'une courtisane, et il s'abandonnait à ses effleurements provocants, la regardait se caresser elle-même et l'inviter à la suivre dans ses attouchements. Il lui répondait avec sa propre créativité et se délectait de la voir retenir son souffle. Elle se pencha en avant pour lui offrir ses seins, et il les prit dans ses mains alors que le rythme de leurs ébats s'accélérait, toujours davantage, jusqu'au moment magique où, ensemble, ils furent transportés par la jouissance, qui les menait toujours plus haut vers les sommets de l'extase.

Lorsque, enfin, ils revinrent à la réalité, Beau attira Cerynise contre sa poitrine, encore bouleversé par ce qu'il venait de vivre. Il l'embrassa avec douceur.

— C'était merveilleux, murmura-t-elle dans un soupir satisfait.

— Je n'avais jamais rien connu de tel, avoua-t-il. Je suis tellement détendu, à présent, que je peux à peine bouger les bras.

— Ne le faites pas, alors, répondit-elle. J'aime les sentir autour de moi.

Il la serra plus encore, frottant son torse contre les seins de Cerynise, et fut surpris de sentir son membre se raidir de nouveau en elle.

— Oh, gémit-elle, voilà qui est encore mieux…

— Vous me faites un drôle d'effet, madame, murmura-t-il d'une voix rauque.

— Tant mieux. Ainsi, je sais que vous n'irez pas jeter un œil sous d'autres jupes.

— Non, cela, jamais. Je suis très bien sous les vôtres.

— J'ai faim.

— De quoi ?

Elle eut un petit rire.

— De vraie nourriture !

— Dans ce cas, j'imagine que nous ferions mieux de nous rhabiller.

— Certes, mais je n'ai guère envie de quitter de tels plaisirs, avoua-t-elle.

Elle avait recommencé à onduler doucement sur lui.

— Faites votre choix, madame, dit-il, posant les mains sur ses fesses pour accompagner son mouvement. Moi, ou la « vraie nourriture ».

— Je vous mangerai plus tard.

Elle rit de son grognement de frustration et se redressa.

— Une mère qui allaite doit être sustentée, décréta-t-elle en se levant. Venez, mon mari. J'ai vraiment, vraiment faim.

Elle se détourna pour ramasser ses vêtements ; comme elle se penchait, il en profita pour lui donner une petite tape sur les fesses, ce qui lui valut un regard scandalisé.

— Que voulez-vous, ma chère ? Vous ne pouvez espérer me tenter ainsi sans conséquences. À présent, hâtez-vous de vous habiller, madame, sans quoi vous ne vous en tirerez pas à si bon compte !

Riant de ses menaces, Cerynise obéit. Dès qu'ils furent rajustés, ils se hâtèrent de monter à l'étage jeter un coup d'œil à leur fils et se débarbouiller avant de redescendre dans la salle à manger.

La table avait été dressée pour deux. Le vin était déjà dans les verres, qui les attendaient devant leurs assiettes ; des bougies projetaient une lueur chaleureuse sur la porcelaine, le cristal et l'argenterie. Galant, Beau tira une chaise pour sa femme ; puis, dès qu'elle fut assise, il se pencha pour déposer un baiser dans son cou.

— J'adore admirer vos seins sous cet angle, murmura-t-il en se redressant, mais je crois que j'entends Jasper approcher, et je n'aime guère l'idée de partager cette vision enchanteresse avec un autre homme.

Cerynise remit son châle en place sur ses épaules, et avait tout de la parfaite maîtresse de maison lorsque Jasper entra avec la soupe, quelques secondes plus tard. Beau ne put retenir un sourire alors qu'il comparait mentalement cette femme au maintien superbe avec la créature aux gestes passionnés qu'il avait tenue dans ses bras un peu plus tôt. Il se sentait comme une marionnette entre les mains de Cerynise : elle n'avait qu'à tirer les ficelles, et il obéissait de tout son cœur à ses moindres commandes.

Le majordome parti, Beau leva son verre pour porter un toast à son épouse.

— À vous, mon amour. Que vous ne vous lassiez jamais de semer du bonheur dans mon cœur.

Cerynise sourit et inclina la tête pour accepter le toast puis, après avoir bu une gorgée, elle leva son verre en réponse.

— À vous, mon chevalier chéri. Que vous ne vous lassiez jamais de pourfendre les dragons et de sauver de l'ennui votre demoiselle en détresse.

— Tout le plaisir est pour moi, madame, affirma-t-il, une lueur taquine dans les yeux, avant de prendre une nouvelle gorgée de vin.

La bisque de homard était divine, comme on pouvait s'y attendre, puisqu'elle avait été préparée par Philippe. De même, les légumes d'hiver et le filet de bœuf rôti à la sauce aux cornichons et à l'estragon se révélèrent excellents. Cerynise se régalait comme une enfant, ce qui fit sourire son mari.

— Je ne sais pas comment vous faites pour demeurer aussi mince, mon amour. Avec tout ce que vous mangez, vous devriez être ronde comme une balle !

Elle se lécha les doigts avec affectation, lui arrachant un nouveau rire.

— Entre Marcus et vous, je suis sûre de dépenser toute l'énergie que j'absorbe.

— À entendre ce petit glouton grogner de plaisir lorsque vous le nourrissez, je le soupçonne de tout vouloir garder pour lui.

— Allons, ne soyez pas jaloux, dit Cerynise avec douceur. Désormais, vous aurez autant d'occasions d'attirer mon attention que vous le souhaiterez.

Après le dîner, ils retournèrent dans le bureau, mais seulement pour bavarder et s'embrasser en se tenant la main. Vera, la petite-fille de Hatti, ne tarda pas à venir frapper à la porte.

— M. Marcus est réveillé, m'ame Cerynise, et c'est un vrai ouragan ! annonça-t-elle.

— Le devoir m'appelle !

Cerynise regarda son mari en souriant, déposa un dernier baiser sur ses lèvres et monta s'occuper de leur fils. Après avoir fini son digestif, Beau la suivit dans la nursery. Vera s'était éclipsée, les laissant profiter de leur enfant.

Après avoir nourri Marcus, Cerynise prépara son bain, et les deux parents participèrent à sa toilette du soir, hilares à la vue des grimaces variées de leur fils tandis qu'on le baignait à l'eau tiède et qu'on l'essuyait. Beau quitta ensuite la nursery, non sans avoir déposé un baiser sur la minuscule tête brune, laissant à sa femme le soin de bercer et d'endormir le bébé pendant que lui-même prenait un bon bain.

Un peu plus tard, Cerynise laissa son fils assoupi dans le berceau et se glissa dans le dressing-room, où elle trouva un bain parfumé qui l'attendait. Elle s'empressa de quitter ses vêtements, se lava et se brossa les cheveux avant de passer un déshabillé que Beau lui avait offert la semaine précédente et qu'elle n'avait encore jamais porté. On pouvait à peine le qualifier de vêtement, tant le tissu soyeux était léger et transparent ; il était long et fluide, avec de grandes manches. Après avoir appliqué un soupçon de parfum au creux de sa gorge et de ses poignets, Cerynise reposa le flacon ; puis elle se ravisa, sourit, et fit couler quelques gouttes supplémentaires entre ses seins. Ensuite, elle glissa ses pieds nus dans des mules de satin ivoire et baissa la lumière. Lorsqu'elle pénétra dans la chambre, le déshabillé s'envola derrière elle, si bien qu'on eût dit qu'elle flottait plus qu'elle ne marchait.

Sous le regard empli de désir que son mari, déjà allongé dans le lit, posa sur elle, elle sentit les pointes de ses seins durcir. Beau tendit la main pour l'inviter à le rejoindre à la hâte, puis il écarta les couvertures à côté de lui. S'immobilisant près du lit, Cerynise fit glisser le fin déshabillé de soie sur ses épaules et le laissa tomber à terre.

Dès qu'elle fut dans le lit, Beau s'approcha d'elle ; cette fois, ce fut lui qui lui fit l'amour, avec une passion qui la stupéfia. Bien qu'infiniment tendre avec elle, il se montrait beaucoup plus hardi que lorsqu'elle était enceinte. Sourd à ses supplications, il prenait plaisir à la voir se tordre de désir et appeler de tout son corps la délivrance de l'orgasme. Bientôt, ce fut à Cerynise de l'imiter et de le caresser savamment, jusqu'à ce qu'un gémissement de plaisir lui échappe. Lorsqu'il la pénétra, elle se cambra à sa rencontre et répondit avec ardeur aux coups de reins puissants qui les conduisaient, inexorablement, vers le sommet de la jouissance. Une nouvelle fois, ils s'envolèrent sur les ailes de l'extase, emportés par leur plaisir.

Lorsqu'ils retombèrent sur terre, ils se serrèrent l'un contre l'autre et, avec un soupir de bonheur, Cerynise posa la tête sur l'épaule de Beau tout en laissant ses doigts courir sur son torse. Le monde extérieur avait cessé d'exister pour elle : l'univers entier se résumait au cercle rassurant des bras de son mari.

La porte de derrière claqua tôt le lendemain matin, et Beau et Cerynise sursautèrent avec un bel ensemble en voyant Moon entrer au pas de charge dans la salle à manger, une expression anxieuse sur le visage. Il s'approcha de Beau, qui venait juste de terminer son petit déjeuner.

— Le type est mort, cap'taine ! Ils l'ont trouvé sur les docks ce matin, le ventre ouvert de bas en haut.

— De qui diable parlez-vous, Moon ? s'enquit Beau en repoussant son assiette.

— De Wilson, cap'taine. Il était raide comme une morue gelée. Il a dû être éventré tard hier soir.

Beau jeta un coup d'œil à sa femme et vit que le sang s'était retiré de ses joues. Il devinait que les explications morbides de Moon étaient un peu trop précises au goût de Cerynise. Il posa une main sur la sienne et s'excusa, avant de faire signe au matelot de le suivre dans son bureau. Fermant la porte derrière eux, il lui demanda :

— Les autorités ont-elles une idée du meurtrier ?

— Non, cap'taine. D'après c'qu'on m'a dit c'matin, y s'cachait dans une auberge borgne. Personne l'avait vu depuis qu'vous avez envoyé vos hommes à sa r'cherche. Et puis, tout à coup, le v'là qui apparaît, roulé en boule avec un couteau dans l'estomac. Ça m'étonnerait que Wilson ait laissé un inconnu v'nir suffisamment près pour l'planter, alors moi, j'pense qu'il connaissait l'type qui a fait ça, et même qu'il lui f'sait pas mal confiance.

— Ce pourrait bien être le cas, Moon. Dans la mesure où il y avait tant d'hommes à sa recherche, Wilson devait se méfier de tous ceux qui voulaient l'approcher. Mais désormais, il se peut que nous ne découvrions jamais la réponse à cette question.

— Ça veut dire qu'la p'tite m'dame est en sécurité, maintenant, pas vrai, cap'taine ?

— Je l'espère, Moon. Je l'espère sincèrement.

Jasper obéit avec son impassibilité habituelle aux coups impérieux frappés à la porte, mais écarquilla les yeux en découvrant les deux personnages qui se tenaient sur le seuil. La dernière fois qu'il les avait vus, c'était durant la nuit qui avait précédé sa fuite d'Angleterre... À en juger par leur expression stupéfaite, Alistair Winthrop et Howard Rudd étaient eux aussi fort surpris de le trouver là.

— Je me demandais où vous vous étiez enfui, ricana Alistair. Maintenant, je le sais. Bizarre... Je n'aurais jamais cru que vous étiez du genre à retourner votre veste.

— Si cela avait été le cas, monsieur, je serais resté avec vous, répondit le majordome avec hauteur. (Même si sa vie en avait dépendu, Jasper n'aurait pas été capable de formuler un mensonge de politesse et de prétendre que c'était un plaisir de les revoir.) À qui souhaitez-vous parler, messieurs ?

— À ma pupille, naturellement, répondit Alistair d'un ton caustique. Merci de lui dire que je suis là et que je veux la voir.

— Mme Birmingham, voulez-vous dire, le corrigea Jasper. Si vous voulez bien attendre ici, monsieur, je vais signaler à ma maîtresse que vous aimeriez qu'elle vous accorde une audience.

Là-dessus, ne se sentant nullement en devoir de les faire entrer, le majordome leur ferma sans cérémonie la porte au nez. Alistair piaffait de rage.

— Demander à cette garce de nous « accorder une audience » ! grommela-t-il d'un ton furieux. Bon sang, un jour j'arracherai le cœur de ce chien avec un couteau à huîtres, pour son insolence. Quand je pense qu'il nous a abandonnés sans un mot d'explication, à Londres...

— Vous n'auriez pas pu le payer, de toute façon, souligna Howard Rudd. (Il s'interrompit, cherchant ses mots, puis reprit :) Souvenez-vous de la vitesse à laquelle Sybil s'est carapatée quand vous avez perdu votre sang-froid et lui avez dit que vous n'aviez pas les moyens d'employer d'autres gens, et qu'elle allait devoir faire le ménage et la cuisine toute seule... C'est pourquoi je dois vous recommander de bien faire attention à ne pas vous emporter tant que nous serons ici. Entrer dans des rages folles ne nous servira à rien, surtout si nous voulons convaincre la fille de nous suivre en lui promettant de lui rendre ses peintures.

— J'aurais aimé pouvoir en apporter une avec moi, juste pour l'appâter.

Howard Rudd hocha la tête avec un soupir de désespoir.

— C'est bien malheureux que nous n'ayons pas pu mettre la main sur la moindre d'entre elles.

— Je m'obstine à penser que le vendeur de la galerie savait où elles étaient. Je ne comprends pas pourquoi il n'a pas voulu nous le dire.

— Les quelques bleus que vous lui avez faits ne l'ont guère aidé à recouvrer la mémoire, rappela Howard.

— Il se peut que je retourne l'achever si je découvre qu'il nous a bernés.

— Je vous en prie, ne soyez pas aussi violent avec cette fille. Comme nous avons eu l'occasion de le

498

constater par le passé, le capitaine Birmingham n'est pas un tendre. Touchez un cheveu de sa femme, et il fera fouiller tous les navires quittant le port pour nous mettre la main dessus. Et cette fois, je doute qu'il se contente de nous jeter dans la baie…

— Vous êtes sûr que vous l'avez vu, à la compagnie de transports maritimes ?

Rudd poussa un long soupir d'exaspération.

— Comment aurais-je pu ne pas le reconnaître, après notre dernière entrevue avec lui ? Je peux vous assurer que son physique est gravé à jamais dans ma mémoire. (D'une main tremblante, le notaire sortit un mouchoir de sa poche et s'épongea le front.) Je n'en pense pas moins qu'il est idiot de votre part de tenter d'enlever sa femme alors qu'il n'est qu'à quelques pâtés de maisons d'ici.

— Vous avez dit qu'il ne rentrerait pas chez lui avant au moins deux heures. Nous serons partis bien avant qu'il n'arrive.

— Jasper nous pose un problème. Il va falloir le soudoyer, ou quelque chose comme ça, sans quoi il dira au capitaine que nous sommes venus, et nous n'arriverons jamais à embarquer intacts…

— Je vous laisserai vous occuper de ça. Si la fille ne vient pas de son plein gré, je n'aurai pas d'autre choix que de l'emmener par la force. Nous nous retrouverons dans cette vieille ferme abandonnée en dehors de la ville. (Alistair jeta un coup d'œil en biais à son complice et arqua un sourcil en remarquant combien il tremblait.) Êtes-vous sûr de pouvoir couvrir mes arrières, si notre ruse échoue ?

L'homme de loi déglutit bruyamment et tapota d'une main nerveuse la poche de son manteau.

— J'aimerais qu'il y ait une autre manière de résoudre cette affaire. J'ai horreur des armes à feu.

— Il ne nous reste pas beaucoup de temps, coupa Alistair. Nos fonds sont presque épuisés.

— Vous auriez dû vendre plus de choses avant de partir. Dieu sait que votre tante ne manquait pas de bibelots de valeur ! Cela nous aurait donné les moyens et le temps de régler tout cela correctement.

— Ne vous faites pas tant de bile. C'est mauvais pour votre estomac.

Cerynise se trouvait dans la cuisine ; elle profitait du fait que Marcus était bien éveillé et attentif à tout ce qui se passait autour de lui pour le montrer à Philippe. Le chef donnait gaiement au bébé ses premières leçons de français, affirmant que Marcus serait bien content de parler une langue étrangère lorsqu'il entreprendrait de grands voyages, comme son papa. L'enfant lui répondait par des gazouillis ravis, à la grande joie du cuisinier et de Cerynise.

Lorsque Jasper entra, très agité, dans la pièce, Marcus reporta son attention sur lui et pencha la tête de côté, avec curiosité.

— Madame, préparez-vous, s'exclama le major-dome, surexcité. En fait, vous feriez mieux de donner le bébé à M. Philippe avant que je vous dise qui vous demande à la porte. Ça va vous faire un choc !

Cerynise serra l'enfant plus étroitement contre elle, intriguée par l'anxiété du domestique, et hocha la tête pour lui faire signe de continuer.

— De qui s'agit-il, Jasper ?

— M. Winthrop et M. Rudd, madame...

Prise par un soudain étourdissement, Cerynise vacilla sur ses jambes et s'empressa de tendre son fils au cuisinier. Celui-ci, alarmé par sa pâleur subite, lui demanda avec inquiétude :

— Madame ! Vous allez bien ?

Elle hocha la tête avec raideur.

— Je vous en prie, Philippe, portez Marcus à Vera, elle doit être dehors…

Sans un mot de plus, elle fit volte-face et sortit de la cuisine. Avant de la suivre, Jasper prit le temps de donner de plus amples instructions à Philippe. Dans la salle à manger, Cerynise attendit que le majordome l'eût rejointe, puis déclara :

— Je recevrai les visiteurs au petit salon, Jasper.

— Madame, vous êtes sûre ? demanda-t-il avec inquiétude.

— Ils n'oseraient tout de même pas me faire du mal ici, sous mon propre toit !

— Malgré tout, madame, je ne puis me résoudre à leur faire confiance. Ce sont des coquins, de vrais brigands.

— C'est vrai, Jasper, mais je suis curieuse de savoir ce qu'ils font ici et ce qu'ils me veulent.

— Rien de bon, je le crains.

— J'écouterai ce qu'ils ont à dire, rien de plus.

Cerynise se dirigea vers le petit salon, tandis que Jasper lui obéissait à contrecœur. Il ouvrit la porte pour laisser entrer les deux hommes, puis annonça :

— Mme Birmingham vous recevra au petit salon.

Écartant le serviteur, Alistair pénétra dans le vestibule, puis il ôta son chapeau et le tendit à Jasper avant de se diriger d'autorité vers le bureau.

— C'est par ici, monsieur, intervint Jasper avec agacement.

Il fronça les sourcils en voyant son ancien employeur regarder avec attention un tableau de Cerynise exposé dans le bureau, au-dessus de la cheminée.

C'était l'un de ceux que son mari s'était réservés, une scène de campagne anglaise représentant un cottage au toit de chaume niché près d'un ruisseau, sur une colline boisée. Personnellement, Jasper avait toujours trouvé que c'était là l'un des paysages les plus réussis de sa maîtresse.

— N'ai-je pas déjà vu cette peinture ? demanda Alistair en se tournant vers le majordome, les sourcils froncés.

Jasper pointa le menton en avant d'un air impérieux.

— Je l'ignore, monsieur. (Une nouvelle fois, il tendit la main en direction du petit salon.) Mme Birmingham vous attend ici, monsieur.

Howard Rudd remit son couvre-chef au domestique et lissa de la main les revers de son manteau fripé avant de suivre Alistair dans la pièce que leur indiquait Jasper.

Ce dernier posa les chapeaux sur la table de l'entrée et s'approcha de la porte du petit salon.

— Souhaitez-vous du thé ou des rafraîchissements, madame ?

Howard Rudd jeta un coup d'œil au buffet placé contre le mur, et passa une langue chargée sur ses lèvres sèches, en repérant des carafes de cristal sur un plateau d'argent.

— Si cela ne contrarie pas le capitaine, je prendrais bien un petit cognac…

— Rien du tout, coupa Alistair avec emphase. (Il lança un regard d'avertissement au notaire, qui paraissait de plus en plus mal à l'aise.) Nous ne resterons qu'un instant.

— Je prendrai pour ma part une tasse de thé, Jasper, dit Cerynise, leur faisant comprendre à tous deux que c'était à elle que le majordome s'était adressé et qu'elle était la seule habilitée à lui répondre.

Cerynise luttait de toutes ses forces contre la vague de dégoût qui l'avait envahie lorsqu'elle avait posé les yeux sur les deux hommes. Il s'était écoulé près d'une année depuis leur dernière entrevue, mais ce n'était pas assez à son goût. Elle ne regrettait pas le moins du monde que son mari eût attrapé Alistair par le fond de son pantalon pour le jeter dans la Tamise, à Londres… Oh, comme elle aurait aimé avoir Beau à son côté en cet instant !

Alistair semblait avoir perdu du poids, observat-elle. Des cercles sombres soulignaient ses yeux, et ses vêtements étaient mal coupés et fripés, en grand contraste avec ceux qu'elle l'avait vu porter en Angleterre. Quant au corpulent notaire, il était lui aussi débraillé, et le bulbe qui lui servait de nez semblait plus disgracieux encore que dans ses souvenirs, avec le réseau de petites veines éclatées qui le zébraient. Ses yeux étaient rouges et humides, comme s'il souffrait d'une allergie quelconque – ou avait absorbé trop de spiritueux.

À contrecœur, elle invita les deux hommes à s'asseoir face à elle. Il lui fallait faire un réel effort pour se montrer cordiale ; mais après tout, elle les avait priés d'entrer chez elle dans le seul but d'apprendre ce qu'ils avaient en tête, et le meilleur moyen de les faire parler était de se montrer civile avec eux.

— Pardonnez mon étonnement, messieurs. Je suis sûre que vous comprendrez que votre visite me paraît pour le moins surprenante. En fait, vous êtes les dernières personnes que je m'attendais à voir aujourd'hui.

Les lèvres lourdes d'Alistair esquissèrent un sourire onctueux.

— Oh, sans doute, ma chère petite, et je vous présente nos sincères excuses pour cette visite inopinée. Mais après avoir entrepris un aussi long voyage pour vous voir, nous ne pouvions supporter d'attendre un moment de plus. Notre vaisseau est arrivé à quai ce matin même, et nous nous sommes précipités ici aussi vite que possi…

Bridget entra, ravissante avec sa robe noire, son tablier blanc bordé de dentelle et sa coiffe assortie. Bien qu'elle fît bien attention à ne pas croiser leur regard, la jeune domestique avait conscience de l'intense surprise des deux visiteurs tandis qu'elle s'approchait de sa maîtresse. Elle portait un plateau sur lequel étaient posés une tasse de thé, un petit pot à lait et un sucrier, et elle présenta le tout à Cerynise, qui ajouta de la crème et du sucre à son thé. Après avoir mis une serviette sur les genoux de sa maîtresse, Bridget prit congé avec aplomb, ce qui lui valut l'ombre d'un sourire approbateur de la part de Jasper, qui était demeuré près de la porte.

— Vous disiez que vous étiez venus ici dès votre arrivée, rappela Cerynise à Alistair, qui fixait la porte par où était sortie Bridget comme s'il avait vu un fantôme. Dans quel but ?

— Pour nous faire pardonner, madame, intervint Rudd. (Il jeta un rapide coup d'œil à Alistair, comme pour quêter son approbation.) C'est cela, n'est-ce pas ? Pendant tout le voyage, M. Winthrop ne m'a parlé que de cela, du tort qu'il vous avait causé. Il est tellement miné par le remords… Si vous acceptez de l'écouter, madame, je suis certain que vous ne le regretterez pas.

Alistair luttait toujours contre l'irritation qui l'avait envahi en constatant que les Birmingham avaient débauché non seulement Jasper mais aussi Bridget. Il indiqua le majordome impassible d'un signe de tête.

— Combien d'autres serviteurs sont venus avec lui ?

— Tous, répondit Cerynise avec franchise. (Aussitôt, elle vit une expression rageuse déformer les traits de son interlocuteur. Prenant un peu sa revanche sur lui, elle ne se priva pas de remuer le couteau dans la plaie.) Mon mari leur a donné les fonds nécessaires

504

pour faire la traversée, mais ils avaient de toute façon l'intention de vous quitter.

Alistair pointa un doigt en direction du bureau.

— Ce sont eux qui vous ont apporté ce tableau ?

— Bien sûr, acquiesça la jeune femme avec un plaisir intense. En fait, ils ont pris tous mes tableaux avec eux. Depuis, cinq ont été vendus pour une somme considérable… vingt-six mille dollars, exactement.

Rudd s'étrangla tout à coup et se mit à tousser.

— Un verre d'eau, demanda-t-il à Jasper, toujours debout derrière sa maîtresse. J'ai besoin d'un verre d'eau…

— Vous allez bien ? s'enquit Cerynise avec sollicitude.

Rudd s'éclaircit la gorge et parvint à articuler :

— Tout ira bien dès que j'aurai bu un verre d'eau.

Alistair fulminait en silence. Il était clair désormais que le piège qu'ils avaient eu l'intention de tendre à Cerynise ne fonctionnerait pas, puisque les tableaux étaient en sa possession. De plus, il ne pouvait s'empêcher de penser à tout cet argent qui aurait pu être à eux… sans l'intervention de Jasper. Oh, comme il aurait aimé pouvoir tordre le cou à ce satané majordome !

Le notaire se saisit fébrilement du verre d'eau que lui apportait le serviteur et en vida la moitié.

— Mon mari sera mécontent que vous soyez venus ici en son absence, les prévint Cerynise. Au fait, ne vous étonnez pas que Jasper demeure avec nous : Beau lui a demandé de veiller sur moi.

Rudd jeta un coup d'œil empli de lassitude au majordome debout près de la porte, imperturbable, et entreprit de calmer les inquiétudes de la jeune femme. Il savait qu'ils allaient devoir trouver un nouveau plan très, très vite – sans quoi son compagnon aurait une fois de plus recours à ses expédients habituels.

— Comment vous convaincre que de telles précautions sont inutiles, madame ?

— En me disant ce que vous voulez et en prenant congé, rétorqua Cerynise du tac au tac.

Rudd s'éclaircit la gorge et insista :

— Nous sommes là pour une affaire très privée, madame…

— Êtes-vous en train de me suggérer d'éloigner Jasper, monsieur Rudd ? J'ai bien peur que vous ne perdiez votre temps, coupa-t-elle sans ambages. Il a reçu l'ordre formel de ne pas me quitter d'une semelle en cas de danger. Or vous avez assez prouvé, messieurs, que vous étiez indignes de ma confiance.

— Nous avons besoin de vous faire signer certains papiers, intervint Alistair.

Rudd le regarda avec étonnement, ce qui lui valut en retour un froncement de sourcils. De nouveau il s'éclaircit la gorge avec force pour masquer son trouble.

— Oui, bien sûr. (D'un geste de la main, il invita son compagnon à poursuivre.) Je laisse à M. Winthrop le soin de vous expliquer de quoi il retourne.

Alistair s'y employa.

— Eh bien… euh… après avoir de nouveau étudié le testament de ma tante, M. Rudd ici présent a découvert une clause stipulant qu'il me faudrait fournir une explication au cas où je n'assumerais pas la responsabilité de votre tutelle. Il est donc impératif que vous apparaissiez devant la cour afin de signer une déclaration sur l'honneur me dégageant de mes obligations. Avant cela, je ne puis réclamer mon héritage.

Howard Rudd poussa un soupir de soulagement : pour une fois, les inventions de son compagnon étaient plausibles. Il se hâta de hocher la tête en signe d'assentiment.

— C'est un peu embarrassant pour les créanciers de M. Winthrop, obligés d'attendre si longtemps… expliqua-t-il. Rien que pour venir vous voir, nous avons eu un mal fou à réunir de quoi payer notre traversée.

Perplexe, Cerynise regarda le notaire.

— Vous voulez dire que je dois apparaître devant un juge et, en sa présence, signer un document par lequel je dégagerai M. Winthrop de ses obligations en tant que tuteur ?

— C'est exactement cela, intervint Alistair à la place du notaire, avant de jeter un coup d'œil en direction de Jasper.

Ce dernier avait le regard perdu dans le vide, mais Alistair savait qu'il prêtait attention à tout ce qui se disait.

— Je ne vois aucun inconvénient à aller voir un juge ici, à Charleston, et à signer le document requis. À condition de l'avoir montré au préalable à l'avocat de mon mari, bien sûr, réfléchit Cerynise à haute voix.

Alistair esquissa une grimace.

— Mais là réside le problème, ma chère. Il faut que vous retourniez en Angleterre pour comparaître devant le juge.

Cerynise balaya cette suggestion d'un geste de la main.

— C'est hors de question. Si le problème ne peut pas être résolu ici, à Charleston, alors il ne le sera pas – en tout cas, pas avant que mon mari et moi ne retournions en Angleterre, ce qui ne se produira pas avant au moins le début du printemps.

— Et pendant ce temps, je serai privé de fonds, observa Alistair en secouant la tête d'un air malheureux.

— Je suis désolée, mais je ne puis rien faire de plus pour vous.

Cerynise n'éprouvait en vérité aucune compassion pour Alistair. Eût-il demandé son aide avant son départ d'Angleterre, elle aurait accepté volontiers d'aller voir un juge pour lui rendre service ; mais elle se souvenait qu'à l'époque il s'était montré intraitable et avait insisté pour demeurer son tuteur.

Rudd claqua des doigts, comme s'il venait d'avoir une idée.

— Vous vous souvenez de ce juge qui a fait la traversée avec nous ? demanda-t-il à Alistair.

Ce dernier hocha la tête d'un air un peu las, devinant où le notaire voulait en venir.

— Naturellement.

— Eh bien, c'est un magistrat anglais qualifié. Si madame signe les papiers devant lui, leur validité sera reconnue par les cours de justice anglaises.

— En effet, acquiesça Alistair. Il suffirait à Cerynise de nous accompagner à l'auberge où nous logeons tous et de lui demander d'être témoin de sa signature. Cela serait parfait.

Rudd semblait très fier de sa trouvaille.

— Nous permettriez-vous de vous emmener devant le juge, madame ?

Cette idée ne plaisait pas à Cerynise.

— Pas sans mon mari, répondit-elle avec fermeté. Et une bonne douzaine de ses hommes, présents pour s'assurer que rien de fâcheux ne m'arrivera, ajouta-t-elle pour faire bonne mesure.

Le visage de Rudd se décomposa. Tous leurs efforts pour emmener paisiblement la jeune femme avec eux semblaient voués à l'échec. Qu'allaient-ils faire ? Il était évident que, chez elle, elle était trop bien gardée pour qu'ils puissent espérer l'enlever. Et, bien sûr, il y avait les serviteurs, qui pourraient les identifier...

— Nous croyez-vous capables d'une telle duplicité, madame ? demanda Alistair d'un air outragé.

Cerynise sourit avec sérénité.

— Peut-être.

Avec un grognement enragé, Alistair bondit de sa chaise et traversa la pièce en une enjambée, arrachant Cerynise à son siège. Jasper poussa un cri d'alarme et se précipita à la rescousse, mais il n'avait pas songé qu'il lui faudrait pour cela passer devant Rudd. Ce dernier, le voyant approcher, saisit un presse-livres de bronze sur une petite table. Le lourd objet s'écrasa contre la tête du majordome, qui tomba à terre, inconscient, aux pieds de l'homme de loi.

Cerynise poussa un hurlement. En l'entendant, Philippe, qui se trouvait dans la cuisine, frissonna d'horreur ; il se saisit d'un hachoir à viande et sortit dans le couloir en courant. Moon le rejoignit presque aussitôt.

Alistair avait déjà jeté sa victime sur son épaule et traversait le vestibule à grandes enjambées, Rudd sur ses talons.

Philippe émergea du corridor menant à la cuisine et les vit.

— Posez madame à terre ! cria-t-il.

Loin d'obtempérer, Alistair s'empressa d'ouvrir la porte, au moment précis où le maître de maison s'apprêtait à l'enfoncer. Beau avait en effet été appelé par le valet Cooper et, en arrivant devant chez lui, il avait entendu des cris à l'intérieur.

En voyant sa femme jetée en travers de l'épaule de Winthrop, il perdit tout contrôle de lui-même. De toutes ses forces, il envoya un coup de genou dans l'estomac d'Alistair, qui se plia en deux de douleur. Avec la vitesse de l'éclair, Beau souleva Cerynise, l'arrachant à son agresseur, et il la remit sur ses pieds, avant de fermer le poing pour assommer Alistair.

Cependant, comme il allait le frapper, il se retrouva nez à nez avec Howard Rudd, qui brandissait nerveusement un pistolet. Bien que les mains du notaire tremblassent de façon inquiétante, il était parvenu à ôter la sécurité de l'arme, et l'agitait en direction du capitaine, d'un air menaçant.

— Re... reculez ! bégaya-t-il. (Il jeta un coup d'œil derrière lui ; Philippe et Moon approchaient.) Ne b-bougez plus, leur cria-t-il, ou je tuerai le c-capitaine ! Je n'hésiterai pas, je vous préviens !

Devant une telle menace, les deux hommes ne pouvaient que s'immobiliser.

— Lâ... lâchez le hachoir, ordonna Rudd au cuisinier, tout en s'efforçant de garder le canon de son pistolet pointé entre les yeux de Beau.

Très lentement, le chef posa son arme de fortune sur le sol.

— À présent, c-capitaine, reprit le notaire, votre femme et vous allez vous placer dans le coin nord du p-porche. Pas de gestes brusques.

Beau obéit à contrecœur. Cerynise s'accrochait à lui en essayant de lui faire un bouclier de son corps, mais il ne l'entendait pas de cette oreille ; il passa une main autour de la taille de sa femme, et la tint fermement à son côté.

Rudd attrapa Alistair par le coude et l'aida à se relever. Il souffrait trop cependant pour lui être d'une aide quelconque, et Rudd le poussa en direction des marches.

— Courez jusqu'aux chevaux, lui ordonna-t-il.

— Prenez la fille, grogna faiblement Alistair, les mains serrées sur son ventre.

Il avait l'impression que ses entrailles avaient explosé sous le choc ; jamais il n'avait connu une douleur pareille.

Beau, qui l'avait entendu, se mit aussitôt devant Cerynise et fit face aux deux hommes.

— Il faudra d'abord me passer sur le corps !

— Parfait. Tuez ce salaud ! ordonna Alistair d'une voix rauque à son complice.

— Non ! hurla Cerynise, qui luttait pour se placer devant son mari, lequel la maintenait fermement dans son dos en dépit de ses efforts.

Rudd eut un reniflement méprisant et jeta un regard exaspéré à son compagnon. Plus le temps passait, plus il se demandait si Alistair Winthrop n'était pas franchement idiot.

— C'est cela, je vais le tuer, histoire que les autres nous assassinent sur-le-champ ! ironisa-t-il, avant de lâcher d'un ton sec : Allez rejoindre les chevaux.

Alistair se hâta en direction de la colonne du porche à laquelle leurs montures étaient attachées. Il les libéra, puis se hissa en selle avec difficulté.

— Venez, Rudd. Partons d'ici.

À présent qu'il n'y avait plus d'obstacle entre son cheval et lui, Howard Rudd respirait plus aisément, mais il se méfiait toujours du capitaine. On ne pouvait faire confiance à un homme d'un tel tempérament.

— Essayez qu-quoi que ce soit, c-capitaine, et vous mourrez, j'en fais la promesse solennelle. Et si vous mourez, votre f-femme sera à notre merci.

Il recula dans l'allée et monta sur son cheval de location, avant d'éperonner l'animal. Il s'enfuit ventre à terre, tandis qu'Alistair s'efforçait de le suivre.

Beau sortit en courant dans la rue et regarda les deux hommes disparaître au loin. Hélas, ils n'allaient pas dans la direction qu'il avait espérée : ils s'enfonçaient à l'intérieur des terres, tournant le dos aux docks.

Cooper revenait tout juste de la compagnie de transports. Ayant couru à l'aller comme au retour, il était hors d'haleine ; Beau, stimulé par son inquiétude pour Cerynise, avait couvert la distance deux fois plus vite.

Philippe, Moon et quelques autres serviteurs étaient sortis sous le porche. Ce fut à Moon que Beau s'adressa tout d'abord :

— Allez trouver le shérif, dites-lui ce que ces criminels ont essayé de faire, et faites en sorte qu'il rassemble des hommes pour partir à leur recherche. S'il a besoin de leur signalement, il n'aura qu'à s'arrêter ici en chemin. Je serai ravi de lui dire à quoi ressemblent ces deux crapauds.

— Oui, cap'taine !

Moon salua brièvement et s'empressa d'aller accomplir sa mission.

Beau gravit les quelques marches du perron, glissa un bras autour de la taille de sa femme et la guida à l'intérieur de la maison. Au petit salon ils trouvèrent Bridget agenouillée à côté de Jasper. Le majordome était assis sur son séant, et maintenait une compresse mouillée à l'arrière de son crâne pendant que la servante lui faisait un bandage.

— J'ai bien peur d'avoir baissé ma garde, monsieur, s'excusa Jasper en levant les yeux vers Beau.

— D'après ce que j'ai compris, c'est vous qui avez envoyé Cooper me chercher ?

— Oui, monsieur. Enfin, j'ai demandé à M. Philippe de l'envoyer vous prévenir que votre épouse avait des visiteurs. Je suis heureux que Cooper ait pu vous trouver à temps.

— Et moi, je vous suis reconnaissant de votre présence d'esprit, répondit Beau. (Il se pencha et demanda avec sollicitude :) Comment vous sentez-vous ?

— J'ai l'impression que ma tête fait deux fois sa taille normale, avoua le majordome.

Beau eut un petit rire.

— Elle m'a l'air normale, rassurez-vous.

— Bridget m'a dit que M. Winthrop et M. Rudd avaient réussi à s'échapper, monsieur ?

— Oui, mais je vais laisser au shérif le soin de partir à leur recherche.

Jasper estima que c'était là une très sage décision.

— Mieux vaut ne pas laisser madame seule en ce moment, monsieur. Ils pourraient revenir.

Bientôt, on entendit les vagissements de Marcus qui se rapprochaient. Cerynise se dépêcha de sortir de la pièce pour s'avancer à la rencontre de Vera. La jeune fille parut soulagée de voir sa maîtresse.

— J'ai fait tout mon possible pour le calmer, m'ame Cerynise, mais il a faim.

— Je vais le prendre, Vera, merci.

Cerynise tendit les bras vers son fils ; dès qu'il fut contre sa poitrine, Marcus se calma et se mit à téter dans le vide. Cerynise l'emporta dans le bureau et, aussitôt après avoir refermé la porte sur elle, elle s'assit dans le canapé et défit son corsage pour nourrir le bébé. Le battant s'ouvrit presque aussitôt, et elle vit Beau entrer. Il tourna le verrou derrière lui pour préserver leur intimité et vint s'asseoir près d'elle sur le sofa.

Cela amusait Beau de voir l'enfant chercher désespérément le sein de sa mère à travers sa robe. Ne trouvant pas ce qu'il souhaitait, il poussa un petit cri mécontent qui arracha un sourire à son père. Enfin, Cerynise réussit à libérer un sein et plaça le bébé contre elle. Aussitôt, il se mit à téter avec gloutonnerie.

Les yeux brillants d'amour, Cerynise caressa la petite tête brune avant de lever les yeux vers son mari, qu'elle regarda avec la même adoration.

— Vous m'auriez terriblement manqué, tous les deux, si Alistair était parvenu à m'enlever. Cela m'aurait brisé le cœur.

— Et à moi aussi, madame, mais je serais aussitôt parti à votre recherche, murmura Beau d'un ton rassurant. (Il se pencha pour poser un baiser sur sa tempe.) Ce misérable a-t-il dit ce qu'il voulait ?

Cerynise lui répéta ce que lui avaient expliqué les deux hommes. Son agitation croissait à mesure qu'elle se remémorait leurs exigences.

— Alistair voulait que je retourne avec eux jusqu'en Angleterre, et j'ai refusé. Mais ensuite, Rudd a dit que je pouvais signer les papiers devant je ne sais quel magistrat anglais qui avait fait le voyage avec eux. J'ai répondu que je le ferais volontiers, mais seulement en votre présence et accompagnée par une escorte pour nous protéger. C'est à ce moment-là qu'Alistair a commencé à s'énerver. M. Rudd a frappé Jasper parce qu'il essayait de me venir en aide. Une chose en a amené une autre... Je me rends compte à présent que je n'aurais jamais dû accepter de les voir. Jasper avait peur que ce soit un piège, mais je n'ai pas tenu compte de ses avertissements.

— Avec un peu de chance, ils seront arrêtés, mon cœur, assura Beau d'un ton apaisant. Et à ce moment-là, nous n'aurons plus rien à craindre.

— Pensez-vous que Redmond Wilson était de mèche avec eux ? Mais pourquoi l'auraient-ils tué, dans ce cas ? (Elle fronça tout à coup les sourcils tandis que les paroles d'Alistair lui revenaient.) Alistair m'a dit que leur bateau était arrivé à quai ce matin.

À moins qu'il n'ait menti, ils n'étaient pas là au moment du meurtre.

— Il se peut qu'Alistair ait uniquement affirmé cela pour nous induire en erreur. En tout cas, il semble improbable que Wilson ait été tué par des inconnus. Étant donné le nombre d'hommes que j'avais envoyés à ses trousses, le coupable devait être quelqu'un qu'il connaissait et en qui il avait confiance. (Beau haussa les épaules.) Qui sait ?

Cerynise baissa les yeux vers Marcus, toujours occupé à se rassasier. Elle sourit et reporta son attention sur son mari.

— Parfois, sa voracité me rappelle la vôtre lorsque vous me faisiez l'amour, les premiers temps. On eût dit que vous alliez mourir si vous n'étiez pas apaisé sur-le-champ...

Beau parut extrêmement choqué de cette comparaison.

— Que je sache, madame, je me suis toujours efforcé de me montrer tendre avec vous. Vous ai-je jamais traitée avec une telle violence ?

— Ma foi, durant votre délire, mon amour, vous avez été relativement... sauvage, répondit-elle en lui caressant la cuisse. Je me souviens que mes seins étaient très sensibles, ensuite.

Une expression contrite se peignit sur les traits de son mari.

— Pardonnez-moi, madame. Mais il faut me comprendre : j'avais envie de vous depuis tellement longtemps que je devais être à moitié fou de désir.

— Sans compter la fièvre dont vous souffriez... Je croyais que je rêvais, jusqu'au moment où j'ai ressenti la douleur de la pénétration... mais à ce moment-là, j'étais déjà consentante. Vous l'ignorez sans doute, mon amour, mais vous m'avez donné du plaisir même ce jour-là... Cependant, je me suis sentie un peu frustrée lorsque, ensuite, je me suis rendu compte que vous ne m'aviez même pas embrassée durant l'amour.

Beau ne jugeait guère utile d'expliquer à sa femme qu'il avait toujours été réticent à embrasser les filles de petite vertu avec lesquelles il avait auparavant satisfait ses besoins masculins. Ce n'était qu'après avoir embrassé Cerynise, le jour de leur mariage, qu'il avait vraiment compris ce que cette pratique pouvait avoir d'agréable.

— Moi aussi, je pensais qu'il s'agissait d'un rêve, mais je suis heureux que cela n'ait pas été le cas. (Il tendit le bras pour glisser un doigt dans la main minuscule posée contre le sein de Cerynise.) Si on ne m'avait pas signalé que vous portiez mon enfant, madame, je n'aurais peut-être jamais compris que vous aviez besoin de moi, ou même envie de moi. Pendant un certain temps, j'ai été convaincu que j'étais le seul à éprouver des sentiments réels...

— Ensemble, nous avons fait un fils magnifique, répondit Cerynise en posant sa tête sur l'épaule de son mari. (Se remémorant une nouvelle fois ce que les deux complices avaient essayé de lui faire, elle frissonna.) Serrez-moi fort, Beau. J'ai besoin de m'assurer que je suis bien ici, dans vos bras, en sécurité.

Beau obéit avec empressement. Il l'embrassa à la base du cou, puis déposa une pluie de baisers sur sa joue, pour enfin prendre sa bouche avec passion. Enfin, il redressa la tête et son regard admiratif se posa sur son fils ; pendant un court instant, ce dernier cessa de boire et regarda son père en gazouillant gaiement. Puis, toute sa motivation retrouvée, il retourna à son festin.

Plusieurs jours passèrent. Enfin, le shérif Gates passa voir Beau à l'entrepôt et lui avoua que ses recherches s'étaient jusqu'à présent révélées vaines. Bien que ses hommes et lui eussent passé la campagne à l'ouest de Charleston au peigne fin depuis la tentative d'enlèvement, ils n'avaient pas trouvé trace des coupables. Cependant, le shérif avait reçu des rapports qui semblaient indiquer que Winthrop et Rudd étaient repartis en Angleterre par le premier bateau. Deux hommes correspondant aux descriptions données par Beau avaient en effet été vus à bord d'un navire. Hélas, ce dernier avait levé l'ancre avant que les enquêteurs aient pu interroger le capitaine.

Beau espérait que les deux hommes étaient partis, mais au fond de lui il en doutait. Bien qu'il trouvât Alistair et Rudd plutôt sots, il savait qu'il leur arrivait d'avoir des moments de lucidité, et il les jugeait capables d'avoir feint de fuir pour tromper leurs poursuivants.

Beau avait interrogé les capitaines de tous les bateaux en provenance de Londres le jour où Alistair et Rudd étaient venus voir Cerynise, et aucun d'eux ne se souvenait d'avoir eu les deux hommes à son bord. En revanche, leurs noms figuraient sur la liste des passagers d'un navire arrivé une bonne semaine plus tôt, soit bien avant le meurtre de Wilson. Dans la mesure où, pour quelque mystérieuse raison, Winthrop et Rudd avaient jugé bon de mentir à Cerynise sur leur date d'arrivée, Beau était convaincu qu'ils étaient capables de tout pour atteindre leur but, quel qu'il fût ; et il était bien décidé à demeurer vigilant.

Les parents de Beau vinrent passer quelques jours chez Cerynise et lui afin de profiter un peu de leur petit-fils. Brandon et Heather étaient fous du bébé, dont les grimaces et les gazouillis les ravissaient. Afin de fêter dignement ce nouveau venu dans la famille, les quatre adultes décidèrent d'aller assister à une représentation d'*Othello*, avec l'acteur américain Edwin Forrest dans le rôle-titre.

C'était la première fois depuis la naissance de Marcus que Beau et Cerynise s'habillaient pour sortir ; aussi la jeune femme souhaitait-elle se faire particulièrement belle pour son mari. Elle choisit une robe couleur crème qui dévoilait ses épaules et dont le corset était entièrement brodé de minuscules perles. Une fois habillée, elle demanda à Bridget de lui remonter les cheveux sur le dessus de la tête, et planta une plume d'autruche dans son chignon. À son cou, elle mit le collier de perles orné d'un camée que lui avait offert son mari, avant d'accrocher ses boucles d'oreilles en perles et diamants.

Ainsi parée, Cerynise était divine et, dès son arrivée au théâtre, elle s'attira les regards admiratifs de tous les hommes présents. Même le nouveau soupirant de Germaine Hollingsworth la dévorait des yeux tandis qu'elle s'installait dans sa loge, ce qui valut au malheureux jeune homme un vif coup de coude dans les côtes, de la part de sa compagne, vers qui il s'empressa de reporter son attention. Malgré cela, durant la représentation, Germaine le surprit à plusieurs reprises en train d'admirer sa rivale à travers ses jumelles de théâtre.

— Si vous ne cessez pas de dévorer des yeux cette petite peste, Malcolm McFields, je rentre chez moi ! siffla-t-elle à voix basse.

Comme il ne l'avait pas entendue, elle réitéra sa menace un peu plus fort ; mais dans le silence subit qui suivit la fin de la première tirade d'Othello, ses derniers mots résonnèrent avec force. Aussitôt, les regards se tournèrent vers elle, tandis que des murmures atterrés s'élevaient dans la salle. Humiliée, Germaine se raidit ; elle vit les Birmingham lui jeter un rapide coup d'œil, mais ils semblaient bien plus intéressés par la pièce que par elle. La représentation reprit son cours comme si de rien n'était.

Germaine, cependant, ne parvenait plus à détacher son regard des quatre Birmingham. Elle sentit une vague de rage monter en elle lorsqu'elle vit Beau prendre la main gantée de sa femme dans la sienne et la porter à ses lèvres. Nul doute que lui ne regarderait jamais une autre femme en présence de son épouse... Cela ne rendait la trahison de Malcolm que plus insupportable. Germaine jeta un coup d'œil furibond à son compagnon, mais ne prit pas le risque de lui adresser une nouvelle réprimande, craignant de s'humilier une seconde fois en public.

À contrecœur, Malcolm lui rendit ses jumelles, mais cela ne l'empêcha pas de continuer à regarder à la dérobée la déesse aux cheveux fauves dans la loge des Birmingham.

C'en était trop pour Germaine. Après avoir subi la honte de se voir préférer par Beau une fille qu'elle avait toujours surnommée l'« échassier », elle n'avait pas l'intention de tolérer un autre affront. Au début du deuxième acte, elle essaya une dernière fois d'attirer l'attention de Malcolm, et constata que celui-ci était absorbé par Cerynise ; aussitôt, elle mit sa menace à exécution et le planta là, le laissant contempler à loisir sa rivale.

18

Le grondement du tonnerre tira Cerynise de son sommeil, et un éclair illumina la chambre, emplissant la jeune femme d'une profonde appréhension. À la faveur de la brève lumière, elle avait pu apercevoir les nuages noirs qui s'amoncelaient, menaçants, au-dessus de la maison, aussi sombres et sinistres que la nuit.

Un autre éclair zébra le ciel et elle vit les branches du grand chêne qui se dressait tout près de la maison s'agiter furieusement, malmenées par les vents violents venus de la mer. En dépit des années qui s'étaient écoulées depuis la mort de ses parents, Cerynise n'était jamais parvenue à se débarrasser de sa peur des tempêtes. Recherchant le réconfort de la présence de son mari, elle tendit la main vers l'oreiller placé près du sien, mais ne rencontra qu'un creux là où d'ordinaire Beau posait sa tête.

— Beau ?

— Je suis là, répondit-il depuis le dressing-room.

Cerynise se redressa et aperçut un filet de lumière qui filtrait sous la porte de la pièce.

— Il fait encore noir, dehors, observa-t-elle d'une voix ensommeillée. Pourquoi êtes-vous déjà levé ?

— J'ai promis à M. Oaks d'être au port avant le lever du jour afin que nous puissions arrimer solidement *L'Intrépide*. Au cas où vous ne le sauriez pas encore, madame, une tempête se prépare.

— Oh, je m'en suis aperçue. (Cerynise jeta de nouveau un coup d'œil inquiet par la fenêtre, et frémit pendant qu'un éclair déchirait le linceul sombre de la nuit.) Est-ce que ce sera terrible ?

— On ne peut encore rien dire, commenta-t-il en revenant dans la chambre. (Il s'approcha du lit et se pencha pour l'embrasser longuement, amoureusement.) Bonjour, mon cœur.

Avec un petit ronronnement, Cerynise encercla de ses bras le cou de son mari et l'attira à elle. Il était nu et elle en profita pour caresser son dos musclé.

— Je rêvais justement de vous, murmura-t-elle entre deux baisers. Nous batifolions ensemble dans le bureau, et vous aviez un tas d'idées merveilleuses…

Beau se redressa sur un coude et la scruta en souriant dans la faible lumière.

— Je pensais que j'étais le seul à faire des rêves pareils.

— Oh, non, monsieur ! (Elle laissa sa main glisser jusqu'aux fesses de Beau.) En fait, si vous aviez un peu de temps, nous pourrions essayer de mettre en pratique ces idées merveilleuses dont je vous parlais à l'instant…

Bien qu'il mourût d'envie de céder à la tentation, Beau était contraint de décliner son invitation. Il poussa un soupir de déception.

— Croyez bien que j'aimerais rester avec vous, mais M. Oaks doit m'attendre. Je donnerai ordre au gros des domestiques d'aller se réfugier à Harthaven le plus tôt possible. Je préfère les savoir à l'abri, au cas où la tempête deviendrait incontrôlable. J'aimerais que vous partiez en même temps qu'eux.

— Sans vous ?

— Il se peut que je ne rentre pas avant cinq heures de l'après-midi et nul ne sait ce qui se passera d'ici là.

— Beau, je ne supporterai pas de rester sans nouvelles, plaida-t-elle. J'aimerais vous attendre ici.

— Je me sentirais bien plus à l'aise si vous partiez avec les premiers domestiques, insista-t-il. Jasper et les autres hommes se mettront en route plus tard, lorsqu'ils auront fini de calfeutrer la maison, mais je pense que Marcus et vous devriez partir au plus vite.

— Laissez-moi attendre ici au moins jusqu'au départ de Jasper, supplia Cerynise, têtue.

Beau poussa un soupir.

— Je reviendrai aussi vite que possible, mon amour, assura-t-il en enfilant ses sous-vêtements. Si le temps empire et que je ne suis pas encore rentré, Jasper aura ordre de vous emmener, Marcus et vous, à la plantation. Le moment venu, je ne tolérerai aucune discussion de votre part, madame. Quand Thomas m'aura conduit au bateau, il reviendra ici attendre votre départ.

— Mais comment rentrerez-vous à la maison ?

— J'aurai récupéré mes affaires de pluie sur *L'Intrépide*, d'ici là, et je pourrai marcher. Une fois ici, je prendrai un attelage léger que je conduirai moi-même jusqu'à la plantation.

— Mais, Beau…

Il leva la main pour couper court à ses protestations.

— J'insiste pour que vous partiez avant que les vents soient trop violents, madame. Je ne veux pas passer plus de temps encore à m'inquiéter pour vous. (Il boutonna son pantalon et passa sa ceinture.) Je me mettrai moi-même en route pour Harthaven avant que la tempête s'aggrave.

— Je vous en prie, n'attendez pas trop longtemps, supplia-t-elle.

La réponse de Beau lui parvint étouffée par le pull-over qu'il était en train d'enfiler.

— Ne vous inquiétez pas, mon amour. (Une fois le vêtement en place, il lui envoya un baiser du bout des doigts et se dirigea vers la porte.) Je descends manger un morceau et donner mes instructions aux serviteurs. Vous feriez bien d'essayer de vous rendormir. Il n'y a aucune raison que vous vous leviez tôt.

— Promettez-moi de faire attention ! lui cria-t-elle alors qu'il refermait la porte derrière lui.

— Je vous le jure.

Cerynise demeura immobile dans le noir, écoutant le bruit saccadé de ses bottes décroître dans l'escalier.

La jeune femme resta au lit un moment puis s'affaira à sa toilette matinale. Elle nourrit et baigna Marcus, puis descendit au rez-de-chaussée. La plupart des volets de bois avaient déjà été refermés pour protéger les vitres et, en raison des lourds nuages qui caracolaient au-dessus de la maison, l'intérieur était aussi sombre et sinistre qu'à la nuit tombée. On avait allumé des lampes, ce qui lui permit, Marcus dans les bras, de faire le tour de la demeure pour voir où en étaient les domestiques.

— Tu vas connaître ta première tempête, jeune homme, dit-elle au bébé. Mais je ne serais pas étonnée que tu y prennes un certain plaisir. Tu ressembles tellement à ton papa !

Comme pour lui signifier son assentiment, l'enfant esquissa un petit sourire. Émue, Cerynise posa un tendre baiser sur sa joue.

Jasper et les autres serviteurs avaient entrepris de protéger les meubles au cas où la maison souffrirait de gros dommages en leur absence. C'était une tâche ambitieuse, que le majordome dirigeait avec maestria. Dans la mesure où rien ne garantissait que les volets extérieurs pussent tenir ou qu'une branche ne vînt pas défoncer une fenêtre ou une porte, les précieux tapis d'Orient étaient roulés et placés contre les parois du couloir, au premier étage. Tous les bibelots de valeur étaient eux aussi temporairement rangés dans des tiroirs, enroulés dans du linge. Les lustres de cristal étaient enveloppés dans des draps afin qu'aucune garniture ne vînt s'écraser à terre si le vent s'engouffrait dans la demeure. À l'extérieur, on rangeait les meubles de fer forgé dans les écuries. Aussitôt après son retour des docks, le cocher Thomas calfeutra l'intérieur de son attelage, afin qu'il fût aussi sûr que possible pour le transport du bébé. Pendant ce temps, Philippe préparait des paniers entiers de nourriture, destinés pour la plupart à ceux qui resteraient jusque dans l'après-midi. Tout cela prenait beaucoup de temps et d'énergie, et il était plus de midi lorsque le premier groupe de serviteurs quitta la demeure.

Beau monta à bord de *L'Intrépide* quelques minutes avant l'heure à laquelle il devait retrouver son second pour arrimer les voiles et préparer le navire à affronter la tempête. Uniquement protégé par un morceau de toile goudronnée qu'il tenait au-dessus de sa tête, il poussa un soupir de soulagement lorsqu'il put enfin se réfugier au sec, à l'intérieur du bateau.

Stephen Oaks vivait à bord, dans les quartiers du second maître, et avait passé les derniers jours à établir l'itinéraire d'un voyage dans les Caraïbes qu'il avait l'intention d'effectuer durant les mois d'hiver. Là-bas, il vendrait aux marchands locaux les produits en provenance de Caroline tout en rassemblant un nouveau chargement pour le voyage de retour.

L'averse s'intensifiait, jetant un voile lourd sur la ville, et Beau s'empressa de descendre dans sa cabine pour y prendre ses affaires de pluie. Il faisait si noir derrière les hublots qu'il lui fallut allumer une lampe et la poser à terre pour pouvoir distinguer le contenu de son placard. Tout en cherchant ce dont il avait besoin, il remarqua un gros ballot blanc qui avait été jeté tout au fond de l'armoire. Intrigué, il le sortit et le secoua. C'était un drap de sa couchette, maculé de vieilles taches dont la couleur évoquait du sang séché. À l'intérieur avait été roulée une chemise de nuit féminine, bordée de dentelle, qu'il reconnut aussitôt : c'était celle qu'il préférait. Il ne l'avait pas revue depuis longtemps, avant leur retour à Charleston, et s'était d'ailleurs demandé ce qui lui était arrivé. Le dos du vêtement portait lui aussi des taches similaires à celles du drap, ainsi que d'autres, jaunâtres.

Il ne lui fallut pas plus d'une seconde pour comprendre ce qu'il tenait entre ses mains. C'était là la preuve indiscutable qu'il avait bien ravi la virginité de sa femme alors que la fièvre lui avait fait perdre la raison... Et pourtant, bien qu'elle eût disposé de cette preuve tangible, elle avait refusé de le mettre devant l'évidence, afin de lui laisser sa liberté. Sans intervention extérieure, elle serait sortie à jamais de sa vie, emportant leur enfant avec elle. Au nom du sens de l'honneur.

La vision de Beau se brouilla pendant qu'il songeait à ce qu'il aurait éprouvé si cela s'était produit. En dépit de la peur qui le taraudait à l'idée que quelqu'un – Alistair Winthrop, Howard Rudd ou un autre félon –

pût faire du mal à sa femme, il vivait la présence de celle-ci dans sa vie comme une bénédiction quotidienne et ne pouvait qu'imaginer le tourment et l'angoisse qui auraient été les siens si elle s'était enfuie.

Il jeta un coup d'œil en direction de sa couchette. Là, il lui avait pris sa virginité. Comme il avait dû lui faire mal, dans son délire fiévreux, songea-t-il. Et pourtant… comment aurait-il pu le regretter, à présent que Marcus était la fierté de sa vie, et Cerynise son seul amour véritable ? Soudain, son cœur s'emplit de joie, et il éprouva un désir brûlant de retourner vers eux au plus vite.

Il se hâta de passer ses vêtements de pluie et courut le long du corridor jusqu'aux quartiers de M. Oaks. Il frappa du poing contre sa porte.

— Eh, mon second, êtes-vous vivant, là-dedans ?

— Ah… oui, capitaine, je crois, répondit une voix ensommeillée à l'intérieur. J'ai dû travailler trop tard, cette nuit, et je ne me suis pas réveillé.

— Eh bien, levez-vous, à présent. Bridget va partir pour Harthaven, et elle attend que vous la rejoigniez dès que vous aurez terminé votre travail ici. Vu la manière dont les choses se présentent, nous serons encore là à la tombée de la nuit si vous ne vous dépêchez pas !

— J'arrive ! J'arrive ! répondit Stephen, plus motivé, soudain.

Dans la grande maison calfeutrée, Cerynise faisait un effort louable pour se maintenir occupée. Elle avait envoyé Vera à Harthaven avec le premier groupe de domestiques en lui promettant de la suivre avec le bébé dès que le capitaine serait de retour. Elle avait nourri Marcus, lui avait parlé d'un tas de choses et, lorsqu'il s'était endormi, avait essayé – sans grand succès – de lire. À présent, l'après-midi tirait à sa fin et les vents furieux semblaient attaquer la maison de toutes parts. Ces hurlements sinistres ne faisaient qu'accroître son agitation, et il lui fallait se répéter encore et encore que Beau ne tarderait pas à rentrer, et qu'en dépit de la fureur des éléments elle se trouvait en sécurité. Les murs autour d'elle étaient solides.

Malgré tous ses efforts, elle ne parvenait pas à se calmer. Elle ne serait satisfaite, elle le savait, que lorsqu'elle serait enfin dans les bras de son mari.

Elle avait peur pour lui et cette inquiétude commençait à la miner. Nerveuse, elle se mit à arpenter le bureau comme un lion en cage, consultant l'horloge plusieurs fois par minute. Peu importait que son mari fût fort, expérimenté et compétent : elle n'en tremblait pas moins pour lui. Quand donc reviendrait-il près d'elle ? Elle avait besoin de sa présence à son côté. Lui seul savait la rassurer, la réconforter. Oui, il faisait cela si bien...

Jasper entra dans le bureau. Elle devait songer à partir bientôt, lui dit-il. Cerynise était folle d'angoisse à l'idée de quitter Charleston sans Beau, mais elle comprit qu'il lui fallait se rendre à la raison ; en insistant pour rester, elle mettrait en danger son bébé, ainsi que tous les serviteurs qui demeuraient dans la maison et refuseraient certainement de partir en la laissant derrière eux. Elle ne voulait pas prendre une telle responsabilité.

Par ailleurs, elle gardait toujours à l'esprit le souvenir douloureux de l'arbre qui, en tombant au cours d'un ouragan, avait coûté la vie à ses parents. Depuis lors, une panique irraisonnée s'emparait d'elle à chaque tempête et lui donnait envie de fuir au plus vite.

Malgré tout, ce fut le cœur lourd qu'elle monta les marches et alla chercher son fils.

Serrant Marcus contre elle, elle souleva le sac qui contenait ses affaires. Le bébé grogna un peu et elle s'interrompit pour le bercer doucement. Il s'agita et posa son nez sur son sein comme s'il souhaitait se nourrir. Quelques minutes de plus ou de moins ne changeraient pas grand-chose, décida-t-elle : mieux valait l'allaiter avant de prendre la route.

Elle s'apprêtait à ouvrir sa robe lorsqu'elle entendit claquer la porte d'entrée.

— Beau !

Avec un cri de joie, elle sortit en courant de la nursery, traversa la chambre et se précipita sur le palier. Là, elle se pencha au-dessus de la balustrade et chercha son mari du regard dans le vestibule, certaine enfin que ses angoisses, contre lesquelles elle avait lutté toute la journée, ne la troubleraient plus. Beau était de retour !

Le soulagement qui l'avait envahie s'évanouit en une seconde lorsqu'elle aperçut, non pas son mari, mais Alistair Winthrop et Howard Rudd qui s'avançaient dans le hall d'entrée. Pis encore : Jasper, qui de toute évidence était allé leur ouvrir la porte, était allongé, évanoui, sur le sol. Le majordome avait été traîné jusqu'au centre du vestibule, et en cet instant Alistair pointait son pistolet vers la tête du malheureux et appuyait lentement sur la détente, un mauvais sourire aux lèvres. Avec un juron, Rudd se précipita sur lui et détourna l'arme.

— Vous aimez donc tuer ? Vous ne vous rendez pas compte qu'en tirant sur Jasper vous attirerez l'attention de tout le monde dans la maison ? souffla le notaire, affolé. Nous l'enfermerons dans le cellier de la cuisine. Ainsi, s'il revient à lui, il ne pourra pas sortir.

— Combien de serviteurs pensez-vous qu'il y ait encore ici, avec la fille ?

— Il ne devrait rester que le valet Cooper, a priori, maintenant que le chef est parti et que nous avons ficelé et bâillonné le vieux matelot et le cocher dans les écuries. Mais vu l'agitation qu'il y a eu toute la journée, j'avoue que j'ai perdu le compte. Il faudra nous occuper de Cooper dès que nous l'aurons laissé sortir des toilettes. Il va faire du vilain quand il s'apercevra que nous avons bloqué la porte avec ce gros morceau de bois et qu'il ne peut pas sortir... Combien en aviez-vous compté, vous ?

— À peu près autant. (Alistair paraissait content de lui tandis qu'il poursuivait :) C'était très aimable de la part des voisins de partir de chez eux aussi tôt. Ça nous a permis de surveiller la maison du capitaine depuis leur chambre toute la journée. Malgré tout, j'aurais préféré attendre qu'il fasse nuit pour pénétrer ici. Quelqu'un aurait pu nous voir approcher et aller prévenir le capitaine. (Il se frotta douloureusement le bas-ventre.) Je souffre encore de cette hernie que ce salaud m'a provoquée la semaine dernière. Il a failli me faire exploser les entrailles !

— Nous ne pouvions attendre davantage, les serviteurs s'apprêtaient à partir avec la fille, souligna le notaire non sans une certaine impatience. Et puis, plus nous tardions, plus nous risquions d'être surpris par le capitaine. Il nous tuera probablement s'il nous trouve de nouveau ici, alors je préférerais en finir le plus vite possible. Jusqu'à présent, la perspective de recevoir le tiers de la fortune de votre tante m'a paru une stimulation suffisante, mais si je meurs tout cet argent ne me servira pas à grand-chose !

— Dommage que je ne puisse pas éventrer le capitaine aussi facilement que ce Wilson, grommela Alistair.

À l'étage, Cerynise mordit dans son poing pour ne pas crier. Elle savait les deux hommes dangereux mais ne les avait jusqu'alors pas crus capables de meurtre.

— Nous n'avions pas le choix, rappela Rudd avec acidité. Si Wilson avait tué la fille, nous n'aurions pas pu la ramener en Angleterre… Tuer le capitaine ne serait qu'un plaisir fugitif. Cela dit, si nous ne nous dépêchons pas, cela deviendra aussi une nécessité. Il est clair en tout cas qu'il nous sera beaucoup plus aisé d'enlever la fille si nous n'avons pas à faire face à ce satané Yankee.

— J'ai failli tomber à la renverse de surprise, ce matin, quand je l'ai vu partir vers son bateau. En tout cas, il nous a rendu un fier service en nous laissant le champ libre comme ça. (Alistair ricana.) Il semblerait que notre brave et puissant capitaine ait tout autant peur d'une petite tempête que les autres idiots de la région. Franchement, je ne vois pas pourquoi ils en font une telle histoire. Si vous voulez mon avis, ce sont tous des trouillards, ces Américains.

— Peut-être savent-ils quelque chose que nous ignorons, raisonna Rudd d'un air sombre. Mais peu importe. Une fois que nous aurons la fille, nous nous dissimulerons dans la campagne comme eux tous en attendant que notre bateau puisse lever l'ancre. Cette vieille baraque croulante que nous avons trouvée nous offre une bonne vue de la route, et jusqu'ici nous avons toujours eu le temps de nous carapater sous le pont en voyant approcher le shérif. Et puis, c'était une riche idée de donner nos vêtements et quelques pièces à ces deux vagabonds en leur disant d'aller se promener sur les quais et de monter dans un bateau en partance pour l'Angleterre. Après ça, nous n'avons plus été inquiétés. Il semblerait que la ruse ait fonctionné. En tout cas, je ne pense pas que le shérif nous retrouve, une fois que nous aurons enlevé la fille. Il pensera probablement que quelqu'un d'autre a fait le coup. Une fois qu'elle sera inconsciente, il ne sera pas difficile de la faire monter à bord d'un navire, dans une malle.

— Quand je pense que nous sommes obligés de nous démener pour la garder en vie ! observa Alistair d'un ton qui exprimait sa consternation. Ah, je donnerais n'importe quoi pour pouvoir lui tordre son joli petit cou ici et maintenant ! Peut-être Wilson avait-il raison, après tout.

— Ce n'était pas son idée, vous vous souvenez ? rétorqua Rudd avec impatience. À moins que vous n'ayez oublié la conversation que nous avons surprise la première nuit ? Quoi qu'il en soit, il serait absurde de tuer la fille avant d'avoir pu faire valoir vos droits à l'héritage de votre tante, alors ne commencez pas à rêver. Si vous la tuez maintenant, personne ne sera en mesure de confirmer son identité lorsque nous ramènerons le cadavre en Angleterre. De plus, nous ne pourrions pas dissimuler la puanteur très longtemps, sur un bateau. Le capitaine du vaisseau ne manquerait pas de nourrir des soupçons et de venir fouiller dans nos affaires.

— Vous savez, Rudd, vous êtes devenu un véritable spécialiste en matière de meurtre, depuis que nous sommes ensemble, ironisa Alistair. Désormais, vous ne grincez plus des dents lorsque nous parlons de tuer des gens.

— Certes, acquiesça le notaire avec dérision. Vous avez été un bon maître. J'espère seulement que je ne serai pas pendu à cause de cela.

— Allons, détendez-vous ! s'exclama Alistair avec un petit rire. Une fois que nous aurons attrapé la fille, nous repartirons vers l'Angleterre, où une véritable fortune nous attend. Puis nous pourrons nous débarrasser d'elle à notre guise.

Cerynise avait la chair de poule à les entendre parler avec autant de nonchalance de sa mort. Lentement, avec précaution, elle se détacha de la balustrade et recula, espérant que Marcus ne se manifesterait pas. Il fallait qu'elle trouve un moyen de libérer Cooper avant qu'il ne subisse le même sort que les trois autres serviteurs, songea-t-elle. Mais, plus elle réfléchissait, moins elle trouvait logique de courir le risque d'être repérée en essayant de faire sortir le valet des toilettes. C'était elle que les deux hommes voulaient, et non pas Cooper, et s'ils la voyaient avec lui plus rien ne les empêcherait de tirer des coups de feu. Ils pourraient même aller jusqu'à tuer le jeune homme. Mieux valait pour tout le monde qu'elle demeure cachée avec le bébé.

Cerynise pénétra dans sa chambre à l'instant précis où un nouvel éclair jetait des ombres étranges, tout en longueur, à l'intérieur de la pièce, à travers les lattes des volets. Elle était prisonnière d'un cauchemar, seule avec un bébé sans défense, à la merci d'une tempête et de démons qui avaient l'intention de la détruire et de détruire tout ce qui lui était cher... Il fallait qu'elle trouve un moyen de retourner la situation en sa faveur.

Elle agissait par pur instinct : de la main, elle éteignit la mèche de la lampe de chevet, plongeant la chambre dans une obscurité totale. Seuls les éclairs lui permettaient encore d'entr'apercevoir le décor, à intervalles irréguliers. À la hâte, elle se saisit du sac contenant les affaires du bébé, se précipita dans la nursery enténébrée et ferma la porte derrière elle aussi doucement que possible. Elle ouvrit, le cœur battant à se rompre, la porte du couloir. Celui-ci courait sur toute la longueur de la maison, coupé en son milieu par le palier de l'arrivée d'escalier, devant la grande chambre qu'elle partageait avec Beau.

Cerynise se glissa dans le petit corridor qui, sur sa gauche, séparait deux chambres d'amis rarement utilisées, du côté sud.

Elle poussa sans bruit une porte située au fond du couloir et qui donnait sur un grand placard où était rangé le linge de maison. Elle ôta avec précaution la clé de la serrure, entra, referma la porte derrière elle et verrouilla. Seule avec son bébé dans l'obscurité, elle tira plusieurs draps d'une étagère et en fit une sorte de lit pour son fils à même le sol. Puis elle s'assit à côté, s'avisant tout à coup que ses jambes la portaient à peine. Pendant un moment, la conscience même de sa peur menaça d'annihiler son contrôle d'elle-même, mais elle pressa sa main tremblante sur ses lèvres, résolue à vaincre ses angoisses par la seule force de sa volonté.

Marcus commença à s'agiter et Cerynise le mit immédiatement au sein. La tétée lui donna le temps de réfléchir, et elle commença à élaborer un plan pour faire échouer les projets de ses agresseurs. Elle partait pour cela du principe que son fils s'endormirait peu après avoir fini de boire. Il fallait qu'elle agisse vite ; son mari rentrerait d'une minute à l'autre, et les deux hommes n'hésiteraient pas à le tuer. Pour une fois, c'était à elle de le sauver, et elle pria de toutes ses forces pour y parvenir.

Il ne se passa pas longtemps avant qu'elle entende Alistair et Rudd arpenter les chambres de l'étage. Ils avançaient en silence, et elle voyait filtrer sous la porte le rai de lumière que projetaient les lampes-tempête qu'ils tenaient à la main. Elle retint son souffle lorsque l'un d'eux s'immobilisa près du battant du placard, et formula mentalement une prière d'action de grâces quand elle entendit les pas s'éloigner de nouveau : ils n'avaient pas pensé à tourner la poignée de la porte.

Après avoir exploré les deux chambres de part et d'autre du placard, ils finirent par descendre, sans doute afin de poursuivre leurs recherches au rez-de-chaussée.

Lorsque Marcus eut fini de téter, Cerynise le posa sur son épaule et lui tapota le dos jusqu'à ce qu'il eût fait son rot. Afin qu'il ne s'éveille pas à cause d'une gêne quelconque, elle changea sa couche, infiniment soulagée, dans les circonstances présentes, de constater qu'elle n'était que mouillée. Puis, lentement, elle berça le bébé jusqu'à ce qu'il s'endorme. Elle embrassa sa tête soyeuse et le tint contre elle un moment encore, espérant de toutes ses forces que ce n'était pas pour la dernière fois. Ensuite, elle l'allongea sur son lit de fortune, l'enveloppa d'une couverture et quitta sa cachette en prenant soin de refermer à clé derrière elle. Par chance, sa robe possédait des poches profondes, et elle put cacher la clé dans l'une d'elles. Elle en aurait besoin ; non seulement la clé ouvrait tous les placards de la maison, mais elle permettait également de pénétrer dans le cellier, où les criminels avaient parlé d'enfermer Jasper.

Cerynise pénétra de nouveau dans sa chambre, prit le pistolet que Beau gardait toujours dans le tiroir de la table de nuit et le glissa dans sa poche droite. Elle ne prit pas la peine de vérifier qu'il était chargé : depuis l'incident du chien, son mari avait pris l'habitude d'examiner l'arme chaque soir avant de se coucher.

— Où est donc cette petite garce ? grommelait Alistair au rez-de-chaussée lorsque Cerynise sortit en silence de la chambre. Elle n'est pas ici, en bas, et n'a pas l'air d'être là-haut. Son bébé a disparu. Pensez-vous qu'elle puisse être partie ?

— Sous cette pluie ? rétorqua Rudd. Elle ne serait jamais sortie avec son bébé par ce temps autrement que dans son attelage, et nous avons vu qu'il était toujours là. Non, elle est bel et bien dans la maison. Elle doit se cacher pour nous échapper.

Bien que la plupart des pièces du rez-de-chaussée fussent encore éclairées, les deux hommes tenaient toujours leurs lampes à la main afin de faciliter leurs recherches. Ils s'approchèrent de l'escalier, et Cerynise traversa furtivement le palier de l'étage pour se réfugier dans le couloir. Elle se glissa dans la chambre qu'occupaient les parents de Beau durant leurs visites et repoussa la porte derrière elle, la laissant entrouverte pour surveiller l'entrée de l'étroit corridor au fond duquel était caché son fils.

Respirant à peine, Cerynise regardait à travers la fente tandis que les deux mécréants revenaient au premier étage. Ils remontèrent le couloir jusqu'à la nursery puis, à sa grande horreur, la jeune femme vit Alistair se retourner et pénétrer dans le corridor séparant les deux chambres d'amis. Elle l'entendit essayer d'ouvrir la porte du placard.

— Cette porte est fermée, siffla-t-il à l'adresse de Rudd.

— Peut-être que la fille est là-dedans, observa le notaire en le rejoignant.

Immédiatement, Cerynise ouvrit à toute volée la porte derrière laquelle elle se dissimulait, l'envoyant cogner contre le mur afin d'attirer l'attention des deux hommes tandis qu'elle gagnait en courant le haut de l'escalier. La rapidité avec laquelle elle descendit les marches et courut jusqu'à la cuisine la surprit elle-même. Elle entendait les bruits de pas de ses adversaires qui la poursuivaient, et se hâta d'aller ouvrir la porte du cellier, espérant trouver à l'intérieur un Jasper ayant repris conscience. Les lampes de la cuisine éclairaient l'intérieur de la remise et elle faillit pousser un gémissement de désespoir en découvrant, allongés sur le sol, non seulement Jasper mais aussi Cooper. Les deux hommes étaient inanimés, incapables de lui venir en aide.

Elle referma le cellier en prenant soin de ne pas faire de bruit et éteignit toutes les lumières de la cuisine. Pendant une fraction de seconde, celle-ci reçut les stries lumineuses d'un éclair filtré par les volets.

Alors qu'elle s'immobilisait près de la salle à manger, Cerynise entendit des bruits de pas qui approchaient. Sur la pointe des pieds, elle traversa la cuisine et poussa les portes battantes qui ouvraient sur le couloir de l'entrée. Elle le parcourut en prenant le temps d'éteindre toutes les lumières, jusqu'à ce qu'il ne fût plus qu'un long tunnel sombre. Elle parvenait dans le vestibule lorsqu'elle entendit les voix des deux hommes dans la cuisine.

— Elle est passée ici, annonçait Alistair d'un air mécontent. Les lampes sont éteintes alors qu'elles ne l'étaient pas il y a un instant. Je parierais que la garce est partie vers les écuries.

— Je n'ai pas entendu la porte de derrière s'ouvrir, et vu la façon dont les gonds grincent, je suis certain que je l'aurais remarqué, assura Rudd. Regardez là-bas ! Il y a une autre porte ! Venez !

Cerynise partit en courant et, une nouvelle fois, monta à l'étage. Alors même qu'elle atteignait la table placée contre le mur, près de la porte de sa chambre, elle entendit Rudd presser son compagnon.

— Il faut nous dépêcher. Le capitaine peut revenir d'une seconde à l'autre.

— Où diable est-elle passée, à présent ?

— Je crois qu'elle est remontée à l'étage. Elle nous fait tourner en bourriques...

— Ce n'est qu'une femme, répondit Alistair avec mépris, dépassant le notaire en courant. (Comme il atteignait l'escalier, il demanda par-dessus son épaule :) Que peut-elle faire contre nous ?

Rudd entendit du bruit au-dessus d'eux et leva la tête à temps pour voir un énorme vase plein de fleurs d'automne voler en direction de son complice.

— Attention !

Alistair ne put s'empêcher de regarder ce qui arrivait : cela causa sa perte. Il leva les yeux alors que l'urne n'était plus qu'à une courte distance de sa tête ; il eut beau essayer de se jeter de côté, il ne fut pas assez rapide. La pesante porcelaine lui effleura le cuir chevelu, tandis que l'une des anses le frappait de plein fouet sur le sommet de la tête. L'instant d'après, Alistair poussait un cri de douleur : l'anse brisée venait de lui écorcher le crâne et, au passage, lui avait coupé l'oreille. Une seconde plus tard, l'objet volait en éclats au pied des marches, projetant alentour des morceaux de porcelaine coupants, dont bon nombre allèrent se ficher dans les jambes des deux hommes.

— La chienne ! Je la tuerai ! braillait Alistair de toute la force de ses poumons, en plaquant sa main sur ce qui lui restait d'oreille. Elle m'a mutilé !

Après avoir retiré un morceau de porcelaine de son mollet, Rudd ramassa le morceau de chair tranché et le tendit avec sollicitude à son partenaire.

— Peut-être pourra-t-on vous la recoudre.

— Pour qu'elle puisse pourrir ? ironisa Alistair. Je jure que lorsque j'aurai mis la main sur cette garce, je lui couperai les deux oreilles à la scie ! menaça-t-il d'une voix altérée par la douleur.

Un morceau pointu planté dans son tibia se détacha dans un petit jet de sang. Le liquide pourpre coula le long de sa jambe, mais il en avait à peine conscience, tant il souffrait par ailleurs.

— Si nous l'attrapons, corrigea Rudd, qui commençait à douter.

Il trouvait que la jeune femme avait visé très correctement lorsqu'elle avait jeté le vase par-dessus la balustrade ; et il était sûr d'avoir vu une expression ravie se peindre sur son joli visage. Tout cela ne laissait rien présager de bon.

Il appliqua des compresses sur les lambeaux de chair déchiquetée qui marquaient l'emplacement de l'oreille d'Alistair. Puis il lui entoura la tête d'une serviette destinée à les tenir en place. En proie à une profonde détresse, Alistair ne trouvait plus du tout cette course-poursuite à son goût. Il avait désormais hâte d'attraper Cerynise, et se promettait de lui faire regretter de leur avoir résisté.

Les deux hommes parcoururent de nouveau les chambres de l'étage, fouillant dans chaque recoin, sous chaque meuble. Bientôt, cependant, ils crurent entendre un bruit étouffé en provenance de l'étage inférieur. Après être descendus sur la pointe des pieds, ils traversèrent le vestibule en s'efforçant d'éviter les morceaux de porcelaine qui recouvraient le sol et menaçaient de transpercer les fines semelles de leurs chaussures. Malgré cela, Rudd dut s'arrêter pour ôter une de ces échardes.

Les lampes avaient été éteintes dans toutes les pièces, à présent. Les deux hommes regardaient autour d'eux dans l'obscurité lorsque tout à coup, surgi de nulle part, un spectre blanc se précipita dans leur direction tout en poussant un cri aigu, résolument féminin. Les deux complices poussèrent des hurlements de terreur et, les yeux exorbités par la peur, ils battirent en retraite devant le démon ailé sorti de l'ombre, trébuchant dans leur hâte.

Ayant fourragé dans la cuisine tandis que les deux hommes la cherchaient à l'étage, Cerynise avait trouvé un rouleau de grosse ficelle, une lourde bouilloire en fer et un gros sac de farine pour la lester. Elle avait éprouvé un certain plaisir à recouvrir la bouilloire d'un drap, afin de lui donner un air fantomatique. Elle avait coupé un long morceau de ficelle, dont elle avait attaché une extrémité à la poignée de la bouilloire, et l'autre à l'un des balustres de la rampe. Après avoir enroulé un autre morceau de ficelle autour de la bouilloire – ou plutôt, du ventre de son fantôme –, elle s'était saisie de l'autre bout en reculant aussi loin que possible dans l'ombre derrière l'escalier. Là elle avait attendu, comme une araignée guettant une mouche, que ses victimes tombent dans le piège qu'elle leur avait tendu.

Cette fois, la victime fut Rudd. Le « fantôme » le souleva presque de terre lorsqu'il le percuta, et l'envoya voler en arrière sur le sol, à l'endroit précis où se trouvaient tous les morceaux de porcelaine. Il demeura là, figé, tandis que le pendule spectral continuait à le narguer en oscillant au-dessus de lui.

— Êtes-vous vivant ? s'enquit Alistair.

Il en doutait sérieusement : le notaire avait les yeux fixés dans le vide et ne semblait pas respirer.

Peut-être, durant toutes ces années, son compagnon avait-il souffert de quelque maladie inconnue qui, au moment de l'impact ou à la vue de l'apparition, l'avait brutalement privé de la vie, songeait Alistair. À tout hasard, il donna un coup de poing assez rude dans la poitrine bombée du notaire, dans l'espoir de le faire réagir. Avec un sifflement bruyant, Rudd emplit ses poumons d'air.

— Qu'est-ce qui m'a frappé ? haleta-t-il enfin, heureux de pouvoir de nouveau respirer.

— Un fantôme, répondit Alistair, caustique. Conçu et fabriqué par Cerynise.

Rudd déglutit et essaya de bouger, puis il porta une main hésitante à sa tête, et se rendit compte que l'impact avec le sol de marbre lui avait laissé une énorme bosse. Ce n'était pas tout. Il sentait quelque chose de tranchant qui lui transperçait l'épaule. Il se retourna, offrant son dos à Alistair pour qu'il pût en retirer les morceaux de porcelaine.

— Ce n'était pas sage de votre part de jeter Cerynise dehors, en arrivant dans la maison de votre tante, déclara le notaire d'un ton morose. Je ne crois pas qu'elle nous ait jamais pardonné.

— Il y a plus de choses que je ne lui ai pas pardonnées, moi, grogna Alistair en s'efforçant de scruter les ombres derrière l'escalier. (Il leva sa lampe bien au-dessus de son épaule droite et avança avec précaution, certain d'avoir perçu un mouvement.) Vous cachez-vous là-bas derrière, Cerynise ?

Le presse-livres en bronze jaillit de l'obscurité, telle une chauve-souris venue de l'enfer. Il s'écrasa sur la lampe d'Alistair, brisant le verre et faisant couler de l'huile le long de son bras et sur tout son côté droit. Le liquide prit feu aussitôt. Alistair poussa un cri perçant tandis que le feu attaquait ses vêtements, puis sa chair. Affolé, il se retourna et dépassa l'escalier en courant, sans cesser de tirer sur les bandages enflammés qui lui entouraient la tête. Rudd, de son côté, essayait de se relever ; il eut un sursaut horrifié et se laissa tomber de côté en voyant la torche humaine qui se précipitait vers lui et l'enjambait d'un bond. L'instant d'après,

Alistair ouvrait la porte principale à toute volée et se jetait dehors, sous les trombes d'eau qui tombaient du ciel.

Rudd se leva avec difficulté et, tenant sa tête d'une main et son épaule blessée de l'autre, il boitilla jusqu'à la porte. Son complice était debout au milieu de la pelouse, trempé.

— Je pense que nous devrions partir avant qu'elle nous tue, cria Rudd à son compagnon par-dessus le vacarme de la tempête. Je ne suis pas sûr que nous devions l'énerver davantage.

— Je vais l'énerver, moi, vous allez voir ! rugit Alistair. Je vais l'empaler sur une pique et laisser sa carcasse pourrir au soleil !

— Quel soleil ?

Alistair voulut montrer les dents à son compagnon, mais la douleur qui le transperça lorsqu'il essaya d'étirer les lèvres lui fit aussitôt regretter sa tentative.

— Laissez tomber, espèce d'idiot ! Aidez-moi seulement à rentrer dans la maison. Je suis en train de me noyer !

— Eh bien, au moins, vous ne brûlez plus, fit valoir Rudd à voix basse.

Il descendit les marches du perron et servit avec sollicitude de béquille humaine à son compagnon à moitié rôti. Il leur fallut un certain temps pour parvenir à l'intérieur et, lorsqu'ils entrèrent, ils étaient trempés jusqu'aux os. Instantanément, des flaques d'eau commencèrent à se former autour de leurs chaussures.

Dans ces conditions, marcher sur le sol de marbre se révélait un exercice dangereux. Ils glissaient et dérapaient, battant des bras comme des oiseaux affolés pour essayer de conserver leur équilibre. Bien que ses jambes vacillantes eussent menacé de se dérober sous lui à chaque instant, Alistair finit par atteindre le banc le plus proche et s'y asseoir. Rudd patina maladroitement jusqu'à la table sur laquelle il avait laissé sa lampe et rapporta la lumière vers son ami afin de pouvoir examiner ses brûlures. C'était pire que ce qu'il avait imaginé : toute la partie droite du visage d'Alistair était littéralement cuite. La chair à vif suintait sous des lambeaux calcinés qui avaient dû être, un moment plus tôt, de la peau. Rudd songea fugitivement que son partenaire n'aurait plus jamais à raser cette partie de son visage.

Il esquissa une grimace et tira un mouchoir de la poche de son manteau, avant d'essayer de détacher les morceaux de peau brûlés adhérant encore au visage de son complice. Il ne réussit qu'à lui arracher un hurlement de douleur.

— Mon visage est brûlé, bon Dieu ! cria Alistair, qui souffrait le martyre. Cette petite garce m'a défiguré !

— En tout cas, votre oreille ne saigne plus, observa le notaire avec une mine de dégoût.

Lorsqu'on regardait Alistair de profil selon un certain angle, il était malaisé de dire s'il s'agissait d'un être humain.

Alistair s'étouffait de rage.

— Je ne la sens même plus, tellement j'ai mal !

Rudd fit un pas en arrière pour avoir un aperçu général de l'état de son complice. Sur tout son côté droit, les vêtements d'Alistair avaient brûlé, et il n'en restait que des lambeaux qui pendaient lamentablement, dévoilant sa chair calcinée. L'essentiel de ses cheveux et des poils de son torse avait été brûlé jusqu'à la racine, et il n'avait plus de sourcils. Rien qu'à le regarder, l'homme de loi en avait des frissons.

— Êtes-vous sûr de vouloir que nous poursuivions nos efforts pour attraper cette fille ?

— Allez chercher quelque chose pour bander mes blessures ! murmura Alistair.

— Le capitaine peut revenir d'un moment à l'autre, lui rappela Rudd.

Alistair eut un reniflement méprisant.

— Il attendra probablement que la pluie se soit calmée.

— Elle n'en prend pas le chemin... Je pense que nous devrions partir tant qu'il est encore temps.

— Non ! hurla Alistair. Je veux mettre la main sur cette chienne, vous m'entendez ? Je la tuerai, dussé-je rendre l'âme ensuite !

— C'est bien ce qui risque de se passer, rétorqua le notaire. Jusqu'à présent, elle s'est montrée bien plus maligne que nous.

— Jamais je ne partirai sans l'avoir retrouvée !

— Je vais voir ce que je peux dénicher pour bander vos plaies, proposa Rudd, soumis.

Craignant que ses pieds ne se dérobent sous lui, il remonta le couloir très lentement, laissant derrière lui une traînée humide. Une fois dans la cuisine, il leva sa lampe pour éclairer son chemin et se dirigea vers le cellier. C'était en général du côté de la cuisine, où se produisaient la plupart des brûlures, que l'on gardait les pommades et les baumes, et il avait bon espoir de trouver ce qu'il cherchait dans la remise. Mais d'abord, il devrait s'assurer que les deux domestiques étaient toujours inconscients et ne l'attaqueraient pas dès qu'il ouvrirait la porte... Il ne savait pas s'ils auraient été capables de lui faire plus de mal que Cerynise mais n'avait guère envie de leur donner l'occasion d'essayer.

Il passait devant la porte de la salle à manger lorsqu'un frisson d'appréhension le parcourut sans qu'il sût pourquoi. Il jeta un coup d'œil derrière lui,

juste à temps pour voir Cerynise, un tisonnier de fer
levé au-dessus de sa tête. L'instant d'après, la tige
rigide fendait l'air avec un sifflement. Rudd leva un
bras pour se protéger, mais trop tard ; son cri d'alarme
se mua en un grognement étouffé pendant que le
tisonnier l'atteignait de plein fouet à la tête. Une douleur furieuse lui vrilla le crâne, et il tomba à genoux,
sans pour autant lâcher sa lampe-tempête, de peur de
se retrouver, lui aussi, grièvement brûlé. Dans une stupeur étourdie, il agrippa le bas de la robe de la jeune
femme ; de nouveau, celle-ci leva la barre de fer. Le
second choc lui parut plus violent encore que le premier ; cessant de lutter, il se coucha sur le côté. Il
n'avait plus conscience que d'un point lumineux dans
le lointain, qui lui-même disparut lorsqu'un troisième
coup l'atteignit et qu'il perdit connaissance.

— Rudd ! appela Alistair d'une voix tremblante,
depuis le vestibule.

Presque calmement, Cerynise posa le tisonnier près
du notaire inerte et ramassa la lampe-tempête tombée à côté de lui. Elle traversa sans se presser la salle
à manger, regardant la faible lueur projetée par la
lampe la précéder et atteindre le hall d'entrée.

Alistair poussa un soupir de soulagement en voyant
approcher la lumière.

— Je croyais qu'il vous était arrivé quelque chose. Je
vous ai entendu crier. (Seul un profond silence lui
répondit, et l'écorché lutta pour se lever de son siège,
de plus en plus alarmé.) Rudd ? C'est vous, Rudd ?
Pourquoi ne me répondez-vous pas ?

— J'ai bien peur qu'il ne soit dans l'impossibilité de
le faire, Alistair, répondit enfin Cerynise en pénétrant
dans le hall, telle une apparition.

Alistair eut un hoquet et recula.

— Que lui avez-vous fait ?

La jeune femme sourit avec raideur, dépassa l'escalier et posa la lanterne sur une table.

— J'ai mis un terme à ses souffrances, je présume.

— Vous... vous voulez dire que vous l'avez tué ?

— Peut-être.

— Comment avez-vous pu... ? commença Alistair, mais il s'interrompit alors que lui revenait le souvenir de tout ce qu'elle leur avait fait. (Tout à coup, il avait peur, à tel point que tous ses poils – ceux qu'il lui restait – se hérissèrent.) Gardez vos distances, espèce de garce ! Restez où vous êtes !

Ignorant son ordre, Cerynise se rapprocha encore.

— Pourquoi, Alistair ? Que pourrais-je bien vous faire que vous n'ayez déjà menacé de me faire ?

Il écarquilla des yeux affolés, dont le blanc contrastait de façon frappante avec la peau calcinée de son visage. Un gémissement de terreur s'échappa de ses lèvres desséchées. Il sentait que Cerynise était susceptible de mettre ses menaces à exécution pour se venger de lui.

— Vous êtes une diablesse !

Le calme qui habitait Cerynise l'étonnait elle-même. Jamais elle ne se serait crue capable de garder ainsi son sang-froid devant le danger. Elle avait toujours eu peur de paniquer dans une situation difficile et de se montrer un poids mort pour elle-même et pour son entourage ; elle remercia silencieusement le ciel pour cet aplomb inespéré qu'elle se découvrait.

— Vraiment, Alistair, n'avez-vous pas l'impression que c'est l'hôpital qui se moque de la charité ? (Elle glissa une main dans sa poche et posa le doigt sur la détente de son pistolet avant de hausser les épaules avec indifférence.) Alors ? Aimeriez-vous suivre les conseils de Rudd, à présent, et abandonner la bataille ?

— Espèce de garce ! hurla-t-il. Que pourriez-vous me faire de plus ?

— Mettre un terme à vos souffrances ? suggéra-t-elle.

Tirant un pistolet de la poche gauche de son manteau, Alistair esquissa une sorte de sourire tordu, effrayant à voir.

— C'est mon tour, chienne !

Les yeux de Cerynise brillaient comme deux éclats d'obsidienne dans la lumière de la lampe lorsque son regard se posa sur l'arme.

— Avant de me tuer, Alistair, pouvez-vous répondre à une question ? Pourquoi avez-vous fait cela ? Pourquoi avoir entrepris un aussi long voyage afin de semer le désastre dans ma vie ? Me haïssez-vous à ce point ?

— Pourquoi ? (Il n'arrivait pas à croire qu'elle fût si naïve.) Mais pour l'argent, bien sûr !

— L'argent ? répéta Cerynise, les sourcils froncés. Mais Lydia vous a tout laissé. Cela ne vous suffisait donc pas ?

Il eut un rire bref qui glaça le sang de la jeune femme.

— Espèce d'idiote ! lâcha-t-il avant de grimacer de douleur. Lydia ne m'a rien laissé ! Depuis que vous vous étiez installée chez elle, il n'y en avait plus que pour vous. Vous aviez réussi à la retourner contre moi ! Elle avait rédigé un nouveau testament faisant de vous sa légataire universelle. Elle ne m'a même pas laissé un penny !

Cette réponse inattendue laissa Cerynise perplexe.

— Mais j'ai vu le testament, objecta-t-elle. Vous me l'avez montré. Il vous déclarait seul héritier…

— C'était un vieux testament qu'elle avait fait rédiger par Rudd longtemps avant que vous ne deveniez sa pupille. Après, elle en a rédigé un nouveau derrière notre dos. Mais cela, je ne le savais pas, et j'ai commencé à avoir des problèmes d'argent très graves, vous comprenez ? Mes créanciers me harcelaient nuit et jour, menaçant de me faire emprisonner. Je les ai gardés à distance le plus longtemps possible, en espérant que Lydia me ferait la gentillesse de mourir d'elle-même, mais cela devenait trop pesant, et je voulais profiter de la vie. (Il haussa mollement une épaule.) Sa dernière nuit sur terre... Je lui ai rendu visite, et j'ai mis de la ciguë dans cet horrible breuvage qu'elle prenait toujours le soir.

Cerynise sursauta de stupeur.

— Vous voulez dire que vous... qu'elle n'est pas... ?

— Non, elle n'est pas morte de mort naturelle, acheva Alistair avec un petit sourire satisfait. J'en avais assez de devoir toujours la supplier sans fin pour obtenir le moindre sou, alors j'ai pris les choses en main et j'ai « mis un terme aux souffrances » de cette vieille chouette, pour reprendre votre expression. Je ne pense même pas qu'elle ait compris ce qui lui arrivait. En tout cas, son imbécile de médecin, lui, n'y a vu que du feu.

— Alistair, comment avez-vous pu ?

— En fait, tout cela a été très facile, répondit-il avec suffisance. Je n'avais qu'à penser à tout l'argent que j'aurais lorsque Lydia ne serait plus là, pour me sentir pousser des ailes... Je me disais que tout serait merveilleux, jusqu'au moment où j'ai découvert les intentions de cette vieille sorcière.

Cerynise avait l'impression que tout tournait autour d'elle. Voilà pourquoi il avait eu tellement hâte de la chasser de la maison de Lydia... jusqu'au moment où il s'était rendu compte qu'il y avait un autre testament.

— C'est pour cette raison que vous êtes venu me chercher à bord de *L'Intrépide*... réfléchit-elle à haute voix. À ce moment-là, vous aviez déjà découvert la vérité, et vous aviez l'intention de me tuer dès que cela serait possible.

Alistair essaya de hocher la tête, mais y renonça, tant chaque mouvement était douloureux. Un long moment s'écoula avant qu'il ne pût reprendre :

— Je voulais vous tuer. Avant votre mariage avec le capitaine, ç'aurait été facile et propre : dans la mesure où vous n'aviez pas d'héritier légal, toute la fortune de Lydia me serait revenue. (Il gémit de douleur.) Lorsque votre mari m'a agité ces documents de mariage sous le nez, j'ai pensé que tout était perdu. Mais je n'ai pas abandonné, non, ce n'est pas mon genre ! Je suis parti à votre recherche. Rudd et moi avions l'intention de vous ramener en Angleterre, de vous enfermer dans la maison de Lydia et ensuite, après avoir obtenu officiellement votre tutelle, de vous droguer afin de pouvoir vous contrôler. Bien sûr, nous vous aurions contrainte à signer un testament me léguant tout si vous veniez à mourir. Oh, nous aurions été généreux : nous vous aurions permis de recevoir des visiteurs pendant quelque temps, certains des amis de Lydia qui vous connaissaient... Nous aurions engagé une infirmière pour s'occuper de vous, si bien que nul n'aurait soupçonné que nous vous faisions ingérer jour après jour un poison à action lente. Puis nous vous aurions enterrée.

— Ne pensez-vous pas que mon mari serait parti à ma recherche ? objecta Cerynise.

— Nous étions prêts à payer pour le faire assassiner avant qu'il ait mis le pied sur le sol britannique. Un accident est si vite arrivé, en mer ! Les gens ne l'auraient pas pleuré outre mesure.

— Vous aviez pensé à tout, reprit Cerynise. Et pourtant, vos plans ont échoué. Vous ne retirerez rien de toutes vos machinations !

Alistair était déjà arrivé à cette conclusion de lui-même. Cependant, il n'était pas d'humeur à faire un constat d'échec devant Cerynise.

— Au moins, j'aurai la satisfaction de vous avoir tuée, déclara-t-il d'un air mauvais.

— Rudd vous a-t-il aidé à tuer Lydia ? s'enquit la jeune femme.

— Il n'était pas au courant de ça. En fait, je n'ai eu besoin de lui qu'après avoir tué quelqu'un d'autre... Il ne sait toujours pas que c'est moi qui ai tué Lydia. En tout cas, il a bien été obligé de m'aider lorsque je lui ai offert le tiers de l'héritage. Vous voyez, il avait aussi désespérément besoin de l'argent que moi. Il a un certain penchant pour le cognac, et quelques autres petits plaisirs plus coûteux encore. Ou peut-être devrais-je dire « il avait » ? Vous pensez vraiment que vous l'avez tué ?

— En tout cas, il ne risque pas de venir à votre aide, si c'est ce que vous espérez, répondit Cerynise en penchant la tête sur le côté. Je vous ai entendu dire que vous aviez poignardé Wilson parce qu'il voulait me tuer. Est-ce la véritable raison ?

— Rudd disait que c'était indispensable, acquiesça Alistair. Le matelot était payé pour vous tuer, mais par quelqu'un qui souhaitait se venger de votre mari.

— Vous dites qu'il était payé, mais en êtes-vous sûr ? Peut-être Wilson estimait-il avoir des raisons suffisantes de vouloir se venger de Beau, sans qu'on l'y incite.

Alistair fit de nouveau une grimace de douleur. Il vacilla mais parvint à se reprendre.

— Ce ne serait pas la première fois qu'un homme tuerait par vengeance, en effet, mais en l'occurrence je sais que Wilson avait un complice, et que quelqu'un de très fortuné s'arrangeait pour disons… entretenir leur motivation.

— Savez-vous qui ?

— Le complice de Wilson s'appelait Frank Lester. D'après ce que je les ai entendus dire, il semblerait qu'ils soient tous les deux venus ici une nuit pour se débarrasser de vous. Lester se vantait de vous avoir jetée sur votre mari dans l'escalier.

— Mais pourquoi Wilson et lui auraient-ils été insouciants au point de parler de tout cela en sachant que vous pouviez les entendre ?

Alistair déglutit avec difficulté. Il aurait aimé pouvoir vider une bouteille entière de cognac ; cela seul, songeait-il, aurait pu le soulager un peu.

— Rudd et moi étions installés dans la chambre adjacente à la leur, à l'auberge – une auberge misérable, au demeurant, mais la seule que nous ayons les moyens de nous payer. Nous avons entendu des voix qui nous parvenaient par le conduit de la cheminée, et nous avons écouté. Imaginez ma surprise : j'étais là, fraîchement débarqué à Charleston, et voilà que la première personne dont j'entendais parler n'était autre que vous ! Pendant un instant, j'ai cru que mon cerveau me jouait des tours.

— Wilson savait qu'il était recherché et devait se méfier des étrangers. Comment avez-vous pu l'approcher suffisamment pour le poignarder ?

Les lèvres couvertes de cloques esquissèrent une sorte de rictus moqueur.

— Il nous avait vus débarquer d'un bateau en provenance d'Angleterre, et c'était lui qui nous avait indiqué l'adresse de l'auberge où lui-même logeait. Bien sûr, il avait peur d'être retrouvé par les hommes de votre mari et passait le plus clair de son temps à se cacher… Mais il ne se méfiait pas de nous. Après l'avoir entendu parler avec Frank Lester, nous l'avons abordé sur les quais, sous prétexte de lui demander d'autres renseignements. Cela ne le dérangeait pas de nous parler, puisqu'il savait que nous étions anglais et n'avions pas de contacts avec les gens d'ici.

— Avez-vous l'intention de me tuer d'une de ces manières tordues dont vous avez le secret, ou bien comptez-vous utiliser ça ? demanda Cerynise en désignant le pistolet qu'il tenait à la main.

— J'imagine que cela n'a plus beaucoup d'importance, à présent. Vu l'état dans lequel je suis, et sans Rudd pour m'aider, je ne peux guère tenter de vous ramener en Angleterre. J'espère seulement qu'après vous avoir tuée ici je parviendrai à récupérer une partie de l'héritage avant que votre mari n'ait eu le temps d'envoyer des enquêteurs en Angleterre pour me retrouver.

Alistair serra les dents et leva son arme, la pointant vers le cœur de Cerynise.

— Je ne puis dire que ç'a été un plaisir de vous connaître, déclara-t-il.

Cerynise n'avait pas lâché le pistolet qui se trouvait dans sa poche. Elle réfléchit à toute vitesse et comprit qu'elle n'aurait pas le temps de le sortir ; il lui faudrait donc tirer à travers le tissu de sa robe, en souhaitant que le coup atteigne son but.

À cet instant, cependant, la porte s'ouvrit toute grande et Beau entra, en tenue de pluie. Alistair sursauta et tourna aussitôt son arme vers le nouveau venu.

— Non ! cria Cerynise en appuyant sur la détente.

Le recul de l'arme la projeta en arrière, mais elle eut le temps de voir du sang jaillir de la poitrine d'Alistair, transpercée par la balle. Il eut une sorte de convulsion, puis un sourire amer se peignit sur ses lèvres mutilées tandis qu'il pointait de nouveau son pistolet vers Beau. Sous le coup de la surprise, ce dernier ne pouvait esquisser un geste.

Cerynise hurla de nouveau. Alistair appuya sur la détente pendant ce qui sembla durer une éternité… Tous trois s'attendaient à entendre une explosion assourdissante. Mais il n'y eut qu'un faible cliquetis de métal.

Alistair abaissa un regard surpris vers son pistolet.

— J'aurais dû m'en douter, grommela-t-il alors que l'arme s'échappait de ses doigts. Il a été mouillé. (Il tomba à genoux et baissa les yeux vers sa poitrine, où une large tache rouge s'élargissait de seconde en seconde. Puis il releva la tête vers Cerynise, et ses lèvres se retroussèrent avec difficulté.) J'aurais dû écouter les conseils de Rudd et partir avant que vous ne m'ayez tué. Vous avez eu beaucoup plus de chance que moi…

Il s'effondra en avant et, avec un petit hoquet, rendit l'âme.

Cerynise enjamba d'un bond sa silhouette immobile et, sans se préoccuper des vêtements trempés de son mari, elle se jeta dans ses bras, sanglotant de soulagement pendant qu'il la serrait de toutes ses forces contre lui.

— Oh, mon amour ! J'ai cru qu'il allait vous tuer ! Je ne savais pas que son arme s'était enrayée !

— Soyez rassurée, madame, l'apaisa Beau. Je vais bien, et Alistair ne fera plus jamais de mal à personne.

— Il a tué Wilson et Lydia… et d'autres encore, articula Cerynise entre deux sanglots. Il me l'a dit.

Beau recula un peu et scruta le visage de son épouse. Puis il s'aperçut qu'il l'avait trempée et s'empressa d'ôter ses vêtements de pluie.

— A-t-il tué Wilson parce qu'il avait peur qu'il parle ?

Cerynise secoua la tête et s'efforça de chasser ses larmes d'un revers de main.

— Non, pas du tout. Si étrange que cela puisse paraître, Alistair l'a tué parce que Wilson essayait de m'assassiner. Wilson avait également un complice... cet homme dont vous avez parlé avec Germaine, le soir du bal de fiançailles de Suzanne... Frank Lester. Wilson et lui étaient payés par quelqu'un pour se venger de vous.

— Germaine, murmura Beau. Je suis certain que c'est elle. Elle nous a quasiment menacés, ce soir-là, sous le porche... Je n'y ai pas fait attention sur le moment, mais il semblerait que je l'aie sous-estimée.

Cerynise baissa les yeux vers Alistair et frissonna en détournant le regard.

— Qu'allons-nous faire, au sujet de Germaine ?

— Laissons le shérif s'occuper d'elle, répondit Beau sans hésiter, en posant son manteau sur le cadavre. Je ne veux plus jamais voir le visage de cette peste.

Il retourna fermer la porte de la maison, puis il prit la main de Cerynise et la tira à sa suite tandis qu'il contournait le corps d'Alistair et pénétrait plus avant dans le vestibule. La maison était plongée dans l'obscurité, à l'exception d'une lampe-tempête sur une table, et il avait beau scruter les alentours, il ne voyait aucune trace des domestiques.

— Mais qu'est-il arrivé à nos hommes ? Alistair les a-t-il tués, eux aussi ?

— Non, Dieu merci, répondit Cerynise. Moon et Thomas sont enfermés dans les écuries, et Jasper et Cooper sont dans le cellier...

— Dans le cellier ? répéta Beau, surpris, en prenant la lampe. Est-ce Alistair qui les y a mis ?

— Oui. Rudd l'a aidé. La dernière fois que je suis allée voir, Jasper et Cooper étaient toujours sans connaissance.

Lorsqu'ils arrivèrent à l'endroit où étaient éparpillés les débris de porcelaine et les fleurs, au pied des marches, Beau s'immobilisa et leva sa lampe plus haut.

— Mais que s'est-il passé, ici ?

Cerynise se mordit la lèvre.

— Ma foi, il fallait bien que je trouve une idée pour déjouer les plans d'Alistair...

— Et quelle était cette idée, exactement ? demanda Beau, la tête penchée sur le côté, d'un air intrigué.

Cerynise haussa les épaules ; elle se rendait compte seulement maintenant de la valeur de l'objet qu'elle avait sacrifié. Peut-être ce vase aurait-il dû se trouver rangé dans les placards à linge avec les autres bibelots précieux...

— J'ai fait tomber le vase sur Alistair depuis le premier étage, avoua-t-elle avec embarras. Ça lui a coupé l'oreille.

Beau ne put retenir un petit rire.

— Coupé l'oreille ?

— Alistair en était très perturbé. Il a menacé de couper les miennes à la scie.

— Quand je suis arrivé, j'ai pensé un instant qu'Alistair s'était débrouillé pour aller faire un tour en enfer et revenir – et je me demande à présent si je n'avais pas un peu raison, remarqua Beau. Que lui avez-vous fait d'autre ? Vous l'avez rôti à la broche ?

— J'ai bien peur d'avoir jeté un presse-livres sur la lampe qu'il tenait à la main. L'huile s'est répandue sur lui et il a pris feu. Il a couru dehors pour éteindre les flammes, mais ça n'a pas suffi : il n'était plus exactement le même en revenant... Rudd non plus, d'ailleurs.

Beau posait sur son épouse un regard ébahi. Jamais il ne l'aurait crue capable de se défendre avec un tel sang-froid et une telle présence d'esprit. À la fois très fier d'elle et infiniment soulagé qu'elle s'en fût si bien sortie, il demanda :

— Où est Rudd ?

— Dans la cuisine. (De nouveau, Cerynise se mordit la lèvre d'un air inquiet en songeant à ce qu'elle avait fait au notaire.) J'espère que je ne l'ai pas tué, mais il fallait que je m'assure qu'il resterait inconscient pendant que je m'occuperais d'Alistair.

L'étonnement de Beau ne connaissait plus de limites.

— Qu'avez-vous fait à Rudd, exactement ? demanda-t-il.

— Je l'ai frappé avec un tisonnier.

— Dieu du ciel, madame ! Êtes-vous en train de me dire que vous avez réglé leur compte à ces deux brigands toute seule ?

Cerynise haussa les épaules d'un air un peu gêné en signe d'acquiescement.

— Il fallait bien que je fasse quelque chose, Beau. Je les avais entendus projeter de vous tuer si vous rentriez trop tôt. Ils voulaient me ramener en Angleterre, où ils auraient fini par me tuer pour qu'Alistair puisse récupérer l'héritage...

— Mais je croyais qu'il avait déjà hérité de tout... Ce qu'il vous a dit lors de sa dernière visite était donc vrai ?

— Oh, non ! Il a menti depuis le début, ou du moins depuis le jour où il a appris que Lydia avait changé son testament en ma faveur. (Cerynise posa la tête sur l'épaule de son mari. Ensemble, ils s'immobilisèrent au pied de l'escalier.) Cela a dû causer un choc terrible à Alistair. Songez donc : il venait de me jeter hors de chez Lydia !

— Voilà pourquoi il tenait tant à ce que vous soyez sa pupille !

— Il souhaitait que je meure devant témoins en Angleterre afin de pouvoir faire valoir ses droits sur la fortune de Lydia, en tant que seul parent vivant.

Beau se raidit un instant : il venait d'apercevoir quelque chose qui ressemblait fort à un spectre dans l'ombre de la cage d'escalier. Il fronça les sourcils.

— Pour l'amour du ciel, qu'est-ce que c'est ? s'exclama-t-il.

— Ça ? Juste une grosse bouilloire contenant un sac de farine et recouverte d'un drap, expliqua Cerynise, assez fière de sa création. Je crois qu'Alistair et Rudd l'ont prise pour un fantôme pendant un moment. Ils ont crié comme s'ils avaient eu tous les démons de l'enfer à leurs trousses.

Beau éclata de rire.

— Oh ma chère, chère épouse ! Quand je pense que j'ai raté tout ça !

— Allons-nous laisser Alistair dans la maison pendant que nous serons à Harthaven ? demanda la jeune femme avec inquiétude après avoir jeté un coup d'œil en direction du cadavre.

— En fait, je ne pense pas que nous aurons besoin d'aller nous réfugier là-bas, en définitive, répondit Beau. La tempête a changé de direction et souffle maintenant sur la mer. Si elle ne revient pas, nous serons en sécurité ici.

Cerynise poussa un long soupir de soulagement.

— J'avoue que je n'étais guère ravie à l'idée de prendre la route après tout ce que j'ai vécu ce soir. Si je n'étais pas une mère qui allaite, je crois que je viderais volontiers un verre de votre cognac pour me remettre de mes émotions !

Elle tendit ses deux mains devant elle pour lui montrer combien elles tremblaient.

— Mais au fait, qu'avez-vous fait de notre fils, pendant tout ce temps ? demanda Beau.

— Je l'ai enfermé dans le placard à linge de l'étage. (Cerynise se haussa sur la pointe des pieds pour embrasser son mari avant de faire un pas en arrière.) Je vais le chercher.

— Vous feriez mieux d'attendre que je vous aie allumé une lampe. On se croirait dans un repaire de chauve-souris, ici ! Lorsque je suis rentré et que je n'ai pas vu de lumière, j'ai cru que vous étiez déjà partie.

— J'avais tout éteint pour pouvoir savoir où étaient les deux brigands. Ils étaient incapables de se retrouver dans la maison sans leurs lanternes, alors je n'avais pas de mal à les repérer.

Beau alluma une lampe à huile et la lui tendit.

— Votre présence d'esprit m'impressionne, madame. Et je suis extrêmement fier de la façon dont vous avez défendu votre famille.

— Ce sont Alistair et Rudd qui m'y ont forcée. (Cerynise prit la lampe avec un nouveau soupir.) Je n'aurais pu faire moins.

— En tout cas, vous avez été extraordinaire. Je regrette seulement de ne pas avoir été là pour le voir.

— Si vous aviez été là, vous vous seriez occupé de ces deux-là en deux temps trois mouvements. La prochaine fois qu'il vous faudra attacher votre bateau en prévision d'une tempête, soit j'irai avec vous, soit j'emmènerai notre fils à Harthaven dès les premières gouttes de pluie, décréta-t-elle. Je ne crois pas que je pourrai supporter une autre soirée comme celle-ci.

Beau déposa un tendre baiser sur le front de sa femme.

— Si cela peut vous rassurer, mon cœur, je me ferai un devoir de demeurer à votre côté dès qu'une tempête approchera. Cela vous plairait-il ?

— Oh, oui ! (Cerynise sourit et scruta le visage de son compagnon.) Ainsi, je serai sûre que vous serez en sécurité, vous aussi. Mes parents sont morts durant une tempête, vous le savez, si bien que j'ai toujours peur lorsque le temps est mauvais.

— Je ferai en sorte que vous n'ayez plus jamais peur, désormais, madame. (Beau sourit et désigna l'escalier.) À présent, allez chercher notre fils ! Je ne l'ai pas vu de la journée, et ce petit gredin m'a horriblement manqué.

— Bien, monsieur !

Cerynise hocha la tête et se fraya un chemin à la hâte jusqu'à l'escalier, en zigzaguant entre les morceaux de porcelaine qui jonchaient le sol.

Lorsqu'elle ouvrit la porte du placard à linge de l'étage, elle trouva son fils qui commençait à peine à émerger de son somme. Elle le serra contre elle et murmura des mots tendres à son oreille.

— Ton papa est en bas, mon chéri, et il veut te voir.

Marcus cligna des yeux, ébloui par la lumière ; il ne semblait pas particulièrement content qu'on vînt ainsi le déranger. Cependant, cela ne l'empêcha pas de tendre un petit bras en avant et de bâiller, ce qui arracha un sourire à sa mère.

À son retour dans la cuisine, la jeune femme trouva celle-ci entièrement illuminée. Jasper et Cooper étaient assis à la table, et ils présentaient d'un air groggy leurs têtes contusionnées à leur employeur, qui s'employait à les bander. Moon et Thomas, qui avaient passé les deux heures précédentes attachés dans les écuries, étaient à part cela en pleine forme. Quant à Rudd, il était toujours vivant, mais on ne pouvait dire si son état était grave ou s'il allait finir par revenir à lui.

Moon et les domestiques étaient installés autour de la table et écoutaient avec attention Beau, qui leur racontait les exploits de son épouse. Tous les hommes étaient abasourdis par le courage de Cerynise, et par le fait qu'elle n'eût pas hésité à s'attaquer seule aux deux hommes. Ils comprenaient parfaitement qu'elle eût tiré sur Alistair lorsque celui-ci avait essayé de tuer Beau.

— Cela a été une journée traumatisante, déclara Cerynise, décidée à changer de sujet de conversation, et j'ai faim. Où est la nourriture que Philippe nous a préparée avant son départ pour Harthaven ?

Beau désigna d'un geste deux paniers posés non loin de là.

— Je crois en effet que manger nous ferait du bien à tous, mon amour. (Il interrogea du regard les hommes assis autour de la table.) N'est-ce pas ?

— Pas d'doute là-d'ssus, cap'taine, acquiesça Moon, jovial. J'ai l'estomac dans les talons, et si vous n'y voyez pas d'inconvénient, j'vais être forcé de piocher un peu dans ma gnôle pour calmer mes mains, vu qu'elles tremblent à n'en plus pouvoir. (Le matelot étendit devant lui ses mains noueuses et en exagéra le tremblement pour appuyer ses dires.) J'me suis pas encore remis du moment où ce Rudd m'a agité son pistolet sous l'nez. Il tremblait encore plus que moi !

— J'ai remarqué qu'il avait quelques problèmes à ce niveau-là lorsqu'il m'a menacé de son arme, renchérit Beau en riant. J'avais plus peur que le coup ne parte par accident que de le voir presser la détente ! Cela dit, ne vous gênez pas, Moon, buvez tout ce qu'il vous plaira. Je suis sûr que vous en avez bien besoin, après ce que vous avez enduré. Messieurs, n'hésitez pas à vous servir : mon cabinet à liqueurs se trouve dans le parloir, et il est à votre disposition.

— J'aimerais trouver quelque chose pour me réconforter, moi aussi, soupira Cerynise d'un air triste.

Son mari lui sourit d'un air suggestif tout en achevant de bander la tête de Cooper.

— Vous souvenez-vous de ce que vous me proposiez ce matin, avant mon départ, madame ? demanda-t-il. Peut-être aurez-vous l'occasion d'essayer ce remède un peu plus tard…

Cerynise rosit légèrement, mais lui rendit son sourire. De toute évidence, l'idée la séduisait.

— Je ne m'en priverai pas, assura-t-elle. En tout cas, pour l'instant, je suis affamée.

Beau la débarrassa de Marcus, ce qui lui permit d'aller déballer les victuailles. Bientôt, un délicieux souper était étalé sur la table.

Alors qu'il s'apprêtait à s'asseoir à côté de son épouse, Beau se pencha pour pointer du doigt le trou qui béait au niveau de la poche de Cerynise.

— Vous avez irréparablement abîmé votre robe en tirant sur Alistair, observa-t-il.

Cerynise glissa sa main dans sa poche, et bientôt trois de ses doigts apparurent dans l'orifice laissé par la balle.

— Je ne pensais pas que cela ferait tant de dégâts.

Moon eut un petit rire. De toute évidence, il ne ressentait aucune pitié pour les deux hommes qui avaient cherché à la kidnapper.

— Vous vous rendez compte ! Quand j'pense à c'que vous avez fait à ce pauv' vieux Winthrop !

Cerynise réalisa alors qu'elle n'avait pas vu le corps d'Alistair dans l'entrée en redescendant.

— Au fait, où l'avez-vous mis ?

— Moon et Thomas ont porté le cadavre dans les écuries, répondit Beau. Il n'y avait aucune raison de le laisser dans le vestibule, où tout le monde risquait de trébucher dessus. La tempête devrait être calmée dès demain matin ; si c'est le cas, j'enverrai chercher le shérif Gates aussitôt le soleil levé. Je suis sûr qu'il sera également intéressé par l'histoire de Frank Lester, et j'ai hâte de lui faire part de mes autres soupçons.

Si Germaine avait bel et bien conspiré dans le but de la faire tuer, Cerynise ne doutait pas que la justice ferait son œuvre. Un frisson la parcourut pendant qu'elle se demandait quel serait le verdict du jury, et si on avait déjà pendu une femme à Charleston.

Ce n'étaient pas là des pensées bien agréables.

— Parlons d'autre chose, décréta-t-elle.

Beau accéda promptement à sa demande.

— M. Oaks m'a dit cet après-midi que Bridget et lui avaient enfin décidé d'une date pour leur mariage. Ce sera le deuxième samedi après son retour des Caraïbes.

— C'est merveilleux ! répondit Cerynise. (Cependant, à la pensée qu'elle allait perdre Bridget, elle se rembrunit.) Elle va tout de même me manquer terriblement...

— Eh non, madame ! la rassura son mari. Bridget demeurera votre femme de chambre, et en tant que telle elle nous accompagnera lors de notre prochain voyage en mer, ce qui ne devrait pas déplaire à M. Oaks ! Hélas, elle devra se contenter de partager sa cabine, car mes parents parlent de venir eux aussi avec nous...

— Vous savez, cap'taine, intervint Moon avec un petit rire, vous devriez p't'-être penser à emmener des passagers de façon régulière. Y a pas d'bateau plus agréable que *L'Intrépide*, et vous auriez un beau succès.

Beau sourit.

— Je prends un certain plaisir à rechercher au loin des pièces rares à rapporter en Caroline. Par ailleurs, c'est un commerce bien plus lucratif que le transport de passagers.

— Bon, dans ce cas j'ai une aut' suggestion à vous faire. J'ai entendu dire que Billy Todd envisageait de faire carrière dans la marine. Si c'est vrai, il va vous falloir un garçon de cabine comme moi pour s'occuper de vous, sur vot'beau bateau.

— C'est possible, admit Beau, qui se mit à rire. Mais vous savez que si vous embarquez avec moi, Moon, il vous faudra supporter la cuisine de M. Philippe.

Moon fronça les sourcils.

— Vous ne voudriez pas choisir entre nous deux, par hasard, cap'taine ?

Beau secoua la tête, comme si une telle éventualité le plongeait dans la plus profonde détresse.

— Moon, je crains de ne pouvoir me passer de Philippe. Voyez-vous, j'ai pris goût à sa cuisine, au fil des ans.

Moon fit la grimace et porta d'un air méfiant à sa bouche un morceau de pâté de poisson. Il mâcha un long moment d'un air songeur avant de pousser un soupir douloureux.

— J'imagine que je pourrais m'y habituer, si j'avais vraiment pas l'choix.

— J'ai bien peur que ce ne soit une obligation, si vous voulez naviguer avec moi, confirma Beau.

Moon hocha la tête d'un air entendu.

— Vous êtes dur en affaires, cap'taine.

— Oui, c'est vrai, admit Beau en riant.

Le lendemain matin, conformément aux prévisions de Beau, le pire de la tempête était passé ; et à neuf heures, le shérif et ses hommes, alertés dès l'aube par Cooper, se présentaient chez les Birmingham. Ils prirent congé un peu plus tard, emportant avec eux le cadavre d'Alistair et le notaire blessé. Ce dernier avait une fracture du crâne, découvrit-on par la suite, mais avait de grandes chances de s'en remettre, auquel cas il passerait probablement le restant de ses jours en prison. Bien sûr, il restait un risque qu'il fût pendu ; cela, ce serait au jury d'en décider, au cours de son procès. Les deux domestiques assommés avaient eu quant à eux beaucoup plus de chance : Jasper et Cooper allaient déjà beaucoup mieux et avaient entrepris de redonner à la maison sa splendeur coutumière.

Le lendemain après-midi, le shérif revint pour signaler à Beau que Frank Lester avait tout avoué. Il avait confessé avoir aidé Wilson à attenter à la vie de Cerynise, et déclaré que c'était Germaine Hollingsworth qui l'avait convaincu de le faire. Beau, selon elle, l'avait offensée et devait être puni. Lorsqu'on était allé l'arrêter, Germaine avait hurlé des protestations furieuses et s'était débattue comme une diablesse. Son père s'était déclaré outragé que de telles accusations calomnieuses pussent être portées contre sa fille chérie et avait menacé de faire renvoyer le shérif Gates ; mais ce dernier ne s'était pas laissé impressionner et avait emmené Germaine en garde à vue.

— Quel soulagement ! s'exclama Beau en revenant vers Cerynise après avoir raccompagné le shérif à la porte. À présent, je peux cesser de m'inquiéter pour votre sécurité, mon amour.

Cerynise glissa un bras autour de la taille de son mari et posa la joue sur son large torse.

— Et moi, je ne me sentirai plus prisonnière dans ma propre maison.

Beau se pencha en arrière pour admirer son visage.

— Que diriez-vous de sortir, histoire de fêter votre liberté recouvrée, madame ? Nous pourrions aller au théâtre ? Ou dîner quelque part ? À moins que vous ne préfériez rendre visite à votre couturière. Ou encore tout simplement faire un tour en voiture ?

Cerynise pencha la tête d'un air pensif.

— Philippe est bien meilleur cuisinier que quiconque dans cette ville. Je n'ai pas particulièrement envie d'écouter les bavardages incessants de Mme Feroux. Et on ne donne en ce moment aucun spectacle au théâtre que nous n'ayons déjà vu. Par ailleurs, je ne suis guère intéressée pour le moment par un tour en calèche.

— Dans ce cas, dites-moi, madame, ce qui vous ferait plaisir...

Les commissures des lèvres de la jeune femme se retroussèrent d'un air coquin tandis qu'elle se dressait sur la pointe des pieds pour lui murmurer à l'oreille :

— Batifoler un peu dans le bureau me ferait *très* plaisir, monsieur. Seriez-vous intéressé ?

Les yeux de Beau étincelèrent, et il lui décocha un large sourire.

— Absolument, madame. C'était précisément ce que j'espérais vous entendre dire.

Là-dessus, il lui offrit son bras et l'accompagna dans la pièce en question, dont il referma la porte à clé derrière eux.

Épilogue

Charleston baignait dans la chaude lumière d'une glorieuse journée d'automne. Les feuilles des arbres commençaient à jaunir et les premières fleurs de saison s'épanouissaient dans le jardin entourant la demeure de Beau Birmingham. On entendait au loin les sabots des chevaux qui piaffaient dans leurs écuries, plus bas dans la rue.

Assise dans le kiosque avec son mari, Cerynise tenait son fils dans ses bras ; tout semblait normal, songeait-elle. On ne voyait plus aucune trace de la tempête qui s'était abattue sur la ville deux semaines plus tôt.

La jeune femme laissa échapper un soupir de bonheur, ce qui lui valut un sourire de son mari, installé près d'elle.

— Vous avez l'air satisfaite, madame.

— Je le suis. Merveilleusement.

Beau leva la tête pendant que le majordome approchait.

— Qu'y a-t-il, Jasper ?

— Un monsieur d'Angleterre est ici, monsieur, qui souhaite parler à madame… Mais il l'a appelée par son nom de jeune fille.

Cerynise n'avait guère envie de rentrer à l'intérieur de la maison et de mettre un terme au moment privilégié qu'elle partageait avec sa famille.

— Pourquoi ne faites-vous pas venir ce monsieur ici, Jasper ? suggéra-t-elle. Je suis sûre qu'il sera content de profiter du beau temps, lui aussi.

Jasper sourit et inclina la tête.

— Bien, madame.

Il ne tarda pas à revenir avec le visiteur. C'était un homme d'âge moyen, aux cheveux gris coupés court. Son pantalon sombre, son gilet de la plus grande sobriété et son manteau noir indiquaient qu'il s'agissait d'un homme sérieux. Il posa sur Cerynise un regard interrogateur.

— Mademoiselle Kendall ? Mademoiselle Cerynise Edlyn Kendall ?

— En vérité, je me nomme désormais Cerynise Birmingham, monsieur, répondit-elle avec un geste de la main en direction de Beau. Voici mon mari, le capitaine Birmingham. Et vous êtes… ?

— M. Thomas Ely, mademoiselle Kendall… (Il se corrigea aussitôt.) Je veux dire : madame Birmingham. (Il sourit.) Il risque de me falloir un moment pour m'habituer à votre nom de femme mariée. J'ai si souvent pensé à vous comme à « Mlle Kendall » ! Même après avoir appris que vous vous étiez mariée en Angleterre, j'ai continué à vous nommer intérieurement « Mlle Kendall », et je dois vous prier de m'en excuser, madame. Je vais désormais m'efforcer d'utiliser votre nouveau nom.

— Merci, monsieur Ely.

Le visiteur posa sur elle un regard plein de curiosité.

— Puis-je vous demander si mon nom vous est familier, madame ?

Perplexe, Cerynise réfléchit un instant.

— Non, j'ai bien peur que non, répondit-elle enfin.

Thomas Ely hocha la tête, comme si sa réponse ne faisait que confirmer un soupçon qu'il nourrissait depuis un certain temps.

— Avant sa mort, Mme Winthrop m'avait en effet dit que vous ignoriez tout de ses intentions. Elle avait peur qu'elles ne vous pèsent et vous aimait trop pour vouloir vous inquiéter.

— Ses intentions ?

— De faire de vous la seule héritière de ses biens. À l'exception de quelques dons aux domestiques.

— Mais comment se fait-il que vous soyez au courant de cela ? demanda Cerynise, abasourdie.

— Pardonnez-moi, madame Birmingham. J'aurais dû préciser que j'ai servi de notaire à Mme Winthrop.

— Je croyais que M. Rudd était son notaire, intervint Beau. Avez-vous entendu parler de lui, monsieur Ely ?

L'homme de loi fronça les sourcils en entendant ce nom.

— Oh, naturellement, monsieur. Mme Winthrop l'avait renvoyé plusieurs années avant sa mort ; elle avait compris qu'elle ne pouvait lui faire confiance. Elle le pensait de mèche avec son neveu, M. Alistair Winthrop. (Une grimace méprisante se peignit sur les traits de l'homme de loi, mais il la bannit avant de se hâter d'expliquer :) Mme Winthrop m'a engagé peu après avoir remercié M. Rudd. L'un de mes premiers devoirs a été de rédiger son nouveau testament. (Se tournant de nouveau vers Cerynise, il ajouta :) Mme Winthrop a exprimé son désir de vous léguer quasiment toutes ses possessions. À l'heure où je vous parle, madame Birmingham, vous êtes une femme *extrêmement* riche.

— Puis-je vous demander comment vous avez fait pour me retrouver après tout ce temps, monsieur Ely ?

À l'invitation de Beau, l'homme de loi prit un siège en face d'eux, tandis que Bridget s'approchait pour leur servir le thé. Après le départ de la bonne, M. Ely but une gorgée de breuvage brûlant et poussa un soupir de satisfaction. *Enfin* un thé qui ressemblait à peu près à celui que l'on servait en Angleterre ! Depuis son arrivée en Caroline, il n'avait jusque-là réussi à trouver que de pâles imitations.

— J'ai peur qu'il ne me faille un moment pour vous expliquer tout ce qui s'est passé, madame, s'excusa-t-il enfin. Mon arrivée tardive doit vous sembler bien étrange… Mais, hélas, j'ai été victime d'un petit… accident il y a plusieurs mois de cela. J'ai failli mourir et j'ai été très malade, si bien que pendant un certain temps, j'ai perdu la mémoire. Lorsque, enfin, elle a commencé à me revenir, les événements qui avaient immédiatement précédé cet « accident » demeuraient très flous. Ce n'est que récemment que j'ai pu recouvrer mes souvenirs pour me remettre au travail et recommencer à vous chercher.

Thomas Ely poussa un soupir de regret.

— Dans un premier temps, je suis parti du principe que vous vous trouviez toujours en Angleterre et que vous vous nommiez Kendall. Voyant que cela ne me conduisait nulle part, j'ai perdu espoir de vous retrouver. Mais peu après, je me suis dit que vous aviez fort bien pu vous marier… Aussitôt, je me suis mis à compulser les registres des églises, et peu après je suis tombé sur votre acte de mariage. J'ai ensuite discuté avec le pasteur qui vous avait unis, et découvert qu'il se pouvait que vous fussiez installés en Caroline.

— J'admire votre obstination, déclara Beau. Mais je dois avouer que je suis surpris que vous ayez entrepris un tel déplacement alors qu'il vous eût été aisé de nous envoyer une missive.

— Ah, ma foi, à ce sujet... (De nouveau, l'homme fronça les sourcils.) Je suis au regret de vous informer que Mme Birmingham est peut-être en danger. Vous voyez, l'incident qui a causé ma perte de mémoire était en réalité une tentative de meurtre. J'ai eu beaucoup de chance d'en réchapper. Si quelqu'un ne m'avait pas vu et repêché juste après qu'on m'eut jeté dans la Tamise, je ne serais pas ici aujourd'hui. Dans ces circonstances, j'ai jugé préférable de me hâter de venir vous prévenir.

— Nous apprécions l'intérêt que vous nous portez, assura Beau. Je présume que l'homme qui a essayé de vous tuer n'était autre qu'Alistair Winthrop ?

L'homme de loi ne put dissimuler sa surprise.

— Mais oui ! Puis-je vous demander comment vous l'avez appris ?

Beau lui résuma brièvement ce qui s'était produit, et à la fin de son histoire il ajouta :

— Cela risque de vous paraître bien peu charitable de ma part, mais je dois avouer que je me sens rassuré qu'Alistair Winthrop soit mort, et que ma femme et moi n'ayons plus à vivre dans la peur.

Une expression d'intense soulagement s'était également peinte sur les traits de Thomas Ely.

— Je ne puis vous dire le poids que cette nouvelle ôte de mes épaules. Depuis que cet homme avait essayé de me tuer, je ne faisais plus un pas sans craindre qu'il n'attente de nouveau à ma vie. J'avais lancé les autorités à sa poursuite dès que la mémoire m'était revenue, naturellement, mais il avait déjà quitté l'Angleterre, et la police ne pouvait pas faire grand-chose.

Beau avait quelques questions à poser au notaire au sujet des formalités légales concernant l'héritage de Cerynise, et il invita M. Ely à demeurer chez eux pour la nuit afin de discuter plus amplement des détails. L'homme de loi accepta avec joie ; pour la première fois depuis des mois, il se sentait en sécurité.

Beau et Cerynise se couchèrent tard, ce soir-là, après avoir longuement parlé avec le notaire. Aussitôt au lit, Beau attira sa femme dans ses bras et la serra contre lui.

— Savez-vous ce que vous aimeriez faire de l'héritage de Lydia, mon cœur ? s'enquit-il.

Cerynise hocha la tête avec enthousiasme, contre sa poitrine.

— En vérité, j'ai beaucoup réfléchi au problème et suis arrivée à des conclusions fermes que, j'espère, vous approuverez. Dans la mesure où mes toiles commencent à nous rapporter des sommes non négligeables, et où vous êtes assez riche pour entretenir luxueusement notre famille... si vous étiez d'accord... En vérité, je ne vois pas l'intérêt de garder pour nous le gros de l'héritage de Lydia. Aussi aimerais-je que nous nous en servions pour permettre à M. Carmichael de s'occuper de tous ces enfants qu'il a pris sous son aile, et peut-être de leur faire construire un nouvel orphelinat, avec des lits à profusion. Je pense que M. Ely accepterait de superviser la distribution des fonds nécessaires, ne croyez-vous pas ?

— Oh si, madame ! Il nous a largement prouvé sa conscience professionnelle, et je ne doute pas qu'il mettra tout en œuvre pour que vos vœux se réalisent. Avez-vous d'autres projets ?

— Ma foi, j'ai pensé faire une donation à une école pour artistes qui accueillerait aussi bien les femmes que les hommes.

— Pour peindre des nus ? la taquina son mari.

Cerynise eut un petit rire.

— Ne laissez pas vos pensées grivoises vous emporter, monsieur. Les artistes ne s'intéressent pas qu'aux nus, figurez-vous.

Beau s'efforça de prendre une mine angélique – et échoua lamentablement. Avec un sourire plein de sous-entendus, il demanda :

— Aimeriez-vous me peindre nu, madame ?

Cerynise s'assit sur ses talons et, arrachant les couvertures, contempla d'un œil critique le corps parfaitement proportionné de son mari. C'était à n'en pas douter un sujet magnifique... Néanmoins, sous le regard attentif de son épouse, la virilité de Beau ne tarda pas à s'éveiller. Cerynise secoua la tête, feignant l'exaspération.

— Comment pourrais-je me concentrer sur ma peinture si vous m'offrez de telles preuves de désir ?

— Des preuves de désir ? répéta-t-il. Vous n'avez encore rien vu !

— Vraiment, monsieur ? Et que souhaitez-vous donc me montrer ?

— Ceci, murmura-t-il d'une voix rauque en la prenant dans ses bras et en la faisant rouler sous lui en l'embrassant avec une passion soutenue.

Lorsque, enfin, il releva la tête, Cerynise l'attira de nouveau à elle.

— Oh, je vous en prie, n'arrêtez pas, supplia-t-elle. Recommencez... Encore et encore...

9410

Composition
FACOMPO

Achevé d'imprimer en Slovaquie
par NOVOPRINT SK
le 6 juin 2011.

Dépôt légal : juin 2011.
EAN 9782290029008

ÉDITIONS J'AI LU
87, quai Panhard-et-Levassor, 75013 Paris

Diffusion France et étranger : Flammarion